NARRATIVA

806

Isabel San Sebastián

LA PELLEGRINA

Romanzo

TRADUZIONE DI
CAMILLA TAIBI

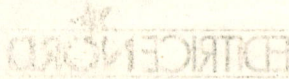

Isabel San Sebastián

LA PELLEGRINA

Romanzo

TRADUZIONE DI
CAMILLA FALSETTI

Titolo originale
La peregrina

ISBN 978-88-429-3206-2

Per essere informato sulle novità
del Gruppo editoriale Mauri Spagnol visita:
www.illibraio.it

In copertina: illustrazione di Luca Tarlazzi
Art director: Giacomo Callo
Graphic designer: Davide Nasta

Copyright © 2018, Isabel San Sebastián

© 2020 Casa Editrice Nord s.u.r.l.
Gruppo editoriale Mauri Spagnol

LA PELLEGRINA

Alle Asturie, mia amata patria...

«Oh, pellegrino di Santiago! Non mentire mai con la bocca che ha baciato il suo altare. Non camminare mai verso cattive opere, con quei piedi con cui hai calpestato la sua città. Con le mani con cui hai toccato il suo venerato altare non fare del male.»

Il Codice Callistino

NOTA DELL'AUTRICE

Alla fine del IX secolo, a nord dei Pirenei, la notizia del ritrovamento del sepolcro di san Giacomo nel *finis terrae* d'Occidente era stata ampiamente diffusa e accettata. Ciò è testimoniato da diversi martirologi dell'epoca, come quelli di Adone di Vienne, di Usuardo di Saint-Germain-des-Prés o di Notker di San Gallo. Pochi decenni dopo, i pellegrini giungevano regolarmente dal Nord e dall'Est Europa per visitare l'umile basilica fatta innalzare sopra la sua tomba da Alfonso II delle Asturie, sovrano di quelle terre.

L'archivio della cattedrale di Compostela conserva l'atto di una donazione fatta dal re nell'834. Lo stesso documento racconta di un suo pellegrinaggio verso il «luogo santo» avvenuto anni prima, senza precisare la data esatta della scoperta né quella della visita.

L'atto di donazione, riconosciuto come autentico, situa dunque i fatti in un momento imprecisato prima dell'838 e dopo l'818, anno in cui il vescovo Teodomiro, titolare della diocesi iriense all'epoca della scoperta, prende possesso della propria prelatura nella città oggi chiamata Padrón. A lungo la storiografia ha messo in dubbio l'esistenza stessa del vescovo, considerandolo un personaggio fittizio, aggiunto alla leggenda secoli dopo. Questa tesi è stata abbandonata nel 1957, dopo che alcune opere di restauro realizzate nella cattedrale di Santiago hanno portato alla luce una lapide, indubbiamente autentica, che datava la morte di Teodomiro il 20 ottobre 847.

Circa cento anni prima di tale ritrovamento, grazie ad altri scavi, sono stati rinvenuti i resti di tre persone diverse, due uomini relativamente giovani e un terzo più anziano, identificati in un primo momento come l'Apostolo e i suoi due discepoli, Attanasio e Teodoro. Le indagini svolte per ordine di papa Leone XIII hanno concluso che il cadavere dell'uomo più anziano apparteneva a qualcuno morto per decapitazione e che al suo cranio mancava un osso, l'apofisi mastoide destra, che coincideva con una reliquia venerata sin dall'antichità a Pistoia (Italia) come appartenente a san Giacomo il Maggiore. La relazione della congregazione, con a capo il dottor Chiappelli, è stata pubblicata il 19 luglio 1884, seguita da una bolla, la *Deus omnipotens*, che confermava la presenza dei resti del santo a Compostela e invitava a intraprendere nuovi pellegrinaggi al suo sepolcro.

Realtà o contraffazione? Chiesa e storiografi non riescono a mettersi d'accordo, per quanto esistano prove documentarie e archeologiche a sufficienza per concludere che il Cammino di Santiago non è frutto di una mera invenzione. Diversi elementi, più o meno immaginari, si sono incorporati alla leggenda dell'Apostolo col passare dei secoli, ma non c'è inganno che riesca a resistere così tanto senza un fondamento di verità. Ed è ormai da più di mille anni che i pellegrini di tutto il mondo percorrono il Cammino di Santiago guidati da diversi motivi, non sempre legati alla fede.

I fatti narrati in questo romanzo ricreano il primo di questi viaggi. Quello che ha portato il Re Casto, Alfonso II, dalla capitale delle Asturie, Oviedo, fino a un bosco sperduto nella remota Galizia, annessa poco prima al piccolo regno cristiano assediato dalle truppe di Al-Ándalus. Proprio come spiegano le note storiche alla fine del libro, il racconto si basa sulla documentazione esistente, così come su un'antichissima tradizione giacobea riconosciuta dall'Unesco nel 2015, quando il Cammino Primitivo è stato dichiarato Patrimonio dell'Umanità.

Tanto il contesto storico-politico in cui è ambientata la storia quanto alcuni personaggi che vi appaiono sono reali e rispondono a ciò che è raccontato dalle cronache dell'epoca, che siano cristiane o musulmane. Le avventure che vivono i protagonisti, invece, sono responsabilità unicamente dell'autrice, così come i possibili errori.

Per poter facilitare la lettura, il metodo di datazione utilizzato nel testo è quello di oggi e non quello che avrebbe usato Alana di Coaña nel IX secolo. Allora vigeva il calendario dell'era ispanica, che iniziava dal 38 avanti Cristo. Pertanto, a tutte le date citate avrebbero dovuto essere aggiunti trentotto anni (per esempio, il 791 della nostra era sarebbe l'829 dell'era ispanica, e così via). Dal momento che praticamente tutta la bibliografia consultata per la parte storica del romanzo data i fatti seguendo il calendario moderno, mi è sembrato più facile fare lo stesso, lasciando traccia qui di questo piccolo tradimento.

La strada seguita dalla comitiva è quasi del tutto coincidente con quella del Cammino Primitivo, il cui itinerario è stato recuperato negli anni '80 grazie all'impagabile lavoro dell'Associazione Astur-Galiziana degli Amici del Cammino di Santiago. La storia è divisa in tredici capitoli che corrispondono alle tredici tappe del Cammino. La guida alla fine del romanzo permette al lettore d'identificare i nomi attuali dei luoghi descritti, localizzarli in una mappa, trovare tesori sconosciuti, come quella miniera d'oro romana nascosta tra le montagne, e seguire i personaggi nei paesaggi che attraversano.

I miracoli che accompagnano l'apparizione del sepolcro in questa storia sono gli stessi che per secoli hanno alimentato il mistero di quel prodigioso ritrovamento. La descrizione dell'Apostolo e delle incredibili opere attribuite al suo potere sono ispirate al *Codice Callistino,* manoscritto del XII secolo, commissionato da Diego Gelmírez per promuovere non solo il culto di Santiago, ma anche i pellegrinaggi a Compostela che hanno tanto contribuito ad arricchire il patrimonio culturale spagnolo.

Persino la sensazione di fatica raccolta in queste pagine risponde fedelmente alla realtà, dal momento che l'autrice ha percorso gran parte delle strade citate benché si stesse riprendendo da una recente frattura al piede. Il dolore, tuttavia, non ha intaccato l'entusiasmo espresso dal saluto del pellegrino: «¡*Buen camino!*»

1

IL MESSAGGERO DEL SANTO

Anno Domini 827, Ovetao,
Giorno di Santa Agrippina

Domani, all'alba, partiremo verso ponente, seguendo il corso del sole. Per una volta non è la guerra a chiamarci, ma il miracolo accaduto là dove finisce il mondo, sulle sponde di quel Mare Oceano che poi scompare nella grande Cascata. Una benedizione del cielo, del mio Signore, se ciò che si dice è vero.

Probabilmente questo sarà il mio ultimo viaggio a cavallo, lungo sentieri pieni di pericoli. Non so nemmeno se potrò portare a termine l'impresa, ma la mia volontà è irremovibile. Proprio ora, mentre il sole tramonta e la mia anima si eleva più che mai verso Dio, il mio spirito è affamato di nuovi inizi: le mie mani fremono e i miei piedi attendono, impazienti, il momento in cui cominceranno a camminare.

Mi chiamo Alana, figlia di Huma e Ickila. Sono nata nel castro di Coaña, sotto la protezione delle antiche mura romane. Nelle mie vene scorre il sangue degli asturi e dei goti. Sono al servizio di don Alfonso il Casto, re delle Asturie e il più grande sovrano della Cristianità. I miei occhi stanchi hanno visto orrori inenarrabili, ma si sforzano ancora di rimanere aperti. Prima di chiudersi per sempre, forse potranno contemplare il luogo in cui riposa l'apostolo Giacomo, uno dei dodici prescelti più amati dal Redentore.

Sotto la sua grazia, ho deciso di raccontare il cammino che intraprenderemo per seguire le sue orme, proprio come la vergine Egeria, che raccolse nel suo manoscritto ogni emozione ed esperienza vissute durante il pellegrinaggio che compì in solitudine verso la Terra santa.

Per me sarà più difficile perché viaggio in compagnia. Può

sembrare un paradosso, ma non lo è affatto. Sono una donna in un mondo di uomini e le circostanze mi obbligano a scrivere con somma cautela, al riparo da sguardi ostili. La prudenza non è mai troppa verso l'animosità che cresce ogni anno di più verso noi donne.
    Leggerà mai nessuno questa mia cronaca? Raggiungerò mai una gloria pari a quella della vergine della Gallaecia? Non lo so. Ma voglio almeno provarci.
    Iniziamo.

    La notizia del miracoloso ritrovamento è giunta a palazzo due giorni fa, di pomeriggio, per bocca di un giovane chierico che mi ricorda tanto Rodrigo, il più piccolo dei miei figli, consegnato nelle mani della Chiesa quando ancora era un bambino. È lui il vero motivo per cui intraprendo questo viaggio. La meta del mio cuore e la spinta che fa muovere questo vecchio corpo stanco. È tanto che non lo abbraccio e che non ricevo sue notizie, così non ho resistito alla tentazione di andargli incontro, pur non avendo la certezza di trovarlo.
    Che Dio mi aiuti!
    Cosa stavo dicendo?
    Il povero messaggero era stremato: la tunica infangata fino alle ginocchia, un accenno di baffi su un viso ancora imberbe, sandali distrutti e piedi sanguinolenti per l'arduo cammino, percorso in meno di due settimane da Iria Flavia, spingendo il suo ronzino al limite delle forze.
    Aveva a malapena riposato o mangiato durante il viaggio: era troppo urgente informare il sovrano riguardo a ciò che era appena successo nella diocesi di Teodomiro, il vescovo che lo aveva inviato a corte in tutta fretta. Il giovane portava con sé una lettera redatta dal prelato di proprio pugno e aveva ricevuto l'ordine di raccontare a voce i fatti accaduti senza omettere nessun dettaglio.
    Il ragazzo era evidentemente impacciato. Giunto alla presenza del re e di tutti noi, si è intimidito al punto di non riuscire ad aprire bocca. Poco dopo ha iniziato a balbettare qualcosa,

ma senza trovare le parole adatte a descrivere ciò che doveva raccontarci. Così si è limitato a leggere la lettera, fino a sciogliersi e a trasformarsi in un ardente oratore.

Farà carriera nella Chiesa, non ho dubbi. Gli brucia dentro uno di quei fuochi che si propagano con facilità. Certo, la storia che ha raccontato spiega facilmente tanto la premura quanto la passione che ha impiegato nel trasmettercela. Chi avrebbe potuto frenare il cuore davanti a una tale notizia?

Il Figlio del Tuono riposava in terra asturiana. Un miracolo aveva svelato le sue sacre reliquie. Lui stesso ne era stato testimone.

Per quanto io abbia la fortuna di saper leggere e il destino mi abbia permesso di conoscere numerosi regni, cristiani e musulmani, confesso che, quando ho sentito parlare di quel «figlio», non avrei mai pensato si trattasse di un apostolo. Una mancanza grave per una donna della mia posizione, che attribuisco alla mia educazione in buona misura pagana, a cavallo tra il Dio Padre di Ickila e la dea dell'antica religione professata da mia madre, Huma.

A dire il vero, l'idea del tuono ha suscitato in me un'immagine ben lontana da quella del discepolo di Cristo, riportandomi alla mia infanzia. Mi sono ricordata le storie di Huma, orgogliosa capo-clan della sua stirpe, riguardo al tempestario che abitava in una grotta in montagna, non molto lontano dal nostro castro. Non so se siano passati anni o secoli da allora. A me sembra di riviverlo in questo momento...

Era un uomo anziano molto amato e venerato dagli abitanti del luogo, che gli portavano cibo e vestiti in cambio di sortilegi capaci, secondo loro, di allontanare le tempeste, salvandoli dalla devastazione dei fulmini. Superstizioni di un'altra epoca, che oggi per fortuna non esistono più e alle quali, di sicuro, non poteva riferirsi un uomo di Chiesa come il ragazzo che stava parlando.

Chi era allora quel santo che non avevo mai sentito nominare? E che cosa ci facevano i suoi resti nel nostro regno?

Non ho osato chiederlo.

Quel pomeriggio, il re si trovava nella sala del trono, assieme a molti cortigiani e a qualche alto funzionario, ad ascoltare con infinita pazienza richieste, controversie e lamentele.

Io stessa mi sono recata da lui in cerca di aiuto per il cenobio di Santa María di Coaña, che sto facendo costruire, con l'aiuto della comunità monastica, vicino al luogo dove sono cresciuta.

Attendevo il mio turno, in fondo alla sala, quando è stata annunciata la presenza di un messaggero della Gallaecia, inviato da sua eccellenza reverendissima, il vescovo Teodomiro, con informazioni importantissime per don Alfonso.

Il viso del re ha subito cambiato espressione. Il suo volto, fino a quel momento sereno o addirittura annoiato, si è acceso in un impeto di preoccupazione. Le rughe della fronte gli si sono accentuate, formando due solchi profondi tra le sopracciglia. Persino gli occhi, azzurri come il mare in una spiaggia dalla sabbia bianca, si sono rannuvolati di colpo. Nonostante gli sforzi per nascondere le sue emozioni, era evidente che era stato travolto da un'improvvisa marea di ricordi.

Tutti in quella stanza sapevamo che la parte occidentale del regno raramente portava buone notizie. Ciascuno di noi era a conoscenza delle brutali incursioni dei mori che, con spietata puntualità, giungevano con l'estate. E anche delle frequenti rivolte contro l'autorità reale fomentate da alcuni comandanti locali.

La sola menzione della Gallaecia ha fatto contorcere il viso del sovrano, rompendo quella calma che normalmente lo rende tanto affascinante. Perché devo ammettere che il mio signore, Alfonso il Casto, non è solo il miglior sovrano della Cristianità, ma anche un uomo molto attraente. L'uomo più bello che io abbia mai conosciuto.

Alto, aggraziato nonostante la corporatura imponente, col naso orgoglioso, con la fronte ostinata, col mento squadrato – diviso a metà da una graziosa fossetta – e con due labbra sottili che fanno capolino sotto i folti baffi. Non c'è dubbio che risalti tra i suoi cavalieri.

La barba e i lunghi capelli, che raccoglie solo in battaglia, una volta erano di un biondo intenso, mentre oggi sono attraversati da ciocche bianche. Anche così, però, conservano tutta la loro bellezza.

Don Alfonso non passa inosservato. Non ha bisogno d'imporsi per farsi ubbidire. Esercita la propria autorità in modo naturale, degno figlio e nipote di principi che hanno compiuto celebri imprese. Si scompone raramente, quando viene menzionato qualche nome capace di evocare spettri noti a lui solo. Ma, pure in quel caso, solo chi lo conosce bene nota il cambiamento, impercettibile agli occhi di uno sconosciuto.

Chi leggerà queste parole, se mai sopravvivranno al tempo, dirà che è la passione a parlare. Certamente. Dirà che sto elencando solo le sue virtù, omettendo carenze e difetti. Rispondo sin da subito che io lo descrivo come lo vedono i miei occhi: circondato da un'aura di gloria. La grandezza del cuore non si riflette forse nella luce del viso? Le qualità di un cavaliere, l'onore, il valore, l'onestà, la grazia, non ne rendono più bello anche l'aspetto?

L'animo nobile si manifesta in uno sguardo limpido, proprio come il male finisce per imbruttire i tratti. Lo spirito emerge, prima o poi, fino a rendersi visibile agli occhi, se chi guarda sa andare oltre la superficie.

Io amo il mio signore senza volere nulla in cambio. Senza condizioni. Mi è sufficiente la gioia di aver cavalcato tante volte al suo fianco e di averlo servito con lealtà. Ho sempre provato per lui un sentimento puro, libero da appetiti carnali. Forse non proprio sempre. Forse nemmeno ora. Non lo so. E anche se lo sapessi... che importanza avrebbe?

Qualunque sia la natura di questo amore, è condannato a finire ancora prima d'iniziare, perché don Alfonso ha scelto di vivere nella castità, rinnegando i piaceri mondani. Perché? Nessuno lo sa, sebbene chiunque lo conosca si sia posto questa domanda migliaia di volte, giungendo a ogni tipo di risposta, anche la più inverosimile.

L'unica cosa certa è che il re è casto, per l'infelicità di tutte le donne che lo sognano, come me, e di tutti i consiglieri che vorrebbero avesse un erede al trono. È ferreo nella sua decisione, tanto irremovibile quanto incomprensibile. La sua forza di volontà è pari alla sua determinazione e fa della sua esistenza un esempio di sacrificio.

Per quanto riguarda me... è difficile distinguere l'ammirazione dall'amore o tracciare un confine netto tra la devozione e il desiderio. Sono sentimenti legati più strettamente di quanto ci piaccia ammettere. L'amore, quando è degno di questo nome, aspira alla pienezza. Ma la si può raggiungere senza conoscere il piacere di una carezza o di un bacio? Ne dubito. Anzi, lo nego. Confessarlo, tuttavia, è cosa ben diversa.

Amo il mio re come non ho mai amato altri; nemmeno Índaro, il mio defunto marito. Lo amo e non me ne vergogno, sebbene non ammetterei mai di provare questo amore.

Ciò che non può essere nominato non può esistere del tutto; non è una realtà concreta. Perciò i miei antenati non davano un nome ai figli fino al loro secondo anno di vita. Così, se, come spesso accade, i piccoli lasciavano questo mondo prima d'aver imparato a camminare o a mangiare da soli, i loro corpi tornavano alla terra lasciando appena una leggera traccia del loro effimero passaggio, e ciò dava gran conforto alla pena dei genitori.

Mia madre non cominciò a chiamarsi Huma prima d'aver compiuto due anni. Mentre io ho commesso l'errore di chiamare Pelayo il mio primogenito quando ancora lo portavo in grembo. Intrattenevo con lui lunghe conversazioni silenziose. Forse per questo, quando l'ho perso, proprio mentre lo vedevo nascere, ho provato un dolore talmente violento che non è ancora passato. Né mai passerà.

Tradizione e saggezza spesso vanno mano nella mano.

Il pomeriggio in cui è giunto il messaggero faceva caldo, infatti don Alfonso non portava il mantello di ermellino o di porpora, ma indossava una semplice tunica di lino grezzo dalle maniche larghe e bordata di cremisi, simbolo di regalità. I suoi fianchi erano avvolti da una cintura di pelle scura su cui risaltava una fibbia a forma di freccia in oro massiccio riccamente decorato. Sulla fronte portava la corona con cui era stato proclamato re nel nono mese dell'anno Domini 791, ormai più di trent'anni fa, dopo l'abdicazione di Bermudo I, sconfitto dai mori nella disfatta del fiume Burbia. Un umile cerchio dorato di cui, da allora, don Alfonso ha sopportato, da solo e con straordinario coraggio, il gigantesco peso, per il bene del suo popolo e del regno.

Dopo una vita passata al suo servizio, mi emoziono ancora nel contemplarne la grandezza come sovrano e la compostezza come uomo. La sua forza. La sua eleganza. Emergono in lui, senza bisogno di ornamenti, perché non sono altro che il riflesso del suo spirito. Abitano nel suo cuore più che nella sua spada, per quanto raramente questa gli si allontani dalla mano.

Celeste, la lama in acciaio di Damasco vinta in guerra ad 'Abd al-Mālik ibn 'Abd al-Wāḥid ibn Mughīt durante la battaglia di Lutos, non ha nulla da invidiare a Gioiosa, la spada di Carlo Magno, ereditata dal nonno, Carlo Martello, che ha sconfitto i saraceni a Poitiers. Né a Durlindana, la spada di Orlando, morto per mano dei mori a Roncisvalle, l'arma che custodiva al proprio interno un dente di san Pietro e il sangue di san Basilio.

La spada del mio signore è tanto bella quanto letale. Leggera, benché sia lunga più di due braccia, e resistente. Il re l'ha resa poi ancora più preziosa facendole forgiare un'impugnatura unica, sul cui pomo si trovano incastonate le reliquie di diversi santi e addirittura alcuni fili del Santo Sudario che coprì il viso di Cristo dopo la crocifissione.

Mai è stata sguainata invano. Mai ha versato del sangue che non fosse necessario versare. Ha ricevuto dal suo proprietario gli stessi nobili valori che egli possiede e coltiva: l'onore, la pietà, il coraggio, la determinazione, la perseveranza, il sacrificio, l'abnegazione, la forza e il senso di giustizia. Per questo motivo, quando è riposta su un cuscino accanto al trono, nella sua guaina di cuoio traforato e argento, non solo non incute timore ma, anzi, trasmette sicurezza. Proprio come il re, seduto sul suo trono di quercia.

Meglio che torni a descrivere quanto accaduto perché, addentrandomi senza volere nel territorio dei sentimenti, ho perso il filo del racconto.

Ero rimasta, se non vado errata, all'annuncio dell'emissario appena giunto a palazzo...

«Fallo entrare immediatamente!» ha ordinato il re con voce grave al ciambellano, nascondendo l'angoscia.

Anche io tenevo il fiato sospeso.

In Gallaecia, vicino a Lucus, si trova il monastero di Sámanos, al sicuro sul fondo di una valle, protetto dalle devastanti conseguenze della guerra. Lì, mio figlio Rodrigo ha trascorso gran parte della vita, prima di trasferirsi a Iria Flavia, al servizio del prelato Teodomiro, come mi aveva comunicato la sua ultima lettera, giunta a palazzo ormai più di un lustro fa. Da allora, non ho più avuto sue notizie.

I guerrieri della mezzaluna avevano forse attaccato quel santuario di pace? Un pensiero terribile ma affatto folle.

Solo due estati fa, senza tornare ancora più indietro nel tempo, le truppe del secondo degli emiri 'Abd ar-Raḥmā'n, nipote di colui che avevo conosciuto da ragazza a Corduba, si sono addentrate fino al cuore della Gallaecia. Chi ha assistito alla devastazione provocata dalla loro furia è tornato a Ovetao con racconti terribili.

Dopo la morte dell'omayyade dalle bianche vesti, fondatore della dinastia che sta tentando di distruggerci, i suoi successori, Hishām, Al-Ḥàkam e ora 'Abd ar-Raḥmā'n, non hanno mai smesso di colpirci con spedizioni brutali, organizzate anno dopo anno per cercare di piegarci. Di solito, proprio in questa stagione. Sebbene nessuna delle sentinelle in Al-Ándalus o delle guardie sui valichi di montagna avesse avvistato nulla, non sarebbe stata la prima volta che quegli infedeli apparivano all'improvviso, come una piaga d'Egitto.

Come non temere?

Avevamo motivi più che validi per sentire gli artigli della paura graffiarci le viscere ma, una volta visto il monaco, ci siamo tranquillizzati. I messaggeri che vengono dal fronte non indossano mai la tunica né portano i segni della tonsura. Generalmente i loro vestiti sono ancora impregnati dell'odore del sangue.

«Parlate!» ha detto il re al giovane chierico. «Che notizie vi portano al mio cospetto in questo stato? Spero non sia accaduto nulla al vescovo...»

Il monaco ha vacillato, senza sapere come comportarsi al cospetto di quel monarca capace di trasmettere allo stesso tempo rispetto, timore e affetto.

La gloria di don Alfonso è tale, e le sue prodezze sono tanto grandi, che, compiuti sessantadue anni, trentasei dei quali trascorsi da sovrano, il popolo lo ritiene un eletto di Dio, degno della maggiore devozione. Per questo motivo il buon Nunilo – così ha detto di chiamarsi il monaco – è rimasto momentaneamente senza parole, nonostante l'abilità oratoria dimostrata in seguito.

In quell'istante è stato solo capace di chinare la testa al proprio signore, tendendogli con mano tremante una pergamena giallognola piegata in quattro, laccata e sigillata con cura.

Diversamente da altri sovrani capaci solo nell'arte delle armi, il mio signore Alfonso sa leggere e scrivere alla perfezione, non a caso è stato educato dagli stessi saggi monaci che hanno accolto il mio piccolo Rodrigo nel loro monastero. Tuttavia, con l'età gli occhi iniziano a tradirci, sia lui sia me, e l'ambiente non è abbastanza luminoso.

La sala del trono, le cui mura in pietra piangono negli angoli più umidi, è eccezionalmente grande, il che è piuttosto insolito per le Asturie. Ecco perché le finestre, aperte a metà, per quanto larghe non risultano sufficienti. Sembrano poco più che fessure, sotto doppi archi retti da piccole colonne meticolosamente scolpite, e lasciano a malapena entrare la luce del sole. È una sala enorme, se paragonata alle nostre misere abitazioni, eppure sobria come ogni altra cosa qui.

Questa corte guerriera, abituata alla distruzione che portano con sé le razzie, si nega di abbandonarsi al lusso, ma onora comunque la dignità del sovrano che l'ha fatta ricostruire per rendere immortale l'eredità di suo padre.

In futuro, quando l'opera di muratura sarà completamente asciutta, le pareti verranno intonacate per poi essere illuminate da pitture colorate. Per il momento, sono tappezzate da grandi arazzi ricamati con colori accesi. Attorno al trono, il pavimento di pietra è ricoperto di pelli, mentre sul resto della sala, ogni mattina, i servi spargono paglia, in una battaglia persa in partenza contro il fango degli stivali. Ci sono pochi mobili, solo alcuni poggiapiedi e alcuni bracieri in rame alimentati a carbone. I candelabri fissati ai muri rischiarano appena l'oscurità, anche a mezzogiorno. E i fatti che sto raccontando hanno avuto luogo quando iniziava già a calare la sera.

Il re si stava spazientendo. «Vedo la vostra tonsura. Saprete leggere. Svelatemi una volta per tutte il contenuto di questa lettera.»

«Come ordinate, signore.» Non appena Nunilo si è schiarito la voce e ha iniziato a leggere, ciò che fino ad allora era stato un blaterare sconnesso si è trasformato in un fiume di parole: «'Vescovo Teodomiro, servo di Dio, a sua maestà don Alfonso, re religiosissimo, sovrano delle Asturie. Vi saluto e che il Signore sia con voi...'»

Non sono in grado di riportare con esattezza il racconto prolisso del miracoloso ritrovamento avvenuto per mano di un eremita in un luogo vicino a Iria Flavia. Mi limiterò quindi a riassumere l'essenziale senza aggiungere nulla a ciò che ho sentito uscire dalle labbra del novizio.

Secondo quanto narrato, l'uomo, chiamato Pelayo, viveva isolato dal mondo in un bosco di Libredón, vicino alla parrocchia di San Félix de Lovio. Lì, per molte notti di seguito, la sua attenzione è stata richiamata da alcune luci misteriose, diverse da tutte quelle viste in vita sua. Erano stelle che tracciavano un luminoso disegno nel cielo, mentre una musica celestiale infrangeva il silenzio notturno senza che ci fosse nessuno strumento a suonare.

Dopo giorni di paura e preghiera, durante i quali il santo uomo ha temuto di aver perso la ragione o di essere vittima del diavolo, Dio ha ascoltato le sue suppliche e quelle stesse luci gli hanno indicato il cammino da seguire. Lo hanno portato nel punto più buio della foresta, dove Pelayo ha trovato un sepolcro che ha subito saputo appartenere all'apostolo Giacomo.

«Come?» ha chiesto immediatamente il re.

«Per concessione di un angelo. Una voce interiore impossibile da spiegare o descrivere in modo più preciso. Questo, almeno, è ciò che ha detto l'eremita quando il vescovo e io lo abbiamo interrogato, proprio come avete appena fatto voi con me», ha risposto l'emissario di Teodomiro.

Poi ha ripreso la lettura andando avanti con la storia.

Pelayo, quello stesso giorno, è corso a raccontare del ritrovamento, incapace di tenere per sé una tale scoperta, e il prete locale lo ha subito mandato dal vescovo. Quando il reverendissimo Teodomiro è giunto nel luogo indicato, dopo aver digiunato tre giorni per purificare il suo corpo, ha fatto sfrondare gli arbusti che nascondevano i massi scoperti dall'eremita per iniziare i lavori necessari a riportare alla luce il sepolcro.

Lì attorno si è radunata una folla di fedeli, davanti cui il vescovo si è prostrato, ai piedi delle rovine, proclamando a gran voce che queste appartenevano senza dubbio all'Arca Marmorea menzionata negli scritti di Isidoro d'Hispalis, san Giuliano di Toletum e Beda il Venerabile. Ciò significava che era stato appena trovato il sepolcro in cui riposavano le reliquie di san Giacomo, evangelizzatore d'Hispania, e dei suoi discepoli Attanasio e Teodoro.

Il contenuto della lettera del vescovo è costituito essenzialmente dalla narrazione, ricca di particolari, di questi fatti.

Don Alfonso si è preso qualche minuto per riflettere. Io invece, appena udito il nome di san Giacomo, ho ricordato subito le parole di un inno composto da Beato di Liébana, un monaco balbuziente che scriveva senza sosta nel monastero di San Toribio e che ho conosciuto da giovane:

Oh, vero e degno Apostolo, testa splendente e aurea d'Hispania, potente difensore e nostro patrono...

Ho sentito questa ode per la prima volta molto tempo fa, in una chiesa a Passicim, mentre cercavo di nascondermi, tra la folla, da chi voleva farmi del male. Sembrano essere passati secoli...

Allora, fuggitiva e perseguitata dai sicari di Mauregato il traditore, ho invocato la protezione del santo che quel monaco descriveva con parole tanto belle, come amoroso pastore capace di tenere lontano la peste, le malattie, le piaghe, le carestie, l'Inferno stesso. In seguito, mi sono appellata a lui durante innumerevoli battaglie, pregando che il suo scudo proteggesse le nostre truppe dalla morte. Ora, secondo questo messaggero giunto da ponente, il cielo ci stava rivelando con segnali inequivocabili la presenza dei suoi resti mortali a poche giornate di cammino da Ovetao, là dove il sole si sdraia sul mare, al confine del mondo.

Benché, come ho già detto, don Alfonso abbia ascoltato tutto il tempo in silenzio, senza nascondere il proprio scetticismo, Nunilo ha impiegato la massima enfasi nella lettura, ansioso di trasmettere l'entusiasmo suo e del vescovo da cui proveniva la missiva.

Finito di leggere, ha aggiunto: «Io ero lì, mio signore. Ho sentito l'energia di quei massi. I contadini della zona iniziano a parlare di miracoli e continuano a portare fiori e offerte per onorare il santo».

«Non so...» ha risposto don Alfonso con tono dubbioso. «Niente di ciò che raccontate mi sembra convincente.»

«Comprendo la vostra incredulità, maestà. Chi crederebbe su due piedi a una simile meraviglia? Tuttavia, vi giuro sulla salvezza della mia anima che ciò che dico è vero.»

«Non voglio offendervi mettendolo in dubbio, fratello. Penso, in ogni caso, che potreste essere stato voi stesso tratto in inganno, proprio come il nostro amato vescovo. Ultimamente proliferano uomini senza scrupoli disposti a qualunque villania pur di ottenere profitto dall'ingenuità del prossimo.»

«Vi prego umilmente di venire fino a quel bosco, signore. Perché, se aveste potuto contemplare le meraviglie che hanno accompagnato l'apparizione del sepolcro, se aveste visto e sentito ciò che ho potuto vedere e sentire io, avreste cacciato d'immediato ogni dubbio dalla vostra mente.»

Nonostante l'entusiasmo che trasmetteva Nunilo, il re vacillava ancora nel fidarsi di ciò che sentiva. Bastava guardare le sue sopracciglia aggrottate per rendersi conto della terribile battaglia che stava affrontando, combattuto tra il desiderio di credere e il dovere di mantenere alta la guardia. «Le false reliquie abbondano nelle mani di empi mercanti e voi state parlando nientemeno che di san Giacomo il Maggiore. Siete cosciente di ciò che significa questo nome?»

«Se non credete alla mia parola, leggete voi stesso quanto il reverendissimo vescovo ha scritto di proprio pugno, vi prego. Andate a verificare *in situ*. Aprite il vostro cuore all'accecante luce di Dio. Sono sue l'onnipotenza, la misericordia e la gloria. Ora che il nostro popolo soffre angherie indicibili per difendere la sua fede, sarebbe tanto assurdo che ci consegnasse uno dei Dodici come dimostrazione del suo amore?»

Il sovrano ha iniziato a giocherellare con la barba come è solito fare quando deve prendere decisioni difficili. «Se ciò che Teodomiro racconta nella lettera rispondesse a verità, ci troveremmo di fronte a un accadimento d'incalcolabile valore per il regno. Davanti a un miracolo persino più grande della vittoria che la Vergine Maria ha concesso al mio bisnonno, nella battaglia di Covadonga, affinché potesse restituire la libertà ai cristiani obbligati a convertirsi al credo musulmano.»

«Allora rallegratevi con noi, maestà. Celebrate la gioia di questo prodigio. Credetemi quando vi dico che ne parleranno con esultanza per secoli.»

Dopo un momento di riflessione che ci è sembrato infinito, il re ha sentenziato: «Frode o no, l'accaduto è troppo importante per non partire d'immediato verso Iria Flavia. Una volta lì, renderò noto il mio verdetto».

Ho chiesto al re di farmi prendere parte alla spedizione, manifestando il desiderio d'incontrare mio figlio. Non sono certa sia ancora al servizio del vescovo Teodomiro o di riuscire ad accompagnarlo vicino al *finis terrae*, nel luogo verso cui ci dirigiamo. Non sono nemmeno certa che sia vivo, in questa nostra patria costantemente flagellata dalla guerra. Per questo motivo ho supplicato sua maestà, che conosce perfettamente la mia situazione, di concedermi questo permesso. Non avrò un'altra occasione per cercare di scoprire la sorte di Rodrigo e, nel caso lo trovassi, di dargli tutto l'affetto che non ho potuto dargli in questi anni.

Don Alfonso, magnanimo, ha acconsentito, sempre che io

accetti di viaggiare a cavallo e non in carrozza, come sarebbe opportuno per la mia età. Carrozza o sella, cosa importa? Sono ansiosa di partire.

Il cammino è arduo e don Alfonso ha fretta, per cui ci ha ordinato di portare con noi solo lo stretto indispensabile così da non aver bisogno di carri. Questi, infatti, rimarrebbero impantanati nel fango che sicuramente ricopre le strade, facendoci perdere tempo. Quindi, niente ruote; via, gli arnesi inutili.

Monteremo in sella, come abbiamo sempre fatto davanti alle incursioni saracene. Ci priveremo di ogni comodità, senza proferire lamento. Spero che le mie ossa sopportino questo duro castigo, altrimenti dovranno fare marcia indietro, abbandonando l'entusiasmo che le ha spinte a compiere un tale sforzo. Non mi riferisco al sentimento suscitato dall'Apostolo, ma a quello suscitato dal pensiero di mio figlio.

Rodrigo è, come ho già detto, il motivo per cui don Alfonso mi ha permesso di unirmi al corteo che lo accompagnerà in questo pellegrinaggio. È lui la mia preoccupazione e il desiderio che guida i miei passi, ma non nego l'eccitazione per l'inizio di una nuova avventura accanto al mio signore. La possibilità di condividere questa intima esperienza riempie di vita il mio spirito.

Per quanto non ci sia una grande distanza a separarci, sono anni che non vedo il più piccolo dei miei bambini, né ho sue notizie. Di preciso, da quando abbiamo dato assieme l'ultimo addio a Índaro, morto in battaglia come tanti altri guerrieri del regno. Quanto tempo è trascorso da allora? Troppo!

Dopo aver sotterrato il padre, il mio giovane figlio è tornato ai propri obblighi a Sámanos e io ai miei a corte, dove la pace cui tutti aneliamo non dura mai a lungo. Da quel momento, ho dato per scontato che lui continuasse ad avanzare nella carriera ecclesiastica mentre io concentravo le mie forze nella costruzione della comunità monastica di Coaña, la cui gestione implica innumerevoli attività: raccogliere fondi, aggregare sorelle e fratelli, costruire una cappella, redigere la regola... Nessuna tanto importante da non poter aspettare, però.

Il cuore mi dice che Rodrigo è vivo, sebbene l'arrivo di quel novizio dalla Gallaecia abbia di colpo svegliato in me un sentimento oscuro, una sorta d'intuizione brumosa. Come se Rodrigo mi chiamasse al suo fianco. Non saprei spiegare come o perché, ma ho sentito che ha bisogno di me. Per questo lascio tutto pur di andare a cercarlo, confidando che le cose vadano come spero.

Tra appena una mezzaluna c'incontreremo, con l'aiuto di Dio, se ci sarà anche lui assieme a Teodomiro, per condurci nel luogo in cui dicono riposi il santo, nei dintorni di Iria Flavia.

La mia fedele Ximena, che ha passato una vita al mio fianco ma che stavolta non verrà con me, ha già preparato le mie cose. In viaggio dovrò cavarmela da sola, con l'aiuto dei servi e dei domestici messi al mio servizio dal ciambellano di palazzo. Ho vissuto situazioni peggiori. Se paragonata alla guerra, questa è una battuta di caccia.

Dato che siamo in estate, non è molto ciò che porterò con me: una mantella di lana grossa che mi protegga dalla pioggia, una camicia, una tunica, calze e calzari di ricambio. Anche un pettine e un fermaglio per raccogliermi i capelli, come si addice a una vedova rispettabile. Ho chiesto di riporre tutto in una piccola cassa in pelle, dove viaggeranno anche il necessario per scrivere, delle erbe medicinali e alcuni flaconi di unguento, nel caso ci colpisse qualche malattia. Nient'altro. Meglio non caricare troppo peso sul mulo.

Dubito di riuscire a dormire stanotte. L'eccitazione mi ha ridato la forza che pensavo di aver perso da tempo e l'ispirazione per scrivere. Questa volta niente e nessuno potranno impedirmelo. L'ho promesso a me stessa.

Raccontare, raccogliere, conservare la Storia... È il desiderio che alberga nel mio cuore da quando mi è stato insegnato a mettere assieme le parole da un vecchio sacerdote chiamato Bulgano, ritiratosi dal mondo assieme alla moglie e ai figli e conosciuto in circostanze che ora non è il caso di spiegare. Quell'uomo non mi ha solamente salvato la vita, mi ha anche fatto l'impareggiabile regalo di aprirmi le porte del sapere racchiuso nei codici. Lui ha spianato alla mia curiosità un sentiero che aveva aperto un altro monaco, Félix, la cui placida esistenza trascorreva in una biblioteca di Toletum.

È tanto il piacere che ho ricavato dal leggere, e tanto ciò che ho appreso, che ho sempre desiderato condividere questa fortuna con coloro che verranno dopo di me. Lasciare testimonianza scritta di quanto ci è toccato vivere, soffrire, lottare, sentire. Rendere duraturo il presente, contro l'incertezza del domani. Immortalare questa esistenza effimera che merita di essere ricordata.

Finora non era stato possibile. C'erano altri compiti da sbrigare al servizio del mio re o della mia famiglia. Oggi dispongo del tempo e dei mezzi necessari per portare a termine quest'opera, senza sapere se ne varrà o no la pena.

Chi ha il potere di prevedere ciò che ci riserva la Provvidenza?

Qualsiasi cosa accadrà, verrà custodita da questa pergamena.

È tutta la mattina che scrivo, piano, illuminata dal sole che inonda la mia camera, orientata verso sud. Il palazzo fatto costruire da Tioda, l'architetto del re, ha un ampio patio, protetto da mura in pietra e provvisto non solo di una propria cappella, ma anche di bagni alimentati da acquedotti. Non ha nulla da invidiare alle dimore reali che ho conosciuto a Toletum o nella stessa Corduba, quando ancora nelle Asturie le uniche costruzioni solide erano le chiese.

Don Alfonso abita al primo piano della torre, alla destra del grande portone che fornisce l'accesso alla piazza d'armi. A sinistra si erge un'altra torre delle medesime dimensioni, in cui si trovano diverse stanze. Sotto il sovrano, vicino all'armeria, dorme il corpo di guardia. Un ponte fortificato mette in comunicazione la torre con l'edificio che accoglie le camere dei membri della corte e della servitù. Le cucine si trovano al lato opposto, assieme alle scuderie, motivo per cui il cibo arriva spesso freddo alla tavola del mio signore, che dorme in un letto altrettanto freddo.

Penso spesso a quanta tristezza deve aver ospitato quell'alcova solitaria mai accesa dal fuoco della passione. Quanto desiderio avrà soppresso il re grazie alla sua forza di volontà e alle preghiere, per poter rimanere casto, nessuno sa in virtù di quale promessa, di quale ferita o tortura dell'anima, sepolta in una prigione sotto sette porte serrate.

Sarà questa solitudine la ragione per cui non ha mai esitato a partire per primo verso il fronte, alla guida delle proprie truppe? Sarà che quanto gli attanaglia lo spirito pesa più della stanchezza o della paura? Probabilmente preferisce condividere le difficoltà delle battaglie coi soldati che soffrire la freddezza di quella stanza vuota. Ciò che non riesco a comprendere è il perché di una tale rinuncia.

Dev'essere successo qualcosa di molto grave, per indurre in lui una condotta così contro natura, così dolorosa. Darei tutto per svelare quel mistero, non per curiosità, ma per poter mettere fine a questa sua terribile sofferenza.

Il palazzo, in ogni caso, dispone di stanze sufficienti per dare alloggio agli ospiti, ma io non sono un'ospite qualunque. Mio marito è stato il braccio destro di don Alfonso a Passicim, lo ha seguito in esilio, dopo il tradimento di Mauregato, e ha lottato al suo fianco fino alla morte. Io non sono mai stata da meno, sono figlia del popolo delle Asturie, le cui donne combattono con la stessa ferocia degli uomini. O almeno così era fino a poco tempo fa. Ora tutto è cambiato.

Prima, in questa corte guerriera, ciascuno occupava il posto che si era guadagnato col proprio operato. Non c'era spazio per gli approfittatori. Col trascorrere degli anni, attratti dalle conquiste, sono iniziati a spuntare arrivisti esperti nell'adulazione. Persone come il conte Aimerico, che viaggerà con noi.

Magari il mio giudizio è errato, lo ammetto. Se il re lo fa sedere alla sua destra, deve esserci un motivo, per quanto io creda che il conte celi intenzioni abiette. Davanti al dubbio, in ogni caso, preferisco tenermi le mie riserve.

L'ho visto in più di un'occasione in compagnia di cortigiani molto diversi da ciò che è e rappresenta il mio signore, e questo, nel nido di vipere che è la corte, ha fatto scattare in me l'allerta. Magari si confonde tra loro per smascherarli, ma potrebbe anche tramare alle spalle del sovrano. Non posso saperlo. È tanto abile come diplomatico quanto temibile come guerriero, qualità che per don Alfonso hanno molto valore. Io, tuttavia, diffido nel vederle assieme in un'unica persona. L'ambiguità non mi è mai piaciuta. I sorrisi ipocriti, nemmeno.

In ogni caso, il conte Aimerico al momento è il consigliere più fidato del sovrano e probabilmente il suo migliore amico. Ha preso il posto che una volta occupava Índaro. Vedovo della sua terza moglie, morta di parto come le altre, in questo viaggio sarà accompagnato da una figlia di primo letto, Freya, che io vigilerò attentamente, così come farò col padre.

Non ho intenzione di perderli di vista. Qualcosa mi dice che la presenza del conte in questo pellegrinaggio non risponde soltanto alla devozione nei confronti dell'Apostolo, ma ha motivazioni più oscure. Lui è terribilmente ambizioso. Lei, una fanciulla di ottima stirpe e singolare bellezza. O suo padre la sta utilizzando come esca per attrarre il re in qualche trappola, o semplicemente la vuole introdurre nel letto reale alla prima occasione. Non sarebbe il primo a provarci.

Sono diffidente, sì. Penso male, lo ammetto. Ma nel corso della mia vita questi tratti innati del mio carattere mi hanno salvata da molti guai. Perché cambiare ora? Non ho intenzione di farlo! Freya e io saremo le uniche due dame a far parte del corteo reale, per cui condivideremo la tenda e finiremo per stringere amicizia. Non le toglierò gli occhi di dosso. Anzi, la farò sorvegliare anche dalla serva che si occuperà di noi.

Il resto della comitiva è composto da una mezza dozzina di servi, un paio di schiavi saraceni, due liberti, che sono il cuoco di palazzo e la donna al nostro servizio, una guardia armata di dieci uomini e tre chierici diversi tra loro quanto possono esserlo tre uomini che condividono la tonsura.

Odoario, l'abate del monastero di San Vicente, è un sant'uomo più o meno della stessa età di don Alfonso. Forse anche un po' più grande, di sicuro trattato peggio dagli anni. Mi chiedo come potrà il suo corpo secco, martoriato dalle penitenze e dai digiuni, resistere alle difficoltà del viaggio. Non ho mai avuto molto a che fare con lui, anche se il suo viso rasato, solcato da rughe profonde, così come il suo sorriso, emanano bontà.

Ha scelto come compagno un monaco giunto da poco da Toletum, Sisberto, che sembra essere il suo opposto: tozzo, basso, con occhi vispi da roditore, radi capelli scuri e guance sempre rosse. Pur non essendo più un ragazzino, è il più giovane di noi. Parla troppo per i miei gusti e ha una voce profonda. Invece che un umile monaco sembra un vescovo. Detto questo, è scappato dalla sua città natale, mettendo a rischio la propria vita per poter pregare liberamente il suo Dio qui nelle Asturie. Non è stato il primo a farlo, né sarà l'ultimo, ma è un gesto che richiede un coraggio e una forza d'animo meritevoli di grande rispetto.

Il terzo è Danila,[1] monaco calligrafo, più o meno mio coetaneo, cui il mio signore ha affidato il compito di stendere l'itinerario del pellegrinaggio.

Avrei dato il mio braccio sinistro perché fossi io a ricevere questo compito. In verità, sono determinata a farlo comunque, sebbene in segreto.

Quando don Alfonso ha chiamato questo famoso monaco, celebre in tutta Ovetao per la sua rigorosa disciplina e la bellezza della sua grafia, sono stata sul punto di fare un passo avanti e offrirmi volontaria, ricordandogli tutte le occasioni in cui avevo scritto per mio marito, che non ne era capace. Ma mi è mancato il coraggio. Il re mi ha già concesso una grande grazia permettendomi di unirmi a questo gruppo, di cui Nunilo non farà parte, ancora troppo affaticato per ripercorrere il cammino.

Proprio con loro, Nunilo e Danila, ho trascorso gran parte della giornata di ieri. Grazie alla vasta cultura che possiedono, quando domani all'alba ci metteremo finalmente in marcia, potrò dire anch'io di sapere chi stiamo andando a cercare.

«Giacomo, figlio di Zebedeo e fratello di Giovanni, fu chiamato da Gesù vicino al mare di Galilea...»[2] Il giovane novizio giunto dalla Gallaecia conosceva la storia dell'Apostolo come se l'avesse vissuta in prima persona. Non è stato necessario insistere perché me la raccontasse. Moriva dalla voglia di farlo. Mi sono recata nella sua stanza col pretesto di chiedere se avesse bisogno di qualcosa. Avevo con me un unguento per curargli le ferite poiché nel salone mi sono accorta che i piedi gli sanguinavano. In realtà, però, ciò che desideravo davvero era scoprire chi fosse quel discepolo di Cristo che io non conoscevo. Non volevo che una tale ignoranza mi mettesse in imbarazzo davanti al mio signore, perciò ho chiesto: «Avreste la bontà di raccontare a questa vecchia dama chi fu esattamente il santo di cui adoreremo le reliquie?»

«In verità, mia signora, l'obiettivo del viaggio che state per intraprendere è verificare che i santi resti trovati sotto quel campo di stelle siano davvero appartenuti all'Apostolo evangelizzatore della nostra patria.»

Data la veemenza con cui aveva sostenuto la propria causa in precedenza, quella risposta mi ha lasciata sconcertata. «Non siete sicuro di ciò che afferma il vescovo Teodomiro e che avete affermato voi stesso?»

«Certo. Ma nulla sarà formalmente dimostrato finché il re non contemplerà coi propri occhi ciò che noi abbiamo avuto la fortuna e la grazia di vedere coi nostri. Stiamo parlando di un fatto straordinario, senza precedenti nelle terre ispaniche.»

«Se dite il vero, il sovrano lo saprà. Non è facile ingannarlo.»

«E noi non ne abbiamo l'intenzione! Il nostro signore Alfonso lo accerterà con la massima cautela perché il ritrovamento di così sacre reliquie rappresenta un prodigio cui nessun mortale ha potuto assistere da molto tempo. La sua incredulità è perfettamente comprensibile, e anche giusta per il compito che deve svolgere. Vi assicuro che, quando sarà davanti al sepolcro, tutti i suoi dubbi spariranno. Da quel momento in poi, il re e il mondo intero sapranno che san Giacomo il Maggiore riposa in Gallaecia.»

«Quindi si tratta veramente del corpo di un apostolo?»

«È così, e non di uno qualunque... Dei dodici apostoli del Signore – Simone, chiamato Pietro, e Andrea, suo fratello, Giacomo di Zebedeo e Giovanni, suo fratello, Filippo e Bartolomeo, Tommaso e Matteo, il pubblicano, Giacomo di Alfeo e Taddeo, Simone il Cananeo e Giuda Iscariota, che tradì –, il figlio di Zebedeo fu uno dei primi a seguirlo, abbandonando la sua barca, le sue reti, suo padre e sua madre, senza nemmeno salutarli. Per questo motivo Nostro Signore lo ha benedetto con un amore speciale.»

Forse perché ormai mi addentro nella vecchiaia, non riesco a comprendere dove stia la grandezza nell'abbandonare i genitori. È la legge della vita, lo so. Anche i miei figli hanno seguito questa stessa strada. Hanno forse un merito particolare ai miei occhi? Affatto! Comprendo che l'amore dei genitori verso i figli sia un sentimento incondizionato, non paragonabile a quello con cui vengono ricambiati normalmente, ma da lì a che sia considerato degno di stima abbandonare padre e madre senza nemmeno dire loro addio...

Io non ho avuto scelta. Mi hanno strappata dalla mia casa non appena ho perso il primo sangue e, quando sono riuscita a tornare, di loro non rimanevano che le ceneri. I disegni del Signore sono sempre imperscrutabili. Non è così?

Curiosa di saperne di più, ho proseguito con le domande, cercando erroneamente di applicare i miei modi di pensare a una storia accaduta tanto lontano dalle nostre Asturie. «Chi erano i suoi genitori? Qual era il suo lignaggio?»

«Alcuni sostengono che san Giacomo fosse fratello di sangue del Signore, perché nei vangeli si legge: 'Sua madre non si chiama forse Maria e i suoi fratelli Giacomo, Giuseppe, Simone e Giuda?' Altri dicono che in realtà quel fratello fosse l'altro Giacomo, di Alfeo, mentre ci sono alcuni che credono lo siano entrambi. Probabilmente erano cugini, figli di tre sorelle: Maria, madre di Dio, Maria, madre di Giacomo Alfeo, e Maria, madre dei figli di Zebedeo. Ai tempi degli apostoli, i nipoti e i cugini si chiamavano fratelli.»

«Temo di essermi persa. Quanti uomini chiamati Giacomo accompagnarono il Redentore?»

«Le Sacre Scritture ne menzionano tre: Giacomo di Zebedeo, il nostro Apostolo; Giacomo il Minore, figlio di Alfeo; e Giacomo il Giusto. Probabilmente erano tutti parenti. Ma, qualunque fosse il vincolo di sangue che li legava, l'unica cosa che conta è che tutti loro si unirono a Gesù Cristo per volontà di Dio, perché, come dice lo stesso Signore, 'chiunque avrà fatto la volontà del Padre mio, che è nei cieli, mi è fratello'.»

Quella risposta aveva chiarito un poco i miei dubbi circa il lignaggio dell'Apostolo, di cui prima sapevo solo che era nato in Galilea e che era cresciuto assieme al Salvatore. Niente indicava, tuttavia, che appartenesse a una stirpe nobile, ma ciò non sembrava in nessun modo intaccare la devota ammirazione che il mio interlocutore provava nei suoi confronti.

Ho quindi provato a orientare in altro modo le mie domande. «Come lo onorò Gesù Cristo? Gli concesse forse un titolo speciale come riconoscimento delle sue imprese?»

Sul viso di Nunilo si è dipinto un sorriso in cui ho notato una certa fastidiosa condiscendenza, soprattutto perché proveniva da un giovane imberbe, che poteva essere mio figlio. «Solo una donna potrebbe avere un tale pensiero. Anche la madre del santo Apostolo commise un errore simile quando chiese a Gesù di riservare ai suoi figli un posto privilegiato in cielo, facendoli sedere uno a destra e l'altro a sinistra alla sua tavola.»

Non volevo addentrarmi in una polemica che mi avrebbe allontanata dai miei propositi, per cui ho soffocato l'orgoglio e ho chiesto: «Se, come affermate, il Signore amava in modo speciale quei fratelli, cosa aveva di strano una tale richiesta? Più di una volta, durante i banchetti, ho pregato il nostro re di far sedere alla propria destra il maggiore dei miei figli, Fáfila, per distinguerlo dagli altri invitati».

«Mostrate di nuovo la vostra ignoranza, donna Alana. La richiesta di Maria era assurda perché alla sinistra di Gesù è seduto il Padre, che ha collocato il Figlio alla sua destra, proprio come è spiegato nelle Scritture. Questa ovvietà non richiede ulteriori chiarimenti.»

Ho fatto nuovamente un grande sforzo per trattenermi e ho insistito: «In tal caso, Nunilo, in che modo il Signore manifestò il suo amore?»

«In mille modi diversi. Per esempio, permettendo a san Giacomo di assistere alla resurrezione della figlia del capo della sinagoga o di accompagnarlo sul monte Tabor, dove ebbe luogo la trasfigurazione in cui tutti poterono contemplare il viso di Cristo brillare come il sole sotto la luce splendente della sua gloria. Ma, soprattutto, incoronandolo con la fortuna di essere il primo martire a salire in cielo, il primo a possedere lo scettro della vittoria e un posto in Paradiso.»

«E questo perché era suo fratello?»

«Certo che no!» Sembrava offeso. «Se Nostro Signore gli offrì quella corona fu per la tenacia con cui portò a termine la propria missione. Non invano ha concesso ai suoi dodici apostoli la forza necessaria per allontanare gli spiriti impuri, per curare la malattia e il dolore del mondo, per strappare sin dalla radice la superstizione pagana. Per questo lo ha chiamato Giacomo, che significa 'Seguace di Dio'.»

«Seguace di Dio?» ho chiesto.

«Sì, Seguace di Dio, perché con la sua predicazione ha salvato molti dai loro vizi, ha curato nei cuori dei giudei e dei gentili l'idolatria e la perfidia, convertendoli alla fede in Cristo e alla consolazione dello Spirito Santo.»

«Quando avete informato don Alfonso del ritrovamento del sepolcro, vi siete riferito all'Apostolo come al 'Figlio del Tuono'...»

«Così il Signore chiamò i due fratelli, Giacomo e Giovanni: *Boanerghes*, che significa 'figli del tuono'. Perché il tuono produce suoni terrificanti, annaffia la terra con la pioggia e crea fulmini. I due fratelli emettono quegli stessi suoni terrificanti quando, come dicono le Scritture, 'per tutta la terra si diffonde il loro annuncio e ai confini del mondo il loro messaggio'.»

«Il rumore del tuono terrorizza. È spaventoso quando il fulmine ti cade vicino. Gli apostoli volevano forse intimorire con le loro parole? Scusate la mia ignoranza, fratello, ma vorrei capire...»

«Allora aprite le vostre orecchie, mia signora, e ascoltate», mi ha ripreso, severo. «Oppure avrete la stessa sorte del suo giustiziere. Giacomo non ha mai voluto spaventare, ma illuminare tutti con la luce di Cristo. Emetteva lampi coi suoi miracoli, rischiarando così le menti delle persone semplici; spargeva pioggia benefica quando era felice e, allo stesso tempo, dava conforto al cuore dei più umili. Confondeva con predicazioni sagaci coloro che, dopo la crocifissione di Cristo, non sapevano cosa fare né da che parte stare. Nemmeno decapitandolo sono riusciti a piegarne la testa.»

La passione con cui si esprimeva quel messaggero era contagiosa, lo ammetto. I suoi occhi, circondati da aloni scuri dovuti alla stanchezza, sembravano braci ardenti. Le sue mani, come falchi da caccia, gli volteggiavano minacciose attorno alla bocca, enfatizzando ogni parola, ogni silenzio.

Sebbene lo avessi trovato sdraiato a letto, coi piedi nudi e gonfi, ricoperti di ferite, ora si era alzato e attraversava a grandi passi la stanza, apparentemente immune al dolore. Di certo qualcosa infiammava quel ragazzo. Qualcosa che anche io ero ansiosa di provare.

«San Giacomo è morto per mano di una spada?» ho domandato.

«È morto per questa valle di lacrime, sebbene sia asceso ai cieli con l'aureola della gloria e ora viva lì per grazia di Dio.»

«Lo hanno giustiziato?» ho insistito.

«Lo ha fatto giustiziare Erode Agrippa, ai tempi dell'imperatore Claudio, dieci anni dopo l'Ascensione di Nostro Signore. L'Apostolo è stato catturato da uno scriba fariseo, chiamato Giosia, che è morto assieme a lui, sgozzato dalla stessa spada, essendosi convertito alla luce di Cristo dopo aver ascoltato la sua parola.»

«Allora perché dite che non gli fecero piegare la testa?»

«È evidente che tutto ciò che riguarda l'Apostolo vi è oscuro, mia signora.»

«Così è, giovane Nunilo. Ma non crediate che io sia l'unica e non arrabbiatevi per la mia ignoranza. La maggioranza dei sudditi di sua maestà sa di questo martire quanto ne so io. Ovvero, poco o niente.»

«In tal caso, compirò un grato dovere illuminandovi. Chiedevate perché l'Apostolo non piegò la testa. Vi rispondo: per due volte il suo giustiziere ne silenziò la voce, ferendogli due volte il collo fino a staccare la preziosa testa dal tronco, ma questa non rotolò a terra. Il santo, pieno della virtù di Dio, se la prese tra le mani, le levò al cielo e rimase così, sostenendola in ginocchio, finché non giunse la notte e i suoi discepoli non ne raccolsero il corpo.»

Quel racconto miracoloso mi turbava al punto di eclissare il tono arrogante che quel novizio aveva nei miei confronti. Snocciolava la propria narrazione con una tale veemenza, una tale convinzione, che mi sembrava di vedere san Giacomo, inginocchiato e ricoperto di sangue, sostenersi il capo con orgoglio, deciso a impedire che riuscissero a farglielo cadere.

«Erode mandò diversi uomini a cercare di prendere quella testa, ma nessuno ci riuscì. Le loro mani si riempivano di crampi sopra il preziosissimo corpo dell'Apostolo, che uno scudo divino proteggeva dalla profanazione.»

Il mio viso doveva riflettere tutti i dubbi che l'immagine era riuscita a suscitarmi, perché proprio in quel momento Nunilo ha considerato conclusa la conversazione, lasciandomi con una domanda inespressa. Volevo sapere come fosse possibile che un apostolo martirizzato a Gerusalemme fosse stato sepolto così lontano, vicino al *finis terrae*. C'era qualcosa che non quadrava, in quella storia. Stavo per formulare questa obiezione, ma lui ha tagliato corto, secco: «Ora, se me lo permettete, vorrei raccogliermi in preghiera. Devono già essere suonati i vespri e non è mia abitudine saltarli».

Dovevo ancora scoprire in che modo i resti dell'Apostolo erano giunti fino in Gallaecia e perché avesse scelto proprio la nostra terra per il suo eterno riposo, ma sapevo a chi rivolgermi per cercare la mia risposta. Non avevo intenzione di andare a coricarmi prima di averla ottenuta.

Fino a ieri, non avevo mai parlato con Danila. Ricordo di averlo visto nella vecchia corte, assieme al re, quando don Alfonso firmò il testamento in presenza dei notai del regno, ormai diciassette inverni fa.

Lunga vita al re!

A quei tempi il calligrafo era un monaco poco più grande di Nunilo, smilzo, con le spalle strette e lo sguardo sfuggente, che cercava di rendersi invisibile sebbene fosse già famoso per la bellezza della sua grafia. Un ecclesiastico in più tra i molti che pullulavano a corte.

Diversamente dalla maggior parte degli uomini a quei tempi, non mi rivolse nemmeno uno sguardo. Neanche ora sembra nutrire una particolare simpatia nei miei confronti. Ieri il suo saluto è stato talmente ostile che, per paura che se ne lamentasse col sovrano, non ho avuto il coraggio di confessargli la mia volontà di tenere un itinerario del nostro pellegrinaggio. Non gli ho neanche detto che so leggere e scrivere. Avrebbe solo peggiorato la sua già pessima opinione di me.

Dalla conversazione che abbiamo avuto, ho capito che è uno di quegli uomini che ritengono la donna un essere di natura inferiore, cui non può essere attribuito altro ruolo oltre a quello di madre e sposa. Ce ne sono tanti altri come lui a Ovetao. Ce ne sono sempre più, a mano a mano che si perdono le antiche usanze asturiane per cedere il passo a quelle dei goti, che, a loro volta, ricordano quelle dei saraceni. Per questo motivo, sono obbligata a fingere di avere due mani sinistre quando voglio ottenere qualcosa. E ieri volevo che il monaco, la cui pancia è lievitata a mano a mano che la calvizie ne ha divorato la tonsura, mi svelasse il mistero di come e perché san Giacomo, il Seguace di Dio, avesse deciso di essere sepolto nel nostro regno.

Così ho bussato alla sua porta. «È permesso?»

«Chi è?» ha risposto lui, burbero.

«Una pellegrina alla ricerca dell'Apostolo», ho detto senza mentire.

«Avanti!» Danila si trovava in piedi, accanto a un alto scrittoio di legno scuro, mentre scriveva alla luce di due lumi su un libro miniato che ha chiuso non appena sono entrata. Aveva le dita della mano destra tinte di nero, così come gran parte della pettorina e delle maniche. Mi ha rivolto uno sguardo freddo, domandando senza proferire parola il motivo di quella visita così tanto inopportuna ai suoi occhi.

«Interrompo il vostro lavoro, padre Danila?»

«Lo avrei concluso comunque questa notte», ha replicato, brusco. «Como posso esservi utile?»

«So che sua maestà vi ha incaricato di compilare una cronaca dettagliata di ciò che troveremo a Iria Flavia, così che i posteri possano sapere ciò che sta accadendo in questi giorni.

Perciò ho pensato che nessuno conoscesse come voi la vita del santo le cui reliquie sono state così fortunatamente ritrovate.»

Un gesto appena percettibile, simile a quello degli uccelli quando gonfiano il petto, ha dimostrato che Danila non era indifferente agli elogi, così come la maggior parte dei suoi confratelli. Incoraggiata da tale certezza, ho aggiunto, con ancora più umiltà: «Vorreste dedicare un frammento del vostro prezioso tempo per salvarmi dalla mia ignoranza? Non riesco a comprendere come sia possibile che l'Apostolo di Nostro Signore Gesù Cristo, decapitato a Gerusalemme, sia stato sepolto in Gallaecia...»

«È evidente che non avete letto san Girolamo, che a sua volta ha conosciuto la storia di san Giacomo da Cromazio. Naturale. 'Il miele non è stato fatto per la bocca dell'asino.'»

Ho mandato di nuovo giù l'orgoglio, questa volta a fatica, e l'ho lasciato proseguire.

«Dopo la Passione del Nostro Salvatore, il gloriosissimo trionfo della sua Resurrezione e la sua veneranda Ascensione, dopo la venuta dello Spirito Santo e della Pentecoste, mentre altri si diressero verso differenti regioni del mondo, il beato san Giacomo fu portato per volere di Dio in Hispania. Qui, attraverso la predicazione, insegnò la Parola di Dio alle genti che vivevano in queste terre e, seguendo l'amore di Cristo, scelse nove discepoli: Attanasio, Teodoro, Torquato, Secondo, Indalecio, Tesifonte, Eufrasio, Cecilio ed Esiquio. Col loro aiuto estirpò la mala erba del paganesimo...»

In quella pausa tesa ad aumentare la drammaticità del racconto, sono stata tentata di chiedergli di attenersi all'essenziale, se non volevamo stare svegli tutta la notte. Ho tuttavia deciso di tacere e il monaco ha proseguito col suo erudito discorso: «Allorché sentì arrivare la sua ora, l'altissimo Apostolo si diresse rapidamente verso Gerusalemme, accompagnato dall'amorevole conforto di tutti i suoi discepoli. Quando la perfidia di Erode fece trafiggere il collo del loro maestro, furono questi ad appropriarsi furtivamente del corpo, collocandolo assieme alla testa in un sacco di pelle ricoperto da aromi preziosi e portandolo fino alla spiaggia per salire a bordo, con lui, di un'imbarcazione che, dopo sette giorni, li condusse fino al porto di Iria Flavia».

«Perché? Non sarebbe stato più facile seppellirlo nel luogo in cui si trovavano?» ho obiettato.

«Vi ho appena raccontato che l'Apostolo aveva predicato in Hispania, compiendo la volontà di Dio», ha risposto lui, irritato dalla mia interruzione.

«Ma, anche così, non riesco a capire perché i suoi discepoli si siano fatti tanti scrupoli per portarlo così lontano. Le essenze che occorrono per imbalsamare un corpo sono molto costose...»

«Osate mettere in dubbio nientemeno che la parola di san Girolamo?» ha esclamato.

«Certo che no! Se quel santo e voi stesso dite che san Giacomo è venuto a portare la luce di Dio in questo regno, deve essere così. Ma questo non spiega perché sia tornato qui una volta morto.»

Il calligrafo stava per cacciarmi in malo modo dalla stanza. Gliel'ho letto negli occhi.

La mia ostinazione può essere insopportabile, soprattutto per gli uomini abituati ad avere a che fare con donne deboli. I miei sforzi nel cercare di capire infastidiscono profondamente chi accetta, docile, ciò che detta la loro fede. Tuttavia, Danila è astuto e conosce il potere che ho all'interno della corte. Forse è per questo motivo che si è limitato a rispondere: «È ciò che vogliamo scoprire con questo pellegrinaggio. Non è così, donna Alana? Vogliamo sapere, con certezza, se le reliquie appena trovate appartengano o no all'Apostolo. Io sono propenso a credere di sì».

«Posso chiedervi perché?»

«Servirebbe a qualcosa se vi rispondessi di no? Conosco bene la natura della vostra relazione col re. So l'alta considerazione che ha di voi.»

«Senza dovermi appellare a sua maestà, vi pregherei di dirmi perché pensate che le reliquie trovate vicino a Iria Flavia siano proprio quelle del figlio di Zebedeo. Vorrei avere anch'io la stessa convinzione.»

«Mi baso sulla fede e sulla tradizione, sorella. Due argomentazioni fondamentali.»

«Non conosco tale tradizione.»
«Ascoltate, allora. Una volta in Hispania, i discepoli portarono il sacro feretro nelle terre di una certa donna, chiamata Lupa, e le chiesero di poter usare come sepolcro il piccolo tempio in cui teneva un idolo. Lei, nobile di stirpe, vedova e di fede pagana, fece di tutto per opporsi alle loro preghiere, finché non dovette arrendersi alla potenza del miracolo divino.»
«Un altro?» ho domandato, ammirata, ricordando ciò che mi aveva raccontato Nunilo riguardo alle mani dell'Apostolo che sostenevano la testa mozzata.
«Un altro fra i molti, mia signora. Stiamo parlando di san Giacomo, amatissimo discepolo di Cristo.»
«Certo.»
«Furono alcuni buoi miracolosamente addomesticati che, percorrendo la strada più veloce, portarono le reliquie del santo fino al palazzo della donna, che dovette piegarsi agli evidenti segnali e accettare di cedere il proprio tempio perché, una volta ridotte in polvere le empie immagini che vi avevano dimorato fino ad allora, diventasse una cripta.»
«Ed è proprio quel tempio a essere stato trovato dall'eremita Pelayo, sotterrato in mezzo alla boscaglia.»
«Così pare. Vedremo, giunti lì, se questo miracoloso ritrovamento risponde al volere di Dio o a una qualche forma d'inganno. Niente succede per caso, in questa vita. Tutto ciò che esiste e accade ha un significato profondo, sebbene a volte non lo vediamo.»
«Credete questo?»
«Mi pare evidente. La Provvidenza ha un linguaggio che non siamo sempre capaci di comprendere, per quanto chiaro. Prendete per esempio i dodici apostoli. Credete che il loro numero sia casuale? Il numero dodici è composto dal tre e dal quattro, perché la loro missione era predicare la Santissima Trinità nei quattro punti cardinali. Sono loro le vere dodici ore del giorno e della notte e i dodici raggi del vero sole. Prima di nascere erano stati annunciati da grandi segni, come i dodici figli di Giacobbe, i dodici principi delle dodici tribù d'Israele, le dodici fonti di Elim nel deserto, le dodici pietre preziose incastonate nel pettorale di Aronne, i dodici esploratori inviati

da Mosè nella terra promessa, le dodici stelle che si collocavano sulle corone delle spose, i dodici segni dello zodiaco, i dodici mesi dell'anno, i dodici senatori romani, i dodici saggi...»

Mentre Danila già s'imbarcava in una nuova orazione, io sono ammutolita, pensierosa davanti allo sfoggio di tanto sapere.

«Prendete per esempio la sorte di Erode, giustiziere del nostro amato Apostolo. È ammirevole la grande coerenza delle Sacre Scritture con la storia della Palestina, perché lo stesso Giuseppe Flavio racconta che al cinquantatreesimo anno di età, durante il suo settimo anno di regno, questo Erode, dopo che un angelo gli ebbe inflitto un terribile dolore allo stomaco presso Cesarea, fu condotto fra atroci sofferenze fino al palazzo di Giudea. Lì, dopo cinque giorni di agonia, tormentato dai dolori al ventre, finì violentemente la sua vita, divorato dai vermi che gli uscirono a fiotti dal corpo non appena ebbe esalato l'ultimo respiro.»

Devo averlo guardato con espressione confusa, perché si è affrettato a spiegare: «I vermi che divorarono la carne del malvagio Erode rappresentano i vermi famelici che tormentano i dannati all'Inferno. Il Signore lo dice a gran voce nel Vangelo: 'Dove il loro verme non muore e il fuoco non si estingue'. Quelli sono vermi pungenti, voraci, divoratori di anime, selvaggi, più crudeli di tutte le bestie e immortali, come immortali sono le anime».

Stavo per andarmene col cuore turbato da quest'ultima morbosa immagine, descritta con vera passione, ma Danila non aveva nessuna intenzione di concludere la nostra conversazione. Sembrava felice di poter esporre davanti a me il frutto delle proprie riflessioni.

«Così come il numero dodici si nasconde in innumerevoli messaggi e i vermi di Erode rappresentano un chiaro avvertimento di ciò che spetta all'Inferno ai peccatori ostinati, il ritrovamento di queste sante reliquie a Iria Flavia racchiude un messaggio che deve riempirci di gioia.»

«Se non ci troviamo davanti a un inganno», ho puntualizzato.

«Certamente. Se l'Apostolo riposa davvero in quel campo benedetto indicato dalle stelle, la Gallaecia e tutte le Asturie raggiungeranno una gloria pari a quella di Roma, dove i pellegrini di tutto il mondo si recano per pregare davanti al sepolcro di san Pietro. Pari a quella di Efeso, l'ultima dimora di san Giovanni, o della stessa Terra santa, piena di sepolcri venerati sin dall'antichità. Vi rendete conto di ciò che questa scoperta significherebbe per il futuro del nostro regno?»

La mia mente era talmente sconvolta dai vermi divoratori, tanto nauseata da quel pensiero ripugnante, che riusciva a malapena a concentrarsi su altro. Danila, nel frattempo, continuava a snocciolare un elenco di segni dal suo punto di vista inequivocabili: «Avete notato, mia signora, che ieri, giorno in cui è giunto l'emissario di Teodomiro, si celebrava la festa dell'Angelo?»

«Avrei dovuto?»

«È inutile chiedervi di comprendere quando è evidente che vi mancano le conoscenze indispensabili per poterci riuscire», ha detto con disprezzo. «Sapete, tuttavia, che la parola greca *angelos* significa 'messaggero', 'inviato'. Per questo motivo chiamiamo così gli araldi alati di Dio. Non può essere frutto del caso che quel fratello, giunto dai confini del mondo, sia arrivato precisamente ieri. Esiste una ragione divina per questo e mi azzardo a credere che si tratti di un gioioso augurio. Preparatevi quindi a presenziare a un miracolo. Purificate la vostra anima. Vi siete confessata? Avete preso la comunione? Non dovreste intraprendere questo viaggio senza farlo...»

Non sono ancora riuscita a levarmi dalla testa il pensiero di quei vermi. Chiudo gli occhi e li vedo lì, grigiastri, grassi, che godono mentre si nutrono delle ferite in cancrena dei guerrieri moribondi che un tempo era mio compito consolare, quando accompagnavo Índaro in battaglia e aiutavo nelle retrovie. Più di una volta ho vomitato davanti alla visione di quelle creature immonde, la cui presenza era il preludio di morte certa, e tra sofferenze atroci.

Sarà vero, come sostiene il calligrafo, che il destino riservato ai peccatori è un eterno dolore tra le fauci di quegli esseri? Mi torna ancora una volta in mente il monaco che ho conosciuto in un monastero della Liébana; quel monaco balbuziente che invocava la protezione di san Giacomo, convinto di star vivendo i suoi ultimi giorni in questo mondo. Ricordo il codice che mi ha permesso di sfogliare, coi commenti all'Apocalisse di san Giovanni, sui cui margini erano disegnati diavoli e mostri di ogni tipo, leoni con molteplici teste, serpenti dal volto umano, uccelli con lingue di fuoco, persino scarafaggi o granchi giganteschi con chele minacciose, però mai vermi. Non ricordo di aver visto tra quei disegni niente di simile alle bestie di Danila. Nulla potrebbe essere peggio di loro.

Madre, è forse questa la pena cui ti ha condannato Dio?

Ti sei rifiutata di abbracciare la fede che ha portato con sé il tuo sposo, aggrappandoti in segreto a quella che hai amato da bambina. Mi hai anche insegnato a invocare la luna e a offrire sale alle fonti; a dar fuoco a ciò che deve essere bruciato e a cercare nelle radure dei boschi la forza delle antiche pietre disposte a forma di tavolo o di cerchio. Sei rimasta fedele alla tua devozione alla dea, non hai lasciato passare un solo giorno senza onorare il tuo dono per le cure, consolando od offrendo aiuto a chiunque bussasse alla tua porta. Nella bilancia del Giudice Supremo, peseranno di più le tue credenze o i tuoi atti? Prevarrà la tua mancanza di umiltà o la carità che ha sempre guidato la tua condotta?

Devo scacciare questi terribili pensieri o perderò il senno. Il Dio della misericordia, il Dio dell'amore e del perdono non può essere tanto crudele, dica quel che dica Danila.

Spero che questo pellegrinaggio porti un po' di luce in questa e in altre tenebre. Spero mi permetta di comprendere, perdonare e accettare ciò che è ormai troppo tardi per cambiare. Spero che il Figlio del Tuono faccia arrivare anche a me quella voce capace di attraversare i mari. E, soprattutto, spero che mi riporti tra le braccia di Rodrigo, il cui innocente sorriso anelo di poter rivedere prima di morire.

Spengo la candela e cerco di riposare un po'.

Domani inizia il cammino.

Ovetao, IX secolo d.C.

2
UN MARE DI DUBBI

Antica villa di Cornelio,
Giorno di San Giovanni

Ci eravamo riproposti di coprire una distanza di diciotto miglia, per non rendere troppo faticoso il primo giorno di cammino, ma non è stato possibile. Pessimo inizio.

Abbiamo cavalcato per poco più di dieci miglia e già non c'è una sola parte del corpo che non mi dolga: dalle cosce alle mani; dalla schiena, in ogni sua parte, ai piedi, senza dimenticare le ginocchia, cui spetta il compito di guidare il cavallo. Mi ero dimenticata di quanto potesse sembrare dura la sella dopo esserci stati seduti sopra per ore. O quanto si potesse essere grati per una sosta durante cui sgranchire le gambe e sottrarsi a tale tortura.

La parte peggiore della giornata, quella più dolorosa, tuttavia, è stata quando ho destato l'ira di don Alfonso, pronunciando le parole sbagliate.

Dicono che la mortificazione del corpo predisponga l'anima all'incontro col Signore. Se è così e le giornate che verranno saranno simili a questa, quando giungeremo a Iria Flavia, il mio spirito volerà leggero tra le braccia di quell'Apostolo le cui reliquie dicono di aver trovato, perché staranno seppellendo anche me.

Dal momento che non nutro nessun desiderio di raggiungere il Regno dei Cieli, devo recuperare velocemente le forze di un tempo e tenere a bada la lingua. Farò ciò che è necessario, qualunque cosa, per riguadagnare l'affetto del mio sovrano.

Per riprendermi, inizierò facendomi alcune frizioni con l'unguento che ho chiesto di preparare a Ximena, a base di essenza di pino, alloro, erba di san Giovanni e olio alle mandorle, sperando che allevi il dolore. Magari i bagni di questa casa romana funzionassero ancora... Un po' di acqua calda sarebbe un vero toccasana. Ma lussi del genere appartengono a un'altra epoca e a un altro luogo. All'harem di Corduba o alla nuova residenza di don Alfonso, per esempio. Qui non sarebbero adatti.

Domani sostituirò la larga tunica di oggi con una un po' più corta e, seguendo le usanze dei condottieri goti, indosserò le calze alte cosicché la mia pelle non sfreghi contro il manto del cavallo. Cercherò anche di proteggermi meglio dalla pioggia con un buon mantello col cappuccio invece che con la mantella leggera che oggi avevo sulle spalle. Come ho potuto intraprendere questo cammino con una tenuta tanto inadeguata e con una preparazione così esigua, benché io sia ormai più che abituata alle penurie che comporta un viaggio?

Dovresti vergognarti di te stessa, Alana di Coaña. La vita sedentaria di corte non ti ha giovato.

Oggi è stata una giornata difficile, ma m'impegnerò a migliorare e a cancellare il dispiacere che ho arrecato al re. Nessuno potrà dire a me, figlia del popolo delle Asturie, di essermi arresa alla fatica, al peso degli anni o allo scoramento. Giuro che non accadrà!

Andiamo con ordine...

Ci siamo messi in marcia molto presto, prima che gli uccelli iniziassero a cantare, illuminando il cammino con le torce. Lentamente abbiamo lasciato alla nostra sinistra la chiesa di Santa Maria, appena edificata, e dall'altro lato della strada quella di San Michele, a ridosso della torre di guardia innalzata ai suoi tempi da re Fruela, defunto padre del mio signore.

Stavamo per costeggiare le pendici del monte Naranco, sempre diretti verso ponente, quando il cielo plumbeo ha cominciato a caderci addosso, prima con violenza e poi, come suole accadere nelle Asturie, sotto forma di una lenta e inesorabile pioggerellina, che ci ha resi completamente fradici. Niente che tutti noi, esclusa la contessa Freya, non avessimo vissuto prima, in condizioni anche molto peggiori.

Ogni tanto guardavo con la coda dell'occhio quella ragazza, la figlia del conte Aimerico, provando nei suoi confronti una profonda invidia. È così giovane e così fortunata a non aver mai dovuto soffrire le difficoltà dell'esilio. Non ha mai conosciuto l'angoscia del lasciare precipitosamente la propria casa e fuggire verso le montagne, soltanto con ciò che si ha addosso, a causa dell'avanzata minacciosa del nemico. Non conosce il pericolo. Per tutti questi motivi, e chissà per quanti altri, sembrava godere dell'allegro trotto del proprio pony asturiano, agghindata come una principessa.

Freya aveva un vestito blu, senza nessuna macchia, i lunghi capelli dorati che ondeggiavano al vento e la fronte bianchissima, ornata da un nastrino. Non le è sparito il sorriso dal volto nemmeno sotto l'acqua che ci ha accompagnati durante tutta la mattinata. Io invece ho iniziato a soffrire quando ancora si vedeva Ovetao, in cima alla sua collina, alle nostre spalle. E, per quanto ci abbia provato, non sono riuscita a nasconderlo.

Che vergogna!

La città prescelta da don Alfonso come capitale del regno è situata su un altopiano e circondata da montagne, il che significa salite e discese. Irte, terribili, spesso scivolose, che rendono dannatamente arduo il cammino, soprattutto quando piove, ovvero sempre.

Cosa vi avrà visto il sacerdote Massimo per decidere di stabilircisi assieme ai suoi servi, scavando nella montagna, tagliando gli alberi, creando pascoli e piantando orti, col costante timore di vedere apparire da lontano gli stendardi con la mezzaluna?

Gli anziani del luogo raccontano che il fondatore della città aveva attraversato la cordigliera meno di cent'anni fa, stabilendosi in questa terra senza padrone. Immagino che, volendo sfuggire ai mori, avesse trovato protezione sull'altopiano per innalzare la propria fortezza, così come avevano fatto i miei antenati asturiani nel costruire i loro castri, sempre in alto, sulle montagne. Si sarà sentito costantemente in pericolo, così come lo siamo noi ora, ma avrà preferito questo al dover rinunciare alla propria fede e alla propria libertà. Come biasimarlo?

La libertà ha un caro prezzo. Dio solo lo sa! Un prezzo che si paga col sangue, con la perdita, col dolore, con la paura... Un prezzo che molti preferiscono non pagare, accettando placidamente il giogo. Io no. Mai. Per questo capisco quel sacerdote, il mio re e il mio popolo, per quanto maledica queste strade ogni volta che il cavallo scivola, rischiando di farmi cadere.

«State bene, donna Alana?» La contessa ha interrotto le mie riflessioni, fermando il suo pony per affiancarmi. «Forse dovete riposare un po'...»

Non credo sia necessario dire che l'orgoglio mi ha impedito di accettare l'offerta. «Non ce n'è bisogno», ho risposto secca, con tutta la dignità possibile, date le circostanze. «Sono perfettamente in grado di continuare.»

«Se avete bisogno di fermarvi, non esitate a dirlo. È ammirevole lo sforzo che state facendo: cavalcare un tale destriero alla vostra età, senza mai lamentarvi. Io, al vostro posto, avrei preteso di viaggiare su una sedia o su un carro.»

«Dubito che riusciate a mettervi nei miei panni, cara. Per vostra fortuna, la vita non vi ha obbligato a vivere ciò che ho vissuto io. Comunque, scacciate ogni preoccupazione. Non solo sono in forze, ma detesto i carri. Molto tempo fa, proprio mentre viaggiavo su un carro, i sicari di un re traditore mi hanno strappata dalla mia famiglia per portarmi fino a Corduba.»

«Non conoscevo questa triste storia!» ha risposto lei, spaventata. «Volevo solo aiutarvi.»

«Se avrò bisogno di aiuto, lo chiederò. Non sono una fragile vecchietta.»

Non c'è niente che io detesti più della condiscendenza. Preferisco essere temuta o odiata piuttosto che compatita.

Ormai sarà evidente!

È possibile che quella fanciulla abbia agito in buona fede, mossa da sentimenti onesti. È, anzi, probabile. Tuttavia non escludo che cerchi di usarmi solo per arrivare al re. Persino un cieco potrebbe vedere che il conte l'ha portata con sé unicamente perché lei possa sedurre il sovrano. Questo, e nessun altro, è il motivo della sua presenza. Ciò che ancora non so è se lei sia d'accordo o se sia semplicemente sottomessa alla volontà del padre, così come ci si aspetterebbe dalla figlia di un ricco conte, educata alla cieca ubbidienza.

Non sarebbe la prima volta che una dama di nobile stirpe tenta di entrare nel letto del re per poter elevare la sua posizione a corte, a volte volontariamente, più spesso manovrata dalla famiglia. A Ovetao sono una miriade le cercatrici di fortuna che hanno provato a ottenere ricchezze, potere o ascesa sociale esibendo senza pudore le proprie grazie davanti a don Alfonso.

Nessuna ci è riuscita.

Non posso negare che questo mi faccia piacere.

Il mio signore ha convertito la castità in un simbolo del suo regno senza che nessuno, fino a ora, sia riuscito a svelare il mistero dietro tale sacrificio. La causa del castigo che continua a imporsi deve essere molto grave, perché non solo priva lui del piacere carnale, ma condanna anche il regno a un'inevitabile lotta di successione dopo la sua morte.

Dal momento che, quando ciò accadrà, io probabilmente avrò già lasciato questo mondo, la questione, per quanto grave, non mi leva il sonno. M'inquieta molto di più l'idea che, alla fine, il re possa sposarsi. Ciò mi ferirebbe in quanto donna. Non posso sapere cosa proverei nel vederlo tra le braccia di un'altra, ma sospetto una pena terribile.

Perdere la speranza di essere amata dal padrone del mio cuore a causa di un voto incomprensibile è una cosa. Assistere al suo matrimonio con Freya sarebbe infinitamente peggio. Insopportabile. E, tuttavia, non è una possibilità di cui oggi io non possa tener conto.

Cosa porta il conte a sperare di trionfare dove lo stesso re dei franchi ha fallito? Lo ignoro. Ma voglio riuscire a scoprirlo prima di raggiungere la nostra meta.

La mia risposta a Freya dev'essere stata abbastanza sgarbata da averla spaventata. Questo mi ha obbligata a sopportare il resto del viaggio da sola, lontana dal gruppo principale, più vicina ai servi, ai muli da soma e ai soldati che al mio signore Alfonso, in prima linea, in sella al suo magnifico cavallo, solo come me.

Nessuno avrebbe detto che si trattasse del re se non fosse stato per il suo portamento regale e per l'altezza dell'esuberante cavallo. Forse sin troppo esuberante per questi sentieri, circondati da precipizi. Meno male che il sovrano è un cavaliere esperto.

Chi potrebbe vedere in lui il potente monarca che è, se vestito in modo così semplice? Con gli spessi stivali da campagna, la tunica corta, di lana scura, e l'armatura leggera, senza maniche, che ha dovuto indossare controvoglia per precauzione, si distingue a malapena da una delle sue guardie. A cosa stava pensando? Perché ha evitato la compagnia? Un altro mistero che, assieme a quello della bellissima Freya o dell'Apostolo, le cui reliquie ci chiamano, spero di risolvere a mano a mano che passano i giorni.

Accanto al sovrano correva Cobre, il mastino che lo segue ovunque, felice di trovarsi all'aperto, libero dai guinzagli. Qualche passo indietro, senza perdere di vista il proprio signore un solo istante, camminava Nuño, il suo inseparabile servo guascone, che non si fida di nessuno.

Quel gigante dai lineamenti duri, la barba folta, i capelli crespi, gli occhi neri, la schiena ampia e la parola così rara che sarebbe potuto nascere muto, ha combattuto assieme al re innumerevoli battaglie e gli ha salvato la vita in più di un'occasione. È la sua ombra sin dai tempi dell'Araba, per sua volontà, dal momento che era un uomo libero, strettamente legato alle proprie usanze e, sospetto, al paganesimo.

Nuño è un uomo particolare, direi indecifrabile, tanto rude quanto fedele. Non ha mai cercato una sposa né chiesto terre o titoli al sovrano. Non ha mai voluto altro fuorché servirlo, tanto in guerra quanto in pace. Per questo motivo è sempre all'erta, vigile, giorno e notte. Sebbene all'apparenza sembri pericoloso, a me infonde tranquillità. Lo apprezzo sinceramente, nonostante l'aspetto rozzo.

Di solito, indossa una tunica corta, di lana grezza, che gli lascia scoperte le gambe pelose, apparentemente immuni al freddo. Calza sandali in cuoio non conciato, sia in inverno sia in estate. Le sue armi sono il coltello e le frecce, che usa con una mira infallibile. Non si separa mai dal corno che porta appeso al collo, grazie al quale, più di una volta, ha evitato un'imboscata nemica, e ha lo stesso sguardo degli uccelli quando avvistano una preda.

Ho già detto che protegge il sovrano con una devozione commovente. Vigila ognuno dei nostri movimenti, senza eccezione, sebbene sospetti principalmente dei prigionieri saraceni, resi schiavi, che teme non attendano altro che un attimo di distrazione per mettere a segno la loro vendetta. Io non so con precisione quanti siano, suppongo due o tre, ma sicuramente Nuño li ha già individuati e li tiene sott'occhio.

Anche Agila, capo della guardia reale, non perde d'occhio il re, sebbene questa mattina si sia portato avanti di mezzo miglio assieme a sei dei suoi soldati, per essere certo che la strada fosse sicura. Nessuna precauzione è troppa quando si tratta del sovrano, la cui vita, minacciata continuamente, vale più di quella di tutti i suoi sudditi messi assieme.

Il cammino prosegue, monotono, in salita e discesa attraverso le colline. In alcuni tratti il sentiero conserva il suo antico lastricato romano, e ciò ne facilita l'attraversamento. Altrove, questo sparisce sotto secoli di boscaglia, obbligandoci a marciare in fila, l'uno dietro l'altro, o al massimo a due a due, facendo attenzione a schivare rami e spine. Non tutti sembrano esserne capaci.

Sia il conte sia sua figlia se la cavano abbastanza bene, contrariamente a ciò che avrei scommesso io. I sacerdoti più anziani, invece, avanzano a fatica, bisbigliano preghiere tra un lamento e un altro. Odoario e Sisberto, fianco a fianco, montano due puledre anziane, tranquille, mentre Danila ha preferito affidare il proprio deretano a uno dei nostri cavalli, abituati a trottare tra queste asperità.

Per tale ragione, e per il raro godimento che ci procura la lettura, io e il monaco calligrafo siamo molto simili. Non c'è da meravigliarsi. Siamo entrambi nati nelle Asturie e sappiamo quanto i nostri meravigliosi cavalli biondi, dalle zampe forti e dalle criniere lunghe, siano affidabili. Bestie nobili, tanto sgraziate quanto instancabili, capaci di affacciarsi a un precipizio senza timore, persino nel bel mezzo di una tempesta o quando la neve nasconde il sentiero.

Danila e io siamo abbastanza anziani da sapere che ciò che colpisce all'apparenza raramente mantiene le proprie promesse; l'umiltà, invece, nasconde spesso grandi virtù. I cavalli delle Asturie sono un fedele riflesso delle qualità del nostro popolo: resistenza, ostinazione, modestia, perseveranza, coraggio, determinazione, semplicità, generosità... Persone e animali disposti a sacrificare ogni cosa per evitare la sconfitta e per tenere alta la testa. Animali e persone umili, di cui andare orgogliosi.

Proprio a un cavallo, quello del re, devo la fortuna di aver concluso la giornata di marcia prima del previsto, quando ormai sentivo le forze abbandonarmi.

Qualche␣stalliere di palazzo deve aver lavorato male, oppure si è semplicemente dimenticato di fare il proprio lavoro, cosa che gli costerà senza dubbio un castigo, perché il cavallo ha perso il ferro di una delle zampe posteriori obbligandoci a interrompere la marcia fin quando non potrà essere ferrato di nuovo.

Sia benedetto questo errore, ma resto comunque dell'idea che quella bestia non sia adatta a valicare i nostri monti.

Fortunatamente ci trovavamo nelle vicinanze di un'antica villa romana, proprietà di un potente signore chiamato Cornelio, il cui ottimo stato di conservazione ci procurerà un alloggio abbastanza comodo per la notte. Non è più la villa che era una volta, ma è di certo meglio che dormire per terra, o in una tenda, sotto la fitta pioggia che non ha smesso di cadere per un secondo.

Ormai siamo lontani da casa.

Ovetao, situata nel centro delle terre degli asturi, dove s'incontrano le strade del Nord, del Sud, d'Oriente e di Ponente, è sparita dalla nostra vista. La capitale del Regno delle Asturie, protetta dai fiumi Nalón e Nora, è definitivamente alle nostre spalle. Ci aspettano molte fatiche, molte sorprese e chissà quali pericoli prima di tornare al sicuro tra le sue mura.

Il re ama la sua città natale con più passione di quella che gli ho mai visto mostrare verso una persona in carne e ossa. Forse il sentimento nasce dal fatto che è stato suo padre a fondarla, come rifugio per la madre, lontano dagli intrighi di Cánicas, dove tutto era una cospirazione e una lotta per il potere. Forse perché lì ha avuto origine lui, frutto del tormentato amore tra un principe brutale e una giovanissima prigioniera guascona diventata poi sua sposa, che io ho conosciuto molto più tardi, ormai vedova, ma comunque non meno attraente nella sua bellezza selvaggia. Forse è un sentimento nato nei primi anni di vita, trascorsi lì, al riparo dalle congiure di palazzo e tra le carezze che poi gli sono state negate.

Qualunque sia il motivo, la cosa certa è che quell'affetto smisurato lo ha portato a impegnare anima e corpo a ingrandire la città preferita di don Fruela, mettendoci una dedizione molto vicina all'ossessione.

Una volta, anni fa, ho chiesto a Tioda, l'architetto reale, la ragione di quella fissazione.

Allora, io avevo appena perso mio marito, mentre lui, da poco giunto a corte, stava disegnando e raccogliendo il materiale necessario per poter iniziare il grande progetto architettonico per il quale era stato chiamato. Mi vergogno un po' a confessare che trovava tempo anche per allietare le mie orecchie paragonando la mia bellezza a quella dell'alabastro, in un corteggiamento innocente che non ha mai avuto nessun esito, per quanto sia stato bello.

Come corre il tempo, Signore! Se in quel momento avessi saputo ciò che oggi so, non avrei perso l'occasione di trovare conforto tra le braccia di Tioda. Ma la gioventù, nella sua superbia, crede di essere eterna... Che grande errore!

Credo ci trovassimo nell'atrio della basilica del Salvatore, accanto al palazzo ancora in costruzione. Aveva appena finito di spiegarmi dove sarebbero sorte le quattro torri fortificate destinate a difenderla, in un futuro, dalle incursioni musulmane che già in tre occasioni l'avevano distrutta fino alle fondamenta, radendo al suolo i dodici altari dedicati alla memoria degli apostoli e saccheggiando tutti i gioielli e gli ornamenti indispensabili per il culto.

Poco prima avevamo percorso assieme, attraverso l'immaginazione, i saloni, la sala da pranzo, le dispense, le botteghe, il padiglione che avrebbe funto da sala di giustizia, le stalle, il corpo di guardia e le altre stanze che oggi formano l'immensa corte, per quanto all'epoca mi sembrasse impossibile vedere realizzato un progetto tanto ambizioso.

La vita mi aveva già insegnato tanto di guerre, odio, distruzione e morte, ma molto poco, quasi niente, della gloria di certe opere umane.

«Sapete voi, maestro, perché il re dedica tante risorse dell'esiguo tesoro reale per la costruzione di questi edifici quando ci sono tante altre necessità urgenti nel regno?» ho chiesto.

Prima di rispondere, Tioda mi ha fissato, sorpreso. «Perché, una capitale degna del Regno delle Asturie non è forse una necessità urgente? Mi sorprende che una dama colta come voi non riesca a vedere ciò che per me è ovvio.»

«Avete senz'altro ragione, o almeno in parte. Un grande signore deve abitare in un palazzo degno della sua grandezza e una città vulnerabile come questa necessita di solide mura. Ma tutte queste chiese, l'acquedotto, la fontana monumentale, il battistero? C'è così tanta devastazione in giro, così tante vedove, così tanti orfani... Mi domando come il re potrà riscuotere le imposte necessarie a finanziare questi imponenti lavori. Chi li pagherà? Ci vorrà tanto oro, e non l'abbiamo.»

«E a noi cosa importa?» ha risposto, gelido. «Finché continuerà a esserci la guerra continueranno a morire uomini che lasceranno vedove e orfani. Anche se don Alfonso rinunciasse a edificare questa città e si rassegnasse al fango di un accampamento militare, la loro sorte sarebbe la stessa. L'unica cosa che cambierebbe sarebbe il messaggio recepito dai suoi nemici, che lo vedrebbero come un monarca miserabile, facile da sottomettere.»

Sentite quelle parole mi sono ricordata di ciò che si diceva di noi a Corduba («asini selvaggi che si alimentano di miele»); del disprezzo con cui i mori contemplano il nostro stile di vita austero, così lontano da quello dei loro harem, dove domina una ricchezza ostentata. Allora ho compreso fino a che punto Tioda credeva nella sua visione, infatti ha continuato a spiegare: «Dove si procurerà l'oro per pagare queste opere? Le nuove conquiste ci procureranno un buon bottino e, quando il regno si amplierà, aumenteranno anche le imposte riscosse. Dovete guardare oltre, Alana. Pensate come pensa un sovrano. Con lungimiranza. Con ambizione».

«Credo di comprendere ciò che volete dire...»

«A questo re non basta resistere a ogni imboscata e ripartire sempre da zero. Non si rassegna a governare un territorio distrutto dalle lotte intestine, costantemente minacciato dal potente nemico del Sud. Aspira a qualcosa di più. È arrivato fino a Olisipo in una delle sue incursioni. Ha sconfitto i mori in battaglie decisive, come quella di Lutos, grazie cui oggi le Asturie hanno confini sicuri. Ora vuole restaurare ciò che Rodrigo perse nel 711 e, per fare ciò, ha bisogno che la sua capitale brilli come brillava Toletum in quei giorni lontani.»

«Allora è una questione di apparenza? Dovremmo impressionarli così che desistano dal tentare di conquistarci? Se è così, perdonatemi perché io mi fido più dell'acciaio di una spada che della pietra di una chiesa.»

«È una questione politica, Alana. Don Alfonso sta reclamando l'eredità dei suoi antenati goti. Tutta. Ha lottato e lotterà con la spada nel nome del vero Dio. Lo fa in nome di Cristo, e per questo desidera che Ovetao diventi presto la prima sede episcopale d'Hispania, libera dall'influenza musulmana che corrompe i cristiani di Toletum.»

«Politica, dite...»

«Per raggiungere i suoi fini, mia amata signora, la città del nostro sovrano necessita di quei templi e di quei monasteri che voi considerate trascurabili. Ma c'è di più. Il re aspira anche a restaurare l'ordine giuridico che vigeva nella nazione gota, a salvaguardare la sua eredità culturale, a recuperare nella sua interezza l'Hispania rasa al suolo da Mūsā e Ṭāriq dopo il tradimento dei figli di Witiza.»

«E che relazione c'è tra queste pietre e tale proposito?»

«Una relazione molto stretta, dolce Alana. Una relazione tanto intima quanto quella che instaurerei tra noi due, se voi me lo permetteste...»

In quei giorni io ponevo più attenzione a quel galante corteggiamento, cui l'ombra del mio defunto sposo non mi ha permesso di soccombere, che al significato delle parole di Tioda. Oggi mi pento di non aver bevuto tale magico elisir fino all'ultima goccia.

Per quanto riguarda Ovetao... Rimango dell'idea che l'amore incondizionato di don Alfonso per la sua città sia mosso da ragioni più profonde persino di quelle esposte dall'architetto, sebbene anche loro abbiano avuto un ruolo rilevante nel cuore del monarca.

Nel suo testamento, alla cui firma ho assistito anni fa, il sovrano afferma che il Salvatore e il suo palazzo sono una straordinaria eredità, salvata con grandi sforzi dalla devastazione saracena. *La basilica e le costruzioni attigue*, mi pare fossero le testuali parole. *Coi suoi ornamenti in oro e argento, coi libri sacri e coi paramenti destinati agli altari, senza dimenticare i servi di sua proprietà, l'atrio che la circonda, tutta la città appena costruita e le mura che la proteggono.*

Ma c'è di più, molto di più, nascosto dietro le parole di quel documento.

Io mi azzardo a pensare che quella straordinaria opera architettonica sia anche un modo per ritrovare il calore familiare che a don Alfonso è mancato da bambino. Di esprimere al defunto padre ciò che è sepolto nel più profondo del suo cuore, sentimenti che probabilmente lui nemmeno sa esistere o non vuole ammettere. Amore, ammirazione, forse un po' di rancore, sicuramente nostalgia.

Sto fantasticando? È possibile. Il mio signore non ha mai mostrato nessuna debolezza davanti ai miei occhi. Non ha mai fatto o detto niente che mi autorizzi a scrivere ciò che scrivo. Tuttavia, è stato lui a far incidere una lapide, oggi collocata sul lato sinistro della chiesa del Salvatore, sulla quale si legge:

Tu, chiunque tu sia, che contempli tale tempio, degno dell'onore di Dio, saprai che, prima di questo, ne sorse qui un altro, uguale, fatto edificare da re Fruela, sempre pio, per il Signore Nostro Salvatore, dedicando dodici altari ai dodici apostoli. Elevate tutti, al Signore e a lui, la vostra pia preghiera, affinché il Signore vi dia il premio che meritate.

Quanto peserà nel cuore del mio sovrano l'assenza di quel padre, morto in modo brutale prima che lui potesse davvero conoscerlo, per incidere un'invocazione del genere sulla pietra?

Quanto è profonda quella cicatrice, che attraversa parte della sua vita?

Vedendolo cavalcare da solo, immerso nelle sue riflessioni, mi sono domandata se qualche volta cerchi anche lui di dare un senso a questa esistenza di costanti rinunce, se pianga in silenzio la sua perdita, se si torturi, come faccio spesso io, domandandosi fino a che punto tale sacrificio sia valso la pena...

Siccome lo amo candidamente, siccome l'ho servito con lealtà per tanti lustri, oso mettermi nei suoi panni, sapendo che l'amore è l'unica chiave capace di aprire la porta alla verità.

Penso alla Ovetao in cui Fruela e Munia condividevano la loro dimora col figlio, ancora piccolo, e cerco d'immaginarmi come dovevano essere le loro serate. Se, in quei tempi di razzie e ribellioni sanguinose, c'era spazio per le risate o per i giochi. Se don Alfonso avrà potuto conservare nel cuore qualche gaio ricordo di quell'uomo, la cui memoria è oggi celebrata nelle cronache e nelle lapidi in suo onore. Cosa avrà raccontato la madre di quel padre selvaggio, il più delle volte lontano, temuto per la sua ferocia ma comunque tenero, voglio credere, quando abbracciava il suo unico figlio e legittimo erede?

Come si dice a un bambino di quattro anni che il padre è stato assassinato? Che tipo di cicatrice lascia una notizia del genere su un principe obbligato a sua volta a fuggire, lontano da ogni affetto, per non incorrere nella stessa sorte? Dev'essere stato un peso tale che quel bambino, diventato adulto, ha preferito rinunciare ad avere una famiglia piuttosto che perderla? Se così fosse, le mura di Ovetao, il suo palazzo, le sue chiese, sarebbero il modo in cui don Alfonso, alla fine dei suoi anni, affronta il destino che ancora grava sulla sua esistenza.

È tanto il dolore che questo re ha dovuto affrontare. Una terribile solitudine, sin dalla giovanissima età. Ovetao è la sua ricompensa. Il suo capriccio. La sua rivalsa.

Adesso è un immenso cantiere, dal quale sorgono di volta in volta edifici grandiosi, innalzati per glorificare Dio. Fino a poco tempo fa non era che un cumulo di macerie.

Perché non una, ma ben tre volte i saraceni hanno completamente distrutto la città fatta costruire da Fruela. Non una, ma ben tre volte hanno dato fuoco alle sue chiese e profanato le reliquie che riposavano nei loro altari, portate da molto lontano per consacrarli. Non una, ma ben tre volte hanno sradicato con accanimento i frutteti che nutrivano gli abitanti e sgozzato il bestiame trovato nei pascoli, tentando di spopolare la nostra terra e di sottometterci grazie alla fame. Non una, ma ben tre volte hanno fatto irruzione a sciami nelle strade, uccidendo o imprigionando coloro che non sono riusciti a scappare.

Quante teste mozzate di soldati portate fino a Corduba per decorarne i bastioni, e quante donne e quanti bambini ridotti in schiavitù! Quanto dolore, quante lacrime ha conosciuto la città martire di don Alfonso!

Ovetao ha sofferto sul suo corpo di pietra un supplizio pari a quello dei suoi cittadini cristiani, decisi a resistere a ogni costo al brutale attacco saraceno. Ha lottato, ha sanguinato e ne è uscita vittoriosa.

Proprio come le Asturie.

Ovetao per il mio sovrano è molto di più che la sede della sua corte o il luogo in cui, in una luminosa giornata di fine estate del 791, davanti ai miei occhi, è stato incoronato re, secondo la tradizione visigota.

Allora, infatti, non si è accontentato di essere innalzato sopra lo scudo dai propri guerrieri, seguendo l'esempio dei suoi antenati. Come ben diceva Tioda, ha voluto emulare Wamba o Rodrigo e ricevere la sacra unzione di un principe della Chiesa, al fine di essere legittimato davanti agli occhi del popolo non solo come primo tra i suoi soldati, ma anche come spada di Dio chiamata a difendere la fede da nemici selvaggi.

Durante i trentasei anni trascorsi da quando ha pronunciato i voti, mai una volta ha vacillato nel restarvi fedele. Li ha onorati con lo stesso fervore che ha mostrato il giorno dell'incoronazione, all'ombra di un cumulo di macerie tra i campi devastati dalla guerra, dove oggi sorge una città prospera che si espande e prega libera sotto lo scudo del suo protettore.

Che egli sia lodato.

Mi sono seduta a scrivere, al riparo dalla pioggia e da sguardi indiscreti, sotto la tettoia, sopravvissuta allo scorrere del tempo, del porticato che anticamente circondava il giardino interno alla villa e che ora è, invece, inghiottito dalla vegetazione. Alcune delle stanze che vi si affacciano conservano ancora parte del soffitto o delle pareti affrescate che l'umidità non è riuscita a divorare del tutto. Ci sono anche frammenti di mosaici colorati che emergono, qua e là, tra le erbacce che ne hanno invaso il pavimento.

Quanto doveva essere bello trascorre la vita qui! Quanto mi sarebbe piaciuto crescere i miei figli in un luogo simile, tra giardini frondosi!

I miei figli... Che ne sarà stato di loro?

Rodrigo, specialmente, occupa uno spazio tutto suo nei miei pensieri, stretto a me come nessun altro, forse perché lo so solo, privo del conforto di una sposa. Sono in attesa, impaziente, ansiosa di scoprire la ragione dell'angoscia che ultimamente s'impossessa di me quando ne evoco il viso. Spero non significhi nulla!

Dal lato opposto delle rovine che ho dovuto scavalcare per raggiungere questo rifugio, don Alfonso sta riposando, seduto sui resti di una colonna, mentre accarezza Cobre con dolcezza. Sembra essere particolarmente pensieroso, non che ciò mi sorprenda. È così da quando abbiamo iniziato il cammino.

Quali preoccupazioni occupano la sua testa? Pensa forse a san Giacomo, apparso tra noi proprio quando il regno ne ha più bisogno? Sarà il peso di quella corona crudele, che lo obbliga a lottare senza sosta da quando ne ha memoria? Sarà l'immagine di Freya, col suo corpo snello, con la sua allegria, con la sua voce suadente e con quello sguardo fresco, innocente, che si trova solo negli occhi di chi non ha ancora conosciuto il dolore?

Gli sarebbe sicuramente di conforto averla accanto durante il tramonto della propria vita. Una dolce compagna. Una regina degna del re che lui è. Lo so. E con la stessa certezza so che mi causerebbe molto dolore immaginarla accanto al mio signore, nel suo letto.

Sono divorata dalla gelosia, sì. Lo confesso perché immagino che nessuno leggerà queste parole finché io sarò ancora al mondo. Sono gelosa di quella fanciulla, la cui vita è ancora tutta da vivere mentre la mia si avvicina pericolosamente alla fine.

Dovrei vergognarmi? Forse. Ma non possiamo combattere ciò che sentiamo. Non possiamo governare le nostre emozioni. Al massimo, possiamo evitare di comportarci in modo meschino con chi ci suscita tali infimi sentimenti senza averne la colpa. Ma anche questo è difficile...

Spero, per l'onore del mio sangue, di essere all'altezza del compito e di non perdere la dignità per una fanciulla nubile che potrebbe essere mia figlia.

Ma come «spero»? Lo sarò di certo!

Lontano da noi, accanto a quelli che una volta dovevano essere i porcili, i servi hanno acceso il fuoco per iniziare a cucinare. Oggi, per cena, ci attende uno spezzatino caldo, uscito direttamente dalle cucine reali per finire dentro un calderone, in groppa a una mula: buona carne rossa accompagnata da rape, carote, verze e altre verdure e insaporita con abbondanti spezie. Intingeremo nella salsa pane di spelta ancora fresco, fino a lasciare il piatto lucente. Mi viene appetito solo a pensarci.

L'abate Odoario e quel monaco forestiero che ha scelto come compagno, Sisberto, si stanno dirigendo verso il re. Devo trattenere le risate nell'osservare come camminano goffamente, con l'andatura tipica di quando si è cavalcato a lungo senza essere abituati a farlo. Voglio avvicinarmi per origliare. Se stanno tramando qualcosa, voglio essere la prima a saperlo. O la seconda. Perché Nuño non è mai lontano.

«La pace del Signore sia con voi, maestà...» ha esordito Odoario. «Giungiamo per le preghiere dei vespri. Avete già mandato a ferrare il vostro cavallo?»

«Muhammed lo ha condotto nella fucina più vicina non appena ci siamo fermati, sì. Il cavallo si lascia governare solo da me o da quel prigioniero, quindi ho mandato lui assieme a due soldati della guardia, con ordini precisi affinché non ci sia nessun ritardo. Domani cercheremo di recuperare il tempo perduto oggi. Ma sono felice di aver avuto l'occasione di visitare questa villa. Sembra il luogo perfetto per fondare un monastero.»

«Certamente!» lo ha assecondato Odoario, con evidente entusiasmo. «I fiumi Narcea e Nonaya, che confluiscono non lontano da qui, procurerebbero il pescato, oltre che abbondante acqua. La terra sembra essere fertile. Le pietre della villa sarebbero un materiale da costruzione impareggiabile. Con l'aiuto di vostra maestà, questo luogo potrebbe ospitare un monastero prospero, dove celebrare la gloria di Dio cantando le sue lodi.»

«Se mi permettete di esprimere la mia umile opinione, non so se Dio indicherebbe il luogo in cui vuole essere adorato facendo perdere un ferro al cavallo del re dei cristiani», è intervenuto Sisberto.

«Cosa volete dire?» ha domandato don Alfonso.

«Niente d'importante, signore. Vi chiedo scusa. Chi sono io per contraddire il vostro giudizio o quello del venerabile Odoario? Però è tutto il giorno che mi si affaccia insistentemente in testa un'idea che mi procura una grande angoscia, e la coscienza m'impedisce di continuare a tacere. Pur correndo il rischio d'importunarvi, sento che è mio dovere esprimerla ad alta voce.»

«Perché non vi siete rivolto a me prima?» lo ha interrotto l'abate, a metà tra l'adirato e l'incredulo.

«Parlate senza timore», ha sentenziato il sovrano. «Niente di ciò che mi direte potrà indispormi nei vostri confronti, dal momento che garantisce per voi un uomo santo, che ha tutta la mia fiducia, come il nostro amato Odoario.»

«Vedete, mio signore... Non vi sembra incredibile che il sepolcro dell'Apostolo sia stato ritrovato proprio ora e per di più nelle vicinanze di Iria Flavia, sede episcopale dell'ambizioso Teodomiro?»

«Potreste spiegarvi meglio, fratello? Non capisco dove vogliate arrivare», ha indagato con cautela il re.

«Non voglio seminare discordia, ma devo sottolineare la possibilità che il vescovo di Iria abbia ordito questo inganno per potersi guadagnare la vostra fiducia e rafforzare l'influenza della sua sede rispetto a quella di Ovetao. La vostra capitale, la città che ha recentemente ospitato il concilio più importante di sempre delle Asturie.»

Odoario stava per contestare quelle accuse, ma Sisberto non aveva finito: «Fino a pochi anni fa, solo Iria Flavia e Lucus erano sopravvissute alla sciagura dell'invasione musulmana, conservando le proprie sedi episcopali. Ora Ovetao, col suo vescovo, è diventata un importante bastione per la Chiesa romana, benché non ai livelli di Toletum, nettamente al di sopra di tutte le altre città. Non potrebbe essere che Teodomiro cerchi, attraverso quest'inganno, di recuperare la fama perduta?»

«Può essere...»

Don Alfonso sembrava disposto a dare retta a quel forestiero, quando è tuonata la voce di Odoario: «No!» L'abate di San Vicente, buon amico del prelato accusato da Sisberto, ha troncato in modo netto quella che ai suoi occhi risultava essere un'evidente calunnia. Don Alfonso, tuttavia, sembrava titubante, come se il veleno del dubbio gli fosse penetrato nello spirito.

Deve averlo percepito anche il monaco giunto dal Sud, perché ne ha approfittato aggiungendo una nuova argomentazione, ancora più grave: «Interrogate il vostro cuore, mio signore». Il monaco si rivolgeva al sovrano, ignorando deliberatamente Odoario. «Non vi sembra di peccare di orgoglio nel pensare che Dio abbia ossequiato le Asturie con un tale tesoro, il sepolcro del Figlio del Tuono, dopo averle già onorate con la custodia dell'Arca Santa che riposa nella cappella del vostro palazzo? Questo pensiero mi causa un gran turbamento da ieri. Perciò ho osato rivolgermi a voi aprendo il mio cuore con sincerità sfrontata.»

«Avete fatto bene», lo ha tranquillizzato il re.

«Vi sbagliate. E fareste bene a misurare le vostre parole, non sia mai che io mi penta di avervi accolto nel mio monastero e permesso di partecipare a questo santo pellegrinaggio», ha sentenziato seccamente l'abate, in tono severo e adirato.

Era evidente che don Alfonso era turbato. «Come potete esserne così sicuro, padre? E se fosse la superbia a farvi credere che una tale grazia sia possibile?»

«Avete sentito anche voi il messaggero di Teodomiro, signore. C'era sincerità tanto nei suoi occhi quanto nelle sue parole. Quell'uomo non stava mentendo», ha risposto Odoario.

«Può darsi. Ma non si può ignorare il fatto che le reliquie dell'Apostolo costituiscano un tesoro del tutto immeritato, proprio come dice Sisberto. E se non riuscissimo a salvarle dalla profanazione?»

«E se san Giacomo avesse scelto come ultima dimora la Gallaecia, proprio perché confida nella forza della vostra spada? Voi sapete meglio di chiunque altro com'è giunta fino a noi l'Arca Santa.³ Come ha lasciato Gerusalemme ai tempi dell'invasione persiana, come ha attraversato il mare fino a Cartagine, come è stata portata a Hispalis e da lì a Ovetao, dallo stesso sant'Isidoro, vescovo della diocesi, poco prima che il flagello dei mori colpisse Hispalis senza misericordia», ha ribattuto l'abate.

«Proprio per questo, Odoario», lo ha interrotto il sovrano. «Custodire tale tesoro è già un compito difficile.»

«Ricordate con me la Storia per poter usufruire dei suoi insegnamenti, maestà. Sapete perfettamente che a Hispalis, oggi occupata dai maomettani, il legno di cedro è stato sostituito con quello di quercia, più resistente, perché l'arca potesse essere portata fin qui dai fuggitivi cristiani, evitando quella profanazione che voi tanto temete, oserei dire senza motivo», ha replicato l'abate.

«Senza motivo?» è intervenuto nuovamente Sisberto. «Sembrate dimenticare, caro Odoario, che il valore di quelle reliquie supera tutto ciò che possiede questo regno. Il Santo Sudario che avvolse il viso di Nostro Signore e che conserva il suo sangue benedetto, ritrovato da san Giovanni nel sepolcro dopo la Resurrezione, perfettamente piegato...»

«Vi ricordo che san Giovanni era fratello di san Giacomo, e questo spiegherebbe perfettamente la presenza nelle Asturie sia del Santo Sudario sia dei resti mortali dell'Apostolo», ha sottolineato energico l'abate.

Come se Odoario non avesse parlato, Sisberto ha proseguito con la descrizione del contenuto dell'arca, sfoggiando un'erudizione che sembrava riempirlo di orgoglio: «... alcune spine della corona con cui fu trafitto il Nostro Salvatore e un frammento della croce sulla quale soffrì, fino a esalare il suo ultimo respiro per la salvezza degli uomini. Un lembo del sacro lenzuolo che avvolse il suo corpo. Alcune gocce del latte con cui la Vergine Maria lo nutrì. Un sandalo e una borsa appartenuti a san Pietro, una pietra angolare della nostra Santa Chiesa. Innumerevoli ossa e altre reliquie di santi e martiri, come Giovanni Battista, Eulogio, Lucrecia ed Eulalia di Mérida, arsa viva dai pagani per essersi rifiutata di abiurare la sua fede...»

«Credetemi quando vi dico che nessuno conosce meglio di me l'importanza del custodire quell'arca di quercia. Nessuno ha mai provato o proverà un'emozione maggiore di quella che si è impossessata di me quando ne ho contemplato per la prima volta il contenuto. Sono stato io a tirarla fuori dalla grotta scavata nelle falde del Monte Sacer, dov'era stata nascosta dai cristiani per proteggerla dalla profanazione saracena, portandola fino al nostro regno», ha concluso don Alfonso.

«Dio vi ricompenserà, maestà», ha affermato Sisberto.

«L'ho portata nella mia città e ho fatto costruire nel mio palazzo una cappella, diventata poi un reliquiario di pietra. Ho giurato di difendere con la mia stessa vita il suo contenuto, intralciando il passo dei maomettani che vogliono distruggere la città che la custodisce. Nessuno più di me conosce il valore di quelle reliquie. E non c'è stendardo o esercito che possa eguagliare la mia risolutezza.»

«Nelle vostre mani è al sicuro, signore», si è intromesso dunque l'abate di San Vicente, rivolgendo uno sguardo torvo al suo compagno di tonsura. «Non è mai esistito re più fedele alla religione che Gesù ci ha insegnato. Nessun principe più coraggioso. Nessuno così giusto e casto. Sisberto è appena arrivato, non vi conosce come vi conosco io, né conosce il vostro regno. Questo spiega i suoi timori infondati.»

«In ogni caso, i suoi dubbi meritano una riflessione.»

«Io vi assicuro che sbaglia. Le sue paure sono immotivate. Chi merita più di voi l'onore di custodire le reliquie del Figlio del Tuono? Nessuno. Dio vi ha benedetto in passato con altri miracoli. Non ha forse mandato i suoi angeli affinché forgiassero per noi una croce?»[4] ha insistito l'abate.

«Mio caro Odoario, erano artigiani angli, o forse britanni, non ricordo», lo ha corretto don Alfonso.

«Non voglio mancarvi di rispetto, maestà, ma, questo, né io né voi lo possiamo sapere con certezza.»

L'abate cercava in tutti i modi di convincerlo, ma il re, come sempre, privilegiava la razionalità, pur tentato di credere. «Ci hanno raccontato di essere fuggiti dalla loro isola, invasa da orde di guerrieri barbari giunti dal Nord con le loro imbarcazioni. Gente spietata, che proveniva da terre gelate, la cui crudeltà non aveva uguali. Non ricordo il nome degli invasori, o quello del regno da cui giungevano i fuggitivi, ma la loro storia sì.»

«Vichinghi, mio signore. Gli invasori che terrorizzano i britanni cristiani sono i vichinghi, conosciuti anche come danesi. Hanno iniziato saccheggiando i monasteri costieri alla ricerca di oro e gioielli, senza che la tonsura dei fratelli li fermasse. Il racconto della loro ferocia oltrepassa le frontiere, portando il terrore. Ora a quei pagani non basta più assassinare i monaci indifesi durante le loro fugaci incursioni, ma grazie ai fiumi si addentrano in Britannia fino ad attaccare i villaggi e le città fortificate.»

«Che Dio ci liberi dalla loro condanna!» ha detto Sisberto facendosi il segno della croce.

«Non conoscono la paura. Nessuno sembra essere capace di fermarli perché, a quanto dicono coloro che hanno avuto la sfortuna d'incontrarli, la loro forza è pari alla loro brutalità. Violentano le donne prima di squartarle. Infilzano i bambini con le loro spade. Non rispettano nulla, convinti che le porte del cielo si aprano per qualunque guerriero morto impugnando la propria arma. Sono una maledetta piaga capace di far impallidire persino i saraceni», ha proseguito l'abate.

«Siete più informato di me, Odoario», ha riconosciuto don Alfonso. «E questo non fa altro che confermare che i pellegrini che ho incaricato di forgiare la croce, affidando loro le mie gemme più belle, erano cristiani come noi, giunti da molto lontano alla ricerca di pace e lavoro.»

«Avevate consegnato loro oro e pietre preziose affinché fabbricassero un gioiello, non è vero?»

«Sì.»

«E hanno forse chiesto del denaro per il lavoro svolto, costoro che voi chiamate pellegrini o artigiani?»

«No, non lo hanno fatto.»

«Trascorsi diversi giorni da quando avevate assegnato loro quel compito, siete andato a controllare i loro progressi, trovando l'artefatto ma nessuna traccia dei creatori, che sono scomparsi nel nulla. Mi sbaglio?»

«No. È proprio ciò che è successo. Quegli stranieri, una volta compiuto mirabilmente il loro lavoro, forgiando una croce d'impareggiabile bellezza, sono andati via senza che io potessi remunerarli o quantomeno ringraziarli come avrebbero meritato.»

«Di quali altre prove avete bisogno per affermare che si trattava di angeli? Quale maestro orafo creerebbe una simile opera d'arte senza ricevere nessuna retribuzione in cambio o senza almeno incidervi il proprio nome affinché i posteri ricordino il suo merito? Erano esseri celestiali inviati per infonderci coraggio, signore.»

«Caro Odoario», lo ha interrotto Sisberto. «Esibite un'ingenuità degna di encomio e d'invidia. Sia benedetta questa fede priva di dubbio alcuno.»

«E voi, padre, forse manifestate un eccessivo riserbo nei confronti delle reliquie, motivo del nostro pellegrinaggio a Iria Flavia», ha risposto il sovrano, guardando improvvisamente con severità il monaco. «È un vostro diritto, certo. Ma vi consiglio di mantenere i vostri dubbi al riparo da orecchie indiscrete. Non c'è bisogno che vi ricordi che l'ultima parola sull'entità del ritrovamento non spetta a voi, ma a me. Sono stato abbastanza chiaro?»

«Chiarissimo, maestà. Vi chiedo umilmente perdono se avete trovato offensive le mie parole. Non era affatto mia intenzione. Anzi, volevo solo portare un po' di chiarezza in questa misteriosa vicenda.»

Dal mio nascondiglio ho ascoltato questa conversazione con un misto di ammirazione, rabbia e senso di colpa per il fatto di stare spiando il mio re.

Perché quel monaco vuole seminare zizzania? Cosa ci guadagna nel riempire di dubbi il cuore del nostro sovrano? Dietro una tale condotta deve celarsi un losco intento. Qualche interesse oscuro domina quelle parole perverse.

La cosa peggiore è che don Alfonso sembra essere stato colpito dalle insinuazioni di Sisberto, e questo non fa altro che incitare il monaco a convincerci che stiamo facendo questo cammino invano, visto che, ai suoi occhi, Teodomiro ci sta ingannando.

Devo ammettere, tuttavia, che le sue argomentazioni sono talmente solide che neanche io so se fidarmi di Nunilo o ascoltare le parole di Sisberto.

La differenza è che per me ciò che conta davvero è avere la certezza che Dio sia dalla nostra parte e che combatta al nostro fianco. Sapere che protegge il nostro regno, dalle montagne della Primorias a levante fino alla fine del mondo a ponente, dal mare Cantabrico a nord fino alla cordigliera a sud, che ci fa da muraglia. E avere l'aiuto dei suoi santi, a partire dal Figlio del Tuono, in tutte le battaglie che ancora dobbiamo combattere.

Inoltre, io sono qui principalmente per cercare Rodrigo, assicurandomi che goda di ottima salute e mettendo, così, a tacere l'angoscia che attanaglia il mio animo, oltre che per godermi ogni secondo di quest'ultimo viaggio assieme al sovrano che servo e all'uomo che ha, ormai da tempo, conquistato il mio cuore.

Don Alfonso, invece, riceve come uno schiaffo ogni idea destinata a insinuare in lui il dubbio. Il suo viso riflette la tortura cui è sottoposto e questo mi fa rivoltare lo stomaco. Vederlo soffrire è una cosa che non riesco a sopportare. Perciò ho continuato ad ascoltare, senza intervenire, fino a quando la pena non mi ha impedito di tacere oltre.

Non avessi mai aperto bocca! Cercando di fare una cosa buona, sono riuscita a provocare la sua ira. Don Alfonso si è rivolto a me con un tono che non aveva mai usato prima nei miei confronti, e questo per colpa di Sisberto e della mia incapacità di starmene zitta, durante un conciliabolo cui nessuno mi aveva invitata.

Nonostante l'avvertimento del re, il monaco ha continuato a

infierire: «Sapete, mio signore, che san Giuliano di Toletum non menziona nessuna predicazione di san Giacomo in Hispania e che l'Apostolo non ha celebrato nessuna liturgia qui ai tempi dei visigoti?»

«Cessate di turbare il sovrano!» ha esclamato Odoario. «Ve lo ordino! Testi come il *Breviarium apostolorum*, del quale avete qualche copia nel vostro monastero a Toletum, danno un resoconto dettagliato dell'opera di evangelizzazione che ha svolto il santo in queste terre. Non si può mettere in dubbio.»

«Non vorrete paragonarla all'opera di san Giuliano», ha detto Sisberto scandalizzato.

A quel punto, don Alfonso, momentaneamente assorto nei suoi pensieri, ha introdotto un nuovo argomento nel dibattito: «Ciò che è indiscutibile è che Dio Nostro Signore ha concesso a me più favori di quanti ne abbia concessi ai miei antenati. Per tre volte hanno tentato di spodestarmi e per tre volte sono sopravvissuto. Secondo la tradizione gota, della quale qui nelle Asturie siamo eredi, i re che vengono deposti finiscono per essere uccisi, trafitti da una spada incandescente, o, nel migliore dei casi, rinchiusi in un monastero con la testa rasata per indicare il loro definitivo addio a ogni ambizione di potere. Io invece sono ancora qui, benedetto dall'onore di conservare il trono».

Odoario sembrava sollevato. «Di che altra prova avete bisogno per convincervi che Dio è dalla vostra parte, maestà?»

«Non conviene tentare la sorte né abusare della fortuna...» Sisberto era tornato a usare il suo tono mellifluo, per insinuare senza però dire. «Siete stato benedetto, come voi stesso affermate, con grazie che la maggior parte degli uomini non può neanche immaginare. Siete qui. Siete vivo. Siete re.»

«A costo di sacrifici che non conoscete», ha puntualizzato l'abate senza riuscire a intimorirlo.

«A Toletum ho potuto contemplare il potere dei musulmani e oserei giurare che qualunque tipo di resistenza è inutile, per quanto io ammiri il coraggio con cui difendete la nostra fede. Questa ostinazione vi fa onore, maestà. Chiedere altro al Signore sarebbe peccare di superbia o inciampare in un'ingenuità non consona per un sovrano. San Giacomo il Maggiore sepolto in Gallaecia... Che assurdità!»

«State zitto, in nome di Dio!» ha ordinato Odoario, alzando prepotentemente la voce. «Finitela d'iniettare tutto questo veleno!»

Allora, l'indignazione ha avuto la meglio e sono uscita dal mio nascondiglio. Il sangue mi ribolliva nelle vene. Se non avessi parlato, sarei scoppiata.

«San Giacomo è nostro protettore da molto tempo!» ho gridato da lontano, ancora prima di giungere dove i tre uomini erano riuniti. «È il custode del nostro re e del nostro regno. Io ne sono testimone. Da giovane, nella chiesa di Passicim, ho potuto ascoltare l'inno composto in suo onore.»

I tre uomini mi hanno guardata come se fossi pazza. Mentre avanzavo verso di loro, infuriata, sentivo i loro occhi trapassarmi la pelle e le ossa fino a raggiungere le mie viscere. In quell'istante, il fatto che io, una donna, abbia avuto il coraggio d'irrompere nella loro conversazione era molto più grave di ogni loro discordia. Più della loro ira. Più dei loro dubbi. Davanti alla mia smisurata sfacciataggine, li univa, di colpo, un sentimento di meraviglia.

Ma non sono tornata sui miei passi.

«Non osate negarlo!» Mi sono rivolta a Sisberto. «Conservo un ricordo indelebile di quella lontana giornata. Il tempio era dedicato a san Giacomo e custodiva un grande sarcofago di pietra con le spoglie di re Silo. Quando vi sono entrata, assieme al mio sposo, un coro di monaci stava intonando un inno in lode a san Giacomo che, oltre a celebrarne la gloria, ne invocava la protezione per il regno che gli era stato affidato. Per il re, per il clero e per il popolo delle Asturie. Ho saputo poco dopo, dalle labbra della regina Adosinda, che quel meraviglioso cantico era stato composto da un monaco chiamato Beato, che poi ho avuto l'onore di conoscere presso il monastero di San Toribio.»

Al nome di Adosinda, don Alfonso si è commosso. Quella grande regina, zia paterna del mio signore e sposa di re Silo, è stata colei che lo ha protetto quando era ancora un bambino, dopo la morte del padre, e colei che gli ha insegnato l'arte di governare, educandolo, come avrebbe fatto col suo stesso figlio, alla corte di Passicim. È stata anche colei che mi ha salvata dalla prigionia a Corduba... ma non voglio divagare.

È sufficiente dire che, quando ho evocato la memoria di quella grande donna, il mio signore si è emozionato, proprio come me. Il monaco di Toletum, invece, si è irritato oltremodo a sentir menzionare Beato, il monaco balbuziente della Liébana.

«Non è accettabile che i monaci della Liébana insegnino a quelli di Toletum», ha commentato, adirato, senza degnarsi di guardarmi in faccia.

«Non voglio dire questo, padre. Dico solo, siccome ho avuto l'onore di conoscerlo, che quel monaco era molto lontano dall'essere un ignorante. Egli passava le giornate tra lo studio e la preghiera, e nel suo cenobio in Primorias erano conservati alcuni preziosi manoscritti portati dal Sud dai cristiani sfuggiti ai mori. Li ho visti coi miei stessi occhi e ho anche avuto il piacere di leggerne qualcuno. In loro, Beato ha trovato l'ispirazione per comporre quella lode a san Giacomo, l'Apostolo che, me ne sono appena ricordata, era solito chiamare anche Giacomo di Zebedeo. Tutto ciò è accaduto ai tempi di Mauregato.»

Come se il diavolo si fosse improvvisamente impossessato di lui, il re si è alzato in piedi, rosso d'ira. Ergendosi di fronte a me e agitandomi contro un dito accusatore, ha iniziato a urlare: «Come osate pronunciare il nome di quel traditore in mia presenza?»

Ho cercato di rispondere, ma don Alfonso era fuori di sé: «Quella carogna ha rubato la corona che mi apparteneva di diritto. I nobili avevano votato per me, compiendo così la volontà di re Silo e della regina Adosinda. Il trono, per legge, era mio e non di quel miserabile, concepito da mio nonno e dal ventre di una serva. Lui ha approfittato della mia gioventù per sconfiggermi, attraverso la frode e la sorpresa, obbligandomi a fuggire nelle terre dell'Araba per mettere in salvo la mia vita. E ha rinchiuso la mia amata zia in un monastero, impedendole di aiutarmi.»

«Signore, io non volevo...»

«Silenzio!» mi ha zittita bruscamente. «Mi sembra assurdo che voi, proprio voi, veniate a parlare a me di quel maledetto. Così poco rispetto conservate per la memoria del vostro defun-

to sposo, Índaro, il più caro dei miei fedeli, obbligato a fuggire assieme a me dopo l'atto infido di quel traditore?»
«Certo che no. So bene quanto ho amato Índaro e quanto lui ha amato voi...» ho protestato.
«La conversazione è finita!» ha sentenziato il re. «Siete riuscita a togliermi l'appetito. Mi ritiro nelle mie stanze.»
Quella reazione non era affatto da lui. Era la sua voce, era il suo viso, ma non riconoscevo l'uomo che mi riversava addosso la propria rabbia. Dopo averci riflettuto, sono arrivata alla conclusione che si sia sfogato con me per l'insofferenza verso Sisberto, o forse verso se stesso. Non c'è altra spiegazione per un trattamento così ingiusto.

Il re non verrà mai a conoscenza del dolore che mi ha causato parlandomi in quel modo. Avrà pensato per un istante che io stessi elogiando il nome di Mauregato? Di quel codardo che, quando ancora ero una ragazzina, mi ha consegnata come tributo nelle mani di 'Abd ar-Raḥmā'n?[5]
Solo la fortuna, l'intervento provvidenziale della regina Adosinda e il coraggio di Índaro mi hanno liberato da quella prigionia e dal disonore di dover diventare una schiava, destinata ai piaceri del comandante saraceno. Come potrei perdonare una tale offesa al principe che ha deciso di umiliarsi e umiliarci tutti offrendo fanciulle come me al nemico, invece di affrontarlo?
Come può essere passata per la mente del re l'idea che io volessi affrontarlo nominando il traditore che tentò di ucciderlo? La mia intenzione era solo quella di collocare temporalmente l'inno composto per san Giacomo di Zebedeo da Beato, così da zittire quel maldicente di Sisberto.
È ovvio che don Alfonso non ricambia i sentimenti che io provo per lui. Probabilmente non li sospetta nemmeno. La sua lealtà nei miei confronti non è paragonabile a quella che io nutro nei suoi.
Per quanto mi faccia male ammetterlo, io per il re ho lo stesso valore che hanno le sue guardie, la cui presenza si confonde col paesaggio. Un'ombra che lo ama in silenzio, come fa Cobre.

Solo così si spiega una reazione tanto crudele. Perché, se il mio signore mi vedesse come io vedo lui, avrebbe capito qual era lo scopo delle mie parole: proteggerlo; esattamente il contrario di ciò di cui mi ha accusata.

Se lui potesse vedere dentro di me... se io avessi il coraggio di confessare...

Nulla comprometterà la fiducia che ho nei suoi confronti. Nulla mi farà rinnegare l'amore e l'ammirazione che sento per lui. Nulla!

Domani, se Dio vuole, il malinteso sarà risolto.

Ho alzato gli occhi da questo manoscritto per asciugare le lacrime che non riesco a trattenere, e ho intravisto in lontananza Danila dirigersi verso di me. Devo nascondere subito calamo e pergamena, non sia mai che mi veda scrivere e mostri questo racconto al re affinché mi rimandi dritta a Ovetao.

Il cronista ufficiale del pellegrinaggio è lui. Suo è il compito di raccontare il nostro itinerario e l'ultima cosa di cui ho bisogno ora è di farmi un nuovo nemico. Al mondo ci sono poche cose più distruttrici della gelosia.

Nessuno lo sa meglio di me.

La Croce degli Angeli

3

IN MARCIA

Monastero di Santa Maria di Obona,
Giorno di Santa Eva

Ieri, il cavallo del re mi ha salvata dal cedere alla stanchezza prima di raggiungere la tappa iniziale del nostro cammino verso Iria Flavia. Oggi, dopo una faticosa giornata in cui abbiamo percorso più di trenta miglia, il suo mastino, Cobre, ci ha aperto le porte della riconciliazione.

Ringrazio Dio per questo regalo, sebbene cresca dentro di me un'angoscia che non riesco a debellare. Non si tratta solo di mio figlio e della sua chiamata silenziosa, la cui eco ho avvertito a Ovetao. All'urgenza che avevo d'incontrarlo, si aggiunge ora una sensazione generale di paura, che non so spiegare. Assomiglia all'odore che si diffonde nell'aria prima di una tempesta, quando guardi il cielo e questo è ancora azzurro.

Spero di sbagliarmi. Lo spero ardentemente, ma ne dubito. Nel corso della mia lunga vita, ho spesso potuto verificare quanto sia preciso e implacabile il dono che ho ereditato da mia madre: la capacità di prevedere cosa accadrà. Ne farei volentieri a meno, perché non esiste condanna peggiore che percepire ciò che sta per verificarsi senza poter alterare il corso degli eventi.

Ci siamo messi in marcia al sorgere del sole, alla luce diafana di un'alba grigia, sotto la solita incessante pioggerellina che penetra fino alle ossa. Ma non avrei potuto scegliere compagna migliore per il mio umore dopo una notte insonne in cui la pena, l'inquietudine, i fastidi e la durezza del suolo, su cui un servo aveva steso alcune pelli, non mi hanno lasciato riposare.

Mi è capitato spesso di dormire in condizioni peggiori, a dire la verità. Probabilmente questa scomodità ha portato con sé il ricordo di altri accampamenti simili, allestiti in situazioni terribili, e del mio doloroso passato.

La mancanza di sonno e la tristezza sembrano essersi messe d'accordo con la pioggia per rendermi più amaro il cammino. Per un lungo tratto abbiamo seguito il corso del fiume Nonaya, rumoroso, in piena dopo il disgelo. Siamo stati obbligati ad attraversarlo molto spesso per seguire il sentiero, a volte in guadi naturali poco profondi, altre percorrendo passerelle di assi, tenute assieme da alcune corde in modo estremamente precario. La strada era tanto bella quanto tortuosa. Tanto seminata di ostacoli quanto armoniosa agli occhi di chi sa guardare. Per me, magica.

I servi hanno dovuto spostare più di un tronco abbattuto per consentirci di passare, mentre le nuvole danzavano instancabili sulle cime delle montagne che vedevamo in lontananza. Qua e là, le fronde degli alberi formavano cupole naturali impressionanti, molto più belle di tutte quelle che abbia mai visto costruire da mano umana. Ovunque la vita nutriva altra vita, germogliando in una vegetazione che presto ci regalerà i propri frutti.

Così sono le Asturie, la nostra casa, questa accogliente boscaglia che a volte mostra i denti. Più avanzavamo lungo lo stretto sentiero, tra castagni colmi di ricci, faggi, querce e betulle appena rinate, più la mia mente retrocedeva nel tempo fino alla violenta incursione guidata da 'Abd al-Karī'm nell'estate del 795. Una tra le tante, direte giustamente. Quella che mi ha colpita più nel profondo, vi rispondo io senza mentire. Perché mi trovavo lì, assieme al mio sposo e al mio sovrano. Perché ne sono stata vittima. Perché non ho bisogno che nessuno mi racconti ciò che è accaduto dal momento che l'ho vissuto in prima persona con l'animo colmo di terrore.

Questa mattina, spalancando le finestre della memoria, ho rivisto una marea di bambini, donne e anziani che lasciavano di corsa la capitale mentre il nemico avanzava inesorabilmente. Ho sentito il coraggio degli uomini, dei nostri uomini, mentre sacrificavano le loro vite dall'altro lato del fiume Nalón, in una battaglia persa in partenza, solo per dare abbastanza tempo a quei profughi, e con loro al re, di mettersi in salvo attraversando le montagne.

Quante vite rubate! Questa mattina ho risentito i pianti di quelle creature terrorizzate. I lamenti degli anziani, che imploravano di poter morire nelle loro case. Ho ricordato il valore di quelle figlie, madri e spose obbligate a stringere i denti, a lasciarsi tutto alle spalle e a vedere i propri uomini marciare verso il fronte, senza versare una sola lacrima, consapevoli che non li avrebbero baciati mai più.

Le immagini indelebili di tale determinazione, della fede tenace che mi hanno trasmesso quei cristiani, sono la ragione per cui, ancora molto giovane, ho abbracciato la religione di mio padre abbandonando per sempre quella dell'antico popolo delle Asturie.

Il dio di Ickila non aveva solo sconfitto la dea di mia madre, ma sembrava infondere un coraggio e una forza d'animo innegabili.

Ciò non significa che, di tanto in tanto e con maggior frequenza a mano a mano che invecchio, io non ripeta meccanicamente alcuni riti imparati da Huma o alcune formule che lei recitava. Spero che Gesù non si offenda.

Quando raggiungeremo la nostra destinazione mi prostrerò ai piedi dell'Apostolo e supplicherò il suo perdono, sperando che siano suoi i resti che riposano lì e che la mia preghiera possa raggiungere le sue orecchie. Il Signore e io sappiamo bene che non ci sono cattivi propositi dietro le mie azioni. Solo abitudine, a volte un po' di distrazione, e un disperato tentativo di tenere in vita mia madre, il cui amore mi manca tanto.

Abbiamo seguito, sempre verso ponente, la via tracciata secoli fa per unire Lucus Asturum a Lucus Augusti, fino a addentrarci nelle vecchie terre minerarie dei Pessici.

Nel tratto che scorre accanto alle montagne, e che abbiamo percorso per la prima ora di cammino, la strada è conservata straordinariamente bene. Le lastre di pietra con cui i romani hanno pavimentato quei sentieri resistono quasi indenni al fango e ai rovi, lucenti sotto la pioggia che di rado smette di cadere.

Anche i ponti che sono ancora in piedi sono stati eretti dagli ingegneri di quell'impero che don Alfonso ammira profondamente. Mentre ne attraversavamo uno ad arco ha detto, credo rivolto a Danila, ma a voce alta affinché lo sentissimo tutti: «I miei antenati goti hanno ricevuto la legge e, assieme a lei, la civilizzazione. Prima di tutto viene Dio. Assieme alla vera fede, il regno. Vi giuro sul mio onore che non solo veglierò per difendere il nostro credo e la nostra terra, ma pure che, con l'aiuto dell'Altissimo, conserverò e accrescerò la preziosa eredità che mi è stata lasciata».

Si riferiva al regno visigoto minacciato di morte dopo l'invasione musulmana dell'Hispania e la perdita della sua capitale, Toletum.

Nessuno dubitava che avrebbe mantenuto la sua parola, per cui nessuno ha ritenuto necessario commentare, sebbene io avrei volentieri aggiunto un paio di cose. Cose che avevo sentito dire nel mio castro quando ero ancora una bambina, sulla resistenza degli asturi contro le legioni romane. Cose tramandate dalla mia tradizione materna, alcune molto belle, ma distrutte dai successivi invasori, romani e goti, giunti a civilizzarci, come sosteneva il re.

Avrei potuto far sfumare l'entusiasmo del mio sovrano, sì. Ma a che vantaggio? In fondo so che dice la verità. Un trono non può essere occupato se prima non viene lasciato vuoto, così come una stessa corona non può cingere due teste diverse. È la legge della vita. Inoltre, anche se avessi voluto intavolare quella sterile polemica, don Alfonso non mi ha rivolto la parola fino a pomeriggio inoltrato.

Ho quindi deciso di optare per il silenzio, ingoiando il mio orgoglio ferito.

A volte ho la sensazione che questo re, che tanto venero, sia un perfetto sconosciuto, altre, invece, mi sembra di conoscerlo meglio di chiunque. Probabilmente questo magico vincolo è frutto dei miei sentimenti. Come spiegare, allora, il modo in cui mi sconvolge?

Oggi sono stata turbata per tutto il giorno, ripetendo a me

stessa che lui non merita il mio amore. Come se l'amore che uno dona, o riceve, avesse veramente a che fare col merito o con la giustizia. Come se il caso non c'entrasse nulla con quel misterioso legame che si crea tra chi ama e chi è amato, spesso senza nemmeno volerlo. Come se c'innamorassimo solo di chi ci conviene o di chi può renderci felici. Come se il cuore seguisse le regole della logica invece di seguire solo i propri capricci.

Sono rimasta immersa in quei pensieri a lungo, mentre la pioggia picchiettava sulle fronde degli alberi e addolciva il nostro cammino con la propria musica. Che peccato non averle prestato più attenzione!

Ora mi rendo conto che il bosco ci stava regalando i suoi odori, quasi dimenticati nella città colma di rifugiati che ci siamo lasciati alle spalle ieri: la freschezza acre del muschio rinverdito grazie alla stagione umida; il profumo dell'erba appena cresciuta; l'aroma di pane appena sfornato che esala il legno del castagno...

Se non avessi avuto l'animo intristito dalla discussione col mio signore, avrei goduto intensamente di quella natura che sento scorrere nelle mie vene proprio come la linfa scorre nell'agrifoglio o nel frassino. Ma, poiché, fino a quel momento, lui non si era degnato di rivolgermi nemmeno uno sguardo, contemplavo senza vedere e sentivo senza gustare.

Allo scoccare della terza ora, abbiamo fatto una breve sosta vicino a una cascata affinché i chierici potessero intonare le loro preghiere e i cavalli abbeverarsi. Anche noi ne abbiamo approfittato per bere un po' di acqua fresca e mangiare qualcosa, dal momento che la colazione era ormai solo un lontano ricordo.

Un ragazzo che conosco da sempre, cresciuto nelle cucine del palazzo, mi ha servito un pezzo di pane nero, che ormai iniziava a essere stantio, sul quale ha disposto un po' di carne sotto sale. Gli altri membri della compagnia, dispersi in vari gruppetti al riparo di un tendone legato ai rami più bassi degli alberi circostanti, hanno ricevuto un pasto identico.

Beato chi gode della dentatura necessaria a favorire di un tale pranzo! Mangiare qualsiasi cibo solido rappresenta un tormento quando non hai più i denti masticatori e io li ho persi quasi tutti, dopo aver maledetto a lungo il dolore che mi provocavano. Fortunatamente, conservo ancora la maggior parte degli altri denti e, con loro, il sorriso e la possibilità di consumare cibi solidi. Poche persone della mia età hanno la fortuna di dire lo stesso.

Odoario e Sisberto, per esempio, hanno dovuto mettere a mollo il pane e tagliare la carne in piccoli pezzetti, che hanno poi ingoiato interi. Io posso ancora contare su molti dei miei denti. Non so se sia dovuto alla fortuna o all'abitudine di spazzolarli spesso con una pasta a base di sale e menta, secondo una vecchia ricetta di famiglia. Il fatto è che sono ancora con me, grazie a Dio. Sono pur sempre figlia di una sacerdotessa curatrice. E non una curatrice qualunque, ma la più conosciuta tra quelle delle Asturie occidentali.

Ho mangiato sola, in silenzio, lontana dagli altri. I monaci, dopo le loro preghiere, si sono avvicinati al conte Aimerico e a Freya, che ascoltava, docilmente, quello che sembrava essere un rimprovero del padre. Servi, schiavi e soldati si mantenevano distanti, fuori dal tendone, ciascuno affannato nei propri compiti.

A una certa distanza, sotto un'altra tenda, il re e Danila stavano conversando.

«Se in futuro altri pellegrini vorranno percorrere questa strada, si dovrà tracciare il percorso in modo consono. Indicare le *mansiones* e le *mutationes*,[6] oltre a creare luoghi di ristoro in cui ospitarli. La cosa più urgente è guidare quelle pie genti indicando loro le vie da seguire. Nonostante le strade che hanno lasciato i romani, è facile perdersi in questi boschi», diceva don Alfonso.

«Non so se ve ne siete accorto, maestà, ma io ho visto più di un'ara pagana lungo la via», ha risposto lo scriba con tono sdegnato. «Altari dedicati a false divinità protettrici dei cammini e dei pellegrini, che offendono il nostro Dio e che dovrebbero essere distrutti al più presto.»

«Lo faremo, Danila, non appena sarà possibile. Sostituiremo quei luoghi di culto pagani con croci cristiane e chiese innalzate per Nostro Signore e i suoi santi. Tuttavia, è più importante che i cristiani, ogni volta che raggiungeranno un crocevia, sappiano dove dirigere i propri passi.»

«Le croci in questa terra sono servite a guidare i viaggiatori ancora prima che diventassero il simbolo della nostra fede», ha convenuto il monaco, accarezzandosi la mascella rasata con un dito nero d'inchiostro. «Anche i contadini potranno capire il loro significato senza bisogno di spiegazioni. Le persone semplici sono più sagge di quanto noi dotti siamo soliti pensare.»

«Dal vostro precedente commento pensavo che rinnegaste con ardore qualsiasi simbologia pagana», ha replicato il re, confuso.

«Un uomo di Chiesa come me non potrebbe mai rinnegare la croce, maestà. Da quando Nostro Signore è morto su di essa, per poi resuscitare il terzo giorno e salire in cielo, quello strumento di tortura è diventato emblema di vittoria e simbolo di speranza.»

Don Alfonso non cedeva. «Vi riferite alla croce cristiana e unicamente a essa, però.»

«Certamente, mio signore. A quale altra croce potrebbe riferirsi un fedele servitore della Chiesa come me?»

Da lontano, ho continuato a riflettere su ciò che aveva appena detto Danila e mi sono dovuta mordere la lingua per non correggerlo.

Perché, prima di essere cristiana, la croce era conosciuta dagli antichi popoli delle Asturie come segno di protezione capace di scacciare il pericolo. Veniva incisa sulle porte e sugli utensili da lavoro, nelle culle dei bambini e nei carri dei buoi per allontanare le malattie e combattere contro i sortilegi. Io stessa ho fatto dormire i miei quattro figli in un letto protetto da quell'antico disegno e quasi tutti e quattro, grazie a Dio, sono cresciuti sani e forti.

Ricordo d'aver visto croci di forme diverse decorare ogni tipo di oggetto, da quando ho memoria. A volte erano formate da linee dritte, altre volte queste si contorcevano. Tutti noi sappiamo che, da tempi remoti, si trovano nei crocevia per indicare il cammino da seguire o per segnalare i luoghi importanti. Se ne conservano ancora alcune, molto poche, in posti speciali, sebbene il legno con cui la maggior parte di esse è stata costruita imputridisca facilmente.

Come se mi avesse letto nel pensiero, proprio in quel momento ho sentito don Alfonso dire: «Un giorno molte croci si staglieranno lungo questo cammino, padre, e saranno in pietra».

A poco a poco, mi trasformo mio malgrado in una spia consumata. Al contrario della vista, l'udito si affina e mi permette di ascoltare conversazioni cui non sono ammessa. Come quella che vado a riportare.

Ascoltando la spiegazione di Danila, all'improvviso mi è tornato in mente il consiglio che ho ricevuto da mia madre durante un commiato, quand'ero ancora bambina. Un arrivederci che, per disgrazia, si sarebbe rivelato un addio.

Quelle parole sono rimaste incise nel mio cuore, non solo perché sono state le ultime che mia madre mi abbia rivolto, ma anche perché, tempo dopo, mi hanno salvato da un incendio. «Quando ti senti persa, o credi di aver bisogno di una guida, cerca i luoghi in cui le grandi rocce ricevono la luce del sole e della luna. Lì albergano gli spiriti dei miei antenati, che ora si sono fusi con la fede in Cristo di tuo padre, che ha fatto costruire le chiese proprio su quei terreni santi.»

Forse il calligrafo si riferiva proprio a quelle cappelle, quando diceva che tutti qui ne conoscono il significato? Possibile che, seppur in maniera inconsapevole, stesse alludendo ai luoghi nascosti nel profondo del bosco, dove gli antichi asturi avevano eretto cerchi di rocce intagliate e altari di pietra?

Chissà.

Una vita fa, è stato proprio uno di questi luoghi magici a darmi rifugio durante un incendio. Così mi sono salvata dalle fiamme. Da allora, spesso mi è capitato di vedere semplici cappelle costruite accanto a quei monumenti eretti in onore delle divinità pagane, alcuni addirittura avevano incorporato le vecchie pietre intagliate, trasformandole in fondamenta od ornamenti.

Questa vicinanza al paganesimo offenderà il Dio cristiano,

come afferma Danila? Io non credo. Anzi, ritengo che l'Altissimo accetterà di buon grado di essere venerato proprio là dove, prima che si pregasse Lui, venivano adorati gli idoli di persone buone e generose, come Huma, benché lontane dalla vera luce.

Questo mistero, in ogni caso, sfugge alla mia comprensione.

Ciò che so con certezza è che i miei occhi hanno contemplato un'infinità di croci incise su porte, utensili e culle assieme a trisceli, rosette e altri simboli usati per rappresentare sia il sole sia la luna. Ho visto quei segni sopra il pane appena sfornato, sul burro, sul formaggio. Non mi sono mai domandata il perché della loro presenza, dando per scontato che simboleggiassero qualcosa di meraviglioso.

Dio si trova in ogni luogo e in ognuna delle nostre buone azioni. Non è così? Almeno questo è ciò che mi sforzo di credere. Se non lo facessi, se non percepissi la sua luce in ogni cosa che accende la vita, non potrei sopportare la durezza di questa esistenza incerta, sempre in bilico sul filo di una lama.

Dio e la bontà sono un'unica cosa; due nomi diversi per lo stesso significato. Certe persone ci mettono troppo a capire ciò che ai miei occhi è chiaro.

Don Alfonso non dovrebbe preoccuparsi eccessivamente di questi simboli, sebbene, a suo dire, lo inquietino. Lo sento parlare di questioni religiose e mi sorprende quanto una persona possa cambiare a seconda delle circostanze.

Quanto è diverso questo re pellegrino dal re guerriero!

Mi sembra di vederlo in battaglia, con indosso la sua armatura, in groppa al suo cavallo, mentre impugna Celeste con mano sicura, spargendo sangue nemico.

Non sono state poche le occasioni in cui ho potuto assistere a scontri feroci da posizioni privilegiate, assieme ad altre donne chiamate a servire nelle retroguardie. Il re soldato non ha mai vacillato nell'infliggere un colpo mortale. Non ha mai dato le spalle a un saraceno. Rare volte ha mostrato clemenza davanti a un guerriero sconfitto, e mai l'ha chiesta.

In guerra il sovrano diventa la lancia del Dio vendicatore, del Dio implacabile, del Dio brutale dei giudei, distruttore di filistei. Qui è un'altra cosa. In questo cammino verso Iria Flavia, il re è discepolo di Gesù, è il buon pastore del suo popolo,

è servo del Dio della misericordia che ha fatto morire suo Figlio per liberarci dai nostri peccati.
Può una stessa creatura incarnare due nature tanto diverse? A quanto pare, sì. Anche per questo lo ammiro, sebbene mi ferisca in modo terribile la severità che ieri ha mostrato nei miei confronti.
Don Alfonso è estremamente pio, ma mai docile e men che meno gioviale. È avvolto da una malinconia che non riesco a spiegare, per quanto io mi torturi nel cercare di trovarvi una ragione.
Si trova a suo agio sia a combattere sia a governare. Prega spesso, con devozione. Rifugge l'ozio come il gatto l'acqua. Ha sempre bisogno di essere impegnato per tenere a bada fantasmi noti a lui soltanto, che, quando lo assalgono, lo trasformano in un essere difficile da riconoscere.
La sua ira oggi si è estesa anche a Sisberto e a Odoario, coi quali ha a malapena scambiato un paio di parole. Pure quei due, proprio come me, hanno la testa bassa da tutto il giorno e non parlano nemmeno tra di loro. Chissà su cosa rimuginano dopo la conversazione di ieri...

Il tempo non aiuta. Gli animi riflettono le nubi nere del cielo, che piangono una pioggerellina penetrante capace di gelare le viscere, benché ci troviamo nella dolce stagione in cui il sole torna caldo.
Oggi non c'è traccia di tale dolcezza.
Nemmeno Freya, col suo viso luminoso e con la soavità della sua voce, è riuscita a strappare un sorriso al sovrano. In un paio di occasioni, di prima mattina, ha tentato di avviare una conversazione con lui, avvicinandoglisi col proprio pony, senza ottenere altro che risposte evasive o silenzi. Si direbbe che oggi il re fosse infastidito da tutti, tranne che dal monaco scriba. Per giungere al mio signore dovevo quindi sfruttare Danila.
Una volta ripresa la marcia, ho trovato il modo di posizionarmi accanto a quel potente monaco, di cui non ho ancora colto l'autentica essenza. È l'uomo vacuo, pieno di sé, che sembra

essere quando impartisce lezioni magistrali dall'alto della sua vasta cultura, o è solo un uomo illuminato, incapace di dialogare senza mettere in ombra chi lo ascolta?

Dalle sue stesse labbra ho sentito dire, prima di partire, che in questa vita ogni cosa ubbidisce al disegno della Provvidenza e, pertanto, risponde a una motivazione logica. Io ho tenuto a mente quella riflessione e non penso di arrendermi fino a quando non sarò riuscita a comprendere il fine ultimo di questo improvviso viaggio, che ci condurrà, nel migliore dei casi, al sepolcro di un uomo morto ottocento anni fa.

Se si tratta davvero dell'apostolo Giacomo, il suo potere è ancora oggi così grande da far correre al re un grande rischio.

Prima di risolvere tale mistero, tuttavia, voglio capire cosa si cela dietro l'ira del mio signore, che porto ficcata nel petto come un dardo avvelenato. Perciò ho lanciato la mia esca a Danila: «Oggi solamente voi siete capace di farvi strada fino alle orecchie del re. Confesso che v'invidio».

«Essere sentito è una cosa, essere ascoltato è un'altra, molto diversa», ha risposto lui, scontroso.

«Il sovrano vi ha forse recato una qualche offesa, padre Danila? Stento a crederlo...»

«Non vedo come questo vi possa riguardare, donna Alana.» Il suo tono era affilato come un coltello.

«Avete ragione.» Ho fatto cenno di allontanarmi. «Vedo che neanche voi siete estraneo al cattivo umore che impera oggi nella comitiva.»

«Il mio viene da lontano. E, dal momento che sembra interessarvi, vi spiegherò la sua origine. In fin dei conti in qualche modo bisogna passare il tempo durante questa noiosa marcia.»

«Se v'infastidisco in qualche modo...»

«No, assolutamente. D'altronde, è una chiacchiera diffusa tanto a Ovetao quanto nella Chiesa.»

Il mio silenzio ha reso evidente che io non ero a conoscenza di tale chiacchiera, quindi Danila ha ripreso a parlare: «Saprete, immagino, che anni fa don Alfonso mi ha commissionato un ambizioso manoscritto come mai ne sono stati scritti prima nelle Asturie. Il codice più importante di quelli conosciuti finora, oserei dire, non solo nel regno ma nell'intera Cristianità».

«Perdonate la mia ignoranza, padre...»
«È naturale. Immagino che voi non sappiate leggere.»
«Ho imparato un po' da giovane e si può dire che me la cavo, ma con difficoltà», ho minimizzato, temendo la sua reazione.
«Le lettere sono cose da uomini di Chiesa, che sono al servizio di Dio», ha sentenziato lui, secco. «Le donne sono state create per svolgere altri compiti.»
«Stavate parlando del vostro codice...»
«Esatto. Lo scopo della mia vita. Ho passato lunghi anni rinchiuso in uno *scriptorium* o in un altro, di monastero in monastero, fuggendo la guerra, per trascrivere l'intera Bibbia, Antico e Nuovo Testamento. Giorni senza fine trascorsi al freddo delle correnti che penetrano dalle finestre aperte. Sere oscure al lume di candela, mentre i miei occhi si consumavano per onorare la Parola dell'Altissimo con un lavoro ineccepibile... andato in fumo.»
«Avete perso il libro?»
«No, ma è rimasto incompiuto. Il re ha ordinato che facesse parte della grande donazione fatta alla basilica del Salvatore in occasione della sua ristrutturazione, e ciò mi ha obbligato a consegnarlo prima del tempo. Capite ora la portata dell'affronto?»
«Non ne sono sicura...»
«Principio e fine. Alfa e omega. La perfezione non conosce sfumature e non può essere raggiunta se ciò che dovrebbe essere un tutto si frammenta. Non è ovvio? Quella Sacra Bibbia dev'essere perfetta oppure sarà condannata all'oblio. Sono anni che supplico sua maestà affinché me la restituisca per concludere il compito che mi aveva affidato, ma le sue risposte sono sempre evasive. Sembra essere soddisfatto di qualcosa che, ai miei occhi, non ha valore.»
«È tanto imperfetto, quel manoscritto?»
«Imperfetto, dite?» Mi ha gelata con lo sguardo. «È di una bellezza disarmante. Pergamena della migliore qualità, ottenuta a partire dalla pelle più morbida e rilegata in pagine identiche, dipinte di blu e di rosso all'occorrenza, per sottolineare i passaggi importanti. Lettere bianche, dorate e cremisi, che mano umana non potrebbe vergarne di più belle. Nemmeno il let-

tore più avvezzo potrebbe distinguere quella scritta per prima dall'ultima. Una decorazione squisita. Una coloritura policroma in ogni tonalità...»
«Qual è il problema, allora?»
«Ve l'ho appena detto!» ha perso la pazienza Danila. «Il codice è incompleto. Molte delle lettere apostoliche non hanno le decorazioni adatte. Diverse capitali sono appena abbozzate, senza essere colorate. Sono stato privato dell'oggetto cui ho dedicato la mia esistenza senza che mi sia stato permesso di raggiungere la meta tanto agognata, quando ormai mi sembrava di poterla toccare.»
Era talmente triste, così deluso da quell'atroce destino, che la compassione che ho provato nei suoi confronti mi ha fatta dimenticare le mie pene e, assieme a loro, le domande che ero ansiosa di porgli. «Abbiate fiducia in don Alfonso, padre. Finirà per riconsiderare la vostra richiesta e potrete portare a termine il vostro manoscritto.»
Mi ha lanciato un nuovo sguardo tra l'indispettito e il furioso, prima di rispondere: «La Bibbia rimarrà com'è. Gli occhi e il polso m'impediscono di portare a compimento la mia opera, e giuro sulla mia vita che nessun altro amanuense vi poserà sopra il calamo».
Detto questo, ha speronato i fianchi del suo cavallo e si è allontanato in un leggero trotto, alla ricerca di una compagnia migliore.

Credo di aver già detto che con noi viaggiano due prigionieri saraceni e sei servi cristiani, proprietà di don Alfonso, oltre a un paio di liberti destinati a mansioni superiori: Adamino, un cuoco di palazzo, impareggiabile per il suo stufato, e una vedova di mezza età, silenziosa, docile, la cui funzione è di provvedere alle necessità della contessa Freya e mie.
Uno dei saraceni è stato catturato in Gallaecia circa vent'anni fa, quando era appena un ragazzino destinato a lavori d'intendenza nell'esercito saraceno. Tutti lo conoscono come Tāriq, non so se perché sia il suo vero nome o perché così si chiamava il primo saraceno che mise piede sulla nostra penisola.

L'altro, che conosco appena, è arrivato qui con l'ultima incursione mora. Gli si possono ancora vedere sul petto le cicatrici delle ferite che lo hanno piegato. Si fa chiamare Muhammed e, a giudicare dal colore della sua pelle, più chiaro di quello dei berberi, è di discendenza siriana. Secondo quanto si dice a palazzo, era un guerriero di famiglia illustre, scelto dallo stesso don Alfonso come parte del proprio bottino personale.

Muhammed è educato. Dal portamento orgoglioso si nota che nelle vene gli scorre sangue nobile, anche se è ricoperto di sudiciume e stracci, come uno schiavo. Probabilmente proprio per questo motivo il re ha scelto di tenerlo con sé. Sottomettere un nemico degno, esibirlo come trofeo di guerra è tanto più prestigioso quanto più alto era il suo rango, ed è una componente essenziale della vittoria. Essenziale e piacevole, immagino, per quanto io non abbia mai posseduto né desiderato schiavi.

Ciò che non ho mai visto prima è che a un prigioniero catturato da poco fosse permesso di avvicinarsi al sovrano abbastanza da poterlo toccare e, quindi, da recargli danno. Un rischio incomprensibile e, allo stesso tempo, inutile.

Di solito questi uomini sono assegnati a faccende dure, lontano da corte, sotto la supervisione di guardie esperte. La costruzione di Ovetao ha richiesto tanto lavoro che un numero spropositato di schiavi è giunto in città per questo, ma non Muhammed. Lui è qui grazie alla sua abilità nel trattare i cavalli e, in particolare, il cavallo di don Alfonso, Gaut, per il quale il sovrano prova un affetto simile a quello che lo lega al suo cane, Cobre.

Gaut, che porta il nome di una divinità pagana gota, è giovane e impetuoso. Ha ferito più di un cavaliere, incluso il palafreniere del re, cui ha rotto una gamba con un calcio appena una luna fa, impedendogli di accompagnare il suo signore in questo viaggio.

Gaut può essere pericoloso e ciò rappresenta una sfida irresistibile agli occhi del re. L'unico capace di avvicinarglisi senza soffrire le conseguenze della sua furia, oltre al sovrano, è questo prigioniero che gli parla piano, nella propria lingua, come se parlasse a una persona, con una complicità che non mi piace affatto.

Ignoro cosa si dicano durante quelle intime conversazioni, il moro e la bestia. Non capisco l'arabo. Ma sento che il cavallo e Muhammed cospirano contro il mio signore. Datemi della pazza. Forse lo sono, anche se non sarebbe la prima volta che le mie intuizioni si rivelano vere.

Non c'è niente di sospetto nel comportamento dello schiavo se non il suo sguardo altezzoso, nel quale intravedo la scintilla dell'odio. È quella scintilla a spaventarmi. Conosco bene, per esperienza personale, il rancore che può serbare l'animo di una persona strappata con forza dal suo mondo e dai suoi cari. Riconosco quest'emozione, per quanto sia la sola a esserne inquietata.

Poco fa, quando ci trovavamo a circa sette miglia dal monastero dal quale sto scrivendo e in cui passeremo la notte, abbiamo fatto un'altra breve pausa per lasciare abbeverare i cavalli. Mentre Muhammed tirava Gaut per le briglie, don Alfonso è sceso dal cavallo per sgranchirsi le gambe. Il saraceno avrebbe potuto approfittare di tale vicinanza e fare qualunque cosa... Solo Dio sa con quali conseguenze!

Che bisogno c'è di tentare la sorte così? Quel moro si è guadagnato la fiducia del sovrano solo e unicamente grazie alla sua abilità col cavallo. Per me non è abbastanza. Quando ho provato a condividere le mie preoccupazioni con don Alfonso, egli mi ha rassicurato dicendo che quel guerriero è ormai stato sconfitto e la sua volontà sottomessa. Io non lo credo. Anzi, sono convinta del contrario. Ma, senza prove, non posso che accettare il volere reale.

L'eccesso di fiducia può essere tanto letale quanto la mancanza di coraggio. Il mio re non è mai stato vile ma, in questa fase della sua vita, sembra peccare spesso d'ingenuità. Per fortuna Nuño non gli leva gli occhi di dosso.

Si potrebbe dire che il basco e io siamo amici, per quanto probabilmente intendiamo il termine in modo diverso. Ci conosciamo da tanto, questo sì, e ci fidiamo l'uno dell'altra. A chi se non a lui potevo confidare i miei timori? Se ne avessi parlato con Agila, avrebbe riso di me.

«Nuño, mi preoccupa questo nuovo schiavo», gli ho sussurrato mentre lo raggiungevo dopo essere scesa anche io da cavallo per dargli un po' di riposo e finire a piedi la giornata.
Nuño ha risposto con un grugnito.
«Hai visto come guarda il re? Gli sguardi dicono molto delle intenzioni. Se gli sguardi di quello schiavo fossero dardi, don Alfonso sarebbe già morto. Sono l'unica ad accorgersene?» ho insistito.
«No.»
Quella parola mi bastava. Sapendo che il più fedele dei servi di don Alfonso condivide le mie preoccupazioni, posso stare tranquilla. Magari ci sbagliamo entrambi e le nostre angosce sono infondate. Speriamo! Ma, se così non fosse, posso fidarmi di Nuño. Entrambi daremmo la nostra vita per il sovrano senza vacillare un secondo, anche se si arrabbia e ci tratta male. L'amore è questo.
L'ingratitudine, invece, è un privilegio dei potenti. È sempre stato così e oso dire che così sarà sempre. È nell'ordine naturale delle cose, come la neve in inverno e la frutta al tempo della raccolta.
Potere e ingratitudine si tengono per mano.

Nuño veglia sul re, ma i cattivi auspici si moltiplicano. Per esempio, svoltato un sentiero, ci siamo imbattuti in un cucciolo di capriolo divorato dai lupi: un ammasso di pelle squarciata rivestiva le ossa rotte, mentre la carne e le viscere erano sparite.
Nessuno, a parte me, ha dato grande importanza a quell'incontro, visto che in questi luoghi scarsamente popolati abbondano tanto le fiere quanto le prede cui danno la caccia: caprioli, cervi, scoiattoli, conigli e ogni tipo di uccello abbastanza incauto da trovarsi alla loro portata. Soltanto cinghiali e orsi non osano attaccare. Gli uni e gli altri regnano in questi boschi ancestrali, in cui l'uomo, un intruso, se solo è totalmente indifeso.
So bene di cosa sto parlando...
Nessuno ha dato importanza al povero capriolo tranne me, ma sospetto che in questa comitiva io sia l'unica a capire cosa voglia dire venire attaccati da un branco di lupi in piena notte,

come deve essere accaduto a quella povera creatura dilaniata dai morsi. Solo io posso mettermi nei panni di quell'animale e immaginarne il terrore.

 Odio i lupi! Li odio sin da quando li ho sentiti ululare, anni fa, su una montagna gelata, mentre scappavo assieme a mio marito dalla prigionia nella terra dei mori. Li odio, li temo e li evito da quando ho sentito il loro alito fetido e ho visto i loro occhi brillare come braci ardenti, nel momento in cui uno di loro, un lupo enorme, si è gettato su di me per divorarmi. Índaro si è messo tra noi, uccidendolo, ma al prezzo di ferite che gli hanno quasi portato via la vita.

 Bestie infernali...

 Uno dei servi ha spostato la carcassa dalla strada per evitarci il fastidio di passarci sopra o di doverla schivare. Nessuno, a parte me, le ha rivolto uno sguardo. Non ho potuto fare a meno di rabbrividire nel rievocare un incubo che poteva ripresentarsi. Che Dio non voglia!

 Non possiamo rischiare di perderci nella boscaglia addentrandoci tra gli alberi per liberare il corpo, cosa che normalmente facciamo diverse volte al giorno, non sempre con la celerità che vorremmo. In qualunque momento uno di noi potrebbe scontrarsi con una di quelle belve. O con qualcosa di peggio, per il quale non esiste nemmeno un nome.

 Mi sono appena fatta il segno della croce perché sento il pericolo avvicinarsi. Ho un presentimento. Accadrà qualcosa di brutto, sebbene ignori cosa o quando. Spero soltanto che non coinvolga mio figlio o il re. Di Rodrigo, purtroppo, non ho nessuna notizia. Per quanto riguarda questa comitiva, l'unica cosa sicura è che oggi siamo riusciti a evitare la disgrazia.

Nell'ultimo tratto del cammino, che, come ho già detto, abbiamo percorso a piedi, la pioggia ci ha dato tregua e un cielo clemente ci ha benedetto.

 A nessuno piace scivolare o rimanere incastrato nel fango che spesso ricopre l'antica strada, ma camminare sotto l'acqua è ancora peggio. Così, quando il sole vince una battaglia nella sua costante guerra contro le nuvole, si vede tutto sotto un'altra luce e la bellezza risplende.

Questo pomeriggio abbiamo potuto godere dell'azzurro e del rosa intenso dell'erica appena sbocciata, della gamma infinita di verdi che porta con sé la stagione della rinascita e dello spettacolo della terra che mostra orgogliosa i frutti della propria fertilità.

Un vecchio tronco morto, del cui scheletro si alimentava un'infinità di piante e insetti avidi di nutrimento, ha richiamato la mia attenzione. Questa è la forza irresistibile del bosco, determinato a vincere sempre, per quanto noi cerchiamo di abbatterlo, tagliando alberi, sradicando piante centenarie o estirpando ogni centimetro della sua superficie per farne pascoli per il nostro bestiame.

Lui vince, lotta, vive, resiste.

Frassini, betulle, noccioli, castagni e querce rigogliosi costeggiavano il sentiero, diradandosi a mano a mano che ci avvicinavamo al cenobio attorno al quale sorgono e si moltiplicano i villaggi.

Gli abitanti non credevano ai loro occhi nel veder passare nientemeno che Alfonso il Casto. Un re diventato leggenda grazie alle prodezze in battaglia. Un re che ha messo fine all'ignominia dei tributi, affrontando con fierezza gli stendardi della mezzaluna. Un re coraggioso e vittorioso.

La pace ottenuta attraverso lo *jaray* e la *yizia*, tasse imposte dai musulmani ai cristiani in cambio della tregua, finiva sempre per diventare indignazione e guerra. Questo è un fatto certo, innegabile, che gli abitanti delle Asturie hanno provato sulla loro pelle da quando hanno memoria.

Confesso che mi ha emozionato osservare le dimostrazioni di rispetto e venerazione nei confronti del sovrano lungo il dispiegarsi del corteo reale. Per più di un miglio, persone giunte da lontano si allineavano ai bordi della strada per rendere omaggio al loro monarca, chi inginocchiandosi, chi applaudendo e urlando, chi pregandolo di benedire una creatura in fasce, come se non si stessero rivolgendo al re ma al vescovo, e chi semplicemente in silenzio.

Si era sparsa la voce della presenza del re nei dintorni di

Santa Maria di Obona e una nutrita schiera di contadini era lì, per poterlo contemplare da vicino.

Forse per molti di loro quello era il momento più entusiasmante di un'esistenza monotona, dedicata ai campi. Altri, magari, avevano combattuto nel suo esercito in una delle battaglie passate, sentendo parlare delle sue prodezze ma senza poter associare un viso al suo nome. Oggi, finalmente, anche se da lontano e distinguendone appena la figura, hanno conosciuto in carne e ossa l'uomo che indossava la corona.

«*Viva il re!*»

Questo grido di gioia infiammava le gole. Nessuno dei presenti dimenticherà facilmente la giornata di oggi.

Io nemmeno.

Il sovrano ha ricambiato quell'affetto salutando e sorridendo dall'alto del suo cavallo, condotto a passo d'uomo. Agila aveva ordinato alle guardie di formare un cordone di sicurezza, ma lui le ha fatte andare via, sapendo di essere al sicuro tra i sudditi devoti, per la maggior parte anziani, dal momento che i giovani sopravvissuti all'ultima incursione saracena sono ancora reclutati per la difesa del regno. Bambini, anziani e donne umili, alcune di loro vestite secondo l'antica usanza, con gonne di lana scura ricamate con fiori colorati che mi hanno riportato alla mente una valanga di ricordi.

Mi è sembrato di vedere le anziane della mia Coaña, mentre osservano di sottecchi i rifugiati giunti assieme a mio padre dall'altro lato della montagna, coi loro abiti e con le loro tradizioni, così diverse da quelle asturiane.

Cambia tutto così in fretta...

Alcune di quelle persone abitano ancora oggi in città fortificate molto simili alla mia, circondate da mura che, da epoche tanto lontane quanto l'origine del popolo asturiano, le tengono al sicuro. Lì crescono i loro figli, fra strette stradine lastricate di lavagna nera, identiche a quelle su cui io stessa ho scorrazzato. Da lì ogni mattina scendono fino agli orti situati a valle o ai prati dove pascola il loro bestiame, per poi tornare su al calare della sera.

Altre persone, la maggior parte, provengono da luoghi devastati dalle incursioni saracene o persino da terre ormai sottomesse all'Islam.

Perseverano nel coltivare i propri terreni e ricostruiscono le loro case dopo ogni razzia, aggrappandosi ai campi, loro unica fonte di sussistenza.

Altre ancora si sono raggruppate nei nuovi paesini che crescono giorno dopo giorno. Ville modeste costruite con fatica e con costanza, nelle quali non mancano mai una piccola cappella e una rozza croce di legno davanti cui pregare.

Oggi, il mio signore don Alfonso ha ricevuto una testimonianza di lealtà che, sono sicura, lo ha commosso e rallegrato. Forse anche questa gioia ha contribuito a dissipare l'arrabbiatura nei miei confronti, sebbene il merito della nostra riconciliazione vada a Cobre. Sarebbe molto ingrato da parte mia ignorare l'aiuto decisivo che mi ha offerto il mastino, cui sarò per sempre riconoscente.

Santa Maria di Obona si trova in una piccola valle fertile, ai piedi delle montagne che fanno da confine naturale al regno. Al riparo delle sue mura, costruite mezzo secolo fa, vive una piccola comunità di fratelli e sorelle che dedicano la loro vita a lavorare e a pregare Dio. Ubbidiscono alla regola di Adelgastro, figlio illegittimo di re Silo, fondatore del monastero.[7]

Da queste parti, a nessuno piace ricordarlo, e al mio signore meno che a tutti, dal momento che Silo è morto senza avere nessun erede dalla propria legittima sposa, Adosinda. Fu lei, nipote di Pelayo e del duca di Cantabria, a passare la corona a don Alfonso, suo nipote, che vedeva in quella zia paterna una seconda madre.

Il fatto che re Silo avesse concepito un figlio illegittimo con una delle sue concubine non deve averlo colto di sorpresa, dal momento che sono pochi i principi che hanno rinnegato quella comune usanza. Anche la regina doveva aspettarselo, per quanto tale nascita debba essere stata per lei una pugnalata al petto.

Quale donna sterile non soffrirebbe vedendo il suo uomo

piantare il proprio seme in un altro grembo? Dev'essere stato un inferno...

So bene di cosa parlo. Io ho visto Índaro lasciare il mio letto, notte dopo notte, per correre in quello di una schiava mora. L'ho visto allontanarsi da me irrimediabilmente. Non mi sono mai mancati il rispetto o il conforto dei miei figli, ma ho vissuto l'umiliazione di saperlo felice tra altre braccia. La tortura di Adosinda è stata mille volte più crudele, dato che non solo era sterile, ma il suo dolore era pure sulla bocca di tutti.

Nessuno parla del fondatore, come dicevo, per ragioni molto serie, sebbene l'opera di Adelgastro e di sua moglie, Brunilde, sia un vero dono per la regione. Per quanto si tratti di un monastero modesto, ha fatto sì che gli abitanti del luogo non abbandonassero questo territorio, vulnerabile agli attacchi saraceni, per cercarne uno più sicuro. E oggi è un esempio per tutti e motivo di speranza, poiché la comunità prospera a vista d'occhio.

Tanto i monaci quanto i servi, molti dei quali hanno progressivamente preso i voti, lavorano ogni giorno negli orti, nei porcili e nei pascoli che circondano il cenobio, dove abbondano i frutteti e il bestiame. Nocciole, mele, verze, rape, fagioli, castagne che poi vengono conservati per l'anno in grandi recipienti di pietra foderati di edera, usata anche per rivestire i pavimenti dei porcili; pecore, capre, mucche, galline...

La ricchezza di questi monaci è immensa e fa impressione anche a chi, come me, ha viaggiato molto. E crescerà ancora negli anni a venire, dal momento che continuano a disboscare per creare nuovi pascoli lungo i pendii circostanti. Non c'è da meravigliarsi che il monastero attragga gente da tanto lontano.

Le sorelle, invece, filano, tessono e cuciono, oltre a occuparsi della cucina. Un muro invalicabile separa le celle in cui dormono gli uomini da quelle delle donne, sebbene il refettorio sia condiviso, così come la sala principale e la chiesa. Quest'ultima è piccola, con una sola navata, dipinta di bianco e senza affreschi che la illuminino, almeno fino a oggi. Non penso resterà così a lungo. Spero che molto presto, con l'aiuto del Signore e del re, questo luogo brilli come merita.

L'abate, avvisato del nostro arrivo, ha fatto preparare un banchetto: ogni tipo di verdura, buona pancetta e carne di maiale, capponi cucinati nel proprio sugo, diverse varietà di formaggi, pane bianco appena sfornato e mele cotte, addolcite col miele. Tutto ciò innaffiato con sidro della migliore qualità, prodotto proprio nel monastero.

Se fossi stata di un umore migliore, magari avrei osato berne un po' di più, così da rallegrare i miei sogni. In realtà ho toccato appena il cibo. Non avevo voglia di mangiare né di stare lì a chiacchierare. Volevo solo piangere, ed è proprio ciò che ho fatto.

Le giornate in questo periodo dell'anno sono lunghe, interminabili per chi cerca di nascondersi nell'oscurità. È stato difficile trovare un angolo tranquillo, ma finalmente ce l'ho fatta, nel retro della chiesa, all'ombra di un fico, il luogo perfetto per sedermi e sfogare tutto il mio dolore.

Non vedevo l'ora di riposare in pace dopo la fatica di una giornata infinita.

Non so quanto tempo abbia trascorso lì, immersa nei miei oscuri pensieri, prima di vedere avvicinarsi Cobre, che si è sdraiato accanto a me con la sua enorme testa appoggiata sulle mie ginocchia. Immediatamente, ho alzato gli occhi per guardarmi attorno, perché l'enorme mastino di rado gironzola senza il padrone. Ma non c'era nessuno. Il cane e io eravamo soli, per cui ho iniziato a parlargli mentre lui mi rispondeva con grugniti eloquenti.

«Tu e io sappiamo bene quanto a volte sia duro amare questo potente signore, vero, amico mio? Non ci sono garanzie e non ci si può aspettare nulla in cambio.»

Cobre, «rame», chiamato così per via del colore del suo pelo, comprendeva le mie parole. Ne sono sicura. Conosco quell'animale da quando è arrivato a palazzo, da cucciolo, e mi è sempre sembrato più intelligente di tanti uomini che mi guardano dall'alto dei loro pregiudizi. È in grado di capire di chi fidarsi e di chi no, cosa che io non so ancora fare. È facile ingannare me. Lui, no.

«Neanche tu hai ricevuto una carezza oggi? È questo che stai cercando qui? Sei venuto nel posto giusto. Abbiamo entrambi bisogno del suo affetto ma nessuno dei due sa come chiederglielo. Non ci resta che consolarci a vicenda...»

La maggior parte delle persone lo teme, e a ragion veduta. Ha ucciso più di un uomo sul campo di battaglia e quando mostra i canini la sua ferocia gela il sangue. Eppure, sdraiato ai piedi di don Alfonso nella sala del trono, o qui accanto a me, mentre mi guarda coi suoi profondi occhi arrossati, pieni di lealtà, sembra un agnellino.

La gente del posto usa i cani della sua razza come guardiani per il bestiame, per il coraggio con cui affrontano lupi, volpi e anche orsi. Cobre non ha nulla da invidiare al più impavido di quei cani pastore, sebbene il suo padrone non gli abbia insegnato a combattere altri animali ma uomini armati.

Tuttavia, fino a un secondo fa, percependo la mia tristezza, trasudava tenerezza. Giuro che non sto mentendo e, credetemi, non giuro invano.

Eravamo immersi in quella chiacchierata fatta dalle mie parole e dai suoi versi, quando Cobre ha drizzato di colpo le orecchie, un secondo prima di rialzarsi sulle zampe, allertato da un sibilo. Don Alfonso lo stava cercando, ma il mastino non sembrava volersene andare.

Invece di rispondere alla chiamata del padrone, come avrebbe fatto di solito, ha iniziato ad abbaiare violentemente, come se avesse appena incontrato il diavolo.

«Eccoti, birbone!» ha ringhiato il re. Poi, rivolgendosi a me, ha aggiunto con tono severo: «Come siete riuscita a farvi seguire? Con cosa lo avete attirato? Ci ho messo un bel po' a trovarlo».

«È venuto qui di sua sponte, maestà. Vi assicuro che io non ho fatto niente.» Mi ero già rimessa in piedi, aiutata dalla mano galante del sovrano, che, sorpreso, mi osservava, immagino nel tentativo di trovare una spiegazione allo strano comportamento del cane. Questi continuava a correre da lui a me e viceversa, gemendo, come se volesse dirci qualcosa che nessuno dei due riusciva a comprendere.

«È la prima volta che lo vedo preferire un'altra compagnia alla mia», si è lamentato il re, senza celare la propria gelosia.

«Voi eravate ben accompagnato, maestà. Condividevate la tavola con persone importanti, ansiose di riempirvi di attenzioni. Cobre mi ha vista sola nel refettorio e mi ha seguita, alla ricerca di aria fresca. Dentro faceva caldo e il rumore doveva essere sgradevole per lui. Non arrabbiatevi per questo, vi supplico. Nessuno potrebbe sostituirvi nel suo cuore. Vi è fedele; assolutamente fedele, proprio come lo sono io», ho osato aggiungere.

«Non l'ho mai messo in dubbio. Se questo animale ha una qualità è la sua assoluta lealtà. Non c'è virtù più alta nella scala dell'onore.» Don Alfonso accarezzava la grossa testa del cane che, seduto accanto a lui, era all'erta, pronto a ubbidire al suo minimo gesto. «Persino sant'Isidoro, nei suoi scritti, esalta la nobiltà d'animo di queste creature, le più intelligenti, astute, valorose e coraggiose tra quelle che Dio ha creato, prima di plasmare Adamo ed Eva.»

«Concordo col santo e con voi su questo giudizio, maestà.»

Si è creato uno scomodo silenzio, mentre don Alfonso continuava a scrutarmi e io cercavo di mostrarmi indifferente al fatto che avesse ignorato la mia dichiarazione di fedeltà.

«Posso sapere a cosa pensate, Alana?» ha detto infine. «È tutto il giorno che siete schiva, come se foste arrabbiata con me. Continuate a pensare alle rudi parole di ieri?»

«Io, signore? Il cielo non voglia! Chi sono io per arrabbiarmi con voi?» Ho cercato di sembrare divertita, di rendere sicura la mia voce, ma non sono suonata convincente.

«Allora rallegrate quel viso e dimentichiamo le antiche offese! Torniamo al refettorio, che il banchetto non è ancora finito.»

Non so se sia stato l'effetto del sidro o l'aver ritrovato il suo amato Cobre con me, ma quella frase mi ha immediatamente restituito il re che tanto amo, facendo sparire l'essere irriconoscibile che aveva abitato in lui fino a quel preciso istante.

Detesto il suo umore volubile, che cambia a seconda dei capricci, anche se, quando la tempesta passa, i suoi occhi ritornano sempre sereni, dell'azzurro di un cielo calmo. Ma non ci sono forze o ragioni che possano separare la mia anima dalla sua. Gli potrei perdonare qualunque cosa. Mi affido alla sua volontà senza riserve. Dimentico ciò che è successo e ricomincio daccapo, senza risentimenti, decisa a conservare intatto l'amore puro che m'ispira.

«Sbrigatevi!» ha detto don Alfonso con la voce allegra, rilassata dal sidro. «I monaci hanno appena portato dolci che sembrano sciogliersi in bocca e le brocche sono ancora piene. Godiamo dei doni che ci offre il Signore e ringraziamo il cielo di poterne godere grazie a questo pellegrinaggio. Andiamo incontro a san Giacomo, mia cara Alana. Il Figlio del Tuono! E voi potrete finalmente rivedere vostro figlio.»

Non mi è parso opportuno confessargli in quel momento il timore che cela il mio cuore: non trovare Rodrigo là dove spero oppure venire a conoscenza di qualche terribile notizia una volta giunti a Iria Flavia.

Il mio signore era così vicino, così felice, che mi sono vista obbligata a dimenticare le mie paure e a chiedergli: «Voi credete che sarà così, mio signore? Pensate, come Odoario, che colui che riposa in quel campo indicato dalle stelle è l'Apostolo, o condividete i dubbi di Sisberto? Io vi confesso di essere confusa...»

«Lui stesso ce lo farà sapere, mia fedele Alana. La fede c'illuminerà. Quando giungerà il momento, sono sicuro che la verità troverà la strada nei nostri cuori. Fino ad allora manteniamo la speranza. Cosa ne sarebbe di noi senza di lei?»

Scrivo queste righe nella pace di una cella spoglia, con lo spirito confortato dall'assenza di rancori. Sento di nuovo l'affetto del mio re e ciò significa che sono felice. Per di più, le sue parole mi hanno ridato animo. Spero che abbia ragione e che io sia sempre più vicina a rivedere mio figlio, per la cui fragile salute ho tanto penato in questi anni!

I presagi, però, sono tutt'altro che favorevoli.

Fuori, assieme alla notte, è calata una spessa nebbia che mi ha riportata al malessere col quale mi sono svegliata stamattina. Voglia Dio che, al nuovo sorgere del sole, la bruma se ne

vada e io possa aggrapparmi alla speranza di cui parlava il mio signore.
È giunta l'ora di posare il calamo e dormire in questo umile letto che le sorelle mi hanno ceduto. Sono troppo stanca per dedicarmi a unguenti, frizioni o addirittura a preghiere notturne. Un semplice *Pater Noster* sarà sufficiente per oggi.
Sono alla ricerca di bei sogni...
Domani sarà un altro giorno.

4

LE MURA DI DIO

*Monti delle Asturie,
Giorno di San Virgilio*

Abbiamo perso tutte le provviste e due muli. Il re è quasi caduto in un precipizio. Oggi mi sono sentita sul collo il fiato gelido della morte, lo giuro. È arrivata vicina, molto vicina...
Sapevo che qualcosa di brutto stava per succedere. L'istinto non mi stava ingannando quando mi mandava segnali di pericolo. Ma, mentre guardavo dalla parte sbagliata, aspettando di vederlo arrivare, questo era sopra le nostre teste che ci minacciava nell'ombra.
Che il Signore ci protegga!

Quando questa mattina, più tardi del solito, siamo partiti dal monastero, c'era ancora la nebbia, densa e grigia. Lungo il ciglio della strada, attratta da don Alfonso, si accalcava di nuovo una folla di contadini, molti dei quali erano ore che vegliavano nell'oscurità per potergli baciare la tunica. Non sarebbe stato degno di un uomo come lui disprezzarli con un atteggiamento altezzoso.
Il mio signore ha ben onorato la fama che lo precede smontando da cavallo per percorrere a piedi quel tratto di strada. Le dimostrazioni di affetto che ha ricevuto mi hanno commossa.
C'era chi s'inginocchiava. Chi piangeva per l'emozione. Alcune donne addirittura lo pregavano affinché curasse i loro bambini o i padri infermi, trascinati fino alle vicinanze del cenobio e poi lasciati lì, sdraiati. Immagino che anche questo derivi da un'antica usanza degli asturi, che accompagnavano i propri familiari ammalati ai crocevia sperando passasse qualche viaggiatore in grado di aiutarli.

Quanto avrebbe voluto don Alfonso poter fare davvero qualcosa!

I membri della comitiva sembravano confortati dalle delizie della sera precedente, per quanto immagino che il sidro avesse lasciato il proprio segno in più di una testa dolorante. La mia, invece, dopo una notte di sonno profondo, era piena di ottimismo.

Persino l'angoscia che mi ha accompagnata da quando siamo partiti da Ovetao, col presagio che qualcosa di oscuro stesse cavalcando assieme a noi, aveva lasciato il posto al desiderio di godere di quest'ultimo viaggio in compagnia del mio sovrano. E sì che la bruma era ancora lì, a ricordarmi quel mio figlio la cui presenza incorporea mi perseguita ovunque io vada.

«Prima della terza ora la nebbia si dissiperà e potremo vedere il cielo», ho azzardato, rivolgendomi a Danila, il cui cavallo trottava accanto al mio.

«Se Dio vuole...»

I fratelli di Santa Maria di Obona hanno messo a nostra disposizione una guida, perché avventurarsi su quelle montagne senza l'aiuto di un pastore del luogo sarebbe stata un'imprudenza. Per questo motivo un ragazzo si è unito a noi in questa tappa, accompagnato dal suo mastino, che ha subito ringhiato contro Cobre.

Dopo essersi fiutati per un po', sfidandosi e mostrando i denti, sono entrambi tornati ciascuno accanto al proprio padrone. Cobre dietro, sotto la severa vigilanza del sovrano e di Nuño, il nuovo arrivato in prima linea, guidando la comitiva accanto al pastorello, controllato attentamente da Agila.

Per cinque o sei miglia abbiamo seguito un sentiero in mezzo a una fitta boscaglia, simile a quello di ieri. Poi è iniziata la salita, a mano a mano che la vegetazione si diradava e la nebbia si dissolveva in anelli di fumo che avvolgevano le cime delle montagne.

Dio, che bellezza! Che spettacolo che si è mostrato ai nostri occhi, liberi per una volta dalla paura di un pericolo imminente o dalla fretta di dove scappare!

Alla nostra destra, sulle falde di una collina, sono apparse di colpo le pietre nere di un castro molto simile a quello di

Coaña e, proprio come questo, deserto. Forse a causa di un'incursione saracena come quella che, ormai quasi mezzo secolo fa, quando io ero prigioniera a Corduba, ha ucciso i miei genitori e tutti i loro vicini. La cosa più probabile è che si sia semplicemente spopolato a poco a poco, mentre i suoi abitanti morivano o si trasferivano in un luogo migliore.

Non rimane più nessuno lì che possa raccontare la propria storia. Rimangono solo le pietre, testimoni silenziose di un passato destinato a scomparire nell'oblio, senza guardiani che ne custodiscano la memoria.

Io non ho potuto conoscere nessuna di quelle donne, investite allo stesso tempo di un grande onore e di un'enorme responsabilità. Mia madre, invece, sì. Ha avuto la fortuna di ascoltare l'ultima rappresentante di una stirpe oggi estinta. Una narratrice che, cieca e invalida, nelle notti di luna piena, riusciva a catturare coi propri racconti folle giunte da lontano al richiamo della sua voce.

Quella guardiana della memoria aveva ricevuto dalla madre la preziosa eredità del nostro popolo, assieme al dovere di conservarla, condividerla e trasmetterla alle generazioni future. Aveva un compito tanto importante per la sopravvivenza del clan quanto quello dei guerrieri o delle sacerdotesse del culto della luna. Un compito venerato tra le sue genti, ammirato e protetto, come la vita stessa dell'anziana, che vide la fine dei suoi giorni senza una figlia cui trasmettere quest'arte millenaria.

Era scritto. Affinché si compisse il disegno della Provvidenza, lei avrebbe dovuto essere sterile. Perché il destino della sua famiglia correva di pari passo con quello degli asturi, chiamati a fondare una nuova stirpe in comunione coi figli del popolo dei goti. La mia stirpe. Il sangue che scorre nelle mie vene.

Io dovrei celebrare senza riserve il futuro glorioso che ne è derivato, eppure spesso mi soffermo a pensare a tutto ciò che quella guardiana ha portato con sé nella tomba. Ciò che si è perso alla sua morte.

Con lei sono scomparsi i ricordi e si è dileguata per sempre quella eredità, della quale, quando il vento trasformerà in polvere le rovine dei nostri castri, non resteranno nemmeno le ceneri.

Avrei dato tutto ciò che possiedo per sentir parlare, anche solo una volta, la custode di un tale tesoro. Per concentrarmi sulle sue parole e memorizzare ogni pausa, ogni gesto. Non potrò mai farlo. Nessuno può. Ma, per fortuna, possiamo evitare che questo accada di nuovo. Preservare i fatti accaduti davanti ai nostri occhi per coloro che verranno dopo.

Perciò ora sono qui, a scrivere queste lettere disordinate alla luce di una lampada alimentata a olio di balena, mentre pian piano sento allontanarsi la tempesta che stava per causare la terribile tragedia.

Il respiro tranquillo di Freya, addormentata accanto a me sotto la protezione della tenda, m'infonde la tranquillità necessaria a riordinare le idee. Il calamo è la mia gola. La pergamena, il mio pubblico. Il dono della scrittura e della lettura i miei averi più preziosi.

Voglia il cielo illuminarmi affinché io sia una degna erede di tutte quelle donne. Di quella stirpe millenaria la cui sacra missione è stata conservare la memoria e donare all'eternità quel breve spazio di tempo che ci è dato vivere.

Proprio come avevo pronosticato, per quanto nuvoloni neri lo sfidassero apertamente, il sole non ha impiegato molto a mostrarci il viso. Dopo la sua vittoria, ha fatto sentire il suo calore, inizialmente gradevole e subito dopo asfissiante, a mano a mano che la pendenza aumentava senza che noi ne vedessimo la fine.

In quel momento abbiamo iniziato a soffrire.

Dopo essere stati a lungo nei boschi verdi, circondati dallo scrosciare dei ruscelli freschi, le pianure nelle quali ci addentravamo mostravano gli effetti devastanti delle nevi, e infatti erano disabitate. Non un villaggio. Non una fattoria. Nemmeno una rozza cappella. C'erano solo poche mucche ossute che ruminavano qua e là erba ingiallita, in compagnia di pecore dal vello scuro, giusto per ricordarci che nemmeno un luogo come quello può distruggere del tutto la vita.

Ci siamo lasciati alle spalle alcune casette sparse, piccole, col tetto ricoperto di erica e paglia, in confronto alle quali le abitazioni del castro mi sembravano ville. Non c'era più traccia della strada che avevamo seguito fino a quel momento. Sul fianco del monte c'era un sentiero tracciato appena dal passaggio dei nomadi, che si faceva sempre più ripido più ci avvicinavamo alla cima della montagna, nascosta sotto una spessa coltre di nubi.

A un certo punto abbiamo dovuto continuare a piedi perché i nostri cavalli scivolavano su quel terreno instabile e rischiavamo di cadere. I servi si sono occupati di loro, tirandoli dalle briglie, mentre noi camminavamo piano. Devo ammettere, per quanto sia umiliante, che probabilmente ero la più lenta, assieme ai monaci e al cuoco.

Quanto ho maledetto il peso della tunica bagnata, della borsa in cui porto la cronaca che sto scrivendo, che non lascerei mai a nessuno, e soprattutto degli anni!

Per quanto indossassi dei buoni stivali, fatti di pelle sottile e con le suole spesse, i sassi mi si conficcavano nella pianta dei piedi a ogni passo con una crudeltà inaudita, fino a rendermi la marcia un martirio. Le ginocchia mi bruciavano. Le gambe, già doloranti dalle giornate precedenti, sembravano sul punto di cedere. Chissà quale supplizio erano obbligati a soffrire gli schiavi che ogni giorno marciavano senza riposo coi loro sandali laceri, per di più dovendosi trascinare dietro i nostri cavalli!

Non posso nemmeno immaginarlo.

«Sostenetevi con questo, donna Alana. Vi renderà più leggero il cammino.» Era Nuño, che mi portava un bastone simile a quello che anche lui usava per aiutarsi a camminare. Un semplice bastone in legno sul quale appoggiarmi per dare stabilità alle mie gambe e alleggerire il carico del mio stesso corpo. Non so dove lo avesse trovato o da quanto se lo portasse dietro per potermelo dare, ma il suo gesto mi è parso stupendo. Una dimostrazione di affetto adatta alla sua persona, così poco dedita alle parole quanto eloquente nelle azioni.

In quel momento mi sono accorta che il guascone stava vegliando su di me, pur senza perdere d'occhio il re che, come al solito, marciava in prima fila conversando col conte Aimerico e con accanto, troppo vicino per i miei gusti, il palafreniere saraceno che si occupava del suo cavallo.

«Vedo che non vi arrendete, mia signora», ho sentito qualcuno dirmi poco dopo, mentre lottavo per affrontare la salita, conservando un po' di fiato.

Era la giovane contessa, con quel suo sorriso sincero, troppo bello per essere innocuo, che di rado le abbandonava il viso. Aveva volontariamente rallentato il passo con la chiara intenzione di raggiungermi e iniziare una conversazione. Come negarmi? Sarebbe stato scortese, se non ingrato.

A essere onesti, da quando eravamo partiti quella ragazza non aveva mostrato altro che rispetto e cordialità nei miei confronti. Comincio a sospettare di averla giudicata in maniera precipitosa, senza darle la possibilità di mostrare la sua vera natura. O peggio, di essermi lasciata trasportare da una gelosia assurda, attribuendole intenzioni e sentimenti del tutto estranei a lei. Intenzioni e sentimenti che si trovano solo nei progetti del conte o nel mio insensato timore di perdere un amore che non ho mai posseduto.

Oggi ho gradito la sua compagnia. Certo, non sono ancora pronta a riconsiderare del tutto il mio giudizio. Al momento lo sospendo, nell'attesa di assistere agli sviluppi futuri.

«Resisto come meglio posso, cara», ho risposto, sospirando. «Cos'altro posso fare?»

«Fate molto più di questo, donna Alana. Non vi siete mai lamentata. Non avete mai chiesto aiuto. Mio padre e io ieri stavamo giusto parlando di quanto sia ammirevole la vostra forza d'animo.»

«Non mi è mai piaciuta l'adulazione», ho commentato, secca.

«Non vi sto adulando», ha ribattuto lei, sorpresa dal mio tono aggressivo. «Dico la verità.»

«Vostro padre non sembra molto felice di voi...» Ho cambiato discorso, approfittandone per saziare la mia curiosità.

«Nei giorni passati mi è sembrato di vedere che vi rimproverava.»

«È vero», ha ammesso lei subito. «Mio padre è deluso da me.» I suoi occhi chiari si sono riempiti di lacrime che riusciva appena a trattenere, e che avrebbero fatto impietosire qualunque persona con un cuore.

Io, al contrario, mi sono dimostrata incredibilmente fredda. Invece di consolarla, ho insistito: «Come mai? Nessuno potrebbe volere una figlia più bella o devota». La stavo pungolando per strapparle qualche confidenza, lo so.

Il desiderio di sapere, di capire, d'imparare, di prevedere mi ha sempre fatta risultare poco discreta, poco prudente, o addirittura poco compassionevole, come in questo caso. Sin da bambina. Non mi lascio andare ai vacui pettegolezzi solo per un minimo senso del decoro dovuto al mio rango, soprattutto se posso scoprire ciò che m'interessa in modo diretto approfittando della gente attorno a me. Che cronista sarei se facessi altrimenti?

Freya non mi assomiglia per niente. È umile, buona, estremamente onesta. Per questo ha abbassato lo sguardo, con evidente vergogna, prima di rispondere: «A suo parere, non mi mostro abbastanza disponibile col re come dovrei».

«Disponibile? In che senso?»

«Posso fidarmi di voi, mia signora?» Era una preghiera disperata.

«Certo.»

«Mia madre è morta nel darmi alla luce. Le due spose che mio padre ha avuto in seguito sono morte allo stesso modo, per cui non ho nessuno con cui parlare. Lui è l'unica famiglia che ho.»

«So cosa significa essere sola al mondo», ho risposto, senza mentire. «Vi ascolto.»

«Io non voglio disubbidire a mio padre, signora. Lo rispetto, ma non so come fare a compiere la sua volontà e nemmeno lo voglio, se devo essere del tutto sincera. Voi siete donna, siete saggia, avete vissuto tanto, secondo quanto si dice a corte...»

«A corte si dicono molte sciocchezze, ma potete fidarvi di me, se ciò allevia la vostra angoscia. Ho avuto due figlie. Voi avreste potuto benissimo essere la terza. Quale pena vi affligge in questo modo?» A quel punto sapevo bene cosa stava per dirmi, confermando i miei precedenti sospetti, ma avevo bisogno di sentirlo dalle sue labbra.

Bastava vedere l'angoscia con la quale parlava per sapere che lei è vittima delle ambizioni del conte tanto quanto me. Più vittima di me, in realtà. Davanti al dolore, allo sconforto e alla debolezza che lasciava trasparire la sua voce e, allo stesso tempo, all'ingenuità con la quale Freya si confidava, i miei sentimenti nei suoi confronti si stavano dimostrando non solo vili, ma anche patetici.

«Mio padre vorrebbe che il re mi sposasse.» Era evidente che si vergognava profondamente anche solo di pronunciare la parola «sposasse» ad alta voce.

«E voi? Non lo volete?»

«Ho forse qualche alternativa?»

«Vi sto chiedendo cosa vorreste. La possibilità di non ubbidire al conte è un'altra questione. Una questione molto seria, per la verità, dal momento che don Alfonso è sempre stato fedele al suo voto di castità, nonostante tutte le allettanti offerte che ha ricevuto da quando è re, o da prima.»

«Mio padre insiste che io debba mostrarmi amabile, cercare la sua compagnia, sforzarmi di attirare la sua attenzione, di conquistarlo, insomma. Come se fosse facile... Io non ne sono capace, donna Alana. Non riesco a trovare un modo per compiacere mio padre, per questo lui è adirato con me. Mi rimprovera di non impegnarmi abbastanza nel compito che mi ha affidato quando siamo partiti da Ovetao.»

«Il conte sbaglia nell'accusarvi di non riuscire in qualcosa in cui per voi è impossibile riuscire, Freya. Non è colpa vostra, ve lo assicuro. Allontanate questo pensiero e dite a vostro padre di fare altrettanto. Don Alfonso non è un uomo come gli altri. È il nostro sovrano. E come tale governa non solo sul nostro regno, ma anche sulle proprie decisioni, come questa.»

Più ci avvicinavamo alla prima vetta della giornata più la salita che stavamo percorrendo si faceva impervia. Da entrambi i lati del sentiero, disseminati di pietre appuntite, l'erica, i biancospini e le ginestre pitturavano di colori vivi l'erba rada di questi prati di montagna. Violetto, lilla, azzurro, giallo... una tavolozza di colori che compensava la tanta fatica con un po' di gioia per gli occhi. Ma solo io prestavo attenzione a tale bellezza. La contessa alzava a malapena gli occhi da terra. «Posso aprirmi con tutta franchezza, sapendo che terrete per voi ciò che dico?» mi ha supplicata.

«Parlate, vi prego, prima che questa salita lasci entrambe senza fiato.»

«Io, donna Alana, amo don Alfonso come re, certamente. Lo ammiro come sovrano e come guerriero, ma non come uomo né come sposo. È... Potrebbe essere mio nonno! Nei miei sogni immagino un cavaliere di bell'aspetto, coraggioso, innamorato... Ma l'amore importa poco o niente, qui. Non è vero? Cos'è, l'amore? Una chimera. Questo dice sempre mio padre. Insiste nel sostenere che il matrimonio serve solo a migliorare il proprio rango e che i sentimenti fanno parte di un universo effimero.»

«Vostro padre ha ragione.»

«Non dite questo! Voi siete una donna, come me...»

«Ecco perché so che l'amore e il matrimonio non hanno nessun legame, soprattutto tra nobili come voi. I matrimoni sono alleanze, patti di potere, contratti. Cose mondane, concrete, utili. L'amore, invece, appartiene al mondo dei sogni, effimeri, come voi ben dite.»

«Davvero non esiste? Non voglio crederci.»

«Certo che esiste! È una cosa estremamente reale, non mal interpretate le mie parole. Sorge all'improvviso, quando uno meno se lo aspetta, penetra nel cuore, lo trapassa come una lancia e poi marca l'anima col proprio fuoco. Mentirei se vi dicessi che è solo un impulso passeggero, dal momento che io so bene quanto può essere persistente la sua tirannia. Ma col tempo s'impara a controllarlo e a vivere mettendo ogni emozione al giusto posto. Tranquillizzatevi, bambina. Non credo che il re debba preoccuparvi. Per quanto riguarda il resto, siete molto giovane. Imparerete. La vostra testa è ancora piena di sogni.»

Proprio in quell'istante, il verso acuto di un'aquila ha fatto alzare a entrambe la testa, giusto in tempo per veder l'ombra del maestoso uccello con le ali spiegate stagliarsi nel cielo azzurro. Volava bassa, molto vicina a noi, scrutando l'orizzonte alla ricerca di cibo. Non era sola. Da una rocca alle nostre spalle ne è giunta subito un'altra, tanto bella quanto la prima, emettendo gli stessi versi stridenti.

Per un attimo sospeso in quel magico volo, le due aquile hanno tracciato dei cerchi attorno a noi, così vicini da poterli quasi toccare, creando una danza di una bellezza sconvolgente. Poi sono sparite, in direzione del mare, perdendosi nella densa nebbia che ancora ricopriva le valli.

«Dicono che si amino davvero, loro», ha commentato la contessa con un sorriso malinconico stampato sull'ovale perfetto del viso. «Che nella loro vita scelgano un solo compagno e non lo abbandonino mai.»

«È così», ho confermato, ancora rapita dallo spettacolo di poco prima. «Dicono che vivano la loro breve esistenza in coppia. Sempre la stessa. Assieme ma libere.»

Magari fossi nata aquila!

Una volta raggiunta la vetta, il caldo era ormai insopportabile.

Da diverse miglia non trovavamo una traccia d'ombra sotto la quale proteggerci, né uno spiazzo nel quale riposarci. La salita ci aveva distrutti, tanto noi quanto le bestie, ma neanche lì c'era acqua con cui abbeverarle o con cui rinfrescarci. Per questo motivo la pausa è stata molto breve. Giusto il tempo di bere qualche sorso di vino dagli otri, sperando che presto gli animali trovassero una pozza d'acqua stagnante.

Sebbene il sole continuasse a sconfiggere le nuvole, bruciandoci la pelle e gli occhi, ogni figlio delle Asturie avrebbe potuto indovinare che, prima della fine della giornata, queste sarebbero tornate ad avere la meglio.

Scesi dalla vetta, ci aspettava l'entrata di una miniera, annunciata da ciò che rimaneva di una collina vicina, sventrata per consentire di strapparle il prezioso frutto che teneva nascosto in seno. Un'immagine rara.

Quel luogo era testimone di un passato tanto glorioso quanto terribile. Era una visione tremenda per chiunque avesse sentito, come me, il racconto degli schiavi costretti dai romani a scavare le viscere della terra alla ricerca del maledetto oro.

Sembra impossibile che un luogo così bello possa nascondere segreti tenebrosi come quelli custoditi senza dubbio dalla grotta, aperta a colpi di scalpello, che ci siamo trovati davanti. Miserie, orrori inenarrabili, che contrastano con la bellezza luminosa dell'esterno.

Non negherò il fascino di quella bocca, sulle cui labbra brilla ancora oggi lo splendore del prezioso metallo estratto dalle sue profondità. Mentirei se lo facessi.

Il luogo era spaventoso, non solo per ciò che rappresentava e significava ma per ciò che mostrava ai nostri occhi. Il nero corvino della roccia contrastava coi resti d'oro sfuggiti alla voracità dell'uomo, creando uno spettacolo simile a quello della luce delle stelle nel cielo notturno. Da lasciare senza fiato.

Le pareti scintillavano. Ardevano. Invitavano a toccarle, a graffiarle, a addentrarsi tra le loro fredde fiamme per svelare il gioco che fondeva luce, venature e umidità in un meraviglioso artificio. Un inganno tanto più crudele se si pensa a ciò che è vi è successo dentro: il supplizio d'innumerevoli prigionieri sottomessi a un trattamento disumano.

Si possono ancora vedere i resti sparsi qua e là degli alloggi in cui, in passato, vivevano quei poveretti, condannati a bruciarsi le mani con l'aceto e col fuoco per poter aprire una fessura nella montagna. Alcuni di quei porcili in pietra sono ancora in piedi. Sì, porcili e non case, dove gli schiavi passavano le poche ore di riposo concesse loro tra un turno in miniera e l'altro. Quel tunnel nero, minaccioso, al cui interno ogni cosa era sofferenza, dolore, disperazione, morte.

Le storie che mi raccontavano da bambina parlavano di soldati caduti sui campi di battaglia e poi ridotti in schiavitù. Asturi e cantabri che avevano combattuto contro l'impero romano, che erano stati sconfitti e, come castigo contro l'insurrezione, schiavizzati. Uomini ribelli, guerrieri fieri, impegnati a rifiutare il giogo romano quando tutto il mondo allora conosciuto si era ormai sottomesso al suo stendardo. Eroi, o forse solo pazzi.

Gli stessi racconti narravano anche di madri che uccidevano

col veleno i propri figli per non vederli diventare schiavi. Di padri che si toglievano la vita con le proprie spade per non finire i loro giorni in quel pozzo d'orrore. Di un popolo orgoglioso, che non si è mai arreso.

Lo stesso popolo che oggi lotta senza sosta contro le truppe di Al-Ándalus, per quanto consapevole di essere inferiore in potenza e numero.

Lo stesso popolo che si presenta in battaglia con coraggio e con instancabile tenacia contro gli eserciti di Corduba, che anno dopo anno attraversano questa cordigliera per cercare di sottometterci.

Lo stesso popolo che, abbracciata la croce, sacrifica il proprio sangue senza timore, impegnato a proteggerla dalla minaccia saracena.

Guardando le mura cadute di quella che deve essere stata una prigione terribile, ho sentito nel mio sangue la rabbia e l'impotenza di coloro che vi hanno abitato, lasciando su queste pietre il segno degli scalpelli e del sangue, senza altra speranza di libertà a parte la morte.

Il resto del corteo stava pensando le stesse cose, ne sono sicura. Persino l'aria sembrava essere impregnata di pianto, con quell'odore inconfondibile che annuncia una tempesta imminente.

Certe emozioni sono talmente forti da lasciare una traccia indelebile. L'amore, l'odio, la sofferenza di un'anima che sa di essere condannata, il dolore di chi soffre la perdita di un caro...

Davanti all'entrata della miniera d'oro, tra le rovine di una prigione infernale, ho sentito con chiarezza il respiro di quegli spettri. Di ognuno di loro. Spiriti tanto reali quanto le cicatrici che mostra la montagna, violentata per soddisfare la nostra ingordigia.

Abbiamo attraversato quel luogo in silenzio, ammutoliti dall'orrore.

Solo più tardi, mentre stavo mangiando un pezzo di pane con la solita carne secca, col formaggio e con qualche nocciola, mi sono messa a pensare ai nostri schiavi saraceni.

Chissà cosa provano qui, in questo territorio agreste, scosceso, tanto diverso da quello da cui provengono. Che dolore attanaglia il loro cuore, trovandosi lontani dalla loro casa, dal loro sole e dal loro dio? Soffrono, certamente. Ma, com'era solito dire mio padre, non avrebbero mai dovuto mettere piede nella nostra terra cristiana. Nelle nostre Asturie. Si sono condannati da soli. Noi siamo a casa nostra.

Freya è tornata al fianco del padre, spero un po' confortata dalle mie parole. I monaci, ai quali si è unito don Alfonso, recitavano l'*Angelus*. Le guardie, inclusi Agila e Nuño, elogiavano il pasto preparato dal cuoco, mentre la nostra guida suonava una triste melodia col suo flauto, non molto lontano da dove i servi portavano a termine i propri compiti.

I due mastini sono stati legati lontani l'uno dall'altro, per evitare litigi, nell'attesa che il re reclamasse la presenza di Cobre.

Io mi sono seduta a riposare sull'erba, troppo stanca per provare appetito. Cercavo di ritrovare la pace, innalzando a Dio le mie preghiere, quando, finite le orazioni di mezzogiorno, il sovrano e Odoario si sono seduti accanto a me.

Non è necessario dire che ho iniziato a origliare la loro conversazione.

«Non stiamo avanzando alla velocità prevista.» Si sentiva una certa irritazione nel tono di don Alfonso. «Di questo passo ci metteremo un'eternità a raggiungere Iria Flavia.»

«Capisco la vostra urgenza, signore, ma dovete comprendere che noi non siamo un esercito allenato a marciare verso la battaglia. Il cammino è difficile e le nostre ossa sono vecchie. Non c'è fretta. Se il santo Apostolo ha aspettato finora per rivelarci la sua presenza, potrà aspettare ancora qualche giorno perché ci prostriamo ai suoi piedi.»

«Speriamo che abbiate ragione e che non si tratti di un inganno. Questo prodigio sarebbe una benedizione per il regno, arrivata proprio nel momento di maggior bisogno.»

«Se non avete fede voi, maestà, chi l'avrà?»

«Non è la fede a mancarmi, Odoario. Ho combattuto sotto la sua guida più di qualunque altro dei miei antenati. Ho visto morire i miei migliori guerrieri nel difendere tanto la croce quanto la nostra terra. Ma non vorrei cedere alle superstizioni.

Se le Asturie devono consegnarsi alla protezione di un santo, dobbiamo essere sicuri che le sue reliquie siano autentiche e far sapere al mondo intero che si trovano qui, tra di noi.»

«E come potremmo fare, signore? Se la fede non basta, dove troveremo la sicurezza di cui parlate?»

«Quando saremo lì, lo sapremo. È necessario che sia così. Questa marcia non può essere inutile.»

«Temete che lo possa essere?» La voce dell'abate era allarmata.

Il re è rimasto zitto, immerso nei pensieri, per qualche istante, calibrando meticolosamente la risposta. «La fede abita nel profondo delle nostre anime, e va cercata con tenacia. La verità e la menzogna non sono sempre assolute e non mostrano sempre un'unica faccia. Chi, se non Dio, possiede la luce necessaria a illuminare la nostra ragione e quella di tutta la Cristianità? Possiamo affidarci unicamente a Lui.»

«Non sono sicuro di comprendervi. State forse insinuando che potremmo trovarci davanti a una menzogna voluta da Dio?»

«Quello che voglio dire, Odoario, è che il regno è in una situazione disperata. Siamo minacciati da nemici feroci, siamo piccoli e abbiamo a malapena la ricchezza o i soldati sufficienti a difenderci. Se l'apostolo san Giacomo avesse veramente scelto la nostra terra per il suo eterno riposo, proprio come indicano i miracoli raccontati nella lettera del vescovo Teodomiro, saremmo davanti a un dono del cielo troppo prezioso per disprezzarlo o metterlo in dubbio. Quelle sacre reliquie potrebbero assicurare la nostra sopravvivenza. Ne comprendete l'importanza?»

«Mio signore, io sono sicuro che il sepolcro trovato a Iria Flavia custodisca il corpo benedetto del Figlio del Tuono. Sono partito da Ovetao con questa certezza, dopo aver ascoltato le parole di Nunilo, e la mia fede permane, intatta. Anzi, se una volta lì scoprissimo tragicamente di aver commesso un errore o che si tratta di un inganno...»

Il sovrano si è preso del tempo per inspirare quella fresca aria di montagna. Prima di rispondere, ha messo le mani sulle spalle del vecchio abate, guardandolo dritto negli occhi. Non capita spesso che don Alfonso si avvicini tanto a un altro uomo, per cui quel gesto ha richiamato la mia attenzione. Alla luce di ciò che ha detto dopo, credo volesse liberare dal peso della responsabilità la stanca schiena di Odoario per caricarlo sulla propria, abituata a sopportare il fardello delle decisioni.

«Agirò con coscienza, mio buon abate. State tranquillo. Lo farò pensando alla salvezza della mia anima e anche a quella delle Asturie. Questi sono giorni in cui abbiamo drammaticamente bisogno di uno scudo protettore. Saprò essere grato all'aiuto che tale miracolo rappresenterebbe per il regno.»

«Siete voi il nostro scudo e la nostra lancia, maestà.»

«Ho messo tutto il mio impegno per esserlo, è vero. Il regno ha resistito ad attacchi feroci che avrebbero sottomesso popoli più forti di noi. E finché avrò fiato, continuerà a resistere con l'aiuto del Padre Celeste. Tuttavia, temo per ciò che accadrà quando io non ci sarò più. Non mi resta molto da vivere e morirò senza discendenza, senza lasciare nessun erede capace di tenere unite le forze che a fatica difendono le Asturie.»

«Questo non potete saperlo. Siete ancora in tempo per sposarvi», ha risposto l'abate.

Ignorando quelle parole, il re ha continuato a esprimere le proprie angosce: «Asturi, cantabri, baschi, gallaeciani... Che ne sarà di noi se ci divideremo? Solo assieme possiamo fare fronte al nemico che vuole distruggerci. E anche assieme siamo deboli se paragonati a lui. Ho visto tanta morte, Odoario, tante teste mozzate, tanti massacri... Sono tormentato dalla paura di non riuscire più a impedire loro di attraversare i valichi e attaccarci».

«Il nostro destino è nelle mani della Provvidenza, maestà. Non cedete alla disperazione. Il regno resisterà, con l'aiuto di Dio e dell'Apostolo.»

«Il regno è stato messo a dura prova, mio vecchio amico. Ha sofferto troppo. Quanti uomini coraggiosi dovranno versare il loro sangue prima di poter cantare vittoria? Solo la Provvidenza lo sa. Per questo è importante che san Giacomo, figlio di Zebedeo, fratello di Giovanni, apostolo amato da Nostro Signore Gesù Cristo, ci protegga sotto il suo manto. Non ci sarà esercito

saraceno che potrà sconfiggerci se il Figlio del Tuono comanderà le nostre truppe.»
«Parole sagge, maestà. Non resta altro che dire *amen*!»

Era ora di riprendere la marcia. Davanti a noi un tratto pianeggiante precedeva una nuova salita, per percorrere la quale saremmo nuovamente montati a cavallo, seguendo i consigli della nostra guida. Il mastino di don Alfonso, liberato dal guinzaglio, è accorso accanto al suo padrone, che ne ha celebrato l'arrivo regalandogli alcune carezze. Io ho approfittato di quel momento per raggiungerli, ansiosa di lenire i turbamenti del re.
«Osservate questo paesaggio, mio signore. Non è meraviglioso?»
«Non so se 'meraviglioso' sia il termine che userei io, Alana», ha risposto lui amabile, accettando così la mia compagnia. «Montuoso, selvaggio, grandioso, temibile. Senza dubbio, è ognuna di queste cose. Ma 'meraviglioso'?»
«Sì, molto!» ho insistito.
«Meravigliosi sono i fiori di un ciliegio appena sbocciati o i tesori della basilica del Salvatore. Meraviglioso è il mare calmo. No, io non definirei meraviglioso questo deserto costantemente devastato dal vento, ricoperto dal ghiaccio in inverno e asfissiante nel periodo estivo.»
«Guardate bene, signore. Guardate con occhi diversi. Le Asturie e le loro montagne sono un'unica cosa. Un tutt'uno, necessario e bello. Quelle rocce che vedete davanti a voi sono le mura che Dio ha regalato al suo popolo. Al vostro popolo. Ogni cima è una torre. Ogni precipizio un fossato. Ogni valle un'opportunità per i nostri guerrieri e una trappola mortale per il nemico. Ogni fiume, un alleato. Guardate di nuovo, signore. Ditemi se non vi sembra meraviglioso.»
«Mi arrendo di fronte alle vostre argomentazioni, Alana.» Il suo tono era caldo e profondo; il tono di un amico intimo. «Mi ha sempre sorpreso questo vostro dono di riuscire a guardare oltre ciò che si mostra e scoprire ciò che è occulto. Visto così, questo paesaggio è senza dubbio meraviglioso.»
«Le terre che vanno da queste cime innevate fino al mare

sono la patria degli asturi, maestà. La nostra patria. La casa di un popolo antico, quello dei miei antenati materni, uniti nel sacro matrimonio a quelli di mio padre, Ickila, goto come voi e soldato dell'esercito di vostro nonno. Sono il rifugio dei cristiani che rifiutano di rinnegare la propria fede. La dimora di chi vuole vivere libero dal giogo islamico a qualunque prezzo. Sono le nostre terre, signore. E voi siete la nostra spada e il nostro elmo.»

«Mi lusingate, Alana.»

«Dico solo la verità. Quella che raccontano i fatti. Da quando re Pelayo ha affrontato i mori e li ha sconfitti nella battaglia di Covadonga fino a oggi, la sua stirpe di guerrieri, la vostra stirpe, ha trattenuto l'invasore dall'altro lato di quelle mura. Alcuni re pigri hanno rinunciato a lottare e si sono umiliati pagando dei tributi, è vero.»

«Codardi!»

«I feroci guerrieri della mezzaluna hanno attraversato più di una volta i valichi e ci hanno sottomessi con brutalità, seminando morte e distruzione a ogni passo, è vero. Ma prima o poi sono sempre stati obbligati a tornare indietro, attraverso quelle montagne. Per questo io le amo. Per questo ai miei occhi sono meravigliose. Non è il popolo a possedere il proprio Paese, ma il Paese a possedere il proprio popolo.»[8]

Il re mi ascoltava attentamente. Ogni tanto mi guardava, sebbene i suoi occhi preferissero seguire il mio racconto osservando l'immenso castello che s'innalzava attorno a noi, come se lo vedesse per la prima volta. Dopo un po' mi ha risposto, ravvivando, senza saperlo, la fiamma di quell'amore segreto di cui mai conoscerà l'esistenza: «Non vi smentite mai, mia fedele Alana. Índaro è stato un uomo fortunato ad avervi come sposa. Qualunque uomo lo sarebbe stato. La vostra visione cura il mio animo come il migliore dei balsami».

«Ne sono felice, mio signore, perché, se voi vacillate, vacilla il regno. Voi siete la più alta di quelle cime. L'unica inespugnabile. Il nostro bastione più forte.»

«Sono solo un uomo, e sono stanco. Ma porterò a termine il mio sacro compito di proteggere il regno. Le Asturie sopravvivranno per la virtù del loro re e il coraggio indomabile del loro popolo. Non ripeteremo gli errori che hanno fatto soccombere l'Hispania visigota. Non commetteremo i suoi peccati.»

«Avete notato la miniera davanti alla quale siamo passati un paio di miglia fa?»

«Sì, l'ho vista, e ho anche notato quanto quel luogo vi ha turbata.»

«Molto dolore ha abitato lì, mio signore. E l'eco di quel dolore perdura. Ma davanti alla bocca di quella miniera d'oro mi sono ricordata di ciò che si raccontava nel mio castro riguardo ai soldati delle Asturie catturati dai romani. L'orgoglio che li portava a uccidersi prima di diventare schiavi. L'usanza di cantare mentre soffrivano il supplizio della croce, perché morendo si liberavano dalla schiavitù. Mi è venuta in mente la frase con cui il capo di una città della Gallaecia ha rifiutato l'offerta di clemenza del nemico in cambio della resa: 'I nostri genitori ci hanno lasciato la spada per difendere la nostra libertà, non per comprarla'. Noi siamo figli di quegli stessi genitori.»

«Siamo figli di Dio, Alana. È lui il nostro vero Padre.»

«Lo è, maestà. Ma il nostro sangue, quello che versiamo ogni volta che combattiamo, è lo stesso che hanno versato quei guerrieri. E il nostro dovere è di onorarlo seguendo il loro esempio di fierezza.»

Un tuono lontano ha attraversato l'aria a ponente, verso dove ci dirigevamo, facendoci sapere che stavamo per entrare nel cuore della tempesta. La cosa più sensata da fare sarebbe stata fermarci e accamparci, ma il re ha ordinato di proseguire finché fosse stato possibile. Così, dopo aver indossato i nostri mantelli, abbiamo stretto i denti e abbiamo ripreso il cammino, sempre più in salita.

Dall'altro lato della montagna si trova la casa del mio figlio maggiore, Fáfila. Sono ormai passati sei anni da quando se n'è andato e tre da quando ho ricevuto la sua ultima lettera. Proprio come per Rodrigo, non ho più sue notizie. Può esserci tormento peggiore per una madre?

Non passa un solo giorno senza che io innalzi al cielo le mie preghiere per lui, per sua moglie e per i suoi figli, i miei nipoti, che mai conoscerò. Non so nemmeno se sono vivi o se godono di buona salute. Posso solo pregare, sperare nella misericordia di Dio e affidarmi alla Santissima Vergine, l'unica che può comprendere la pena del mio cuore.

Il dovere li ha portati lontano da me, ai confini dell'Araba, dopo l'ordine reale di ripopolare quel territorio vessato dalle incursioni e di consolidare la difesa dei nostri confini, i più esposti, continuamente minacciati dagli attacchi saraceni. Un grande onore per un cavaliere come lui, degno figlio di suo padre, ma una crudele condanna per me, che lo amo e che non smetterò mai di amarlo, per quanto sia lontano.

Mi sembra di rivivere il giorno in cui è venuto a dirmi addio a Ovetao...

È sempre stato, sin da giovane, l'esatta copia di Índaro: forte, orgoglioso, fiero, coraggioso, forse un po' incosciente, capace di far tremare il più valoroso dei nemici solo con uno sguardo. Non ha mai avuto altri progetti al di fuori del seguire le orme di suo padre.

Non appena ha compiuto sette anni, ha intrapreso lo studio delle arti della guerra, addestrato dalle guardie del palazzo. A dieci anni maneggiava abilmente la spada e a quattordici era ormai un cavaliere esperto, il più bravo in ogni tecnica di combattimento. Non gli era ancora cresciuta la prima barba quando ha ricevuto il suo battesimo di sangue in battaglia, senza mai dare le spalle al nemico. Con quale orgoglio mio marito parlava di quel figlio che avrebbe accresciuto la gloria della sua stirpe!

Non a caso don Alfonso si è affidato a lui per portare a termine compiti estremamente pericolosi: innalzare un castello, ricostruire e fortificare i villaggi distrutti, fondarne di nuovi, proteggere i contadini, attratti dalla promessa di ricevere terre proprie, dissodare i campi da coltivare, costruire chiese, riscuotere le imposte dovute al re, mantenere l'ordine, rappresentare la legge, essere il braccio del sovrano là dove era più necessario...

Fáfila non ha vacillato nemmeno un secondo nell'accettare quell'incarico. E non ha voluto ascoltare le mie preghiere.

«Il regno deve crescere se vuole sopravvivere e può farlo

solo estendendosi verso le valli della Castella. Qualcuno deve occupare quelle terre per primo.»

«E perché devi essere proprio tu? Ho già perso mio marito in questa guerra. Devo consegnarle pure il mio primogenito?»

«Il sovrano mi onora riponendo la sua fiducia in me, madre. Non capite l'importanza di questa missione? Non vedete quanto lustro porterà al nostro nome? Non lo macchierò comportandomi da codardo.»

«E tua moglie, i tuoi figli, li esporrai a questo pericolo?»

«Mia moglie e i miei figli mi accompagneranno ovunque il servizio del re ci conduca. Non saremo soli. Verranno con noi i miei migliori guerrieri alla ricerca di gloria e fortuna. E verranno anche i contadini rimasti senza terre, così come i servi. Le pianure dell'Araba sono pronte ad accogliere molte famiglie ansiose di lavorare i campi. La ricompensa è quindi all'altezza del rischio. Niente si ottiene senza sacrifici, non devo essere io a dirvelo.»

«I tuoi sacrifici sono necessari anche qui, figlio. Le truppe hanno bisogno di un braccio abile come il tuo.»

«Mio padre è morto in combattimento senza poter godere della sua eredità in Primorias, persa per sempre in una delle tante lotte fratricide che hanno visto protagonista la nostra patria. Voi avete ottenuto dal nostro signore i titoli e i fondi necessari per fondare una comunità monastica nella vostra Coaña. Le mie sorelle hanno contratto matrimoni vantaggiosi, una di loro proprio qui, nella capitale del regno, e l'altra a Pompaelo. Rodrigo continua a salire i gradini della carriera ecclesiastica...»

«È tanto tempo che non sappiamo più niente di lui, Fáfila. Potrebbe essere morto per malattia o in guerra. Non te ne andare anche tu, per favore, ti supplico.»

«Rodrigo starà sicuramente bene, madre. Altrimenti qualcuno ci avrebbe avvisati. Io devo pensare alla mia famiglia e a me. Non voglio trascorrere la mia vita a combattere, senza sapere che destino toccherebbe a mia moglie e ai miei figli se soccombessi sul campo di battaglia. Conquisterò con la mia spada una contea da lasciare loro. Giuro su Dio che lo farò.»

Sarà sopravvissuto alle ultime incursioni, che, come dicono, sono state più violente proprio là dove si trova? Nessuno mi ha portato la notizia della sua morte, e questo mi fa sperare che sia ancora vivo. Vivo e determinato a realizzare quel sogno che condivide col re: un regno forte e sicuro, difeso da baluardi solidi e dalle montagne che Dio ci ha dato.

Prego ogni notte l'Altissimo affinché lo protegga da ogni male. Invoco anche, a cosa serve nasconderlo, la protezione della dea di mia madre. Poi me ne pento. Sento di tradire la vera fede coi miei riti pagani e mi sento in colpa, sapendo che non ci vorrà molto prima che io pecchi di nuovo. Come potrei non farlo?

Quando l'angoscia s'impossessa di me, quando i messaggeri portano notizie di un esercito nemico che si avvicina, io soccombo al terrore di sopravvivere a mio figlio e metto in pericolo la salvezza della mia anima, sapendo che non potrei sopportare tale dolore. Non dopo aver già perso Pelayo, e men che meno ora che sono tormentata dall'incertezza sul destino di Rodrigo.

Quando penso a Fáfila e a suo fratello non c'è divinità che mi sembri disprezzabile. Prego ognuna di loro, senza distinzioni, nella speranza che abbia il potere di proteggerli.

Se l'ira del vero Dio deve manifestarsi, che lo faccia su di me; non su di loro. Io sopporterei volentieri il peggiore degli inferni pur di saperli in salvo.

Il cielo ha iniziato a tingersi di grigio scuro a mano a mano che salivamo lungo una stradina stretta, a due a due, tra la parete della montagna e un precipizio. Una volta arrivati lì, non potevamo più tornare indietro. La nostra guida, infatti, ci ha abbandonati per tornare nel suo villaggio prima che facesse notte.

Agila guidava la comitiva, guardando nervosamente alle sue spalle, dove don Alfonso si era attardato per poter parlare con Danila, che gli cavalcava accanto. Io preferivo proseguire a piedi e stare nelle retrovie, assieme ai servi, alle mule e agli schiavi. A quel punto ero ormai molto stanca, ma era meglio camminare con lo sguardo fisso a terra, piuttosto che osservare il precipizio dall'alto del mio cavallo.

Le scogliere che si affacciano sul mare mi hanno sempre affascinata, per quanto alte, ma gli strapiombi di montagna mi provocano tremende vertigini. E quello che si apriva sulla nostra sinistra sembrava non avere una fine.

Da lì in poi tutto è successo molto rapidamente...

Di colpo un suono acuto ha infranto la monotonia della marcia. In quell'istante, cristallizzatosi nel tempo, il terribile grido di una bestia terrorizzata ci ha fatto accapponare la pelle. Era molto vicina a me. Tanto che il suo verso mi ha lacerato i timpani mentre le sue zampe scalciavano senza controllo davanti ai miei occhi, in una lotta disperata contro un nemico invisibile.

Dev'essere stata colpa di un serpente. Creature del diavolo! In questi sentieri abbondano le vipere, che tendono agguati, nascoste nell'oscurità delle loro tane finché qualche incosciente non finisce alla portata del loro morso velenoso.

Questa volta è toccato a una mula, ma sarebbe potuto capitare allo stesso re. Don Alfonso sarebbe caduto nel precipizio se non fosse stato per la protezione di Dio e anche di Muhammed, a essere sinceri. I miei sospetti nei suoi confronti oggi si sono rivelati infondati... oppure no. Sarà il tempo a svelare questo mistero.

Anche io ho rischiato, molto.

La vipera ha spaventato il ronzino nel punto più stretto della via. La mula ha iniziato a scalciare, impazzita per la paura, e ha colpito quella che si trovava accanto a lei. I servi, incapaci di calmarle, non hanno potuto fare altro che allontanarsi per salvarsi la pelle.

Entrambe avevano carichi molto pesanti, probabilmente più del dovuto, e questo non ha fatto altro che peggiorare le cose, rendendo più rapida la loro caduta nel vuoto, fra strida che sembravano uscire da una gola diabolica. Urla, più che ragli, simili a quelle di un animale che viene sgozzato vivo.

Non so se siano state tali grida, il serpente o l'agitazione, ma, mentre loro cadevano, Gaut ha cominciato a scalciare come se lo stesso spirito maligno avesse posseduto anche lui. E tutto su quella stradina!

Sono corsa in aiuto del mio re, senza fermarmi a pensare a

che tipo di aiuto avrei potuto dare io a un cavaliere esperto come lui, che lottava contro il suo destriero ficcandogli i talloni nei fianchi mentre cercava di calmarlo: «Sstt, sstt, Gaut!»

La paura ha reso il cavallo cieco e sordo. Girava su se stesso, avvicinandosi pericolosamente al precipizio, davanti al terrore di tutti noi che osservavamo la scena, impotenti.

«Saltate, signore!» ho implorato. «Mettetevi in salvo prima che anche lui cada come le mule.»

«Saltate!» mi ha assecondata Nuño, che invano cercava di avvicinarsi, senza ottenere nulla a parte agitare ancora di più l'animale.

Don Alfonso non ci ascoltava. Tutta la sua attenzione era concentrata nel tentare di calmare il cavallo, i cui nitriti gelavano il sangue. Danila, che si teneva a distanza di sicurezza, assisteva a quella lotta innalzando una preghiera silenziosa, per la salvezza del sovrano o forse ringraziando per la mansuetudine del proprio destriero. Tutti eravamo pietrificati, e ci aspettavamo il peggio.

Allora Agila, che è subito accorso a salvare il sovrano, ha avuto l'idea di chiedere aiuto all'unico tra noi che era veramente in grado di fornirlo. «Muhammed!» Il modo in cui lo aveva chiamato non ammetteva repliche. «Fai calmare quel maledetto cavallo!»

Lo schiavo è rimasto immobile, senza lasciar trasparire sul volto la minima emozione. I suoi occhi erano di ghiaccio. La sua bocca, la lama di un pugnale.

Davanti all'ordine del capo delle guardie, ha fatto un paio di passi avanti, mormorando qualcosa d'incomprensibile nella sua lingua, fino ad avvicinarsi a dove don Alfonso lottava tra la vita e la morte. Non avrei saputo dire se volesse aiutarlo o rendere la sua caduta più rapida. L'espressione di Muhammed era del tutto imperscrutabile per me.

Nel dubbio Agila ha aggiunto, serio, portando la mano alla spada: «Se lui muore, morirai anche tu, ma di una morte mille volte peggiore».

Il saraceno avrebbe fatto qualcosa senza tale minaccia? È impossibile saperlo. È vero, però, che fino a quel momento non si era minimamente mosso per placare la furia di Gaut. Certo, se avesse agito di sua spontanea volontà, senza che nessuno glielo avesse ordinato, avremmo potuto pensare che fosse per buttare il cavallo giù nell'abisso e non per placarne la paura.

In ogni caso, le sue abili mani, unite alla sua lingua incomprensibile, ripetitiva e monocorde, sono riuscite a calmare Gaut tanto da afferrarlo per le briglie.

Freya piangeva, abbracciata al padre, dando le spalle a ciò che stava accadendo. Noialtri guardavamo, terrorizzati, trattenendo il fiato. Finalmente, dopo un attimo che mi è sembrato eterno, lo schiavo è riuscito a domare la bestia e il re è potuto smontare, sano e salvo.

Prima ha ringraziato Dio. Poi ha fatto la stessa cosa con lo schiavo, che sosteneva saldamente Gaut, sempre con lo stesso sguardo impenetrabile. Infine, ha chiesto ragguagli sul carico perduto.

Agila ha risposto, visibilmente sollevato nel vedere il suo signore tutto intero. Se era preoccupato per ciò che era successo qualche secondo prima con lo schiavo, non ha ritenuto di doverlo rivelare al sovrano. «Due mule, maestà», gli ha fatto sapere, inchinando con rispetto il capo. «Sarebbe potuta andare peggio.»

«Lo so. Sono riuscito a vederlo prima che questa bestia decidesse di mettere alla prova la mia destrezza, e proprio nel punto più pericoloso del cammino.»

«Lasciatelo alle cure dello schiavo e montate un altro cavallo, signore», ho osato suggerire. «Questo animale finirà per essere la vostra condanna.»

«Non vi preoccupate, Alana», mi ha risposto con un sorriso. «So di che pasta è fatto e sono molto più ostinato di lui. In fondo è nobile, come tutti quelli della sua razza. Un esemplare magnifico, che non ha mai mostrato il minimo timore in battaglia. Forse ha fretta di arrivare al sepolcro dell'Apostolo.» Poi si è diretto verso Gaut e, tirandolo dolcemente dalla criniera, ha aggiunto: «Calma il tuo brio, amico. Abbandona ogni speranza di riuscire a disarcionarmi. Non ho intenzione di arrendermi ai tuoi capricci».

«Ma, signore...» Volevo insistere, ma un suo sguardo è bastato a farmi tacere.

« Cosa caricavano le mule? » ha domandato ancora.

« Le nostre provviste, maestà », ha risposto Agila con la testa bassa.

« Tutte? »

« Tutte, signore », ha confermato, triste, il cuoco Adamino. « Sale, carne secca, insaccati, burro, formaggio, pane, frutta secca, quei dolci che vi piacevano tanto, donati dai fratelli di Obona, il sidro, il vino e persino le borracce con l'acqua. È caduto tutto in quel burrone. » Il responsabile della dispensa aveva appena comunicato al capo della guardia la portata di tale perdita, con le mani tra i capelli. Fino ad allora non aveva osato rivolgere la parola direttamente al sovrano, sebbene continuasse a ripetere a bassa voce, quasi fosse un ritornello: « Che ne sarà di noi, adesso? Cosa mangeremo? Come potrò riempire la tavola del mio signore? »

« Dio ci aiuterà », ha affermato il re, con la sua solita facilità nel mostrarsi sereno anche nelle situazioni più difficili. « Prima o poi troveremo della buona gente che ci ospiterà. O cacceremo. O digiuneremo. Gli oggetti di culto sarebbero stati una perdita irrimediabile. Tutto il resto non è necessario. La cosa importante è andare avanti. »

La cosa importante è che lui è ancora vivo, ho pensato io in quel momento. È l'unica cosa che conta. E non riesco a togliermi dalla testa l'idea che non sia stato un incidente ma il frutto di un atto premeditato. Un tentativo di ucciderlo.

Può essere stata colpa di un serpente, è vero. Ma ci sono altre possibilità. E se qualcuno avesse spaventato le mule per spaventare a sua volta Gaut? Il luogo era propizio. L'occasione, perfetta. Il mio signore ha troppi nemici per lasciar correre un fatto del genere senza andarne a fondo, per non voler capire cosa sia davvero successo, scovando, uno per uno, tutti quelli che avrebbero avuto un qualche interesse a ucciderlo, a trasformare questo pellegrinaggio in un disastro o, magari, a riuscire a ottenere entrambe le cose in una volta sola.

Credo che Nuño e Agila condividano i miei timori e infatti

hanno raddoppiato la vigilanza attorno al re, perché la lista dei sospettati è lunga.

Forse Danila o Sisberto otterrebbero qualche beneficio se don Alfonso non potesse confermare l'autenticità delle reliquie. Non immagino quale, ma non sarebbe così folle pensarlo. Oppure uno di loro teme proprio il contrario, ovvero che don Alfonso smascheri l'inganno. Odoario non potrebbe mai fare una cosa del genere. Lui, no. Ma degli altri due monaci non mi fido.

Tantomeno del conte Aimerico. Il sovrano crede ciecamente nella sua fedeltà, ma, come ho già detto, io l'ho visto diverse volte nel palazzo di Ovetao, o in altri luoghi della capitale, tramare con signori potenti, che in più di un'occasione hanno tentato di deporre il re. L'ambizione di quel nobile è tale che giustificherebbe qualunque nefandezza. Non dev'essere perso di vista.

E, ovviamente, c'è Muhammed. I suoi occhi sono pieni di odio. Non ha mai accettato la schiavitù. Oggi ha placato la furia del cavallo solo perché avrebbe perso la vita se non lo avesse fatto. Altrimenti, avrebbe lasciato ben volentieri precipitare il suo padrone e re. E avrebbe goduto immensamente nel vederlo cadere. Ne sono sicura. Lo so, non solo perché gliel'ho letto in volto, ma perché, quando anche io sono stata prigioniera, sognavo spesso di vedere morire davanti a me coloro che mi avevano privato della libertà e dell'onore.

Dovremo mantenere alta la guardia, nel caso in cui, nei giorni a venire, apparissero nuove vipere, reali o create da qualche astuto assassino. Non esiste peggiore veleno di quello umano.

Il mio re è valoroso. Ha coraggio in abbondanza. La fede nel vero Dio, così come il suo amore per il regno, hanno sempre pesato nella sua bilancia più di qualunque altra cosa, inclusa la sua stessa sicurezza, e ciò lo rende vulnerabile alle congiure dei malvagi. Inoltre il suo cuore e la sua mente, in questo momento, sono rivolti solo a Iria Flavia, dove lo attende il sepolcro che molti prodigi ci hanno indicato. Quale occasione migliore per un nemico segreto?

Di certo don Alfonso non è solo. Lui non veglierà su se stesso, ma noi sì. Noi che lo amiamo e lo serviamo con la lealtà dovuta a un uomo del suo valore: Agila, Nuño, io e ovviamente Cobre.

Non gli toglieremo gli occhi di dosso.

Oggi don Alfonso era di buon umore. Dispensava il tipico ottimismo di quando non è immerso in quella melanconia che nessuno di noi riesce a spiegare. Per fortuna, questa sopraggiunge di rado. Non sarebbe riuscito a sopportare più di trent'anni di regno senza momenti di pace o di calma.

Sia benedetta la sua forza d'animo!

Se mancano le provviste, ci alimenteremo di ciò che ci dona la terra, seguendo l'esempio di Pelayo e dei suoi guerrieri, che i miei aguzzini a Corduba tanto disprezzavano. «Quell'asino mangiatore di miele», dicevano di lui. «Quel selvaggio ignorante», lo deridevano. Ed è stato proprio quell'asino selvaggio e ignorante a sconfiggerli davanti alla santa grotta, dopo lunghi mesi di resistenza in un luogo simile a questo, nutrendosi soltanto del miele delle api.

Mangeremo mirtilli, bacche, radici, miele... che importa? Nessuno di noi è stato ferito. Il mio manoscritto è ancora qui con me, assieme ai miei strumenti di scrittura. Non ho bisogno di altro.

Abbiamo ripreso la nostra cupa marcia, ancora turbati dall'accaduto, quando il pomeriggio si è tinto di un nero squarciato dai lampi.

Come i tuoni risuonano sulla terra e la fanno tremare, così le voci degli apostoli *Boanerghes* hanno fatto tremare il mondo quando, con l'aiuto del Signore, hanno iniziato a predicare in ogni dove, aveva detto Nunilo.

Fino a quel preciso istante non avevo compreso del tutto il significato delle sue parole...

Se il paragone rappresenta davvero la realtà, che straordinario potere devono aver sprigionato quei prescelti attraverso la predicazione del Vangelo! Non c'è da meravigliarsi che la loro voce sia giunta fino al remoto *finis terrae*.

Eravamo consapevoli di andare dritti verso la tempesta,

sebbene sperassimo di trovare un luogo in cui ripararci prima che il cielo ci crollasse addosso.

Non ci siamo riusciti.

In un battito di ciglia, quello si è riempito di fulmini, tanto vicini che sembravano colpirci. Chi ha mai visto un albero squarciato da una saetta sa cosa intendo e sa pure che queste sono solite abbattersi sull'oggetto più esposto al loro colpo mortale. In quel caso, noi.

Non ho mai fatto fatica a comprendere come mai i miei antenati asturi avessero tanta fede nei tempestari che si trovavano vicino ai loro castri, o che si spostavano di castro in castro, generosamente retribuiti per allontanare le tempeste da case e raccolti.

Da qualche tempo i monaci assieme cui viaggio invocavano santa Barbara, tra segni della croce e *Ave Maria*, con la stessa devozione e paura.

I fulmini erano proprio sopra le nostre teste. Passava appena un secondo tra la luce che attraversava il cielo e il rumore assordante del tuono, prova inequivocabile di un pericolo imminente. Non c'era altra soluzione se non iniziare a correre cercando di arrivare in cima alla montagna, dove, secondo le notizie che riportavano le guardie mandate in avanscoperta da Agila, un bosco di pini avrebbe attratto a sé quelle lance infuocate.

Cosa mi ha dato la forza per riuscire a correre lungo quella salita? La paura, immagino. Ma ho corso come un'indemoniata, proprio come gli altri. Alcuni urlavano. Altri rimanevano in silenzio, col fiatone, mentre il cielo si apriva e iniziava a cadere il diluvio.

Gli oscuri presagi di questi giorni sembravano prendere forma di colpo, tutti assieme, proprio ai piedi della muraglia rocciosa creata da Dio, che, come avevo ricordato poco prima, nella mia conversazione con don Alfonso, avrebbe dovuto offrirci una sacra protezione.

Che paradosso!

Se ora sono qui, a concludere il racconto di questa stancante giornata, significa che sono ancora viva. Per miracolo, devo dire, perché per poco avrei potuto non esserlo più.

Quando siamo giunti alla vetta del monte, avevo già contato tre colonne di fumo, che corrispondevano ad altrettanti incendi vicini, appiccati sull'erba rada dalle saette. La prossima a prendere fuoco come una torcia avrei potuto essere io, o, peggio ancora, il mio signore.

L'Altissimo ha voluto salvarci da una tale fine, permettendoci di raggiungere questo bosco, sotto il cui riparo i servi hanno montato le tende.

Sia lodato il Padre Misericordioso!

La donna incaricata di servire Freya e me ci ha aiutate a spogliarci degli abiti fradici e a indossare quelli di ricambio, protetti dalla pioggia dentro i bauli di pelle. Fuori, la tempesta si allontanava verso nord, saziando il suo appetito distruttore, mentre il cielo iniziava a coprirsi di stelle.

Sebbene la legna fosse bagnata, cosa abituale nelle Asturie, un servo addetto ad accendere i fuochi è riuscito a ravvivare un falò caldo, alimentandolo con foglie di alloro che, oltre a bruciare con facilità, portano fortuna.

Gli altri, sebbene non ci fosse nulla da cucinarci dentro, sono andati a riempire d'acqua le pentole, ma sono tornati a mani vuote. Eppure l'acquazzone che si era appena riversato su di noi sarebbe stato sufficiente a colmare un fiume intero se ci fosse stata qualche cavità naturale a raccoglierlo.

Dico «se» perché siamo stati sfortunati. L'acqua caduta è andata persa, ingoiata dalla terra.

Sono esausta, dolorante e congelata, ma non riesco a dormire. L'eccitazione mi tiene sveglia, per quanto cerchi di chiudere gli occhi. Poco fa, prima di sdraiarmi nel letto di pelli assieme alla contessa, che invece dorme profondamente, sono uscita a contemplare ancora una volta questa terra feroce che, nei suoi contrasti, è tanto crudele quanto meravigliosa. Ho dedicato a Dio una preghiera muta prima di consegnarmi al sonno e ciò che ho visto mi ha lasciata senza fiato.

Una luna tonda, enorme, cresciuta fino a raggiungere quasi la pienezza, illuminava la cima delle montagne, che formavano le torri di un castello immaginario. La luce lattea esaltava la bellezza agreste della terra asture, che mi si è rivelata dai suoi confini meridionali fino al mare che ne custodisce la frontiera del Nord. Le sue scogliere. Le sfumature dei suoi prati e dei suoi boschi. La magia selvaggia di un territorio che accetta solo il dominio delle aquile, padrone di questo cielo raramente azzurro, spesso tenebroso, in continuo mutamento, imprevedibile, affascinante, spaventoso, spietato, come lo è stato oggi.

Qui ho aperto i miei occhi alla vita e qui voglio morire, quando giungerà il mio momento. Fino ad allora, percorrerò queste strade con umiltà assieme al mio signore, scelto per un destino infinitamente più grande del mio. Lo servirò lealmente. Lo amerò in segreto. Racconterò le sue imprese al mondo. Affiderò la mia memoria a questa pergamena. Tesserò le tele di questo tempo che ha visto intrecciarsi i fili delle nostre esistenze incerte, sempre sul limitare di un precipizio.

Con l'aiuto di Dio, sarà un canto unico di gloria, di eroismo, di speranza e di orrore.

Le miniere d'oro

5

L'EREMITA

Nel cuore del regno (vicino a La Mesa),
Giorno di Sant'Aiuto

Non ho mai pensato che la sete potesse essere tanto atroce. Le labbra si screpolano, la gola brucia, la lingua sembra appiccicarsi al palato, la disperazione s'impossessa rapidamente di te fino a farti desiderare la morte. È sufficiente una sola notte senza acqua, una sola, per svegliarti sentendo l'impellente bisogno di bere. Col passare delle ore, smani per abbeverarti direttamente da una misera pozzanghera, come fanno le bestie. Solo il decoro t'impedisce di umiliarti fino a questo punto, anche se accetti di buon grado di bere il fango che un servo ti offre in una ciotola, pur sapendo che questo servirà unicamente ad accrescere il tuo desiderio d'acqua.

La sete è molto più crudele della fame, del freddo o del caldo, delle ferite, di ogni cosa.

Ieri siamo andati a dormire assetati e questa mattina lo eravamo ancora di più, il che non ha contribuito affatto a risollevare il morale della comitiva sulle cui facce iniziavano a leggersi le inquietudini. Tutti erano di cattivo umore. L'aria era così tesa che sarebbe bastata una scintilla per fare aprire le porte dell'Inferno, ed è proprio ciò che stava per succedere.

Il morale era a terra. La perdita delle provviste ha distrutto l'entusiasmo con cui siamo partiti da Ovetao, non solo per la sofferenza fisica che ci stava imponendo, ma anche perché ha portato tra noi il sospetto e la diffidenza, che finiscono sempre per condurre alla lite.

Cercavo di non dare ascolto ai presagi che mi circondavano. Li tenevo fuori dalla mia testa, per quanto ciò richiedesse un'enorme forza di volontà. Se avessi ceduto al desiderio d'interpretarli, infatti, sarei diventata pazza.

Tra le guardie si è insinuato il sospetto che ci stessimo dirigendo verso la trappola di chissà quale nemico. Sisberto si lamentava costantemente. Non cercava nemmeno più di nascondere i dubbi che il re gli aveva ordinato di tenere per sé. Il conte Aimerico ha perso la pazienza nei suoi confronti tanto da arrivare a minacciarlo, e persino io ero così stufa del suo atteggiamento da volergli conficcare le unghie nella carne. Solo Dio sa cosa avrei fatto se non si fosse avvicinato il sovrano.

Se la fede non ci sta giocando un tiro mancino e ci stiamo davvero avvicinando a quelle reliquie, inviate a infonderci coraggio e a saldare la sacra unione che ci porterà alla vittoria, allora l'Apostolo sta guidando i nostri passi attraverso sentieri tortuosi.

Oggi è stata una giornata difficile. Difficilissima. In più di un'occasione ho temuto che tutto andasse in rovina e scoppiasse un conflitto irreparabile, perché ogni cosa sembrava essercisi rivoltata contro per costringerci a concludere questo pellegrinaggio quando eravamo ancora lontani dal poter anche solo scorgere il luogo del sepolcro.

Come ho detto, ci è mancato poco.

Ci siamo messi in marcia a digiuno, con le gole arse dalla sete, con una fame lancinante e con la paura che, da un momento all'altro, potesse ripetersi una disgrazia come quella accaduta ieri.

Camminavamo in silenzio, risparmiando il fiato. Ci guardavamo furtivamente l'un l'altro, domandandoci chi sarebbe stato il primo ad arrendersi e a supplicare sua maestà di tornare al monastero di Santa Maria di Obona, il paradiso dell'abbondanza.

Sisberto ci ha provato in due occasioni, invano. Noialtri abbiamo resistito a fatica, abituati a soffrire senza lamentarci, fino a quando uno dei soldati non ha perso i sensi, vinto dalla stanchezza e dal caldo. Siamo stati obbligati a fermarci in mezzo a una radura disabitata, sotto il sole torrido.

All'inizio pensavamo che l'uomo fosse morto. L'abate Odoario si è accovacciato in fretta per dargli l'ultima benedizione ma, quando gli si è avvicinato alla bocca, si è accorto che il soldato respirava ancora, seppur debolmente. Il re ha fatto arrestare la marcia per potergli prestare soccorso e dopo un po' l'uomo si è svegliato, pallido come un fantasma.

Sospetto che in quell'occasione don Alfonso abbia iniziato a considerare l'idea di rinunciare, o quantomeno di sospendere la marcia per qualche giorno per poterci rifocillare. Chi poteva assicurarci che avremmo trovato una fonte d'acqua prima che ci fosse un altro caduto, uomo o cavallo?

I tre monaci, con a capo Odoario, hanno approfittato della pausa per invocare l'Aiuto divino, la cui festività si celebrava proprio oggi. E non so se per caso o per miracolo, ma in quel preciso istante Nuño ha avvistato uno stagno.

Era abbastanza vicino al luogo in cui ci trovavamo, sebbene la luce accecante che si rifletteva sulle rocce rendeva difficile distinguere l'acqua scura dalla terra.

Acqua benedetta.

«Tu sia benedetto, Reverendissimo Signore!» ha esclamato l'abate, esausto, inginocchiandosi mentre si faceva il segno della croce con profonda devozione.

«Sempre sia lodato il tuo nome», ha risposto il sovrano, imitando il suo gesto.

Non avevamo le forze per grandi dimostrazioni di gioia, ma un mormorio generale di gratitudine si è levato al cielo tra abbracci e lacrime di felicità.

L'acqua che ci ha salvati quando tutto sembrava perduto è la stessa che i romani utilizzavano per strappare l'oro dalle viscere della montagna.

Il destino ha uno strano senso dell'umorismo.

Era l'acqua stagnante di un pozzo artificiale costruito dagli stessi schiavi che hanno scavato i canali di conduzione, che hanno aperto a colpi di piccone le bocche d'entrata alla miniera e poi conficcato cunei di legno nella rete infinita di crepe diramatasi sulle pareti, come fossero arieti.

I romani sapevano bene come prendere d'assalto quella fortezza di pietra. Sapevano come raggiungere il metallo dorato che ancora oggi brilla in alcuni frammenti di quegli inferni distrutti. Avevano bisogno d'acqua, di una grande quantità d'acqua, con la quale inondare le brecce strategiche, aperte in precedenza. Per questo motivo hanno creato quello stagno artificiale.

Acqua, aceto e fuoco. Un miscuglio di elementi che, abilmente calibrato, gonfiava e faceva contrarre il legno fino a vincere la resistenza della roccia. Allora subentravano i prigionieri a portare a termine il compito, distruggendosi la pelle in quei cunicoli per poter rendere più ricchi i loro padroni.

Proprio come lo raccontavano i miei antenati, lo racconto io qui. Ciò che non avrei mai pensato è che tale opera, così tante volte maledetta dagli abitanti delle Asturie quando, nelle notti di luna piena, si raccontavano gli eroici suicidi degli schiavi, avrebbe salvato la mia vita e soprattutto quella del mio re, mille volte più importante.

Se non fosse stato per quello stagno, saremmo stati uccisi dalla sete, sia noi sia i nostri animali, duramente provati dagli sforzi recenti. E Dio sa che la sete è molto peggio della fame. È da ieri che non tocchiamo cibo, ma almeno abbiamo potuto bere.

Mi domando se questa radura desolata sia la stessa di cui parlava mia madre quando eravamo sole, accanto al fuoco, e lei m'istruiva riguardo ai segreti della sua religione proibita mentre cucinavamo il pane o scaldavamo il latte. La descriveva come un luogo lontano, isolato da ogni villaggio, sulle alture asturiane e vicino a un'abbondante fonte d'acqua.

Non ha mai voluto rispondere a tutte le mie domande infantili, ma si è comunque lasciata sfuggire che molto tempo fa, prima che i cristiani giungessero al castro, ogni anno le donne celebravano un grande rito d'iniziazione in un luogo nascosto, noto solo a loro.[9]

«Iniziazione a cosa?» domandavo io.

«Alla fertilità», rispondeva lei con un occhiolino complice che io ricevevo con un amore infinito e orgoglioso.

«E cosa facevate durante quelle feste?»

«Ballavamo.»

«E perché vi nascondevate per ballare?»

«Erano balli speciali, Alana. Danze sacre dedicate alla dea Madre dalle sue figlie.»

«Papà si sarebbe arrabbiato se avesse saputo che partecipavi a quei balli?»

Lei diventava seria come ogni volta che doveva spiegarmi qualcosa d'importante che sapeva che non potevo ancora comprendere. «Quando tuo padre è giunto a Coaña, portando con sé decine di rifugiati che provenivano dalle terre del duca di Cantabria, abbiamo smesso di ballare.»

«Perché?»

«Perché il dio di tuo padre ha sconfitto la nostra dea.»

«In battaglia?»

«In una battaglia inutile, mia curiosa bambina. Ormai il suo tempo era giunto alla fine. Le danze sono semplicemente cessate e noi abbiamo smesso d'invocare il suo nome ad alta voce. Per questo ti ripeto sempre che non devi mai – mai, capito? – lasciarti sorprendere mentre butti del sale sul fuoco o imiti uno qualunque dei gesti che vedi fare a me. Non ti perdonerebbero.»

«Papà si arrabbierebbe se sapesse che tu lo fai?»

«Ickila ci ama, Alana. Te e me. Non tutti gli uomini sono uguali.»

«Per questo voi donne vi nascondevate per fare i vostri balli?»

«Nostra Madre era una terra fertile, ansiosa di essere fecondata. Il dio dei cristiani è un pastore fecondatore. Nel nostro mondo le donne erano potenti. In questo, è l'uomo a ostentare e a esercitare il potere. Sono e sempre saranno due mondi separati.»

Allora non capivo il significato di quelle parole, come ora, dopo una vita di esperienze, non ne condivido il giudizio. Forse perché sono cresciuta in una casa in cui convivevano entrambe le religioni, ma ho sempre pensato che Dio sia contemporaneamente Padre e Madre. E pure che uomini e donne siano destinati ad amarsi. Come si può sopportare questa esistenza tribolata se non assieme?

Quando ho sanguinato per la prima volta, nel villaggio, di quelle danze rituali sopravvivevano appena i ricordi. E, anche se tali riti avessero continuato a essere celebrati di nascosto, io non avrei potuto parteciparvi. Proprio allora fui scelta da un miserabile traditore come tributo destinato a un guerriero saraceno e mandata a Corduba assieme ad altre cristiane, vergini come me.

Non ho mai rivisto vivi né mio padre né mia madre. La morte se li è portati via entrambi.

Per molti anni sono stata tormentata dai sensi di colpa per essere sfuggita alla terribile sorte che colpì loro e tutti gli abitanti di Coaña, massacrati nella brutale incursione del 791. Poi mi sono perdonata. Cos'altro avrei potuto fare?

Non ho deciso io di essere inviata alla corte di 'Abd ar-Raḥmā'n dai bianchi vestiti, che fortunatamente, grazie all'intervento di Índaro, non ha fatto in tempo a possedermi. Non mi ha nemmeno notata. Nessuno mi aveva ancora mai detto che fossi bella, né era mio desiderio esserlo agli occhi dei miei aguzzini. Quante volte ho maledetto la mia pelle chiara, i miei capelli biondi e i miei occhi azzurri, richiami irresistibili per i conquistatori, che fossero arabi o berberi!

Sarebbe stato meglio morire accanto alla mia famiglia, nella mia casa divenuta cimitero?

Più di una volta ho pensato di sì. Ora sono convinta di no. Definitivamente, no. Se fosse accaduto, non avrei avuto l'onore di servire il mio re, né la fortuna di amare il mio sposo e veder crescere i miei figli.

Purtroppo non c'è gioia senza dolore, né ricchezza che non richieda una qualche perdita. Vivere con la coscienza di ciò è il prezzo da pagare per provare l'emozione di essere viva.

Ho fame, lo confesso. Ho trascorso tutto il giorno a cavallo o a piedi senza mandare giù altro che qualche mirtillo acido, un pezzo di formaggio rancido e qualche cucchiaiata di miele, che tuttavia per me avevano il sapore dell'estasi pura. Non voglio nemmeno immaginare cosa possano patire i servi, obbligati a camminare costantemente, a esaudire ogni nostra richiesta e a compiere i lavori più duri, il tutto praticamente a digiuno da ieri.

Ho fame, sì, ma non mi lamento. Non l'ho fatto nemmeno questa mattina quando eravamo attanagliati anche dal tormento della sete. Perché infastidire gli altri con le mie lagnanze? Non sarebbe stato degno di una dama e, per di più, si sarebbe rivelato inutile.

Altri membri della compagnia non sembravano essere della stessa idea.

Sisberto, senza andare più lontani, ha subito iniziato a importunare il nostro sovrano non appena uscito dalla tenda, poco dopo il sorgere del sole, prima che Nuño trovasse la fonte d'acqua.

Il monaco ha dormito per terra, come Odoario, Danila e tutti gli altri, a parte don Alfonso e noi dame. Era irritato, attanagliato dalla sete. Nemmeno le preghiere a san Vincenzo o il pudore consono a un chierico della sua età sono riusciti a frenargli la lingua. «Signore, questo pellegrinaggio è un'impresa folle.»

Io, che mi trovavo nei paraggi, sono rimasta allibita nell'assistere alla sfacciataggine con cui Sisberto si stava rivolgendo al sovrano.

Le fatiche del viaggio hanno peggiorato il suo aspetto. Sul suo abito di lana scura ci sono grandi macchie di fango e, a causa dell'abitudine di pulircisi dentro le dita, altre più oleose. Il viso rubicondo, le grosse guance, il naso a forma di rapa, le labbra sottili e la barba lunga lo rendono ancora più flaccido di quando è partito; più molle, come se la sua pelle si stesse staccando dalle ossa. Le sopracciglia, tanto folte da poter nascondere un paio di occhietti vispi, il cui sguardo non mi è mai piaciuto, questa mattina formavano un turbine di pelo irsuto, quasi identico alle ciocche grigiastre che ha sopra le orecchie. La sua fronte era coperta da un reticolo di rughe.

«Per il bene vostro e del regno, dobbiamo abbandonare questa impresa e tornare a Ovetao il prima possibile», ha rimproverato don Alfonso, come un padre farebbe con suo figlio.

A quel punto è subito apparso Odoario, senza fiato per la corsa, dopo aver pregato assieme a Danila nella pace di un boschetto vicino. «Fratello Sisberto, vi consiglio di cessare con questo vostro atteggiamento!»

«Lasciatelo parlare. Voglio sentire i suoi argomenti», lo ha interrotto il re, sereno.

«Lungi dal contraddirvi, maestà», ha ripreso il monaco, in tono servile, una volta guadagnata nuovamente l'attenzione del sovrano. «Ciò che è successo ieri, tuttavia, m'impone di pregarvi di porre un freno a questa avventura insensata, visti i rischi cui ci sta esponendo.»

«Questa 'avventura insensata', come osate chiamarla con così poco rispetto, è un santo pellegrinaggio», lo ha corretto l'abate, aggrottando la fronte tanto da dare un'apparenza cattiva a un viso che normalmente emana bontà. «Un pellegrinaggio al sepolcro in cui riposano le reliquie dell'apostolo san Giacomo, protettore della Cristianità hispanica. Quale difficoltà o rischio potrebbe essere eccessivo di fronte a una tale ricompensa?»

«Non c'è nessuna prova che confermi tale affermazione. Abbiamo solo la parola di un vescovo famoso per la sua ambizione e il racconto confuso di alcuni presunti miracoli, accaduti in uno dei confini sperduti della sua diocesi. Vi sembra un motivo sufficiente per mettere a rischio la vita del re? Ieri è stato sul punto di morire davanti ai nostri occhi e oggi stiamo tutti soffrendo il martirio della sete e della fame.»

Odoario ha congiunto le mani guardando il cielo, pregando per trovare la forza di dare una risposta tanto potente nel contenuto quanto semplice nella forma. «Dio, nella sua infinita misericordia, ha salvato il nostro sovrano e prima o poi ci farà avere un po' di cibo. Non perdete la speranza.»

«È stato un prigioniero saraceno a salvarlo», ha ribattuto con sufficienza Sisberto, alzando la voce per zittire l'abate e tornando poi al suo atteggiamento servile per rivolgersi al re. «Questo mi porta a riflettere anche sull'enorme potenza del nemico che affrontiamo.»

«Una ragione in più per aggrapparci alla speranza di poter contare sulla protezione dell'Apostolo.» Don Alfonso ha pronunciato quest'ultima frase con un velo di dolore.

Mi è bastato sentire il tono della sua voce, vedere come alzava gli occhi al cielo chiedendo aiuto, per sapere che dentro di lui era in corso una nuova battaglia, una delle tante, tra la volontà di credere e la tentazione a diffidare.

Una battaglia di cui il monaco ha approfittato per lanciare il suo ultimo dardo. «Per quanto sia nobile il vostro scopo, signore, vi prego di ascoltarmi e di non ignorare le mie parole. Il potere di Corduba è tale che nessuno vi biasimerebbe se firmaste un accordo con l'emiro. Chiunque al vostro posto lo farebbe. Alcuni dei vostri predecessori lo hanno fatto, e senza che il loro onore ne venisse intaccato. Se, tuttavia, ciò che desiderate è combattere, dovete conservare le forze. Fate marcia indietro e torniamo a palazzo. Chissà che il cammino verso Iria Flavia non celi altre minacce.»

Ho provato l'ardente desiderio di lanciarmi addosso a Sisberto e accusarlo di tradimento, ma mi sono trattenuta, a fatica, ricordando l'ira di don Alfonso quando ho commesso l'errore di cedere alla rabbia, in una situazione simile.

Questa volta, è stato lui stesso a liberarsi di quel codardo. «Mediterò sulle vostre parole», ha risposto, gelido. «Ora andate. Voglio parlare con Odoario da solo.»

Il monaco si è allontanato, zoppicando, verso il luogo in cui erano legati i muli, probabilmente alla ricerca di qualche tozzo di pane nascosto tra le bisacce.

Servi e schiavi erano impegnati a raccogliere ogni cosa per poter riprendere la marcia non appena il sovrano ne avesse dato l'ordine. Il conte e sua figlia erano spariti.

Io non mi sono sentita inclusa tra coloro cui don Alfonso ha chiesto di essere lasciato solo e gli ho domandato se avesse bisogno di qualcosa. Ha detto di no, cortesemente, senza intimarmi di andarmene, per cui sono rimasta lì, ad ascoltare la conversazione, mentre il sole iniziava a tingere di rosa le cime delle montagne.

«Non avrei mai dovuto permettergli di accompagnarci», si è scusato l'abate, imbarazzato dall'impertinenza del suo ospite. «Non so perché ci tenga tanto a dissuaderci. Forse è la paura a parlare, la sete o la stanchezza... Vi chiedo perdono, maestà.»

«Evidentemente quel forestiero non è abituato alle asperità

della nostra terra, Odoario.» Il re non sembrava arrabbiato, ma triste, sebbene in quel momento sorridesse, non so se per scherno o commiserazione. «Il monastero da cui proviene dev'essere molto diverso dal nostro povero monastero di San Vicente, per non parlare di quanto sia imprevedibile questa terra, ieri scossa da una pioggia infernale di fulmini e oggi sferzata da questo impietoso sole ardente. Detto ciò, è possibile che le sue parole nascondano un po' di verità.»

«Non permettete che inondi di veleno il vostro cuore», lo ha implorato l'abate.

«Non lo ascoltate», ho aggiunto io.

«Il fatto è che, da quando siamo partiti, si è susseguita una serie di eventi che dovrebbero farci riflettere. Prima il ferro di Gaut, poi Cobre che l'altra sera è scappato, ieri quel serpente maledetto e oggi la mancanza di acqua e cibo...»

«Il vostro destriero non è l'animale ideale per questi sentieri, maestà», ho interrotto il ragionamento, prima che andasse avanti. «Dovreste optare per un *asturcón*, abituato a questi terreni sconnessi, invece di cercare spiegazioni complesse a fatti semplici. Queste rocce sono piene di vipere da che mondo è mondo. E, per quanto riguarda Cobre, non è scappato, ha solo voluto starmi accanto in un momento di tristezza.»

L'ultima cosa di cui aveva bisogno il mio signore era che io contribuissi ad aumentare le sue angosce. Per cui non ho accennato ai sospetti che nutro circa l'incidente di ieri, di cui, non avendo indizi concreti, non ho parlato a nessuno.

Finché non potrò dimostrare il contrario, le vicissitudini accadute finora sono comuni a qualunque viaggio. Normalissime per questo territorio aspro, tanto duro da tenere lontani persino i mori.

L'abate è corso in mio aiuto, consolidando le mie argomentazioni con la forza della sua fiducia nella misericordia di Dio: «L'Altissimo è con noi, maestà. Siamo usciti salvi da ogni pericolo che abbiamo dovuto affrontare. C'è prova più convincente di questa? Il Dio di Mosè ci sta guidando attraverso queste terre. Il Padre Celeste veglia su di noi in questo pellegrinaggio verso il sepolcro in cui riposa l'amato apostolo di suo Figlio, Gesù Cristo».

«E se non fosse lui? E se il monaco avesse ragione e tutto questo fosse una frode?»

«Abbiate fede, signore.» Odoario ha congiunto di nuovo le mani all'altezza del petto, appena sotto la barba, levando gli occhi al cielo e invocandone l'aiuto per convincere il sovrano. Poi ha abbassato leggermente le mani fino all'altezza del cuore, mentre piegava la testa bianca a sinistra. «Stiate sicuro che il ritrovamento di queste reliquie è un'altra dimostrazione del suo infinito amore. Una delle tante.»

«Ne siete sicuro?» Lo sguardo di don Alfonso implorava un sì.

«Certo!» ha esclamato l'abate. «Gesù è il nostro pastore e veglia su questo gregge. Altrimenti, come sareste potuto sopravvivere alle numerose trappole dei vostri nemici? Come si potrebbero spiegare i prodigi seguiti alla morte di vostro nonno Alfonso?»

«Ho sentito parlare di quella notte, sì...»

«È cosa risaputa, mio signore. Io stesso, ancora molto giovane, ho conosciuto un testimone di ciò che è accaduto nel palazzo di Cánicas in cui lo spirito di quel sovrano, degnissimo di essere amato da Dio e dagli uomini, ci ha lasciati. È stato lui a raccontarmi i miracoli avvenuti...»

È curioso. Don Alfonso menziona frequentemente suo nonno, sua zia o altri parenti, ma molto di rado parla di suo padre. Neanche i membri della corte pronunciano il nome di Fruela in sua presenza. Attorno a quel principe ci sono solo dicerie, sussurri, maldicenze. Come mai? Forse per il modo violento in cui è morto, per mano dei suoi stessi consiglieri, o forse per qualcosa di ancora più grave, per quel peccato inconfessabile cui a volte fanno riferimento i pettegolezzi e che io non ho nemmeno il coraggio di scrivere in questo manoscritto.

Tutto l'opposto accade invece con Alfonso, duca di Cantabria, unito in matrimonio con Ermesinda, figlia di Pelayo, per poter fondere il suo sangue con quello del popolo delle Asturie. La sua memoria, infatti, è sempre celebrata e degna di lodi reverenziali.

Mio padre adorava quel guerriero feroce, accanto al quale ha combattuto innumerevoli battaglie. Mi ha raccontato molte delle sue imprese, ma non mi ha mai parlato della sua morte. Per questo, quando ho sentito ciò che diceva Odoario a don Alfonso, ne ho approfittato: «Raccontatemi quella storia, padre. Desidererei ardentemente ascoltarla».

Odoario ha chiesto il permesso al re con lo sguardo e, ottenuto il suo benestare, ha acconsentito a esaudire la mia preghiera, riassumendo il suo aspetto bonario per quanto, a quel punto della giornata, le nostre gole assetate bruciassero. «È la storia di un'anima che, appena ha abbandonato il proprio corpo, ha ricevuto la grazia di essere elevata alla contemplazione di Dio.»

«Come?» ho domandato.

«Secondo le testimonianze di coloro che si trovavano lì, quando quel grand'uomo ha esalato il suo ultimo respiro nel silenzio della notte, i nobili che ne custodivano il cadavere hanno udito voci angeliche recitare una preghiera notturna simile a quelle che si cantano il Sabato Santo: 'guardate qui come viene portato via il giusto e come, allontanati gli spettri dell'iniquità, viene sepolto in pace'.»

Quelle parole rimbombano ancora nelle mie orecchie:... *allontanati gli spettri dell'iniquità, viene sepolto in pace.*

Vorrei poter dire lo stesso di mio padre, che servì quel primo Alfonso, chiamato il Cattolico, come io ne servo il nipote. Non ha avuto la stessa fortuna. È morto difendendo il nostro castro in una battaglia impari, senza possibilità di vittoria. Il suo cadavere è rimasto insepolto, come quello di mia madre e di molti altri, fino a formare un disgustoso ammasso di carne putrefatta e irriconoscibile cui, per l'impossibilità di scavare una tomba abbastanza grande per tutti, si dovette dare fuoco.

Io stessa impugnai una di quelle torce purificatrici, ignorando il mio dolore mentre giuravo al cielo che presto avrei compiuto la mia vendetta. Gli angeli non intonarono nessuna preghiera per Ickila. Né per Huma. I miei genitori hanno avuto solo le mie lacrime, e la vendetta di ogni battaglia in cui il nemico è stato sconfitto.

Vorrei avere le stesse certezze che infondono tanta tranquillità a Odoario. Darei qualunque cosa per vivere al riparo di quella fede assoluta nella giustizia divina e nella sua misericordia.

Magari potessi...

Io confido in Dio, certamente. So che è il nostro alfa e il nostro omega, so che è principio e fine di ogni cosa. Tuttavia, spesso, quando più ne ho avuto bisogno, l'ho cercato invano. Mi è mancata la sua presenza nelle notti buie che seguono la sconfitta, nel dolore devastante della perdita, nella paura, nella solitudine. L'ho chiamato urlando senza ottenere altra risposta a parte il silenzio.

Certo, oggi, Giorno di Sant'Aiuto, Nuño ha trovato lo stagno che ci ha salvati proprio dopo che i monaci avevano elevato le loro preghiere, e questo deve pur essere un segno. Non è così?

Danila lo ripete costantemente: niente succede per caso. La Provvidenza, nella sua saggezza, disegna i nostri destini.

Quale sarà quello che ci porterà fino a Iria Flavia, se mai ci arriveremo?

Anche io mi chiedo, proprio come il re e come il monaco di Toletum, se il corpo trovato nel *finis terrae* sia o no quello del santo Apostolo. Come potrei non domandarmelo? Lo facciamo tutti in un modo o nell'altro, ne sono sicura. E tutti speriamo ardentemente che lo sia, perché sappiamo quanto abbiamo bisogno del suo aiuto.

Dato che, almeno per il momento, niente porta a pensare che ci troviamo davanti a una frode, crederò a Teodomiro, nell'attesa di conferme.

Una volta che il mio signore Alfonso avrà emesso il suo verdetto, lo accetterò senza riserve.

Tra una cosa e l'altra, era già mattino quando don Alfonso ha dato l'ordine di riprendere la marcia, seguendo il sole.

Proprio come aveva annunciato il pastore che ci ha accompagnati ieri, ogni tanto incrociavamo i resti dell'antica strada romana che conduceva alle miniere, conservata grazie alla mancanza di vegetazione e al poco passaggio. Dovevamo seguirla.

All'inizio il tempo sembrava clemente. Non faceva ancora caldo e la luce era più sopportabile che a mezzogiorno, quando brillava al punto di obbligarci ad abbassare lo sguardo per non restarne accecati.

Tutte fortune che ovviamente Sisberto ha ignorato nei suoi lamenti: «Le mie interiora ruggiscono per la fame...»

Considerata la reputazione di guastafeste che cominciava a guadagnarsi, nessuno di noi ha prestato attenzione a quel commento. Nemmeno lui si aspettava una reazione alle sue parole, tanto inutili quanto inopportune. Allora, in modo del tutto inaspettato, il conte Aimerico è sbottato: «Giuro che, se vi sento lagnarvi ancora, vi darò un motivo vero per farlo!»

«Padre!» ha esclamato Freya, guardandolo terrorizzata all'idea che potesse realmente mettere in atto la minaccia.

Senza ascoltarla, il conte ha continuato: «Ha forse detto qualcosa il re? Si sono lamentate le dame? No, come non lo hanno fatto i vostri confratelli o i membri della guardia. Credete di essere l'unico a essere affamato o assetato? Abbiate la decenza di tacere e risparmiarci i vostri lamenti. Dicono che il digiuno innalzi lo spirito, non è così? Approfittatene per elevare il vostro. Credo ne abbiate proprio bisogno».

A quel punto Danila, con freddezza glaciale, ha aggiunto: «Suppongo, dotto Sisberto, che avrete sentito parlare della vergine Egeria e del suo pellegrinaggio in Terra santa.[10] Saprete che quella donna beata, più forte di tutti gli uomini del suo secolo, intraprese con cuore coraggioso un lunghissimo viaggio per raggiungere i sacrissimi luoghi della nascita, della Passione e della Resurrezione del Signore, visitando i sepolcri d'innumerevoli santi solo col fine di pregare. Ne dedurrete che, in quell'impresa, benedetta da Dio, ha sopportato con indomito spirito privazioni inenarrabili, stanchezza e dolore, senza arrendersi davanti a nessun ostacolo né lasciandosi scoraggiare dalla feroce crudeltà dei popoli empi che hanno attraversato il suo cammino, fino a quando non ha raggiunto, con audace devozione, ogni cosa che aveva desiderato...»

Il forestiero ascoltava quella lezione, in evidente imbarazzo. Immagino volesse scappare via correndo o che la terra si aprisse sotto i suoi piedi e lo ingoiasse pur di evitare tutti gli sguardi che lo fissavano. Tuttavia, è rimasto immobile mentre lo scriba finiva di raccontare quella storia col suo abituale tono saccente: «Se quella santa, seguendo il santo esempio del patriarca Abramo, è riuscita a rendere duro come il ferro il debole sesso femminile, sarete d'accordo con me che noi, che godiamo di ottima forza corporea e di perfetta salute, non possiamo tirarci indietro di fronte a questa insignificante difficoltà, senza soccombere nella vergogna».

In tutta risposta, Sisberto ha chinato la testa mostrando al cielo la sua calvizie circondata da radi capelli crespi. Sembrava deciso a riprendere il cammino il prima possibile, senza aprire nuovamente bocca.

Non molto tempo dopo quell'incidente, il soldato è svenuto e Nuño ha trovato, grazie a Dio, lo stagno.

Sisberto può essere veramente irritante. Ho sempre pensato avesse un carattere vile, timido, di quelli che cedono facilmente alle pressioni, che trovano sempre la strada verso la propria salvezza, per quanto il modo possa essere abbietto. Confesso, tuttavia, che la reazione del conte mi ha lasciata attonita.

Aimerico sa forse qualcosa che noialtri ignoriamo? Si sarebbe esposto in un modo tanto clamoroso, minacciando apertamente un uomo di Chiesa, se la sua pazienza non fosse già stata al limite per altri motivi che io non conosco? Il suo intento è forse quello di evitare conseguenze peggiori? Voglio scoprirlo.

Il racconto di Danila su quella sorprendente donna che nel IV secolo ha attraversato oceani e deserti nel suo lungo cammino verso i santi luoghi in cui Gesù Cristo ha trascorso la sua vita terrena mi ha incuriosita. Avevo sentito menzionare il suo nome prima, ma senza conoscere i dettagli della sua impresa.

Non appena ci siamo rimessi in marcia, ho deciso di approfittare della prima opportunità per avvicinarmi al calligrafo e interrogarlo.

Oggi ci è toccato percorrere in discesa tutto ciò che ieri abbiamo percorso in salita, compito non meno faticoso. In alcuni tratti a cavallo, in altri a piedi, ci siamo allontanati dalle cime deserte, senza perdere di vista le vette della cordigliera, sulla nostra sinistra, alla ricerca di quelle terre pianeggianti in cui il bosco diventa mare.

In tutta la mattina ho contato solo due capanne di pietra nera e lavagna, che fungono da rifugi per i pastori durante l'inverno e che quindi, in quel momento, erano vuote. A mano a mano che scendevamo, nei radi prati che ci circondavano, abbiamo iniziato a scorgere qualche mucca bionda pascolare coi vitelli appena nati attaccati alle mammelle. Diversamente da noi, loro possono saziare il proprio appetito a volontà. Hanno una dispensa sempre a disposizione.

Sarà stata la fame, o la stanchezza che faceva sentire sempre di più la sua presenza, ma la comitiva si muoveva lenta, silenziosa, assorta nell'umore ombroso, sebbene non ci fossero nubi.

Proprio davanti a me cavalcava, solitario, Danila, al passo tranquillo del suo destriero asturiano.

Per quanto non mi fidi di lui e la sua ostilità nei miei confronti sia evidente, credo che, escluso il re, il monaco calligrafo sia di gran lunga il membro più dotto del gruppo. Tanto saggio quanto pedante, tanto sprezzante quanto pieno di sé, fino alla nausea. Ma tutto ciò non cambia il fatto che la sua compagnia sia la più istruttiva, una volta ingoiato l'orgoglio con astuzia per ottenere da lui ciò che si desidera, senza lasciarsi umiliare dalla sua arroganza.

«Voi cosa credete, padre Danila?» l'ho interrogato senza preamboli, dando per scontato che la sua mente fosse immersa negli stessi pensieri della mia.

«Buongiorno, donna Alana», ha risposto con un certo sarcasmo.

«Buongiorno, padre. Vi prego di scusare la mia scortesia. I convenevoli non sono mai stati il mio forte.»

«Cosa io credo riguardo a cosa?» A giudicare dal suo tono, non sembrava avere molta voglia di conversare.

«Del santo Apostolo, ovviamente. Credete che la miracolosa apparizione del suo sepolcro a Iria Flavia sia un segno del cielo o condividete i dubbi di fratello Sisberto?»

«Credo che ogni cosa accada per un motivo e che risponda

al disegno della Provvidenza... o meglio, alle intenzioni dell'uomo.»

La calligrafia chiara e precisa di questo monaco, famoso per i suoi scritti, diventa oscura non appena egli esprime i propri pensieri a voce alta. Nemmeno sotto tortura riuscirebbe a parlare in modo comprensibile alle orecchie di un qualunque figlio di Dio. Ma io non mi arrendo facilmente, né indietreggio davanti agli ostacoli. «E in questo caso?» ho insistito infatti.

«Io direi che, in questo caso, risponde alle intenzioni di un uomo in particolare.»

«Potreste essere più esplicito?»

«No, perché non ne ho le prove. Mi muovo nel campo delle congetture e non vorrei formulare accuse che potrebbero portare a gravi conseguenze senza prima raggiungere il terreno dell'evidenza.»

«Qualunque cosa mi diciate resterà tra noi. Io cerco solo di capire e di servire il re con lealtà. Proprio come voi, immagino.»

«Sono solo sospetti, donna Alana. Sospetti riguardo all'occultamento d'interessi impuri. Niente di più e niente di meno...»

«Che tipo di sospetti?»

«È sufficiente dirvi che Sisberto giunge da Toletum, la cui prelatura, fino a pochi anni fa, apparteneva a un empio metropolita chiamato Elipando. Le sue dottrine eretiche hanno causato molti danni alla nostra Santa Madre Chiesa.»

Stavo per dirgli che io avevo conosciuto quell'Elipando, che ero stata ospite nel suo suntuoso palazzo nella capitale visigota mentre il mio sposo e io tornavamo nel regno dopo essere fuggiti dalla prigionia di Corduba, ma qualcosa nel suo sguardo mi ha zittita.

Se glielo avessi confessato, i suoi sospetti sarebbero immediatamente ricaduti su di me, portandolo a ritrarsi in difesa. Pertanto, ho deciso di tenere per me il ricordo di quell'esperienza per poter avanzare nel mio tentativo di unire ciò che avevo visto a Toletum con le informazioni che potevo ricavare scavando nell'impenetrabile Danila.

Un compito arduo, dal momento che ora come allora non trovo senso all'indemoniato dibattito sulla natura di Cristo che per anni ha visto protagonisti l'eretico in questione e il monaco balbuziente della Liébana, Beato, che ho avuto allo stesso modo il privilegio di conoscere.

Suppongo che Danila, quando parlava di «dottrina eretica», si riferisse a questo scontro dialettico.

Se non ricordo male, Elipando sosteneva che Gesù fosse figlio naturale di Dio nella sua parte divina, ma figlio adottivo nella sua parte umana. Beato, invece, affermava che Gesù fosse figlio di Dio, e basta. Sicuramente il mio interlocutore, da buon asture, si schiera col confratello di San Toribio, e perciò contro il pensiero di quello di Toletum.

Danila, però, saprebbe dare una spiegazione molto più lunga e approfondita riguardo a quella terribile polemica, la cui importanza mi sfugge a causa dalle mie limitate conoscenze.

Ciò che non ho dimenticato, proprio per la sua crudezza, sono gli insulti che il metropolita ha rivolto al monaco balbuziente nella lettera che dettò in nostra presenza, chiedendoci di portarla alla regina Adosinda, a Passicim, affinché lei intervenisse in suo favore. Ci chiese anche di trasmetterne il contenuto al monaco che, a suo parere, si permetteva di cospirare contro di lui, mettendo in dubbio il suo ruolo di prelato nella Chiesa d'Hispania.

In quella lettera, Elipando chiamava Beato «bagordo ubriaco», «pecora schifosa», «empio» e in altri modi ancora. Ricordo anche l'ira negli occhi di Beato quando ha letto tali ingiuriose parole.

Per quanto ne so, egli non ha rinnegato le proprie credenze, né si è piegato all'autorità di Elipando. Ma, come ho già detto, sono cose che vanno oltre quanto io sono in grado di capire e che non hanno mai destato particolarmente il mio interesse.

Cosa può avere a che fare quella lontana disputa coi dubbi di Sisberto riguardo al sepolcro di san Giacomo? Non ne ho idea, e Danila non ha voluto dirmelo.

«Non posso andare oltre senza macchiarmi di calunnia, il che mi condurrebbe al peccato», ha tagliato corto il calligrafo.

«Vi propongo di orientare in altro modo la nostra conversazione, dal momento che siete una chiacchierona instancabile. Tipico del vostro sesso, devo dire...»

Quella provocazione mi ha dato fastidio, per cui ho restituito il colpo: «Non c'è forse scritto nella vostra Bibbia incompiuta che tutto ebbe inizio col Verbo?»

«Che ne sapete, voi, di teologia?» mi ha fulminata.

Niente. So solo che verbo e parola significano la stessa cosa. E che senza le parole non è possibile comprendersi. Mi piace chiacchierare, lo ammetto. Ho insegnato a parlare ai miei quattro figli, e anche a leggere. Devo forse vergognarmi di questo?

«Una cosa è la parola e un'altra è il vuoto chiacchiericcio tipico delle donne oziose. Già che avete osato menzionare la Bibbia, ascoltate bene cosa si dice nel libro dei Proverbi: 'Ecco farglisi incontro una donna in vesti da prostituta e astuta di cuore; ella è turbolenta e provocante, e non sa tenere i piedi in casa sua; ora sulla strada, ora per le piazze sta in agguato a ogni angolo'. Una descrizione molto adatta della natura femminile, direi. Aggiungerei la tendenza incontrollabile a dire cattiverie, a spifferare segreti e a perdere tempo in chiacchiere sterili. Da quando il serpente ha indotto Eva a tentare Adamo, la terra si è riempita di affabulatrici.»

«Vedo che siete un grande esperto in materia di donne», ho contrattaccato, con ironia. «Vivono delle sorelle nel vostro monastero?»

«Certo che no!» ha risposto scandalizzato. «Ci renderebbero la vita insopportabile.»

«Posso chiedere allora su cosa basate il vostro giudizio?»

«Sugli insegnamenti dei Padri della Chiesa, e anche dei classici pagani di cui possediamo le opere nel monastero. Aristotele, per esempio, sottolineava la vostra natura inferiore, meramente materiale, davanti alla superiorità spirituale dell'uomo, e anche Galeno, autorità massima nel campo della medicina, denotava la vostra sostanziale imperfezione. Perché credete che Gesù e i suoi apostoli fossero uomini? Non c'è bisogno di altre prove.»

Tante cose mi hanno attraversato la mente...

La forza interiore di mia madre, indispensabile per poter governare il castro. L'audacia della regina Adosinda che, sebbene fosse stata rinchiusa in un monastero dal perfido Mauregato, ha continuato a vegliare su suo nipote, il nostro re, don Alfonso, grazie a lei legittimo erede al trono. Il coraggio dimostrato sul campo di battaglia da infinite donne, al fronte assieme ai loro compagni guerrieri per curare le loro ferite o aiutarli a morire...

Ma, sopra ogni cosa, l'amore.

Se la religione cristiana è la religione dell'amore, come affermano i sacerdoti, come non può esserci posto per le donne? Esiste forse un amore maggiore di quello che prova una madre nei confronti dei suoi figli? Gli uomini sanno forse accarezzare, consolare, abbracciare, ascoltare o lenire le pene, sia del corpo sia dell'anima, meglio di noi? No. Almeno non quelli che ho conosciuto io.

Stavo per dire tutto questo a quell'arrogante, cercando di trattenere la lingua per non provocare la sua ira, quando, dopo una breve pausa, ha aggiunto: «Certamente ci sono eccezioni a questa regola aurea, devo ammetterlo. Eccezioni degne di ogni lode».

«Sono felice di sentirvelo dire», ho commentato, sollevata.

Le sue parole non erano nuove alle mie orecchie, perché rappresentavano alla perfezione il pensiero che il popolo di mio padre ha portato con sé nelle Asturie, tuttavia mi stavano tentando a cambiare opinione sulla saggezza che attribuisco al calligrafo.

«Non mi riferisco a voi», ha detto distruggendo le mie speranze. «Stavo pensando a Egeria, modello di virtù e umiltà, il cui esempio ho dovuto ricordare poco fa al nostro buon Sisberto, dotato di scarso stoicismo, temo.»

«Volevo chiedervi proprio di lei.»

«Una donna senza pari, non c'è dubbio. Guidata da un fervore poco comune, unito a un ammirevole coraggio, ha compiuto il pellegrinaggio fino in Terra santa partendo dalla sua Gallaecia e per anni, con l'aiuto di Dio, ha seguito le orme di Nostro Signore Gesù Cristo e ha visitato tutte le province d'Egitto e i luoghi protagonisti dell'esodo del popolo d'Israele. È salita sui monti Sinai, Nebo e Tabor, sollevata dalla mano divina, ha convissuto con le comunità ascetiche che abitavano quei luoghi deserti e ovunque ha offerto voti a Dio onnipotente.»

«Lei da sola? Una tale impresa sembra impossibile.»

«La terra era allora sotto l'ordine e la pace di Roma, tristemente persi nell'epoca delle barbarie, ed Egeria era figlia di una famiglia nobile, condizione che ha di certo favorito le sue possibilità di alloggio, trasporti e scorta in ogni tappa del cammino. Altrimenti è evidente che l'impresa sarebbe stata impossibile. Ma questo non toglie nulla alla sua prodezza.»

«Certamente!»

«Cerco d'ispirarmi alla cronaca di quel viaggio per scrivere l'itinerario che mi ha chiesto di tenere sua maestà sul nostro pellegrinaggio verso il sepolcro dell'Apostolo, miracolosamente ritrovato nella stessa terra da cui è partita quella venerabile vergine.»

«È forse un segno della Provvidenza?»

«Vedo che ascoltate ciò che dico e questo mi fa piacere. Sì, rispondendo alla vostra domanda, è un segno del cielo, senza dubbio, il cui significato riporta, ai miei occhi, la verità che ci aspetta alla fine del cammino.»

«Egeria ha lasciato un resoconto scritto della sua meravigliosa esperienza?»

Se mi avesse detto di sì, forse avrei trovato il coraggio di confessare che anche io stavo compilando un itinerario del nostro cammino verso Iria Flavia, alla ricerca del sepolcro dell'Apostolo che ha predicato la Parola di Gesù nelle nostre terre. Per lui sarebbe stato difficile, se non impossibile, credere che una donna come me potesse entrare in competizione con lui, per cui forse non avrebbe dato importanza alla cosa. Inoltre, se anche Egeria aveva compiuto quell'opera, chi era lui per negare a me lo stesso diritto?

Tuttavia, la sua risposta è stata tale da farmi decidere di non dire nulla.

«È probabile che sia stato così, sebbene io non abbia avuto la fortuna di accedere al manoscritto. Conosciamo i fatti del pellegrinaggio di Egeria grazie a Valerio, abate di un monastero situato non lontano da qui, nel Bierzo, che ha scritto una lettera ai suoi fratelli monaci circa quella vergine ammirevole. Dal momento che sapete leggere, dovreste istruirvi con la sua lettura. Vi sarebbe sicuramente molto utile.»

Avrei potuto ribattere a Danila raccontandogli le mie personali avventure, la mia vertiginosa esperienza del viaggio da Coaña a Corduba, passando da Passicim e Toletum, condotta contro la mia volontà nell'harem reale. Mi sarei vantata del coraggio che Índaro e io avevamo mostrato nell'intraprendere il viaggio di ritorno in pieno inverno, inseguiti dagli uomini del califfo. Degli attacchi dei soldati saraceni e dei prigionieri trasformati in autentiche bestie. Delle persone che avevamo incontrato lungo il cammino...

Sospetto che nulla di tutto ciò lo avrebbe interessato minimamente. O forse sì, e sono io a essere prevenuta in questo caso. La cosa sicura è che ho preferito lasciarlo parlare di quella donna straordinaria che più di quattro secoli fa, quando Roma era ancora a capo del mondo, ha avuto il coraggio di attraversare la terra per vedere coi propri occhi i luoghi in cui ha vissuto il Signore.

Ho già detto che scendere lungo un sentiero scosceso è molto più difficile che salire? Tanto per i cavalli quanto per noi. Per dare loro un po' di riposo, bisogna camminare a lungo, sebbene le gambe brucino per la stanchezza. Le ginocchia cedono. I piedi scivolano sui sassi col rischio che ci si sloghi una caviglia e che non si possa continuare il viaggio. Conversare aiuta a distrarsi dalla fatica, ma questa, assieme alla fame, diventa un tormento.

Oggi abbiamo trascorso gran parte della giornata salendo e scendendo tratti più o meno scoscesi e cercando d'ingannare il nostro stomaco bevendo a ogni ruscello, cascata o fonte che abbiamo trovato.

Il paesaggio diventava più dolce a mano a mano che ci avvicinavamo al valico della Mesa, sebbene, durante quasi tutta la giornata, abbiamo transitato su brulle scarpate deserte. Se penso che il maggiore dei miei figli ha dovuto attraversare le montagne assieme alla sua famiglia e a molte altre per stabilirsi in una terra di frontiera, quando ci sono tutte queste terre disponibili, mi sale la rabbia.

Quanto sacrificio si esige da noi, Dio onnipotente! Quanti addii abbiamo dovuto sopportare in vostro nome, Asturie! Spero che coloro che ci succederanno sapranno onorare, apprezzare e meritare questo monumentale sforzo. Lotta, guerra, sacrificio, vagabondaggi...

Popolare una zona disabitata è molto più che scegliere nuovi capi e tirare su qualche casa. Significa diffondere l'ordine, la legge, il nome del re, la sua giustizia e, ovviamente, la fede. Per questo ci si chiede di sacrificare i nostri figli, di sopportare il dolore di vederli partire e non sapere dove finiscono, come nel caso di Rodrigo. Di vegliare per l'integrità del regno, difendendolo dai suoi nemici.

Per questo Fáfila è lontano dal luogo in cui è nato, invece che essere qui, al riparo tra queste mura che Dio ha eretto per noi. Lui è un guerriero, mentre qui si necessitano contadini. C'è tanta terra da lavorare, tanta fame da saziare.

Che stiano per giungere, in fuga dal Sud, nuovi cristiani pronti ad assolvere a questo compito, come quelli che mio padre ha portato a Coaña prima che io nascessi?

Li ricordo assieme agli antichi abitanti del castro a lavorare i campi o ad aiutare col pascolo, mentre si scambiavano occhiate diffidenti. Molti di loro erano stati condotti lì con la forza. A questo servivano le campagne lungo la valle del fiume Durius, nei territori del duca di Cantabria, il primo dei due Alfonso. Quante volte ho sentito raccontare quella storia da bambina!

Mio padre mi faceva sedere sulle sue ginocchia, al calore del fuoco, mentre mia madre filava, cuciva o preparava medicamenti. Entrambe ascoltavamo attentamente le parole di Ickila, anche se ora so che, mentre io lo facevo rapita e piena di ammirazione, lei mandava giù il suo orgoglio di figlia delle Asturie per amore e rassegnazione.

Il fine di quelle campagne era di spopolare tutta la regione a sud delle nostre montagne, per rendere più difficili le incursioni dei saraceni che, così, non avrebbero trovato rifornimenti per i loro eserciti. Perciò i nostri soldati bruciavano i raccolti, uccidevano o schiavizzavano i musulmani e obbligavano i cristiani a seguirli nei territori del regno, dove consegnavano loro nuove terre in proprietà. Alcuni ringraziavano per il regalo. Altri non sono mai riusciti a perdonare che li avessero strappati dalle loro case in modo così brutale.

Confido, per il bene delle Asturie, che inizino a giungere persone senza dover ricorrere nuovamente a quei mezzi, perché ce n'è urgente bisogno.

Torno al presente, altrimenti rischio di smarrirmi in inutili ricordi.

Penso di essere rimasta alla fame che ci torturava. In alcuni tratti particolarmente umidi siamo riusciti a trovare qualche mirtillo, divorato come fosse un'autentica delizia, per quanto ancora acerbo. Ho avvistato con l'acquolina in bocca più di un noce, nocciolo o castagno selvatico pieno di ricci, immangiabili, tuttavia, finché l'autunno non li farà cadere dai rami e rilasciare il loro prezioso frutto.

Non c'era altro, a parte i mirtilli, da portarsi alla bocca. Nemmeno le ghiande delle querce. La maggior parte della strada si snodava attraverso prati radi, boschi di felci alte quasi quanto noi, erica inutile, per quanto meravigliosa nella sua infinita gamma di colori, e qualche boschetto di pini introvabili nelle valli più vicine alla costa, perché tipici di queste altezze. Nessun contadino cui chiedere ospitalità, o animali da cacciare per saziare il nostro appetito.

A un certo punto, ho sentito il conte Aimerico dire al re: «Se fossimo in un bosco, potremmo cacciare qualche cervo o, quantomeno, un capriolo con cui riempire questo ventre che sembra diventare più vuoto a ogni passo».

«Se fossimo in un bosco, mio fedele amico, chiunque potrebbe farlo.[11] La caccia attrarrebbe la gente e ci sarebbero villaggi. I villaggi crescerebbero e s'inizierebbero a tagliare gli alberi per creare nuove radure per i pascoli. Qui non ci sono pascoli, né alberi, né villaggi, né caccia. Nemmeno cristiani. Solo il cielo, le montagne e noi, umili pellegrini, che sopportiamo questo penoso digiuno da offrire al Signore per il perdono dei nostri peccati.»

A quell'ora del pomeriggio il sole stava già calando, illuminando un orizzonte scuro su cui si stagliavano solo le colline. La luce avrebbe presto tinto le nuvole di colori aranciati che, se ci fossimo trovati in una situazione diversa, mi sarebbero parsi stupendi. Ma non avevo forze sufficienti per prestare attenzione a queste cose.

Inoltre, il luogo in cui ci trovavamo, a causa della sua inospitale aridità, non ispirava molta poesia. Appariva come un cumulo di rocce nere, che sembravano essere state divorate dal fuoco e che si affacciavano su una valle lontana, in cui si vedeva solo un piccolo fiume in lontananza. Un luogo deserto, dal quale sembrava essere fuggita ogni forma di vita, per quanto la strada fosse in buono stato e dimostrasse di essere ancora utilizzata.

Sebbene fossimo vicini al tramonto, l'ora in cui gli uccelli sono soliti cantare, non si sentiva nemmeno il cinguettare dei passerotti. Come avrebbero potuto intonare le loro melodie senza alberi in cui fare il nido?

Non so dire per quanto avessimo camminato, dal momento che eravamo partiti tardi, persi in sterili discussioni. Eravamo esausti. Agila ha inviato due uomini alla ricerca di un posto dove potersi accampare. Noialtri attendevamo il loro ritorno, fermi, risparmiando le forze, alcuni sdraiati per terra, altri affacciati al burrone, altri ancora, come me, seduti su una roccia con lo sguardo perso in quell'immensità.

Allora, come se fosse sorta direttamente dalle viscere della terra, da una spaccatura della montagna è apparsa una figura. All'inizio pensavo si trattasse di una capra o di una qualche altra creatura selvaggia. Poi, a mano a mano che quella, con passo cauto e con un sorriso affabile, si avvicinava al gruppo, mi sono accorta che si trattava di un uomo.

Fidelio.

Finché vivrò non dimenticherò mai il nome dell'eremita.

Proprio in questo momento si trova vicino a me, dentro la sua grotta, che discute col re e con gli altri membri della comitiva. Io ho preferito approfittare degli ultimi raggi di luce per scrivere qui fuori, dopo aver saziato il mio appetito con un pezzo di formaggio intinto in abbondante miele. Una squisitezza.

Miele, formaggio e latte. Fidelio non aveva altro da offrirci, ma li ha generosamente condivisi con noi. Ha svuotato la sua magra dispensa ringraziandoci a ogni morso per l'onore di essere suoi ospiti. Persino i servi e le guardie, prima di portare i cavalli a una fonte vicina da cui hanno preso dell'acqua anche per noi, hanno ricevuto la loro razione.

Che personaggio! Non c'è da meravigliarsi che all'inizio lo avessi scambiato per una bestia.

Ha l'altezza di un bambino, è pelle e ossa, ricoperto da qualcosa di simile a una tunica, fatta di pellicce di animali diversi cucite assieme. Puzza più degli escrementi degli animali. Cammina scalzo. La sua testa, piccola come quella di un uccello, è praticamente calva, a esclusione di una ciocca di capelli bianca che, dalla nuca, gli scende giù per la schiena. I suoi occhi sono di un azzurro chiaro, come quelli di un cieco, e ti guardano con un'intensità tale da farti sentire nudo. Il resto del viso è coperto da una barba selvaggia, resa compatta dal sudiciume. Sembra essere allo stesso tempo agile e infinitamente vecchio.

Se non fosse che si esprime in modo eccellente, penserei di aver davanti un animale mai visto prima invece di un essere umano.

Ci ha raccontato la sua storia, mentre con le dita tirava fuori le ultime gocce di miele da una ciotola scavata nella roccia. «Il nettare delle mie amiche api è prodigioso. Ci sono parecchi alveari qui in giro che mi procurano da mangiare. Ne volete ancora?»

Secondo i suoi calcoli, vive in questa grotta da circa trent'anni. Vi è giunto in seguito a una visione avuta dopo che la peste si è portata via i fratelli della sua comunità a valle. La piaga li ha decimati senza pietà, a uno a uno, fino a lasciare in vita solo Fidelio. Aveva appena ricevuto l'ordine del diaconato quando si è ammalato anche lui, ma, a differenza degli altri, è riuscito a sconfiggere il male. Mentre tremava per la febbre in quello che pensava sarebbe stato il suo letto di morte, un angelo gli è apparso e gli ha parlato in sonno: «Ritirati dal mondo, fai penitenza e aspetta un segno del cielo. Per grazia di Dio, non è ancora giunta la tua ora».

Quando, attraverso le parole di don Alfonso, Fidelio ha scoperto di trovarsi di fronte al re delle Asturie e il motivo del nostro viaggio, ha iniziato a piangere di gioia mentre, in ginocchio davanti al sovrano, gli baciava le mani. «Siete voi il segno che attendo da allora. Un re pellegrino alla ricerca del Figlio del Tuono. Siate benedetto! Si è compiuta la profezia dell'angelo. Ora posso morire in pace con la certezza che raggiungerò la gloria eterna.»

Odoario lo ha abbracciato, affettuoso, convinto di trovarsi davanti all'ennesima prova inconfutabile che il nostro pellegrinaggio è benedetto e conduce veramente al sepolcro dell'apostolo Giacomo. Sisberto si è lanciato in una disquisizione erudita riguardo alla vita ascetica come cammino verso la santità, ma è bastato uno sguardo del conte per zittirlo. Freya, dolcemente, ha chiesto: «Come siete potuto sopravvivere tutto questo tempo da solo? La vostra vita dev'essere stata molto dura...»

«L'angelo mi ha ordinato di attendere pazientemente un segno. Cos'altro potevo fare se non ubbidirgli? Non posso lamentarmi. Il Signore, nella sua infinita bontà, mi ha donato frutti e bestie sufficienti per sfamarmi e vestirmi. Qualche anno fa, alcuni fratelli che passavano di qui, diretti al mio antico monastero, si sono impietositi della mia povertà e mi hanno lasciato una capra da latte che vive ancora con me. Dedico lunghe ore alla preghiera, proprio come desiderava il messaggero di Dio, e il resto della giornata sono pieno di cose da fare. Gradite vedere la mia umile dimora?»

Non potevamo rifiutare l'invito, quindi lo abbiamo seguito fin dentro la grotta, illuminati dalle torce. Ciò che è apparso davanti ai nostri occhi ci ha lasciati attoniti. Senza parole.

Lì, nel cuore della montagna, Fidelio ha costruito un tempio degno degli architetti più celebri. Approfittando dei rilievi della roccia, ha ricreato una chiesa a una navata, dotata di un altare, di colonne naturali e alcune cappelle laterali, abbellite da sculture di santi in legno od ossa. Le pareti erano decorate da immagini di personaggi biblici e animali dai colori sgargianti, realizzati con scalpelli e tinte naturali. La croce, dipinta sulla parete in fondo, lasciava sbalorditi sia per le sue dimensioni sia per la precisione con cui i suoi contorni erano stati scolpiti.

Il risultato era incredibile. Ci trovavamo senza dubbio di fronte a un artista colossale. Un genio davanti al quale lo stesso Tioda si sarebbe inchinato.

«Vi piace?» ha domandato con un entusiasmo infantile.

«Piacerà di sicuro all'Altissimo», ha risposto il sovrano, impressionato da ciò che vedeva.

Don Alfonso ha proposto al nostro anfitrione di accompagnarci fino a valle, così da trascorrere i suoi ultimi giorni in monastero. Ma l'eremita ha rifiutato, non senza ringraziare. Vuole morire qui, in quella che ha chiamato casa per la maggior parte della sua vita. Desidera andarsene in solitudine, proprio come ha vissuto finora.

Comprendo questa decisione, propria di un uomo fedele a se stesso, e ammiro profondamente il coraggio necessario per portarla a compimento. Morire qui, abbandonato, chissà se per una febbre, per la fame o per l'attacco di un orso. Morire solo, senza il conforto di una mano amica.

Non so se Fidelio abbia mai conosciuto l'amore terreno, quello che unisce due persone con un legame tanto concreto quanto invisibile. Se non è stato così, allora sicuramente gli sarà più semplice abbandonare questo mondo con l'anima in pace e la certezza di occupare un posto d'onore nel Regno dei Cieli. Altrimenti, il passaggio gli sarà più doloroso.

Noi che abbiamo avuto la fortuna di amare e che abbiamo provato il dolore di perdere una persona amata, ci portiamo un pugnale conficcato nel cuore. Un sentimento che è allo stesso tempo nostalgia e ricerca disperata di qualcuno che possa curare tale dolore, riempire quel vuoto, colmare l'ansia di amare, senza la quale l'esistenza diventa pallida e noiosa.

Dio, quanto fa male l'assenza che segue la gioia! Il freddo che riempie di ghiaccio lo stesso luogo dove prima ardeva il fuoco. Le risate trasformate in silenzio.

Ancora oggi sento la mancanza di Índaro. Quello sconosciuto cui mi avevano promessa da bambina e che è venuto fino a Corduba, affrontando mille pericoli, per salvarmi e onorare il nostro impegno. Quel cavaliere bello, coraggioso e nobile che ho immaginato tante volte durante la prigionia per non cadere nello sconforto. L'uomo che ha forgiato la mia mente, avida di speranza, più che l'Índaro in carne e ossa che poi ho conosciuto, lo confesso.

Certo che, nella foschia dei ricordi, realtà e immaginazione sono solite confondersi, non è forse vero? È questa la magia che mantiene vive nel cuore tutte quelle persone che hanno lasciato, sulla nostra esistenza, il marchio indelebile del loro amore.

È ora di chiudere gli occhi.

Domani ci attende un'altra dura giornata di cammino fino al fiume che dobbiamo attraversare per poter entrare in Gallaecia. Ormai manca sempre meno per arrivare a Iria Flavia, dove sono ansiosa di mettere fine all'angoscia che s'impossessa di me ogni volta che penso al viso di mio figlio.

Sarà ancora al servizio del vescovo Teodomiro? Ci sarà qualcuno che potrà darmi sue notizie? Starà bene? Sarà ancora la stessa persona speciale che era quando se ne è andato?

L'intuito mi dice di prepararmi al peggio, ma la mia volontà si rifiuta di cedere a tale impulso. Non posso. Non perderò la speranza che Rodrigo sia vivo fino a quando non avrò solide prove che dimostrino il contrario.

Nel frattempo, inganno l'attesa formulando domande che mi obbligano a distrarmi.

Le reliquie trovate in quella tomba, indicata dalla pioggia di stelle, appartengono all'Apostolo o è solo il racconto di un impostore?

C'è qualche membro della comitiva che desidera fare del male a don Alfonso?

Riuscirà il conte Aimerico a vincere la resistenza del re, così come quella di sua figlia, e farli sposare?

Perché Sisberto insiste affinché facciamo marcia indietro e abbandoniamo questo pellegrinaggio?
In Gallaecia, sulla riva del Mare Oceano, troverò le mie risposte.

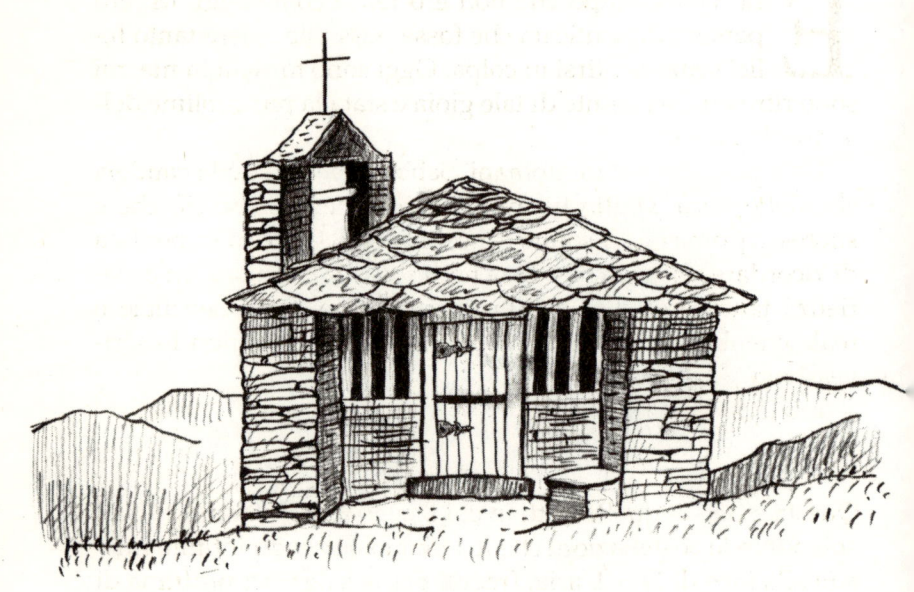
Cappella senza nome

6

LE TENTAZIONI DI UN RE CASTO

Sulle rive del fiume Navia,
Giorno di Sant'Ireneo

Era molto tempo che non ero felice come oggi. Mi ero persino dimenticata che fosse possibile essere tanto felici senza sentirsi in colpa. Oggi sono tornata in me, mi sono ritrovata, e la fonte di tale gioia è stata la più sublime delle arti: la musica.
Non posso aspettare domani. Sebbene la luce della candela sia molto fioca, voglio fissare su questa pergamena ciò che è successo prima che il sonno cancelli l'emozione e m'impedisca di ricordare chiaramente ciò che ho vissuto. È stata un'esperienza tanto profonda e, allo stesso tempo, tanto sensuale e reale che il racconto perderebbe di autenticità se non lo scrivessi ora.
Inizierò dalla fine...

Questa è una di quelle notti in cui il cielo mostra in tutto il suo splendore le costellazioni che lo abitano, aprendo infinite finestre alla luce di Dio. L'aria, fredda per la stagione, profuma di pulito. La luna regna, soddisfatta e piena.
In lontananza, si sente il mormorio del fiume che dovremo attraversare domani per entrare in Gallaecia.
Ora tutto l'accampamento dorme, fatta eccezione per i soldati di guardia e per me, ma fino a poco fa scoppiava di vita attorno a un enorme falò di fiamme blu, alimentato da legna secca.
Abbiamo mangiato fino a saziarci e bevuto sidro dolce a volontà. Cos'altro potevamo desiderare? La pace sembrava essersi imposta sulle discordie di ieri, rallegrando i cuori come fa il vino ai matrimoni. Allora il re ha chiesto che gli portassero il

salterio ed è immediatamente stata magia: in un solo istante fugace si è creata la forza che ha reso questa notte incancellabile dalle nostre memorie.

Non capita spesso che don Alfonso ceda alla tentazione di cantare, sebbene la sua voce calda sia paragonabile al migliore degli strumenti e provochi alle orecchie una sensazione simile a quella che una spessa mantella di lana regala al corpo in inverno. Per anni egli ha cantato nel coro del monastero di Sámanos, dove ha trascorso gran parte della sua infanzia. Ma, da tempo, ascoltarla è un'occasione rara.

Di tanto in tanto, solitamente in occasione di una messa solenne, lascia che questa si elevi al cielo, avvolta da echi mistici. Oggi lo ha fatto per me, o almeno così voglio credere, intonando un prezioso canto che solo io e lui conosciamo.

Una carezza più audace non avrebbe potuto provocarmi tanto piacere.

Sono bastati due accordi per scatenare dentro di me una tempesta di emozioni. Il re se n'è accorto, ne sono certa. Sapeva fino a che punto mi turbava quella melodia, ma ha comunque iniziato a cantare, chiudendo gli occhi per poter sentire ancora di più il legame che ci univa. Forse era proprio ciò che voleva, o forse sono io che fantastico, confondendo i miei desideri con la realtà. Chissà?

Ciò che so è che ha cominciato a intonare una vecchia canzone nostalgica, che riposava da tanto tempo in qualche angolo della mia memoria. Una canzone così bella che ha fatto tacere tutti, benché alle orecchie della maggior parte dei presenti non avesse nessun significato. Ma per me sì. Io l'ho riconosciuta subito. La cantava Munia, la madre di don Alfonso, in quella valle remota dell'Araba dove il mio signore, il mio sposo e io avevamo trovato rifugio tanto tempo fa, quando ogni cosa attorno a noi era pericolo, devastazione, disperazione e resa.

Di colpo il tempo si è fermato.

A poco a poco il re ha iniziato ad alzare la voce, trascinato dalla triste storia che raccontava il canto. Attraverso l'antica lingua dei guasconi, fatta di suoni sibilanti e vocali aperte, parlava di monti solitari in cui i pastori portavano a pascolare le loro greggi senza altra compagnia se non quella dei cani. Parlava di freddo e di nostalgia. Di un amore perduto tra le braccia di un altro uomo.

Io conoscevo le parole. Mi sono tornate in mente come se le avessi ascoltate la sera prima, assieme alle vivide immagini dei luoghi che descriveva. Quelle parole sorgevano spontanee nella mia testa e allora ho iniziato a cantare col mio signore, quasi senza accorgermene, ricamando sulle sue note altre note più basse, per abbellirle. All'inizio piano, temendo d'infastidirlo. Poi, a mano a mano che il suo sorriso si allargava, con più forza, lasciando che il mio canto si fondesse col suo fino a creare una bellissima armonia di toni chiaroscuri, una comunione tanto intima quanto la più intima unione carnale.

Spinta dal calore della melodia ho cominciato ad avvicinarmi, fino a sedergli accanto, senza che Cobre, sdraiato ai suoi piedi, cercasse d'impedirmelo.

Don Alfonso aveva gli occhi chiusi, come se volesse alzarsi su questo mondo e godere di ogni accordo e di ogni sillaba. Io ho fatto lo stesso. Ho lasciato che la sua voce mi penetrasse, mentre sentivo come anche la mia s'insinuava in lui. E, durante un sospiro, l'unione delle nostre anime ha raggiunto l'intensità dell'estasi amorosa.

Cosa dico? Non è abbastanza. Ciò che è accaduto in quell'istante è stato uno stesso respiro, una sola gola, un'identica bramosia di bellezza, un'emozione condivisa attraverso ogni poro della pelle. Nessun piacere carnale raggiunge una tale forza.

Mentre il re cantava al mio orecchio, lontano dalle preoccupazioni che normalmente lo attanagliano, sono riuscita a sentirlo mio. Mio signore. Mio amante. Mio modello. Mio amato. L'uomo che ho servito per tutta la vita con dedizione assoluta e con un sentimento inconfessabile, che lotto per nascondere persino alla mia stessa ombra.

Un amore tanto impossibile quanto indomabile, che cerco di uccidere invano, perché risorge da ogni cenere per sottomettermi con fierezza. Un desiderio distillato in ogni accordo, teso a raggiungere un acuto di estrema passione che lui non avrebbe mai sospettato e che io non avrei mai sognato potesse esistere, fino a questa notte. Un impeto di follia sfuggito al pudore e alla prudenza. Felicità allo stato puro, sospesa nell'infinito.

Non saprò mai se quella canzone impregnata di malinconia fosse destinata a compiacermi o sia semplicemente sorta al caldo del fuoco dei ricordi. Che importa? Io l'ho sentita mia, mia fino alle ossa, e mi ha trasportato in un'Araba in cui lui, Índaro e io eravamo giovani...

La valle era circondata da montagne, non molto lontano dal luogo in cui nasce il fiume chiamato Nervión. Io e il mio promesso sposo vi eravamo giunti alla fine dell'estate, esausti, dopo una lunghissima fuga che ci aveva portati ad attraversare l'Hispania da sud a nord, guardando negli occhi la morte in più di un'occasione.

Quella è stata la prima volta che ho visto don Alfonso, un principe singolare, tanto diverso da qualunque altro uomo che avessi conosciuto fino a quel momento e dall'aspetto tanto dissonante con l'ambiente agreste che ci circondava. Aveva venticinque anni. Io ne avevo appena compiuti diciotto. Eravamo entrambi profughi che fuggivano da un destino al quale avevamo rifiutato di sottometterci.

Mi sembra di averlo davanti a me: alto, magro, ma comunque muscoloso, vestito con una tunica di lino e coi sandali ai piedi, mentre tutti attorno a lui erano coperti di pelli cucite in modo grossolano o grezzi abiti di lana nera che a malapena li coprivano.

I suoi capelli biondi, lunghi come adesso, incorniciavano un viso ovale, così bello che avrebbe potuto essere quello di una donna, con appena un velo di barba sul labbro superiore e con una peluria chiara sul mento. I suoi modi non avevano nulla da invidiare a quelli dello stesso 'Abd ar-Raḥmā'n, dalla cui gabbia dorata ero riuscita a fuggire grazie al coraggio di Índaro. E poi c'erano quegli occhi che sembravano due acquemarine. Quegli occhi simili a pietre preziose... Chi avrebbe potuto resistere a un tale incanto?

Riesco a sentire chiaramente la sua voce dolce, le sue parole colte pronunciate nella lingua dei chierici, racchiusa in codici le cui lettere, incomprensibili per me fino a poco tempo prima, ero appena riuscita a decifrare grazie a un maestro eccezionale chiamato Bulgano, che mi ha insegnato a leggere.

Percepisco ancora l'autorità con cui don Alfonso si rivolgeva ai membri della piccola comunità guascona governata dalla madre e dall'unico fratello vivo di lei, suo zio Enekon. Lì il mio signore ha trovato asilo dopo che quel traditore di Mauregato gli aveva sottratto la corona, e tra quelle persone sconosciute, con cui condivideva il sangue, cercava di farsi forza, convinto che il suo destino non fosse quello di rassegnarsi all'esilio.

Era già scritto allora tutto ciò che sarebbe successo negli anni a venire? Sarà stato per disegno della Provvidenza che quel sovrano tradito, esposto a innumerevoli pericoli, valoroso, fiero in battaglia come pochi ma allo stesso tempo pio, ha dovuto subire un'esistenza piena di sacrifici prima d'essere ricompensato con l'apparizione, nel suo regno, delle reliquie dell'apostolo san Giacomo?

Le cose accadono sempre per un motivo, dice il dotto padre Danila. Hanno sempre un senso. Oggi mi guardo indietro e metto assieme i pezzi della nostra storia, come fosse un vaso rotto ricostruito a fatica e poi distrutto di nuovo. La storia di don Alfonso, di Índaro e mia, indissolubilmente legata al Regno delle Asturie.

I miei ricordi si tingono di colori contrastanti... Eravamo tre fuggitivi. Tre esuli obbligati a ribellarci.

Don Alfonso e il mio futuro sposo, primo tra gli uomini fidati del principe, si erano salvati per miracolo, scappando per un pelo dal palazzo di Passicim la notte in cui Mauregato aveva compiuto il suo tradimento. Quel bastardo, figlio di una schiava, con l'aiuto di altri rinnegati, era riuscito con l'inganno a usurpare il trono che il defunto re Silo aveva riservato a suo nipote e voleva assassinarlo. Ci sarebbe riuscito se il mio signore e Índaro non fossero scappati in fretta, avvolti dalla nebbia.

Né don Alfonso né il suo fedele amico sono stati capaci di spiegare, anni dopo, quale miracolo avesse permesso loro di riuscire in quel tentativo disperato. Ma l'importante è che ce l'abbiano fatta.

Senza nessun altro, nascondendosi entrambi dalle guardie inviate a cercarli come fossero criminali, i due erano giunti fino ai domini di Munia, prigioniera guascona resa regina da Fruela. Quella, a sua volta, era sopravvissuta per un pelo a una congiura ordita a Cánicas per uccidere il marito, rifugiandosi tra la sua gente, nella sua terra natale. Il legame indistruttibile che la univa al figlio non era solo di sangue, ma nasceva dallo stesso desiderio di giustizia e da una comune sete di vendetta.

Quante vite spezzate, Dio onnipotente! Che prezzo abbiamo dovuto pagare per meritarci la tua grazia!

Munia era una donna stupenda, forte, fredda, coraggiosa, triste. Una regina dalla testa ai piedi, dotata di quella eleganza naturale che non dipende dagli abiti che s'indossano né dall'ambiente in cui ci si trova. Una dama regale, sebbene vestisse secondo l'usanza guascona e in inverno vivesse coi suoi animali, come una qualunque contadina del Nord.

Non è mai stata molto affettuosa nei miei confronti, ma ha vegliato su di me senza sosta quando, morto il mio primo figlio prima che vedesse la luce, sono entrata in uno stato di depressione tale che lo avrei seguito nell'altro mondo se lei non si fosse presa cura di me.

Immagino che tutte quelle sofferenze avessero reso il suo animo più duro. Quando era molto giovane, poco più che una bambina, ha visto le truppe di Fruela radere al suolo la sua contea, violentare sua madre e decapitare suo padre e i suoi fratelli, eccetto Enekon, in una spedizione punitiva per fermare una delle tante ribellioni del suo popolo.

Lei è stata fatta prigioniera, come bottino di guerra, e il vincitore ne ha fatto anche la sua sposa riuscendo a guadagnarsene l'affetto. Ma la felicità non è durata a lungo. È forse possibile un tale prodigio nell'epoca spietata in cui ci tocca vivere?

Fruela aveva nemici potenti, impazienti di punirne gli eccessi. Nemici crudeli e feroci quanto lui, che non si fermarono finché non videro il suo cadavere esangue riverso sul pavimento del palazzo.

Suo figlio, il piccolo Alfonso, un bambino che stava appena in piedi, fu condotto in salvo nel monastero di Sámanos dalla zia, mentre la vedova reale, senza nessun alleato né la forza di difendersi, intraprendeva la strada di ritorno verso casa, tra le montagne protettrici e i guasconi pronti a combattere per lei.

Facevano paura. Giuro. La prima volta che ci avevano fermati, poco lontano dal loro villaggio, ho creduto fossero selvaggi. Prima della loro apparizione si erano sentite delle grida acute che, come quelle degli animali, provenivano dall'alto per avvertire della presenza di stranieri. Poi di colpo ci avevano sorpresi, apparendo dal nulla. Spaventosi.

Erano vestiti di stracci di lana grezza, indossavano sandali in cuoio non conciato, avevano uno sguardo minaccioso e parlavano una lingua per me incomprensibile. Avevo pensato che stessero per infilzarci con una di quelle lunghe lance che portavano appese alla cintura. Avevo iniziato a pregare. Allora, un membro del gruppo aveva riconosciuto il mio futuro sposo.

«Índaro? Sei tu?» aveva domandato con tono minaccioso.

«Grazie a Dio ti ho incontrato, Aitor!»

L'atteggiamento di quei guerrieri era cambiato subito. Erano diventati cordiali, al punto di offrirsi, vedendomi stanca, di portarmi in braccio fino al villaggio.

Ho conosciuto parecchi guasconi nella mia vita. Sto percorrendo questo cammino con Nuño, che si farebbe scuoiare vivo pur di salvare il suo signore, sebbene non lo abbia mai visto rivolgergli un sorriso. In generale sono rozzi, burberi. Tanto coraggiosi quanto poco eleganti. Tanto rissosi e ubriaconi quanto leali coi loro amici. Sono pagani ancora oggi, soldati eccellenti, amanti del canto e dei banchetti innaffiati da abbondante sidro o vino, ogni volta che riescono a procurarselo, anche se rubando. Sono collerici, imprevedibili, violenti, audaci, indomabili, imprudenti e insaziabili. Gente bizzarra, tra la quale il principe Alfonso e Índaro spiccavano come stelle.

Anche io, a dire la verità.

Il mio promesso sposo aveva accompagnato il re nella sua fuga e stava condividendo con lui le pene dell'esilio, quando ha saputo cosa mi era accaduto. La mia consegna come tributo a un harem saraceno. Ne è venuto a conoscenza grazie alla regina Adosinda, cui io avevo raccontato la mia disavventura a Passicim, e che aveva mandato un messaggero fino a Orduña chiedendo aiuto in mio nome.

Índaro e io ci eravamo incontrati solo una volta, prima, ancora bambini, quando il contratto nuziale era stato firmato dalle nostre famiglie. Da quel giorno lontano avevamo vissuto separati aspettando di mantenere le nostre promesse. Tuttavia, ha chiesto subito il permesso al suo signore per poter correre in mio aiuto, come prevedeva il codice d'onore. Il principe non ha esitato a concederglielo e così l'uomo che ho amato fino alla sua morte, anche quando ha abbandonato il mio letto per quello di una schiava saracena, è partito per cercarmi.

La mia condotta ha sempre onorato il suo buon nome, non poteva essere altrimenti, ma quell'amore senza macchia non mi ha impedito di provare la stessa venerazione per il mio re.

Eravamo così giovani allora, così belli, pieni di entusiasmo e progetti per il futuro, così estranei alle delusioni...

Índaro non assomigliava né fisicamente, né spiritualmente a don Alfonso, ma non gli era inferiore in bellezza. Nato per la guerra, non ha mai mostrato nessun interesse per la cura del corpo. Era forte, audace fino alla follia, scuro di capelli e di pelle, allegro, brutale, amante dei piaceri mondani, ardente come il più focoso degli uomini.

Il re, invece, già allora si mostrava austero. Sobrio nel bere e tanto casto da destare maldicenze in gran parte della comunità. Non c'era donna nubile[12] che non tentasse di sedurlo o di offrirsi a lui in qualunque modo, senza mai riuscire a ottenere altro che un rifiuto.

Mentre il mio sposo mi cercava ogni notte colmo d'inappagabile desiderio, come sono soliti fare gli uomini nel pieno del loro vigore giovanile, tutto in don Alfonso era contegno, riflessione, misura e chissà se già tormento.

In quei giorni non mi facevo troppe domande. Col tempo ho iniziato a interrogarmi su un comportamento tanto inusuale, domandandomi quale ne fosse la ragione. Ancora non ho trovato una risposta.

Nel suo cammino verso l'esilio, don Alfonso aveva reclutato un sacerdote, padre Galindo, che di lì a poco sarebbe diventato il suo confessore, affinché celebrasse la messa per i pochi abitanti cristiani della valle e s'impegnasse a convertire gli altri, cosa che aveva avuto scarso successo.

Senza abbandonare le rigide abitudini religiose acquisite nel monastero di Sámanos, l'erede usurpato si preparava per tornare a regnare con l'aiuto di quei guasconi che lo consideravano il loro legittimo signore. Egli, infatti, discendeva da una di loro e dall'altro Alfonso, duca di Cantabria, col quale i loro nonni, dopo la prima invasione saracena, avevano volontariamente sancito un patto di mutuo soccorso.

Pochi ormai ricordavano che gli adoratori di Allah erano riusciti a farsi strada fin lì trovando una scarsa resistenza perché le truppe di re Rodrigo, chiamate a fermarli, si trovavano lontane dalla costa meridionale, precisamente in Vasconia, per sedare una rivolta.

Il principe pregava, pianificava strategie, inviava spie a sud e a ponente per sapere cosa accadeva sia nel regno sia nell'Hispania maomettana, si allenava senza sosta nell'uso delle armi più disparate, leggeva, imparava e stringeva solide alleanze.

Non perdeva tempo. Coltivava con cura la lealtà di quei vassalli che sarebbero stati cruciali nelle sue future imprese e, di tanto in tanto, in occasioni speciali, cantava con loro, assieme a sua madre, melodie dense di solitudine.

Ora, passata una vita intera, riesco a capire la tristezza che, tranne in quegli scarsi momenti d'intimità trascorsi col figlio, intorbidiva sempre gli occhi di Munia. L'apparente durezza del suo cuore. La sua altera freddezza.

Il dolore ha questo effetto quando non c'è speranza capace di alleviarlo.

Io non voglio soccombere alle stesse tenebre. Non devo cedere allo sconforto, nemmeno quando penso a Rodrigo. Mi aggrappo con le unghie e coi denti alla voglia di felicità, come ho fatto allora, dopo che la morte del mio primogenito è stata sul punto di portarmela via e trascinarmi in cielo con lui.

Ho attraversato la notte buia dello spirito ma sono riuscita a svegliarmi in tempo, grazie a Índaro che è sempre stato al mio fianco.

Oggi voglio fare lo stesso. Non a caso ho deciso d'intraprendere questo pellegrinaggio accanto al mio re. Chi, a parte lui, potrebbe consolarmi se a Iria Flavia troverò ciò che più temo?

In quella valle sperduta il mio sposo ha promesso di servire fedelmente il suo principe fino alla morte: «Giuro di onorarvi e difendervi a costo della mia stessa vita. Giuro di morire per voi sul campo di battaglia se questo vi permetterà di vivere, e di vivere nel disonore se non sarò capace di proteggervi. Giuro di consegnare la mia anima all'Inferno per poter salvare la vostra. Giuro di non servire mai altro signore al di fuori di voi, a parte Nostro Signore Gesù Cristo. Giuro di essere forte e valoroso affinché il mio braccio non vacilli nel farvi da spada e il mio corpo nel farvi da scudo. Vi consegno la mia fedeltà, il mio sangue e la mia amicizia, in questa vita e nell'altra».

Dio sa se ha tenuto fede al suo giuramento! E anche io. In quella terra selvaggia ho imparato a rispettare e a servire il sovrano, mentre cresceva la mia ammirazione nei suoi confronti. L'amore sarebbe arrivato più tardi, sulla scia di quei sentimenti.

Il Giorno di San Giosuè, nel mio terzo anno in Araba, il quinto per don Alfonso, è giunto un messaggero inviato da re Bermudo, successore di Mauregato.

Il traditore era morto di morte naturale al compiersi di un lustro esatto dal suo tradimento e i suoi sostenitori, per evitare il ritorno del principe che avevano deposto, erano andati alla ricerca di Bermudo, un cugino lontano, appena diventato diacono nel cenobio in cui trascorreva placidamente la propria esistenza. Con preghiere e lusinghe, lo avevano portato via da lì obbligandolo a cingersi il capo con la corona e a prendere una donna in sposa.

Povera vittima del destino!

La sfortuna ha voluto che, poco dopo la sua incoronazione,

a Corduba salisse al potere un nuovo emiro, Hishām chiamato il Rosso, che vedeva in ogni musulmano un soldato e in tutta Al-Ándalus un esercito con un unico mandato divino: distruggere una volta per tutte ogni spiraglio di resistenza cristiana nella penisola e decretare la fine delle ribellioni di quelle genti.
La sua ferocia, grazie a Dio, non è ancora stata eguagliata da altri.

Nel 791, ci ha attaccati con una furia che ha lasciato tracce visibili ancora oggi e che diventano più evidenti a mano a mano che ci avviciniamo alla Gallaecia. Seguendo quella che poi sarebbe diventata una tradizione consolidata, ci ha inviato contro due eserciti disposti a tenaglia perché c'intrappolassero nelle loro fauci. Uno di questi ha devastato la parte occidentale del regno, fino al mare, facendo innumerevoli prigionieri oltre a riempire i propri carri di teste cristiane mozzate. L'altro ha attaccato le pianure dell'Araba, seminando morte e distruzione.

Gli uomini del villaggio, con in testa il nostro principe, sono partiti in battaglia, ma sono subito stati obbligati a ripiegare davanti a un nemico così superiore in forza e in numero. L'esercito cristiano è stato distrutto completamente.

Ciò che è successo dopo, lo abbiamo saputo dall'emissario inviato da Bermudo a don Alfonso: mentre l'esercito saraceno si ritirava vittorioso, pieno di bottini e sazio di sangue, il re diacono lo ha inseguito fino alla riva del fiume Burbia, dall'altro lato della cordigliera che l'esercito nemico aveva attraversato senza trovare resistenza. Il suo piano era di ottenere vendetta sorprendendo la retroguardia saracena. Ma l'unica cosa che ha ottenuto è stata di vedere i suoi soldati morire, uccisi senza pietà, o trascinati con una catena al collo in direzione del mercato degli schiavi.

Stando alle parole del messaggero, ciò è stato più di quanto quell'uomo di Chiesa potesse o volesse sopportare.

Consapevole della propria incapacità nell'arte della guerra, turbato dal senso di colpa perché convinto che un tale disastro fosse la punizione divina per essersi sposato, per aver dormito con una donna e per aver impugnato la spada, sebbene fosse stato ordinato diacono, supplicava il nipote di accettare il peso della corona e permettergli di tornare alla pace del suo monastero.

Don Alfonso non ha vacillato nel dare la propria risposta. Era ansioso di compiere finalmente il destino glorioso della sua stirpe. Era pronto.

Ha dato l'ordine di partire subito, deciso a vendicare, a uno a uno, tutti gli oltraggi che aveva dovuto affrontare sin dalla tenera età.

Oggi mi guardo indietro con nostalgia, senza lamentarmi. È vero che le perdite sono state molte, ma nessuna è stata vana.

Índaro non è più al mio fianco, ma in un certo senso mi è ancora vicino attraverso i nostri figli e avrà sempre posto nel mio cuore.

Io sono viva, ancora avida di vita e impegnata a consumare con passione fino all'ultimo i miei giorni al servizio del mio re.

Don Alfonso non solo ha resistito laddove altri si sono arresi, ma ha ingrandito il regno affrontando con coraggio ogni attacco saraceno.

È tanto ciò che ha vinto.

Eravamo giovani. Non lo siamo più. Eravamo tre. Uno non c'è più. In questa notte nostalgica, tuttavia, al caldo di un nuovo fuoco, abbiamo ritrovato la voce con cui gli angeli di Dio cantano i loro inni di gloria eterna. La voce dell'amore.

È passato tanto tempo...

Quando abbiamo intrapreso il cammino verso Ovetao alla fine di quella terribile estate, trovando la morte in ogni villaggio e in ogni fattoria, Índaro e io cercavamo ardentemente di avere un bambino, come se la distruzione che ci circondava ci spingesse a creare una nuova vita il prima possibile.

Don Alfonso, invece, rimaneva solo, ostinato nella propria castità, per la frustrazione dei suoi intimi consiglieri che non riuscivano a comprendere il motivo di quella rinuncia, così anomala e irresponsabile, ai loro occhi, trattandosi di un re.

Trascorsi più di tre decenni, lo sconcerto è lo stesso, le domande aumentano e le pressioni sono ancora più forti.

Il conte Aimerico, per esempio, rifiuta di arrendersi e proprio questa mattina è tornato a insistere: «Posso chiedervi, signore, se gradite la compagnia di mia figlia?»

«È una giovane incantevole, non c'è dubbio», ha risposto il sovrano svogliato.

Tuttavia, la risposta è stata sufficiente a entusiasmare il conte. «E pura, ve lo assicuro. Devota, umile, silenziosa. Tutte qualità desiderabili in una moglie. Sarebbe una madre eccellente...»

Il sovrano si era alzato di buon umore, benché la fame fosse tornata a farsi sentire dopo la breve tregua che ci aveva concesso la dispensa di Fidelio, completamente svuotata. Però non sembrava disposto a intrattenere quella conversazione, così ha cambiato bruscamente argomento: «Spero che stasera riusciremo ad accamparci accanto al Navia, Aimerico. Per favore, date ordine di partire. Io vado a salutare il nostro buon eremita».

L'eremita in quel momento si trovava all'interno della sua grotta per le lodi, assieme ai monaci della comitiva. Il sole era appena sorto a est, pennellando di rosa un cielo che annunciava una giornata limpida. I servi, mentre preparavano i cavalli, brontolavano per la fame, aizzati dalle guardie, non meno lamentose. La mancanza di cibo portava nuovamente il cattivo umore.

Quando don Alfonso è entrato nella grotta, il conte si è diretto verso la tenda dalla quale ero appena uscita, immagino alla ricerca di Freya. Giudicando da ciò che aveva appena detto al re, presumo volesse istruirla su come comportarsi durante la giornata per poter raggiungere i suoi propositi.

Penserà che sua figlia condivida i suoi stessi desideri riguardo a quel matrimonio? Se lo sarà mai chiesto? Evidentemente, no. Dal suo punto di vista, non esiste onore più grande che sposare il sovrano e portare in grembo l'erede al trono. Come potrebbe Freya avere anche solo il minimo dubbio di volersi infilare nel talamo reale?

Quel padre ama sua figlia, ne sono sicura. Desidera il meglio per lei. E probabilmente crede che questo sia il modo giusto per ottenerlo. Nel mondo spietato in cui viviamo non c'è posto per i sentimenti, e ogni volta c'è meno spazio anche per le donne.

Questo è un mondo di uomini, che siano guerrieri, chierici o anacoreti.

Alla luce del giorno, Fidelio sembrava ancora più piccolo, sebbene più umano. Si è lavato il viso e le mani, ma non la barba, non so se per la presenza del re o perché fosse sua abitudine farlo prima di levare al cielo le preghiere dell'alba. Mi ha ricordato un bambino, mentre ci osservava coi suoi occhi curiosi e col sorriso sdentato.

«Passerete dal mio vecchio monastero andando verso Iria Flavia?» ha chiesto a don Alfonso, pieno di entusiasmo.

«In effetti, sì. Si trova proprio sulla strada, giusto?»

«Non esattamente. Almeno non che io ricordi. È facile perdersi da queste parti. I dirupi si assomigliano tutti e in molti punti non c'è più la strada. Dovreste portarvi una guida.»

«Non vi preoccupate. Cercheremo di trovarne una, oppure manderò qualche uomo in avanscoperta. Se troviamo il monastero, volete che portiamo un messaggio all'abate?»

Fidelio si è preso qualche istante per riflettere, prima di rispondere, commosso: «Che la pace del Signore li accompagni. Per favore, dite ai miei fratelli che questo vecchio monaco prega ogni giorno per la loro salute e per l'eterno riposo di coloro che la peste ha strappato a questa vita».

«Così sarà fatto, in vostro nome», ha detto il re, portando una mano a un sacchetto che gli pendeva dalla cintura e dal quale ha estratto un'antica moneta, credo un tremis, coniato in qualche zecca gota prima dell'invasione. «Ora, caro Fidelio, vi prego di accettare questo dono che vi porgo col cuore, per ringraziarvi della vostra ospitalità.»

«E cosa potrei farmene, del vostro oro, maestà?» L'eremita sembrava quasi divertito più che sorpreso. «Come avete potuto vedere mi bastano e avanzano il miele degli alveari e il latte della mia capra. Conservate questa moneta per qualcuno che ne ha più bisogno. Io ho tutto ciò che mi serve.»

«Allora non posso fare altro che ringraziarvi della generosità con cui ci avete accolto in questa ora di tribolazione, padre. Non vi dimenticherò. State certo che sarete nelle mie preghiere.»

Le parole che ha pronunciato in seguito Fidelio sono risuonate nella mia testa per tutto il giorno. Parole sagge nella loro semplicità. Una lezione di grandezza anche per un grande re: «Chi non dà, non può aspettarsi nulla».

Quanto può sembrare lungo il cammino quando le ossa iniziano ad accusare i vecchi dolori e la fame non concede tregua!

Il fiume che abbiamo scorto in lontananza, dalla grotta di Fidelio, continuava ad apparire e sparire all'orizzonte a mano a mano che la strada saliva e scendeva tra cime scure, verdi e floride valli, boschi di pini cupi e prati grigiastri. Spesso quello sembrava allontanarsi da noi, come se stessimo camminando all'indietro invece di andare avanti.

Poco dopo essere partiti, ci siamo imbattuti in un bosco arso da un fulmine. Un'immagine terrificante. Rami e tronchi erano ricoperti di fuliggine e, in molti casi, sradicati. Il suolo roccioso era cosparso di legno carbonizzato. Per fortuna so che la natura è capace d'infondere nuova vita a ciò che il fuoco ha devastato, altrimenti una profonda tristezza si sarebbe impossessata di me.

So che quegli alberi torneranno a germogliare e le piante vivranno di nuovo: i rami e le foglie rinasceranno, proprio come facciamo noi dopo ogni razzia. Non c'è calamità che possa distruggere la volontà di esistere.

I cavalli avanzavano piano verso valle, seguendo il sentiero in ciottolato, quando di colpo, a un lato della strada, è apparso in tutta la sua imponenza un tasso centenario. In cinque o sei non siamo riusciti ad abbracciarne la circonferenza. Lontano dalle vicine, giovani betulle, era così bello, frondoso, maestoso nella sua solitudine, che spiegava senza bisogno di parole il perché fosse tanto importante per i miei antenati materni.

Il tasso era l'albero sacro del popolo delle Asturie. Mia madre me lo aveva svelato, assieme a molti altri segreti, portandomi per mano nei dintorni del castro, lontano da orecchie indiscrete, non appena ho iniziato a camminare. Dalle sue labbra ho imparato a chiamarlo nell'antica lingua, oggi praticamente scomparsa, e anche a non mettermi i suoi aghi velenosi in bocca.

Mia madre mi ha raccontato come quelle sottili foglie verde scuro, tanto fitte da non far passare la luce del sole, venissero utilizzate dai nostri antenati come veleno con cui impregnare le loro spade o, in casi estremi, come via di scampo da questo mondo per non rischiare di soccombere alla schiavitù.

Lei sapeva distinguere le erbe curative da quelle pericolose, quelle innocue da quelle mortali. Sapeva usare a dovere ognuna di loro e per ognuna nutriva il medesimo rispetto.

Madre, quanto mi manchi ora che si avvicina la data del nostro rincontro...

Avevi un aspetto così umile e, allo stesso tempo, così potente. Mi hai insegnato tante cose che oggi ho a malapena il coraggio di ricordare, sapendo che provocherei l'ira del Signore e che mi guadagnerei la condanna della Chiesa. Tanta saggezza accumulata dall'inizio dei tempi e oggi proibita.

Nonostante gli anni trascorsi dalla tua morte, questa mattina, quando ho visto quell'albero gigantesco levare le braccia al cielo blu, dove uno stormo di uccelli celebrava l'arrivo dell'estate, mi è parso di sentire la tua voce piena di conforto. La voce che mi ha sempre trasmesso la certezza di essere amata.

Accanto al tasso, come vuole una vecchia tradizione, i contadini di una fattoria vicina hanno costruito un'umile cappella di pietra grezza e lavagna, più simile a una tettoia, in cui era adorata una croce in legno di quercia simile a quella che, secondo la leggenda, Pelayo aveva portato in battaglia. Si trovava su un altare di legno non trattato ed era circondata da lampade a olio che la illuminavano. Ai suoi piedi, qualcuno ha lasciato un vaso d'argilla pieno di fiori selvatici appena colti, segno che nei dintorni abitava gente devota.

Non siamo andati a cercarla. Uno degli esploratori che Agila ha mandato in avanscoperta per prevenire le imboscate è tornato in quel momento con la notizia che, a poco meno di mezzo miglio da lì, verso ponente, c'era un paesino che aveva già ricevuto notizia dell'imminente arrivo del re.

Proprio com'era accaduto nelle vicinanze del monastero di Obona, gli abitanti del luogo si sono radunati per poter osservare da vicino il sovrano. Erano accalcati ai lati della strada in un rispettoso silenzio. Solo una donna, il cui volto era impregnato di tristezza, ha fatto un passo in avanti, indomita, per interpellare don Alfonso: «Non ci rimangono più figli da darvi, signore. Se venite a cercare soldati per la vostra guerra, passate oltre. Qui ormai non vive più nessuno che abbia la forza necessaria a impugnare le armi».

Un uomo della stessa età, probabilmente suo marito, l'ha presa per un braccio, con violenza, trascinandola indietro, in mezzo alla folla. La donna non ha opposto resistenza. Si vedeva che era immersa in un dolore molto più profondo di quello che avrebbe potuto procurarle qualunque danno fisico. Si era arresa.

Il re, tuttavia, ha fermato il cavallo ed è sceso per potersi dirigere verso di lei, dopo aver ordinato alle guardie di richiamarla al suo cospetto. «Qual è il motivo del tuo risentimento, donna?»

Lei ha abbassato lo sguardo, imbarazzata, senza osare rispondere.

Il sovrano ha insistito: «Parla senza paura. Sono il tuo re, non il tuo giustiziere».

«Cinque figli ho messo al mondo, signore, e tutti e cinque sono morti in guerra. Chi si prenderà cura di noi ora che ci avviciniamo alla vecchiaia? Chi mi porterà un po' di gioia nei miei ultimi anni? Chi mi darà dei nipotini? Dopo averli partoriti, ho festeggiato il fatto che fossero maschi. Ora vorrei tanto aver avuto solo femmine.»

«La tua perdita non è stata vana. Il regno è stato vittima di attacchi terribili, ma grazie al sacrificio dei tuoi figli, e di molti altri come loro, è ancora in piedi. Ora sono col Signore. La loro ricompensa sarà sicuramente all'altezza del loro valore. Col loro sangue ti hanno salvata dal pagare un alto tributo ai conquistatori e ti permettono di pregare l'unico e vero Dio.»

«Se lo dite voi...»

«Quando giungerà la tua ora, ti riunirai a loro e il Giudice Supremo saprà premiare la tua sofferenza. Non dubitare. Fino a quel momento, il sovrano ti ringrazia nel nome delle Asturie. Puoi essere fiera dei tuoi cinque figli.»

Dubito che quelle parole le siano state di conforto.

Un uomo anziano, dall'aspetto autorevole, si è avvicinato, sostenendosi con l'aiuto di un bastone. «Principe, principe, perdonatela», ha urlato. «Non è in sé. Abbiate pietà di questa povera pazza...»

«Non temete», lo ha tranquillizzato il re. «Non c'è motivo di punirla. Anzi. Tuttavia, non siamo venuti per reclutare uomini, bensì per raggiungere Iria Flavia, dove sono miracolosamente apparse alcune sante reliquie dal valore inestimabile.»

Un mormorio di sollievo si è alzato tra la gente dopo aver sentito quelle parole. Solo la donna aveva avuto il coraggio di affrontare il sovrano, ma tutti nutrivano lo stesso timore. Anche gli uomini, preoccupati di dover tornare a combattere, come due anni prima, senza che fossero risparmiati anziani o malati.

Quella donna senza nome, perché non c'è un nome adatto a descrivere qualcuno che ha visto morire i suoi figli, si è allontanata zoppicante, seguita dai rimproveri del marito. Noi abbiamo lasciato i cavalli alle cure dei servi e ci siamo incamminati a piedi verso il villaggio, dove, su ordine delle guardie reali, era stato disposto un suntuoso banchetto.

Già da lontano si poteva sentire l'odore della carne grigliata, più inebriante del migliore dei profumi. Un tenerissimo agnello, appena cucinato e disposto su un letto di braci, attendeva che arrivassimo noi per affondarci i denti.

Non potendo accoglierci tutti sotto uno stesso tetto, gli abitanti del villaggio avevano portato i tavoli fuori dalle loro case, sistemandoli in un prato e coprendoli con una tovaglia bianca, per poter ricevere il re e i suoi compagni.

Mi domando se a muovere quelle persone fosse il rispetto o la paura. Probabilmente un miscuglio di entrambi.

Oltre all'agnello, ci hanno servito verze e rape cotte, formaggio, pane di segale, mirtilli, mele e purè di castagne. Non avevano né vino né sidro, ma idromele, tanto buono quanto inebriante.

Per terra, a una certa distanza, i servi ingoiavano avidamente i resti del banchetto reale, mentre le guardie, Nuño incluso, s'ingozzavano di pane. Cobre mordeva le ossa con una voracità tale che lo si sentiva masticare fin dove eravamo seduti noi.

Don Alfonso si è gustato ogni cosa con voracità, come Sisberto, che si portava il cibo alla bocca con entrambe le mani. Il re voleva riprendere la marcia il prima possibile per approfittare della luce.

A un certo punto, il capo del villaggio, Atilano, ha chiesto all'abate di San Vicente di celebrare la santa messa e dare la comunione, dal momento che la mancanza di un sacerdote li aveva tenuti a lungo lontani dai sacramenti.

«Pensavo che il monastero qui vicino vi desse accesso alla Parola di Dio e al corpo di Cristo», ha risposto Odoario, sorpreso. «L'eremita Fidelio, che sicuramente conoscerete perché vive non lontano da qui, ce ne ha parlato e ci ha raccomandato di portare ai suoi fratelli auguri di pace e salute.»

Atilano ha unito le mani, callose e dalle unghie nere, indurite tanto dal lavoro da sembrare artigli, in segno di rassegnazione. «C'era, eccellenza, c'era. È stato incendiato due anni fa, durante l'ultima incursione. I mori non hanno avuto pietà dei monaci.»

«E il villaggio?» ha domandato Danila, che stava ascoltando la conversazione.

«Come potete vedere, lo abbiamo dovuto ricostruire, così come la cappella vicino alla quale siete passati venendo qui. Noi siamo scappati sulle montagne col bestiame, come abbiamo già fatto molte altre volte. Abbiamo portato in spalla coloro che non potevano camminare. La maggior parte dei giovani è morta in battaglia, altri, per grazia divina, sono riusciti a tornare. Ora godono dei favori di molte fanciulle graziose», ha scherzato, sarcastico. «Così è la vita.»

«Spero che quello sia stato l'ultimo attacco, anche se non posso prometterlo», è intervenuto don Alfonso. «Ma vi do la

mia parola che farò tutto il possibile per proteggere questa terra. Con l'aiuto di Gesù Cristo e dei suoi santi apostoli» – non ha ritenuto opportuno precisare a quale si riferisse in particolare –, «spero di poter mantenere questa promessa.»
«Lo speriamo tutti, maestà.»
«Nel frattempo pagherò per ciò che ci avete dato.»
«Non è necessario, signore!»
«Voglio comunque farlo. Non c'è niente che abbia tanto valore quanto il cibo, lo so bene, ma questi soldi, immagino, vi potranno essere utili. Giungono fino a qui i venditori ambulanti che, in tempo di pace, percorrono il regno con carri pieni di mercanzia? Da quando siamo partiti da Ovetao non ne abbiamo incrociato nessuno...»
«Di tanto in tanto arrivano. Soprattutto in estate. Portano pentoloni in rame o ferro per cucinare, tessuti, spezie, medicine per la febbre, unguenti, ninnoli... Le donne e i malati li attendono con ansia.»
«Assicuratevi allora che comprino ciò che più desiderano. Vi affido il compito di spartire equamente queste monete.»

Il sovrano ha permesso a Odoario di celebrare la messa, ma con un rito più breve. Una volta conclusa la celebrazione, ormai vicini alla nona ora, ci preparavamo a partire e Agila, seguendo il consiglio di Fidelio, ha chiesto ad Atilano di fornirci una guida. «A quanto pare è facile perdersi prima di raggiungere il fiume.»

«Quanto è difficile trovare il punto giusto in cui guadarlo», ha risposto il capo del villaggio.

«Il vostro uomo tornerà non appena ci avrà mostrato il guado e sarà ricompensato per il suo servigio.»

«Assur lo farà volentieri, non preoccupatevi. E conosce questi luoghi come il palmo della sua mano. Vi servirà bene, vedrete. Inoltre è un buon conversatore, quando trova orecchie pronte ad ascoltarlo. Altrimenti parla col suo cane.»

Hanno dovuto nuovamente legare Cobre affinché non attaccasse l'altro mastino, dal pelo più chiaro ma delle stesse dimensioni, che, grugnendo, non si è allontanato dal proprio padrone.

Quell'animale è impressionante. Ha il corpo pieno di cicatrici, soprattutto sulla testa e sul collo, a causa dei frequenti combattimenti coi lupi, come mi ha spiegato, orgoglioso, Assur. Non teme niente, non si è mai tirato indietro davanti a nessun tipo di fiera né ha mai permesso che gli sottraessero una pecora.

Tale pastore, tale cane. Perché anche la nostra guida è, senza ombra di dubbio, un uomo unico, il cui coraggio è accompagnato da un'estrema cordialità.

Se fosse un albero sarebbe un alloro sempreverde, solido, flessibile per resistere a un temporale e frondoso per proteggere dal sole o dalla pioggia. Un albero tipico delle Asturie, di buon augurio, le cui foglie secche vengono usate sia per condire lo spezzatino sia per benedire una nuova casa o ravvivare la fiamma di una torcia. Così Assur, col suo sorriso spontaneo, illumina l'umore di questa compagnia, che inizia ad accusare la stanchezza. Regala allegria e racconta i suoi aneddoti di gruppo in gruppo, laddove trova qualcuno pronto ad ascoltarlo.

Di mezza statura e corporatura forte, massiccia, cammina con un vigore raro per la sua età, vicina a quella del re, appoggiandosi, come Nuño, a un bastone parecchio più alto di lui. Ha una voce roca, tonante, con cui racconta le peripezie delle guerre passate, il dolore per la recente perdita della moglie o i lavori che più gli piace fare nei campi, dove coltiva alberi da frutto mentre il bestiame bruca libero sotto il controllo del suo mastino.

È un lavoratore infaticabile. Ha appeso alla cintura un grande sacchetto di cuoio con un po' di cibo, ma più di una volta l'ho visto metterci dentro una pietra di un qualche colore particolare raccolta, come mi ha confessato, per decorare casa. Gli piace collezionare oggetti belli e qui, dove abita, non c'è molto altro a parte le pietre.

Sarebbe un alloro, senza dubbio. O forse un agrifoglio, forte, resistente, protetto da spine pungenti contro chiunque gli voglia fare del male, ma carico di frutti ben visibili per la gioia di chi lo osserva. In ogni caso, sarebbe uno di quegli alberi che non perdono mai le foglie. Chiacchierone, sorridente, scherzoso, generoso.

Ho camminato a lungo al suo fianco, godendomi, assieme a Freya e a Danila, il suo inesauribile repertorio di storie. Poi sono tornata a cavallo del mio ronzino per avanzare fin dove vedevo cavalcare don Alfonso. Assieme a lui c'era il conte Aimerico, con cui discuteva animatamente, e non ho saputo resistere alla curiosità mordace.

«Una giovane sposa al vostro fianco sarebbe di grande conforto per gli anni a venire, maestà. Non ci avete pensato? Ogni guerriero ha bisogno di una donna con cui riposare dalle proprie fatiche.»

«Io non avrò mai riposo, Aimerico. Dio ha scelto per me un altro destino.»

«A maggior ragione dovreste allora avere una sposa fedele, leale, discreta, disposta ad ascoltarvi quando avete bisogno di sfogarvi. So quanto è difficile trovare una dama così, vista la tendenza naturale del sesso femminile al chiacchiericcio e al pettegolezzo, ma vi assicuro che a Freya sono stati trasmessi i più alti valori femminili.»

Il mio signore doveva trovarsi profondamente a disagio, dal momento che non riusciva nemmeno a guardare il conte. Manteneva lo sguardo fisso all'orizzonte, mentre il suo consigliere, lanciata al galoppo la propria puledra, insisteva, alzando la voce: «Sono stato al vostro servizio da quando siete giunto a Ovetao, dove io mi stavo formando come scudiero del re diacono. Assieme a voi ho combattuto decine di battaglie. Credo di conoscervi meglio di chiunque altro e vi assicuro che nessuno desidera il vostro bene più di me».

Quelle parole mi hanno tranquillizzata, lo confesso. Trasudavano un sincero affetto e perciò hanno dissipato quasi del tutto i sospetti che nutrivo riguardo alle sue intenzioni.

Certo, il conte pretende di far sposare Freya al sovrano, ma non desidera nuocergli. Potrebbe essere solo bravo a fingere, ma non credo. Nessuno s'impegna tanto a maritare la propria figlia con un re che vuole distruggere.

«Ho osato portare con me la mia bambina, che conoscete da quando è nata, pensando alla vostra felicità. Lei non solo potrebbe darvi un erede, ma vi renderebbe felice, non ho dubbi. È modesta, umile, leale. Sarebbe una madre perfetta e una magnifica regina, se mi è concesso dirlo.»

«Se è il futuro della contessa che vi preoccupa, Aimerico, le troveremo un buono sposo, degno del vostro nome, ve lo assicuro. Appena saremo tornati a corte me ne occuperò personalmente», ha cercato di tagliare corto il re.

«Non stavo pensando al futuro di Freya, signore, ma al vostro e a quello del regno», ha risposto il conte, visibilmente offeso.

Alle loro spalle, io non mi sono persa una sola parola di ciò che stavano dicendo. Ho ascoltato con una certa tristezza, obbligandomi a tenere per me la mia opinione, com'era mio dovere fare, dal momento che nessuno me l'aveva chiesta. A chi importa ciò che pensa una donna quando si parla di matrimonio?

Le questioni di famiglia, così come quelle di Stato, non sono di nostra competenza. Al contrario di quanto accadeva in passato, sono gli uomini che decidono. A noi non rimane altro che giocare d'astuzia e cercare di condurli sul terreno dei sentimenti, dove regniamo senza pari.

Certo, è un sentiero anche più difficile di quello che stiamo percorrendo ora, in discesa tra le rocce scivolose, mentre il sole inizia a calare e il caldo ci dà finalmente un po' di respiro.

Se avessero voluto ascoltarmi, se mi avessero permesso di parlare, avrei rimproverato al conte di omettere la migliore delle virtù di sua figlia: la tenerezza, che emana così spontaneamente da tutto il suo essere e che si riflette nel modo gentile con cui si rivolge alle persone, senza badare al loro rango. Gli avrei rinfacciato allo stesso modo la sua incapacità di valorizzare il fuoco che si nasconde dentro di lei sotto gli spessi strati di ubbidienza che le sono imposti. Una passione ardente, ereditata col sangue asturiano, che sorgerà con forza non appena il suo cuore avrà trovato un uomo degno di riceverla.

Io lo so bene...

Anche in un'altra cosa sbaglia Aimerico. C'è qualcuno che desidera la felicità del re anche più di lui. Quella sono io. E dubito che la dolce Freya potrebbe donargliela, anche se don Alfonso cedesse alle preghiere dei cortigiani. Neanche lei potrebbe essere felice. I loro destini percorrono strade diverse, molto lontane tra loro.

«Siccome non volete pensare a voi, allora pensate al regno.

Posso capire che rifiutate mia figlia perché non è alla vostra altezza...» Il conte non sembrava disposto ad arrendersi.

«Questo non è affatto vero, mio buon amico. Né la mia posizione né la vostra hanno nulla a che vedere col mio celibato, e voi più di chiunque altro dovreste saperlo.»

«Non sono nessuno per mettere in dubbio la vostra parola, mio signore, ma devo insistere sul fatto che il trono ha bisogno di un erede. Contraete un matrimonio che permetta di consolidare il regno. Seguite l'esempio di vostro nonno, don Alfonso I, la cui unione con la figlia di Pelayo ha creato l'indissolubile unione tra le Asturie e la Cantabria. Seguite i passi di vostro padre, che ha forgiato l'amicizia coi guasconi sposando vostra madre, donna Munia.»

«Hanno avuto i loro motivi; io ho i miei», ha replicato il re, gelido, per la disperazione del conte e di chi scrive questa cronaca, ansiosi di sapere quale sia la ragione che si cela dietro una castità tanto incomprensibile.

«Il nostro motivo, quello di tutti noi, è la sopravvivenza e il rafforzamento del regno. Permettetemi di cercare tra i capi della Vasconia o della Gallaecia qualcuno che sia disposto a concedervi una figlia all'altezza della vostra corona», ha proposto Aimerico.

«Ve lo proibisco!» Il re iniziava a manifestare chiaramente l'irritazione che fino a quel momento aveva cercato di trattenere. «Rispetterete la mia decisione e vi asterrete dall'immischiarvi in questa faccenda, che non è affar vostro. L'unica cosa di cui ho bisogno è che mi aiutiate è tenere il regno al riparo dalle trame dei potenti, come quelle contro cui hanno dovuto combattere i miei avi o che, a seguito delle divisioni interne al popolo dei goti, hanno portato all'invasione saracena.»

«Non c'è bisogno che me lo diciate, signore. Tutti noi che abbiamo l'onore di appartenere al consiglio dei conti palatini cerchiamo di tenere fede a questo impegno.»

«Allora continuiamo a unire le nostre forze in tale impresa e confidiamo nella misericordia divina. Perché credete che abbia tanta importanza questo pellegrinaggio, intrapreso nonostante i pericoli che comporta? Con l'Apostolo al nostro fianco, niente potrà sconfiggerci.»

«Ciò non impedisce che...»

«La sua protezione sarà più potente di qualche alleanza e trasformerà le Asturie in un bastione inespugnabile», ha proseguito il sovrano, sordo alle obiezioni del consigliere. «Se il prezzo da pagare per ottenere l'aiuto divino è rimanere casto, lo faccio volentieri. Casti sono stati allo stesso modo gli apostoli di Cristo e casto è stato Nostro Signore. Lui non ha mai avuto una sposa e loro lo hanno seguito senza fare domande, lasciandosi alle spalle le proprie famiglie. Hanno dedicato le loro vite a diffondere la Parola del Maestro. Il servizio di Dio esige sacrifici grandi quanto la ricompensa che ci attende in cielo.»

«E se chi riposa sotto quelle stelle non fosse veramente l'Apostolo e fratello Sisberto avesse ragione nell'avvertirci che potrebbe trattarsi di un inganno?» ha domandato Aimerico con malizia.

«In tal caso, vedremo come procedere. Dobbiamo aspettare di trovarci ai piedi di quel sepolcro per supplicare che la luce dell'Altissimo c'illumini.»

Il re ha dato una spiegazione plausibile riguardo alla sua rinuncia. Abbraccia la castità come penitenza volontaria per i peccati d'Hispania. Come sacrificio degno di meritare la misericordia divina, indispensabile nei momenti bui che affrontano il popolo e il regno.

Sarà questo l'unico motivo della sua condotta tanto insolita, o don Alfonso ne tiene nascosti altri?

In ogni caso, le sue parole non hanno convinto il consigliere. Nonostante la distanza che ci separava, l'ho sentito mormorare tra sé: «Magari fosse andato a buon fine il fidanzamento con la principessa dei franchi, Berta...»[13]

Di nuovo la memoria mi ha trasportata a un passato felice che Índaro e io abbiamo condiviso lontani dalla guerra e dalle pene che questa terra porta sempre con sé.

Come dimenticare quell'immenso letto ricoperto di materassi in cui il mio sposo e io, sotto coperte di piume, abbiamo celebrato un desiderio ritrovato dopo anni di freddezza?

Il palazzo del re franco a Herstal, uno dei vari che ne ospitavano la corte itinerante, era impressionante anche per me, che avevo conosciuto l'harem di 'Abd ar-Raḥmā'n a Corduba. Le sue vaste stanze risplendevano per la luce delle torce, accese giorno e notte. Aveva persino una galleria coperta, tanto ampia da poter essere attraversata a cavallo, che collegava le stalle e la cucina col salone e con le stanze private del sovrano, così da proteggere i servi dalle inclemenze del tempo.

Tutto in quel luogo, i tappeti, gli arazzi, i mobili, i bracieri, il tavolo, il vino e i vestiti, celebrava la gloria di Carlo Magno.

Doveva essere il 796 o il 797,[14] non ricordo esattamente. Mio marito e io facevamo parte di un'ambasciata inviata da don Alfonso al re dei franchi per due motivi: stringere ancora di più il legame di amicizia che ci univa nella lotta ai saraceni e trovare una posizione comune sulla polemica sorta attorno all'eresia di Elipando che, come ho già detto, allora come oggi sfugge alla mia comprensione. Eresia cui un concilio ecclesiastico era stato incaricato di porre fine.

Erano tempi difficili per la guerra contro l'invasore, sebbene il nostro esercito, meno imponente di quello della mezzaluna, avesse alle spalle lo stesso numero di vittorie e di sconfitte.

Ciò che di quella missione è rimasto più impresso nella mia memoria è l'emozione con cui abbiamo portato al re franco il dono del nostro signore: una magnifica tenda rubata al generale 'Abd al-Mālik ibn Mughīti, luogotenente di Al-Ḥàkam, durante l'ultima spedizione cantabrica. Un pezzo unico, di enorme bellezza, più grande delle tende cui eravamo abituati e degna di un uomo della sua altezza.

I servi l'avevano montata durante la notte nel grande cortile e, quando l'ha vista, il re dei franchi ha mostrato il suo apprezzamento elogiando, davanti a tutti gli uomini di corte più illustri, le qualità di quel regalo, così come quelle del principe da cui proveniva.

Poche altre volte in vita mia mi sono sentita tanto piena di orgoglio.

Durante quella visita si è discusso del possibile matrimonio tra il nostro re e la principessa Berta, sorella di Carlo Magno. Se la memoria non m'inganna, era persino stato redatto un documento che ufficializzava tale unione ma che non ha mai portato a nulla, chissà per quale motivo.

Da quel che so, quella volta don Alfonso è stato vicino a sposarsi come non mai, senza che avesse nemmeno visto la fanciulla. In verità, nemmeno noi l'abbiamo vista. La dama in questione non si trovava nel palazzo di Herstal, per cui non ci è stato possibile giudicare se quanto dicevano della sua bellezza corrispondesse a realtà.

Chi era sicuramente bello, nonostante l'età avanzata, era il nostro anfitrione, che si distingueva per la corporatura imponente, per l'altezza, per l'eleganza.

La natura lo aveva dotato di un corpo atletico, allenato nel combattimento, nella caccia, nell'equitazione e nel nuoto che praticava sia nelle acque gelate dei fiumi sia nelle terme romane che ancora erano presenti in varie sue residenze. Gli occhi, di un azzurro intenso, ricordavano quelli del mio signore, sia per il colore sia per lo sguardo altero, tipico dei campioni. L'uno e l'altro avevano già realizzato imprese leggendarie e avevano piani ancora più ambiziosi da portare a termine.

Don Alfonso aveva salvato le Asturie dalla distruzione ed era l'unico a riuscire a tener testa ai saraceni, bloccati nella loro avanzata verso nord da quel piccolo regno che minacciava la loro tranquillità, non solo con la sua resistenza ostinata, ma anche coi continui saccheggi. Come quello che il re progettava di compiere a Olisipo, sulla foce del fiume Tagus, per cogliere di sorpresa il nemico.

Comunicato l'audace progetto al re franco, questi lo aveva assecondato con entusiasmo e ci aveva offerto aiuto militare. Tutto ciò che poteva indebolire gli eserciti della mezzaluna andava a favore dei suoi interessi, oltre che di quelli del suo vicino asturiano.

Il sovrano dei franchi, poco tempo prima, era stato duramente sconfitto sul fianco occidentale dei Pirenei, in un passo chiamato Roncisvalle, per mano dei guasconi orientali alleati coi maomettani. Tuttavia manteneva ancora salda la propria presenza sul territorio hispanico, dall'altro lato delle montagne, dove le sue truppe lottavano per contenere l'espansione saracena.

Nessuno nel mondo cristiano avrebbe messo in dubbio l'ineguagliabile potere di quel gran signore. Da quando era salito al trono non aveva cessato di ampliare i confini del proprio regno, sottomettendo longobardi e sassoni che erano stati convertiti alla vera fede. I suoi domini si estendevano da occidente a oriente, dai Pirenei ai Carpazi, e da sud a nord, dal mar Mediterraneo al mare del Nord.

I popoli su cui governava parlavano innumerevoli lingue. Era amante della cultura e delle arti, per questo motivo aveva fatto fondare scuole in tutte le parrocchie del regno, affinché i bambini imparassero a leggere. Contemporaneamente, nei monasteri sotto la sua tutela, si creavano centri di studio e d'insegnamento di tutte le scienze: grammatica, retorica, dialettica, aritmetica, geometria, musica, astronomia...

Re Carlo non era uno che si accontentava. Il suo potere non gli sembrava ancora sufficiente, per questo voleva farsi incoronare imperatore, così da far rivivere l'antico splendore di Roma. Ci è riuscito poco tempo dopo il nostro incontro, con l'inizio del nuovo secolo, per il bene della Cristianità.

Se oggi l'imperatore fosse ancora vivo, sicuramente si sarebbe unito a noi in questo pellegrinaggio a Iria Flavia per prostrarsi ai piedi dell'Apostolo e supplicare il suo aiuto nella lotta contro i mori. Anzi, non appena si sarà sparsa la voce che il Figlio del Tuono riposa in un campo indicato da una pioggia di stelle, alla fine del mondo, molti dei sudditi franchi accorreranno per pregare davanti al sepolcro. Non ho dubbi.[15]

Peccato che gli eredi di Carlo Magno, incapaci di mantenere la pace, abbiano disfatto in così poco tempo l'opera compiuta dal padre. È poco più di dieci anni che l'imperatore è morto, ad Aquisgrana, e ormai, di quello che era il suo grande impero, rimane a malapena l'ombra. L'imperatore non avrebbe mai permesso un tale declino.

Carlo Magno, re dei franchi, non era mai soddisfatto, in nessun ambito. Non c'era banchetto che riuscisse a saziarlo, né conquista sufficiente a colmare i suoi desideri di espansione, o donna la cui compagnia riuscisse a fargli sfogare tanta energia.

Quel gigante dagli occhi chiari e dalla barba lunga, simile a

Golia, non si tirava mai indietro. Era un amante del lusso. E anche della scienza, a dire la verità. Ma soprattutto aveva una passione per le donne.

Dubito che riuscisse a comprendere la castità del mio signore, dal momento che egli stesso non sembrava provare nessuna vergogna nel soddisfare senza pudore i piaceri della propria carne. Ha vissuto abbracciando la lussuria senza ombra di pentimento.

Quanto avrei voluto che anche don Alfonso fosse così!

Secondo i pettegolezzi che circolavano nella corte di Herstal, la passione del monarca per il gentil sesso era pari al successo che raccoglieva tra le dame. Nei giorni che ho trascorso lì, ho ascoltato tutto ciò che si diceva riguardo alla sua vita amorosa.

Ha avuto cinque mogli, se la memoria non m'inganna. La prima, con cui ha avuto un figlio e una figlia, è stata ripudiata e mandata in un monastero non appena il re si è stancato di lei. Anche quel primo erede ha finito i suoi giorni in un cenobio, punito per aver ambito al trono prima del tempo. La seconda, una principessa longobarda, è stata un anno sul trono prima di essere restituita alla sua famiglia perché troppo noiosa.

È seguita una nobildonna tedesca, che aveva tredici o quattordici anni quando Carlo la condusse all'altare. Il suo grande amore. Nei loro dieci anni di matrimonio ebbero nove figli, quattro maschi e cinque femmine, l'ultima delle quali si è portata via la vita della madre durante il parto.

Nonostante il dolore per quella perdita, dopo appena due mesi il re si è risposato. La nuova sposa era figlia di un conte, proprio come Freya, sebbene si dicesse di lei che fosse sgradevole alla vista e ancora di più nelle maniere. L'opposto della nostra graziosa contessina. Morta tale dama, Carlo Magno ne ha sposata un'altra, credo si chiamasse Liutgarda, molto più giovane di lui, ma finì per rimanere ancora vedovo.

Tra spose e concubine, nel letto di quel grande re sono passate innumerevoli donne di diverse condizioni, con le quali ha avuto circa una ventina di figli. Ognuno di loro ha ricevuto un'educazione, che fosse maschio o femmina. Il padre non ha fatto distinzioni. Quella discendenza era motivo di grande gioia per lui, che considerava i propri rampolli il più grande dei suoi tesori. L'ho osservato coi miei occhi giocare nella sala del trono con uno dei figli più piccoli, e raramente ho visto un uomo tanto felice.

Se il mio signore riuscisse allo stesso modo a trovare un po' di gioia, se non fosse così severo con se stesso nel tener fede al suo voto di castità, quanta pena si risparmierebbe. Quanta solitudine. Quanto dolore.

Penso al mio sovrano, incupito dal peso della corona, e provo una profonda pena. La sua angoscia mi ferisce nel profondo. Mi affligge l'intimo tormento che sicuramente condanna il suo spirito a soffrire in questo modo. Mi chiedo quale sia il vero motivo di una penitenza tanto brutale. Che tipo di peccato imponga al peccatore un così grande castigo.

Chissà quanto manca a don Alfonso il calore di una donna! Quanto freddo devono provare il suo cuore e la sua pelle, privati di dolci carezze. Di quella sensazione sublime che implica amare ed essere amato. Quell'emozione che porta a prestare attenzione a ogni desiderio della persona che occupa costantemente i tuoi pensieri. Quell'eccitazione che riesce a riempire le tue giornate e le tue notti di vita, anche quando non c'è la minima speranza d'essere ricambiati.

Ricordo bene ciò di cui parlo, perché lascia una cicatrice così profonda che chi la porta nell'anima non la dimentica mai.

Mancherà all'uomo ciò di cui il monarca si è volontariamente privato per mantenere un voto il cui significato mi sfugge? Sognerà mai una bocca da baciare? Si guarderà mai indietro pensando che la sua vita è stata troppo sanguinosa per privarsi anche di questo piacere? Avrà nostalgia di un amore totale, pieno e incondizionato, come quello che io ho provato per poco e che ancora oggi mi turba?

Se così fosse, se tale mancanza affiorasse e lui desiderasse recuperare il tempo perduto, forse, chissà...

Che assurdità!

Nel ricordare la principessa Berta e il matrimonio mai avvenuto tra lei e don Alfonso, tanto il conte Aimerico che io dobbia-

mo essere giunti alle stesse conclusioni sull'importanza di una successione solida. Infatti il consigliere, vincendo il timore di provocare l'ira del re, ha ripetuto ancora una volta: «Allontanatemi dal vostro fianco se credete che lo meriti, signore, ma prima dovete ascoltarmi. Il regno ha bisogno di un principe».
«Il regno ha già un re, Aimerico. E ora basta. State riuscendo a rovinare una giornata che era iniziata bene.»
«Il regno non potrebbe desiderare un sovrano migliore, maestà. Ma non ci sarete per sempre, come nessuno di noi, e lascerete un vuoto enorme ed estremamente pericoloso. Non devo ricordarvi ciò che è successo alla morte di Witiza a causa delle dispute tra i suoi figli e Rodrigo, che hanno condotto i mori alla conquista dell'Hispania. Per non menzionare tutte le volte che voi stesso siete stato vittima d'intrighi atti a detronizzarvi.»
«Sì, Aimerico. Risparmiatemi il dolore di ricordarle.»
Il conte ha fatto finta di non sentire, impegnato a perseguire il suo obiettivo. «L'ultima, non molto tempo fa, ci ha obbligati a venirvi a salvare nel monastero di Ablaña, dove i vostri nemici vi avevano rinchiuso. Cosa sarebbe accaduto alle Asturie se, per sfortuna, non fossimo arrivati in tempo? Vi rendete conto che, senza un principe la cui legittimità sia indiscutibile, una guerra tra fazioni rivali potrebbe essere letale per la sopravvivenza del regno? Il vostro stesso padre e suo fratello...»
A quel punto, don Alfonso si è fermato di colpo, lasciando trasparire una collera tanto rara quanto terribile.
Proprio com'è accaduto qualche giorno fa, quando ho pronunciato il nome di Mauregato, la sola menzione di suo padre lo ha fatto uscire fuori di sé. Chiunque avrebbe pensato che, invece di aver semplicemente ricordato un incidente che tutti conoscevamo, Aimerico avesse insultato gravemente re Fruela.
«Vi proibisco di parlare ancora di mio padre o della mia successione. Mi avete sentito? Ve lo proibisco! Sapete che vi apprezzo e che stimo molto la lealtà che mi avete sempre dimostrato. Perciò dimenticherò questo incidente e proseguirò il nostro pellegrinaggio in pace e armonia. Ma vi avviso, Aimerico, non giocate col fuoco. Lasciate che i morti riposino in pace.»

Sono rimasta impietrita. Quasi come il povero consigliere che, non ho dubbi, stava solo cercando di assolvere al dovere di vegliare sulla sicurezza della Corona, senza immaginare di poter causare un dispiacere così grande al suo signore.

Credevo che solo il nome del traditore che gli aveva rubato il trono potesse provocare nel re una reazione del genere, ma evidentemente mi sbagliavo.

Nonostante l'età, il sovrano non riesce ancora ad accettare gli accadimenti che hanno segnato la sua infanzia dopo che il padre è stato assassinato e dopo che lui, per salvarsi, è stato costretto a vivere lontano dalla madre. Solo così si può spiegare la reazione spropositata che hanno appena causato le parole del suo consigliere più caro. O forse c'è qualcosa di cui io sono all'oscuro?

Se è così, lo scoprirò.

Grazie a Dio, al salterio e, chissà, forse anche alla mia voce, dopo la cena che abbiamo condiviso, sotto questo cielo colmo di stelle, le acque si sono calmate.

Il canto ha restituito un po' di pace allo spirito di don Alfonso, che si è ritirato a riposare nella sua tenda dopo averci augurato la buonanotte senza rancore. A poco a poco tutti hanno fatto lo stesso, fino a lasciarmi sola con la mia cronaca da scrivere e con questa necessità impellente di condividere quanto vissuto.

Ora è tardi. La luna c'illumina dal punto più alto del cielo. Del falò rimangono solo le braci, ma il mio cuore arde ancora, colmo di gratitudine per l'inaspettato regalo che mi ha fatto questa giornata.

Gli oscuri presagi che mi hanno perseguitata in questi giorni e che continuano a sorgere dal nulla spariscono di fronte alla forza nata da questa allegria. Di loro non rimane che una piccola fiammella, che lotto per estinguere.

Oggi mi aggrappo a tale felicità, consapevole di quanto sia effimera. Effimera, sì, ma reale. Che sia benedetta!

7

LUNA NERA

Gallaecia,
Giorno di San Pietro e San Paolo

Dopo la piacevole calma di ieri, è giunta una terribile tempesta. Non sto parlando di tuoni e fulmini, no. A quelli sono abituata. Mi riferisco alle tempeste, mille volte più dannose, che siamo capaci di creare noi esseri umani.
La giornata di oggi è stata terribile e dobbiamo ringraziare Dio se il re è ancora vivo.
Quanto è volubile il destino che c'intrappola con le sue mani.

Quando ci siamo svegliati, nulla faceva presagire ciò cui stavamo andando incontro. Freya dormiva assieme a me nella tenda, estranea a ogni preoccupazione di questo mondo. Fuori si sentiva il mormorio delle preghiere recitate in coro da Danila, Odoario e Sisberto, che scandivano le lodi con pigra monotonia. Io invece mi sono alzata di scatto, sorridente, ringiovanita dalla forza inspiegabile che è in grado d'infondere la felicità. Non esiste erba o tonico capace di un simile effetto!
La foschia sospesa sul fiume annunciava che, non appena il sole fosse salito in alto, sul suo trono, sarebbe stata una bella giornata.
Non c'era traccia del re né di Aimerico. Probabilmente stavano ancora dormendo. Davanti alla loro tenda chiusa, Cobre, sotto un albero, faceva la guardia con le orecchie dritte. Lì vicino, uno dei servi stava ravvivando il fuoco per poter preparare la colazione, mentre gli altri avevano portato i cavalli ad abbeverarsi al fiume.
Ho osservato Muhammed, che parlava nella sua lingua al cavallo di don Alfonso come se lui potesse capirlo. Forse era

proprio così... Chissà? Io non conosco il significato di quei suoni, ma so leggere negli occhi e ciò che ho visto in quelli dello schiavo mi ha spaventata. Era odio. Odio, infiammato dalla rabbia. Lo so perché anche io sono stata prigioniera e ho provato tali sentimenti. So anche cosa sono arrivata a fare per scappare dalla mia prigione dorata: mentire, usare le poche persone che mi avevano mostrato affetto, sedurre, supplicare, corrompere, condurre un uomo alla morte.

Le acque del Navia scendevano impetuose a causa delle recenti piogge e del disgelo. Non c'è un ponte che lo attraversi e questo obbliga i viaggiatori a cercare ogni volta un guado sicuro. Ce lo ha spiegato ieri Assur, con quella sua loquacità gioviale che fa di lui un fantastico compagno di viaggio.

Il fiume cambia umore a seconda del livello dell'acqua e delle frane, si calma o diventa furioso da un anno all'altro e, dove prima era facile da attraversare, può formarsi un mulinello traditore. Perciò è necessario l'aiuto di una guida affidabile, che conosca bene il territorio. Qualcuno come Assur.

Prima di colazione, se così si può chiamare la zuppa di castagne rancide che abbiamo ingoiato in mancanza di alternative, mi sono avvicinata all'acqua per lavarmi. Strofino ogni giorno i denti con la pasta di sale e menta che mi ha insegnato a preparare mia madre. Mi piace anche avere sempre le mani e la faccia pulite, per quanto possibile. Non sarò io a dare adito ai pettegolezzi che circolavano su noi asturiani nella corte di Corduba.

«Asini che non si lavano», diceva un'illustre dama dell'harem.

Che ne sapeva lei di come sia lavarsi nelle acque gelate della nostra terra! Mi è rimasto talmente impresso nella memoria quel disprezzo, che per me la pulizia è diventata un'ossessione.

Se c'è qualcosa di positivo nel venire umiliati è che, una volta superata, l'umiliazione diventa un potente stimolo. Io, grazie alla schiavitù, ho imparato a non farmi mai più sottomettere da nessuno.

Sarà stato questo che diceva Muhammed a Gaut mentre gli teneva le briglie e gli accarezzava la fronte?

Quando il re ha dato l'ordine di metterci in cammino, Sisberto si stava ancora servendo quella zuppa, incapace di saziare il suo vorace appetito.

Le tende erano già state smontate dai servi, che ogni mattina compiono il loro lavoro silenziosamente. Rimanevano solo da sistemare gli effetti personali. Nel mio caso, i fogli su cui sto scrivendo. Per evitare di bagnarli nell'attraversare il fiume, ho arrotolato questo manoscritto in uno stretto tubo di pelle, assieme alle piume d'oca, all'inchiostro, alle polveri assorbenti e alla pergamena di riserva, prima d'infilare l'intero pacco nella borsa che porto in spalla.

Confidavo nelle capacità di Assur di farci raggiungere l'altra sponda senza problemi, ma la cautela non è mai troppa in questi casi.

Quando ho messo i piedi nell'oscuro e gelido Navia, mi sono venuti in mente Mosè e il popolo ebreo mentre attraversavano le acque del mar Rosso. Si saranno sentiti terribilmente piccoli, come noi? Avranno avuto la stessa paura? Di certo molta di più, considerata la differenza di dimensioni tra questo fiume, per quanto largo, e il mare. Certo, loro sapevano di essere il popolo prescelto da Dio mentre noi non siamo ancora sicuri che il nostro pellegrinaggio ci stia portando verso le reliquie di un santo. O almeno non tutti. Alcuni, come Odoario, non hanno il minimo dubbio. Forse per questo, nonostante l'età avanzata, perde raramente la calma.

Nemmeno dopo quello che è successo oggi.

In testa alla comitiva, indicando il percorso da seguire, si trovavano Agila, a cavallo, e Assur, a piedi col suo mastino legato a una corda. Dietro di loro cavalcavano i monaci, a passo lento, assieme al conte Aimerico, al sovrano e a noi donne, che avevamo il cuore in gola. Per ultimi, i prigionieri e i servi che si muovevano a fatica su quel terreno incerto, trascinando i muli con tutto il carico. Cobre, dato in custodia a Nuño, marciava o nuotava per ultimo.

Saremo stati più o meno a metà del fiume, nel punto più profondo delle sue acque, quando i monaci hanno iniziato a recitare il *Pater Noster*, seguiti immediatamente da don Alfonso.

Nel momento di pronunciare «*et ne nos inducas in tentationem*», il cavallo del re è scivolato facendogli perdere l'equilibrio. Don Alfonso è caduto di colpo, senza neanche accorgersene o avere il tempo di gridare.

Coloro che gli erano davanti non si sono accorti dell'incidente finché le nostre urla non li hanno avvisati che stava accadendo qualcosa di grave. Don Alfonso lottava per la sua vita, mentre gli stivali, la spada, la cintura e la corazza, oltre che i vestiti bagnati, lo trascinavano verso il fondale fangoso.

L'acqua rendeva difficile ogni movimento di chi camminava, tuttavia, prima che qualunque soldato avesse il tempo di andare in suo soccorso, Muhammed è comparso dal nulla al fianco del sovrano. Nessuno lo ha visto avvicinarsi.

Non sapremo mai se Gaut sia davvero scivolato o se il prigioniero lo abbia indotto a far cadere il proprio cavaliere con qualche tipo d'incantesimo, come sostiene Agila e come sospetto anche io.

Ciò che sappiamo è che il saraceno è apparso all'improvviso in mezzo a tutta quella confusione per cercare di uccidere il re.

Lo schiavo ha mostrato un enorme coraggio in quel tentativo, pagato a un giusto prezzo considerata la gravità dell'atto. Questo nessuno lo può negare. Era cosciente di ciò che stava facendo e di quale sarebbe stato il suo castigo. Tuttavia la sua mano non ha tremato.

Quando avrà iniziato a ordire il piano? Chi lo avrà aiutato a concepirlo? Ha esalato il suo ultimo respiro giurando su Allah di aver agito da solo. Agila ha tentato in tutti i modi di fargli confessare chi aveva partecipato alla congiura, ma lui è rimasto in silenzio.

Non credo mentisse. Quando uno sa che sta per morire, non mette a rischio la salvezza della propria anima... ed era esattamente in questa situazione che si trovava Muhammed.

Ma sto andando troppo avanti, come ormai mi capita spesso, senza raccontare quanto successo con la dovuta precisione.

La scena della caduta e l'immediata apparizione di Muhammed ci hanno lasciati impietriti. Solo Agila e Nuño, dai due estremi opposti della fila, cercavano disperatamente di arrivare fino al re, la cui testa emergeva di tanto in tanto nell'angosciosa ricerca di aria, in mezzo alla schiuma che le si formava attorno a causa della lotta col saraceno. Questi, grazie alla leggerezza del vestiario, era in vantaggio. Gli era sufficiente spingere giù le spalle del re ogni volta che egli usciva a respirare o tirarlo dai vestiti, per accelerare il corso naturale di ciò che stava per accadere.

Don Alfonso, trascinato a fondo da quel peso, non poteva difendersi. Riusciva appena a reggersi in piedi. Aimerico, una volta tornato in sé, ha cercato di allontanare l'assassino, colpendolo dall'alto della sua sella senza successo. I cavalli non rispondono agli ordini quando si trovano in un ambiente ostile.

Se in quel momento la corrente fosse stata più forte, ora starei piangendo la morte del mio sovrano. Grazie al cielo, e a Nuño, non è così.

In realtà, è stato il guascone a salvare il monarca, afferrandolo per i capelli quando ormai il suo corpo si stava abbandonando all'acqua. Lo stesso re, tuttavia, crede di dovere la propria salvezza alla croce che porta al collo. Una croce d'argento identica, sebbene in scala ridotta, a quella che gli copre il petto in battaglia, incisa sullo scudo e sull'armatura. Molto simile alla croce che quegli artigiani stranieri, da molti ritenuti angeli divini, hanno forgiato a Ovetao.

Don Alfonso è talmente convinto di aver evitato la morte grazie al miracoloso intervento della Santa Croce, che ha ordinato di far innalzare in questo luogo una cappella consacrata alla sua devozione.

Nuño non ha protestato. Sebbene sia pagano, rispetta profondamente le credenze del nostro signore e lo ama tanto quanto lo amo io. Non è il desiderio di gloria o di ricompensa ad averlo spinto a soccorrerlo, pur mettendo a rischio la sua stessa vita, ma il senso del dovere. O l'affetto. O l'istinto. È lo stesso. La cosa importante è che ha tirato fuori don Alfonso dal fiume, lo ha portato in braccio fino alla riva, solo Dio sa come, e lo ha depositato per terra, supino, con estrema attenzione. Una volta lì, gli è rimasto vicino, immobile, senza dire una parola e con un'espressione fiera che non gli avevo mai visto sul viso. Subito si è unito a lui anche Cobre, lanciando terribili ululati che sono cessati solo quando il sovrano è tornato dalla morte come Lazzaro: confuso e pallido, ma comunque vivo.

Il capo delle guardie, nel frattempo, aveva già raggiunto Muhammed. Dalla groppa del mio cavallo, guardandomi indietro mentre raggiungevo la riva, ho visto quel prigioniero cercare di togliersi la vita, immergendosi in acqua con la bocca aperta. Agila non glielo ha permesso: con l'energia che dona la furia, è sceso da cavallo e lo ha afferrato per la gola per ficcargli un coltello nel fianco. Un acuto urlo di dolore ha squarciato l'aria. Giudicando da come lo ha ferito, Agila voleva fargli male e indebolirlo, ma non ucciderlo. Aveva bisogno che fosse vivo, e vivo lo ha catturato.

Sono sicura che quel disgraziato avrebbe preferito morire.

A poco a poco, i due sono stati raggiunti da vari soldati a cavallo che hanno aiutato il loro comandante a trascinare a riva il prigioniero insanguinato. Agila ansimava per lo sforzo, ma penso che la rabbia vincesse la fatica. Era furioso, attonito, incredulo davanti alla temerarietà di quello schiavo omicida che sosteneva orgoglioso il suo sguardo.

« Legatelo a quell'albero e fate sì che la corda prema sulla ferita », ha ordinato ai suoi uomini, indicando un castagno vicino. « Non lasciate che si dissangui. »

Don Alfonso rimaneva immobile, ancora a metà tra questo mondo e l'altro. Il conte Aimerico aveva preso temporaneamente il comando e, con un gesto della mano, ha dato al capo delle guardie il permesso di agire senza nessuna pietà.

Questi ha tirato nuovamente fuori il coltello. « Chi ti ha pagato per uccidere il re? »

La domanda mi ha sorpresa. Perché qualcuno avrebbe dovuto pagarlo? Tale possibilità non mi era nemmeno passata per la testa. È da tempo che osservo Muhammed e avevo intuito che stesse pianificando qualcosa di perverso. Anzi, non mi sorprenderebbe che ci sia sempre lui dietro l'incidente di qualche giorno fa in montagna, quando il cavallo di don Alfonso è stato sul punto di cadere in un burrone. Il desiderio di vendetta di quel guerriero sconfitto era evidente, e pienamente sufficiente a giustificare ciò che ha cercato di fare, per fortuna senza riuscirci.

Agila tuttavia insisteva: «Chi ti ha pagato, maledetto?»
Muhammed non ha risposto. Continuava a bisbigliare nella sua lingua ciò che sembrava un salmo.

Un primo colpo gli ha lacerato l'orecchio, strappandogli dalle labbra un altro urlo.

«Parla, schiavo, o perderai anche l'altro, e poi un occhio, e l'altro, e tutto ciò che potrò toglierti fino ad arrivarti al cuore.»

«Lo ucciderei mille volte senza che ci sia nessuno a ordinarmelo, cane cristiano!» Il saraceno mostrava tutto l'orgoglio di un nobile guerriero che sa già quale sarà la sua fine ma che sfida comunque il nemico, senza mostrare paura. Se l'intento era quello di provocare il proprio aguzzino, ci è riuscito, perché il secondo colpo è affondato dritto in una delle sue pupille scure.

Il grido che è gli uscito allora dalla gola mi ha ricordato quello dei maiali uccisi da un macellaio che non sa fare bene il proprio lavoro.

Freya si è tappata le orecchie, terrorizzata, cercando protezione tra le braccia del padre per sfuggire alla scena. Aimerico l'ha allontanata quasi con violenza, senza mostrare nessuna compassione. Tutta la sua attenzione era concentrata sull'interrogatorio perché, se quel saraceno avesse agito per ordine di un qualche potente cristiano, e non per vendetta personale, la situazione sarebbe stata molto più grave.

Sebbene il re abbia consolidato il suo potere e sconfitto i nemici interni, non sarebbe la prima volta che qualcuno tenta di detronizzarlo. Lo stesso Mauregato ci è riuscito, usurpando il trono per più di un lustro, non appena don Alfonso è salito al potere. Poi ce ne sono stati altri. Proprio come stava ricordando ieri Aimerico, l'ultima congiura è finita col legittimo sovrano recluso nel monastero di Ablaña, dove i suoi consiglieri sono riusciti a salvarlo in extremis, quando gli istigatori della ribellione stavano per obbligarlo a prendere gli ordini affinché non potesse tornare a corte.

Che uno di quei traditori sia sopravvissuto, nascosto tra i fedeli? C'è forse la possibilità, per quanto remota, che Muhammed facesse parte di qualcosa di più grande e pericoloso? Io non credo, ma capisco che gli uomini del re dovessero indagare a fondo per dissipare ogni dubbio.

«Parla, figlio di una prostituta, oppure giuro su ciò che c'è di più sacro che ti seppellirò con un maiale, ungendo le tue membra col suo grasso!»

Come risposta, il moro ha sputato in faccia ad Agila.

Secondo la sua religione, la realizzazione di tale minaccia avrebbe significato l'esclusione dal Paradiso, in cui lo attendeva una vita eterna circondato da bellissime donne. Ma nemmeno così il capo delle guardie è riuscito a farlo supplicare o a fargli confessare qualcosa oltre al disprezzo che nutriva per noi. Col viso coperto di sangue, Muhammed ha cominciato nuovamente a ripetere la stessa preghiera di prima.

Non so quale sarebbe stato il passo successivo. Forse accecarlo del tutto. O peggio. Ma in quel momento il re ha aperto gli occhi e si è alzato, piano, aiutato da Nuño. Non appena ha visto ciò che stava accadendo, con voce ferma ha ordinato: «Basta!»

Sia Agila sia Aimerico si sono girati verso di lui, con un misto di allegria e sollievo. Il conte ha parlato per primo: «Bentornato in questo mondo, maestà! Abbiamo temuto il peggio...»

«Questo infedele ha cercato di uccidervi, sire. Permettetemi di farlo parlare», ha protestato il capo delle guardie.

«Pagherà il suo affronto con la vita», ha risposto don Alfonso, già in piedi, con tono grave. «Non c'è nient'altro da dire.»

«E se non avesse agito da solo?» ha insistito Agila.

«Al suo posto, voi avreste fatto la stessa cosa. Non è così? Non ci avreste almeno provato?»

«Ma...»

«I miei nemici a corte non usano gli schiavi, Agila. Vi ringrazio per la vostra preoccupazione, so che volete proteggermi, ma il Signore non vuole che torturiamo un avversario già sconfitto. Mettete fine alla sua sofferenza. Ora.»

Muhammed è stato slegato dall'albero che lo manteneva in piedi e obbligato a inginocchiarsi, per quanto il suo corpo malridotto riuscisse appena a sostenersi. Uno dei soldati della scorta è andato alla ricerca di un'ascia con cui eseguire l'ordine reale. Cosa di cui si è occupato poco dopo il capitano, con un colpo secco. La testa del prigioniero è rotolata a terra, separata dal corpo, mentre un'enorme quantità di sangue tingeva di rosso cremisi la sabbia grigiastra.

La verità è che non ho provato pena. Nemmeno repulsione, come la povera Freya, accovacciata accanto ai monaci. Il mio cuore ha sentito una certa ammirazione per quel guerriero, che ha preferito affrontare una simile morte che vivere come uno schiavo. Naturalmente, questa sensazione è stata subito seguita dal sollievo nel constatare che a morire è stato lui, non don Alfonso. Se Muhammed fosse riuscito nel suo intento, io stessa gli avrei strappato gli occhi, e senza bisogno di un coltello.

Dopo la decapitazione dello schiavo siamo rimasti in un lungo silenzio, nell'attesa di capire quale sarebbe stato il prossimo passo. Infine, l'abate di San Vicente ha proposto: «Dovremmo celebrare una messa per ringraziare della vostra miracolosa salvezza, signore».

«La celebreremo una volta giunti a Lucus, Odoario. Per oggi abbiamo già perso abbastanza tempo.»

«E che facciamo con l'altro saraceno?» A parlare è stato Nuño, uscito di colpo dal suo perenne mutismo con un impeto di ferocia a marcargli le rughe della fronte. Si riferiva al secondo dei prigionieri che ci accompagnavano da Ovetao. Quello che tutti chiamano Ṭāriq, catturato molti anni fa, quando era poco più che un bambino che si occupava d'intendenza militare alla corte maomettana. Vive da sempre tra i cristiani e parla perfettamente la nostra lingua.

«Che dobbiamo fare?» si è intromesso Sisberto. «È innocente.»

«Questo non lo possiamo sapere. Io dico di ucciderlo ora così evitiamo ulteriori rischi», ha risposto il guascone.

«Io sono d'accordo», ha detto subito Agila.

Il capo della guardia reale sa meglio di chiunque altro quanto valore abbia la vita di don Alfonso. È la cosa più importante. È l'obiettivo principale dei saraceni ogni volta che ci attaccano. In ogni incursione la prima cosa che fanno è puntare alla sua testa, perché finisca attaccata a un corpo in catene o dentro un baule, pieno di sale, da spedire a Corduba su un carro come prova della nostra sconfitta.

Nel 794 e nel 795, in ognuna delle brutali campagne lanciate alla conquista delle Asturie, è stato lui l'obiettivo principale. Perché, senza un re del suo valore, il regno non sarebbe mai potuto sopravvivere. Perché un altro sovrano, meno fedele o meno risoluto, avrebbe già firmato un accordo per una sottomissione quasi dignitosa. Perciò preservare la sua vita è sempre stata la cosa più importante, anche a costo di sacrificare grandi numeri di uomini o vedere saccheggiate le chiese di Ovetao.

«Disfiamocene quanto prima», ha ripetuto Nuño, impaziente.

Ṭāriq cercava di rimettere al suo posto sui muli il carico che si era spostato durante l'attraversamento del fiume, ed era troppo lontano per accorgersi di ciò che stava accadendo. Date le circostanze, penso sia stata una benedizione per lui.

Don Alfonso ha chiesto qualche abito asciutto con cui sostituire la tunica zuppa, e un servo è corso a cercarli in uno dei bauli, mentre si discuteva del destino di Ṭāriq. Io osservavo attentamente, senza riuscire a prendere una posizione.

«Signore», è intervenuto Danila, «non credo che esista un motivo fondato per giustiziare quel prigioniero. Vi supplico, a nome suo, di avere clemenza.»

«C'è forse un motivo migliore del proteggere la vita del re? Non sappiamo cosa ci attende nel resto del cammino. E non sappiamo nemmeno quali siano le intenzioni di quell'infedele, né se fosse d'accordo con l'assassino. Non possiamo affidarci alla sorte...» ha spiegato Agila.

«È inoffensivo. Non credo rappresenti il pericolo cui voi vi riferite, capitano.» Danila non aveva intenzione di cedere.

Ancora una volta è stato don Alfonso, visibilmente irritato, a chiudere la discussione, seguendo l'esempio di re Salomone, ovvero dando ragione a entrambi: il saraceno ci accompagnerà fino a Lucus, sotto stretta vigilanza. Una volta lì, sarà venduto o ceduto. Non sarà mai più abbastanza vicino al sovrano da costituire una minaccia, né saprà mai quanto è stato vicino all'essere decapitato senza motivo. Meglio per lui. È da molto tempo che ha smesso di essere padrone di se stesso e solo chi ha provato sulla sua carne cosa significa tale perdita è in grado di capire quanto può essere utile vivere nella più assoluta ignoranza.

Abbiamo ripreso il cammino in uno stato di costernazione dal quale ci è stato difficile uscire.

In prima fila cavalcava Agila, circondato dai soldati che avevano ricevuto l'ordine di raddoppiare la vigilanza. Subito dietro c'era don Alfonso, assieme a Odoario e agli altri monaci, che, a giudicare dai gesti, stavano recitando il rosario. Cobre trotterellava attaccato alle zampe anteriori di Gaut, al cui fianco camminava anche Nuño, senza perdere di vista per un secondo il suo signore.

Il conte Aimerico seguiva il gruppo da vicino, cercando di tranquillizzare la figlia, il cui petto era ancora scosso dai singhiozzi. Quanto deve imparare ancora quella creatura! Un po' più indietro camminavo io, col mio cavallo, mentre cercavo di convincere Assur a non abbandonarci proprio in quel momento.

«Da qui in poi dovete solo seguire il corso del fiume. La salita sarà dura, ma poi inizia la parte pianeggiante. Se tenete un buon passo, in un paio di giorni sarete a Lucus.»

«Tu conosci queste terre, Assur. Abbiamo bisogno di te.»

«Hanno più bisogno di me nel mio villaggio, ve lo assicuro. Soprattutto ora.»

Portata a termine la sua missione di condurci oltre il fiume Navia, la nostra guida aveva annunciato che sarebbe tornata a casa, dove l'aspettavano i suoi figli. Solo le mie preghiere hanno convinto Assur ad accompagnarci ancora un altro po', fino a raggiungere l'altopiano da cui poter intravedere il territorio nel quale ci stavamo addentrando.

«Vieni con noi fino alla città, ti prego. Lo vedi anche tu che abbiamo bisogno sia della tua allegria sia della tua conoscenza di queste terre. Il re ricompenserà generosamente il tuo servigio, ne sono sicura.»

«Con tutto il rispetto, mia signora, chi vive a corte non ha idea di quanto sia dura la vita da queste parti. A vossignorie il cibo viene servito direttamente alla tavola, non è vero? Ma i polli vanno grigliati, il formaggio stagionato, la frutta raccolta dagli alberi. Noi dobbiamo far pascolare, seminare e conservare ogni cosa che ci portiamo alla bocca. Abbiamo bisogno di ogni mano in grado di lavorare. L'oro e l'argento non si mangiano.»

«Il re e i suoi soldati difendono il regno», ho ribattuto, offesa dal disprezzo che ho percepito nelle sue parole.

«E i contadini no? Siamo forse risparmiati dalla battaglia ogni volta che c'è una guerra? Non siamo noi i primi a morire? Non veniamo colpiti dalle incursioni? Ma, oltre a questo, noi tagliamo alberi, potiamo le fronde, strappiamo le radici, bruciamo, ariamo, concimiamo con gli escrementi degli animali le terre che poi diventeranno pascoli per le nostre greggi, coltiviamo orti, prepariamo dispense...»

«Sono nata in un castro, Assur, non in un palazzo. So molto bene di cosa stai parlando.»

«Allora saprete, mia signora, che quando arriva l'inverno ogni cosa viene ricoperta dalla neve, spesso fino a far sparire l'intero villaggio, e bisogna sopravvivere con le provviste raccolte ora, in questo tempo di abbondanza. Saprete che si uccide il maiale, se c'è, ma mai la mucca. E che ci vogliono molto fieno, grano per le galline e le oche, miele, noci, nocciole, prugne secche, carni sotto sale, legna... Saprete quanto è facile morire di fame, di freddo o di febbre.»

«Lo so, Assur, lo so.»

«Ho lasciato un *cortín* a metà e devo finirlo il prima possibile.»

«Un *cortín*? Cos'è?»

Il mio viso meravigliato lo ha fatto scoppiare a ridere. «E dite di essere nata in un castro? Probabilmente non in montagna... Qui il miele è fondamentale, ma ce lo contendiamo con gli orsi. A loro piace tanto quanto a noi, ma sono più forti e il loro pelo li protegge dalle punture delle api. Noi però siamo più intelligenti e costruiamo delle muraglie di pietra attorno agli alveari. Così, per quanto sentano il profumo del miele, non possono raggiungerlo, mentre noi sì, anche se per raccoglierlo dobbiamo comunque affrontare le api. Ma preferiamo la puntura di un pungiglione al morso della fame.»

«Il tuo *cortín* può aspettare ancora qualche giorno. E non è ancora il periodo del raccolto», ho protestato, invano.

Lo sguardo serio di Assur era una supplica rivestita di dignità. «Lasciatemi andare, mia signora, e Dio vi guiderà fino a Iria Flavia. Avrete sempre in me un servitore leale.»

Non ha aggiunto altro. Con l'agilità di un ragazzino si è girato e ha iniziato a ripercorrere al contrario la strada da cui eravamo appena arrivati, tra alte felci e castagni.

Il prigioniero saraceno che marciava per ultimo, sotto stretta vigilanza, nonostante le mani legate, lo ha visto passare senza rivolgergli uno sguardo. Il servo che si occupava dei muli gli ha fatto un cenno con la testa. Tutti gli altri non si sono nemmeno accorti della sua partenza.

Io sono rimasta ferma qualche secondo, pensando che questo viaggio, come in realtà tutti i viaggi, ma in questo lo percepisco più chiaramente, rappresentano la vita concentrata nello spazio di pochi giorni: cerchiamo un senso a tanta fatica, inseguiamo una meta non sempre disposta a mostrarsi in modo chiaro, contempliamo paesaggi diversi, abbiamo momenti di gioia seguiti da momenti di sofferenza, ridiamo, piangiamo e incontriamo persone che percorrono assieme a noi un tratto del cammino per poi salutarci per sempre.

Che differenza c'è con la nostra effimera esistenza?

Sforzo, dolore, entusiasmo, delusione, pericolo, ricompensa, amore, perdita... Un cammino che, in fondo, tutti percorriamo da soli, per quanto cerchiamo disperatamente qualcuno con cui condividerlo.

Cominciava a fare caldo, ma un brivido mi ha attraversato comunque il corpo, dalla nuca fino ai piedi. Avevo bisogno di smettere di pensare a quella verità, tagliente come l'ascia di un boia, per cui sono montata sul mio cavallo alla ricerca di compagnia.

A mano a mano che salivamo, il fitto bosco si trasformava nuovamente in arido paesaggio montano, svelando ai nostri occhi un orizzonte limpido di colline illuminate dalla luce del sole, tanto accecante da obbligarci a tenere basso lo sguardo.

Non avrei mai pensato che avrei invocato la pioggia ma, dopo varie giornate di afa, mi mancava un po' di fresco. L'aria pesante non faceva presagire nulla di buono, sebbene preferissi pensare che il peggio fosse passato.

Qualunque cosa debba accadere non può essere più grave di ciò che è accaduto al fiume.

Non appena abbiamo superato il dirupo, sulla nostra sinistra sono apparse le rovine di un castro in pietra. Un'altra Coaña abbandonata dai suoi abitanti, che mostrava al cielo le sue viscere nere, come tanti altri resti disseminati qua e là di un passato scomparso.

Diversamente da quelli di Muhammed, questi non verranno divorati dalle carogne. Si disintegreranno a poco a poco fino a diventare polvere, e assieme a loro scomparirà anche la memoria di chi li ha abitati. Finiranno per sciogliersi nell'oblio di un tempo i cui contorni e le cui inquietudini non ci è dato conoscere. Moriranno, come moriremo noi, anche se non sarà oggi. Né domani.

Normalmente non mi lamento. Detesto l'autocommiserazione e non c'è nulla che mi dia tanto fastidio come perdermi in visioni cupe. Infatti ho cercato la persona più vicina a me per poterle allontanare velocemente.

Quella persona era Sisberto.

«Nelle pianure attraversate dal Durius, esistono villaggi simili ai nostri? Non ricordo di averne visti quando ci sono passata, ormai molto tempo fa.»

«No, donna Alana, non esiste nulla di simile. Abbiamo castelli, ovviamente, e città fortificate, ma nulla che assomigli ai vostri villaggi.»

«Immagino vi manchi la vostra Toletum. I suoi palazzi, le basiliche meravigliosamente decorate, le comodità...»

Evidentemente ho scelto le parole giuste perché la sua reazione ha liberato tutta l'ira, l'amarezza e tutto il disprezzo che si teneva dentro da quando siamo partiti da Ovetao. «Se mi manca la città di Toletum? Se mi mancano i miei vini, le mie pianure, il mio monastero e i miei fratelli? Non penso possiate immaginare quanto. Voi asturi, come ha scritto il saggio sant'Isidoro d'Hispalis, vivete rinchiusi tra montagne e foreste. La vostra idea di civilizzazione non assomiglia affatto alla mia.»

Voglio credere che siano state la stanchezza e la debolezza a parlare, sebbene le sue parole mi siano sembrate talmente offensive che, senza dargli il tempo di aggiungere altro, ho incitato il mio cavallo ad avvicinarsi a Danila.

Parole in cui risuonavano non solo un disprezzo pieno di arroganza, ma anche ingratitudine. Perché sono state proprio quelle foreste e quelle montagne a proteggere le Asturie, baluardo della fede cristiana. Ma non mi sono presa la briga di dirglielo. A quale scopo? Sarebbe stata una perdita di tempo.

Non so cosa si aspettasse di trovare Sisberto quando ha cercato asilo da noi, benché inizi a sospettare che non l'abbia fatto solo per poter celebrare liberamente il suo culto. Se così fosse, si mostrerebbe più disposto a pagare il prezzo di tale libertà.

Ritengo sia sempre più evidente che quel monaco straniero sia giunto fino a qui per una ragione diversa, che deve essere molto importante e ormai sul punto d'essere svelata.

Mi sono trattenuta a fatica sapendo che, se gli avessi risposto come meritava, avrei provocato una discussione dalle conseguenze imprevedibili. Avevamo già avuto abbastanza problemi e la giornata era appena iniziata. Non eravamo nelle condizioni di affrontarne di nuovi.

Quando la comitiva si è fermata qualche minuto perché potessimo bere, il sole raggiungeva il punto più alto di un cielo azzurro intenso.

La fatica ormai si faceva sentire e il caldo era opprimente. Dell'entusiasmo con cui siamo partiti una settimana fa restava appena traccia. Sono molti gli imprevisti che abbiamo sofferto e pochi o nessuno i motivi di speranza. Certo, in me è ancora viva l'emozione di aver intonato la canzone guascona col mio signore... e quel momento è di gran lunga valso tante fatiche.

Don Alfonso è taciturno da questa mattina, parla solo con Odoario. Probabilmente cerca di ritrovare la fede in un pellegrinaggio che gli è quasi costato la vita e che inizia davvero a sembrare un'impresa folle. Sisberto non si è stancato di ripeterlo da quando abbiamo lasciato la capitale. E forse ha ragione, per quanto sgradevole sia sentirlo.

Il tragico incidente col prigioniero ci ha lasciati tutti turbati. Ma alcuni sopportano i colpi della sfortuna meglio di altri. È il caso di Danila. Nulla sembra essere in grado di scuoterlo, a parte quella Bibbia inconclusa la cui sola menzione lo fa imbestialire.

«Posso chiedervi un po' di compagnia, così da dimenticare l'accaduto?»

«Se lo desiderate...»

«A cosa pensate?»

Lo scriba mi ha lanciato uno sguardo a metà tra il divertito e l'adirato. «Sapete dirmi, Alana, perché non c'è donna al mondo che sia capace di resistere al fare questa domanda?»

«Non credo di capirvi.»

«Invece capite perfettamente, potete dirlo. Sapete che è così, ma non volete ammettere la vostra natura curiosa. È l'indole femminile. Questa necessità di sapere, di addentrarsi nell'intimità degli altri per poi raccontarla in giro...»

«Non avevo intenzione di raccontare nulla di ciò che mi avreste detto», ho replicato senza mentire, dal momento che non è questo l'obiettivo del mio manoscritto. «Ma va bene, se preferite che me ne vada, dovete solo dirlo.»

«Rimanete, mia signora, non vi offendete. Stavo solo constatando un fatto curioso e il più delle volte irritante, devo confessare.»

«Lungi da me volervi dare fastidio!»

«Lo so, lo so. Voglio andare d'accordo con voi. E, già che lo avete chiesto, vi dirò che stavo pensando alla battaglia sul monte Cupeiro, che deve essere avvenuta proprio da queste parti. Se Assur non se ne fosse andato così in fretta, avrebbe potuto indicarci esattamente qual è il monte dove le truppe gallaeciane si sono scontrate col loro principe, ormai parecchi lustri fa, quando voi e io eravamo ancora dei bambini.»

«Perdonate la mia ignoranza. A quale principe vi riferite? Non ho mai sentito parlare di questa battaglia...»

«A Silo, il marito della regina Adosinda, zia del nostro re. I signori della Gallaecia si sono ribellati contro di lui, come avevano già fatto ai tempi di Fruela, rompendo l'unione tra i popoli cristiani che aveva ottenuto, prima di loro, Alfonso I, duca di Cantabria e successore di Pelayo.»

«Per quale motivo si ribellarono?»

«È difficile dirlo. Desiderio di potere? Ambizioni personali? Invidia del primato delle Asturie? Rifiuto della loro autorità? Incapacità di capire che l'unione fa la forza, specialmente contro un nemico tanto potente come quello che ha la sua sede a Corduba? Probabilmente un insieme di diversi motivi. Di sicuro c'è che tutta la Gallaecia si è sollevata contro il suo legittimo signore, obbligato a sedare quella rivolta con le armi.»

«Dalle vostre parole, deduco ci sia riuscito.»

«Infatti. Ha vinto il principe Silo. I due eserciti si sono scontrati proprio in queste terre, causando numerosi morti da entrambe le parti, ma chi alla fine ebbe la meglio fu lui. Grazie a tale trionfo il Regno delle Asturie si è potuto consolidare, per il bene del nostro sovrano. Temo, tuttavia, che quella non sarà l'ultima battaglia intestina. Portiamo nel sangue la tendenza perversa alla lotta fratricida.»

«Non più. Don Alfonso ha riappacificato il regno e scongiurato per sempre questo pericolo», ho ribattuto con vigore.

«Così sia, donna Alana, così sia. E voglia anche il cielo che la miracolosa apparizione del sepolcro dell'Apostolo sia il modo di Gesù Cristo di darci la sua benedizione.»

«Per la guerra contro i musulmani e la salvaguardia delle Asturie?»

«Per un'impresa parecchio più ambiziosa, mia signora. Per la ricostruzione dell'Hispania e la salvezza di tutta la Cristianità.»

Oggi è stata una giornata piena di accadimenti. Possiamo lamentarci della difficoltà del cammino e dei suoi pericoli, ma non della noia.

Poco dopo aver ripreso la marcia, dalle retroguardie è apparso un soldato, un po' turbato, che scortava due uomini ben vestiti. Avevano l'aspetto di due forestieri e chiedevano di vedere don Alfonso.

Come abbiamo saputo più tardi, si trattava di due carpentieri franchi che stavano percorrendo la nostra stessa strada, verso Lucus. Un maestro e un ufficiale alla ricerca di un lavoro, hanno detto. Appena sono venuti a conoscenza, dai servi, che proprio il re delle Asturie in persona guidava la nostra comitiva, hanno chiesto di essere condotti fino a lui, per rendergli omaggio.

Il maggiore, Esteban, mi ha ricordato Tioda per la sua eleganza innata e per il suo garbo. Era vestito in modo simile a come era solito vestirsi l'architetto reale, con una tunica ricamata d'azzurro, chiusa da una bella fibbia d'argento, e con una mantella dello stesso colore che teneva sulle spalle, probabilmente perché non aveva un posto migliore dove metterla. Sulla schiena portava un sacchetto di pelle leggero, quasi identico a quello del suo compagno. Sicuramente avevano lasciato i loro cavalli alle cure dei servi per presentarsi al re a piedi, in segno di rispetto.

Era evidente, dal loro modo di agire, che erano persone con una certa educazione, abituate a trattare con individui importanti.

Quello che era rimasto in silenzio, Roberto, doveva avere l'età di mio figlio Fáfila. L'altro doveva essere più vicino alla mia. All'inizio ne ho notato unicamente il viso sereno, contornato dai capelli e dalla barba rossicci, attraversati da fili bianchi. Poi a richiamare la mia attenzione è stato il suo modo particolare di parlare, con voce grave, in una lingua molto simile alla nostra, ma fatta di parole sconosciute, pronunciate dal fondo della gola. La stessa che veniva parlata nella corte di Carlo Magno, del cui splendore, ci ha detto Esteban, rimane solo il ricordo.

Avvertito della loro presenza, il re ha voluto che venissero immediatamente integrati al gruppo, così da poter sentire dalle loro labbra notizie sul regno vicino. Per quanto col monarca franco don Alfonso intrattenga una fitta corrispondenza, come conviene a due alleati nella guerra contro i musulmani, disporre di una testimonianza diretta di ciò che succede dall'altra parte dei Pirenei non è una cosa che accade frequentemente.

Per questo Esteban e Roberto sono stati accolti in modo così cordiale e invitati a cavalcare assieme a don Alfonso.

Subito il sovrano ha iniziato a discorrere con loro, o meglio, col maestro, dal momento che l'ufficiale non sembrava molto loquace. Per quanto riguarda me, cedendo alla mia solita curiosità, mi sono appostata alle loro spalle per non perdermi una parola.

«Vi trovate lontani da casa vostra, posso chiedervi perché?» ha preso l'iniziativa il mio signore.

«Corrono brutti tempi là, sire. Re Ludovico ha destinato il trono solo a suo figlio maggiore, Lotario, infrangendo la tradizione franca di dividere i domini tra tutti gli eredi. Da allora le lotte intestine stanno dissanguando il regno.»

«Sapevo di Lotario ed ero al corrente di alcuni screzi causati da questa decisione, ma ignoravo che fossero così gravi. Ne sono profondamente dispiaciuto.»

«Molto gravi, ve lo assicuro, per grande dolore del re.»

«Da quel che so il vostro sovrano è un guerriero valoroso, reduce da varie campagne contro i saraceni nella Marca Hispanica. È un alleato che stimo enormemente. Sotto il suo comando le truppe francesi hanno conquistato Barcinora a inizio secolo, estendendo il dominio dei cristiani fino al fiume Iber. E, con l'aiuto di Dio, in un futuro prossimo riusciremo ad ampliarlo ancora verso sud se le discordie, i cui echi sono giunti alle mie orecchie proprio da quelle terre, non lo impediscono.»

«Speriamo sia così, maestà.» Era evidente che Esteban non voleva minimamente contraddire il potente principe che lo stava interrogando.

«Continuate con la vostra storia, vi prego. Mi stavate parlando di qualche agitazione...»

«Sono sempre di più, signore, e ci stanno portando alla rovina. Le rivolte hanno scosso tutto il Paese e obbligato l'imperatore a prendere provvedimenti contro la sua stessa famiglia, che si sono presto tradotti in misure di massima crudeltà. Stando a quello che dicono, questo lo fa vivere divorato dal senso di colpa e dai rimorsi, sempre più isolato, mentre le lotte per la successione dissanguano l'impero. Ha rinchiuso le sorelle nei monasteri e allontanato tutte le donne che Carlo Magno aveva portato alla corte di Aquisgrana in qualità di consigliere.»

«Anche la principessa Berta?» Il mio signore non ha dimenticato quella donna. In qualche modo ha fatto parte del suo passato.

«Lo ignoro, maestà. Posso solo dirvi che tutti cospirano contro tutti per la spartizione dei feudi. Fratelli contro fratelli, mogli contro mariti, potenti contro potenti, monaci contro monaci, al punto di lanciarsi a vicenda gravissime accuse di adulterio e stregoneria. La violenza cresce, il lavoro scarseggia e la fame è una minaccia costante.»

Queste ultime parole devono aver destato nel re una profonda preoccupazione. Senza riuscire a vederlo in viso, ho immaginato la ruga che deve avergli solcato la fronte e la smorfia contrariata che deve esserglisi disegnata sulle labbra. Ce n'era certamente motivo.

Se s'indeboliscono i franchi nella Marca Hispanica, le Asturie rimangono sole nella lotta contro un nemico molto più forte, il cui impegno per distruggerci si traduce quasi ogni anno in attacchi brutali. D'altra parte, nessuno conosce bene quanto noi i danni che possono arrivare a causare le dispute interne. Queste, infatti, hanno portato alla caduta del dominio visigoto in Hispania, e alla conseguente invasione saracena.

Le lotte fratricide sono una condanna inesorabile tanto quanto il peccato originale che ci portiamo dietro? A quanto pare, sì. E Danila si sbagliava ad attribuire questo stigma unicamente ai figli delle terre hispaniche. Secondo quanto ha raccontato il maestro carpentiere franco, dall'altro lato dei Pirenei il vorace appetito di potere causa gli stessi mali. Anzi, anche tra i musulmani aumentano sempre più le dispute tra capi che condividono lo stesso sangue. È la causa per cui noi riusciamo ad avere un po' di pace: quando sono impegnati a lottare tra di loro non hanno il tempo di attaccare noi.

Dobbiamo quindi ringraziare il Signore per aver seminato l'ambizione nel cuore degli uomini, sperando che la discordia colpisca solo i condottieri di Allah.

Esteban si è accorto dell'impatto che il suo racconto ha avuto su don Alfonso, quindi ha subito cercato di minimizzare:

«Forse mi sono espresso male, sire. Riguardo alla difesa della Cristianità contro l'avanzata musulmana tutti i grandi signori dell'impero sono d'accordo».

«Magari fosse così, amico, ma temo di no. Recentemente mi sono giunte notizie da Barcinora che, difesa da Bernardo di Settimania, resiste a un lungo assedio guidato da un conte goto che ci ha traditi sostenendo 'Abd ar-Raḥmā'n.»

«Non ne sapevo nulla, maestà.»

«A quanto pare, le truppe mandate da Ludovico per aiutare gli assediati non riescono a raggiungerli perché due dei suoi comandanti si rifiutano di combattere sotto gli stendardi imperiali. Dovranno rendere conto a Dio della loro viltà quando affronteranno il suo giudizio, ne sono certo.»

Dopo aver fatto una pausa per enfatizzare la gravità della situazione, lo straniero ha continuato: «Per questo motivo siamo qui, sire. La guerra civile è nemica dello sviluppo. In tempi di pace, invece, i regni prosperano. E gli echi del vostro saggio governo sono giunti fino alla nostra Aquitania. Veniamo da lì, dopo aver attraversato le montagne, alla ricerca di un posto dove poter fare il nostro lavoro. Abbiamo sentito dire che state promuovendo la costruzione di chiese e palazzi per trasformare la vostra capitale in una delle città più belle di tutta la Cristianità...»

L'adulazione era talmente evidente e forzata che ha ottenuto l'opposto di quanto desiderato.

«Non avrete nulla da me lusingandomi. Chiunque mi conosca sa quanto io detesti le lusinghe.»

«Perdonatemi se vi ho offeso, non era mia intenzione. Vi assicuro, senza mentire, che tra noi la fama delle vostre opere corre di bocca in bocca. Questo è il motivo che ci ha portati fino a qui. Giungiamo ora da Ovetao, dove abbiamo potuto contemplare lo splendore dei vostri edifici. Peccato che i lavori siano già conclusi. Siamo arrivati troppo tardi.»

«Temo di sì.»

«Ci hanno detto, tuttavia, che a Lucus ci sono molti lavori di edificazione in corso, per cui ci dirigiamo là, alla ricerca di un cantiere che abbia bisogno di mani esperte. Incontrarvi lungo la strada è stata una fortuna del tutto inaspettata.»

«Siate i benvenuti, allora. Non ho molto da offrirvi, ma approfitterò volentieri del vostro sapere. Forse avrete sentito parlare di Tioda, il maestro sotto la cui direzione sono state compiute tutte le opere che avete potuto osservare nella mia capitale. E forse potrete darmi qualche consiglio riguardo a una chiesa che vorrei far costruire prossimamente, se la Provvidenza ci assiste...»

A partire da quel momento, hanno iniziato a parlare di navate, archi, porticati e materiali da costruzione, facendo scemare il mio interesse.

Il re voleva approfittare dell'occasione per iniziare a progettare la cappella che avrebbe custodito le reliquie dell'apostolo san Giacomo, sempre che, una volta arrivati, queste si dimostrino autentiche.

I maestri franchi hanno esibito tutta la loro esperienza, facendo persino una stima dei costi. Pensavano che, trattandosi di un sovrano, non avrebbe badato a spese. Immagino che stessero gioendo interiormente, increduli della loro fortuna. Ma don Alfonso li ha subito disillusi, spiegando che le Asturie sono un regno povero, il cui tesoro è prosciugato dalle continue guerre e dalle opere di costruzione di Ovetao.

«Se si costruirà qualcosa a Iria Flavia, sarà un edificio umile. Vi conviene rimanere a Lucus, verso cui ci dirigiamo anche noi. Vi hanno informati bene, quella città sta rinascendo con un vigore straordinario», ha sottolineato il re.

Se il Figlio del Tuono ha riposato per così tanto tempo in un umile bosco, non credo che ora abbia bisogno di una dimora suntuosa. Per quanto dispiaccia ai carpentieri franchi, l'Apostolo dovrà conformarsi con la tipica austerità delle nostre Asturie. Non riposerà nel lusso, ma di certo nella sicurezza.

Il conte voleva organizzare una battuta di caccia per saziare la fame che ci attanagliava. Ma gli accadimenti di questa mattina devono avergli fatto cambiare idea, per cui siamo stati nuovamente condannati a un magro spuntino a base di pane stantio e carne secca.

Persino don Alfonso, che non si lamenta mai, ha mostrato la

propria insoddisfazione. «Dio, darei una borsa piena d'oro per avere un banchetto degno di questo nome. Non ricordo nemmeno più il sapore di un buono stufato di carne...»

In assenza di cibo, abbiamo deciso di accamparci accanto a un abbondante ruscello per saziare almeno la nostra sete. Le ultime miglia sono state tranquille, dal momento che la strada è tornata a essere pianeggiante. Ma, più la stanchezza aumenta, più le mie ossa sembrano diventare sempre più pesanti. Non vedo l'ora di arrivare a Lucus, dove, se Dio vuole, potrò dormire in un letto.

I servi hanno acceso il fuoco, davanti al quale hanno iniziato a radunarsi i miei compagni di viaggio, e io sto per unirmi a loro, sebbene sappia che stasera non ci sarà né il salterio né, tantomeno, l'umore adatto a suonarlo.

Basta scrivere, per oggi.

Questo viaggio non cessa di sorprendermi! Come posso posare il calamo quando c'è così tanto da raccontare? Non so come farà Danila a redigere la cronaca di questo incredibile pellegrinaggio a posteriori, perché, pur imprimendo sulla pergamena, giorno per giorno, i fatti accaduti, a me pare di non riuscire a raccontare tutto.

L'intera comitiva si è raccolta attorno al fuoco, come ho già detto, per mangiare qualcosa. L'umore era a terra, nonostante la novità rappresentata dai carpentieri franchi, quando Sisberto ha deciso di torturarci con la descrizione dettagliata dell'ultimo banchetto servito nella residenza episcopale di Toletum, cui ha assistito giusto prima di trasferirsi nelle nostre Asturie.

«Era talmente suntuoso, che ho voluto sapere dal ciambellano cos'era stato servito esattamente.»

Adamino, il povero cuoco di palazzo, gli ha lanciato uno sguardo torvo. Ho l'impressione che si senta in qualche modo responsabile delle privazioni che deve sopportare il re, per quanto egli lo abbia tranquillizzato in più di un'occasione negando la sua colpa.

La caduta dei muli nel precipizio è stata voluta da Dio, ripetono don Alfonso e Odoario. Io continuo a pensare che, nella tragedia alla quale dobbiamo questa fame costante, ci sia lo zampino di Muhammed. In ogni caso, il povero cuoco ha il compito di nutrirci senza avere nulla con cui farlo. Chi, al suo posto, non ne soffrirebbe?

Sisberto non ha mostrato pietà. «Due buoi interi, belli grassi. Altrettanti vitelli. Sei agnelli svezzati e altri dieci da latte. Conigli, lepri, capponi, tacchini e galline, senza fine. Certo mancavano il maiale e i suoi deliziosi insaccati, proibiti dalla religione di Allah, ma sono stati ampiamente compensati dalle trote marinate, dai granchi e dalle anguille, pescate per l'occasione. C'erano anche...»

«Ora basta!» ha urlato il conte Aimerico, la cui pazienza nei confronti del toletano si stava esaurendo.

«Non volete sapere dello squisito sapore dei panzerotti ripieni di pernice e quaglia, delle torte croccanti, dei dolci alle mandorle e miele o del generoso vino che accompagnava tutto quel ben di Dio?»

«No!»

«Non sapete cosa vi state perdendo...»

Vedendo che il padre era sul punto di esplodere, la contessina ha preso la parola, cosa molto rara, per proporci di ravvivare la serata con una storia.

Non è necessario specificare che la proposta è stata accolta con entusiasmo.

«C'intratterrete con un racconto galante?» ha domandato Roberto, aprendo bocca per la prima volta.

«In realtà stavo pensando al pio esempio della santa vergine martire Eulalia, che non ha esitato a rinunciare alla sua vita pur di poter professare il suo credo in Cristo...»

«Penso che questa serata richieda qualcosa di più mondano, Freya cara», è intervenuto suo padre.

Il tono del conte non ammetteva obiezioni. Imponeva alla figlia di sfoderare tutte le sue abilità di narratrice per conquistare il sovrano, che sembrava essere sul punto di ritirarsi nella propria tenda.

La donzella si preparava a ubbidire, cercando di ricordare

qualche storiella concorde alle richieste del padre, quando un mormorio crescente l'ha zittita.

Proveniva dal luogo in cui servi e soldati condividevano la cena. Erano tutti paralizzati, mentre guardavano il cielo con occhi spalancati, tra esclamazioni di orrore, segni della croce e lamenti.

Sopra le nostre teste, nella volta celeste priva di nuvole e punteggiata di stelle, la luna stava sparendo lenta sotto un inspiegabile manto. L'oscurità ne stava implacabilmente divorando la luce, lasciandoci nelle tenebre.

Pochi fenomeni sono tanto spaventosi.

Il buio si è fatto così denso che non riuscivamo a vedere coloro che non erano illuminati dal fuoco, sebbene ne sentissimo i gemiti spaventati. Tutti avevamo paura. Chi non ne avrebbe avuta? La luna, di colpo, ci nascondeva la sua faccia, senza che noi sapessimo il perché. Un evento così contrario all'ordine naturale delle cose non poteva presagire nulla di buono.

«Questa è opera del diavolo!» ha urlato alle mie spalle un uomo che non sono riuscita a identificare.

«Un avvertimento di Dio», ha ribadito Sisberto.

«È solo un'eclisse», è intervenuto Esteban, seduto accanto a me. «Si verifica ciclicamente. La luna si nasconde, capricciosa, ma torna sempre. Non c'è nulla da temere, presto finirà.»

Nessuno dei presenti ha prestato attenzione alla spiegazione del maestro carpentiere. Io l'ho sentito ma non gli ho concesso molto credito, convinta com'ero di essere davanti a un fenomeno pieno di significati estremamente inquietanti.

I monaci pregavano, invocando la misericordia del Signore. Servi e soldati sembravano essere i più spaventati. Uomini vigorosi, che non si sarebbero tirati indietro davanti a nessun guerriero mortale, mostravano senza vergogna il proprio terrore davanti a una mostruosità molto più pericolosa, ai loro occhi, di qualunque esercito nemico.

Il conte Aimerico e Freya riuscivano appena a mantenere un comportamento dignitoso, così come Nuño e me, ma il panico minacciava d'impossessarsi dell'intera compagnia.

«Silenzio!»

Se non fosse tuonata la potente voce del re, facendo zittire tutti, chissà cosa sarebbe potuto succedere. Don Alfonso, cosciente della gravità del momento, ha ordinato con tono fermo: «Leviamo al cielo le nostre preghiere e chiediamo alla Santissima Vergine di proteggerci in quest'ora di angoscia. Lei ci ascolterà».

Mi ha colpita il fatto che il sovrano si appellasse proprio alla Vergine, Madre di Cristo. Madre, proprio come la luna che pregava Huma. Femmina fertile, protettrice, che ora voltava le spalle ai suoi figli.

Perché?

Per quanto ci abbia ordinato di fare silenzio con una severità insolita, il sovrano non è riuscito a imporre del tutto la sua volontà. Conclusa un'*Ave Maria* recitata con particolare devozione, i mormorii hanno iniziato a farsi sentire di nuovo. Calmare animi così violentemente scossi non sembrava possibile.

Mentre osservavamo con ansia il cielo, aspettando di veder sparire da un momento all'altro quella nebbia tenebrosa, Adamino, in qualità di rappresentante di tutta la servitù, si è avvicinato a tentoni fino a noi.

Essendo un servo su uno scalino più alto nella gerarchia di palazzo e avendo accesso diretto a sua maestà grazie al suo lavoro, i compagni devono averlo costretto, convincendolo a dire ciò che tutti pensavano ma che nessuno aveva il coraggio di esprimere.

Prostratosi ai piedi del re, ha pregato umilmente che gli fosse concesso di parlare liberamente.

«Cosa vuoi dirmi?» ha domandato il sovrano con freddezza.

Senza alzare lo sguardo da terra, Adamino ha bisbigliato, timoroso: «In nome di tutti noi che siamo al vostro servizio, vi supplichiamo, signore, di tornare a Ovetao».

«Ora che siamo così vicini? Mi sorprende che osi chiedere una cosa del genere.»

«Non lo faremmo, signore, se i segnali che ci consigliano di abbandonare questa impresa non si manifestassero in modo tanto evidente. Sono tutti cattivi presagi, maestà. L'uno peggio dell'altro.»

Sisberto, accorso appena fiutato l'odore della paura, si è affrettato a enumerare dettagliatamente ciò che il cuoco aveva solo osato accennare: «Prima il vostro cavallo ha perso un ferro, dal nulla. Poi un serpente ha spaventato i muli e ci ha lasciato senza provviste. Successivamente c'è stata quella tempesta di una violenza mai vista prima. Questa stessa mattina, siete quasi morto annegato per mano di un prigioniero, all'apparenza innocuo. Ora la luna ci nega la sua luce. Di quali altre prove avete bisogno? Non vi risulta abbastanza eloquente il modo in cui Dio manifesta il suo disaccordo con questa follia?»

Questa volta, sì, Aimerico avrebbe strozzato il monaco con le sue stesse mani se non fosse intervenuto il re.

«Chi siete, voi, per interpretare con tale sfrontatezza il volere di Dio?» ha esclamato il conte, contenendo a fatica l'ira. «Se non indossaste la tunica, vi sfiderei a rispondere della vostra arroganza davanti alla mia spada. Rispetto la vostra tonsura, ma non mettete alla prova la mia pazienza. Ha raggiunto il limite.»

Anche don Alfonso era irritato da quell'ennesimo affronto alla sua autorità, soprattutto perché questa volta Sisberto aveva parlato davanti a tutta la comitiva, radunataglisi attorno, avida di protezione in quella notte buia. Un tale comportamento non poteva restare impunito.

Con voce dura come il ghiaccio, don Alfonso si è rivolto prima a Sisberto. «Ho ascoltato le vostre parole molto più di quanto fosse tollerabile, fratello. D'ora in avanti vi esorto a tenere per voi i vostri commenti, così come il vostro appetito vorace e le vostre paure infantili. Non voglio sentirvi dire una sola parola fino a quando non saremo giunti a Iria Flavia. Il pellegrinaggio continua.»

Poi, ancora più severo, ha rimproverato Adamino: «Per quanto riguarda te e quelli che ti mandano, vi avverto. Parlare di auspici significa parlare di stregoneria e incorrere in un gravissimo peccato, punito con la morte. Non tollererò la presenza nel mio regno di maghi o auguri, e nemmeno di empi pagani pronti a credere a tali superstizioni. Se scopro che qualcuno di voi sparge in giro voci su presunti segnali diabolici, riceverà duecento frustate e poi verrà gettato nel fuoco.[16] Sono stato abbastanza chiaro?»

Nessuno ha osato proferire parola.

Quest'ultima minaccia mi ha fatta rabbrividire, perché il castigo menzionato avrebbe potuto essere tranquillamente assegnato a me. Non sono forse figlia di un'antica sacerdotessa della luna, nata, per di più, in una notte molto simile a questa?

Anche allora, proprio nel momento in cui Huma aveva aperto gli occhi per la prima volta, la dea adorata dal suo popolo aveva deciso di occultarsi. E, proprio come è successo oggi, gli abitanti del villaggio erano sprofondati nella paura.

Tutti lo avevano interpretato come il peggiore dei presagi. Tutti, tranne mia nonna, Naya, che, una volta trascorso il tempo dopo il quale i bambini potevano finalmente avere un nome, benché fosse gravemente malata, ha condotto sua figlia fino alla grotta del tempestario. Il vecchio le ha raccontato che quell'insolito evento non era altro che l'ennesima dimostrazione della lotta della dea contro il dio cristiano.

Quante volte mia madre mi ha ripetuto quelle parole, che lei considerava enormemente sagge! «Ha perso una battaglia nella feroce guerra contro il padre sole, ma conserva ancora il suo vigore, sebbene indebolito. Il suo tempo è giunto al termine, così come il nostro, ma ciò che deve succedere non succederà oggi, né domani.»

Io so bene in che terribile modo si è compiuto quanto annunciato da quella luna tinta prima di rosso sangue e subito dopo di nero. È rinata, certo, come rinascerà oggi. Mia madre ha avuto una vita piena, in cui ha avuto tempo di provare amore e anche dolore. Ma la sua fine... Quel massacro spietato, quella pira funebre di corpi senza volto...

Voglia il Signore salvarci dal ripetersi di un simile orrore!

Mi vengono i brividi solo a immaginare ciò che sarebbe di me se don Alfonso arrivasse anche solo a sospettare i pensieri che albergano nel mio cuore. Se potesse penetrare nella mia testa e ricordare ciò che io ricordo. Se sapesse fino a che punto sono ancora vivi in me gli insegnamenti di mia madre, alcune delle sue credenze, la sua maniera di vedere il mondo, il suo sguardo sulle cose, i suoi dei, la sua dea.

Cosa farebbe se mi sorprendesse a buttare un tozzo di pane nel fuoco, come ho fatto qualche istante fa, mossa da un istinto estraneo alla mia volontà e causato dall'eclisse? Forse mi condannerebbe al rogo, come ho visto fare con più di una curatrice come Huma. Nel migliore dei casi, mi allontanerebbe da sé e rinnegherebbe la nostra amicizia. Nel peggiore, proibirebbe di pronunciare il mio nome in sua presenza.

E il pericolo che ciò accada aumenta sempre di più perché Huma continua ad apparirmi in sogno e a irrompere nei miei pensieri quando meno me lo aspetto. In ogni momento. Sono rari i giorni o le notti in cui manca a questo appuntamento. Forse sta cercando di avvisarmi. Forse la mia ora si sta avvicinando ed è il suo modo di dirmelo. Chissà?

Ha sempre usato un linguaggio speciale, ricco di simboli e non detti, per insegnarmi le pratiche proibite dalla religione di mio padre. Starà facendo la stessa cosa ora? Se così fosse, non mi dispiacerebbe.

Ho vissuto a lungo e ho ben approfittato del tempo che ho avuto. Sebbene conservi ancora un gran desiderio di vivere, di gioire, di amare, d'imparare e di svuotare fino all'ultima goccia questo calice di liquore che è la vita, l'idea di riunirmi ai miei genitori, a mio figlio e al mio defunto marito non mi è affatto sgradevole. In giornate come questa, la trovo addirittura attraente.

Madre, dimmi, mi stai chiamando al tuo fianco?

8

UNA SOSTA E UNA LOCANDA

Lucus,
Giorno di Santa Monegonda

La stanchezza, alla fine, ha avuto la meglio su di me. In questi ultimi due giorni sono venuta meno al mio impegno di raccontare il viaggio poiché me ne mancavano le forze. Ammetto, con vergogna, che sono stata sul punto di arrendermi e chiedere di essere lasciata indietro. L'avrei fatto se non fosse stato per l'impellente bisogno di rivedere mio figlio Rodrigo prima di consegnare la mia anima al Padre Eterno. Malgrado ciò, ci sono stati momenti in cui la stanchezza è arrivata a pesare più dell'amore o della ferma determinazione ad andare avanti.
Mea culpa.
Suppongo di avere momenti di debolezza, come tutti. Chi non ne ha mai avuti? Forse il re, solo lui. E persino don Alfonso di tanto in tanto cede all'ira, fino a cadere nella tirannia.
Siamo tutti umani, peccatori che dipendono dalla misericordia di Dio, io per prima.
A malincuore ho abbandonato momentaneamente questa cronaca, ma la riprendo con entusiasmo, ora che ho recuperato le forze. Merito delle due notti trascorse su un materasso di buona lana, incoronate da un banchetto degno del più importante signore.
Ma andiamo con ordine...

Siamo finalmente arrivati a Lucus, proprio quando le campane rintoccavano i vespri nel giorno di Santa Ester.
A causa della marcia forzata imposta dalla fretta del sovrano, la maggior parte di noi era vicina allo sfinimento. Tuttavia lo seguivamo, ubbidienti, per lealtà, ma soprattutto per abitudine.

L'immagine dell'eclisse era ancora vivida nei nostri cuori, sebbene nessuno l'avesse più menzionata. Chi avrebbe osato pronunciare la parola «presagio» dopo aver visto la collera di don Alfonso?

È diventato schivo. Cavalcava da solo, immerso nei suoi pensieri. Sospetto che rimuginasse sul susseguirsi d'inconvenienti che ci ha colpito sin dalla partenza da Ovetao, senza voler cedere a interpretarne il significato.

L'orgoglio, la fede, la determinazione, il carattere e la necessità di credere nell'aiuto divino gl'impongono di raggiungere a ogni costo Iria Flavia e, per riuscirci, non indietreggerà davanti a nulla.

Il re vuole accertarsi di persona che nel sepolcro riposi davvero l'apostolo Giacomo. L'impazienza lo sta logorando, non solo perché desidera con fervore che sia così, ma perché, io credo, è perfettamente consapevole di cosa possa significare per il regno questo ritrovamento.

Non ci saranno ostacoli né timori che lo possano fermare.

Abbiamo camminato a lungo per una stradina immersa in un fitto bosco di querce, le cui ghiande avrebbero presto cibato i maiali e, al bisogno, i cristiani. Più di uno di noi ha avuto la tentazione di portarsene una alla bocca pur di mitigare il rumore famelico dello stomaco, che riecheggiava nel silenzio imperante. Ricordo che, nel momento che ha preceduto, una volta usciti dalla boscaglia, l'avvistamento della città, provavo esattamente questa sensazione.

In lontananza, le mura che proteggono Lucus sembravano un piccolo e fragile giocattolo. Ma era davvero un grossolano abbaglio, come più tardi abbiamo potuto accertare. Perché, a mano a mano che ci avvicinavamo, salendo e scendendo per le pendenze in sella ai nostri cavalli, sfiniti quanto noi, la straordinaria imponenza della muraglia costruita secoli prima dai romani ha preso forma. Una grandezza che incute timore.

Una struttura in pietra grigia, talmente solida da essere arrivata intatta ai nostri giorni, con le sue ottantacinque torri e con le sue cinque porte rimaste in piedi, inalterate dallo scorrere del tempo. Vestigia silenziose di un passato splendore, impegnato a sopravvivere al naufragio di un impero.

Una visione stupefacente.

Il sole, che ci ha fatto compagnia durante quasi tutto il viaggio, ingaggiava ora una dura battaglia contro la nebbia che, alleata all'umidità del vicino fiume, avrebbe infine avuto la meglio. Ogni passo diventava un miglio e ogni miglio un inferno.

Immagino che il mio aspetto fosse quello di qualcuno che era sul punto di arrendersi. Altrimenti non capisco come mai sia accorso in mio aiuto nientemeno che Danila, ignoro se per *motus* proprio o per ordine del re. Sta di fatto che, grazie a lui, sono riuscita ad arrivare a fatica al palazzo episcopale dove ora alloggiamo.

Come è riuscito il monaco amanuense a riscuotermi dalla mia spossatezza? Facendo conversazione.

A questo punto del viaggio deve ormai aver scoperto il mio punto debole. E, poiché non si è mai tirato indietro al momento di dimostrare la propria erudizione, ne ha approfittato per illustrarmi l'origine di questo villaggio dove, io che ho tanto viaggiato, non ero mai stata prima.

Lucus Augusti, così battezzata dai fondatori, era in origine un accampamento militare collocato al centro di un villaggio come i tanti che abbondano nella parte occidentale del regno. Ottenuta da Roma, con un copioso versamento di sangue, la definitiva sottomissione degli asturiani, attorno all'enclave del conquistatore è cresciuta una città, finita per diventare un crogiolo di legionari romani e figli della nostra terra.

Una città che aveva raggiunto una grande prosperità. Chi l'avrebbe mai detto, oggi! Era ricca di templi dedicati a divinità pagane, piscine, bagni, palazzi decorati con meravigliosi mosaici, giardini e statue, ora nascosti per la maggior parte sotto strati di abbandono.

Le uniche a essere intatte sono le mura, colossali, ampie a tal punto da permettere, durante le ronde, l'incrocio di quattro o cinque soldati senza che questi si sfiorino. E poco altro, forse qualche rudere che risorgerà a nuovo splendore grazie a questo viaggio del mio signore Alfonso.

La decadenza non ha impedito, però, che all'ombra di tale muraglia si siano edificati cappelle e monasteri.

Secondo Danila, ai tempi dei visigoti, un importante concilio promosse la Chiesa locale a sede episcopale, conferendole autorità e potere sugli altri vescovati della regione. Si capisce come mai Dominicus, nostro anfitrione e attuale responsabile della diocesi, non abbia accolto con entusiasmo la notizia dell'apparizione miracolosa delle reliquie, motivo della visita reale. Per lui, una pessima notizia.

Se quanto affermato da Teodomiro fosse vero, la sede di Iria Flavia ne ricaverebbe un'importanza immensamente superiore rispetto a Lucus. Immensamente superiore rispetto a qualsiasi altra diocesi, di fatto. Questo comporta una perdita di status che il prelato, naturalmente, si rifiuta di accettare.

Ma andiamo per ordine. Ne parlerò più in dettaglio al momento opportuno.

Secondo il calligrafo, fino alla fondazione di Ovetao da parte di Fruela, padre del nostro signore, Lucus era l'unica città degna di quel nome in tutte le Asturie. Cánicas non ha mai raggiunto tale grandezza, così come Passicim. Entrambe troppo impegnate nel resistere ai saraceni e nel dare rifugio sicuro ai ribelli!

La storia del nostro regno è stata scritta più col sangue e col ferro che con la pietra, nonostante l'ostinazione di Tioda nel voler dare al mondo una capitale paragonabile a Toletum, Corduba o Herstal.

È probabile che l'architetto reale avesse ragione, così come lo stesso don Alfonso. Ma prima era necessario lottare, popolare e consolidare il territorio riconquistato pezzo per pezzo. Compito arduo, come ho potuto verificare coi miei stessi occhi.

Mi è tornato in mente, sedendomi a scrivere oggi, di quando mio padre mi raccontava di aver accompagnato Alfonso, detto il Cattolico, nella campagna di riconquista di questa città, una volta abbandonata dai musulmani.

Avevano trovato Lucus ridotta in macerie. La città fiorente, che si trovava ormai in uno stato pietoso, era stata mandata a ricostruire dal nonno del mio don Alfonso coi pochi mezzi di un regno tormentato dalle truppe dell'emiro di Al-Ándalus.

In quell'occasione, erano stati portati fin qui dei cristiani del Sud, com'era successo a Coaña, e tra questi vi era un vescovo di nome Odoario, come l'abate di San Vicente.

Egli, arrivato anche lui dall'Africa come i saraceni, ha raggiunto una fama che dura fino ai nostri giorni. Ma l'impresa da lui iniziata è ancora lontana dall'essere compiuta. Da quanto ho potuto vedere in questi giorni, manca ancora tanto lavoro da fare, ma sarà fatto, non ne dubito.
Il mio signore ha dato la sua parola.

Arrivati finalmente alla porta di San Pietro, fra due torrette rotonde, c'era ad attenderci una comitiva composta dai più alti dignitari della città, abbigliati di tutto punto per l'occasione.

In testa, il vescovo Dominicus, un uomo della mia età, dagli occhi vispi, dai capelli lisci e dai gesti altezzosi, agghindato con suntuose vesti color porpora. Era trasportato a mano su una portantina e si reggeva a malapena in piedi davanti al suo sovrano, perché afflitto, diceva, da un fortissimo mal di schiena. Tuttavia, in quel solenne momento, ha sopportato in silenzio il discorso di don Alfonso, cercando invano di nascondere la propria impazienza.

Al contrario dell'ecclesiastico, il re portava il segno sui vestiti e sul volto delle difficoltà degli ultimi giorni. Appariva trasandato, contro ogni sua abitudine, così come il resto del nostro corteo, con l'unica eccezione di Freya che, non mi spiego come, riesce sempre ad apparire perfetta, nonostante la pioggia, il caldo o la stanchezza sopportati dal suo corpo.

La contessina era raggiante, fresca come una fanciulla il giorno delle nozze. Noialtri desideravamo solo un alloggio decente dove dormire e mangiare a sazietà. Eppure abbiamo ascoltato il monarca in rispettoso silenzio, consapevoli dell'emozione che ne impregnava la voce.

«Fin qui arrivò Mūsā, al comando del suo esercito, dopo il disastro del Guadalete, seminando morte e distruzione ovunque. La paura della gente gli aprì le porte della città, che si piegò al conquistatore, rassegnandosi a una pace umiliante e accettando di pagare tributi agli adoratori di Allah. Un'onta del genere non accadrà mai più! Di fronte a voi e al Nostro Salvatore, alle porte di questa gloriosa città, giuro che mai più un principe cristiano chinerà il capo davanti a un invasore saraceno. Possa bruciare la mia anima in eterno se dovessi tradire questo giuramento.»

Ṭāriq, il prigioniero musulmano tenuto sotto stretta sorveglianza dopo il tentato omicidio perpetrato da Muhammed, non tornerà a Ovetao. Non appena messo piede nel villaggio, è stato condotto a una guarnigione militare. Gli sarà assegnato qualche lavoro pesante che metterà presto fine alla sua vita. Al posto suo, ne sarei grata. A cosa serve vivere senza libertà né speranza?

Ci siamo divisi gli alloggi come consono al nostro rango. I soldati, tra i quali si trova molto a malincuore Nuño, si sono stanziati nell'accampamento principale, vicino alla citata porta di San Pietro. I carpentieri franchi, in una locanda aperta di recente nel cuore della città da un forestiero di Corduba, il primo albergo della nuova Lucus. I servi, i monaci, il re, Agila, il conte Aimerico, sua figlia, Cobre e io, nel palazzo episcopale, distribuiti, naturalmente, in diverse stanze.

La mia è piccola, in sostanza una cella monacale, ma mi sembra perfetta. Bisogna aver sopportato le privazioni del viaggio per apprezzare anche solo un materasso di lana, una bacinella di acqua tiepida con cui lavarsi, l'intimità necessaria per godere della solitudine e una latrina in fondo al cortile.

Per quanto riguarda il cibo...

Prima di assaggiare il banchetto preparato ieri sera da Claudio, il locandiere arrivato dal Sud, pensavo che la cena offerta da Dominicus il giorno del nostro arrivo fosse insuperabile. E Dio sa che aveva i meriti per esserlo: fagottini ripieni di carne di maiale e lepre, pesce d'acqua salata marinato, castrato traboccante di grasso, cucinato a fuoco lento nel suo sugo, pernici fritte nello strutto, panna addolcita col miele... Un susseguirsi di delizie che ha reso a lungo muti noi affamati.

Soltanto il padrone di casa, troppo indolenzito per mangiare, si lamentava delle pietanze che i domestici lasciavano sulla tavola, illuminata da candele profumate e coperta da una tovaglia bianca per pulirsi le mani. Erano persino state disposte scodelle per ogni commensale: un lusso estraneo alle nostre abitudini.

Elogiavamo tutti l'eccelso banchetto, tutti tranne il vescovo Dominicus. «Vi chiedo perdono per la sobrietà, maestà. Avrei desiderato ricevervi con la magnificenza dovuta alla vostra persona, ma sono stato avvertito troppo tardi del vostro arrivo.»

«La vostra ospitalità è all'altezza del vostro onore, eccellenza reverendissima. Non preoccupatevi.»

«Ciò nonostante, avrei desiderato offrirvi un'accoglienza più degna. La vostra presenza in città è un altissimo onore per Lucus, inutile dirlo. Un onore a lungo desiderato, devo aggiungere...»

C'era risentimento in quelle parole. Tanto.

Non serve un fine intelletto per capire il compiacimento che il vescovo ha di sé. L'orgoglio che sente per la sua prelatura. La superbia del suo sguardo, al limite del disprezzo, verso tutti tranne che verso il re. Poiché nessuno di noi ha dato motivo a una tale antipatia di esistere, immagino che questa si debba al semplice fatto che siamo forestieri e non figli di questa città, agli occhi di Dominicus degna di un'ammirazione infinita.

Ciò mi ricorda Sisberto, tanto orgoglioso della sua natia Toletum da guardare gli altri dall'alto in basso. O da dimostrare scetticismo nell'apprendere la notizia sul ritrovamento del sepolcro di san Giacomo a Iria Flavia. Se non fosse stato così impegnato ad abbuffarsi, probabilmente il monaco avrebbe assecondato con entusiasmo i sottili argomenti di Dominicus contro questo pellegrinaggio.

«Confido di poter godere della vostra illustre compagnia per alcune settimane, maestà. Sono molti i discorsi irrisolti che riguardano questa diocesi e vorrei affrontarli con voi.»

«Temo che non sarà possibile, reverendissimo padre. Fremo per arrivare al luogo in cui sono apparse le reliquie delle quali si parla sempre di più a mano a mano che ci addentriamo in Gallaecia.»

«Per quanto ne so, non sono altro che chiacchiere. Dicerie diffuse da chi ne trae più vantaggio.»

«Non vi fidate della parola del vescovo Teodomiro?» Più che una domanda, era una sfida.

«Tutti possiamo sbagliare, signore.»

«Appunto per questo mi dispongo a verificare di persona la

veridicità o no della notizia. Sarete d'accordo con me che il fatto sia di un'importanza tale da avere la priorità su ogni altro argomento.»

«Se mi è permesso esprimermi in totale franchezza, maestà, dubito che un santo come il figlio di Zebedeo, uno dei prediletti di Nostro Signore Gesù Cristo, abbia scelto come luogo del suo eterno riposo un posto ai confini del mondo, lontano dalla civiltà. Non credo che Iria Flavia meriti un simile onore.»

«Nostro Signore Gesù Cristo scelse di nascere nel villaggio di Betlemme e vide la luce in una stalla malandata. Ricevette calore da un bue e da una mula, mentre era adorato da pastori senz'altra fortuna che il proprio gregge. Se il Maestro ci ha dato una simile lezione di umiltà, perché non dovrebbe uno dei suoi apostoli?»

La logica del re era così schiacciante da lasciare senza parole il nostro anfitrione, sempre più scomodo sulla sedia, ormai una tortura per i suoi dolori.

Con l'intenzione di giungere, rapido, alla fine del banchetto, ci ha raccontato ogni particolare della natura del suo male, che inizia a pizzicare nella parte bassa della schiena per poi scendergli lungo la gamba destra, fino alla caviglia, come se un nido di vespe lo stesse pungendo. I suoi medici non riescono a trovare un rimedio per placare il dolore e gli praticano inutili salassi. Sarà una punizione divina per quell'arroganza tanto impropria alla sua carica sacerdotale?

Ero pronta a offrirgli l'unguento col quale calmo i dolori delle mie ossa, o perlomeno a preparargli una tisana a base di corteccia di salice. Ma qualcosa nel suo sguardo mi ha trattenuto dal farlo. Non solo avrebbe rifiutato la mia offerta, mi sono detta, ma mi avrebbe accusata di praticare la stregoneria. Don Alfonso mi avrebbe di certo protetta, ma chi evita l'occasione evita il rischio.

La giusta punizione al suo peccato, ho pensato allora. Ora, però, mentre scrivo al caldo della sera, mi dispiace non avergli offerto il mio aiuto. Forse la ragione dei suoi modi rudi è la rabbia derivante da un dolore costante e acuto.

«Quando pensate, dunque, di riprendere il vostro viaggio?» ha chiesto brusco Dominicus, al limite della scortesia, con l'evidente intento di allontanarci dalla sua tavola e dalla sua città.

«Tra due o tre giorni al massimo. Bisogna far riposare la servitù e cambiare le selle.»

«In questo caso, vorreste approfittare della vostra permanenza per impartire giustizia? Domani è prevista la pronuncia di alcune sentenze. Il conte Gundemaro, governatore della piazza, ci ha lasciato circa un mese fa e suo figlio è ancora troppo giovane per assumersi questa responsabilità.»

«Dov'è?» ha chiesto il sovrano, offeso dalla sua assenza.

«Domani lui e sua madre verranno a prostrarsi ai vostri piedi. Vi prego di perdonarli. La loro dimora è piuttosto lontana e non sono stati informati in tempo del vostro arrivo.»

«Mi parlavate di un processo...»

«Esatto. In assenza di un giudice civile, stavo per farmi carico io di emettere sentenza ma, dato che siete in città, nessuno svolgerà questo compito meglio di vostra maestà, depositario della suprema giustizia.»

«L'unico giudice supremo è Dio, Dominicus.»

«E, subito dopo, voi, mio signore.»

Durante la notte i servi hanno montato un palco sulla piazza antistante alla basilica di Santa Maria. Un ampio spiazzo, una volta lastricato in marmo che, da quanto dicono, ospitava l'antico foro imperiale. Oggi ne rimane solo qualche traccia, ma la popolazione conserva l'abitudine di riunirsi lì per le occasioni importanti, come il mercato settimanale o la celebrazione di un processo.

E ieri erano previsti più processi presieduti nientemeno che dal re.

Sin dalle prime ore del mattino, una moltitudine variopinta di gente riempiva fino all'ultimo angolo della piazza. Alcuni si erano addirittura arrampicati su degli sgabelli per vedere meglio. C'era un clima di festa.

Quello che stava per accadere avrebbe deciso il destino di alcuni disgraziati. Anche se avessero potuto affrontare la morte, per il pubblico si trattava di uno spettacolo estremamente interessante e per di più gratuito. Un'occasione di rumoroso festeggiamento, che mi ha fatto stringere il cuore non appena, accompagnando il sovrano, mi sono affacciata sulla piazza.

Accanto a don Alfonso camminavamo Danila, il conte Aimerico, sua figlia Freya e io, oltre ad Agila e a Dominicus, che si appoggiava a un bastone con l'impugnatura d'argento. La notte non aveva alleggerito il suo dolore, era evidente. Grandi occhiaie sottolineavano i suoi occhi scuri, aggiungendo almeno una decina di anni all'età che ho calcolato la sera prima. Non sembrava più tanto arrogante e nemmeno combattivo. Suscitava solo pena.

Il re, invece, era vestito sfarzosamente, evidenziando la sua autorità con mantello, scettro e corona, e imponeva non solo rispetto ma timore, come si addice a un giudice.

Tutti abbiamo preso posto più in basso rispetto al sovrano. Lui si è seduto su una sorta di trono ricoperto di cuscini in seta, che i servi hanno portato dal palazzo episcopale, e ha dato l'ordine di condurre davanti a sé i primi imputati. Due uomini sui quali pesavano rispettivamente un'accusa di adulterio e una di omicidio.

Avevano entrambi trascorso molto tempo nelle segrete della guarnigione, e il trattamento ricevuto si rifletteva sulle loro facce emaciate.

Quei casi erano molto complessi.

Il primo giurava di aver sorpreso, al suo ritorno dal lavoro, sua moglie in flagranza di adulterio con un vicino. Secondo la sua testimonianza, tra un singhiozzo e l'altro, li ha trovati sul suo letto, nudi, a sollazzarsi senza pudore. Accecato dall'ira, ha picchiato l'adultera fino a lasciarla senza vita, mentre il suo amante scappava atterrito.

I funzionari, allertati dal fuggitivo, lo hanno arrestato poco dopo, ricoperto del sangue della vittima, per condurlo in cella senza una giusta causa, come ripeteva a gran voce. Si è limitato a fare ciò che avrebbe fatto ogni marito tradito.

Dato che la sua versione degli avvenimenti differiva radicalmente da quella del vicino, entrambi rimanevano dietro le sbarre, in attesa che si chiarisse la faccenda.

I fatti narrati dall'altro accusato erano molto diversi. Egli sosteneva di conoscere la coppia da sempre ed era sicuro che il marito usasse abitualmente violenza sulla moglie. Con l'ultima bastonata ha esagerato fino a ucciderla, ripeteva con coraggio, e ora cercava di scrollarsi di dosso la colpa macchiando la memoria della donna con un'accusa completamente infondata. Lui voleva bene alla defunta, sì, ma era un affetto fraterno. Era accorso a casa sua allertato dalle grida, per trovarla ormai senza vita in mezzo a una pozza di sangue. Pregava il re affinché raccogliesse la testimonianza di un familiare o di un amico della coppia che confermasse le sue parole. Negava con veemenza di aver intrattenuto rapporti impropri con la sventurata e affidava la salvezza della sua anima alla veridicità di quella testimonianza.

Secondo la legge visigota, reintrodotta da don Alfonso come strumento di giustizia nelle Asturie, il marito ingannato non avrebbe fatto altro che esercitare il diritto di difendere il proprio onore nel caso, come sosteneva, avesse trovato sua moglie in flagranza di adulterio. Appellandosi a quel corpo di leggi, l'uomo lamentava di non essere riuscito a dar morte anche al suo vicino e chiedeva al giudice che dettasse la pena prevista per gli adulteri e lo consegnasse a lui, coniuge offeso, in qualità di schiavo.

La fermezza con la quale si esprimeva faceva capire che diceva la verità.

«Mi appello a voi, signore, perché ristabiliate il mio onore. Come potrei mai reggere gli sguardi di coloro che mi conoscono sapendo che vedono in me un cornuto?»

«Non statelo a sentire, maestà, è un bugiardo!» ha esclamato l'altro con identica forza. «Un vile falso e un assassino.»

Entrambi gli accusati disponevano dei mezzi necessari per conoscere i precetti legali dai quali dipendeva il loro futuro. Erano ricchi commercianti che non avrebbero mai pensato di trovarsi in una situazione simile.

«Vorrei sentire la testimonianza di vostra moglie», ha chiesto il re al presunto adultero.

«Sono vedovo, maestà.»

«Perciò si arrangiava con la mia!» ha gridato l'accusato di omicidio.

«Misero calunniatore! Non ti vergogni d'insultare la memoria della povera Aldonza?»

«Aldonza ha insultato me aprendo le sue gambe a te come una volgare prostituta.»

«Infame!»

«Bastardo!»

«*Basta!*» Don Alfonso si è alzato, pronto a sguainare la spada per mettere fine una volta per tutte a quel duello d'insulti. Non è abituato a sopportare certe scene.

Dopo aver imposto il silenzio ai litiganti e minacciato di punirli se non avessero mantenuto il dovuto comportamento, ha chiesto la presenza di qualche testimone che potesse chiarire il caso.

«Nessuno ha nulla da dire, maestà», è intervenuto il vescovo. «Gli ufficiali hanno cercato per giorni parenti o amici disposti a parlare, ma invano.»

«Lo temono, signore.» Pur trattandosi di un uomo basso, più avanti negli anni rispetto al rivale, l'imputato di adulterio dimostrava un grande coraggio nel cercare di spiegarsi senza temerne le ripercussioni. «Honorio è tanto malvagio quanto potente. Lo conoscono tutti da queste parti. Si è arricchito col commercio ingannando le brave persone attraverso merci scadenti e usa questa ricchezza per comprare la propria impunità. Se potesse propinarvi grano marcio, lo farebbe senz'altro...»

«Ti tiro il collo, vigliacco!»

«... Se gli date occasione di bagnare il pepe per far sì che aumenti il suo peso sulla bilancia, pepe bagnato comprerete. O sabbia nera. O resina di abete al posto d'incenso.»

«Giuro che finisci come la tua amante, figlio di puttana!»

«Nessuno oserà parlare contro di lui perché tutti sanno quanto può essere vendicativo. Ma io vi giuro, maestà, su quanto ho di più sacro che non ho mai avuto un rapporto carnale con la defunta. Sono innocente. È lui che ha commesso spergiuro, oltre ad aver ucciso una moglie fedele che sopportava con abnegazione tutti i suoi affronti. Perciò merita la morte sul patibolo e che l'infamia sporchi per sempre il suo nome.»

Non avrei mai voluto essere al posto del re. Come avere la certezza di quale tra i due mentiva? Non ce n'era modo.

Erano entrambi convincenti. In mancanza di testimoni, risultava impossibile decidere senza rischio di sbagliare.

Una volta sentite le ultime parole del presunto adultero, don Alfonso stava per pronunciarsi, quando, dalla folla della piazza, si è levato in aria un grido: «Maestà, maestà, ascoltatemi, vi prego!»

Né il sovrano, né il prelato, né gli altri dignitari presenti in tribuna, nemmeno gli ufficiali che sorvegliavano il re, si erano accorti della presenza di una donna anziana, minuta, incurvata al punto di affondare la testa tra i seni flosci, che lottava per farsi strada tra la gente.

«Maestà!» ripeteva, energica, sollevando il bastone su cui si apoggiava come fosse uno stendardo. «Parlerò in nome di Aldonza.»

«Portatela qui», ha ordinato il sovrano.

Due uomini della sua guardia personale hanno preso subito l'anziana, portandola, praticamente in braccio, fino al podio che rappresentava la sede del tribunale, presieduto dal più alto giudice delle Asturie.

«Sei parente della defunta?» ha chiesto il sovrano.

«No, signore. Ma l'ho conosciuta bene e la Santa Vergine sa quante volte ho curato le ferite procurate dalla bestia con la quale si è sposata, costretta dai genitori.»

L'additato le ha riservato uno sguardo carico d'odio, senza poter ribattere perché uno schiamazzo assordante si è innalzato dalla piazza, dove gli animi si sono scaldati.

«Strega!»

«Pazza!»

«Su, Gaudiosa, racconta la verità!»

«Bugiarda!»

«Non lasciarti intimidire, coraggio!»

Una volta ristabilito il silenzio, grazie alle bastonate delle guardie, il re ha ripreso l'interrogatorio: «Come hai conosciuto la suddetta Aldonza?»

«Per molti anni ho fatto la levatrice, mio signore», ha risposto la donna con voce ferma. «Ho fatto nascere metà degli abitanti di Lucus, prima che le mie ossa iniziassero a contorcersi in questo modo. La mia memoria, tuttavia, è buona. Perciò posso assicurare che avrei fatto nascere anche il figlio di Aldonza, se suo padre non l'avesse ucciso a calci quando era ancora nel grembo materno.»

Un'accusa simile ha sollevato un grandissimo clamore tra i presenti e le guardie si sono dovute adoperare per ristabilire l'ordine.

«Ciò che dici, Gaudiosa, è molto grave», l'ha avvisata il sovrano.

«Racconto ciò che ho visto, maestà. Aldonza mi ha fatto chiamare quando mancavano ancora circa tre lune al termine. Ricordo perfettamente cosa mi sono trovata davanti. Era sdraiata sul letto, sanguinava molto, piangeva sconsolata e sul suo corpo si vedevano i segni delle percosse: il volto, le braccia, il ventre... Dopo una sofferenza terribile ha dato alla luce una creatura morta che l'ha distrutta per sempre. Sterile.»

«Menzogne!» ha urlato il marito incriminato, cercando di sottrarsi alle guardie per assalire l'anziana. «Aldonza era caduta da un pagliaio. Lei stessa ti aveva raccontato tutto. Povero me che non ho potuto avere un legittimo erede per colpa sua.»

«È quanto mi ha detto», ha ammesso la levatrice senza guardare l'uomo in faccia, «ma non era vero, era stata maltrattata brutalmente da questo demonio. Ancora una volta, anche se in quell'occasione le conseguenze erano state peggiori del solito. In quante occasioni le ho somministrato unguenti e tisane per calmarle il dolore! Quella donna ha vissuto un calvario accanto a suo marito, lo giuro su Dio. Sarebbe stato un miracolo che non fosse morta.»

«Confermo, maestà», è intervenuto il presunto amante di Aldonza. «La levatrice dice la verità. Qualunque dei nostri vicini potrebbe testimoniare, se la paura non sigillasse le loro bocche.»

«Falsa!» ha ribadito con furia l'accusato d'omicidio. «Non ho fatto altro che correggere la condotta di mia moglie. Era cocciuta e ostinata. Cosa potevo farci se non ubbidiva mai al primo avvertimento? Ammetto di essere stato eccesivo col bastone in qualche occasione, non lo nego. Ma, la notte in cui, accecato dall'ira, l'ho colpita a morte, è stato perché l'ho trovata a cavalcioni su questo ipocrita malnato. Mi hanno reso un cornuto!»

«Non solo sei un assassino, ma anche un calunniatore ripugnante. Che tu possa marcire!»

Poco si è andato avanti nel chiarimento della questione, secondo il parere generale, poiché non c'erano testimonianze dirette dell'accaduto né tantomeno confessioni.

Don Alfonso, facendo buon uso della prudenza che lo caratterizza, si è concesso un po' di tempo per pensare, intanto avrebbe risolto altre cause più semplici.

Diversi responsabili di furti minori sono stati condannati a ricevere sul posto cento frustate, per piacere del pubblico accorso. Un artigiano, colpevole di aver ferito gravemente un locandiere durante una baruffa, si è visto costretto a pagare i danni: l'equivalente di cento stipendi, divisi in monete franche, tremisse gote e alcuni pezzi d'argento, perché nelle Asturie cristiane non è ancora stata coniata una moneta.

Il sole era ormai alto quando è arrivato il momento di emettere il verdetto sulla disputa che ha aperto la solenne sessione.

L'attesa era massima. Sostenitori di entrambi i litiganti minacciavano di arrivare alle mani da quanto, durante il processo, si erano agitati gli animi.

Gaudiosa, insultata da alcuni e incitata da altri, rimaneva ferma, in atteggiamento di grande dignità, difendendo a gomitate il posto in prima fila che si era guadagnata.

In mezzo a un silenzio assordante, il re ha emesso la sua sentenza, rivolgendosi direttamente all'uomo che si dichiarava cornuto: «Dato che la testimonianza della levatrice conferma quella del vostro accusatore e non percepisco in lei nessun falso interesse, vi dichiaro colpevole e vi condanno a pagare la quarantesima parte dei vostri averi al vicino che avete ingiustamente accusato di una condotta contraria tanto all'onore quanto ai comandamenti di Santa Madre Chiesa».

«Ma, maestà...» ha protestato il condannato.

«Zitto!» lo ha fulminato il sovrano. «Non ho finito. In base alla stessa argomentazione, vi dichiaro colpevole di un doppio omicidio: quello di vostra moglie e quello della creatura innocente contro la quale avete agito quando ancora era indifesa. Questi crimini dovrebbero condurvi oggi stesso al rogo...»

Il reo ha iniziato a tremare, il suo avversario gli ha lanciato uno sguardo trionfante e dalla piazza si è alzato un ululato di morbosa soddisfazione ancor prima che la pena fosse applicata.

«Tuttavia, non percepisco premeditazione in quei gesti», ha continuato il sovrano. «Non credo fossero frutto di un piano precedentemente ordito, ma conseguenza di un temperamento violento che non avete saputo dominare. Così, dato che l'ira vi ha accecato al punto di togliere la vita a vostra moglie e a vostro figlio non nato, dovrete trascorrere cieco il resto dei vostri giorni. Potrete pentirvi e purgare i vostri orrendi peccati in questo mondo. Se non lo farete, abbiate la certezza che patirete le eterne pene dell'Inferno.»

La sentenza è stata eseguita subito, sul posto, dal boia, tramite un ferro incandescente manovrato con perizia, tra le urla del tormentato e le acclamazioni della folla infervorata dal supplizio.

Finito lo spettacolo, la gente si è dispersa lentamente addentrandosi nel labirinto di viuzze che circonda la piazza.

Anche noi stavamo per andarcene, turbati da ciò che avevamo appena vissuto, quando abbiamo visto arrivare di corsa il maestro carpentiere, Esteban, assieme a uno sconosciuto. I due erano affannati per la fatica di attraversare la barriera umana accorsa per i processi e ci portavano un invito che non abbiamo potuto declinare.

Sono felice di non averlo fatto!

La guardia li ha lasciati passare non appena Agila ha riconosciuto il carpentiere che ha viaggiato con noi dal fiume Navia. Costui era visibilmente felice, perché, da quanto abbiamo saputo più tardi, appena entrato a Lucus ha trovato lavoro assieme all'amico, nella locanda dove alloggiavano. «Un piccolo restauro», ha ammesso con umiltà. «Anche se, una volta stabiliti definitivamente in città, potrebbe aprire le porte ad altri lavori più importanti.»

Infatti chi lo accompagnava era il proprietario della locanda in persona.

«Maestà, forse non sarà questo il momento più opportuno per avvicinarvi, ma non vorrei che andaste via senza prima aver conosciuto questo suddito originario di Corduba.»

Il re ha subito prestato l'attenzione richiesta. Il solo nome di quella città ha messo in allerta tutti i suoi sensi, determinati a non farsi sfuggire nessuna informazione su ciò che accade nella capitale del nostro nemico. Il sapere, come tutti dicono, è un'arma potente. Conoscere in anticipo le intenzioni dei saraceni potrebbe darci un vantaggio sostanziale nel prossimo attacco. Come avrebbe potuto un monarca saggio non cogliere una simile opportunità?

Il forestiero di nome Claudio arrivava proprio dal cuore dell'emirato e avrebbe potuto raccontare qualcosa d'interessante su quanto accade lì dalla salita al potere di 'Abd ar-Raḥmā'n.

Bisognava ascoltarlo con la massima attenzione.

Naturalmente a questa conclusione sono arrivata solo più tardi, avvolta dal calore della notte, poiché il mio primo sguardo è stato abbastanza frivolo e superficiale. Non tanto quanto quello di Freya, invaghitasi a prima vista dello sconosciuto dalla camminata particolare, di certo più da donna che da avveduta consigliera politica.

La verità è che il locandiere giunto da Al-Ándalus è un uomo senz'altro attraente e molto diverso dai rozzi soldati della corte guerriera delle Asturie. Non somiglia per niente a un contadino analfabeta, men che meno a un monaco. Nel regno dove siamo nate Freya e io non c'è posto per la raffinatezza, eccezion fatta per quella di don Alfonso, il cui fascino deriva da una galanteria impareggiabile.

Claudio ha impresso sulla pelle il dorato sole del Sud. Alto quanto il nostro principe, ha un corpo scolpito come il suo, ma molto più giovane, e raccoglie i capelli neri con un nastro lasciando, così, libero il volto dai tratti regolari. La barba è rasata, i suoi occhi scuri ardono, profondi, in contrasto con la voce vivace e allegra che gli esce dalla gola. Le mani, che ieri cercava di nascondere con timidezza, sembrano forti, anche se sorprendentemente dolci, forse perché non hanno mai impugnato una spada. Lo porta scritto sul viso. Non s'intende di guerre e d'intrighi, ma di piacere e sensualità, in qualsiasi forma si manifestino.

D'un tratto mi sono tornate in mente le sensazioni vissute nell'harem della capitale saracena, dove ogni particolare è stato pensato per esaltare i sensi: profumi, tessuti, cibi, liquori, massaggi, schiave cantanti... e altro ancora. Cose che il pudore di una dama deve tacere.

Dunque, il suo aspetto è molto diverso da quello della maggior parte dei figli delle Asturie, siano di stirpe asture o gota. Così come il suo sguardo, concentratosi, poco dopo, sulla contessina con un'intensità che cresceva col trascorrere della serata. Mi ha ricordato ciò che vedevo negli occhi di Tioda nei giorni in cui paragonava la mia pelle alla delicatezza dell'alabastro.

Dio mio, quanto tempo è passato!

Dov'ero rimasta?

Esteban, il carpentiere franco, si è rivolto al re eseguendo una riverenza impeccabile. «Permettetemi di presentarvi Claudio di Corduba, nella cui locanda alloggiamo Roberto e io.»

«È sempre un piacere sapere che il regno accoglie rifugiati cristiani», ha risposto don Alfonso, cortese.

«Claudio è molto più di un semplice rifugiato, maestà. Non è arrivato a mani vuote, ma con oro e altri beni addirittura più preziosi, che vorrebbe farvi vedere.»

«Esiste qualcosa che ha più valore dell'oro, se non la fede o l'onore?»

«Esteban esagera, mio signore», è intervenuto Claudio, col gradevole accento musicale del Sud. «È vero, provengo da una famiglia una volta abbiente e ho potuto vendere i miei averi prima di trasferirmi qui, ma non sono ricco. Tutt'altro. Sfortunatamente non rimangono cristiani ricchi a Corduba.»

«Quali sono allora quei tesori più preziosi dell'oro cui si riferisce il nostro amico?»

«I suoi stufati, maestà», ha risposto il franco. «Il suo olio, le sue spezie, il suo talento nell'ottenere sapori afrodisiaci. Dovete assaggiare i suoi piatti! Credetemi se vi dico che non avete degustato mai nulla di simile in vita vostra.»

«Accettate di essere miei ospiti per questa sera?» ha proposto allora il locandiere, senza osare alzare lo sguardo. «Ho finito ora di sistemarmi in città e la mia dimora è umile, ma farò di tutto perché non sia per voi tempo perduto. Sarebbe un immenso onore per me e per la mia locanda.»

«Venite, signore, vi prego», ha insistito Esteban. «E portate con voi quel monaco ghiottone che tanto si lamentava per la fame.»

Freya non ha potuto evitare che le s'illuminassero gli occhi. Io ho suggerito che Adamino, il cuoco del palazzo, avrebbe potuto approfittare dell'occasione per imparare da Claudio qualche nuovo stufato da introdurre nel suo limitato repertorio. Danila ha detto che gli sarebbe piaciuto impressionare Sisberto con un suntuoso banchetto servito nelle Asturie da un cristiano andaluso, giusto per zittirlo per un po' sulla sua amata Toletum, e il vescovo Dominicus ha visto con sollievo la possibilità di liberarsi di un'altra cena, resa interminabile dai suoi dolori.

«La cucina del forestiero ha una certa fama in città, maestà», ha aggiunto immediatamente il prelato. «Non ho ancora avuto occasione di visitare la sua locanda, ma lo farò non appena mi sarà possibile.»

«Accettiamo dunque il vostro invito. Tutti», ha concesso il re.

«Visitatela da voi, mio signore. Io, col vostro permesso, mi ritirerò nei miei alloggi, pregando che Dio onnipotente mi liberi dalla mia afflizione. Non immaginate la sofferenza che comporta.»

Non faccio fatica a immaginarlo, perché ho visto molte persone afflitte dallo stesso male. Conosco alcuni rimedi che potrebbero alleviarlo, ma li ho tenuti per me, per non mettere a rischio i segreti curativi di mia madre rivelandoli a un essere così poco propenso a riceverli.

Ora, come ho già detto prima, me ne pento.

Non ho nemmeno insistito affinché venisse assieme a noi alle antiche terme da poco restaurate a uso del defunto conte e di altri dignitari della città, dove il contatto con l'acqua calda gli avrebbe procurato un certo beneficio. Poiché sembrava godere di quella dura penitenza, ho creduto fosse meglio lasciarlo soffrire in pace. Saprà lui quali peccati pesano sulla sua coscienza.

«E sia», ha finito per arrendersi il sovrano. «Degusteremo la cucina di questo straniero e ascolteremo la sua storia.»

La locanda si trova in fondo a un vicolo stretto, non molto distante dalla cattedrale. In origine doveva essere stata una *domus* romana come quella di Cornelio, che ci ha ospitato la prima notte trascorsa lontana da Ovetao, anche se assai più piccola. Secoli di abbandono, inoltre, hanno lasciato un'impronta profonda.

«La faremo diventare la locanda più confortevole tra il *finis terrae* e l'Aquitania», ha auspicato con entusiasmo il carpentiere che ci faceva da guida.

«E voglia Dio che si riempia presto di pellegrini», lo ha assecondato Danila sottovoce.

Alcune camere erano disposte attorno a un cortile, sul quale si affacciavano anche le stalle delle scuderie, mentre sul retro, dove scorrazzavano le galline e altri uccelli da cortile, una colonna di fumo nero indicava la cucina. Lì Claudio si stava occupando degli ultimi ritocchi al banchetto che si preparava a servirci, aiutato da una donna burrosa e da un ragazzo di giovane età, tra profumati vapori che mi hanno subito fatto venire appetito.

Sul pavimento della taverna, vi era della paglia fresca. Prima di entrarci, Esteban ci ha mostrato l'orto. «Qui coltiva le sue verdure e i frutti esotici», ha spiegato, ammiccando.

Mi sono subito soffermata su due alberelli nodosi, di foglia piccola grigio-verde, che non avevo mai visto nelle Asturie. Quando, più tardi, ho avuto la possibilità di parlare col locandiere, ho chiesto: «Quelle che ho visto in un angolo dell'orto sono per caso piante d'olivo?»

«Sì, in effetti», ha risposto lui con un misto di sorpresa e orgoglio. «Noto che le riconoscete.»

«Ho avuto occasione di vederle nella vostra Corduba, molti

anni fa, sì. Ma non sapevo che la loro coltivazione fosse possibile qui, nella nostra terra umida e fredda.»
«Per il momento, resistono. Sono arrivate sul carro assieme a me attraversando monti, fiumi, pianure desolate e anche boschi infestati di banditi, senza subire danni importanti. Rendo grazie a Dio per questo. Sembrano trovarsi bene qui, esattamente come me. Né a loro né a me piace la pioggia, lo ammetto, ma ci siamo saputi adattare. Loro non hanno avuto scelta. In quanto a me... Sono cristiano. La vita nella mia città era diventata insostenibile.»
«Avete fatto un viaggio così lungo da solo?» ha osato chiedere Freya con voce tremante.
«Sì, mia signora», ha risposto lui, con un sorriso malinconico. «La febbre mi ha strappato quanto più amavo in questo mondo ed è stata la goccia che ha fatto traboccare il vaso. Morti mia moglie e mio figlio, che aveva appena iniziato a camminare, non avevo più ragione per restare in quella che era stata la nostra casa.»

Il modo in cui aveva pronunciato tali parole avrebbe sciolto il più freddo dei cuori, suscitando l'incontenibile desiderio di abbracciare il povero vedovo. Come avrebbe potuto non innamorarsene perdutamente quella sognatrice di Freya?

Osservando la sua espressione nell'ascoltare il racconto, non ho potuto fare a meno di compatirla. Era irrimediabilmente persa nel bisogno di salvarlo dal suo dolore, che lui ricambiasse o no l'amore svegliato in lei. La sfida che attendeva la mia giovane amica era molto ardua, al di là dell'immediata diffidenza manifestata dal conte Aimerico verso il forestiero.

«Quale stravaganza sobbarcarsi una simile noia in un viaggio già di per sé tanto faticoso e pieno di pericoli! Che follia!» A parlare era il conte Aimerico, che ormai doveva aver intuito l'attrazione che l'uomo esercitava sulla figlia e cercava il modo di troncarla sul nascere. Durante la cena, infatti, non ha smesso di dedicare all'oste grossolani gesti di antipatia, per disperazione della sfortunata Freya, impegnata a compiacere entrambi.

La risposta di Claudio ha cercato di calmare le acque. «Altra noia che mi sono sobbarcato, per usare le vostre parole, sono state le due anfore con l'olio estratto dai frutti di quella pianta. 'Oro liquido' è chiamato in Al-Ándalus. Senza volere sminuire il sapore del burro o dello strutto usati da queste parti negli stufati. Quelli che ho imparato a cucinare da mia madre, e lei dalla sua, hanno bisogno di questo ingrediente...»

«E si sente!» ha decretato Sisberto, che sembrava ingrassare a vista d'occhio mentre ingurgitava il cibo.

«Presto arriveranno nuovi olivi nelle Asturie, ne sono certo», ha azzardato il locandiere.

«Sì, perché i confini del nostro regno si allargheranno fino alle terre saracene, dove crescono queste piante», ha ribattuto con disprezzo Adamino, alleato naturale di Aimerico nella sua guerra contro il forestiero, sebbene la sua antipatia derivasse da altro.

Il conte ha applaudito il commento con gli occhi, senza perdere di vista la figlia, che a malapena aveva assaggiato un boccone.

Ogni ragazza di buona famiglia sa che la ghiottoneria costituisce un peccato imperdonabile per una donna, perché non solo tradisce un appetito smodato, ma apre le porte alla cupidigia e alla lussuria. La contessina si accontentava di sporcarsi le labbra, e so di certo che non ha sofferto la fame. Per nutrirsi le bastavano le parole pronunciate dal nostro anfitrione.

«In ogni modo, durante la maggior parte del viaggio non sono stato da solo», ha continuato Claudio. «Mi sono unito all'intendenza delle truppe dell'emiro, comandate dai fratelli Malik e 'Abbās Qurašī. Nella folla, un carro in più non dava nell'occhio.»

«E siete arrivato fin qui senza problemi», ho concluso io, impaziente di chiudere l'argomento, indovinando l'effetto che avrebbe provocato una rivelazione del genere.

«Da poco si sono compiuti due anni dalla mia partenza», ha proseguito Claudio con naturalezza. «Assieme ai soldati di retroguardia, sono arrivato fino alle Asturie. Lì ho trascorso il primo inverno, senza trovare ciò che cercavo, e poi mi sono trasferito a Lucus, dove credo di averlo trovato... Oggi più che mai.»

«Avete preso parte alle ultime razzie saracene contro di noi e avete il coraggio di raccontarlo con una simile disinvoltura?»

Ancora una volta era il conte Aimerico a rinfacciare al forestiero la propria confessione, benché tutti fossimo rimasti sbalorditi. Tutti tranne l'accusato, che rimaneva calmo.

«Non ho partecipato a quelle campagne, signore. Non sono né soldato né musulmano. Ho solo approfittato del dislocamento di un'ingente quantità di civili destinati al servizio nell'esercito per coprire una distanza che da solo non mi sarebbe stato possibile percorrere. Cos'avreste fatto, voi, al posto mio?»

«Combattere o resistere!»

«Combattere con quali mezzi? Resistere fino a quando? Vi ripeto che la vita a Corduba era diventata insopportabile.»

Il ragazzo che avevamo visto aiutare in cucina aveva appena posato un'altra pentola sulla tavola. La terza.

«E ora, col permesso di sua maestà, godiamoci il cibo. Ci sarà tempo per la chiacchierata...»

Il banchetto era cominciato con un *gazpachuelo* (così lo chiamava il cuoco) di cipolle e aglio condito con miele, aceto e piccolissimi pezzi di pane. Un piatto freddo, molto popolare in Al-Ándalus, pare, destinato a stuzzicare l'appetito in questa calda parte dell'anno.

Vi ho trovato un inaspettato ma gradevole contrasto fra l'acidità dell'aceto e la dolcezza del miele. Mi è sembrato fresco, saporito, originale e sorprendente, oltre che adatto a una dentatura provata dall'età. Non che fosse il mio caso.

Certo è che impallidiva rispetto a ciò che è arrivato in seguito: trote di fiume fritte nel nettare di olive, fino a diventare croccanti in bocca, accompagnate da arance essiccate. Una squisitezza senza paragone, all'altezza del palato più esigente.

«Tra le noie che mi sono sobbarcato» – Claudio ha pronunciato quella parola con malcelato sarcasmo – «c'era anche una sacca di arance, questo frutto che state assaggiando, purtroppo imbruttito dall'essiccatura necessaria alla conservazione. Perciò vi sembrerà amaro. Fresco, appena colto dall'albero, è dolce e succoso. Peccato che qui le arance non crescano...»

L'oste ci osservava mentre mangiavamo con appetito, a eccezione della cauta Freya. Mani, cucchiaio e coltello non bastavano per approfittare di quanto arrivava alla tavola. Lui non mangiava. Sembrava ansioso di sapere il nostro giudizio.

Immagino lo inquietasse particolarmente l'opinione del re, che ha dimostrato la sua buona educazione decantando ogni piatto, prima d'interrogare il forestiero sulla situazione politica della capitale andalusa.

Quella era la vera ragione della sua presenza, ma un gentiluomo come lui non avrebbe mai mancato alle regole della buona educazione e della buona ospitalità.

Mentre Claudio ci riempiva i calici di vino appena annacquato e c'invitava a mangiare una zuppa di melanzane, cipolle, mandorle e aglio, leggero intermezzo tra le portate di pesce e carne, io non smettevo di pensare a Estefanía, un fantasma del passato resuscitato all'improvviso dal torpore della cena.

Sarà ancora in vita? Avrà finalmente trovato pace?

Estefanía è una delle due persone che mi hanno aiutato a fuggire dalla prigionia a Corduba. L'altra è Sa'id, un eunuco dell'harem che ha pagato tale aiuto con la vita. Poche volte, nelle mie preghiere, mi dimentico di lui. Lui che mi ha guidato fino a un passaggio segreto in cambio di un sacchetto d'oro, e che, in quel nido d'intrighi, è stato tradito, non so da chi. Estafanía, cristiana come me, invece è riuscita a farmi avere un messaggio da Índaro, mettendo a rischio il proprio collo, senza chiedermi nulla in cambio.

Molti anni dopo, è venuta a chiedere il mio aiuto a Ovetao, dov'era arrivata con un gruppo di rifugiati per sottrarsi alle persecuzioni.

All'epoca, in Al-Ándalus, regnava Al-Ḥàkam, la cui crudeltà è leggendaria. Non solo soffocava di tasse e d'imposte i cristiani, ma anche i suoi stessi fratelli, fino al punto di provocare, a Corduba, una ribellione senza precedenti.

I cittadini si sono sollevati nel quartiere principale della città e sono stati ferocemente puniti. Le sponde del Guadalquivir si sono riempite di croci, dove gli sventurati pregavano indistintamente sia il dio cristiano sia quello musulmano. Sono state molte le città in Hispania che si sono inutilmente sollevate contro la tirannia di Al-Ḥàkam, perché egli ha affogato ogni ribellione nel sangue, forte del suo esercito e della sua guardia personale di eunuchi. Ci ha provato anche con noi, ma non è riuscito a piegarci.

Il solo ricordo del suo nome mi fa ancora gelare il sangue. Estefanía mi ha restituito la libertà nascondendo un messaggio di Índaro tra i suoi attrezzi d'acconciatrice, quando ancora qualche cristiana lavorava nell'harem dell'emiro. Anni dopo, le cose sono cambiate al punto che è stata costretta a fuggire. Allora, grazie a Dio, ho potuto restituirle il favore intercedendo davanti al sovrano perché ricevesse un appezzamento di terra in Primorias, dove potersi sistemare con la sua famiglia.

Dio voglia che continui a viverci felice e in salute!

Saranno passati circa dieci anni da quando abbiamo avuto notizia di questi terribili fatti. I cristiani di Corduba soffriranno ancora simili pene?

Prima di azzardarmi a trattare queste gravi questioni di Stato o attendere che lo facesse il re, ho preferito dirigere la conversazione verso argomenti più personali.

Il banchetto proseguiva con polpette di carne trita di agnello, condite con pancetta, strutto di maiale e abbondanti spezie: zafferano, comino, mentuccia e anice, tra le altre, fino a comporre una salsa che invitava a intingervi il pane.

«Questa ricetta non l'ho imparata dalla mia famiglia», ha confessato l'oste. «L'idea mi è venuta durante il viaggio, osservando il modo in cui si adoperavano non solo ingredienti diversi, ma fuoco, brace, forno o persino ceneri. Ciò che le persone mangiano o non mangiano dice molto di loro. Vi eravate mai soffermati su questo, signori? A Corduba non era semplice procurarsi carne di maiale, e ciò che si trovava aveva dei prezzi esorbitanti perché la religione di Allah, così come quella ebraica, vieta di mangiare maiale.»

«Il che non fa altro che dimostrare la loro ignoranza», ha osservato Adamino, confortato dall'incontro con un sapore più familiare.

«Chi vi ha spinto a intraprendere questo mestiere che vi dà tanta gioia?» ho chiesto a mia volta, curiosa.

«Mia madre», ha risposto Claudio con emozione. «E, prima ancora, mia nonna. Anche se pure mio padre, di stirpe romana, proprietario di fertili orti sulle rive del Guadalquivir,

non era estraneo a quest'arte. Da quanto raccontava, i suoi antenati gestivano una trattoria a Hispalis prima dell'arrivo in Hispania dei mori. In effetti, il piatto che sarà servito tra poco si basa su una ricetta di quell'epoca remota.»
«Una famiglia di antiche tradizioni cristiane», ha notato Danila, abbozzando un sorriso.
«A dire il vero, da parte materna, una bisnonna giudea convertita ha arricchito il patrimonio di famiglia con importanti saperi culinari.»
«Avete sangue giudeo?» si è scandalizzato di nuovo il conte.
«Come tanti, signore, come tanti. Molti si sono convertiti al cristianesimo, costretti dalle leggi gote, e non pochi hanno, in seguito, abbracciato l'Islam. Ma è passato molto tempo.»
«Non quanto necessario!» ha esclamato Aimerico.
«Posso assicurarvi che la mia fede in Nostro Signore Gesù Cristo è solida quanto la vostra.» Gli occhi del locandiere sostenevano lo sguardo del conte, sfidandolo. «Tale fede mi ha portato fin qui e per lei ho sopportato più dolore e ingiustizie di quanto vorrei ricordare. Altri, più deboli, hanno preferito convertirsi o lasciarsi morire.»
Quest'ultima rivelazione ha finalmente portato don Alfonso ad affrontare il tema che veramente lo preoccupava, senza ulteriori perdite di tempo.
L'accaldato aiutante, intanto, ci ha messo davanti un gran vassoio da cui proveniva un aroma capace di resuscitare i morti: l'antico stufato romano di cui parlava Claudio e una farinata di piselli secchi cotti nel vino, che sembrava il complemento ideale alle aringhe affumicate.
Adamino contemplava tutto con occhi spalancati, senza decidersi se considerarlo un'aberrazione del diavolo o una creazione sublime. Sisberto non ha aperto bocca per tutta la sera, ma di tanto in tanto emetteva esclamazioni gutturali di puro godimento. Danila ascoltava attentamente, senza perdersi nessun particolare.
Il sovrano ha interrogato il forestiero con tono deciso: «A chi vi riferite quando dite che 'altri si sono lasciati morire'? Di quali 'altri' state parlando?»
«Dei cristiani sottomessi alla tirannia musulmana, maestà.

Dei mozarabi. A Toletum, a Emerita e in altre città lontane dal centro del potere, in questi ultimi tempi, si sono moltiplicate le rivolte. Ne sarete senz'altro al corrente. A Corduba non c'è speranza. La repressione è stata talmente dura che ha spento ogni sogno di resistenza.»

«Spiegatevi meglio, vi prego.»

«In centinaia, anzi, in migliaia cercano deliberatamente il martirio. Provocano con la loro condotta l'ira della legge pur di farsi condannare a morte.»

«Fino a che punto si è sparsa la sfiducia?»

«Siamo sopraffatti dalle tasse. Anche se dovrei dire 'eravamo', dal momento che sono riuscito a fuggire. Ventiquattro *dirham* l'anno, più un quarto dei nostri guadagni. Un vero e proprio salasso. Le confische sono il pane nostro quotidiano, così come le umiliazioni. Siamo costretti a pregare di nascosto, siamo perseguitati in tanti modi... A lungo, ci ha fatti andare avanti l'idea di poter raggiungere un accordo di convivenza. Ma, negli ultimi tempi, come vi dicevo, il martirio è stato per molti l'unica via di fuga da tanta desolazione. Io ho preferito venire a nord.»

Il re è ammutolito nel sentire queste parole. Stava invocando la protezione di san Giacomo per quei fratelli cristiani sottomessi al giogo degli infedeli, oppure stava invocando per noi l'aiuto necessario a resistere all'assalto? Perché, se nel nostro caso avevamo disperatamente bisogno della sua protezione per consolidare le frontiere del regno, loro necessitavano del suo intervento niente di meno che per restare in vita.

A tutti conviene, dunque, che le reliquie miracolosamente apparse a Iria Flavia possiedano il formidabile potere del Figlio del Tuono. Ne abbiamo bisogno tutti davanti al feroce nemico impegnato a sottometterci o, in caso contrario, a distruggerci.

Quando ce ne stavamo andando, ormai sazi per diversi giorni e col cuore stretto da questa terribile storia, l'oste ha bisbigliato al mio orecchio: «Tornate domattina presto, solo voi e la contessa, vi prego. Ho qualcosa da darvi. Qualcosa di riservato alle signore».

Ho risposto che ci avrei provato. Chi al mio posto si sarebbe rifiutato? Freya è talmente rapita da quella voce cordiale, da quell'incanto, tra il mistero e la tristezza, che sento una tenerezza quasi dimenticata...

Sono mai stata innocente quanto lei? Ho mai provato un turbamento tale da accendermi le guance e togliermi l'appetito? Penso di sì. In ogni caso, il coraggio di quell'uomo audace, che ha abbandonato la sua casa, i suoi ricordi e la sua intera vita per ricominciare in una terra lontana, guidato dalla fede in Cristo e dal desiderio di libertà, ha suscitato una profonda ammirazione pure in me.

Lui e Freya si meritano a vicenda. Per questo, ieri, ho deciso di aiutarli a vincere gli ostacoli che dovranno superare, se ne avranno il coraggio pur sapendo quanto ardua sarà l'impresa.

Ammetto che non mi dispiace l'idea di allontanarla definitivamente dal re. Anzi, probabile che sia questo il principale interesse che mi guida. Che male c'è nell'unire le forze per essere entrambe felici?

Stamattina sono riuscita a strappare la contessina alla ferrea vigilanza del padre, con la scusa di aiutarla in un momento scomodo, comune a noi donne. Il semplice accenno a questo stato, considerato dagli uomini impuro, ci ha evitato ogni domanda.

Quanto sono spaventati da questo nostro misterioso ciclo, che loro non comprendono né controllano!

Così ci siamo incontrate con Claudio senza sollevare nessun sospetto prima che il sole spuntasse sopra le mura.

Freya mi ha seguito docile e ignara, coperta da un velo spesso. Se le avessi riferito dove stavamo andando, l'eccitazione l'avrebbe tradita davanti al conte, perciò ho considerato prudente tacere. Non ha indovinato la nostra destinazione fino all'imbocco della strada sulla quale si affaccia la locanda, davanti a cui lui ci attendeva.

Avrà passato tutta la notte lì?

«Entrate, vi prego, non ero certo che sareste venute.»

«Nemmeno io, vi confesso. Ma l'offerta era troppo allettante per rifiutare», ho risposto in tono malizioso.

«Mi onorate.»

«In realtà, sto solo scherzando. So perfettamente chi stavate aspettando.»

La contessa era rimasta in silenzio. In piedi, accanto a me, mi scrutava da sotto il velo, senza sapere cosa fare.

«Mi domando se avete chiuso occhio, stanotte», ho chiesto, allegra, divertita da quel gioco.

«A dire il vero, no. Il vento, accarezzando le piante dell'orto, componeva una musica che avevo dimenticato da tempo, e mi ha tenuto sveglio. Il rumore lontano del fiume mi portava ricordi di altri tempi, di altre acque e di altri fiumi nei quali ho bagnato il mio corpo felice.»

«Quanto vi mancheranno vostra moglie e vostro figlio!» si è intromessa Freya, commossa.

«Ricordo il passato senza rimpianti, mia signora. Loro, di certo, vivranno per sempre in me, ma ora sono in cielo, mentre io sono ancora qua.»

«Lontano da casa vostra...»

«Ricordo con una certa nostalgia il profumo dei fiori d'arancio per le strade della mia città, avvolto nel triste suono della voce di un'anziana che racconta storie di amore e di vita, confesso. Ieri sera, tuttavia, ogni stella infondeva al mio spirito una speranza rinnovata, riempiendolo di pace. Ieri sera ho sentito di aver trovato un posto dove tutto può riavere un senso.»

«Non siete un oste ma un poeta!» ho esclamato, sinceramente sorpresa. Ne ho conosciuto uno a Corduba quando ero ancora più giovane di Freya. Ho dimenticato il suo nome, ma non la sua cecità. Uno dei figli di 'Abd ar-Raḥmā'n, per vendicarsi di alcuni versi che aveva considerato offensivi, gli aveva strappato gli occhi.[17]

«Non scrivo versi, donna Alana. La mia arte è la cucina.»

«Vediamo, dunque, quella sorpresa che ci avete preparato.»

«Ma certo! Sedetevi, per favore. Vi ho cucinato il mio dolce preferito. Delle frittelle che gli arabi chiamano *almuyabbanas*, la cui delicatezza trova paragone solo nel vostro volto.» Il locandiere si rivolgeva a Freya, naturalmente, con una libertà che avrebbe scandalizzato un'accompagnatrice più severa. Quanto a me, invece, quella sfacciataggine mi ha divertita.

Lui se ne dev'essere accorto subito perché non ha tentennato un secondo nel proseguire il corteggiamento. «È contemplando i vostri capelli così biondi, gli occhi chiari come la luce del giorno e il pallore della vostra pelle immacolata, che mi sono venute in mente queste prelibatezze». Mentre parlava scoperchiava un vassoio pieno di piccoli anelli dorati dal profumo squisito. La contessina ha fatto il gesto di portarsene uno alla bocca, senza rammentare d'indossare il velo. Quando lo ha scostato per mangiare, le sue guance ardevano.

«Bianchi, come voi, sono il formaggio fresco e la panna coi quali si prepara questo dolce. Bianchi sono il latte e lo zucchero. Bianco è il colore dell'amore puro, che abita in infiniti sapori.»

La mia povera bambina stava per svenire dall'imbarazzo. Claudio stava osando ancora di più e rischiava di costringermi a dargli un freno.

Per alleggerire l'atmosfera, ho chiesto: «Cos'è lo zucchero? Non l'ho mai sentito nominare prima».

«Lo zucchero, mia signora, è una polvere che si ottiene da una pianta chiamata canna. Gli arabi l'hanno portata da Oriente e sanno come lavorarla per ricavare il tesoro del quale vorrei offrire un piccolo omaggio alla contessa Freya e a voi. Accettate questo umile dono e ricordatevi di me quando lo assaporerete.»

Era ora di andare via. Il re aveva dato ordine di riprendere il cammino verso Iria Flavia quella mattina, e si era fatto tardi.

Mentre ci salutavamo, per strada, ho visto il bacio depositato da Claudio sulla mano di Freya. E anche il sorriso col quale lei lo ha ricevuto. Potrei sbagliarmi ma il fuoco accesosi tra loro li porterà a incontrarsi ancora.

Soltanto il tempo lo dirà...

Non appena i servi sistemeranno le selle, partiremo verso Sámanos. È grande la forza con la quale questo monastero chiama don Alfonso. Sono tanti i ricordi che lo legano a quel luogo, il senso di sicurezza, la pace che evoca nella sua memoria...

Sámanos rappresenta tutto ciò che il mio signore venera: fede, luce, cultura, ordine. Lì, da bambino, è stato felice come non lo è stato mai più. Gli preme riabbracciare i monaci che ha conosciuto quando ancora erano novizi e chiedere la loro opinione sul miracoloso ritrovamento riferitoci da Teodomiro. Il loro consiglio sarà importante, ne sono certa.

Anche io sono divorata dall'impazienza. Mio figlio ha vissuto per anni a Sámanos e spero di trovare qualcuno che mi sappia dare sue notizie. Dico a me stessa che in quel cenobio troverò una sua traccia. Deve aver lasciato qualche segno. Deve essere così.

Ci sarà Rodrigo ad attendermi, alla fine di questo viaggio? Sarà lui la ricompensa a tanta fatica?

In mancanza di notizie, posso solo confidare nella misericordia di Dio e raccomandarmi alla Vergine perché tenga in vita questa speranza.

Le mura di Lucus

9

TRA I FANTASMI

Monastero di Sámanos,
Giorno di San Laureano

Da Lucus a Sámanos vi è una distanza di circa trenta miglia attraverso un terreno disomogeneo, perlopiù pianeggiante. Il fitto bosco di castagni si alterna a campi di avena o di spelta, che sfruttano la fertilità della terra, da sempre lavorata da mani operose. Campi ancora verdi, destinati a dare presto un abbondante raccolto.

Ieri, appena partiti da Lucus, abbiamo saputo da Danila che per arrivare a Iria Flavia non avremmo dovuto prendere la strada che ci ha condotti al monastero. Dirigendoci a ponente, sulla strada costruita all'epoca dalle legioni dell'impero, avremmo fatto più in fretta. La via che univa gli acquartieramenti di Lucus Augusti e Bracara Augusta oggi, a quanto pare, è abbandonata.

Aver scelto questa rotta ci ha fatto perdere almeno un paio di giorni. Perché? La risposta è semplice e complessa allo stesso tempo.

Poco o niente in questo viaggio ubbidisce alla necessità o alla logica. Ciò che ci muove è l'emozione, il sentimento, la fede, il disperato bisogno di speranza.

Nel mio caso, la ricerca di un figlio perso da molto e che ora, lo sento, si trova in grande difficoltà o... Non posso nemmeno pensarlo né tantomeno scriverlo.

In quanto al re, mio signore, una voce la cui eco ha raggiunto il suo cuore a Ovetao gli ha ordinato di mettersi in marcia. In questo cuore, indurito dalla guerra e dal potere, anche se ancora intatto, il monastero di Sámanos occupa uno spazio talmente importante da ben giustificare una deviazione.

Siamo partiti dall'antica città murata di Lucus a mattino inoltrato. Il sole ha presenziato all'inizio, per poi nascondersi subito dopo dietro una grossa coltre di nubi. Meglio così. Il freddo e la pioggia si combattono con una mantella. Il caldo, invece, è un nemico imbattibile.

Una volta attraversato il ponte romano sul fiume Miño, ho perso di vista Agila. Sarà andato avanti coi suoi esploratori col proposito di mettere al sicuro la strada che avremmo percorso. Quale altro motivo l'avrebbe portato a comportarsi in modo così strano?

Sebbene i saraceni non viaggino più con noi e la scorta sia stata rinforzata con un paio di soldati della guarnigione di Lucus, il capo delle guardie sembra agitato. Non è stato più lo stesso da quando ha visto don Alfonso lottare tra le acque del Navia, trascinato a fondo da un prigioniero.

In sua assenza, Nuño e Cobre hanno protetto il re, camminando entrambi con un muso scontroso e imbronciato. Il mastino si è vendicato grugnendo delle molte ore passate in gabbia; il guascone si è mostrato per quello che è: fiero e libero.

A Lucus abbiamo fatto rifornimento di viveri e di equipaggiamento, oltre ad aver cambiato di nuovo i cavalli. Tutti tranne il mio signore, che si è rifiutato categoricamente di lasciare Gaut. Nonostante il tentativo da parte di tutti di convincerlo a montare su un animale più adatto al terreno e alle circostanze, lui si è arroccato sulla propria decisione. L'unica concessione è stata quella d'introdurre nella comitiva uno stalliere cristiano, che sembra andare d'accordo col destriero e che se ne prende cura.

Speriamo che la testardaggine di quel ronzino non abbia altre conseguenze!

I nostri monaci, stranamente, camminavano assieme in una rumorosa e distesa chiacchierata. Con loro c'era anche Adamino, che condivideva opinioni discordanti sul banchetto della sera prima.

«Squisito.»
«Pretenzioso.»
«Un dono per il più esigente dei palati.»
«Un dispendio non necessario...»
«Ma stupefacente e sublime.»
«Tanta raffinatezza sfiora l'effeminato.»

«Il miele non è stato fatto per la bocca degli asini...»
Io ascoltavo alle loro spalle, divertita da quelle polemiche.

Mentre raccontavano a Odoario ciò che si era perso non partecipando alla cena, i pareri erano contrastanti. In genere, comunque, tutti erano rifocillati. Tutti tranne l'abate di San Vicente. Lui mi preoccupava. In città si è riposato, ma non a sufficienza. È emaciato, con la pelle di un brutto grigiastro. Ottimista, come al solito, e prodigo di sorrisi, ma sfibrato. Temo proprio che questa prova sia eccessiva per le sue forze, stremate da una lunga vita di privazioni.

Spero di sbagliarmi.

E non dimentico il conte Aimerico, né sua figlia, la mia povera Freya. A differenza degli altri, loro mostravano un umore ombroso. O meglio, lui sfogava il suo malumore su di lei, che ascoltava, abbattuta, il fiume di rimproveri paterni.

Il conte le addossava, tra le altre cose, la colpa di aver ritardato la partenza della comitiva, scomodando così il re cui dovrebbe sforzarsi di piacere. Io mi ero fatta carico di quel ritardo, ricorrendo all'infallibile scusa della «natura femminile», senza però riuscire a salvare la contessa dalla ramanzina.

Aimerico non ha il coraggio di affrontarmi, perciò sfoga la sua frustrazione su quella creatura indifesa. Lei sopporta ogni biasimo con aria compunta, ma credo che queste strigliate l'affliggano ogni volta di meno.

Ancora meglio!

Avevamo superato, a buon passo, circa la metà della strada, quando Freya, approfittando del fatto che il re avesse richiesto la presenza di suo padre, è venuta a cavalcare al mio fianco. Solo allora ho notato che aveva raccolto la sua bionda chioma in due trecce che, partendo dalle tempie, si univano sulla nuca, impreziosite da fiori bianchi. Era bellissima!

La mattina, oberata dalla fretta e dall'ansia di sfidare il buon senso, non avevo colto quel segno di civetteria. Anche se lei non sapeva dove fossimo dirette quando l'ho portata di corsa alla locanda di Claudio, l'istinto deve averla spinta a pettinarsi così. A far risaltare la sua bellezza, pensando all'uomo del quale si è perdutamente innamorata. Era evidente.

Se nutrivo ancora qualche dubbio, ormai era svanito. Vedo ora con chiarezza che, dica quel che dica il conte Aimerico, questa ragazza ha scelto da sola a chi piacere. L'unica questione da chiarire è se avrà il coraggio di realizzare il suo desiderio, o almeno provarci.

«Vi trovo malinconica», ho salutato la mia giovane amica non appena la sua cavalla ha affiancato il mio destriero asturiano.
«Voi sapete il perché, donna Alana. Siete l'unica a saperlo, di fatto.»
«Di solito l'amore porta gioia. Dov'è il vostro sorriso? Quanto vi è successo è stupendo.»
«Stupendo, dite? È terribile! Non riesco a togliere quell'uomo dai miei pensieri. Occupa ogni cosa, ogni istante. Vedo il suo viso riflesso sugli alberi o sulle nuvole. Sento la sua voce nel vento. Sono posseduta dal suo spirito.»
«Così è l'amore. Tale e quale a come lo raccontate.»
«Allora è un male molto peggiore della febbre.»
«È un male grazie a cui la vita ha un senso, cara, dolce Freya. Lo scoprirete presto.»
Con molta attenzione, non senza prima accertarsi che nessuno la vedesse, ha preso dalla tasca interna della tunica un tesoro che conservava come una reliquia sacra. Un minuscolo barattolino di cristallo di roccia dal coperchio d'argento, simile a quelli venduti a prezzi esorbitanti al mercato di Corduba, un secolo fa.
Lo ricordo bene perché l'eunuco Sa'id mi ci aveva accompagnato, arrendendosi alle mie suppliche. L'unica cosa che avevo comprato era un olio profumato che volevo regalare a mia madre, se mai fossi riuscita a fuggire da quella gabbia. Era esposto sul baracchino dello stesso commerciante che vendeva essenze di rosa, gelsomino e altre fragranze di fiori, in piccole ampolle come quella che mi mostrava ora la contessa.
«Me l'ha regalato stamattina Claudio, mentre eravate distratta. Non ho osato aprirlo.»
«E non fatelo finché ci sarà qualcuno in giro», l'ho avvertita.

«L'aroma è talmente intenso che desterebbe il sospetto di chiunque. Ma apprezzate il regalo. Sarà costato una fortuna.»

«Non sono la sua fortuna e i suoi regali ad attrarmi, ma i suoi occhi allegri. La sua gioia. L'ansia con la quale vuole suscitare il piacere di chi lo circonda. Non avevo mai conosciuto qualcuno come lui. Alla corte in cui sono cresciuta tutto era coraggio, resistenza, forza, rudezza... Non potete immaginare quanto mi sia mancata la tenerezza di una madre.»

«Gli uomini del regno sono rudi, sì. Questa è la tradizione asturiana ed è grazie a lei che esistiamo. La guerra scorre nelle nostre vene, assieme a un orgoglio indomabile. È il tributo da pagare per conservare la libertà. Preferireste vivere sotto il giogo arabo?»

«Certamente no, ma...»

«Non rinnegate mai la vostra stirpe, Freya. Commettereste un errore fatale.»

«Non mi sono spiegata bene, mia signora. Non farei mai questo. Amo mio padre, rispetto e ammiro don Alfonso senza riserve. Tuttavia sogno di poter giocare, ridere, godere del caldo del sole, lasciarmi andare... Sbaglio?»

«Forse sognate l'impossibile. E, a ogni modo, non abbassate troppo la guardia. Giocare e ridere sono qualcosa su cui si può fantasticare quando tutto il resto è assicurato. Nel frattempo, è necessario confidare ciecamente nella persona che avete accanto come sposo.»

«Senz'altro!»

«Quel locandiere, lo avete appena conosciuto, bambina mia. Non dovreste permettere che l'abbaglio offuschi del tutto il vostro giudizio e la vostra prudenza.»

«So che il cuore non m'inganna, mia signora», ha protestato lei. «Eppure, nemmeno al mio confessore oserei rivelare queste cose. Solo a voi. Dovrei forse scacciarle dalla mia testa per sempre?»

«Tutt'altro. Se quanto dite è davvero ciò che provate e siete assolutamente certa che si tratti della scelta giusta, dovete lottare fino alla fine per quest'uomo e per il vostro diritto di sceglierlo. Anche questo fa parte della sacra tradizione asturiana.»

«Scegliere mio marito, dite? Mi piacerebbe eccome poterlo fare, ma sarà mio padre a decidere. Il mio volere non conta. Me l'ha insegnato sin da quando ho uso della ragione.»

Quanto sono cambiate le cose!
Le ultime parole della mia compagna di viaggio mi hanno riportato alla mente ciò che mia madre mi ha raccontato sul suo matrimonio e sul feroce contrasto fra mia nonna Naya e suo marito, Aravo, che non ho mai conosciuto.

A quei tempi, nei villaggi, la tradizione antica iniziava a cedere terreno a quella del popolo goto, anche nei luoghi più remoti del nostro regno. L'incontro di questi due mondi ricordava quello tra l'incudine e il martello.

Secondo gli usi antichi, la donna era libera di scegliere il proprio compagno. Addirittura era lei a cercare moglie ai suoi fratelli, nel caso li avesse. Tutto è cambiato drasticamente dopo l'arrivo del vero Dio, i cui sacerdoti hanno scacciato la dea che mia madre continuava a celebrare, di nascosto, persino dopo essersi sposata volontariamente con un cristiano, mio padre.

È stata l'ultima a poterlo fare. Mia nonna ha vinto la battaglia per difendere il diritto della figlia a scegliere il proprio marito, al costo di accorciarne la vita.

Le storie di famiglia mi hanno sempre affascinato. In particolar modo quelle della mia, che ieri ho condiviso con Freya nel tentativo d'infonderle coraggio.

Se il ritratto che ne faceva mia madre risponde a realtà, mia nonna doveva essere una donna tanto fragile quanto forte di carattere. Rimasta orfana da bambina dopo una pestilenza che decimò gli abitanti di Coaña, è riuscita ad andare avanti grazie alla sua forza di volontà.

Figlia unica ed erede del potere spirituale sul clan dei suoi antenati, lo ha esercitato con giustizia finché non ha esalato l'ultimo respiro. È stata proprio la mancanza di ossigeno a ucciderla prematuramente. L'asfissia costante, la tosse, l'affanno e le dispute accanite contro la suocera, ospite permanente in casa sua. La stessa nella quale sono nata io.

Quanti di quegli aneddoti ho sentito raccontare nelle sere d'inverno!

Qualche volta, erano divertenti. Per la maggior parte, parlavano della cattiveria di quella vecchia, che sembrava godere del martirio della nuora in presenza degli stessi nipoti, testimoni e anche loro vittime di tali umiliazioni.

L'aneddoto che preferivo raccontava il modo in cui Naya, gravemente malata, aveva affrontato il marito in difesa della figlia Huma. Mia madre ha conservato il ricordo di tale battaglia dentro di sé, al riparo dall'oblio, e me lo ha descritto talmente tante volte da imprimerlo anche nella mia memoria. «La mia vita sta finendo, è vero, ma quella di Huma è appena iniziata. Dal suo grembo fluirà un fiume importante che crescerà, si sdoppierà e darà vita a innumerevoli ruscelli. Sul suo letto la lupa allatterà l'agnello e l'aquila cullerà il topo, perché il suo destino sarà quello di generare una nuova stirpe di conquistatori. E lo farà seguendo la propria volontà. Lei vivrà per vedere come la sua discendenza compirà il disegno della dea. È forte come la roccia dalla quale sgorga la sorgente. Duttile come l'acqua che scende dalla collina. Perciò sarà lei a scegliere, tuo malgrado.»

«Lei» era mia madre e, di fatto, ha usato la sua libertà unendosi in matrimonio a un guerriero goto in un'età in cui le donne che la circondavano avevano ormai generato diversi figli. Huma ha rifiutato con ostinazione il pretendente impostole dal padre, ed è riuscita ad avere la meglio.

La discendenza destinata a compiere il disegno della dea pagana è rappresentata soltanto da me, dal momento che non ho né fratelli né sorelle. Ignoro che disegno fosse, perché mia madre non ha mai voluto svelarmi il significato di queste misteriose parole. Forse non riusciva a farlo, non sapendo lei stessa con certezza quanto si erano detti mia nonna e il vecchio anacoreta che l'aveva aiutata a dare un nome alla figlia.[18]

Non ha mai voluto attribuire molta importanza a quell'incontro e quindi non l'ho fatto nemmeno io. Ogni cosa riprende forma nella mia testa a mano a mano che ricordo.

In alcune occasioni, mentre eravamo sole, le sfuggiva qualche accenno al vaticinio che si portava dietro sin dalla sua venuta al mondo. Ma, quando ero io a chiedere, eludeva sempre la risposta. Diceva che non mi avrebbe portato nulla di buono interpretare una profezia confusa che nemmeno lei era riuscita a comprendere. Ne sminuiva l'importanza, scherzando, e mi spronava a tacere riguardo a tutto ciò che concerneva la magia, severamente punita dai governanti della corte insediatasi, a quel tempo, a Passicim.

«Una nuova stirpe di conquistatori...»

Il tempestario si riferiva a mio figlio Fáfila? A Rodrigo non è possibile, dato che è monaco. Che abbia cambiato radicalmente il corso della sua vita e si vergogni di dirmelo? Mi sorprenderebbe oltremodo, ma... Chissà? Magari quel vaticinio parlava dei nipoti che non conosco, i figli di Eliace. Non ho modo di saperlo.

Mia nonna Naya è stata una donna potente. Ha lottato con coraggio per difendere il diritto di sua figlia di scegliere e ha esalato il suo ultimo respiro in questa battaglia contro suo marito. Lei stessa, tuttavia, ha fallito nell'esercitare questo diritto. Si è sposata con l'uomo sbagliato ed è stata profondamente infelice assieme a lui.

Paradossi di un'esistenza al confine tra due mondi.

«Non c'è un modo per sapere se si sta facendo la scelta giusta?» La voce della mia interlocutrice ha interrotto bruscamente le mie inutili riflessioni.

Freya ha bevuto del mio racconto come un viandante accalorato e assetato beve da una fontana. Da come si rivolgeva a me, sembrava mi considerasse un oracolo simile a quello della mia storia.

«Quanto lo vorrei, cara... Ma, no, non esistono formule magiche, al di là dell'intuizione. Lasciatevi guidare dai sentimenti, sempre che non vi annullino del tutto il senno.»

«E mio padre? So che non darà mai la sua approvazione a Claudio.»

«'Mai' è molto tempo, Freya. E siete troppo giovane per avvicinarvi minimamente a capirne il significato. Aspettate, confidate, abbiate pazienza, cercate il momento opportuno per porre la questione.»

«Voi non conoscete mio padre. Non cederà.»

«Eppure conosco la fedeltà che professa verso il re. Se ottenete l'approvazione di don Alfonso, il conte finirà per acconsentire. Al momento, questo locandiere tanto bravo con gli stufati ha dimostrato talento nel guadagnarsi la simpatia del nostro sovrano, invitandolo a un banchetto regale. È un cristiano, e un uomo libero. Possiede una discreta fortuna, che è destinata a crescere. Non è affatto un cattivo pretendente.»

«Mio padre vuole per me un guerriero, possibilmente di sangue goto, proprietario di terre e rendite. Qualcuno che gli assomigli e, perciò, il contrario di Claudio.»

«Voi desiderate diversamente. Lotterete? Seguite il mio consiglio, cara. Ottenete l'appoggio del re e avrete vinto.»

Era talmente vivace quella conversazione che, prima di sentire le avvisaglie della fame o i primi segni di stanchezza, siamo arrivati a San Xulián de Sámanos, dove speravo di trovare qualche notizia di Rodrigo.

Il monastero si staglia, con la sua sagoma di pietra nera, in fondo a una valle stretta, costeggiata da un fiume. Così come Lucus, le sue difese si avvistano in lontananza: mura di uno spessore impressionante, che si stendono lungo un miglio e mezzo fino a circondare con un abbraccio il terreno concesso dal principe Fruela ai monaci arrivati da sud.

Non c'ero mai stata prima. Mio figlio, come già detto, ha passato buona parte della sua infanzia in questo luogo e, nelle lettere che mi mandava, scriveva a lungo delle sue bellezze, decantando la spiritualità che ne impregna ogni angolo. Ora ritengo che quelle parole non rendessero abbastanza giustizia a tutta questa magnificenza.

Non sorprende che la prima comunità monastica si sia insediata proprio qui, ormai tanto tempo fa, prima di quanto la memoria riesca a ricordare o i documenti, gelosamente custoditi presso la biblioteca del cenobio, ad attestare. Oggi l'unica testimonianza di tale presenza sono, secondo la tradizione, alcune rovine carbonizzate.

Con l'arrivo dei saraceni, quei monaci saranno stati costretti a emigrare, o forse sono stati sterminati. La cosa più probabile, secondo la mia esperienza, è che siano andati incontro a entrambe le sorti: chi non è riuscito a fuggire, ha trovato una morte violenta.

Tuttavia, il ricordo di ciò che hanno lasciato è sopravvissuto loro giacché, alcuni anni più tardi, un monaco di nome Argerico è giunto in queste terre dai confini dell'Hispania, in compagnia di sua sorella Sarra e di un ridotto gruppo di cristiani, desiderosi di vivere la loro fede in libertà, lontani dal dominio musulmano e sotto la protezione del regno.

Argerico, che Rodrigo ha conosciuto ormai molto anziano, ha ottenuto dal padre del mio signore la proprietà non solo del terreno che occupa il monastero, ma anche di diversi villaggi, mulini, saline, fucine, campi e altre fonti di ricchezza abbandonate dopo la cacciata dei mori dalle Asturie.

Circa vent'anni fa, don Alfonso ha confermato quella donazione e vi ha aggiunto nuove terre, che, lavorate instancabilmente dai monaci, dalle suore e dai loro numerosi servi, fanno oggi di Sámanos un paradiso di abbondanza.

Lodato sia il Signore che premia chi prega e lavora!

Ieri, riposati e meglio nutriti, siamo arrivati alla meta più freschi rispetto ai giorni passati e la visione di quest'oasi ha risvegliato in me una sensazione che perdura tuttora.

Come si può trasferire sulla pergamena un'emozione simile e raggiungere il cuore attraverso la mente? Bisogna aver cavalcato fin qui, sopportando le asperità e i pericoli del percorso, bisogna aver sofferto privazioni e aver vissuto la guerra nella sua infinita crudeltà per poter apprezzare il valore di questo riposo, di questa sicurezza, di questa certezza di sapere che sempre ci saranno un piatto caldo a tavola e qualcuno disposto ad ascoltarti.

Sámanos è una riserva di pace.

Le sue mura fiancheggiano per buona parte il fiume, sulle cui sponde crescono frondosi alberi. L'acqua fluisce calma, per il divertimento di alcuni bambini che, al nostro arrivo, ci giocavano dentro, spruzzandosi e rincorrendosi tra le risate, così come avrà fatto ai suoi tempi, voglio credere, Rodrigo. Un po' più su, alcuni monaci ormai anziani aspettavano pazientemente, con la canna in mano, che qualche trota abboccasse all'amo. Gli uni e gli altri sembravano felici.

In un certo senso, li ho invidiati.

È chiaro che qui nessuno patisce la fame. Negli orti all'interno delle mura, protetti da eventuali incursioni nemiche, crescono prugni, peri, meli, noccioli e altri alberi da frutto, accanto a ogni tipo di ortaggio e verdura. Non vedo nessuna erbaccia. Su ogni spanna di terra ci sono molta cura e molto sudore versato.

Vedere un'abbondanza del genere, così lontana dalla devastazione provocata dalle razzie di questi anni, mi ha riempito il cuore. Almeno qui Rodrigo sarà stato felice. Nulla gli sarà mancato. Ignoro dove si trovi ora ma, contemplando questo giardino, sono certa che la sua infanzia sia trascorsa tranquilla, lontana dagli orrori della guerra.

Non è cosa da poco.

Sebbene il fiume non sembri essere sul punto di prosciugarsi, un acquedotto trasporta abbondante acqua da una sorgente in cima al monte. Acqua fresca, pulita, con la quale soddisfare i bisogni di una fiorente comunità.

L'edificio principale del monastero si trova poco più in là, dove ci sono le celle delle suore e dei monaci, separate da un cortile, il refettorio, la biblioteca e le stanze in comune riservate agli ospiti. Proprio in quelle stanze, tanto umili quanto pulite, siamo stati accolti ieri con l'ospitalità che merita un re cui i monaci devono tanto. Un re che è da sempre loro scudo e mecenate.

Le cucine si trovano in una sede distaccata, assieme alle stalle e ai recinti per gli animali. La distanza è un vano tentativo di allontanare il più possibile i fuochi dalle stanze nobili, che i monaci continuano ad ampliare e a sistemare con le proprie mani, senza sosta, a causa del loro continuo moltiplicarsi.

Sámanos è cresciuta sotto la protezione del mio signore, figlio del principe che ne ha reso possibile la rinascita. Come potevano i monaci non professare verso di lui un'autentica devozione?

Il sorriso sdentato dell'abate Dagaredo mostrava tutto il suo amore e tutta la sua gratitudine nel darci il benvenuto.

Ci aspettava sulla soglia del pesante portone, completamente aperto, che dà accesso al monastero. Al suo fianco c'erano la badessa Ymelda e un gruppo di monaci e suore meticolosamente scelti in base al ruolo che ricoprono nella gerarchia del cenobio. Tutti fremevano d'emozione.

«Maestà, con la vostra presenza onorate quest'umile dimora. È per tutti noi un immenso piacere ricevere voi e i vostri illustri accompagnatori», ha detto il venerabile abate, chinandosi leggermente verso il re.

«Lasciate da parte il protocollo, caro padre. Questa casa è tanto mia quanto vostra, o almeno così la sento io. Qui ho trascorso i migliori anni della mia ormai lunga vita. Di certo i più felici.»

«Un motivo di orgoglio per tutta la comunità, signore.»

«Vedo che prosperate e ciò mi rallegra assai.»

«Grazie a Dio e naturalmente a voi, maestà, che siete, così come vostro padre, nostro grande benefattore.»

«Devo desumere da queste parole che avete bisogno di nuove donazioni o privilegi?»

«Affatto, mio signore! Tutt'altro. Le rendite del monastero aumentano anno dopo anno, senza dover caricare di decime i contadini. I raccolti sono stati buoni, abbiamo costruito canali d'irrigazione per le nostre terre e il numero dei villaggi, cui assegniamo un cappellano e il necessario per il culto di Dio e per espandere la sua Parola, sta aumentando.»

«Accolgo con piacere queste notizie! Non fanno che rendere più gioiosa la fine di questo precipitoso viaggio. Ma prima...»

Noi siamo rimasti fermi ai piedi della muraglia, ascoltando il re e Dagaredo parlare sotto il dolce sole del tramonto.

Mentre loro si scambiavano i saluti, i nostri servi, aiutati da quelli del cenobio, si sono presi carico delle selle e dei bagagli, cercando di non far rumore né di dar fastidio coi loro movimenti. Io dividevo la mia attenzione tra quello che mi mostravano i miei occhi e quello che captavano le mie orecchie, cercando di non perdermi nulla.

«... Vi pregherei di celebrare una messa di ringraziamento.»

«Sarà un onore, maestà. Ringrazieremo il Signore per avervi fatto tornare sano e salvo in questa casa che, certamente, considerate vostra.»

«Ringrazieremo soprattutto per il miracolo delle sacre reliquie apparse a Iria Flavia, se vogliamo dare credito alla testimonianza del vescovo Teodomiro.»

«Un santo del luogo?» ha chiesto l'abate, sorpreso.

«No, caro Dagaredo, no. Nientemeno che l'apostolo san Giacomo il Maggiore, fratello di Giovanni e figlio di Zebedeo. Uno dei Dodici. Il Figlio del Tuono.»

Mentre ci recavamo nei nostri alloggi, dove ci saremmo lavati prima di assistere alla messa, don Alfonso ha condiviso con l'abate i particolari del prodigio che ci ha messo in marcia giorni fa.

Con rara eloquenza ha descritto a Dagaredo la danza di stelle vista dall'anacoreta Pelayo sopra il bosco verso cui siamo diretti, il suono delle voci angeliche che accompagnavano quelle luci e la forma del sepolcro trovato proprio dove puntavano quei segni.

«Il Figlio del Tuono, il Seguace di Dio, è stato il più determinato degli apostoli», ha risposto l'abate alla notizia, senza nascondere il proprio entusiasmo. «Si sarà manifestato per scacciare dal regno i nemici della vera fede, primi tra tutti i saraceni. Che grata notizia ci portate, mio signore!»

Sono certa che il dubbio tormentava ancora l'anima di don Alfonso come un'ombra scura, ma ho dedotto dalle sue parole che non volesse scaricarlo sulle spalle di quell'anziano. Dagaredo non è l'intimo consigliere cui pensava il re. Tali confidenze sono destinate ad altre orecchie.

Sto di nuovo andando troppo in fretta...

Il sovrano mi precedeva, come dicevo, in un'accesa conversazione con l'abate. Io gli camminavo dietro, ascoltando attentamente. Eravamo sul punto di dividerci per raggiungere le nostre stanze, quando ho sentito il mio signore dire: «Se è volontà dell'Altissimo che a questo mio pellegrinaggio ne seguano altri, vi prego di dare alloggio a tutti coloro che busseranno alla vostra porta. È possibile che arrivino da molto lontano e in gran numero».

«L'avranno, maestà. Vi do la mia parola, così come quella degli altri monaci. Qui non mancherà mai un letto per un pellegrino, e nemmeno un pezzo di pane.»

«Arriveranno, se Dio vuole, da Ovetao, dove avranno pregato davanti al Santo Sudario del Figlio, per prostrarsi ai piedi dell'Apostolo. Giungeranno stanchi e affamati. Avranno bisogno di cibo, di cure per le loro ferite, di riposo...»

«Qui li troveranno, signore, consideratelo fatto», lo ha rassicurato l'abate. «Ogni cristiano che busserà alla nostra porta troverà a Sámanos l'ospitalità che merita un pellegrino alla ricerca della verità e della salvezza.»

La chiesa del monastero è dedicata proprio al Salvatore. Attorno a questa, a un certo punto, è iniziata a crearsi la vita monastica. Forse non appena il seme della fede cristiana è stato piantato nella nostra terra dallo stesso Apostolo o dai suoi discepoli. Oggi, tra le pareti illuminate da bei dipinti, continuano a riunirsi i monaci e le suore per ascoltare la Parola di Dio, in seggi separati, naturalmente. La regola dei santi padri, infatti, impedisce loro di sedere assieme.

La cappella, costruita a secco, senza malta, è situata tra le mura e il fiume, in un angolo appartato. Dall'esterno non sembra un granché. All'interno, la luce di una finestra aperta proprio sopra l'altare, di un bianco immacolato, ricorda quella dello Spirito Santo e invita a pregare. Ed è esattamente ciò che abbiamo fatto ieri, davanti a un Redentore rozzamente scolpito nella pietra, seguendo con fervore la cerimonia tenuta dall'abate del monastero.

Dagaredo si è cambiato per indossare le vesti sacerdotali consone alla celebrazione della santa messa: una lunga tunica rifinita con onde stilizzate all'altezza dei piedi, un paio di scarpe a punta al posto dei sandali e una casula, più corta, di colore azzurro. Attorno al collo, aveva una stola a frange ricamata con croci dorate; sull'avambraccio sinistro, il manipolo. La ricchezza di tali vesti contribuiva a sottolineare la solennità del sacro rito, condotto con voce ferma e arricchito da un coro maschile dalle cui gole proveniva musica celestiale.

Ignoro quanto sia durata la cerimonia perché ho perso subito la cognizione del tempo. A me è parsa molto veloce.

Pronunciando il *Solemnia completa sunt*, siamo usciti uno alla volta dalla porta a lato dell'unica navata, all'estremità opposta dell'altare. L'abate si è unito a noi, diretto all'ombra di un cipresso appena piantato.[19] Il re, invece, è rimasto dentro. Forse per parlare con Dio o forse per stare un momento da solo coi suoi ricordi.

Sono talmente tanti quelli che lo legano a questo luogo!

Avrà avuto quattro anni, o forse cinque appena compiuti, quando suo padre, Fruela, è stato ucciso presso la corte nei dintorni di Cánicas. Credo di averne già parlato all'inizio della cronaca. Alfonso e sua madre, Munia, in quel momento erano a Ovetao, dove il re pensava di stabilire la propria residenza principale non appena le circostanze fossero state favorevoli. È morto senza riuscirci.

Quell'uomo dal carattere aspro, duro, feroce, tanto odiato e temuto dai suoi avversari quanto degno di ammirazione per la sua instancabile difesa del regno, non ha conosciuto pace. Mai. Nemmeno la felicità, tranne in rari momenti, assieme a quella moglie e a quel figlio tenuti al riparo dalle congiure della capitale, costruita ai piedi dell'Auseva, dove intrighi e nefandezze erano all'ordine del giorno. Una vedova e un orfano che, appena egli ha cessato di esistere, sono stati esposti a un grande pericolo.

Morto Fruela, per mano di una spada traditrice, i conti palatini hanno scelto come successore Aurelio, lontano cugino del defunto. Munia, prigioniera elevata al talamo reale per amore del suo padrone, viveva nelle Asturie ormai da tempo sufficiente per sapere cosa comportasse questa scelta per lei e per il figlio: la certezza di essere uccisi dalla fazione vincente. Avevano una sola possibilità: fuggire. Ma dove? Come?

È stata la grande Adosinda, figlia del primo Alfonso e zia del secondo, ad accorrere in loro soccorso. Adosinda, la donna che anni più tardi mi avrebbe aiutato, facendo sapere al mio promesso sposo che ero stata inviata come tributo a Corduba.

Allora era già reclusa contro il suo volere in un monastero di Passicim, per ordine di Mauregato, che voleva privarla del potere che per sangue le spettava.

Spero che quel miserabile traditore bruci all'Inferno!

Nei giorni che sto ricordando, quelli che hanno visto scorrere il sangue di Fruela, la zia del mio signore era ancora una donna potente, sposata con un ricco proprietario terriero, con servi e uomini armati. Un conte chiamato a diventare re.

In mancanza di figli propri, questa donna coraggiosa aveva riposto in suo nipote tutto l'affetto di cui il suo generoso cuore era capace. Lo amava tanto quanto la sua vera madre. E si è appellata proprio a questo sentimento per chiedere a Munia una rinuncia che certamente le distrusse l'anima.

Adosinda non aveva le forze necessarie per preservare la vita del bambino a Cánicas o a Ovetao. Nemmeno a Passicim, centro dei domini del marito. Poteva, semmai, dare a Munia un lasciapassare e una scorta che la aiutassero a ritornare nella sua valle natia, in Araba, dove le persone del suo clan l'avrebbero tenuta in vita. Se avesse portato con sé il piccolo, tuttavia, questo si sarebbe definitivamente allontanato dal trono e avrebbe rinunciato al legittimo diritto di successione che gli era stato tolto con la forza.

Colei che era stata chiamata a ricoprire il ruolo di regina delle Asturie ha parlato all'antica schiava guascona in pericolo di vita con dura franchezza. Ne sono a conoscenza perché è stata lei stessa a raccontarmelo, molti anni più tardi, con enorme freddezza priva di rancore o gratitudine.

«Se ami tuo figlio, devi separarti da lui e partire subito», aveva detto Adosinda a Munia, lo stesso giorno in cui si era saputo dell'uccisione di Fruela. «È la cosa migliore per entrambi, credimi. Io lo porterò a Sámanos, dove i monaci si occuperanno della sua istruzione e ne garantiranno la sicurezza. Conosco bene l'abate Argerico. So della sua scienza e della sua santità. Lui veglierà su Alfonso dandogli, inoltre, l'educazione di cui ha bisogno per governare con giustizia.»

«È così piccolo...»

«Meglio. Non avrà difficoltà a adattarsi alla vita monastica né soffrirà della lontananza. Confida in me. Io lotterò per restituirgli il posto che gli spetta. Tuo figlio, figlio di mio fratello ucciso, un giorno sarà re. Hai la mia parola. Ma ora tu devi andare via e lasciarlo alle mie cure. Solo in questo modo si compirà il suo destino.»

La dama ha onorato la sua promessa. Il mio signore è riuscito a indossare la corona, sostenuto sempre dalla zia nelle sue imprese. Una fonte di amore materno e protettivo, anche questo strappatogli per sempre con violenza molti anni dopo, quando è stato costretto a fuggire per un'altra congiura.

Quanto tradimento nella vita di questo re, grande tra i grandi!

Adosinda si è sbagliata, tuttavia, nel vaticinare che il piccolo non avrebbe sofferto la nostalgia. Ne ha sofferto eccome! Non ha mai confessato apertamente d'aver sentito, durante l'infanzia, la mancanza della madre o di quel padre che gli è stato tolto con violenza, ma è evidente che è stato così.

Tutto, in don Alfonso, mostra l'effetto devastante che hanno avuto tante perdite. La sua pietà, la sua tristezza, la sua paura di prendere moglie e formare una famiglia, a dispetto dell'audacia che mostra nel momento di combattere; il suo distacco dall'amore, la sua eroica castità, la sua instancabile dedizione alla guerra...

Più di una volta mi sono chiesta se la sua rinuncia al matrimonio e il suo ostinato rifiuto a generare figli non si debbano al timore di vederli soffrire quanto lui ha sofferto da bambino, e se non abbia chiuso il suo cuore all'amore di una donna, e il suo corpo al desiderio carnale, per risparmiare ai suoi eredi il proprio calvario.

Le ferite dell'infanzia lasciano segni profondi che non guariscono mai completamente né smettono di far male. Questa è un'altra delle lezioni, apprese dai miei genitori, che trovano conferma ogni giorno della mia ormai lunga esistenza.

Quando ho conosciuto il sovrano, si era appena ricongiunto alla madre a Orduña, dopo lunghi anni di separazione. Condividevano il tetto, vivevano assieme, ma la loro relazione non era affatto quella che normalmente c'è tra due esseri uniti da un vincolo tanto intimo.

Lei non era la madre affettuosa che lui aveva sognato e desiderato nelle ore di solitudine, ma una donna distante, irrimediabilmente indurita da una vita di sofferenze. Una donna incapace di dargli la tenerezza di cui aveva bisogno ma che non aveva imparato a chiedere. Nemmeno lui era la docile creatura che lei ricordava, ma un uomo asciutto, riluttante a farsi guidare, indomabile, impegnato a governare con mano ferma i suoi sudditi, inclusi quelli del clan guascone al quale apparteneva Munia.

Non li ho mai visti scambiarsi un abbraccio o una carezza. Si parlavano con rispetto, quello sì. Lui era il re. Lei, una potente estranea.

Qui a Sámanos, al contrario, don Alfonso si sente a casa. È evidente. Qui affondano le sue radici. Qui ha trovato riparo dai pericoli, pace, cure, pazienti maestri che gli parlavano con venerazione di suo padre, il padre morto prematuramente, la cui assenza era e sempre sarà una piaga sanguinante nel suo cuore.

Qui sembra felice.

Essendo cresciuto tra i monaci, gli sarebbe forse piaciuto coltivare un'esistenza pacifica frequentando l'orto, la biblioteca, lo *scriptorium*, il coro e dormendo in cella. Sì, credo che questo avrebbe soddisfatto tutte le sue aspirazioni.

Di fatto, seppur non sia arrivato a pronunciare i voti, li mette però in pratica scrupolosamente, eccetto quello dell'ubbidienza, che non si adatta a un re. È stato casto e ha vissuto in un'austerità al limite della povertà. Ha sofferto privazioni indicibili senza lamenti. Ha rinunciato alla felicità, o gli è stata rubata, quando iniziava appena a comprendere il significato del termine.

Come avrebbe potuto non essere felice qui a Sámanos, dove sono custoditi i suoi ricordi più belli?

Basta guardarlo passeggiare nei giardini per rendersi conto del sollievo che trova in questa sacra terra, così diversa, così lontana dai campi di battaglia che hanno scandito i suoi giorni. E nonostante ciò, nonostante il suo spiccato gusto per la vita di preghiera e per il lavoro al servizio di Dio, non ha mai voltato le spalle al suo dovere di servire il Regno delle Asturie.

Mai.

In questo monastero il mio signore è stato felice. Un lusso

fuori della sua portata, tanto quanto della mia, perché la felicità non appartiene a questo mondo, ma all'altro. Non dipende da noi, ma dalla misericordia divina.

È finalmente giunto il momento di svelare il mistero che ha circondato Sisberto sin da quando siamo partiti da Ovetao. Proprio dopo la messa, abbiamo scoperto il suo inganno.

C'era un motivo per la sua accanita opposizione a questo pellegrinaggio. Un motivo estraneo alla fede o alla ragione, che quando il monaco ha finalmente confessato, dopo una lunga e ostinata discussione col suo accusatore, ha fatto infuriare il re.

Proprio a Sámanos doveva essere smascherata la sua congiura!

Era ormai buio quando ci siamo diretti verso il refettorio. Il re desiderava condividere la cena coi monaci e, perciò, ha declinato l'offerta di mangiare nei suoi alloggi e beneficiare di un pasto migliore. L'unico privilegio del quale si è avvalso è stato quello di far sedere la contessa e me al suo fianco, invece di relegarci in fondo alla sala, dove le monache si preparavano ad assaporare una minestra di pesce e verdure, divise dai loro compagni uomini da un muretto.

In accordo con la regola, loro cucinavano, tessevano, cucivano i vestiti dei monaci, coltivavano l'orto e, soprattutto, dedicavano lunghe ore al culto, impegnate unicamente ad arricchire le loro anime. Gli uomini si occupavano di diversi compiti utili al monastero, costruivano, amministravano gli appezzamenti di terra, che fossero di loro proprietà o no, e proteggevano le vergini sotto la loro custodia. Cosa ne sarebbe stato, di quelle donne, se fossero state da sole!

Da quanto ho visto, entrambe le parti sembravano soddisfatte della loro sorte.

Al nostro ingresso in refettorio, i membri della comunità erano ormai seduti sui propri scranni. Don Alfonso ha voluto salutare i commensali uno per uno, e così abbiamo fatto noi, membri del suo corteo.

Tutti tranne Agila, rimasto in infermeria per un forte mal di pancia, sotto le cure del monaco farmacista. Vedendo che non era al refettorio e scoprendo la causa della sua assenza, mi sono ripromessa di andare da lui non appena avessimo finito di mangiare. Temevo gli avrebbero somministrato una purga tanto potente quanto inutile e volevo impedirlo, ma purtroppo non sono riuscita a tener fede al mio proposito.

Stamattina non solo non stava meglio, ma sembrava addirittura indebolito. Il suo volto cereo non prometteva nulla di buono. Naturalmente dalla sua bocca non è uscito nemmeno un lamento. Questo uomo è fatto di un acciaio più duro di quello della sua armatura. Ha la tempra dei guerrieri.

Ed ecco che mi sono di nuovo smarrita nelle mie digressioni... Che fatica limitarmi a descrivere il corso degli avvenimenti!

Dopo un interminabile cerimoniale di saluti, abbiamo preso posto a sedere e la tavola è stata benedetta.

Avevo portato alla bocca due o tre cucchiaiate di minestra, non di più, quando ho visto un monaco anziano, minuto, coi capelli crespi e con vivaci occhi scuri, alzarsi. Con passo risoluto, si è diretto verso Dagaredo e gli ha sussurrato qualche parola all'orecchio. Era agitato. Molto. Tanto che l'abate ha finito per cedere alle sue suppliche e gli ha permesso di parlare, rompendo la regola di mangiare in silenzio.

«Maestà, fratello Berengario chiede di essere ascoltato. Sostiene di avere qualcosa di molto importante da dirvi.»

«Vi ascolto, Berengario.» A differenza del monaco, don Alfonso, molto tranquillo, gustava quella minestra come se non avesse mai assaggiato una simile delizia.

Berengario è riuscito a calmarsi a mano a mano che parlava, sebbene si stesse rivolgendo al suo re. «Signore, conosco quell'uomo», ha detto indicando Sisberto. «L'ho visto a Toletum.»

Il sovrano ha continuato a mangiare. «Questo non mi sorprende. Fratello Sisberto arriva da là.»

«Io non vi ho mai visto in vita mia!» ha ribattuto subito colui contro cui è stato puntato il dito. Sisberto si era palesemente innervosito.

Il suo accusatore, invece, era sereno mentre guardava negli occhi il sovrano. «Signore, questo monaco faceva parte della cerchia più intima del defunto vescovo Elipando.»

«Menzogna!»

La veemenza di quella negazione, ai miei occhi, è risultata più eloquente di qualsiasi ammissione di colpa. È rintoccata come una campana, qui, dove le campane sono scomparse sin dalla prima razzia saracena e, da allora, non sono state più sostituite in mancanza del bronzo col quale fonderle.[20]

Il re deve aver pensato lo stesso, perché ha smesso di mangiare per concentrare tutta l'attenzione su ciò che gli si stava dicendo.

La temperatura nel refettorio è salita all'improvviso, come se una mano invisibile avesse acceso un fuoco.

Berengario ha proseguito, imperturbabile. «Io ho preso la via del Nord proprio per aver rifiutato di accettare la dottrina adozionista condannata da papa Adriano. Non volevo che la mia anima ardesse negli Inferi per l'eternità assieme a quella degli eretici. Loro hanno preferito scendere a patti coi saraceni, anche se ciò implicava disubbidire al santo padre», ha spiegato agitando ancora il dito contro Sisberto.

«Impostore!» ha urlato l'accusato. «Non ho mai abbracciato l'eresia di Elipando. Mai!»

«Permettete a questo monaco di spiegarsi», ha ordinato don Alfonso a Sisberto, senza scomporsi. «Più tardi avrete l'occasione di difendervi.»

«Erano tempi difficili, maestà», ha continuato tranquillo Berengario. «I musulmani ci consideravano politeisti in quanto adoratori della Santissima Trinità. Ci minacciavano con persecuzioni terribili, simili a quelle subite più tardi dai cristiani di Corduba; un martirio per il quale non eravamo pronti. Non avevamo altra possibilità che fuggire o piegarci ai precetti del vescovo, più accettabili ai loro occhi rispetto a quelli emanati da Roma.»

Ascoltavo senza capire. Ancora una volta venivano fuori il nome di Elipando e di quella sua astrusa dottrina. Perché, secondo i mori, il Dio cristiano del vescovo di Toletum sarebbe stato più tollerabile rispetto al Dio cristiano delle Asturie? Volevo chiederlo a Danila, ma non ce n'è stato bisogno.

Lo stesso monaco che stava parlando si è preso la briga di rispondermi. «Se Gesù Cristo fosse stato figlio adottivo di Dio nella propria natura umana, come sosteneva Elipando, il suo rapporto con l'Onnipotente sarebbe simile a quello che i maomettani attribuiscono al loro profeta, Maometto. Nostro Signore sarebbe dunque soltanto un altro profeta tra i tanti che loro rispettano. Ma in questo modo si negherebbe la sua natura divina! Come potremmo accettare una simile interpretazione?»

«Conosco bene l'eresia adozionista, Berengario», ha tagliato corto il re, sul punto di perdere la pazienza. «L'ho combattuta con fervore durante tutto il mio regno, assieme all'imperatore Carlo Magno, saldo alleato nella difesa della vera fede. Concentratevi dunque sul provare la vostra accusa o chiedete subito perdono al monaco cui imputate una così grave devianza.»

«Abbiamo entrambi la stessa età, maestà. Lui ha fatto carriera presso il clero di Toletum e io no. Lo ricordo accompagnare il metropolita nelle sue visite al mio monastero e insultare lo 'stupido', 'ignorante' e 'insensato' Beato, difensore dell'ortodossia cristiana. Ci metteva addirittura più virulenza di quella dimostrata dallo stesso Elipando. Le sue prediche erano incendiarie. Si vantava della superiorità intellettuale del proprio maestro, capo indiscusso della Chiesa hispanica, e pretendeva che noi gli ubbidissimo. Con quanto disprezzo lui ed Elipando parlavano del monaco della Liébana, della povera e ignorante Chiesa delle Asturie, di voi, mio signore Alfonso, e persino dell'imperatore dei franchi, che consideravano un barbaro.»

«Menzogna!» ha urlato ancora Sisberto, rosso per l'ira o per la paura.

«Perché dovrei mentirvi, maestà? Non ho nulla contro questo fratello, del quale nemmeno conoscevo il nome. Il volto, sì. Come dimenticarlo? Vi allerto del pericolo che rappresenta perché è grande il danno causato alla nostra Santa Madre Chiesa dalle false idee che egli sosteneva.»

«Cosa potete dire in vostra difesa?» Il tono di don Alfonso nel rivolgersi all'accusato era gelido. Il suo sguardo, un pugnale che penetrava dritto negli occhi del tozzo Sisberto, che sembrava essersi rimpicciolito all'improvviso, come se si stesse sciogliendo nel mare di sudore che gli scendeva dalla fronte.

«È possibile che mi abbia visto qualche volta col vescovo...

Io ero solo uno scribacchino nel palazzo vescovile...» ha balbettato il monaco.

«E perché, quando siete accorso da me in cerca di rifugio, non l'avete mai detto?» è intervenuto il buon Odoario, impietrito. Il suo volto era una maschera di sorpresa e tristezza. Danila, invece, era indignato. Quanto accaduto nel refettorio non faceva che confermare i dubbi cui aveva già accennato durante una delle nostre conversazioni. Per questo motivo non mi ha sorpresa la forza con la quale si è unito a Berengario nel tormentare Sisberto, in cui entrambi i monaci vedevano un traditore.

«Non sarà piuttosto che siete venuto fin qui con un proposito inconfessabile?»

«A quale proposito vi riferite?» ha chiesto all'istante il re, cercando di capire fino in fondo la grave accusa formulata da Danila, prima di farsi un parere.

«A quello che spiegherebbe la sua feroce opposizione a questo pellegrinaggio, maestà», ha replicato il calligrafo. «Il suo sistematico mettere in discussione ogni segno divino atto a convincerci della presenza dell'Apostolo in Gallaecia. Il suo impegno nel riempire il vostro cuore di sospetti.»

«Arrivate al punto, Danila!» ha insistito il sovrano con tono fermo.

«Mi riferisco all'indebolimento della Chiesa delle Asturie e, assieme a questa, del regno, signore. Cosa potrebbe unirci e rafforzarci di più che la presenza tra noi di san Giacomo il Maggiore? Dove potremmo trovare un miglior avvocato per la nostra causa? Il clero di Toletum si oppone a perdere il ruolo di spicco che ha avuto prima dell'invasione musulmana. Il loro metropolita si rifiuta di cedere il terreno ai vescovi delle diocesi ristabilite da vostro padre e da voi, paladini nella difesa della vera fede.»

«È la verità, Sisberto?» ha chiesto il re.

«Certo che no! Come avrei potuto avere il proposito di distruggere la vostra fede in quella miracolosa apparizione se nessuno di noi ne aveva avuto notizia?»

«Non dategli ascolto, maestà», ha ripreso Danila. «Lui ha insistito per unirsi alla comitiva. Non è così, fratello Odoario?»

«Così è stato, in effetti. Appena ha saputo il motivo di questo pellegrinaggio, non ha smesso di pregare che gli venisse concesso di parteciparvi.»

«E, se anche non fosse stata questa la ragione della sua presenza tra di noi, un seguace di Elipando avrebbe avuto un solo scopo per venire nelle Asturie e avvicinarsi a voi, sire: seminare zizzania nel vostro cuore. Ha usato Odoario per questo proposito sin dall'inizio», ha continuato il calligrafo.

«Signore, ciò che afferma Danila è falso e assurdo», ha protestato Sisberto, con voce sempre più debole.

Ma Danila non demordeva e ha continuato a pungolarlo: «Considerate cosa possa significare per Toletum che il Figlio del Tuono, il prediletto di Nostro Signore Gesù Cristo, abbia scelto come ultima dimora un pezzo di terra ai confini delle Asturie. Cosa ne sarà, d'ora in avanti, di quella diocesi, irrimediabilmente infettata dall'influenza maomettana? Impallidirà in confronto a Iria Flavia! Dove accorreranno i pellegrini di tutto il mondo? Sisberto tenta d'impedire che questo avvenga e che Toletum perda il primato che ancora ostenta. Perciò rifiuta con caparbietà di dare credito ai prodigi che accompagnano l'apparizione del sepolcro».

«No, no, e mille volte no!» Sisberto ormai non alzava più la voce ma supplicava. «Quanto vi ho detto riguardo ai presunti prodigi non è altro che la mia opinione. Non si può credere a ciò che gli altri pretendono di farti credere. La fede è un dono di Dio e Lui la distribuisce a sua discrezione.»

Don Alfonso ha perso l'appetito e la gioia. Non credo che prima di questo confronto provasse una grande simpatia per il monaco di Toletum, ma di certo non immaginava un simile tradimento. Faticava ad accettare un comportamento tanto subdolo.

Nell'interrogare l'accusato, la sua voce era lugubre, più che inquisitoria. «Credete, in cuor vostro, che Gesù Cristo sia il figlio adottivo di Dio?»

«Ci ho creduto molto tempo fa, maestà, dato che il vescovo della mia diocesi, metropolita della mia città e capo della Chiesa d'Hispania, lo sosteneva con validi argomenti. Più tardi mi sono accostato alla dottrina di Roma e oggi credo che Gesù sia il figlio naturale del Padre, tanto nella sua natura divina quanto in quella umana.»

Sembrava una sincera confessione. Certo è che il monaco disponeva di abbondanti risorse per difendere, a seconda dei casi, una cosa o il suo contrario. L'ha ampiamente dimostrato. Io stessa ho diffidato di lui all'inizio di questo pellegrinaggio, così come del conte Aimerico e di Muhammed.

Il prigioniero saraceno è risultato essere più pericoloso di quanto avessi osato temere. Il braccio destro del re, al momento, non mi ha dato ragioni per mettere in dubbio la sua lealtà, anche se non riesco a fidarmi completamente delle sue intenzioni ultime. Per quanto riguarda Sisberto... È astuto, scaltro e allo stesso tempo tremendamente facondo. Giudicarlo implica un vero e proprio dilemma, che mi costringe a preferire l'intuito ignorando qualsiasi riserva della mente.

Se devo scegliere tra la sua parola e quella del monaco calligrafo, propendo per quest'ultima. Sisberto è un monaco arrogante ed eccessivamente pieno di sé, il cui disprezzo manifesto verso le donne, specie verso di me, ha costituito un'offesa intollerabile in ogni conversazione tenuta finora con lui. Ma, detto ciò, la fedeltà che professa nei confronti del re risulta convincente.

Spero solo che agisca guidato dalla rettitudine e che non sbagli, perché le conseguenze per lui saranno terribili.

Mentre il mio signore lottava per non cedere alla collera e per prendere una giusta decisione, sono tornata con la mente al passato. A quel suntuoso palazzo dove Índaro e io eravamo stati ospiti di Elipando e avevamo ascoltato le sue diatribe contro il monaco balbuziente che, da un monastero sperduto in Liébana, osava controbattere pubblicamente alla sua dottrina.

È passata molta acqua sotto i ponti da allora. Io ho visto più orrore di quanto avrei desiderato e ho acquisito meno conoscenza di quanta ne vorrei possedere, ma la mia sensazione riguardo a quell'eresia è rimasta invariata: il Dio che ho intravisto, celebrando la vittoria sui campi di battaglia, quello che ho sentito invocare dai moribondi, quello che mi ha dato e tolto tante cose nel corso degli anni, non è così contorto come quello che stava emergendo dalla disputa tra Beato, Elipando e ora pure Danila.

Il Dio al quale rivolgo le mie preghiere, il mio Dio, è stato in alcune occasioni Padre benevolo, spesso Padre severo e quasi sempre Giudice implacabile. Non lo immagino preoccuparsi se Gesù sia suo figlio naturale o solo adottivo. Do per certo che lo ami tanto quanto io amo i miei figli. Ognuno in ugual modo, anche se in questo preciso istante mi preoccupa specialmente Rodrigo, che spero di ritrovare al più presto.

Mi auguro sia così!

A mano a mano che ci avviciniamo a Iria Flavia l'inquietudine mi consuma sempre di più, quando dovrebbe avvenire il contrario. E se fosse morto durante l'ultima razzia saracena e nessuno avesse avuto il coraggio di dirmelo?

Potrebbe aver lasciato il vescovo Teodomiro ed essere lontano dalla Gallaecia, smarrito in qualche luogo remoto. I dolori che patisce sin dall'infanzia potrebbero essersi aggravati, così come mi fanno temere le notizie che ho ricevuto ieri sera.

Cosa ne sarebbe di me se, arrivando a destinazione, dopo questo penoso viaggio, non ci fosse lui ad attendermi, col suo sorriso innocente, ma la notizia della sua morte?

Non oso nemmeno immaginarlo. Meglio tornare al racconto, dove ho lasciato il re riflettere in silenzio prima di pronunciare la sua sentenza.

«Avete tradito la nostra ospitalità presentandovi come un cristiano devoto essendo invece un eretico.»

«Se mai lo sono stato, maestà, ora non lo sono.»

«Silenzio!» La voce di don Alfonso non ammetteva repliche. «Il vostro maestro, Elipando, ha preteso di pagare ai saraceni il tributo della nostra fede e deve per questo essere ripudiato. L'eresia che ha seminato deve essere sradicata perché comporta non solo una grave offesa per la dottrina di Santa Madre Chiesa, ma una minaccia certa per il regno e la Cristianità.»

«Pietà, signore...»

«Avrete salva la vita, non sarò io a spargere il sangue di un chierico. Ma sarete scortato fino a un monastero sulle montagne della Primorias, dove sconterete il vostro peccato col digiuno e con la preghiera. Là conoscerete la durezza della vita ascetica e magari troverete il perdono del Giudice dei giudici. Ora, toglietevi per sempre dalla mia vista.»

Non fosse stato per la sua veste, il sovrano avrebbe fatto giustiziare il monaco stamattina stessa, senza riguardi. Siccome siamo in un monastero e il mio signore è un uomo pietoso, ha trattenuto la propria ira e ha ridotto la severità della punizione. Ma Sisberto pagherà, e a caro prezzo, l'insolenza di essersi intromesso tra l'Apostolo e il regno.

Nessuno ha finito la cena.

Mentre il resto dei commensali si dirigeva verso i rispettivi alloggi, io mi sono recata in infermeria per informarmi sullo stato del capo della guardia reale.

In quel momento riposava, grazie al potente decotto che gli era stato somministrato dal monaco farmacista per calmare i dolori. Era evidente che aveva la febbre: tremava e il suo aspetto era molto preoccupante.

«Sarà in grado di viaggiare domani?» ho chiesto, approfittando dell'apparente disponibilità ad ascoltarmi del monaco che stava vegliando sul malato.

«Solo Dio lo sa», ha risposto lui, distaccato. «Confidiamo che la purga e il sonno bastino a curarlo.»

Ai miei occhi era evidente che non ci sarebbero riusciti, ma mi sono ben guardata dal commentare. L'opinione di una donna riguardo alla diagnosi o al trattamento di una malattia sarebbe stata vista come un'offesa deliberata o una dichiarazione di stregoneria. Non avevo nulla da guadagnare discutendo con quel monaco sulla pena del nostro soldato, ma molto da perdere per la vera ragione che mi ha condotto fin lì.

Dopo aver sciacquato il sudore sulla fronte di Agila con un panno umido, ho cominciato a interrogare il monaco. «È da tanto che siete in questo monastero, padre?»

«Praticamente tutta la vita, sorella. A cosa si deve la vostra curiosità?»

«Mio figlio è stato qui per anni e ora, ormai da tempo, non

ho più sue notizie. Comprenderete la mia angoscia...» Dato che faceva finta di non capire, ho aggiunto: «Qui ha ricevuto gli ordini, ha formulato i suoi voti monastici e ha iniziato la sua carriera, prima di entrare al servizio del vescovo Teodomiro».
«Il suo nome?» ha chiesto freddamente.
«Rodrigo, figlio di Índaro e Alana.»
«Mi sembra di ricordarlo, sì. Un ragazzo esile, di salute cagionevole. Ha frequentato spesso la mia infermeria.»
«Ed è sempre riuscito a guarire?» ho insistito sull'orlo del pianto.
«Ma certamente!» ha risposto lui, offeso. «Aveva una predisposizione al flusso del ventre, ma era solito rispondere bene alle tisane di camomilla e alla dieta. Non doveva lasciarsi andare alla gola. Si nutriva come gli uccelli dell'orto, ma era più forte di quel che sembrava. Non temete.»
«Quale madre non temerebbe?»
«Il Signore lo protegge.»
«Non sapete, per caso, dove si trova ora?»
«No, donna Alana, no. Ma posso dirvi che è partito da Sámanos godendo di buona salute, confortato dalla sua fede e pregando di essere all'altezza dell'elevata missione alla quale lo chiamava il reverendissimo vescovo. Lasciate da parte la vostra preoccupazione. Dovreste essere fiera di vostro figlio.»

Ho passato una notte d'inferno, piena d'incubi.
Davanti a me Sisberto ed Elipando, legati, bruciavano su un rogo, attizzato da diavoli simili a quelli che stava disegnando Beato sul codice dell'Apocalisse quando lo conobbi in Liébana. Allo stesso tempo, dei vermi grassi e voraci si disputavano le loro pallide carni. E, come se non bastasse, quelle raccapriccianti immagini si alternavano ad altre nelle quali vedevo me stessa gettarmi tra il re bambino e un colossale guerriero che voleva eviscerarlo.
Nei brevi momenti di dormiveglia, tra un brutto sogno e un altro ancora peggiore, mi veniva in mente Rodrigo, prostrato in un letto di dolore, senza nessuno vicino che lo aiutasse.
Quanta angoscia, Signore! È stato orribile.

Prima dell'alba ero già sveglia, senza il minimo desiderio di riaddormentarmi. Quando ho sentito i monaci dirigersi in cappella per recitare le lodi, avevo ormai redatto buona parte di questa cronaca, alla luce delle candele.

Come le ho confessato che sto scrivendo un itinerario per conto mio, senza il permesso di nessuno, la novizia che mi ha accompagnata ieri sera in cella me le ha date di nascosto. Una ragazza giovane, ansiosa di fare qualcosa di proibito. I suoi giorni qui non devono essere molto avventurosi, perciò questa innocente trasgressione è sembrata colmarla d'emozione.

Il tempo vola tra il calamaio e la pergamena.

In questo momento sono fuori, nell'orto, che scrivo il resoconto di quanto accaduto alla luce del nuovo sole.

Un momento fa ho visto i monaci rientrare nuovamente in cappella, in silenzio, perciò calcolo sia l'ora prima. Tra di loro ho riconosciuto il re, vestito in un abito di lana come gli altri monaci. Non l'avrei riconosciuto se non fosse stato per il suo portamento e il suo modo di camminare, inconfondibili.

Confesso che non mi ha sorpreso. Il suo luogo naturale è questo, più di qualsiasi altro. Eppure la ferrea volontà che lo guida tra poco lo trascinerà verso ponente, alla ricerca di quel sepolcro la cui miracolosa apparizione rappresenta un meritato premio a una vita di sacrificio.

All'uscita dalla chiesa, il sovrano teneva a braccetto un monaco, così come aveva fatto il giorno prima con l'abate Dagaredo. Il monaco in questione, però, sembrava incredibilmente vecchio e, sorretto anche da un altro monaco di un'età vicina a quella del mio signore, a malapena riusciva a camminare. L'immagine dei tre era commovente.

Da quanto ho saputo più tardi, il venerabile anziano si chiama Juan ed è stato precettore di don Alfonso quando, poco tempo dopo essere arrivato in questo monastero, è stato trasferito a Sobredo, in uno sperduto angolo tra le montagne del Courel, per garantirgli maggior sicurezza. Presso quel luogo remoto il principe ha passato due inverni, senza altra compagnia se non quella del monaco, oggi quasi sordo e praticamente cieco. Più tardi, Juan ha fatto ritorno a Sámanos, dove ha condiviso altri cinque anni con una comunità della quale l'unico sopravvissuto è Fatalis, il monaco che aiutava don Alfonso a sostenere il vecchio precettore.

I tre si sono seduti a chiacchierare sotto un prugno.

«Rammentate quel servo fuggitivo che si rifiutava di uscire dalle stalle anche minacciandolo con un bastone?» ha iniziato il re, in apparenza riconciliatosi con la pace del posto nonostante il dispiacere di ieri. «È stato lui a insegnarmi tutto sui cavalli. Spesso mi torna in mente.»

«Come dimenticarlo?» ha risposto Fatalis, mentre Juan si limitava a sorridere con un'espressione persa. «Si era ribellato al suo padrone, anche se con noi si è sempre dimostrato una brava persona.»

«Non ho mai visto tanta paura negli occhi di nessuno. Mai! Nemmeno nelle peggiori sconfitte dei saraceni.»

«Ne aveva di ragioni, mio signore. Se il vecchio padrone l'avesse catturato, il servo sarebbe stato sottoposto a terribili torture e ridotto alla peggior forma di servitù, così come è successo a tanti altri. Una punizione peggiore di quella dei prigionieri mori e infinitamente meno preferibile della cura dei cavalli in questo benedetto cenobio, sotto la protezione dell'abate Argerico.»

«Chiamami fratello, per favore», ha detto il re con umiltà. «Almeno tu, chiamami fratello.»

«È morto poco tempo dopo la vostra partenza verso Passicim», ha proseguito il monaco, senza prendere in considerazione quella supplica. «La persecuzione sofferta aveva rovinato il suo corpo e il suo spirito.»

«Mio cugino Aurelio ha soffocato con eccessiva severità quella ribellione.» Il re raramente menzionava il nome di quel principe e non gli si riferiva mai col titolo che, secondo lui, egli aveva usurpato.

«Se non l'avesse fatto, fratello Alfonso, la sua autorità sarebbe stata minata e, con quella, la fragile coesione del regno. Sapete bene che non mi piace la violenza, ma capisco che in certe occasioni sia inevitabile.»

«Forse hai ragione. A ogni modo, quella ribellione ha lasciato un profondo risentimento tra i servi.»

«Ce ne sono tanti qui, nel monastero, anche se potrebbero

prendere liberamente i voti, e mangiano il nostro stesso pane. Non esistono grandi differenze tra loro e noi.»

A quel punto è sceso un lungo silenzio che non ho saputo interpretare. Probabilmente il mio signore non trovava le parole per esprimere la propria inquietudine o magari si stava limitando a godere di quell'istante di tranquillità assieme a un amico d'infanzia.

Dopo un bel po', ha ripreso la parola, facendo una domanda diretta: «E se alla fine quelle reliquie risultassero false, Fatalis? Sin dall'inizio mi tormenta la possibilità di esser caduto vittima di un inganno orchestrato da Teodomiro. Non posso però ignorare in nessun modo i segni prodigiosi che hanno preceduto il loro ritrovamento e nemmeno sottovalutare l'enorme importanza che questo avrebbe per il regno. La fede, inoltre, mi porta a credere e a sostenere la veridicità di tale prodigio...»

«Lasciatevi guidare dalla fede. Cos'altro potete fare?»

«Magari fosse così semplice, fratello, magari. Vorrei tanto convincermi che i sospetti di Sisberto si debbano unicamente al suo essere eretico e che manchino di fondamento. Darei tutto per avere la certezza di non condannare la mia anima cadendo nell'inganno di un bravo affabulatore. Non smetto di pensare alla possibilità di sbagliarmi.»

Fatalis si è preso un po' di tempo prima di rispondere. Quando finalmente lo ha fatto, si è espresso con assoluta franchezza, al punto di lasciare da parte il rispetto che aveva usato fino a quel momento nel rivolgersi all'antico compagno di giochi, oggi sovrano delle Asturie. «Io non sono nessuno per darti consigli, Alfonso. Poco o nulla so di quanto accade al di là di queste mura. Ma dubito saremmo qui a parlarne, all'ombra dei prugni, se non fosse per il potere di Dio e della sua infinita misericordia. Se Lui ci ha sorretto fin qui, cosa c'è di straordinario in questa nuova dimostrazione del suo favore?»

«Parliamo del Figlio del Tuono, fratello. Uno dei dodici apostoli, nientemeno, comparso all'improvviso in quest'angolo della Gallaecia vicino al *finis terrae*...»

Il monaco non si è minimamente scomposto di fronte a questa constatazione. Ma, al contrario, ha risposto con una logica ai miei occhi schiacciante. «Gerusalemme, un villaggio poco più grande di Iria Flavia, è il centro del mondo nelle carte geografiche perché accoglie il Santo Sepolcro di Nostro Signore Gesù Cristo. Roma non sarebbe la capitale della Cristianità se lì non ci fossero i resti di san Pietro, pilastro della nostra Santa Madre Chiesa. Proprio in questo momento, qui, nelle Asturie, si sta disputando la battaglia tra maomettani e cristiani. Qui si trova la prima linea di un fronte che vede la lotta tra la vera religione e quella degli adoratori di Allah. Ti sorprende che l'Altissimo abbia inviato in nostro aiuto un paladino della fede come san Giacomo?»

«Non l'avevo guardata sotto questa luce, a dire il vero.»

«Ripeto che non sono nessuno per influenzare il tuo giudizio. Dio me ne scampi! Ma, dato che mi chiedi consiglio, eccolo: ringrazia con umiltà il dono di questo miracolo e sii meritevole di custodire il sacro corpo dell'Apostolo.»

Questa conversazione mi darà da pensare a lungo anche se, riguardo alle reliquie, mi rimetto alla decisione che prenderà don Alfonso una volta giunti a destinazione.

Le mie riflessioni si addentrano in altre direzioni temporali. Puntano al mio futuro, verso dove e assieme a chi vorrei affrontarlo.

Nella pace del cenobio il re assomiglia al servo: qui non ci sono sudditi ma fratelli. La guerra è così lontana che a malapena se ne vedono le tracce. Esiste un luogo migliore in questa valle di lacrime?

Tutto d'un tratto mi sento stanca, come se le fatiche di una vita intera mi pesassero sulle spalle. Vedo il sovrano vestito come un monaco, spogliato dei pesanti ornamenti propri del suo rango, e questa semplicità, priva di ambizione o vanità, mi sembra il più alto premio cui aspirare.

Penso al monastero che stiamo costruendo a Coaña, vicino al mio villaggio di fantasmi, e desidero un rifugio ideale per riposare e quietare il mio spirito prima dell'incontro col Creatore.

Certo, questo è ciò che penso ora. Oggi. Domani, sicuramente, vedrò le cose in un altro modo.

Chiesa del monastero di Sámanos

10

IO CONFESSO...

Sulla riva del fiume Mera,
Giorno di Santa Domenica

Prima della luce, sono stati gli uccelli che salutavano il nuovo giorno a svegliarmi. Fuori, sentivo la servitù impegnata nelle proprie faccende e questo mi ha fatto ricordare, senza un perché, le mie, una vita fa, a Coaña: svuotare la bacinella delle urine notturne e andare alla sorgente per prendere l'acqua.

La fonte mi spaventava: vi abitano le *xanas*, dalle quali bisogna stare lontani, perché possono trascinarti nelle profondità in cui nuotano.

Mio padre negava con fermezza la loro esistenza e ci proibiva persino di nominarle, ma mia madre, sin da quando ero piccola, mi aveva avvertita che attorno a noi esiste un mondo di creature invisibili. Le *xanas* sono tra queste. Come spiegare, altrimenti, la morte per annegamento di tanti bambini? Io le temevo quasi quanto i fuochi fatui nella notte dei defunti. Infatti, dopo essermi fatta diversi segni della croce, uscivo di casa pregando.

Oggi la vita mi ha insegnato a temere minacce infinitamente peggiori: la guerra, la menzogna, il tradimento, l'ira scatenata dalla cieca barbarie, la malattia, la fame o l'incertezza sul destino di chi si ama, il più brutto dei tormenti.

Anche nel mio castro c'era la servitù. Prigionieri mori, per la maggior parte, destinati a lavori pesanti, come pulire le stalle e i porcili o raccogliere la legna per l'inverno. I lavori di casa, cucina e pulizia, erano faccende di famiglia. Nessuno conosceva l'ozio. Se qualcuno, allora, mi avesse detto che avrei passato buona parte della mia vita nelle residenze reali, con una moltitudine di uomini e donne al mio servizio, mi sarei messa a ridere.

Il destino è capriccioso. Si diverte assai a mandare a monte i nostri piani.

Appena si è schiarita la nebbia del sonno e ho ricordato dove mi trovassi, mi è tornato in mente Agila, il capo della guardia reale, la cui salute, da quando siamo partiti da Sámanos, è solo peggiorata.

Ieri sera, quando siamo andati a letto, dopo una dura giornata di marcia, il suo aspetto era molto preoccupante. Tremava, divorato dalla febbre, benché due dei suoi uomini l'avessero steso su un letto di pelli vicino al fuoco, coprendolo con diverse coperte. Non era il freddo a farlo tremare. Magari lo fosse stato...

Gli ho dato da bere un infuso di corteccia di salice, per alleviare la febbre, anche se a malapena riusciva a inghiottirlo. Lamentava un forte dolore al ventre che mi faceva temere il peggio, dato che conosco bene quei sintomi. Vorrei sbagliarmi e trovarlo in piedi, ristabilito, pronto a compiere il suo dovere accanto al re. Magari!

Freya dormiva ancora, con la profondità invidiabile della gioventù. Doveva sognare qualcosa di bello, perché sorrideva in modo contagioso. È una creatura preziosa e mi rallegra vedere che, almeno quando dorme, è felice.

Quanto sono cambiati i miei sentimenti da quando siamo partiti da Ovetao! Devo ammettere che allora provavo nei suoi confronti molta diffidenza e invidia. Ma ormai non la vedo più come una rivale nella disputa per l'amore del re, tutt'altro. La vedo con gli occhi di una madre preoccupata per il suo benessere e ne comprendo la totale solitudine.

La camminata di ieri è stata estenuante, sebbene l'abbiamo affrontata a tratti a piedi e a tratti a cavallo. Basta vagabondare!

Ho costretto il mio corpo a uscire dal torpore e mi sono alzata, a fatica, provando a non fare rumore. Dovevo sgranchire braccia e gambe, allungarle, pregando che mi sorreggessero. Stanno sopportando molto. Per fortuna manca poco per arrivare a Iria Flavia, perché non so quanto ancora potrebbero resistere le mie ossa.

Ogni tappa diventa sempre più pesante. E non solo per le mille salite che poi ogni volta dobbiamo ridiscendere, col conseguente logorio delle nostre ginocchia, ma anche per la stanchezza accumulata. Le soste a Lucus e a Sámanos non sono bastate per ritemprarci. Non a me, e nemmeno a Odoario o ad Agila.
Più di uno di noi sembra essere lì lì per crollare. A questo punto del pellegrinaggio, fatico persino a scrivere la mia cronaca, benché sia ciò che mi procura più gioia. Quindi approfitto del silenzio della mattina per portarmi avanti. Ignoro in quale stato sarò stasera.

Ieri, ripercorrendo al contrario la strada che avevamo seguito fino al monastero per riprendere la via che porta a Iria Flavia, siamo passati attraverso la pianura nella quale, due anni fa, il mio signore ha sconfitto i saraceni comandati dai fratelli Malik e 'Abbā's Qurašī. Sono entrambi morti sul campo di battaglia dopo un feroce combattimento. Spero che la loro morte serva di lezione ai mori e li dissuada da nuovi tentativi di attacco, perché abbiamo un grande bisogno di pace per risollevare questo regno. Pace, sicurezza, mani in grado di lavorare, figli, futuro, speranza.
Le tracce di questa ultima razzia sono evidenti nelle devastazioni che ci circondavano. I nostri soldati hanno sconfitto l'esercito moro, sì, ma a caro prezzo...
Da entrambi i lati della strada vi sono macerie di fattorie. Cappelle con inequivocabili segni di profanazione dovuti alla ricerca di un oro inesistente o alla distruzione di reliquie, fatto che, lo sanno bene, mina il morale della popolazione. Alberi sradicati a forza dai buoi perché non possano più dare frutti. Campi bruciati. Carcasse di animali che marciscono sotto le intemperie, accanto alle vittime infedeli cadute in combattimento. I cristiani, voglio credere, avranno ricevuto degna sepoltura.
Il cielo accolga le loro anime!
Ci siamo fermati in uno di quei ruderi per far riposare gli

animali e mangiare qualcosa. La casa era a un solo piano e conservava tre pareti in pietra, oltre al tetto. La quarta, che si affacciava sul sentiero, era crollata e lasciava intravedere una stanza cristallizzata nel recente orrore. Qualche sgabello rotto, cocci distrutti sul pavimento, resti di una brandina, stracci, una falce con la quale un contadino disperato deve aver tentato invano di difendere la sua famiglia.

Tra le mute testimonianze di un orrore al quale, ahimè, siamo abituati, abbiamo consumato un pranzo frugale di formaggio, prosciutto stagionato, prugne secche e pane.

Il capo delle guardie era giunto fin lì sorretto a malapena dal suo cavallo. Ha rifiutato di mangiare, limitandosi a bere qualche sorso d'acqua. Continuava a non proferire nessun lamento, anche se dal volto traspariva la gravità del suo male.

Il re gli ha proposto di fermarsi, ma lui ha insistito con veemenza per andare avanti. Era una questione di orgoglio e don Alfonso ha capito che non assecondarlo avrebbe significato umiliarlo.

Abbiamo ripreso la marcia verso ponente fino a quando il sole pomeridiano non si è acceso nel cielo come un falò che bruciava gli occhi e colorava le nuvole di una tonalità simile all'erica secca.

Mia madre, tra le sue piante officinali, ne aveva sempre un ramoscello, perché quel fiore possiede il dono di rimanere bello anche quando abbia perso freschezza. Una proprietà ammirevole, mi ripeteva spesso, utile a chiunque voglia cimentarsi nella sua coltivazione.

Ma ora basta divagare. Bisogna camminare. Oggi ci attende un lungo percorso, segnato da sorprese non per forza gradevoli.

Se non altro non piove.

Per prima cosa, farò visita al nostro malato, con lo stesso timore che avevo da bambina quando andavo alla sorgente sapendo che vi abitavano esseri sovrannaturali, con sembianze di donna, che potevano riempirmi d'oro o trascinarmi a forza sui fondali.

Ho recitato le mie preghiere con devozione pensando ad

Agila, perché so che nelle sue viscere abita una creatura più pericolosa e letale delle *xanas*, dei lupi o degli stessi saraceni. Un male per il quale non c'è rimedio.

La giornata è giunta alla fine e riprendo il manoscritto per mantenere la promessa fatta a me stessa quando l'ho iniziato: piacevoli o infausti che siano i fatti accaduti, li racconterò comunque, sebbene in certe occasioni l'inchiostro possa risultare amaro.

Alle prime ore del giorno il capo delle guardie non era peggiorato rispetto a ieri, il che era un buon segno. A dire il vero, non sembrava nemmeno migliorato, benché fosse determinato ad andare avanti.

«Torniamo a Sámanos», lo stava persuadendo il re in tono cortese, quando mi sono avvicinata al fuoco ravvivato per la colazione.

«Non è necessario, mio signore», ha risposto Agila, fingendo una vitalità che lo aveva abbandonato ormai da giorni. «Vi assicuro che sono in condizioni di cavalcare.»

Chi ero io per contraddire le sue parole? Chiaramente aveva ancora la febbre, anche se più bassa della notte precedente. Da quanto mi ha detto un soldato, quando si era svegliato aveva mangiato qualcosa, anche se subito dopo era stato scosso da violenti conati e aveva rimesso non solo il pane, ma un liquido verdastro che gli bruciava la gola.

Che uomo coraggioso! Se la vista non m'ingannava e quello che aveva dentro era ciò che temevo, stava dando una prova di forza degna di un grande guerriero sopportando in piedi un impietoso dolore, che avrebbe abbattuto chiunque.

Avrei voluto avere con me tutti i miei medicamenti per somministrargli qualche tonico calmante, ma ho potuto solo offrirgli un'altra tisana di corteccia di salice per abbassargli la febbre. Non avevo neanche la camomilla per diminuire il suo malessere.

Agila ha ringraziato per il decotto, che ha bevuto in fretta, e ha zoppicato verso il suo cavallo, dando gli ordini per inviare un gruppo di guardie in avanscoperta. La sua voce era debole, benché cercasse di apparire normale. Era già tanto che camminasse! Una delle guardie lo ha aiutato con discrezione a montare in sella, unendo le mani a mo' di staffa, mentre i servi si affaccendavano a preparare la partenza raccogliendo tutto in fretta. Dall'alto del suo destriero, col quale ha combattuto tante battaglie, Agila sembrava sentirsi meglio, disposto a sopportare di nuovo il suo calvario.

Per quanto tempo ancora?

Cavalcavamo da un po', a passo sostenuto, quando ho osato avvicinarmi al monaco calligrafo in cerca di aiuto, perché un'idea inquietante aveva iniziato a impensierirmi e avevo urgente bisogno di parlare con lui.

Il mio rapporto con Danila è particolare. Lo ammiro e lo detesto in ugual modo, a seconda del momento. Lo temo e lo cerco.

Gli riconosco di essere un grande erudito, pur sapendo che lui vede in me una donna insignificante. Se non altro, non credo mi percepisca come una minaccia: non sospetterebbe mai che io stia portando avanti in segreto ciò che il re ha chiesto di fare a lui. Questo gioca a mio favore. Sebbene non gli ispiri simpatia, mi sottovaluta troppo per diffidare di me.

«Posso disturbarvi coi miei timori?» gli ho chiesto senza preamboli.

«Siamo esseri mortali, donna Alana. Prima o poi arriva l'ora di tutti. Per questo motivo dobbiamo essere sempre in pace col Signore.» Il monaco, la cui sagacità è all'altezza delle sue ampie conoscenze, ha intuito la gravità del male che stava patendo il nostro capitano. L'indomabile volontà di Agila non lo ingannava. Sbagliava, però, ad attribuire la mia agitazione alla possibilità di vederlo morire da un momento all'altro.

A quel punto della giornata, avevo iniziato a nutrire qualche speranza. Erano tali la determinazione del capitano, la forza del suo corpo leggermente curvo sulla sella, che, dovendo scommettere, avrei sicuramente scommesso su di lui.

«Non pensavo alla sua morte», ho risposto al calligrafo.

«Non a quella del capitano, in cui percepisco segni di recupero, né tantomeno alla mia. Dopo quello che ho vissuto, non è il suo arrivo che temo. Io non sono importante, ma...»

«Parlate senza timore, sorella. Oggi ho l'animo ben disposto ad ascoltare.»

«Il fatto è che tutte queste calamità mi rammentano quanto preannunciato dal monaco Beato nel suo monastero in Liébana.»

«Vi riferite agli incidenti che hanno colpito la comitiva? Pure voi credete nelle tesi infondate della servitù su presunti auguri funesti? Che delusione!»

Sono indietreggiata immediatamente: «Non stavo pensando a questo. Vi è una spiegazione naturale a ogni avvenimento. Dall'abbondanza di serpenti nel passo tra le montagne dove si sono spaventati i muli, fino all'odio che ha spinto il prigioniero a cercare di uccidere il re. Eppure, sommando queste disgrazie a quelle raccontate da Claudio sulle terribili persecuzioni sofferte dai cristiani di Al-Ándalus, sul loro impegno nell'abbracciare il martirio, l'interminabile guerra, e ora la malattia di Agila... Tanto orrore deve pur significare qualcosa, non credete? Sarà forse il preludio a...»

«Di solito non parlate a vanvera, mia signora. A cosa state pensando di preciso? Ditelo una buona volta!»

«D'accordo, ve lo dirò senza indugi. Tutti questi segnali mi hanno ricordato l'annuncio della fine del mondo formulata da Beato nei *Commenti sull'Apocalisse di san Giovanni*.»

«Cosa sapete di quel codice?» Il suo tono denotava un misto di incredulità, sorpresa e fastidio.

«L'ho visto coi miei occhi, padre Danila. Era nella biblioteca del cenobio, appena finito, ornato con figure di mostri infernali che da allora abitano i miei incubi.»

«Siete davvero speciale, mia signora», ha detto con enfasi. «Non smettete mai di sorprendermi. Posso sapere cosa vi ha portato a conoscere Beato?»

Giacché me ne ha dato l'opportunità e rimaneva ancora molta strada da percorrere, gli ho raccontato brevemente la ragione della mia permanenza in quel monastero sperduto, così come le circostanze che mi avevano portata a passare alcuni giorni lì, assieme a Índaro, nel nostro viaggio da Corduba e Toletum all'Araba.

Vedevo ancora chiaramente il monaco di cui stavamo parlando, dotato di un'insigne intelligenza compensata da un corpo deforme e da un'intensa balbuzie, guidarmi attraverso la nutrita biblioteca che conteneva tutte le opere tratte in salvo dai cristiani fuggiti da Al-Ándalus: trattati di medicina, botanica o filosofia; classici greci e romani; scritti dei santi Padri della Chiesa e, naturalmente, registri delle donazioni ricevute dal monastero nel nome di Cristo Redentore.

Ho rivissuto l'intenso piacere che mi aveva procurato svelare quei tesori grazie al santo dono della lettura, la chiave per decifrare i loro segreti. «A ogni modo, non sono rimasta molto tempo. Mio marito voleva continuare il viaggio per raggiungere don Alfonso in territorio guascone», ho concluso.

«Eppure, avete avuto occasione di contemplare quel manoscritto.» Il tono sorpreso col quale Danila parlava ne tingeva la voce di vivaci colori.

«E di toccarlo. Era impressionante, come vi ho già detto. Ma più perturbanti ancora erano le predizioni che Beato formulava.»

«Dal momento che il monaco della Liébana ha calcolato che il nostro ultimo giorno sarebbe stato nell'anno 800 della nostra era, è evidente che si sbagliava. Sono trascorsi più di cinque lustri dall'inizio del secolo e la sua profezia non si è avverata.» Il calligrafo si esprimeva con evidente arroganza.

«Pur essendo vero, i segni sui quali Beato basava la sua profezia persistono: peste, fame, eresia... Ma, soprattutto, questa lotta infinita contro i feroci guerrieri della mezzaluna, il cui potere non ha limiti. Magari avrà sbagliato a determinare il momento esatto dell'ecatombe finale, ma non nel predire la sua vicinanza.»

«Non è impossibile. In molti credono, come Beato, che i cavalieri dell'Apocalisse accompagnano l'Anticristo e sono la prova inconfutabile della sua presenza tra noi. Eppure, per quanto me ne intendo, basano quella credenza su una lettura sbagliata dell'Apocalisse, perché nessuno sa né saprà mai quando sarà chiamato di preciso a comparire davanti al Signore. Ecco la base dell'errore. Questa incertezza costituisce l'architrave della nostra fede.»

«Io non sono pratica in teologia, padre. Temo di non capirvi.»

«Siete femmina. È logico.»

«Beato però lo capivo.»

«Quello che voglio dire è che Dio ci ha creato a sua immagine e somiglianza, dotati di libero arbitrio per scegliere tra il bene e il male. Se il giorno della nostra morte fosse predeterminato nelle scritture di un monaco, che merito potrebbe avere il giusto rispetto al peccatore?»

Il mio contrattacco ha colpito nel segno perché nella sua voce vibrava una nota d'ira.

«Siete certo, dunque, che le disgrazie che ci capitano non sono il preludio di una catastrofe più grande e irrimediabile?»

«Solo della mia fede sono certo, donna Alana. E pure che il monaco della Liébana si sbagliava nella sua interpretazione del libro dell'Apocalisse, perché siamo nell'anno 827 di Nostro Signore e questo mondo è ancora qui, nonostante le miserie che lo affliggono.»

La caratteristica arroganza di Danila, in quest'occasione, lontana dall'irritarmi, è stata un conforto. La sua scienza è infinitamente superiore alla mia. La sua capacità d'interpretare i segnali, anche. O almeno lo spero.

Se le nostre disavventure non preannunciano il giorno del Giudizio Finale, siamo semplicemente davanti a un cumulo di coincidenze, o forse di segni che ci mettono in allerta su qualcosa. Il problema è: cosa? Non smetto di chiedermelo.

Quando giungeremo a Iria Flavia, se mai ci riusciremo, la volontà dell'Altissimo si paleserà con totale chiarezza. Questo è quanto assicurano i monaci e io non sono nessuno per affermare il contrario.

Crederò in ciò che crederà il re. Farò quello che egli mi ordinerà. Mi aggrapperò senza riserve al suo verdetto.

Agila è caduto da cavallo come colpito da un fulmine.

Avevamo appena attraversato un ruscello, dove l'animale si era fermato a bere. Stavamo percorrendo una pianura tranquilla, sotto un cielo grigio piombo. Il coraggioso soldato ci voltava le spalle. Cavalcava davanti al corteo, come ha fatto sin dalla nostra partenza, ondeggiando leggermente al ritmo del suo destriero. Poi, all'improvviso, lo abbiamo visto cadere sul lato sinistro, sotto il peso del proprio corpo.

La mia prima sensazione è stata di stupore. Immediatamente dopo è giunto il sollievo, pensando che la morte gli era apparsa davanti con un colpo rapido e definitivo. Ma no. Il capo della guardia non aveva ancora smesso di soffrire.

Il destino spesso s'intestardisce con chi meno lo merita. Certi esseri abietti hanno lunga vita, praticamente a digiuno di sacrifici, mentre altri, colmi di coraggio e generosità, patiscono inique miserie.

Dov'è la giustizia divina? Evidentemente, nell'altro mondo. Cercarla in questo è inutile.

Purtroppo non sbagliavo: *cólico miserere*, un male che non lascia scampo. Tutti lo sappiamo. Una volta che questa bestia azzanna le tue viscere, sei condannato. Puoi solo sperare in un'agonia breve e nel coraggio di affrontare la paura. Perché morirai, è inevitabile.

Ho visto molte persone soccombere a questa febbre repentina, che colpisce a qualsiasi età, senza distinzione di ranghi. Uccide con uguale crudeltà il nobile e il servo, il bambino e l'anziano, l'uomo e la donna, il debole e il forte.

Inizia con un diffuso malessere, al quale nessuno dà molta importanza, e presto diviene un tormento. Le vittime, prima di morire, si contorcono. Avere accanto un sacerdote è un privilegio, perché l'alternativa del peccatore è penare per l'eternità.

Agila non patirà tale condanna. Ha già sofferto abbastanza in questa valle di lacrime!

Il capo della guardia sarà premiato per la sua lealtà con un posto di rilievo nel Paradiso dei giusti. Riposerà alla destra del Signore. Ho sentito il venerabile Odoario prometterglielo, dopo averlo assolto da tutti i suoi peccati, mentre lui, moribondo, lottava per stringere i denti e spegnersi in silenzio, con la dignità di un grande guerriero.

I suoi uomini si sono precipitati immediatamente da lui non appena lo hanno visto perdere i sensi. Dopo essersi accertati che respirava ancora, lo hanno steso il meglio possibile per terra con una coperta piegata a modo di cuscino, mentre noialtri accorrevamo per interessarci del suo stato. Don Alfonso per primo.

«Temo, purtroppo, che non ci siano speranze», ho informato il sovrano, dopo aver sentito che il suo fedele servitore scottava di febbre, che il suo ventre era terribilmente infiammato e che la più lieve pressione sul lato destro gli provocava un dolore acuto.

«Non potete fare nulla?» ha chiesto il re, rattristato.

«Nulla, maestà.»

«Nemmeno alleviare la sua pena?»

«Magari potessi, mio signore...»

Col poco fiato che ancora aveva, Agila ha chiesto la confessione.

Mi sarei dovuta allontanare, per rispetto a quell'atto sacro, seguendo l'esempio di chi circondava il malato. Avrei dovuto guardare dalla dovuta distanza per evitare di sentire quanto ho sentito, ma ancora una volta la mia curiosità ha vinto.

«Padre, non temo la morte, ma l'Inferno», ho sentito dire dalla voce tremula del soldato.

«Non temere, figliolo. Dio è infinitamente misericordioso e tu hai combattuto in nome suo con coraggio. Sarai ricompensato per questo.»

«Ho sparso tanto sangue, padre... Soltanto qualche giorno fa, ho giustiziato senza remore e con le mie mani un prigioniero.»

«Non incolparti. Quell'infedele aveva tentato di uccidere il nostro sovrano. Hai fatto il tuo dovere. Non peserà contro di te nella bilancia del Supremo Giudice, quell'azione si sommerà ai tuoi meriti.»

C'era vero terrore negli occhi dell'uomo che non ho mai visto vacillare davanti a un nemico, fosse saraceno o cristiano. Lui, che ha salvato coraggiosamente il suo signore nell'ultima congiura architettata dagli avversari di corte. Lui, che tante volte ha combattuto al suo fianco senza mai dare le spalle al nemico, ora tremava come una foglia scossa dal vento. E non solo per la febbre. «Padre, perdonatemi, perché sto per comparire davanti al mio Creatore senza essermi preparato.»

«La tua vita è stata una preparazione per questo momento, figliolo. Lascia da parte i tuoi timori. Sei stato un soldato di vera fede, un uomo d'onore, un marito rispettoso e un padre esemplare. Andrai in cielo, non soffrire. La tua anima si rallegrerà davanti alla contemplazione di Dio e dei suoi angeli.»

«Io non sono quell'uomo!» Quell'urlo esprimeva tanta rabbia quanta disperazione. «Ho ceduto spesso alla lussuria, padre. Non ho mai forzato una donna, quello no, ma in cambio qualche moneta o pezzo di pane... Con quante puttane ho giaciuto!»

«Ti penti di quel peccato?»

«Me ne pento, sì, me ne pento.»

Bastava guardargli il viso contorto dall'orrore per capire che non mentiva.

«Se sei sincero, allora sarai perdonato.»

«E cosa ne sarà di mia moglie e dei miei figli? Anche per loro ci sarà misericordia?»

«Il re provvederà, non temere.» Odoario cercava di trasmettere pace all'agonizzante, accompagnando le sue parole con un affettuoso sorriso. «Nulla mancherà loro, puoi esserne certo. Vai tranquillo verso la tua nuova dimora, sapendo che, arrivato il giorno, loro ti raggiungeranno.»

Agila stava morendo.

La sua pelle aveva un colore giallognolo, simile alla pergamena, annuncio inequivocabile di una fine imminente. Sembrava si fosse attaccata alle ossa del volto, affossandogli gli occhi, accesi di paura e febbre e, nello stesso tempo, affilandogli il naso. I capelli grigi cadevano dritti a entrambi i lati di quel viso dolente, fradicio di sudore. Le labbra erano quelle che conservavano più vita. Giusto il necessario per finire di svuotare il cuore e ricevere l'assoluzione.

In quell'attimo, mi sono resa conto che stavo commettendo un atto imperdonabile.

Chi credevo di essere per rubare a un agonizzante il segreto delle parole destinate al Padre Eterno? Con quale diritto mi sono intromessa nel momento più intimo della sua esistenza, mentre si trovava sul punto di affrontare il giudizio definitivo? In cosa mi sono trasformata?

Con imbarazzo mi sono allontanata di qualche passo. Ero pentita della mia condotta, ma non smettevo di pensare a ciò che avevo sentito. Quel terrore, quella sofferenza d'anima, quella colpa, quell'angoscia più dolorosa del ventre gonfio, sul punto di scoppiare.

L'immagine di quel guerriero abbattuto, mentre stava per oltrepassare la soglia di questa esistenza, mi ha riportato alla mente la preoccupazione per Rodrigo, che forse si trova in una situazione simile. Sarà per questo che lo sento invocarmi, come fanno i soldati caduti quando chiamano, urlando, le loro madri? La voce che sento dentro di me potrebbe essere quella del suo spirito, angosciato dalla solitudine che precede inesorabilmente la morte.

Non permetterlo, Signore!

Col proposito di allontanare tali cupe riflessioni, mi sono imposta di pensare all'assurdità di questo nostro camminare per vie piene di ostacoli.

Quanta sofferenza ci trasciniamo dietro, come conseguenza della nostra stessa natura! Lussuria, gola, pigrizia, ira, superbia... Cosa sono i nostri peccati se non manifestazioni di ciò che siamo, della materia con la quale Dio ci ha creato? Come potremmo sognare di evitarli?

Vorrei capire il perché di questa perversa maledizione, che c'impegna a combattere le stesse cose che ci rendono umani, sapendo in partenza che è una lotta persa. Il senso di questa infinita e feroce guerra contro noi stessi.

Sarà forse una punizione divina per la curiosità che non riesco a controllare, ma la confessione di Agila mi ha turbata oltremodo, moltiplicando i miei dubbi. Quelli che ho sulla coscienza sin dai tempi dell'infanzia, contesa da divinità tanto diverse nei loro gusti quanto opposte nelle loro esigenze.

Darei tutto per poter capire la vera natura di questa lotta impari che sosteniamo contro tutto ciò che è proibito e dalla quale nessuno può uscirne vincitore, tranne forse il re. Lui, sì. Solo lui.

Don Alfonso non cede mai alle tentazioni. Non sembra nemmeno percepire le tentazioni. Lui è al di sopra del bene e del male, come se, indossando la corona, fosse stato unto da un olio in grado di renderlo simile agli angeli. Lui è fatto di un'altra pasta. Sovrano dei suoi sudditi e primo tra i suoi pari. Eppure, sono certa che soffre. Come può non farlo? Può essere più forte, più santo, più casto, più stoico di tutti noi, ma è pur sempre un uomo. L'uomo che amo, pur sapendo che questo amore è peccato agli occhi di Dio, e che ai suoi nemmeno esiste.

«*Ego te absolvo a peccatis tuis in nomine Patris et Filii et Spiritus Sancti, amen.*»

Agila è spirato quando il sole era ormai alto, dopo aver ricevuto il perdono che supplicava con tanto fervore. Lo circondavano i suoi soldati, colpiti nel veder soccombere il proprio capitano, vinto da un avversario invisibile e, perciò, inarrestabile.

Danila e io ci tenevamo a una rispettosa distanza, sinceramente commossi. Il re si era ritirato poco prima in riva al ruscello, seguito dal conte Aimerico e da Freya, la cui compagnia è stata cortesemente rifiutata.

Il sovrano desiderava stare da solo. Piangere, senza essere disturbato, il compagno d'armi nelle cui mani aveva deposto la sua vita. Rendergli il tributo con quel lutto necessariamente breve, anche se profondamente sentito.

Trascorsi alcuni istanti, don Alfonso è tornato accanto all'amico defunto, allertato dalla fine degli ululati di Cobre, che aveva iniziato ad abbaiare furioso contro la morte non appena l'aveva sentita arrivare. Lui e i mastini della sua razza la vedono. La riconoscono subito quando si avvicina a riscuotere la propria preda.

La contessa ha cercato di consolare il suo signore, abbozzando carezze più filiali di quanto avrebbe gradito il padre, ma è stata rifiutata senza riguardi. Io non ho nemmeno osato. Era chiaro che, lì, eravamo tutti di troppo.

«Che il suo corpo sia lavato e avvolto con la mia tunica migliore», ha ordinato il sovrano a un servo. «Una volta pronto, celebreremo una messa per l'eterno riposo della sua anima, poi riprenderemo il viaggio. Oggi ci ha lasciato un grande guerriero.»

I servi hanno scavato una fossa profonda nella terra sabbiosa della riva e, dopo avervi deposto il corpo del defunto, avvolto in un sudario di lino bianco, l'hanno ricoperta di pietre. Agila riposerà lì, al riparo dalle carogne, sotto una semplice croce fatta con due rami di castagno intrecciati.

Prima della messa, l'abate ha cosparso quel suolo, da oggi camposanto, di acqua santa. È stata una cerimonia breve, presieduta dalla tristezza e da un dolore più pungente di una spada saracena.

Don Alfonso pare essere il più sconvolto da questa morte inaspettata. Non si rassegna. Cerca disperatamente una spiegazione a ciò che ubbidisce soltanto al disegno della Provvidenza, le cui ragioni ci sfuggono.

Io, più di chiunque altro, lo capisco. Pure a me capita spesso d'incorrere in quel peccato di superbia. Cercare di dare un senso alla volontà imperscrutabile di Dio...

«Se fossimo stati a Sámanos», non smetteva di ripetere il re mentre le palate di terra coprivano il cadavere. «Se avessi rimandato la nostra partenza a riguardo della sua malattia, magari si sarebbe salvato. Questo avrei dovuto fare, con o senza il suo consenso.»

«No, maestà», ho risposto io subito, cercando di alleviarne se non altro il senso di colpa. «Il *cólico miserere* è un male che non perdona. Lo sapete bene quanto me. Nessuno avrebbe potuto evitargli questa fine.»

«Nessuno?» ha insistito il sovrano. «Davvero?»

«Non condivido l'opinione di donna Alana», è intervenuto Danila, in piedi accanto a noi, davanti a quella tomba senza nome.

«Le vostre vaste conoscenze comprendono il campo della medicina?» ho chiesto io con un certo sarcasmo.

«Probabilmente più delle vostre», ha risposto lui con tono borioso e sgradevole. «Tuttavia, se di *cólico miserere* si è trattato, e non ve n'è nessuna certezza, Agila sarebbe deceduto pure nel monastero, ve lo concedo. Concedetemi voi, in cambio, che avrebbe sofferto di meno. I monaci avrebbero trovato il modo di alleviare l'atroce sofferenza che ha preceduto la sua morte.»

«Qual è il punto?» Don Alfonso non era in vena d'indovinelli. Nemmeno io.

Il calligrafo l'ha capito al volo, perché ha abbandonato l'atteggiamento di sufficienza per dimostrarsi un po' meno freddo. «Mi riferisco, signore, a quanto possiamo trarre d'insegnamento dalla morte di Agila in modo che non sia stata vana.»

«Continuo a non capire.»

«Esiste un solo Sámanos e si trova lontano da qui, lontano dalla strada che porta al sepolcro dell'Apostolo», si è spiegato finalmente Danila, svelandoci quanto voleva ottenere dal re. «Se in futuro, per queste vie, viaggeranno pellegrini diretti a Iria Flavia, sarebbe cosa buona far trovare loro dove poter riposare, ed eventualmente curarsi. Foresterie presiedute da monaci e suore competenti nell'arte di sanare.»

«Capisco...» Don Alfonso trovava consolazione in quell'idea. Era evidente da come gli si è illuminato il volto. «Avete mai conosciuto un posto del genere?»

«Io no, maestà, ma so della loro esistenza.»

«Posso chiedervi come mai?» ho insistito io.

«Dal manoscritto della vergine Egeria, di cui ho già avuto occasione di parlarvi, signora mia.»

«La pellegrina in Terra santa?» ha chiesto il re, dalla cultura sorprendente per un guerriero.

«Proprio lei, signore», ha confermato Danila. «Nel resoconto del suo viaggio racconta di numerose foresterie e di ospedali di pellegrini situati in diversi punti di quella vasta terra, vicini ai principali luoghi di pellegrinaggio. Case fondate e servite da gente pia o da comunità monastiche, dove i malati trovano accoglienza.»

«Vi ringrazio di cuore per questa idea, Danila. Dio si serve di voi per i suoi propositi. La sua opera richiederà grandi mezzi e dedizione ma, per ciò che ci riguarderà, non demorderemo. Per quanto ci permetteranno le nostre forze, io per primo, re delle Asturie, contribuirò ad agevolare la strada ai pellegrini fino al bosco remoto dove riposa il Figlio del Tuono.»[21]

«Il Padre vi ricompenserà in cielo, maestà.»

«Spero solo che tutto questo dolore abbia un senso e alla fine di questa marcia ci aspetti ciò che speriamo. Che non sia un crudele inganno ordito con un fine diverso da quello di servire l'Altissimo.»

«Abbiate fede, maestà», l'ha incoraggiato il calligrafo. «Il Signore vi ha manifestato il suo favore in diversi modi. I segnali sono chiari. Voi stessi avete verificato a Sámanos come le insidie di Sisberto rispondevano unicamente al desiderio di seminare l'eresia nella vostra anima cristiana. Le reliquie dell'apostolo Giacomo ci attendono in quel bosco, non temete. Il viaggio non sarà vano.»

«Dio vi dia ascolto, buon monaco! Dio vi dia ascolto e ispirazione perché scriviate una cronaca che sopravviva ai secoli.»

Quest'ultimo desiderio mi ha attraversato la schiena come un brivido. Per la seconda volta, quel giorno, mi sono sentita un'intrusa, fingendo di essere quello che non sono, entrando dove nessuno mi ha invitata e facendo ciò che non mi è stato chiesto.

Danila ha dedicato il resto del cammino a raccontarmi ancora del pellegrinaggio della vergine Egeria a Gerusalemme e a descrivermi ciò che lei aveva trovato nella città più santa della Cristianità: le vie per le quali camminò il Signore, la formidabile basilica del Martirio, fatta costruire dall'imperatore Costantino dove si stagliava la grotta del sepolcro, e l'orto degli olivi, abbellito da sua madre, Elena, con ampi edifici destinati a onorare il luogo dove il Salvatore trascorse le sue ultime ore in compagnia degli apostoli.

Il monaco pretendeva di convincere don Alfonso a seguire l'esempio dell'imperatore romano. «Prima d'iniziare i lavori di quella cattedrale senza eguali, con le sue cinque navate, le tre porte e le dodici colonne splendidamente decorate, Costantino fece demolire apposta tutte le costruzioni pagane innalzate su quella terra sacra. Lo stesso dovremmo fare noi a Iria Flavia. È necessario costruire una dimora concorde alla dignità del santo le cui spoglie venereremo.»

«Ma le Asturie sono povere e dobbiamo far fronte a tutte le spese derivanti dalla guerra. Il nostro regno non è paragonabile a quello dell'Aquila. Dio capirà perché san Giacomo abita in una casa più umile di quella di suo Figlio, a Gerusalemme.»

«La capacità di Dio di capire è infinita, donna Alana. Non ha né principio né fine. La nostra, viceversa, è limitata e richiede l'aiuto di prove inconfutabili agli occhi di un cristiano, sia questo un uomo dotto o un ignorante.»

Ho ricordato ciò che diceva l'architetto Tioda sul bisogno di un grande regno di possedere una capitale all'altezza delle ambizioni del suo re, e ho chiesto: «Volete dire che l'Apostolo si sentirà scomodo in una chiesa modesta e potrebbe arrivare a perdere parte del suo potere?»

«Quello che dico è di darmi il vostro appoggio quando supplicherò il re perché non risparmi risorse», ha risposto lui, riservandomi un altro sguardo carico di disprezzo. «So quanto vi stima e quanto ascolta i vostri consigli.»

«Se credete possa essere d'aiuto, contate certamente su di me.»

«Ogni aiuto sarà bene accetto, mia signora. A ogni modo, la pietà di don Alfonso sarà la nostra miglior alleata in questa causa. Lui per primo capisce che la spada a nulla serve se non è accompagnata dalla croce.»

Avrei aggiunto volentieri che alla croce e alla spada è indispensabile sommare la conoscenza, ma ho preferito tacere. L'umiltà, vera o finta, è una virtù apprezzata in una donna.

La conversazione con l'amanuense mi è servita per distrarmi, anche se non ha cancellato il dolore per la morte prematura di Agila. Sono certa che anche il resto della comitiva provi lo stesso. Un evento simile lascia strascichi che tardano a svanire.

Nuño ha assunto spontaneamente il comando della guardia, senza ordine esplicito del sovrano. Non è stato necessario. Gli uomini lo rispettano e il re si fida di lui. È sufficiente.

Don Alfonso ha accettato soltanto la compagnia di Cobre, che non si è mai allontanato da lui. Il mastino conosce l'animo umano più di molte persone. La sua lealtà è l'unica che possa compensare quella che oggi il mio signore ha perso irrimediabilmente con la morte del suo capitano.

Il conte, sua figlia e Odoario hanno camminato assieme, taciturni, con l'animo affranto.

Le privazioni colpiscono in modo diverso ognuno di noi, nessuno ne è immune. Tutti vogliamo arrivare presto. La stanchezza e la pena si uniscono a intristire un cielo che questa sera minaccia pioggia.

Tuttavia, andremo avanti. Un giorno ancora, un miglio ancora, un passo ancora, verso nuove mete che, una volta raggiunte, perderanno di significato.

A Iria Flavia ci attende davvero un grande prodigio? A dispetto della certezza manifestata da Danila, non riesco a condividere il suo ottimismo. Continuo a pensare che ci sia qualcosa che non va. Che sono molte le disgrazie che pesano su un pellegrinaggio che dovrebbe essere ragione di felicità.

Troppe.

Se Beato si sbagliava, se tutti questi segnali non annunciano la fine dei tempi, deve esserci qualcos'altro. Muhammed ci avrà gettato un anatema? Sisberto, forse? So che non devo credere a queste cose. È una superstizione pagana, severamente punita. Eppure...

La ragione m'induce a sospettare. Cosa ci posso fare? Se le morti e il tradimento non bastano a dimostrare che un destino incerto e torbido incombe su questa comitiva, l'eclisse di qualche sera fa lo conferma definitivamente. La luna che ci nasconde il proprio volto, negandoci non solo la luce, ma la sua materna benedizione non può essere frutto della casualità e nemmeno essere un buon augurio.

Il mio signore mi ripudierebbe se sospettasse che coltivo queste idee. Non voglio credere in quel che credo, ma non riesco a evitarlo.

Avrò il coraggio di confessarlo quando giungerà la mia ora? Oserò raccontare a un sacerdote il mio rapporto con la fede di Huma? Non ne vado fiera, ma devo ammettere che nemmeno lo combatto con l'ardore necessario a vincere la battaglia. Sarò mai assolta, come lo è stato Agila, dopo aver abiurato il suo peccato di lussuria? Mi concederà l'Altissimo l'opportunità e la volontà di pentirmene sinceramente?

Su questa pergamena confesso che nel mio spirito albergano credenze pagane, sì. Abitano nel più profondo del mio essere. Sono il mio segreto più nascosto. Quello che non sono mai riuscita a condividere neanche con Índaro.

Sono cresciuta ascoltando storie di *xanes* al calore del fuoco sul quale Huma preparava le sue pozioni.

Dovrei espellere tali credenze dal mio cuore, abiurare i suoi insegnamenti e rinnegare la donna che mi ha dato la vita? È un'idea che non riesco nemmeno a concepire.

Oggi confesso che pesa sulla mia coscienza un peccato da cui non posso sfuggire, perché si basa su un amore per me irrinunciabile. Posso solo affidarmi alla misericordia divina e supplicare il perdono di Dio.

Le disgrazie non sono finite.

Deve ancora accadere qualcosa di brutto. Lo sento.

Ieri i gufi hanno cantato e, a mezzogiorno, Agila è morto. Un momento fa, poco dopo il tramonto, ho sentito ancora la loro voce squillante.

Sono sul punto di ritirarmi nella tenda in cui passerò la notte. Il mio corpo chiede una tregua, ma la mia mente è sempre in allerta. Mi lascerò catturare dalla magia del fuoco, mi arrenderò al suo potere, per cercare riposo.

Mi perdo mentre osservo la danza delle fiamme. Evocano nella mia memoria la passione della gioventù: i giorni e le notti nei quali con Índaro davamo sfogo a un ardente desiderio, irraggiungibile da qualsiasi timore. Quello di vivere l'uno nell'altra o di morire in questo modo se la morte ci avesse sorpreso durante uno dei tanti combattimenti. L'ansia di gustare fino all'ultima goccia di piacere.

Índaro non c'è più. Nemmeno Agila, né Carlo Magno. Sono andati incontro agli angeli, così come Huma, Ickila e il mio piccolo primogenito, nato morto. Il suo ricordo brucia in me come la brace di questo fuoco, che tarderà a spegnersi.

Io vivrò ancora un po' per loro, fino a consumare del tutto la vita. Verranno assieme a me a Iria Flavia. Assieme scopriremo ciò che ci attende.

11

CAMMINO DI SALVEZZA

Sotto il portico di un eremo senza nome,
Giorno di Sant'Isaia

Il re è agitato. Qualcosa tormenta il suo spirito, e non è la morte di Agila. Può darsi che la perdita del capo della sua guardia contribuisca al suo malessere, ma scommetto che non ne è la causa. Almeno non del tutto.

Non spiegano la sua inquietudine nemmeno i dubbi che, ne sono certa, continuano ad attanagliarlo. No. Le incertezze su ciò che troveremo una volta giunti a Iria Flavia e il lutto recente sono motivo di preoccupazione, ma non bastano a giustificare il buio che lo pervade. Si tratta di qualcosa di più profondo, di più segreto, minaccioso, nascosto in un angolo della sua anima.

Ciò che perseguita il mio signore ha a che fare con suo padre, Fruela, figlio di Alfonso I ed Ermesinda.

Il solo nome turba il re quasi quanto quello di Mauregato il traditore, ed è da un po' che noto come, a mano a mano che procediamo, aumenta la sua agitazione. La terra di Gallaecia gli evoca nella mente spettri di un passato familiare pieno di luci, ma anche di ombre. Un'eredità il cui peso, evidentemente, lo opprime.

Oggi, sotto la pioggia insistente, mi ha raccontato una storia che conoscevo a malapena: non è frequente che il mio signore parli dell'uomo che gli ha dato la vita.

Infrangendo la regola del silenzio che vige, normalmente, su tutto ciò che riguarda quel principe, il sovrano ci ha parlato della violenza impiegata per sottomettere i sudditi ribelli, del sangue cristiano che gli è rimasto sulla coscienza fino all'ultimo respiro, del dolore, convertito in coraggio, che ha marchiato a fuoco la sua esistenza.

I paesaggi di oggi hanno portato don Alfonso a rivivere episodi che preferirebbe non ricordare, che cerca di dimenticare da quando ha memoria, ma che ritornano per tormentarlo nonostante l'impegno nel saldare i debiti contratti dal padre.

Più penso all'inferno che quest'uomo ha dovuto affrontare, maggiore ammirazione m'ispirano la serenità e il valore che hanno segnato il suo regno. Il destino non ha smesso di tessergli subdole imboscate, e da tutte ne è venuto fuori vincitore.

Solo Dio sa il prezzo che sta pagando!

Don Alfonso ha bevuto dall'amaro calice della solitudine quando ancora era un bambino. La vita gli ha strappato, con un solo colpo beffardo, l'amore dei genitori e il legittimo diritto al trono. Chi sarebbe uscito indenne da una simile situazione? Per questo, il nome di Fruela significa per lui dolore. È sinonimo di sofferenza. Ecco perché raramente lo pronuncia.

Nelle rare occasioni in cui ciò succede, come quando l'ha fatto incidere sulla targa vicino alla cattedrale di Ovetao, don Alfonso dimostra una freddezza comprensibile in un re, ma impropria in un figlio. Un distacco dovuto, credo io, a una vecchia ferita che il tempo non è riuscito a rimarginare. O forse più di una...

Diverse volte sono giunte alle mie orecchie le voci che circolano a corte su un orribile peccato commesso da Fruela durante un attacco d'ira. Lo stesso che valse a Caino la condanna eterna. Un atto abominevole agli occhi di Dio e del mondo, che ha dato origine alla congiura ordita dai suoi nobili per ucciderlo con le loro stesse mani.

Sono maldicenze, come quelle che circondano chiunque si muova nei dintorni del potere. Tra il raccontarle e il crederci vi è un'enorme distanza che mi sono rifiutata di attraversare senza prima aver ascoltato di persona la versione del re.

Non è necessario dire che non ho mai osato chiederglielo.

Oggi don Alfonso ha iniziato a rompere quel muro di mutismo imposto dal dolore o dalla vergogna. Tra gli spiragli di quella narrazione inconclusa mi è sembrato di percepire nostalgia, venerazione, angoscia e persino una paura indefinita,

sulla quale non ho azzardato indagare per timore di provocare più danni.
 Oggi ho visto il mio sovrano soffrire. Avrei dato di tutto per alleviare tale tortura.

Scrivo sotto il portico di un eremo senza nome, costruito sul bordo della strada, di fronte a un rovere il cui tronco, tappezzato di muschio verde smeraldo, getta uno sprazzo di luce su questo pomeriggio di lutto. Ci siamo fermati per proteggerci dal diluvio, talmente forte da impedirci di avanzare.
 Dal mio rifugio sento il torrente in piena, a due passi da qui, scendere col fragore di una cascata. Passeremo la notte al riparo,[22] riscaldati da queste mura.
 La cappella è talmente piccola che ci stiamo, stretti, soltanto noi membri della comitiva, Adamino e l'ancella che serve Freya e me. Nuño, Cobre e i soldati si disporranno sotto il portico, dove mi trovo ora, coperto dalla stessa lavagna nera che riveste l'unica navata dell'edificio. Con quella pietra, tagliata in lastre più spesse, sono costruite le pareti, le piccole colonne esterne, poco più alte di me, e il campanile, quasi un giocattolo, che, vuoto, guarda verso sud, in attesa di una campana.
 La servitù dormirà all'aperto, sotto un telo teso tra due alberi. Ci è abituata. In questi giorni, se non altro, non fa freddo.
 Il cibo sarà bagnato: non esiste involucro capace di resistere un giorno intero sotto l'acqua. I nostri vestiti sono fradici, i ricambi no, ma sono pieni d'umidità. Se riusciremo ad accendere un fuoco, qui al chiuso, forse potremo asciugare le scarpe e le tuniche. Le mantelle, di certo, quando ci rimetteremo in marcia, domani, con lo sguardo fisso a ponente, saranno zuppe.

Stamattina il tempo sembrava più clemente. Il cielo era di un brutto colore grigio, ma non lasciava prevedere ciò che stava per accadere. Poco dopo la nostra partenza, si è chiuso su di noi in densi nuvoloni, fino a che non è scoppiato un tuono lontano, seguito da un acquazzone. Il primo dei tanti della giornata.

Proprio in quel momento, Cobre ha annusato il pericolo. Cavalcavamo in fila per uno, preceduti da Nuño che avanzava a piedi, in mezzo a un folto bosco di roveri e vecchi castagni. Il sentiero era stretto. Oltre al rumore degli zoccoli, sentivo solo il picchiettare della pioggia sulle fronde degli alberi. Nulla fuori dal normale, finché il mastino non si è fermato di colpo, drizzando le orecchie. Tutti abbiamo aguzzato i sensi. Lui non sbaglia mai. Il guascone lo sa bene e, per questo, ci ha subito ordinato di fermarci.

Qualcosa aveva messo in allerta il cane. Qualcosa di pericoloso.

Dopo la ribellione dei servi, soffocata dal principe Aurelio, ma anche prima, monti scoscesi come questo hanno dato rifugio a gruppi di banditi la cui crudeltà non conosce limiti. Gente depravata, senza timore di Dio, che vive come bestie e che, come queste, manca di misericordia quando si trova davanti a un incauto viandante.

Per nostra sorpresa, non eravamo ancora incappati in queste bande di delinquenti. Dal momento che la fortuna non si è dimostrata particolarmente disposta a sorriderci durante il viaggio, deduco che la scorta di soldati li avrà messi in fuga, mantenendoci al sicuro dalla loro voracità.

Fino a oggi.

Ho già dovuto affrontarli una volta, nelle vicinanze della cordigliera, mentre tornavo a casa assieme a Índaro, e confesso che poche volte ho sentito tanto terrore. Ululavano come bestie, ci guardavano come bestie, erano vere bestie con una vaga parvenza umana. Fortunatamente, erano anche carenti di cavalli, come quelli incontrati oggi, mentre noi montavamo ottimi destrieri.

Allora siamo riusciti a fuggire all'imboscata per puro miracolo, al galoppo, salvandoci da una morte atroce. Oggi sono stati loro a fuggire, ma non tutti...

Cobre li ha percepiti da lontano. Si è bloccato a metà strada, le orecchie dritte, grugnendo e mettendo in mostra i potenti denti, per avvertirci, col suo linguaggio, di quanto ci attendeva nella boscaglia. Fissava il guascone e il re, disperato, chiedendo loro il permesso per lanciarsi all'attacco. L'istinto gli chiedeva sangue.

Nuño ha alzato il braccio sinistro per fermare la comitiva, portandosi l'indice destro alle labbra in segno di silenzio. Dopo aver ordinato al cane di stare fermo, ha bisbigliato a don Alfonso: «Il mastino fiuta nemici, maestà».

«Saraceni?» Il tono del sovrano era incredulo.

«Potrebbero essere disertori dell'ultima campagna. O soldati rimasti indietro e ora smarritisi.»

«Propendo a credere ai cristiani smarriti», ha ribattuto il sovrano. «Bricconi che sprecano la loro vita rapinando i contadini e i pochi commercianti che hanno il coraggio di transitare da queste parti.»

«Spedisco la guardia a catturarli?»

«Dai l'ordine, sì. Se riescono a prenderli, che li finiscano sul posto con la spada. Portarli con noi a Iria Flavia per l'impiccagione non farebbe che rallentarci.»

«Lo farò io stesso, signore.»

«Molto bene. Scegli i migliori uomini e agite in fretta. Non esiste pietà per chi prende quella via senza ritorno.»

Nessuno ha avuto niente da ridire. Nemmeno il buon Odoario, la cui misericordia è infinita. Lui sa tanto bene quanto il sovrano che, se in tempi futuri arriveranno pellegrini da tutto il mondo per prostrarsi ai piedi dell'Apostolo, il regno dovrà vegliare sulla sicurezza dei sentieri.

Sarà necessario raddoppiare le guarnigioni, incrementare il numero dei soldati, fornire protezione ai viaggiatori. Un compito arduo, difficile da portare a termine con le scarse risorse di cui disponiamo, ma indispensabile per spianare il sentiero a chi verrà dopo di noi.[23]

Eseguendo gli ordini del re, il guascone è salito in sella a uno dei cavalli asturiani di riserva per andare alla ricerca dei banditi assieme a quattro veterani di provato coraggio. Il resto della guardia armata è rimasto accanto a don Alfonso, circondandolo con gli occhi ben aperti.

Preservare la vita del sovrano a ogni costo è, come ho già scritto, una priorità indiscutibile.

L'acquazzone infuriava quando, finalmente, gli uomini inviati in missione punitiva sono tornati. Portavano cattive notizie. Dopo aver inseguito i banditi, a cavallo e a piedi, per le scarpate circostanti, erano riusciti a prenderne solo uno. Un ragazzo imberbe, quasi un bambino, che non avevano avuto il coraggio di uccidere. Gli altri si erano dileguati nella macchia.

Il ragazzo mi ha ricordato le bestiacce nelle quali mi sono imbattuta in gioventù, non tanto per la sua ferocia, perché sembrava atterrito, ma per il suo aspetto. Era praticamente nudo, scalzo, coi capelli lunghissimi e ingarbugliati e puzzava di escrementi. Parlava con difficoltà. È riuscito a malapena a raccontare che la sua unica famiglia erano quei fuggitivi, sei uomini e una donna, la madre, coi quali aveva abitato sempre questi boschi.

Il suo racconto mi ha commosso profondamente.

Non ho faticato a immaginare una donna incinta senza marito, ripudiata dalla famiglia, espulsa dal villaggio e costretta a sopravvivere in quella selva ostile. L'ho vista condivisa tra sei criminali degradati. Forzata a soddisfare i loro più oscuri desideri carnali in cambio di protezione per lei e per il figlio. Condannata a rubare, a uccidere, a fuggire, a vagare per quell'inferno terrestre per amore della creatura che le avevamo appena tolto, probabilmente per sempre.

Senza conoscerla, ho sentito una grande compassione per la vittima di una simile sventura. Per questa ragione ho supplicato il re di risparmiare la vita del prigioniero, che tremava come una foglia legato alla sella di Nuño. Freya si è unita subito alle mie preghiere, e anche l'abate, impietosito.

Non abbiamo dovuto insistere molto per convincere don Alfonso, la cui magnanimità raggiunge una meritata fama. Il ragazzo sarà accolto in un monastero, dove servirà la comunità prima di decidere se prendere gli abiti o no. Lì avrà l'opportunità che la vita ha negato a sua madre.

Odoario lo battezzerà col nome di Fortunato.

Passato lo spavento, la comitiva ha ripreso il suo noioso vagare, sotto un cielo plumbeo che alternava pioggia sottile ad acquazzoni.

Sebbene fossimo nella stagione calda, dopo ore con vestiti zuppi, eravamo tutti infreddoliti. E ci troviamo in queste condizioni dalle prime ore del mattino. Gocciolanti. Congelati.

Don Alfonso prestava attenzione alla strada, alquanto deteriorata da queste parti. L'ho visto aggrottare la fronte e posso immaginare a cosa pensasse. Vincere la battaglia è un primo passo decisivo nella riconquista del territorio, ma poi verrà il resto. Ciò che dà un senso al suo regno e giustifica il potere che ostenta, così come le decime che riscuote. Il dovere al quale è chiamato.

Ho visto, nelle rughe della sua fronte, il peso dell'ingente compito che porta sulle spalle, sommato a quello che ha ancora davanti a sé. Ricostruire i ponti danneggiati o crollati. Edificare torri di avvistamento sulle rovine lasciate dai romani, per vedere il nemico arrivare e proteggere i contadini. Tenere la strada non solo aperta e percorribile ma sicura per i viaggiatori. Restaurare mura, fortificare città... In poche parole, essere il sovrano di un popolo che vuole crescere e moltiplicarsi, così come il buon Dio comanda.

Arrivando sulla cima di un colle, mi sono fermata a prendere fiato. Era un po' che camminavo per fare riposare la mia cavalla. Guardandomi attorno, sono rimasta sorpresa dalla distesa d'erba verde chiaro che si contendeva lo spazio col bosco. Prati rubati palmo a palmo alla macchia selvaggia con forza e perseveranza, dove pascolava il bestiame che alimenta i nostri figli. Il frutto del nostro lavoro.

Di fatto, il regno si espande. Le Asturie si consolidano. Ora è necessario difendere le frontiere e, soprattutto, dare protezione alle persone che si fidano della spada del re.

Queste erano le preoccupazioni del mio signore, o altre molto simili, mentre cavalcava in silenzio, al passo, in groppa a Gaut il cui brio sembra essersi placato. Il nuovo palafreniere non solo va d'accordo con lui, ma esercita sull'animale un effetto calmante di cui tutti noi siamo grati.

Certo che «calma» non è un termine che da queste parti si usa spesso.

Avevamo appena finito di recitare l'*Angelus*, quando da lontano sono giunte voci che sembravano di bambini. Conclusa la preghiera ho chiesto il permesso al re di avvicinarmi con qualche uomo per capire l'origine di quelle urla, preoccupata dalla possibilità che alcuni bambini si fossero scontrati coi banditi e avessero bisogno d'aiuto.

«Andate», ha risposto il mio signore, così come speravo. «Ma tornate presto. Di questo passo non arriveremo mai a Iria Flavia.»

«Accompagno donna Alana?» ha chiesto Nuño con un tono che dava per scontata la risposta.

«Vai con lei, sì. E portatevi un paio di uomini. Ma vi voglio di ritorno nel tempo di dire un paio di *Ave Maria*. Parlo sul serio.»

Senza chiederlo, Danila si è unito a noi e ci siamo addentrati, veloci quanto le nostre gambe ci permettevano, verso il luogo dal quale proveniva il rumore, sulla destra della strada, dietro un muro di alberi che impediva la vista.

Dopo circa un centinaio di passi, siamo giunti in un'ampia radura, dove un gruppo di pastorelli era impegnato a scavare la terra. Era evidente che non correvano pericolo, ridevano, facendosi scherzi, mentre le pecore dal manto scuro masticavano l'erba succosa.

«Ma sono impazziti?» ho detto a voce alta, senza rivolgermi a nessuno in particolare, arrabbiata con me stessa per aver fatto perdere tempo prezioso a don Alfonso preoccupandomi senza bisogno.

«A quanto pare», ha concordato Nuño, scontroso. «Con la pioggia che cade! Cosa diamine cercano?»

«Oro.» A rispondere è stato Danila, che ci contemplava con uno sguardo divertito e un mezzo sorriso sdentato, rallegrato di vedere lo sconcerto nei nostri occhi.

«Oro in mezzo al bosco?» ho ribattuto. «Confermo quanto detto. Questi pastori avranno mangiato dei funghi che causano effetti simili alla pazzia. Mia madre mi ha insegnato a distinguerli da quelli buoni. Per loro fortuna, passerà.»

«Mi dispiace contraddirvi, mia signora, ma questi ragazzi sanno perfettamente quel che fanno.»

«Spiegatemi dunque, padre», ho risposto senza dissimulare la mia irritazione. «Perché non riesco a capire come possano trovare dell'oro scavando a caso un pozzo.»

La sufficienza del calligrafo ci dava particolarmente fastidio, tanto a me quanto al guascone, col quale scambiavo occhiate complici. Con che diritto questo monaco pancione si burlava di noi? Chi si credeva di essere? Per nostra disgrazia, Danila aveva un arsenale di risposte per respingere i nostri attacchi. «Se fate attenzione, vedrete che, proprio dove stanno scavando i pastorelli, sono sparse alcune pietre.»

«Semplici rocce», ha detto Nuño, secco.

«Anche se da qui non riesco a vederle chiaramente, giurerei che si tratti di frammenti di colonne.»

«Arrivate al punto, Danila!» sono sbottata io, stanca del suo scherno. «Il re attende. Avete la bontà di condividere con noi umili ignoranti la vostra sapienza?»

«Ma certamente, mia stimata Alana. È solo questione di osservare, capire e tirare le fila. Comprendete?»

Nuño era sul punto di saltargli addosso. «No!»

Danila ha continuato la sua lezione, senza scomporsi minimamente, comportandosi come un maestro costretto a insegnare a un alunno particolarmente scarso: «In questa radura, vicina alla via che porta a Iria Flavia, sorgeva probabilmente una villa romana, ritengo modesta, a giudicare dal poco che ne è rimasto. Di certo non si trattava di un palazzo, quindi dubito che quei ragazzi trovino qualcosa che valga la loro fatica».

«Potete spiegarvi meglio, per favore?»

«Dovrò farlo, dato che non mi seguite. È risaputo che alla fine dell'impero che portò in queste terre la civiltà e la luce della vera fede, con l'arrivo dei barbari, molti cristiani sono dovuti fuggire. Hanno lasciato le loro residenze di campagna alla ricerca di protezione nelle città, dove speravano di trovare riparo dalle orde pagane. Poveri incauti!»

«In nome di Cristo, parlate una volta per tutte!» si è infuriato il guascone, al punto di spaventare il monaco. «Vi riferite ai saraceni?»

«Non c'è bisogno di arrabbiarsi... E, no, parlo di quanto avvenuto molto prima dei saraceni e persino prima dei nostri antenati goti.»

«Vi riferite alle aquile di Roma?» Ne ho sentito parlare molto nel mio villaggio, anche se non con l'entusiasmo che trasudava dalle parole del monaco.

«Alla loro caduta, in effetti. Quello che questi ragazzi cercano è un tesoretto nascosto. Monete d'oro e d'argento, lampade, oggetti di culto... qualsiasi pezzo di valore nascosto dai proprietari che sono dovuti partire all'improvviso, fuggendo dai barbari, con la speranza di recuperarlo al loro ritorno a casa. Ma in pochissimi hanno fatto ritorno. Ecco perché, ovunque nel regno, si scava attorno alle residenze romane. Sono stati ritrovati molti bottini sotterrati, anche se penso siano parecchi di più quelli ancora da ritrovare. Certo, non sarà qui...»

Sebbene la sua arroganza risulti insopportabile, la cultura di questo monaco è una benedizione per chi, come me, è sempre affamato di conoscenza. Per questo motivo ho ingoiato il mio orgoglio e ho detto con sincerità: «Avevate ragione riguardo alla pazzia di questi ragazzi e vi ringrazio per ciò che ho appena appreso dalle vostre labbra. Non lo sapevo».

«Ci mancherebbe, mia signora.»

«Io mi auguro che vi sbagliate e che trovino una bella borsa di monete», ha grugnito Nuño. «Con tutto il lavoro che stanno facendo se lo meritano.»

Ci siamo attardati molto più di quanto s'impieghi a dire due *Ave Maria* e don Alfonso non ha nascosto il proprio disappunto. Dopo aver ascoltato le nostre spiegazioni sulle voci, ha immediatamente ordinato di riprendere la marcia, dando poca importanza all'episodio.

Il suo malumore era tangibile.

«Fidatevi della mia vigilanza e del mio istinto quando si tratta d'identificare un pericolo, Alana», mi ha consigliato, altero. «Persino di Cobre, prima che di voi stessa. Lasciate a noi uomini il compito di vegliare per la sicurezza. Dio ha consegnato doni diversi ai frutti del suo creato, e alle figlie di Eva sono state concesse grazie estranee all'arte della guerra. La spada è cosa nostra. Vostro è il campo dell'amore.»

Queste parole, pronunciate con terribile freddezza, mi hanno ferito più di uno schiaffo.

Cosa ne saprà, lui, dell'amore? Dubito sia capace di godere di quel sentimento. Non è in grado di riconoscerlo neppure avendolo tanto vicino quanto lo sono io da ormai tanti anni. Amore, dice? L'amore è una cosa che si fa in due. Lui non vede oltre se stesso, se non il cielo o il regno.

Fidatevi della mia vigilanza e del mio istinto quando si tratta d'identificare un pericolo, ha detto freddo. Come se ignorasse tutte le volte che ho accompagnato mio marito Índaro sul campo di battaglia, dove combatteva accanto al suo re. Come se avessi dato le spalle al pericolo, invece di affrontarlo, a costo di sacrificare i miei figli.

Quanta ingratitudine, Dio mio! È risaputo che il potere, di solito, crea questa condotta viziata in chi lo esercita, ma oggi il mio signore ha esagerato, dimenticando tutto ciò che ho fatto per lui, e mi ha profondamente delusa.

Voglio credere non fosse il re a parlare con una tale crudeltà, ma il male che corrode la sua anima. L'ombra scura che, col volto di suo padre, sembra impossessarsi di lui sempre di più a mano a mano che ci avviciniamo a destinazione. Non ci sono dubbi. In caso contrario, il mio cuore mi avrebbe ingannata portandomi a provare dei sentimenti tanto puri nei confronti di un uomo che non merita né amore, né fedeltà, né ammirazione, né tantomeno rispetto.

No. Quel commento non appartiene di certo al sovrano che conosco. Qualcosa ne tormenta lo spirito e se ne dovrebbe liberare prima che lo avveleni.

Il tempo ha contribuito ben poco a riaccendere l'allegria, bisogna ammetterlo. Oggi è stato uno di quei giorni in cui il sole ci ha completamente abbandonati, lasciandoci orfani di luce e di colori. Un giorno fatto di grigi che proprio ora, mentre scrivo, sono diventati neri come la pece.

A un certo punto, la pioggia è diventata una bruma chiusa attorno a noi. Nebbia densa, spessa come una stoffa che, al posto di coprire, bagna. Potevamo toccarla, annusarla, sentirla scivolare, distillata, dalle foglie degli alberi. Ci circondava, amorevole, come sta facendo da un po', aiutata dalle vette che la catturano, imprigionandola tra le loro sommità. Ci avvolgeva e ci rimboccava le coperte, come le madri fanno coi figli prima di cullarli con amore.

Per quale ragione oggi disprezzo ciò per cui ho sempre ringraziato?

Questa nebbia che detesto perché mi dolgono le ossa è stata, assieme alle montagne, la nostra migliore difesa contro un nemico superiore in forza, numero e ricchezze. Lui la teme e la odia; si perde nel suo buio. Noi, invece, siamo una sola cosa con lei.

Nel corso di questa infinita lotta, abbiamo fatto della bruma il nostro rifugio; questa terra indomita ci rende forti di fronte alla stanchezza, resistenti, testardi, difficili da sorprendere, capaci di sopravvivere con niente e pronti a combattere fino alla vittoria o alla morte.

La rabbia e la delusione hanno lasciato posto alla tristezza, poi alla preoccupazione e, per finire, al sincero perdono.

Il re ha quest'effetto su di me. Se già non sono rancorosa verso nessuno, nel suo caso tale emozione non sfiora nemmeno il mio spirito. Prima della nona ora la rabbia si è dissipata in me e gli cavalcavo accanto, desiderosa di offrirgli il mio aiuto. Assieme a lui c'era Odoario, con cui conversava.

La vegetazione ha perso la guerra contro i campi che si aprono su entrambi i lati della strada, separati dalla lavagna nera. Grandi e sottili lastre di pietra verticali, che impedivano il passaggio a orsi, cinghiali, lupi e ad altri animali capaci di distruggere coltivazioni o divorare il bestiame. Barriere innalzate dalla tenacia dell'uomo, nel suo impegno indefesso a piegare una natura feroce.

E sì che da queste parti il terreno sembra più gradevole. Vedendo il verde dell'erba, deduco che in inverno non venga ricoperta dalla neve. Tutto è più piano, più benevolo, meno aspro. Ecco il perché dei tanti villaggi sulle colline circostanti.

La Gallaecia non è ricca, ma è lontana dall'essere povera.

Voglia l'Altissimo che mio figlio abbia trovato in queste valli una comunità disposta a prendersi cura di lui, che lo aiuti nel bisogno, che gli permetta di sviluppare i suoi talenti e gli dia l'affetto che ogni essere umano necessita.

Se troverò Rodrigo in buona salute, se mi sarà permesso di godere ancora della sua compagnia, anche solo per una volta, prometto solennemente di non indugiare mai più nei pensieri frivoli nei quali ancora mi sollazzo. Prometto solennemente di governare con mano ferma i miei desideri. Non posso promettere di rinnegare le credenze che si annidano nel più profondo del mio essere, ma, sì, di disciplinare la mia condotta attraverso la severa regola monastica.
Se mi restituisci mio figlio vivo, Dio Padre Onnipotente, dedicherò al tuo servizio il tempo che mi rimane da vivere.

Don Alfonso e Odoario cavalcavano molto vicini, al passo, conversando a voce alta, poiché l'anziano abate di San Vicente non sente più quanto vorrebbe.
«L'opera di mio padre è stata cruenta ma efficace, a quanto si vede», diceva il sovrano.
«Non vi seguo, signore.»
«Stavo pensando alla feroce ribellione che ha dovuto combattere per pacificare queste terre e integrarle definitivamente al regno. Alla violenta depredazione che si è visto costretto a compiere per sottomettere questa popolazione alla sua autorità. Le cronache hanno lasciato testimonianza di quelle battaglie, ma non dei sentimenti da lui provati.»
«Un sovrano ha il dovere di vegliare sui suoi sudditi, maestà. Ed è proprio ciò che ha fatto vostro padre, giustamente soprannominato il Glorioso. Continuo a non comprendere a cosa si debbano i vostri scrupoli.»
«Molti di quei sudditi sono morti sotto la sua spada per piegare gli altri. A questo mi riferisco. Osservando la prosperità che, nonostante le razzie saracene, ci circonda, vedo che ne è valsa la pena, perché le Asturie sono oggi molto più forti e più vaste di quelle che lui ha ricevuto in eredità.»
«Vi rispondete da solo, signore. Vostro padre non ha fatto altro che seguire i passi del suo, il principe Alfonso, che ripopolò la Gallaecia coi rifugiati arrivati dal Sud, la cui lealtà non era in dubbio. Da ciò che si dice, la gente di queste parti era turbolenta e seguiva solo i propri capi.»

«Lo so, caro mio abate, lo so...»

«Allontanate, dunque, i vostri timori. Il regno cristiano non poteva combattere i guerrieri di Allah senza avere prima rinforzato la sua retroguardia. Vostro padre ha servito la causa del vero Dio, così come glielo imponeva il suo dovere di sovrano. Ne potete essere orgoglioso.»

Odoario ha evitato di menzionare che quel principe, tuttavia, è ricordato anche per l'asprezza del suo carattere. Suppongo non volesse peggiorare l'afflizione del re. Eppure mi ha sorpreso, sentire uscire dalle labbra del monaco una simile difesa della condotta di Fruela come servo di Dio, dato il peccato che gli si attribuisce.

Nessuno parla di quell'episodio alla presenza di don Alfonso, com'è logico che sia, ma in pochi lo mettono in dubbio. Gli esperti, infatti, sostengono che abbia ucciso suo fratello Vímara con le sue stesse mani durante un attacco d'ira.

Ne ho già parlato.

Sarà questa terribile verità a opprimere il cuore di suo figlio ed erede?

Sospetto di sì ma, al momento, non ho modo di saperlo, perché la questione non è stata trattata durante la conversazione.

Il re si è limitato a seguire le suggestioni di Odoario, ricordando la repressione eseguita da Fruela in queste terre. «Eppure, mi chiedo se abbia trovato difficoltà nell'alzare il braccio contro i suoi fratelli in Cristo. I guasconi, che furono depredati con uguale fierezza, alla fine erano pagani riluttanti a riconoscere la croce. E, per di più, una volta inferta la punizione, ha sposato mia madre, con l'impegno di siglare con quel popolo un patto di sangue grazie al quale in molti hanno lottato assieme a me nelle battaglie contro i musulmani, accettando di buon grado il vassallaggio. Ma i gallaeci? Loro erano cristiani persino prima di noi...»

«Erano cristiani, vero, ma ostili al potere della Corona, nemici della vostra stirpe, rivoltosi. E nessun regno è stato costruito senza ricorrere alla forza. Perché la terra dia frutti, bisogna che l'aratro penetri prima nelle sue carni. Non c'è ricompensa senza sacrifici.»

Di nuovo, mi ha sorpresa la veemenza con la quale Odoario,

di solito equilibrato e molto benevolo, difendeva la causa della guerra come male minore necessario al conseguimento di un bene supremo.

Doveva aver notato anche lui il tormento del re e cercava di offrirgli l'aiuto spirituale di cui aveva bisogno, a costo d'ignorare la propria coscienza.

Diversamente da Danila, che sfoggia senza discrezione il suo sapere, l'abate si è sempre mostrato umile... fino a oggi. Vedendo venir meno la fiducia nel nostro re, ha tirato fuori la forza dalla stanchezza riflessa dalle sue profonde occhiaie, per dissipare con eloquenza i timori del sovrano. E la sua sapienza non è inferiore rispetto a quella del calligrafo.

Quanto siamo diversi noi esseri umani, al di là del rango che ci è toccato in sorte!

Il re sembrava più sereno. «A ogni modo, mi rincuora vedere quest'abbondanza. Mi chiedo solo se mio padre, il Glorioso, avrà portato a termine il proprio compito con dolore. Se avrà sofferto nel prendere tante vite cristiane. Se avrà sparso quel sangue con rimorso o, viceversa, se si è inebriato con l'euforia della vittoria schiacciante e della completa sottomissione dell'avversario.»

«Abbiate la certezza, maestà, che l'apparizione miracolosa del sepolcro dell'Apostolo è un segno dal cielo», lo ha tranquillizzato Odoario. «Il campo di stelle, i prodigi che hanno preceduto il ritrovamento, il fatto stesso che san Giacomo, proprio il Figlio del Tuono, abbia scelto la Gallaecia per l'eterno riposo dei suoi resti mortali... Tutto porta alla conclusione che Dio cavalca al vostro fianco.»

«Credete questo, mio buon abate?»

«Ne sono certo, signore. L'Altissimo ha voluto benedire le Asturie con le reliquie di uno dei dodici apostoli di Cristo perché sa che abbiamo bisogno del suo aiuto divino. Il ritrovamento è avvenuto nelle vicinanze del *finis terrae* come dimostrazione d'appoggio alla nostra unità nella vera fede e attorno a voi, nostro unico re.»

«Quanto vorrei condividere questa certezza!»

«Lui è con voi, maestà. È col suo gregge in tempi di sofferenze, quando lo stendardo della mezzaluna minaccia non solo il nostro regno, ma l'intera Cristianità. Il Padre non ci abbandonerà. La luce che ha acceso qui brillerà fino ai confini del mondo. Abbiate fede.»

«Non è per mancanza di fede, Odoario. È stata la fede a sorreggermi in questa interminabile battaglia. Ciò nonostante, ho vissuto abbastanza da conoscere i miei fratelli e temo che la sola fede non sia sufficiente per tenerci uniti in eterno.»

L'abate mostrava autentica perplessità. «Chi sarà in grado di sciogliere ciò che Dio ha legato con nodi tanto forti?»

«Questi due popoli, gallaeci e guasconi, sono coraggiosi guardiani delle proprie tradizioni, caro padre. Leali unicamente al loro sangue e ai loro capi. Tanto indomiti quanto noi asturiani, o forse di più. Oggi ci uniscono la fede e un nemico in comune, ma prevedo un futuro incerto per chiunque pretenda di governarli.»

«Ma, signore, la divisione comporta debolezza e sconfitta. Lo sappiamo bene, dopo che i nostri antenati goti sono periti durante l'invasione saracena a causa delle loro dispute interne. Lo sanno i franchi, afflitti dalle liti intestine dalla morte di Carlo Magno. Persino gli adoratori di Allah, per nostra fortuna, hanno sofferto di recente le terribili conseguenze della divisione.»

«L'uomo è l'unico animale che inciampa più volte sulla stessa pietra, Odoario. Non impariamo. L'apostolo Giacomo sarà forse l'unico capace di sedare questa innata ribellione, proteggendoci tutti sotto il suo manto.»

La conversazione intratteneva la marcia, particolarmente pesante per il fango prodotto dall'acquazzone. I nostri piedi e gli zoccoli degli animali, laddove mancava il lastricato, cioè per la maggior parte del cammino, affondavano nella melma densa. Ogni passo diventava una prodezza, che col trascorrere del giorno generava una stanchezza indescrivibile.

A un certo punto, un mulo è scivolato, cadendo assieme al carico, che i servi, tra mute imprecazioni, hanno dovuto raccogliere e risistemare.

Le forze iniziano a scarseggiare.

Per pranzo ci siamo accontentati di pane zuppo e stantio con formaggio di pecora e sidro amaro. Nessuno ha protestato. Oggi nessun mantello, stoffa incerata o cuoio era in grado di resistere al torrente che il cielo riversava su di noi, a intervalli regolari, seguito da pioggia fine. Potevamo solo stringere i denti e continuare il cammino, sempre verso ponente, inseguendo le tracce di un sole scomparso.

Camminare e resistere, concentrandoci sullo scopo del pellegrinaggio che speriamo dia un senso a tanta sofferenza.

Fatico a trovarlo, confesso, ma ho potuto ascoltare ciò che diceva l'abate al re, mentre cavalcavano al passo, precedendo il mio cavallo, nella triste colonna del corteo.

«La via del pellegrinaggio è bella ma angusta.» L'abate si sforzava di allontanare ogni dubbio dall'animo di don Alfonso. «Poiché è angusta la via che conduce l'uomo alla vita. Mentre larga e ampia è quella che conduce alla morte. La via del pellegrinaggio è per i buoni; è mancanza di vizi, mortificazione del corpo, aumento delle virtù, perdono dei peccati, penitenza; è la via dei giusti, di chi ama i santi, di chi ha fede nella resurrezione, premio per i beati, allontanamento dall'Inferno, protezione dei cieli...»

A questo punto, mi pare di ricordare, si è unito a loro Danila, incitando il proprio destriero e passandomi accanto senza nemmeno guardarmi.

Odoario, come in trance, continuava la propria predica: «La via del pellegrinaggio allontana dalle succulente delizie, sconfigge la gola vorace, frena la voluttuosità, mitiga gli appetiti della carne che lottano contro la forza dell'animo, purifica lo spirito, invita l'uomo alla vita contemplativa, abbassa i potenti, innalza gli umili, ama la povertà, rinnega il patrimonio di chi è dominato dall'avarizia. Invece, ama chi condivide coi poveri. Premia gli austeri e chi opera per il bene. Ma non strappa dalle grinfie del peccato gli avari e i rei...»[24]

Presto ho perso interesse nel discorso e la mia mente è tornata involontariamente alla conversazione precedente e al principe Fruela. Il Glorioso. Il Crudele. Un padre potente e lontano, prima padrone di sua moglie e poi marito. Un sovrano implacabile. Un governante feroce, ucciso dai suoi stessi uomini. Cosa c'è in questo personaggio che stravolge a tal punto il mio signore? Dovrei forse chiedermi piuttosto cosa ci sia in lui di umano, perché è nella risposta a tale domanda che si trova sicuramente l'origine delle ferite tuttora aperte nell'anima di don Alfonso.

Mi sono ricordata di Bulgano, il sacerdote scomunicato che ha salvato Índaro e me tanti anni fa, nei pressi della Liébana, quando l'inverno e i lupi ci avevano lasciato sull'orlo della morte. Lui, sempre gioviale, allegro, generoso con gli altri e anche con se stesso, aveva parole buone per tutti, tranne che per quel re.

Di Fruela diceva autentica peste, tacciandolo di dispotismo e tirannia. Per colpa sua era stato costretto a scegliere tra il sacerdozio e la sua famiglia, poiché lo aveva obbligato a rinunciare a moglie e figli e a rinchiudersi in un cenobio, nelle più dure condizioni.

«Come avrei potuto abbandonare quelle creature?» ripeteva spesso, guardando con infinito amore uno dei suoi numerosi pargoli. «O la mia donna! Abbiamo raccolto le nostre cose e siamo venuti nel bosco, dove da allora Dio ci ha sommersi di benedizioni.»

Bulgano accusava il suo re di aver preso una misura spietata senza giusta causa. Giurava e spergiurava che i nobili di Cánicas dovevano giustificare la sconfitta delle truppe cristiane contro i saraceni e avevano trovato nei poveri preti dei villaggi i perfetti capri espiatori. Affermava che erano stati incolpati di aver corrotto la Chiesa con le loro fornicazioni...

«Come se i vescovi, gli abati e tutti coloro che crescono all'ombra del potere non siano corrotti!» Bulgano non perdonava che Fruela avesse gettato ingiustamente sulle spalle del basso clero la colpa del disastro subito dal regno visigoto.

Non ho mai più conosciuto un sacerdote sposato, né con figli legittimi. Bulgano è stato l'unico. Nessun re successivo a Fruela ha rettificato quella sua disposizione spietata, che ha privato di tetto e di pane centinaia di donne e bambini, condannandoli a morire nella miseria. Donne e bambini completamente innocenti.

Nemmeno il mio signore.

Anzi, lui stesso ha abbracciato volontariamente la castità, senza aver preso i voti, per dedicarsi con corpo e anima al regno.

Più ci penso, più mi convinco di quanto sarebbe stato felice a Sámanos, lontano dalle tribolazioni. Ma a nessuno è dato scegliere il proprio destino, vero?

La voce di Danila, pomposa come tutte le volte che cerca di eclissare Odoario, mi ha riportata alla realtà. Doveva sentirsi geloso o minacciato per l'intimità condivisa tra il sovrano e l'abate, perché stava ricorrendo a uno sfoggio di retorica per dimostrare la superiorità delle sue conoscenze. « Adamo è considerato il primo pellegrino. Per aver disubbidito al precetto di Dio ha dovuto lasciare il Paradiso ed è stato esiliato da quel mondo. Il patriarca Abramo è stato pellegrino, perché dalla sua terra è andato in un'altra, dopo che il Signore gli ha detto: 'Lascia la tua terra, la tua tribù, la famiglia di tuo padre, e va' nella terra che io t'indicherò'. Anche i figli d'Israele sono stati pellegrini, dall'Egitto sono giunti nella terra promessa, superando diverse prove di forza, guerre e calamità. »

« Se di guerre e calamità si tratta, anch'io sono stato pellegrino, e molto prima che arrivasse questo giorno », ha commentato don Alfonso.

« E in quanto tale raggiungerete un posto in cielo, alla destra di Cristo, accanto ai figli di Zebedeo, maestà. Siederete alla sua tavola vicino a Giacomo e Giovanni. Non avete nulla da temere. Tutt'altro! » così ha parlato Odoario, sinceramente convinto.

L'abate ama il re tanto quanto il re ama l'abate. Assieme hanno percorso non solo quest'arduo cammino, ma quello della vita. Nelle sue parole non ho visto volontà di adulazione o servilismo, ma affetto e ammirazione. Sentimenti simili ai miei, anche se, per quanto mi riguarda, si aggiunge loro un desiderio inconfessabile, che non troverà mai posto nel suo cuore.

« A ogni modo, accetto volentieri la mortificazione di questo vecchio corpo se è per la salvezza della mia anima », ha detto il re con umiltà.

«Proprio Nostro Signore Gesù Cristo, dopo essere resuscitato tra i vivi, nel ritorno a Gerusalemme, è stato pellegrino, come hanno detto i suoi discepoli: 'Sei tu l'unico pellegrino a Gerusalemme'. E pellegrini sono stati allo stesso modo i suoi apostoli...» si è intromesso Danila, avido di attenzioni.

La litania è diventata noiosa. I due monaci duellavano per vedere chi citava l'autorità maggiore, un Padre della Chiesa più in alto nella scala del prestigio.

Danila ha menzionato ancora Egeria, dilungandosi nei particolari di quanto ha visto in Terra santa, mentre l'abate preferiva approfondire gli Atti degli Apostoli, in particolar modo l'opera di Giacomo, che guida i nostri passi stanchi: «Se Giacomo, senza oro né scarpe, è stato pellegrino per il mondo e alla fine, decapitato, è salito in Paradiso, cos'altro possiamo fare noi se non rinunciare alle cose materiali e condividere ciò che abbiamo coi più poveri e bisognosi?»

Il re sembrava aver recuperato un po' di serenità quando si è ritirato a riposare, per cui deduco che le omelie dei monaci siano servite a qualcosa. Ora sembra dormire placidamente.

Io finisco di scrivere la cronaca di oggi e poi cercherò di conciliare il sonno, ignorando l'inquietudine che mi pervade ogni volta che penso a Rodrigo.

Una voce interiore sempre più debole mi continua a sussurrare di affrettarmi, di correre verso di lui il prima possibile, perché il tempo si sta esaurendo. Il ricordo del suo volto e di quello dei suoi fratelli svanisce col passare degli anni, ma i miei sentimenti rimangono immutati.

Se Rodrigo rappresenta l'impulso che m'incita ad andare avanti nonostante la fatica, e Fáfila mi è tornato in mente in forma vivida quando abbiamo attraversato le cime che ci fanno da muraglia, oggi ho pensato in special modo a Froia e a Eliace.

Dio concede alle donne la grazia unica della maternità, per infliggerci poi la pena di vedere andar via i figli. È come l'amputazione di un arto. O di una parte di cuore, quella più cara.

Froia, la maggiore, la vedo spesso, perché vive un'esistenza tranquilla nei suoi domini nei dintorni di Ovetao, in compagnia del marito, vecchio scudiere del mio. Mi hanno dato otto nipoti, dei quali cinque sono in vita, e gioia della mia vecchiaia. Lei è l'unica che mi è vicina.

Quanto tempo è passato senza notizie di Eliace? Molto! Prego spesso il Signore perché la protegga da ogni male.

Si è sposata con un conte di Pompaelo, di nome Tellu, di cui ho conosciuto il padre durante i combattimenti contro i saraceni. Il suo è stato un matrimonio concordato col fine d'intrecciare rapporti di amicizia tra le famiglie, unite dal desiderio di fermare l'invasore e di non sottometterci al suo giogo. Confido di averla lasciata nelle mani di un gentiluomo e non di una bestia come quella che abbiamo visto pochi giorni fa a Lucus.

Tellu apparteneva a un clan rivale a quello di Íñigo Arista, alleato del goto traditore chiamato dai mori Banū Qāsī. Secondo Índaro, era un uomo d'onore oltre che un temibile guerriero. Eliace, che aveva appena abbandonato l'infanzia, ha abbracciato la sua nuova famiglia tanto piena di entusiasmo quanto di timore.

L'abbiamo condotta nella casa del suo sposo trasportando nei carri il generoso corredo stabilito dall'accordo matrimoniale, e abbiamo partecipato alla cerimonia con grande gioia. Poi siamo ripartiti, lasciandola nelle mani di quel marito che vedeva per la prima volta.

Non ho smesso di chiedermi, da allora, se la tratti col rispetto dovuto al suo rango. Se la renda felice.

Mi consola il ricordo dell'ode cantata in coro da coloro che hanno aiutato a preparare il rinfresco matrimoniale. Una canzone dedicata a innalzare le virtù di mia figlia, intonata con voci gravi, naturalmente intonate, tipiche dei guasconi:

> *Bellissima, ascolta la melodia che coi suoi piacevoli strumenti ti dedica chi ti serve, presta attenzione.*
> *Ci auguriamo, serva di Dio, che tu sia felice, protegga gli orfani e i poveri e sia grata a tutti i tuoi compatrioti...*

Spero che quegli auguri siano stati ascoltati!

Col passare degli anni, le assenze fanno ogni volta più male, così come le ossa. Pesano di più. Aumentano. Vedi crescere attorno a te il vuoto lasciato da chi è partito, sia verso un lato sia verso l'altro del mondo, e si può dire che la vita si riduca più che altro ai ricordi.

Ma cosa diamine mi succede oggi?

Sono partita da Ovetao col fermo proposito di trasformare questo pellegrinaggio in un'appassionante avventura e oggi mi scopro arresa.

Alana, lotta!

Ho molta vita da vivere, molti anni per sognare, molto amore da donare, molto da scoprire, ancora di più da imparare e raccontare. Il meglio deve sempre ancora arrivare.

Rodrigo mi attende a Iria Flavia, voglio aggrapparmi a questa speranza. Abbandonare tale convinzione significa soccombere al nemico che ognuno di noi si porta dentro. Il peggiore di tutti da affrontare.

La notte si è chiusa sopra di noi e mi rimane poca luce. Questa è un'umile cappella dove non abbiamo trovato candele. Soltanto un paio di lampade a olio che presto si spegneranno. È ora di smettere di scrivere.

Don Alfonso riposa vicino all'altare, steso su un letto di pellicce. Di fianco a lui, accanto al muro rivolto a sud, si sono rannicchiati i monaci. Sul lato opposto, non molto distante da me, ci sono Freya e il conte Aimerico, che sembra stia rimproverando con durezza la figlia, senza bisogno di urlare.

Dalle parole che riesco a captare, l'accusa di non essere stata in grado di guadagnarsi il favore del re, così come avevano pianificato. Siamo ormai nei pressi di Iria Flavia, dice il conte, e don Alfonso sembra più distante che mai. Lui si mostra deluso e io indignata.

Fatico a contenere l'impulso di avvicinarmi a quell'ambizioso arrogante per ribattere adeguatamente. Lo farei, se non fosse per la certezza che quella mia difesa non aiuterebbe Freya. Anzi, peggiorerebbe l'ira del nobile, che si rovescerebbe inevitabilmente su di lei, chissà con quali conseguenze.

I tempi sono cambiati. Noi donne dobbiamo accettare di occupare il nostro posto, senza interferire negli affari di Stato. E il matrimonio che pretende di combinare il conte rientra in pieno in questo campo.

«Altre dame migliori di me ci hanno provato invano, padre.»

«Migliori di te? Osi forse screditare il mio sangue? Non hai saputo arrivare al suo cuore, tutto qui. La colpa è tua e solo tua.»

«Proprio così, padre. Non ho saputo...»

Povera creatura, impegnata a compiere una missione impossibile. Pareva molto abbattuta. Che colpa poteva avere lei se il sovrano ha scelto la castità come stile di vita? Nessuno conosce le ragioni di questa scelta, forse nemmeno lo stesso don Alfonso. Cosa avrebbe potuto fare Freya per opporsi a una risolutezza che neppure l'imperatore Carlo Magno, offrendo in moglie la sua stessa sorella, è riuscito a far vacillare?

Quando il buio ha invaso la cappella, mi si è avvicinata in cerca di protezione. Piangeva, coprendosi la bocca con un fazzoletto per non fare rumore. «Dovrei dirgli la verità, donna Alana?»

«Quale verità, figliola?»

«Che amo un altro uomo. Claudio.»

«Ogni cosa a suo tempo, Freya. Non è il momento. Non sapete nemmeno con certezza se davvero provate ciò che credete o se si tratta di un capriccio passeggero.»

«E quando arriverà il momento, se mai arriverà? Mio padre ha ragione quando dice che ci resta poco tempo. Stiamo per arrivare a Iria Flavia e presto ritorneremo a corte.»

«E se vi sbagliaste? E se non fosse Claudio l'uomo con cui vi conviene maritarvi?»

«Il cuore non m'inganna, donna Alana, e non si muove per interesse.»

«In tal caso, abbiate pazienza. So che non è facile, è una virtù che si raggiunge con gli anni, ma non avete scelta. Mostratevi paziente e prudente. Confidate in me. Aspettate. Il tempo sarà vostro alleato.»

«E voi?»

«Io parlerò col re. Se riesco a convincerlo, il conte non avrà altra scelta che piegarsi alla sua volontà. Intanto, assicuratevi di capire ciò che sentite perché, una volta che il re avrà detto la sua, non si potrà più tornare indietro.»

12

UN SOGNO TORMENTATO

Sulle sponde di un ruscello dall'acqua gelata,
Giorno di San Firmino

Siamo quasi arrivati. Tra poco potremo vedere il bosco in cui è avvenuto il prodigio, manca solo un'ultima salita. Prima che il sole si tuffi nel mare, alla fine del cammino che abbiamo intrapreso da Ovetao, c'incontreremo con Teodomiro in cima a un monte qui vicino, così da percorrere assieme l'ultimo tratto di strada che conduce al sepolcro.

Il vescovo e il suo seguito arrivano da Iria Flavia, che si trova un po' più a sud, sulla costa. Secondo quanto ci hanno riferito i soldati inviati ieri per raggiungerli, a separarci da loro non c'è che un pugno di miglia.

Sono paralizzata dall'impazienza e, allo stesso tempo, travolta dai bridivi!

Ora che tutti i misteri stanno per essere svelati, una parte di me vorrebbe bloccare il tempo. Fermare il mondo. Congelare questo istante in un'eternità ancora piena di speranza, senza certezze, sì, ma anche senza rischi. Come quello di soccombere al dolore per mio figlio Rodrigo, se ciò che mi aspetta ai piedi di quel sepolcro è la notizia che tanto temo.

La nostra comitiva ha deciso di fermarsi in questa pianura, sulla riva di un ruscello, per potersi rassettare. Don Alfonso ha insistito, nonostante la fretta di arrivare, perché voleva cambiarsi la tunica sporca di fango con un'altra più degna del suo rango.

Contrariamente a ciò che pensano di noi a Corduba, il re non oserebbe mai prostrarsi ai piedi delle sante reliquie senza aver prima purificato sia il suo corpo sia la sua anima. E noi, che lo accompagniamo in questo pellegrinaggio, nemmeno.

Io sono seduta su una roccia, in un boschetto un po' appartato, a scrivere le ultime righe della mia cronaca mentre Odoario confessa il re.

Oggi don Alfonso si è svegliato presto, turbato da un brutto sogno che ha oscurato la sua notte. Gli è costato molto condividerlo con noi, data la sua naturale tendenza a nascondere le proprie emozioni, ma alla fine ce lo ha raccontato affinché lo aiutassimo a interpretarne il significato. Non è stato un compito facile.

Tutti sanno che gli spiriti dei nostri cari, se sta per accadere qualcosa di straordinario di cui vogliono avvisarci, comunicano con noi mentre dormiamo.

I sogni rappresentano un ponte che unisce questo mondo con l'aldilà, per quanto in genere le persone siano diffidenti nel credere che i morti ci possano parlare. Alcuni, convinti che i defunti tornino solo come emissari del demonio, lo considerano un pessimo augurio. Altri, vincendo la paura, accettano di ascoltarli, perché non possono pensare che chi ci ha amato in vita torni per farci del male.

Io sono di quest'altro avviso: i nostri amati diventano angeli che c'illuminano e ci guidano, proprio come hanno fatto da vivi. In più di un'occasione, nel corso della mia vita, ho avuto la possibilità di verificare che è così, benché io non abbia nessuna prova che lo dimostri. Come si può dimostrare qualcosa che riguarda la più intima delle esperienze?

Sia come sia, ognuno di noi, quando vive un'esperienza simile, rimane turbato. Nessuna persona sana di mente deciderebbe volontariamente di aprire una porta ormai chiusa da tempo, e don Alfonso non è un'eccezione.

Quando, al sorgere del sole, è uscito dalla sua tenda, il re era inquieto, pieno di dubbi. Si vedeva che era ansioso di trovare una spiegazione a ciò che è inspiegabile, stando però attento a non dare adito a quanto gli uomini di Chiesa definiscono «superstizioni pagane».

Io lo rispetto troppo per osare contraddirlo, ma siamo circondati da misteri incomprensibili. Da creature e da fenomeni molto più complessi di quelli che i nostri occhi riescono a vedere o che ci è dato comprendere con la ragione.

Come si possono prevedere le sorprese che ogni nuova giornata ci può regalare o i flagelli che ci colpiscono così frequentemente, se non attraverso l'antico sapere che ho appreso da mia madre? Come si può spiegare, per esempio, la scomparsa di tanti bambini nei boschi se non con la certezza che esistono esseri maligni senza un nome, senza un corpo visibile, il cui unico scopo è quello di rubarceli?

Non sono solita negare ciò che i fatti dimostrano. Al massimo, mi mordo la lingua. Ed è quanto ho fatto questa mattina, mentre il mio signore si sfogava con noi.

I sogni hanno un linguaggio proprio, difficile da comprendere e anche da riprodurre. Il sovrano, come facevano intendere i suoi occhi arrossati, ha vissuto il proprio con un'insolita intensità e voleva trovare una luce che gli desse un senso. Da uomo pio qual è, si è subito rivolto a Odoario e Danila cercando un loro consiglio, ma ascoltando comunque anche il parere degli altri.

Proprio come ci si poteva aspettare, ognuno di noi ha dato un'opinione diversa.

Ma seguiamo l'ordine naturale degli eventi e torniamo all'inizio di questa giornata di sole...

Io sono stata svegliata dal fumo.

Ho aperto gli occhi dentro l'eremo che ieri ci ha donato un così caldo rifugio, illuminata dalla tenue luce che entrava dalla porta, senza ricordare dove mi trovassi. Questo stancante vagabondare rende difficile orientarsi. Oggi qui, ieri da un'altra parte, domani chissà dove... Ero disorientata. Per di più, stranamente, Freya non era al mio fianco. A quanto pare, stavolta sono stata io a dormire fino a tardi, finché la tosse causata dal fumo che proveniva dall'esterno non mi ha svegliato.

Non era il bosco a bruciare, come in principio ho temuto, ma due fuochi accesi dai servi, quando era ancora notte. Vicino a uno dei due, dove ardevano grandi tronchi di castagno che trasudavano umidità, erano stati messi ad asciugare i nostri vestiti fradici. Vicino all'altro, un po' più lontano, Adamino stava preparando la colazione: frittelle di spelta, insaporite con pancetta e un po' di lonza, che sarebbero state capaci di resuscitare un morto.

Una volta sgomberata la mente e sgranchite le ossa, ho raggiunto gli altri attorno al fuoco, per assaggiare la zuppa contenuta in una pesante pentola posata a terra, sopra un pezzo di legno.

Il re, seduto su un cuscino secondo l'usanza mora, aveva iniziato a mangiare dalla sua scodella, utilizzando un cucchiaio d'argento. Tutti gli altri affondavano i mestoli di legno nelle ciotole, soffiando ogni volta sulla zuppa per evitare di bruciarsi le labbra.

Non ho fatto in tempo a salutare, o a scusarmi per il mio ritardo, che il sovrano ha iniziato a raccontare ciò che era accaduto nel suo sogno: «... chiedeva il mio aiuto da un'isola circondata di acqua purpurea. Un vasto oceano di sangue che minacciava di farlo affogare».

«Siete sicuro si trattasse di re Fruela, signore?» ha domandato Odoario.

«Sicurissimo. Mio padre è morto assassinato quando io ero ancora un bambino, ma conservo il chiaro ricordo del suo viso scuro, dei suoi occhi celesti, della sua voce profonda e delle sue mani callose. Era lui. Non ci sono dubbi.»

«Sant'Agostino c'insegna che Dio si avvale dei defunti per portare messaggi ai vivi», si è intromesso Danila. «Gregorio Magno, a sua volta, ci parla del Purgatorio, dove attendono le anime di coloro che, pur non avendo raggiunto il cielo grazie alle loro opere, non meritano nemmeno l'Inferno. Forse vostro padre vi parla da lì.»

«Re Fruela alle porte dell'Inferno? Ma cosa dite?» Sebbene nessuno avesse chiesto la sua opinione, il conte Aimerico ha cominciato a urlare: «Il padre del re qui presente, che Dio lo benedica, è stato un grande sovrano e il migliore dei guerrieri. Ha esteso le frontiere del regno. Ha riappacificato guasconi e gallaeci. A Pontuvio, a due passi da qui, ha combattuto contro l'esercito di Corduba, uccidendo innumerevoli saraceni. Ha catturato e decapitato il loro comandante, un tale Umar, con le sue stesse mani.[25] Come può Dio lesinare la sua misericordia a chi ha servito così bene la sua causa?»

Senza volerlo, il conte aveva appena usato un'espressione infelice, che solo don Alfonso ha avuto il coraggio di sottolineare, in tono funebre: «Con le sue stesse mani, Aimerico. Avete detto bene. E proprio nello stesso modo ha ucciso suo fratello Vímara».

Un silenzio denso come il fumo dei fuochi si è abbattuto di colpo su di noi. La grandezza di quella rivelazione era tale che per qualche secondo nessuno ha osato fare rumore.

Era una cosa risaputa, certo. Il crimine commesso da Fruela era conosciuto a corte, e anche al di fuori, tra il popolo, dove quel sovrano, che ha regnato per poco più di dieci anni, non ha mai goduto di molta simpatia. Ma dal saperlo al sentirlo confermato dal suo stesso figlio con quella crudezza... la strada era lunghissima.

Finalmente don Alfonso aveva confessato la pena che tratteneva in gola da tanto tempo. Finalmente liberava il suo spirito di quel pesante fardello. Forse era proprio questo che cercava di dirgli il padre. Di permettere alla propria voce di lasciar andare una colpa non sua, sopportata come tale senza nessuna ragione. Di liberarsene per sempre.

Ma chi può dirlo con certezza?

Dopo un'interminabile pausa, durante la quale non riuscivamo nemmeno a guardarci in faccia tra di noi, è stato Danila a parlare per primo, con la tipica tranquillità che mai nulla turba. «Se, pur essendo improbabile, l'anima di vostro padre si trovasse in Purgatorio, allora è possibile che vi stia supplicando di fare penitenza e dire preghiere sufficienti a ottenere il perdono. La vostra condotta, maestà, può redimere la sua. In fin dei conti, siete il suo unico figlio... Ricordate quali sono state le esatte parole che ha pronunciato?»

«Ha a malapena proferito parola.» Don Alfonso parlava con calma, come se fosse ancora addormentato. «Continuava solo a chiedere aiuto, mentre il sangue saliva lentamente lungo la costa, fino ad arrivargli alla bocca. Un oceano immenso. Così tanto sangue da lavare! Sangue cristiano, sangue del suo stesso sangue...»

«E sangue degli infedeli, questo deve pesare a suo favore nella bilancia del Giudice Supremo, maestà», si è affrettato a insistere di nuovo Aimerico. «Non tormentatevi invano. Dio avrà pietà della sua anima, anche solo per le numerose vittorie contro i saraceni. Dicano quel che dicano, il principe Fruela ha superato vostro nonno in coraggio, abilità nel governare e fermezza. Non dimenticatelo mai.»

«Pregate per il suo eterno riposo, signore.» Odoario sembrava profondamente afflitto dalla sofferenza del sovrano. «Pentitevi in suo nome. Offrite messe per la sua salvezza. La misericordia dell'Altissimo è infinita. 'Chi è senza peccato scagli la prima pietra', dicono le Sacre Scritture. Siamo tutti peccatori.»

Io ascoltavo, con occhi e orecchie bene aperti, senza osare intervenire. Ascoltavo, domandandomi come fosse stato in realtà quel re sanguinario che non ho mai conosciuto. Quali fossero stati i motivi che lo avevano portato a macchiarsi le mani del sangue del fratello, come Caino.

Nessuno commette un'azione tanto abominevole senza delle valide ragioni. Quali saranno state le sue? Perché nessuno dei presenti ne faceva menzione? Perché le davano per scontate? O, magari, ritengono non ci sia causa che giustifichi una simile atrocità. Perché? Esiste, o no?

Forse...

Forse Vímara ha cercato di togliere al fratello il trono che gli spettava per diritto. Non ne ho idea. Oppure è stata la tardiva nascita di don Alfonso a scatenare la tragedia che ha trasformato il padre in un fratricida. Finché il re non aveva eredi legittimi, infatti, suo fratello minore poteva aspirare al trono. Una volta che Fruela ha preso in moglie l'ex prigioniera, Munia, e ha avuto da lei un maschio sano, le speranze di Vímara sono svanite.

Hanno forse lottato per il potere e ha semplicemente vinto il più forte? Può essere. Se avesse vinto lo zio, di sicuro il mio signore don Alfonso avrebbe seguito il padre nella tomba.

E se Vímara avesse ordito una congiura assieme agli altri signori di Cánicas, per poter uccidere il legittimo sovrano? In effetti, è ciò che è accaduto qualche anno più tardi. Mi sembra lecito pensare che Fruela possa aver scoperto quegli intrighi e abbia deciso di porvi fine in un modo tanto drastico quanto efficace. Chi lo biasimerebbe? Qualunque uomo giustificherebbe un principe che, tradito da un altro, benché del suo stesso sangue, affronti il traditore e gli tolga la vita con le sue stesse mani, senza delegare a un boia un compito tanto penoso.[26]

Se le cose sono andate così, allora il padre del mio signore non è stato il primo ad agire in questo modo, né l'ultimo. L'ambizione porta gli uomini a fare cose atroci. Così come l'invidia: il desiderio di un bene altrui, che diventa dolore, tanto acuto e corrosivo quanto è grande il bene invidiato.

Sicuramente avrei dovuto trattenermi e lasciare agli uomini il loro spazio, vista la natura dell'argomento. Ed è esattamente ciò che ha fatto Freya, educata da un conte goto. Tuttavia, l'amore che professo nei confronti del mio re, unito alla mia naturale impertinenza di donna asturiana, mi hanno portata a esprimere la mia opinione, per consolarlo. «Ci troviamo nella terra che vostro padre ha bagnato di sangue, è vero, e questo spiega la visione del vostro sogno. Il tempo ha dimostrato, tuttavia, che quel sangue ha dato abbondanti frutti al regno e alla Cristianità intera. Placate la vostra inquietudine, signore. Non è sempre facile interpretare la volontà di Dio.»

«Sono d'accordo con donna Alana», mi ha spalleggiato subito Odoario. «Anzi, direi che il vostro sogno è di buon auspicio a questo pellegrinaggio. Non può essere un caso che il principe Fruela richieda il vostro aiuto in modo così esplicito proprio ora che stiamo per raggiungere il luogo in cui tanti prodigi indicano la presenza delle reliquie appartenute nientemeno che all'apostolo Giacomo.»

«Concordo con l'abate», ha aggiunto Danila, in tono solenne. «Se crediamo a sant'Agostino, l'Altissimo si avvale del vostro defunto padre per inviarci un messaggio e non può essere altro che quello d'indurvi a riporre la vostra fede nell'intercessione dell'amato apostolo di Cristo.»

È sceso di nuovo il silenzio. Il re valutava ciò che aveva appena sentito. Nessuno stava più mangiando, sebbene nella pentola ci fosse ancora molta zuppa calda. Noi avevamo perso l'appetito, attenti a quella conversazione, e attendevamo, ansiosi, la risposta del nostro signore, che finalmente è arrivata. «Potrà l'Apostolo convincere il Padre Celeste a perdonare il mio, il cui spirito non trova pace?»

Più che una domanda, era la supplica di un orfano angosciato.

«Chi, se non lui, potrebbe farlo?» Danila si è sforzato di sembrare tanto persuasivo quanto persuaso. «Il Figlio del Tuono siede alla destra di Gesù Cristo, assieme a suo fratello, Giovanni. Non c'è sostenitore migliore né più potente di lui.»

«Abbandonate ogni dubbio. Prostratevi ai piedi del santo e imploratene l'aiuto. Vi ascolterà e intercederà per vostro padre davanti al Giudice Supremo. Per lui e per tutti noi», ha aggiunto il calvo Odoario.

Sin dal primo giorno di cammino, l'abate di San Vicente è stato il più fermo sostenitore del miracolo che ci ha portati fino a qui.

Se la fede non basta, dove troveremo la sicurezza di cui parlate? ricordo di aver sentito dire al re giorni fa, quando egli esprimeva il timore di essere vittima di un inganno e cercava prove solide che placassero tale paura.

Condivido ciascuna di quelle parole.

Senza fede, saremmo finiti sotto il dominio saraceno da tempo.

La fede è l'unica cosa che abbiamo sempre avuto, o almeno spesso, contro ogni ragione o calcolo. Contro la logica più elementare.

Fede in Dio, nel re, nel regno e in noi stessi.

Fede nei nostri figli, chiamati a ereditare questa terra insanguinata.

Fede nella vittoria.

Fede nei nostri comandanti.

Fede nella forza di un popolo indomito.

Fede nelle montagne che ci proteggono.

Fede nella nostra determinazione a resistere.

E, da questo momento, anche fede nella protezione e nella guida dell'Apostolo, il Figlio del Tuono, giunto da tanto lontano per portarci un po' di speranza.

Prima di rimetterci in marcia, don Alfonso ha chiesto all'abate di celebrare una messa. Una cerimonia corta, destinata, io credo, a liberare l'anima del mio signore dai timori che la tormentano.

Una volta in groppa a Gaut, scortato dall'inseparabile Nuño, seguito a sua volta da Cobre, il re è parso sollevato. Il sole gli faceva brillare la corazza argentata, intonata al colore della barba e dei capelli. Stava dritto sulla sella, come si conviene a un cavaliere, immerso nelle sue riflessioni, con un lieve sorriso sulle labbra. Sereno.

Nell'oscurità della notte, circondati dalle tenebre, i nostri pensieri hanno molta più forza. Lontani dalle distrazioni che porta con sé il giorno, si agitano fino a impadronirsi delle nostre menti. Se sono allegri, si trasformano in progetti o in ricordi bellissimi, facendo di quell'oscurità una stanza calda nella quale raccogliersi per riposare. In caso contrario, la trasformano in una prigione senza via di fuga.

Penso che il re abbia trascorso diverse giornate intrappolato nelle idee funeste che si sono infine riversate nel sogno della notte appena trascorsa. Suo padre deve aver sofferto a lungo prima di raggiungere il cuore addormentato del figlio. Dio solo sa quanto devono essere tortuose le strade che l'uno e l'altro devono percorrere per incontrarsi!

Solo don Alfonso e il defunto re Fruela conoscono il vero messaggio trasmesso da quel mare di sangue, dal momento che l'unica chiave capace di aprire certe serrature è l'amore che non muore mai: il vincolo eterno che ci lega alla famiglia e, a volte, in rare occasioni, la devozione assoluta nei confronti di una persona che ci era predestinata. In quell'amore, imparagonabile a qualunque altro sentimento, è radicato il mistero dei sogni.

Il figlio sarà finalmente riuscito a riconciliarsi con la memoria del sovrano che ha a malapena conosciuto?

Io non sono mai riuscita a credere che il padre del re fosse davvero un fratricida. Non posso pensare che un uomo tanto saggio come don Alfonso, così giusto, così pacato, così pio e moderato, abbia nelle vene un sangue capace di commettere un'azione tanto atroce. O almeno non senza una ragione valida. Ora credo di sapere perché Fruela ha fatto ciò che ha fatto e, con la stessa lucidità, capisco quanto dolore abbia causato questo crimine al mio signore.

Solo un tormento del genere, sopportato in solitudine, può spiegare comportamenti e decisioni che finora erano sfuggiti alla mia comprensione. L'aura di tristezza che lo circonda. La sua tendenza naturale alla malinconia. L'ostinato rifiuto a sposarsi e ad avere figli, a generare un erede necessario alla stabilità del regno.

Chi non avrebbe paura di mettere al mondo un figlio con un tale esempio davanti? Un peso terribile, che spiega la ferrea perseveranza di don Alfonso nel vivere una vita di castità, scelta sicuramente sia come via di espiazione sia come infrangibile difesa contro la possibilità di vedere ereditare dalla sua progenie lo stigma di Caino.

In quel momento ho pensato che solo il confessore del re conoscesse il tormento che egli provava a resistere alle tentazioni, a portarsi sulle spalle una colpa tanto cupa o a sentirsi responsabile della salvezza di un'anima condannata per il peggiore dei peccati. Non potevo sospettare che, qualche ora dopo, lo stesso don Alfonso avrebbe aperto anche a me le porte del cuore. Avevo appena iniziato a intravederne il calvario.

Mio re, fedele seguace dei comandamenti divini, chiamato a onorare la memoria di un peccatore come Fruela.

Proprio lui, che deve regnare e lottare fino allo sfinimento in questi tempi turbolenti, privato non solo di una guida paterna e dell'affetto di una madre, ma anche di fratelli coi quali dimenticare la fatica o di un modello da seguire.

Proprio lui che, solo con la sua enorme responsabilità sin dalla più tenera età, deve affrontare costanti pericoli.

Proprio lui, il comandante dell'esercito cristiano, discende da un assassino...

Ora so che coloro che sussurravano che la Provvidenza avesse punito Fruela con una morte simile a quella da lui inflitta al fratello non mentivano né esageravano. Egli è, infatti, stato brutalmente assassinato da chi gli era più vicino e gli doveva lealtà.

Non posso nemmeno immaginare la sofferenza che quei terribili eventi devono aver causato al mio sovrano nel corso della sua esistenza. E, se prima di oggi già lo ammiravo, lo amavo e lo veneravo per il suo valore e la sua prodezza, ciò che mi ha rivelato con le sue stesse labbra non ha fatto altro che rafforzare la mia assoluta lealtà e il mio amore.

Ha sempre saputo e, ciò nonostante, non ha mai detto niente. Ha sofferto questo tormento in solitudine. Spero con tutto il cuore che la sua penitenza ora sia finita!

Per gran parte della mattinata i due monaci e il conte mi hanno cavalcato davanti, continuando il discorso affrontato col re prima della partenza. Freya mi era accanto, silenziosa, e ascoltava come me. Suo padre, Aimerico, conduceva la conversazione.

«Mettere in dubbio la grandissima opera di re Fruela è come tradire il regno. È stato lui a consolidarlo, con enormi sforzi. Voi, servi di Dio, dovreste essere i primi a ringraziare la sua ferocia.»

«E chi dice che non lo facciamo?» ha risposto Danila, borioso. «Quel sovrano non solo ha sconfitto gli infedeli, ma ha anche fondato monasteri e chiese per dare rifugio ai profughi cristiani che oggi rendono gloria al nome di Dio. Inoltre, ha sotterrato l'infame lussuria che corrompeva la Chiesa. Sicuramente egli attraverserà al più presto le porte del Paradiso.»

Immagino si riferisse al veto posto ai sacerdoti di vivere con mogli e figli, come era consuetudine fare prima del regno di Fruela. I castighi imposti a coloro che infrangono questa norma ora sono tali che non si è mai più visto un uomo di Chiesa con una concubina, o almeno non alla luce del giorno. Flagellazione, ceppi e reclusione sono pene capaci di dissuadere anche il più recalcitrante dei peccatori.

In ogni caso, al conte Aimerico la corruzione della Chiesa sembrava importare meno del futuro delle Asturie. «Davvero credete che l'Apostolo si sia manifestato tra noi per infonderci coraggio, a cominciare dal re?»

«Il Figlio del Tuono riposa da secoli nella terra che ha convertito», ha risposto con umiltà Odoario. «Ora il Signore ha deciso di condurci fino alle sue reliquie, per ragioni che solo Lui conosce.»

«La Cristianità sta vivendo momenti drammatici. Le forze musulmane non solo minacciano il nostro piccolo regno, ma attendono il momento migliore per colpire i franchi e proseguire la loro conquista verso nord. Le Asturie devono resistere per il bene del vero Dio. Per questo, nella sua infinita bontà, Egli ci ha mandato san Giacomo come capo invincibile», ha aggiunto il calligrafo.

«Speriamo sia così e che questo capo riesca a sigillare per sempre l'unione dei popoli chiamati a combattere sotto il suo stendardo. Perché senza questa unione, senza la forza che infonde un unico re, per le nostre genti non ci sarà un domani», ha concluso Aimerico.

Tutto il tragitto fino a dove ci troviamo ora lo abbiamo fatto a cavallo, sotto un cielo caldo e limpido. Sopra le nostre teste, gli alberi scossi dal vento suonavano una musica dolce. Una melodia strana, a metà tra il sibilo e il sussurro, che è penetrata nel mio animo fino a colmarlo di tranquillità.

Ovunque zampillava vita, a partire dall'infinità di fusti che un giorno sarebbero diventati boschi. Sopra uno dei rami più bassi di un castagno, un picchio dai colori vivaci perforava la corteccia del tronco con piccoli colpi secchi, mentre in lontananza si sentiva un cane abbaiare. Faceva il proprio lavoro avvertendo rumorosamente il padrone della nostra presenza molto prima che noi fossimo visibili ai suoi occhi.

Ho guardato il mastino del re, pieno di cicatrici di guerra, domandandomi chi si nascondesse veramente dietro una creatura la cui fedeltà non ha pari nemmeno tra gli uomini più leali.

Nel mio castro, gli anziani dicevano che gli spiriti dei defunti non sempre tornano tra di noi in forma umana, come nel sogno di don Alfonso, ma possano assumere sembianze diverse. Spesso, quelle di un animale.

Ho già scritto quanto mi sembri presuntuoso ignorare del tutto l'antica saggezza delle nostre genti. Perché non credere alle loro parole?

Un'anziana, cui mia madre preparava un unguento speciale

per il dolore alle ossa, che io poi le portavo a casa, era sicura che la più grande delle sue figlie, morta dopo essere caduta in un dirupo, di tanto in tanto venisse a farle visita nel corpo di un gabbiano bianco senza macchie. Non ho mai pensato stesse mentendo.

E se Cobre fosse più che un fedele mastino? Se in lui risiedessero la forza e la bontà di un qualche antenato del sovrano, il principe Fruela o Pelayo, impegnati a vegliare su di lui?

La vita mi ha insegnato che non siamo mai abbastanza protetti, ogni scudo è debole e ogni aiuto va accettato con umiltà. Per questo ringrazio Dio, che, se diamo credito a ciò che afferma il vescovo Teodomiro, ci ha mandato l'Apostolo.

Speriamo si tratti veramente del santo e di essere capaci di onorare un tale dono con la rettitudine che Dio si aspetta da noi.

La strada oggi era abbastanza pianeggiante. La temperatura, clemente. L'umore della comitiva sembrava essersi risollevato, grazie a questo e alla consapevolezza che stavamo finalmente per arrivare a destinazione. Perciò, a un certo punto, ho invitato Freya a seguirmi e a raggiungere il gruppo che ci precedeva per unirci alla conversazione che ormai stava esaurendosi.

Io l'ho ravvivata, ricorrendo a una banalissima domanda: «Qualcuno di voi è mai arrivato tanto vicino al *finis terrae*? Per me è la prima volta e sento le vertigini».

Il conte ha risposto di sì, dal momento che ha combattuto da queste parti per arrestare una delle tante incursioni organizzate da Corduba allo scopo di devastare i nostri campi e fare incetta di prigionieri. Odoario non ha risposto. Danila, come suo solito, ne ha approfittato per esibire la sua vasta cultura. «Non è necessario aver viaggiato per conoscere il mondo, donna Alana. Basta saper leggere. Sant'Isidoro ha tracciato per noi, nelle sue *Etymologiae*, una mappa della terra, piatta, tripartita e circolare, di cui potremo vedere presto il confine occidentale.»

«Avete avuto occasione di contemplare quel *mappamundi*? Allora siete davvero fortunato!»

«Ho visto alcune riproduzioni che considero fedeli, sì. Come ho detto, mostrano il nostro mondo, circondato dall'anello oceanico e diviso in tre continenti. All'interno della grande O dell'oceano i corsi d'acqua tracciano una T, che ricorda la croce di Cristo: il mar Mediterraneo è il suo braccio verticale e separa l'Europa dall'Africa, mentre il braccio orizzontale è rappresentato dal fiume Nilo e dal fiume Tanais, che scorrono da oriente a occidente, segnando il confine inferiore dell'Asia.»

Noi stavamo trattenendo il respiro, in attesa che il monaco calligrafo proseguisse con l'erudita spiegazione. Lui, cosciente del proprio potere, ha continuato a parlare, lentamente, con l'aria di compiacimento che adotta chi gode nel sentire la propria voce. «Ciascuno di quei continenti rappresenta l'eredità di uno dei figli di Noè. L'Asia appartiene ai popoli generati da Sem. L'Africa, ai discendenti di Cam. In Europa viviamo noi, progenie di Iafet. E in mezzo a questa croce si trova Gerusalemme, epicentro della Cristianità.»[27]

Quanto darei per poter volare come le aquile e abbracciare con la mia vista di uccello l'immensità che ci stava descrivendo Danila. È tanto quello che non conosciamo e così poco quello che, invece, possiamo scoprire nel breve tempo che ci è concesso... Ci vorrebbero cento vite per poter anche solo intuire tutto ciò che è avvolto dal mistero.

Spesso quel monaco sprezzante, arrogante e pieno di sé m'innervosisce. Ma devo riconoscere che mi ha insegnato tanto.

Da quando ho lasciato Toletum, nel cui palazzo episcopale, molti anni fa, ho conosciuto Félix, nessuno era più riuscito a illuminare la mia mente in questo modo. Félix mi ha mostrato il tesoro che si nasconde dentro i libri e mi ha instillato il desiderio d'imparare a decifrare i loro segreti. Danila è la prova vivente che la saggezza non è soltanto un dono, ma una virtù acquisita con volontà e con costanza.

Benedetti siano coloro che coltivano una tale grazia.

Ieri ho fatto una promessa a Freya che oggi sono obbligata a mantenere. Le ho promesso di parlare al re dei suoi sentimenti nei confronti di Claudio, del tutto discordanti coi progetti matrimoniali del padre. Le ho assicurato che avrei impiegato tutta la mia influenza sul sovrano a favore di questa causa.

Sarebbe stato più sensato da parte mia tenermi fuori dalla spinosa questione ma, una volta data la mia parola, dovevo quantomeno provare a tenervi fede. Non mantenere una promessa equivale a perdere il proprio onore.

Chi ti obbliga a metterti sempre in queste situazioni, Alana di Coaña?

Poco dopo l'*Angelus*, quando il sole aveva raggiunto il punto più alto della cupola celeste, mi sono lasciata alle spalle il resto del gruppo per raggiungere don Alfonso, che cavalcava solitario, immerso nei suoi pensieri, preceduto di poco da Nuño e Cobre.

Il sovrano mi ha accolta con un gesto affettuoso, e questo mi ha dato il coraggio di osare. «Posso importunarvi con una richiesta, maestà?»

«Dite senza paura, Alana. Per un motivo o per un altro ho avuto poche occasioni di parlare con voi in questi giorni e i vostri consigli sono sempre ben accetti.»

Ho sentito le mie guance bruciare. «Le vostre parole mi onorano. In realtà, sono io che necessito di un vostro consiglio. O meglio, del vostro aiuto.»

«Per cosa? Vi affligge una qualche angoscia che è in mio potere placare?»

«Non si tratta di me, ma della contessa Freya.»

«Una fanciulla tanto virtuosa quanto bella, senza dubbio.»

«Sarebbe impertinente da parte mia chiedere se vi piace?»

«Lo sarebbe se lo facesse chiunque altro. Nel vostro caso, do per scontato che esista una valida ragione dietro questa domanda, la cui risposta conoscete perfettamente.»

«Non capisco, signore.»

«Sì che capite, Alana. Sapete che nella mia vita non c'è posto per quella giovane né per nessun'altra donna. Voi lo sapete meglio di chiunque altro...»

In quel momento, i suoi occhi color del mare mi hanno lanciato uno sguardo che mi ha quasi fatto annegare. Uno sguardo penetrante, intenso, carico di significato e, allo stesso tempo, indecifrabile. Era la dichiarazione di un amore inconfessabile? Una dimostrazione di amore fraterno? Una prova della fiducia che ha in me? Un modo di dirmi, senza esprimerlo a voce, fino a che punto si fida del mio intuito?

Non conoscerò mai la risposta a tali domande, perché è inutile dire che non gliele ho poste. Non avrei osato farlo nemmeno sotto tortura! Ho preferito tornare al mio proposito iniziale, lasciando per un momento successivo il piacere d'immaginare la verità nascosta dietro i suoi occhi. Quell'azzurro di un pomeriggio fresco durante cui passeggiare, aspettando il tramonto.

Dopo aver preso coraggio, ho affrontato direttamente la questione, evitando inutili perdite di tempo. «Suppongo avrete notato, maestà, che il conte Aimerico desidererebbe ardentemente che Freya avesse successo laddove molte hanno fallito. Da quando siamo partiti da Ovetao, non ha fatto altro che rimproverarla per la sua incapacità di attrarre la vostra attenzione e ciò è motivo di grande tristezza per lei.»

«È da tempo che ho soffocato le speranze di Aimerico, Alana. Se è questo che vi turba...»

«Non me, ma Freya.»

«Ditele da parte mia che non si preoccupi. Non ho intenzione di sposarmi, né con lei né con nessun'altra, per quanto sia raffinata la sua educazione o per quanto gradevole possa risultarmi la sua compagnia. Parlerò con suo padre.»

In quel momento ho notato un'eco di malinconia nella voce di don Alfonso. Senza volerlo, stava ammettendo che gli mancava il piacere di avere una donna al proprio fianco. Non sarebbe umano, altrimenti, se non desiderasse un corpo caldo accanto a lui, nel letto. Se non lo intristisse la solitudine in cui vive.

E io non sarei io, né proverei ciò che provo, se non avessi creduto di percepire una speciale corrente di emozione fluire tra i nostri cuori.

Stavo per parlargli di Claudio, il locandiere di Lucus di cui si è innamorata la contessina, quando il re mi ha sorpresa con una confessione del tutto inaspettata. Una sorta di monologo sorto dal più profondo delle sue viscere. «Questa vita terrena è nulla in confronto a quella che ci aspetta. Vanità, fuochi effimeri. I piaceri mondani sono fugaci. La gloria eterna non muore. A lei ho consegnato la mia castità, confidando nella misericordia di Dio. Forse questo sacrificio compenserà i miei numerosi peccati.»

«I vostri peccati, maestà? Siete un cristiano irreprensibile! Un esempio per i vostri sudditi!» l'ho interrotto adirata, trasportata dalla sorpresa e dall'indignazione.

Il re ha continuato ad aprirmi il suo cuore, sordo alle mie proteste. Mi ha dato modo, senza volere, di svelare finalmente ciò che, fino al giorno prima, era un mistero e, da qualche ora, l'ombra di un sospetto. «I miei molti peccati e quelli di mio padre, la cui salvezza dipende da me, proprio come mi ha ricordato questa mattina Odoario. Io l'ho sempre intuito. L'ho sempre saputo. Da quando, ancora bambino, il mio maestro a Sámanos mi ha raccontato la sua terribile fine e i fatti che lo avevano portato a morire assassinato.»

«Forse il vostro precettore avrebbe dovuto risparmiarvi un tale dolore, almeno a una età così giovane.»

«Juan non voleva farmi del male, ma avvertirmi dei pericoli in cui s'incorre quando ci si lascia trasportare dalla collera. Stava svolgendo il suo compito: educarmi. Se non fosse stato per quel monaco, chissà cosa mi avrebbe portato a commettere il mio sangue.»

«Ma, maestà, voi non siete in nessun modo responsabile di ciò che ha fatto re Fruela. Davanti al Giudice Supremo possiamo rispondere solo per noi stessi. Non è stato proprio Lui a donarci il libero arbitrio? Ciascuno è responsabile unicamente delle proprie azioni, nel bene e nel male», ho protestato.

«Le nostre preghiere favoriscono il riposo eterno dei nostri morti, Alana. Avete sentito cosa hanno detto i monaci. Io non sarei un buon figlio né un buon cristiano se mi disinteressassi della sorte di mio padre. E, se il corpo mortale di un animo innocente deve affrontare sacrificio e fatica al fine di guadagnarsi un posto in Paradiso, allora a maggior ragione un'anima peccatrice deve essere punita perché possa poi conquistare la redenzione. Veglie, digiuno, preghiera, castità sono la strada che ci porta al Regno dei Cieli.»

«E cosa potrà offrirvi quel luogo per ripagare una tale sofferenza, mio signore? Quale sarà la vostra ricompensa? Scusate se mi preoccupo e vi dico quanto mi faccia male vedervi soffrire così. Quella gloria vale una tale rinuncia?»

«Non c'è rinuncia che io non farei per assicurare l'immortalità al mio spirito, Alana. E voi fareste bene ad agire nello stesso modo.»

«Ci proverò, signore», ho risposto con sincerità, pensando alla promessa segreta che avevo fatto al Creatore di passare il resto dei miei giorni in un monastero se mi avesse concesso di vedere mio figlio Rodrigo ancora in vita, sano e salvo.

«Cos'è questo fuggevole istante davanti all'eternità?» ha proseguito il sovrano, che sembrava pensare ad alta voce. «Si possono forse paragonare le sofferenze di questa vita con quelle che ci attendono all'Inferno? Può qualsivoglia piacere del corpo essere paragonato all'immensa gioia di contemplare il viso degli angeli?»

Questo re guerriero, instancabile comandante delle truppe cristiane, sarebbe stato felice nella pace di un monastero. Me ne ero già accorta a Sámanos quando, riflessa nei suoi occhi, ho notato una felicità mai vista prima.

Ma la Provvidenza gli ha riservato un destino molto diverso.

Fortuna e merito raramente camminano mano nella mano, almeno per le strade del mondo. Ciò che ci resta, questo sì, è la fede che Dio ci renda giustizia in cielo.

«La nostra esistenza è già di per sé abbastanza dura per non aggiungerle altre mortificazioni, maestà. Non vi manca la consolazione che regala l'amore di un compagno di viaggio?»

«Non si può sentire la mancanza di qualcosa che non si conosce, mia cara Alana. Ciò che il mio leale Índaro e voi avete avuto per tanti anni.»

«Se voi aveste voluto...»

«La mia vita e quella di tutta la mia stirpe è stata segnata dal sangue, dalla violenza, dall'ira, dall'odio, dal tradimento e dalla guerra. Bisogna espiare molto per sanare una così grande colpa.»

«Ma, signore, tutte le vite sono marchiate da cicatrici simili o peggiori, come quelle che lasciano la paura, la codardia, l'invidia, le bugie o la tirannia. Eppure in ogni vita c'è anche spazio per la generosità, il coraggio, la nobiltà d'animo o il perdono. Voi non siete diverso dagli altri. E, se lo siete, è perché la vostra rettitudine vi eleva sopra tutti noi.»

Don Alfonso non ha risposto. Il suo atteggiamento lasciava intuire che dava per conclusa la conversazione, sebbene io non avessi finito d'intercedere per Freya, come le avevo promesso. In realtà, mi mancava ancora la parte più ardua del lavoro.

Dopo un lungo silenzio, ho raccolto tutto il coraggio che mi restava per cercare di portare a termine quel compito nel modo migliore per la mia amica. «La contessa Freya si è innamorata, maestà.»

Sul viso del re si è disegnata un'espressione a metà tra il sorpreso e l'intenerito. La smorfia che gli deformava la faccia fino a qualche secondo prima si è addolcita, restituendo serenità ai suoi bei lineamenti. «Di chi? Uno dei miei consiglieri?» ha domandato, divertito.

Prima di svelare il nome di Claudio, era necessario far promettere al sovrano di benedire quell'amore, così avverso alla tradizione gota così come ai piani del conte.

«Lei teme che il padre non approvi la scelta del suo cuore e ha chiesto il mio aiuto. Io le ho promesso di parlarne con voi, confidando nella vostra bontà. Volete aiutare la mia amica, signore? Lo farete per me?»

«Non credo che il cuore sia un buon consigliere nelle questioni matrimoniali, Alana. C'entrava forse qualcosa l'affetto nel vostro matrimonio con Índaro?»

«No, mio signore», ho riconosciuto, senza addentrarmi nelle conseguenze di tale verità. «Il contratto matrimoniale è stato concordato dai nostri rispettivi genitori quando noi eravamo ancora bambini. Entrambi siamo cresciuti sapendo di essere destinati l'uno all'altra. Ma Freya non è più una bambina. È una donna con dei sentimenti e con una volontà propria. Una donna che il conte Aimerico vorrebbe vedere nel vostro talamo, motivo per il quale non ha un pretendente ufficiale.»

Quest'ultimo dardo è stato lanciato con l'intenzione di sortire esattamente l'effetto che ha sortito. Colpire laddove gli interessi di Freya coincidevano con quelli di don Alfonso nel desiderio comune di distogliere per sempre il conte dalle sue pretese.

In che altro modo potevo sperare di riuscire ad avere l'appoggio reale per un matrimonio tanto folle come quello della figlia di un nobile con un anonimo locandiere, appena arrivato da Corduba?

Mi sono giocata tutte le mie carte, a rischio di far innervosire il re, e sfortunatamente ci sono riuscita.

«Vi ho già detto che questo non accadrà mai. L'ho detto ben chiaro anche ad Aimerico.» Il suo tono, infatti, era adirato.

«Sarete d'accordo con me, tuttavia, che la nostra giovane amica ha ormai un'età in cui dovrebbe essere sposata, o quantomeno ufficialmente fidanzata.»

«Non sono questioni che mi riguardano, Alana.» La sua pazienza stava arrivando al limite. «Sono affari del conte e, al massimo, della stessa Freya. Nel regno non mancano uomini degni di sposarla.»

«Lei vuole Claudio, signore», ho rivelato finalmente. «E lui vuole lei.»

«Claudio?» Era evidente che quel nome non gli diceva niente.

«Il proprietario della locanda dove abbiamo cenato a Lucus. Un commerciante ricco e un buon cristiano», ho aggiunto.

«Se questo è ciò che desidera, non sarò io a oppormi.»

«Ma si opporrà il conte, maestà, a meno che voi stesso non benediciate questa unione.»

«E perché dovrei farlo?» Mi guardava incredulo, senza capire il senso della richiesta che gli stavo facendo.

«Perché io ve ne supplico, mio signore, in nome della contessa. Non c'è altro motivo al di fuori della sua felicità. O della speranza di aiutarla a godere di un tale sentimento, così difficile da provare e così bello quando lo si prova, anche solo per un breve istante.»

«Ci penserò, Alana. Non vi prometto niente, ma prenderò

in considerazione la vostra supplica. Mi avete dato molto in cambio di niente. Ci penserò alla luce del debito che ho nei vostri confronti e avrete la mia risposta a Iria Flavia.»

Inizio a riporre i miei strumenti di scrittura, visto che stiamo per riprendere la marcia.

I servi, sotto i comandi di Nuño, hanno già caricato i muli per poter intraprendere il prima possibile quest'ultimo tratto di strada.

La guardia è già in posizione, in testa alla comitiva, con gli elmi, le corazze splendenti e gli stivali appena lustrati.

Sono già tutti montati in sella, aspettando che lo faccia anche il re, che Gaut attende, impaziente, dopo essere stato strigliato con cura fin quando il manto rossiccio non ha iniziato a brillargli.

Don Alfonso si è abbigliato come lo avevo visto fare solo in poche altre occasioni molto solenni: quando ha reso pubblico il suo testamento, a palazzo, per la consacrazione della basilica del Salvatore a Ovetao, per esempio, e per qualche visita particolarmente importante per il regno, come quelle dei nostri alleati franchi. Scintilla.

Indossa una tunica scarlatta di panno leggero, con due grossi fermagli a forma di artiglio di orso su entrambi i lati e con una cintura la cui fibbia, come il resto degli ornamenti, è in oro massiccio. Lo stesso metallo con cui è fatta la corona che sfoggia, orgoglioso, sul capo regale, simile a quello di un busto di marmo romano.

Sebbene non faccia freddo, si è messo sulle spalle un mantello celeste, chiudendolo sul petto con una meravigliosa spilla dorata. Le calze corte che gli coprono i polpacci sono nuove, tessute con lana immacolata, e ai piedi porta alti calzari di pelle chiara, di agnello o di un vitello appena nato, legati sulle caviglie da lacci di cuoio intrecciato.

L'arcangelo Gabriele non potrebbe essere più bello.

Anche io ho curato il mio abbigliamento con particolare attenzione per poter avere l'aspetto di una dama di alto rango, lo ammetto. Vorrei che mio figlio fosse orgoglioso di sua madre vedendola, per la prima volta dopo tanti anni, arrivare assieme al re, nonostante le fatiche di questo viaggio.

Pecco di vanità? Di un ottimismo insensato? Mi sto ingannando nel credere all'imminente ricongiungimento che ho tanto desiderato? Forse. Ma se non mi aggrappassi a tale speranza, se non credessi ai miracoli, non avrei intrapreso questo pellegrinaggio da Ovetao, sotto il sole cocente e la pioggia, alla ricerca di un apostolo decapitato a Gerusalemme ottocento anni fa.

Se le reliquie di san Giacomo riposano veramente in quel bosco su cui le stelle hanno brillato, perché non dovrebbe trovarsi lì anche Rodrigo?

La fede che mi ha portato fino a qui è solida e fragile allo stesso tempo. Dipende dal mio stato d'animo. Non risponde a ragioni logiche, ma a emozioni volubili.

Prima di raccoglierli in una treccia fissata sulla nuca con un fermaglio d'argento, ho unto i miei capelli con olio profumato. Poi li ho ricoperti con un sottile velo di lino, che dalla fronte cade fino alla schiena, nascondendo alla vista il mio collo dolorante.

Indosso la mia tunica migliore, del colore del sole e ricamata di blu. Le sue maniche, tanto larghe da far entrare l'aria estiva, pendono ai lati del corpo, ondeggiando al trotto del mio destriero. I miei stivaletti di cuoio sono appena stati lucidati, anche se, una volta scesa da cavallo, non si vedranno. Tra la lunghezza dell'abito e l'emozione, spero di non inciampare!

Mi sono permessa un'ultima civetteria: sull'indice sinistro, sfoggio l'anello che mi ha regalato Índaro la mattina dopo il nostro matrimonio. È un rubino ovale, contornato da diamanti e incastonato nell'oro massiccio. È un gioiello di famiglia, pregno di storia e di amore, che ho portato solo per poterlo indossare oggi.

Di solito si trova ben custodito in uno scrigno, assieme a due spille e a qualche braccialetto dimenticato, poiché non mi piace esibire il lusso. Ma in questo modo oggi non sarò da sola, ci sarà il padre di Rodrigo con me, a scoprire la sorte di nostro figlio.

13

SAN GIACOMO, PATRONO DI HISPANIA[28]

Bosco di Libredón,
Giorno di Santa Priscilla

Non ho mai pensato che un tragitto tanto corto potesse sembrare così lungo. Lungo, dico? Interminabile, sarebbe più appropriato.

Quando, ieri pomeriggio, la comitiva si è messa in marcia per andare incontro al vescovo e al suo seguito, una tempesta di emozioni scuoteva tutto il mio essere. La mia anima, la mia mente, la mia sicurezza, la mia fede. Il cuore minacciava di esplodere. Riuscivo a malapena a respirare.

Il cielo assecondava il mio stato d'animo con un ruggito, simile a quello che tuonava dentro di me, proveniente dalle scure fronde che si stagliavano all'orizzonte: il celebre bosco di Libredón, dove, secondo il messaggero giunto a palazzo ormai molti giorni fa, sono appena state ritrovate le reliquie di san Giacomo.

Rodrigo era lì ad aspettarmi? Era mio figlio il monaco vicino a Teodomiro di cui mi hanno parlato le guardie, mandate in avanscoperta la sera prima? Non c'era modo di saperlo. L'unica cosa che potevo fare era affidarmi alla misericordia di Dio e ascoltare con ancora più attenzione quell'incalzante grido di aiuto che mi aveva messo in marcia.

La mia testa continuava a torturare il mio cuore pensando a cosa sarebbe successo se, una volta raggiunta la nostra meta, avessi scoperto che era troppo tardi. La paura mi ha portato a concepire pensieri che non ho il coraggio di esprimere.

Se avessi osato offendere il re, avrei lanciato il mio cavallo al galoppo per poter interrompere quella tortura il prima possibile. Non mi mancava la voglia di farlo. Mi ha frenato solo la lealtà verso il sovrano, unita al contegno che si esige da una dama di alto rango.

Quando in lontananza abbiamo iniziato a scorgere il profilo della scorta del vescovo, mi sono accorta che quella comitiva era così nutrita che era impossibile individuarvi in mezzo qualcuno in particolare. E il figlio che stavo cercando, come un assetato cerca l'acqua, non si è mai distinto per la sua corporatura. Inoltre, la sera iniziava a scendere, togliendoci sempre più luce e, assieme a lei, le possibilità di riuscire nel mio intento.

Quelle persone erano, per la maggior parte, membri della Chiesa, a giudicare dalle tonsure e dal modo in cui erano vestite. Questa era l'unica cosa che riuscivo a scorgere da lontano. A mano a mano che il re si avvicinava, erano scese da cavallo in segno di rispetto, simili a tanti pupazzi.

Don Alfonso è avanzato lentamente, con l'andatura degna di una cerimonia solenne. Se avessi avuto le ali, avrei spiccato il volo. In vita mia, in poche altre occasioni mi sono dovuta sforzare tanto per trattenere un impulso.

Quella tediosa sfilata mi è sembrata un purgatorio. Tuttavia, dopo un tempo infinito, le figure, fino a quel momento sfocate, hanno iniziato a prendere forma e ho individuato tre monaci che, vestiti con tuniche di rozza lana scura, somigliavano a quelli di Sámanos. Due di loro ci davano le spalle. Il terzo sembrava fissarci intensamente, sebbene nascondesse il suo volto sotto un cappuccio larghissimo per la sua piccola testa. Era minuto, dall'aspetto fragile, proprio come il bambino che io stavo cercando.

Prima che si portasse una mano alla fronte per mostrare il viso, già sapevo che era lui. Non sono stati gli occhi a dirmelo, ma l'istinto. L'ho riconosciuto immediatamente. Si dirigeva dritto verso di me senza bisogno di parole, con uno sguardo intenso identico a quello di mia madre.

Dire che ho provato un enorme sollievo non sarebbe sufficiente. In realtà, non esistono parole che possano descrivere la gioia, la gratitudine, la pace e l'entusiasmo che si sono impossessati di me in quell'istante, davanti alla certezza di essere finalmente sul punto di abbracciarlo.

Mi sarei dovuta aggrappare a quella gioia con le unghie e

coi denti; avrei dovuto marchiarla a fuoco sul mio petto, perché non c'è voluto molto prima di scoprire quanto è effimera la felicità più assoluta.

Il vescovo era inconfondibile, con la sua magnifica casula scarlatta, riccamente ricamata, scelta col chiaro intento di superare in vistosità lo stesso re. Non ci era riuscito, anche se per poco. Per quanto non avrebbe avuto bisogno di tutti quegli ornamenti, Teodomiro si appoggiava su un bastone con una spessa impugnatura in argento. Era uno di quegli uomini il cui potere si riflette naturalmente nell'atteggiamento. Nel modo di muoversi, di ascoltare gli altri come se non ci fosse nulla di più interessante che le proprie parole e, soprattutto, nel modo di farsi ascoltare. Un uomo singolare, in tutti i sensi.

Di statura media, con capelli e barba grigi, con gli occhi scuri e con la pelle olivastra, spiccava tra i monaci e i sacerdoti che facevano parte del suo corteo. Aspettava il nostro arrivo senza mostrare nessun nervosismo, o altezzosità, o arroganza. Era tranquillo, soddisfatto di ricevere il sovrano che aveva mandato a chiamare con tanta premura.

E con quanta fretta noi eravamo accorsi!

Non doveva essere molto più vecchio di Rodrigo, sebbene lo superasse in statura e bellezza. Al suo fianco, mio figlio sembrava ancora più minuto di quanto ricordassi. La copia barbuta di una creatura nata malaticcia, colta sempre da febbri e da dolori alle viscere. Uno spirito puro che aveva a malapena un corpo, dotato, questo sì, di una forza di volontà invincibile, di un'intelligenza eccezionale e di una vocazione straordinariamente precoce per il cammino nella Chiesa.

Don Alfonso è smontato da cavallo con eleganza, aiutato da un servo, e noialtri abbiamo fatto lo stesso, seguendo un severo rituale di cui sono riuscita duramente a sopportare la lentezza.

Mi sono dovuta trattenere di nuovo per non correre verso quel monaco che mi osservava attento, cercando invano di nascondersi sotto il cappuccio enorme.

Rodrigo era lì, a due passi da me, che mi mostrava senza volere la sua estrema magrezza, le sue occhiaie bluastre, la sua serietà, il suo usuale contegno e la severità impostagli dal suo ruolo, dietro la quale ho percepito una disperata necessità di affetto.

Mio figlio non stava bene. Me ne sono accorta non appena l'ho visto.

Avrei rischiato volentieri di umiliare il mio signore, inciampando nella tunica e cadendo col viso a terra, pur di correre tra le braccia di Rodrigo. Lui, più abituato a coltivare la pazienza e a domare le emozioni con disciplina, abbozzava un mezzo sorriso timido, spronandomi silenziosamente a seguire il protocollo.

Conclusasi finalmente la cerimonia ufficiale di benvenuto, mi sono lanciata letteralmente nelle sue braccia. Mio figlio mi ha ricambiata con pudore, cercando di sottrarsi quanto prima a una situazione che immagino lo imbarazzasse molto. La mia pelle sembrava scottare. Per lui era uno sforzo immane prestarsi a una manifestazione di affetto così intima, del tutto estranea alla sua vita quotidiana, all'atmosfera fredda dell'ambiente monastico in cui ha trascorso gran parte dell'esistenza.

Non avrei dovuto esserne sorpresa né tantomeno dispiaciuta, date le circostanze. Invece me ne sono proprio sorpresa e dispiaciuta, decidendo d'ignorare la sua reazione e di abbandonarmi alla marea di sentimenti che provavo.

Davanti allo sguardo attonito dei membri del seguito, ho riempito di carezze quell'influente chierico vestito da monaco, considerato dalla curia iriense un candidato sicuro alla mitra episcopale. L'ho baciato e baciato ancora, senza vergogna.

Mio figlio, evidentemente imbarazzato, ha cercato di allontanarsi da me, senza avere successo. A dire la verità, non ci ha messo un impegno eccessivo per riuscirci. Io mi aggrappavo a quell'abbraccio con tutte le mie forze, come se fosse l'ultimo della nostra vita oltre che il primo dopo tanti anni. Lui diceva una cosa, mentre la sua natura nascosta ne diceva una ben diversa. Ho avuto l'impressione che una parte di lui, ormai dimenticata, ringraziasse per quella manifestazione d'amore, che contraccambiava a modo suo, con un affetto tutto suo, impercettibile agli altri.

Ho sognato ciò che volevo sognare? Credo di no.

Rodrigo non era più il figlio che avevo sperato d'incontrare, ma era pur sempre mio figlio. L'abito che lo vestiva, la sua alta responsabilità, i lunghi anni trascorsi lontano dalla famiglia avevano innalzato tra di noi un muro di freddezza e formalità, difficile da distruggere benché, in fondo, molto fragile.

Perché sotto quell'abito e quella responsabilità, sotto la rigidità del protocollo ecclesiastico, c'era sempre il figlio che io avevo salvato dalla morte. Il mio piccolo dalla salute fragile. Quel maschio così diverso dal padre e dal fratello, determinato sin dall'infanzia a sostituire la spada coi libri.

L'erede spirituale di Huma.

Quando mi sono finalmente ricomposta e ho fatto un passo indietro, mi è sembrato di percepire uno spettro alle sue spalle, una sorta di ombra scura. Ho strizzato gli occhi, dicendomi che la stanchezza doveva avermi giocato un brutto scherzo. Ho raccolto tutto il mio coraggio prima di guardare di nuovo e, quando l'ho fatto, ho notato con sollievo che quella terribile visione era scomparsa.

Il re mi ha lasciato intendere con un gesto eloquente che dovevo smettere con quelle effusioni perché non solo stavo mettendomi in mostra, ma stavo anche ponendo lui in cattiva luce. Ho umilmente accettato il rimprovero, mi sono scusata con un inchino e ho cercato di rendermi invisibile in mezzo a tutta quella gente.

Mio figlio è tornato al posto che conveniva al suo status, subito dietro il vescovo e lontano da me. Io gli ho perdonato l'offesa che mi ha inflitto involontariamente. Ma non sarei sincera se dicessi che non mi ha ferita.

Nel mio caso, l'obiettivo principale di questo viaggio non era quello di prostrarmi ai piedi del santo, ma di recuperare il bambino che mi era stato prematuramente strappato dal seno.

Che assurdità!

Il passato non può tornare. E il futuro è nelle mani della Provvidenza. Da noi dipende solo vivere il presente, cercando di sfruttare al massimo ciò che porta. E questo è stato esattamente ciò che mi sono imposta di fare ieri, vinta la malinconia di chi sperava nell'impossibile.

«Maestà, benvenuto in questa Gallaecia benedetta dall'Altissimo.» Così Teodomiro ha salutato il sovrano.

Il vescovo mostrava una certa ritrosia nel dirigersi verso don Alfonso, che lo ascoltava a testa alta, dopo essersi chinato a baciare l'anello che questi indossava sull'indice della mano destra. La sua voce era controllata, addirittura bassa, il suo accento esotico, non so se del Sud o della regione del Mare Oceano. Nel suo modo di parlare c'era qualcosa d'impossibile da definire, una sorta di carisma magnetico che obbligava gli altri a prestargli attenzione.

«Osservate il bosco su cui si sono manifestati i prodigi celesti», ha esclamato il vescovo nell'indicare verso sud-ovest con la mano sinistra, lasciando scoperto il braccio villoso sotto la larga manica della tunica. «Là riposa il Figlio del Tuono, mio signore.»

Ho seguito la mano di Teodomiro con lo sguardo. Quel luogo era una pianura popolata da una fitta vegetazione, con alcune piccole radure qua e là. Il pomeriggio si stava spegnendo velocemente, per cui era impossibile vederne i dettagli, però, a mano a mano che ci siamo avvicinati, si è subito notata un'intensa e recente attività di scavi: le orme lasciate sulla terra mostravano che un esercito di lavoratori si era impegnato a fondo per smuovere il suolo.

Ovunque c'erano buche, fossati e lapidi spezzate che sembravano essere molto antiche. Era evidente che, in passato, quel luogo aveva accolto un camposanto e, non appena ce ne siamo accorti, a uno a uno ci siamo fatti il segno della croce, in silenzio, con un misto di superstizione e rispetto.

«Questa è la fertile terra scelta dall'Apostolo per offrire l'eterno riposo alle proprie ossa, maestà», ho sentito dire al vescovo iriense. Anche le mie desideravano ardentemente un letto, se possibile morbido, nel quale riposare un po'.

Il re era, come suo solito, in groppa a Gaut, in testa al gruppo, visibilmente emozionato. Alla sua destra, in sella a un cavallo scuro più basso, marciava Teodomiro. Il vescovo parlava a voce alta, da quello che ho potuto notare, ma io ero troppo lontana per sentire ciò che stava dicendo. Il mio signore era scortato a sinistra dal conte Aimerico, sul suo vecchio destriero e, un po' più indietro, da Nuño, a piedi. Cobre era stato lasciato nelle retroguardie, con la servitù e coi muli.

Seguivano poi Odoario e Danila, mischiatisi al gruppo dei monaci accorsi a darci il benvenuto. Visti da dietro, era quasi impossibile distinguerli: avevano lo stesso abito, la stessa tonsura e la stessa loquacità. Si disputavano l'attenzione, l'uno contro l'altro, avidi di poter raccontare la loro storia.

Mi sarebbe piaciuto ascoltare ma, in quel momento, avevo orecchie solo per mio figlio che, quando ci siamo messi in marcia, si è volontariamente attardato un po' per stare al mio fianco. Non gli ho chiesto se fosse stato il re a chiedergli di raggiungermi, fatto che non mi avrebbe sorpresa, conoscendo don Alfonso. Ma ho preferito credere che fosse Rodrigo a voler accompagnare sua madre.

Cosa cambiava? L'importante era stare con lui. Recuperare il tempo perduto. Sapere tutto riguardo ai suoi sentimenti, alla sua salute, alla sua felicità, alle sue aspirazioni, ai suoi desideri, alle sue delusioni, alla sua solitudine... Riguardo al febbrile scintillio che bruciava nei suoi occhi felini.

Lo interrogavo con l'avidità con cui un naufrago cerca di placare in un sorso tutta la sete accumulata. Lui eludeva con ostinazione ogni questione che riguardasse la sua persona. Continuava a nascondersi da me, non badava ad altro se non alle domande sul ritrovamento delle reliquie.

«Ti vedo molto dimagrito, figlio mio. Non starai esigendo troppo dal tuo corpo?»

«Sapete bene, madre, quanta poca importanza io dia ai piaceri terreni, tra cui il cibo. Magari fossi circondato da più tentazioni, così da poter provare la gioia di vincerle tutte attraverso la fede e la mortificazione. L'apostolo san Giacomo c'insegna che le sofferenze del tempo presente non possono essere paragonate alla gloria futura che ci attende nel Regno dei Cieli.»

«Il compito del Signore richiede forza, Rodrigo. E tu non ne hai mai avuta troppa. Dimmi almeno se stai bene, se dormi abbastanza, se non eccedi coi digiuni...»

«Non preoccupatevi, mi sostiene la luce di Dio. Il prodigio accaduto davanti ai nostri occhi è così grande da rendere tutto il resto insignificante. Vi rendete conto di ciò che significa aver trovato il sepolcro del preferito tra gli apostoli di Cristo? Lui, una delle colonne sulle quali il Salvatore a costruito la sua Chiesa, ha lasciato scritto: 'Il Signore ha ascoltato le preghiere degli umili, ha benedetto tutti coloro che temono, piccoli e grandi. Chiunque soffra umilmente in terra riceverà in cielo il premio eterno'. È un miracolo, madre. Un miracolo la cui portata ancora ci sfugge, sebbene io stesso, nella mia insignificanza, mi senta fortunato.»

Mio figlio sembrava essere fuori di sé. Era esausto, emaciato, assonnato, immerso in una sorta di trance mistica che lo manteneva appena in piedi, sul punto di rompersi. Risplendeva come se una lampada lo stesse illuminando da dentro, ma le condizioni del suo corpo erano allarmanti.

Lo spettro che avevo visto fluttuare alle sue spalle si formava nuovamente attorno a lui, come un'aura tenebrosa, sempre più percepibile. E io sapevo troppo bene cosa rappresentava quell'oscurità. «Ti supplico di riposare, figlio mio. Quanto tempo è che non lo fai? Devi dormire, mangiare, godere di qualche piacere innocente come la musica. Se continui così, finirai per ucciderti.»

«Questo non è tempo né di riposo né di godimenti, ma di orazioni e preghiere. L'ora di san Giacomo è per i casti, non per i libidinosi, allontana i malvagi, ama gli uomini pii, rimprovera i pigri, premia coloro che vegliano, glorifica coloro che sono degni di lode, detesta i peccatori, stima i sobri, condanna gli avari, gratifica i poveri, protegge gli amanti del Signore, dà forza agli ammalati...»

Ho cercato d'interromperlo, per ricordargli i suoi malesseri passati e avvertirlo del pericolo che lo minacciava. È stato tutto inutile. Ha continuato a recitare la sua litania infinita, sordo alle mie preghiere, come se io non esistessi: «Salva i penitenti, aiuta chi piange davvero, lava le colpe, restituisce l'innocenza a coloro che l'hanno persa e rende ai tristi l'allegria. La corona che il santo Apostolo porta per i suoi meriti è giunta fino a noi assieme alle sue benedette reliquie per il bene della Cristianità. Sia reso grazie al Signore!»

«Mi dispiace essere giunta fino a qui per trovarti in questo stato, Rodrigo», ho detto sul punto di piangere. «Immagino che nessuno attorno a te ti stia facendo notare ciò che ai miei occhi è evidente, ma ti assicuro che, se ti vedessi allo specchio, ti spaventeresti per il tuo stesso viso.»

«Non avete fatto questo viaggio invano, madre», mi ha risposto con un tono a metà tra l'incredulo e l'adirato, senza capire la mia delusione. «Alla fine di questo cammino si trova la redenzione. La promessa della vita eterna. Pentitevi dei vostri peccati, pregate umilmente il santo e lui vi ascolterà. Perché il Signore ha concesso ai suoi apostoli il potere di perdonare e ciò che ha dato loro prima della sua Passione non glielo ha tolto dopo la morte.»

«Ma, figlio...»

«Quali che siano i vostri peccati, vi saranno perdonati grazie alla sua intercessione. Perché il Signore ha detto, a lui e agli altri apostoli: 'A chi perdonerete i peccati, saranno perdonati'. Per cui chi verrà perdonato dall'altissimo san Giacomo apostolo, sarà perdonato dal Signore. Allora rallegratevi con me, condividete la mia gioia, dal momento che mai sono stato tanto felice.»

Rodrigo non era più Rodrigo. Non il Rodrigo che ricordavo io.

Il bambino che ho cullato tra le mie braccia si trovava ancora lì da qualche parte. L'ho saputo nel momento in cui l'ho accarezzato e lui ha ricambiato con un calore impossibile da nascondere. Ma quel bambino era ormai irrimediabilmente chiuso in una cella spoglia di ogni sentimento mondano, circondata da muri che sua madre non poteva attraversare.

Ora mio figlio è un uomo di Dio, la cui famiglia è la Chiesa. Una comunità illustre, accogliente, potente, generosa con chi soffre e indubbiamente laboriosa, nella quale, tuttavia, manca la tenerezza, un lusso di certo estraneo a questi tempi. Chi può mostrarsi tenero al di fuori dello spazio magico che protegge l'infanzia? Siamo i sopravvissuti di un'epoca di sangue e violenza. Ogni nuova alba è un regalo del cielo. E a me è stato già concesso questo, perciò devo ringraziare il Signore.

La voce che mi chiamava non mentiva.

Rodrigo è molto stanco. La falce che lo segue dal giorno in cui è nato lo minaccia, guadagnando sempre più terreno. Io l'ho combattuta per anni, grazie a tutto il sapere appreso da mia madre, arrivando persino a invocare la sua dea e a mettere a rischio la salvezza della mia anima. Ho lottato senza sosta. Ho giurato che avrei salvato quel figlio e ci sono riuscita.

Ma oggi non sento di poter iniziare una nuova battaglia.

Allora io ero giovane e lui una creatura tanto debole quanto affamata di vita. Adesso le cose sono cambiate. Rodrigo non appartiene più a questo mondo. Io non ho più forze. Non mi rimane che sperare di avere la grazia di essere la prima ad andarmene.

Il sepolcro dell'Apostolo era stato letteralmente dissotterrato dal monticello di terra che lo nascondeva fino a poche settimane prima. Si trovava nel mezzo di una radura artificiale, dove gli alberi sono stati tagliati, pulito dalle incrostazioni e illuminato da un cerchio di torce. La visione toglieva il fiato.

Un gruppo di uomini armati si affannava ad allontanare la gente che si era radunata lì, con spintoni e colpi rivolti verso chiunque cercasse d'invadere l'area. La voce di quel miracoloso ritrovamento si era propagata rapidamente tra la gente del posto, che è accorsa per riuscire a toccare o a portarsi via un frammento di quelle reliquie, o almeno un pugno della terra che aveva ricoperto il corpo del santo. O anche solo per poterla calpestare a piedi nudi.

Il cielo si è coperto di nuvole nere e la pioggia minacciava di cadere da un momento all'altro. In lontananza si sentiva tuonare una tempesta, ma nulla sembrava capace di disperdere quella folla. Nemmeno l'arrivo della comitiva reale è riuscito a calmare gli animi, per quanto i colpi dei soldati fossero aumentati.

Nessuno si spostava di un solo pollice. Da tutte le gole usciva un unico grido disperato: «San Giacomo, pastore divino, concedimi la grazia che ti chiedo in nome di Cristo!»

A circa cinquanta passi dalla camera funeraria, le cui dimensioni erano simili a quelle della più piccola capanna del mio castro natale, don Alfonso ha alzato la mano sinistra, per far fermare il corteo. È smontato lentamente, si è inginocchiato, ha baciato il suolo ed è rimasto in quella posizione a lungo, chino davanti alla stretta apertura che dava accesso al nuovo sepolcro.

Noi non sapevamo cosa fare. Ci guardavamo l'un l'altro sconcertati, alla ricerca di una guida, finché il vescovo Teodomiro non ci ha indicato d'imitarlo. Lui stesso è sceso da cavallo e si è inginocchiato a terra, seguito da tutti noi.

Alcuni dei monaci hanno intonato una litania in latino. Noialtri siamo rimasti in silenzio fino a quando il re non ha concluso la sua preghiera silenziosa e si è rialzato. Dopo essersi fatto il segno della croce con discrezione, si è rivolto al prelato con tono grave. «Voglio incontrare l'eremita di cui parlava la vostra lettera. Colui che ha visto la pioggia di stelle comparire su questo bosco.»

«Pelayo?» ha domandato Teodomiro, chiaramente sorpreso da quella richiesta inaspettata.

«Sì, credo si chiamasse così, in effetti. Non farò un altro passo fino a quando non avrò parlato con lui.»

«Ma, mio signore, egli non si trova qui, ma al villaggio, a San Félix de Lovio.»

«Mandatelo a chiamare, allora.»

«A quest'ora probabilmente sta già dormendo. È un uomo anziano, con la salute fragile a causa di una vita di privazioni.»

In quel momento è intervenuto Danila, adirato: «Se il re chiede di vedere questo Pelayo, non c'è altro da dire né tempo da perdere. Mandatelo subito a cercare!»

Teodomiro avrebbe voluto rispondere a tono, ma qualcosa nell'atteggiamento di don Alfonso lo ha fermato. Per la prima volta da quando eravamo arrivati, il sovrano non si mostrava a lui come un umile pellegrino ma come il sovrano delle Asturie, abituato a imporre la propria autorità.

Quel «mandatelo a chiamare» non ammetteva repliche.

Due guardie sono state subito inviate al villaggio, assieme a un sacerdote che le avrebbe condotte fino alla casa dove era stato fatto alloggiare l'eremita. Le guardie portavano un cavallo anche per lui. Noi siamo rimasti dove eravamo senza osare muovere un piede.

Eravamo fermi in mezzo a questo monte appena disboscato, impregnato dell'odore dolce che emana il legno del castagno. I servi stavano accendendo un fuoco. Don Alfonso si è seduto su uno sgabello rozzo, in attesa del suo invitato.

Il vescovo ha cercato di avviare una conversazione con lui in un paio di occasioni, ma il re se ne è liberato senza troppa cortesia. Era evidente che desiderava riflettere in solitudine, prepararsi alla lotta che stava per intraprendere contro i suoi stessi dubbi. Immagino stesse pregando, proprio come la maggior parte dei presenti, incluso Rodrigo.

Il fervore mostrato da mio figlio era tanto che ho avuto paura per lui. Più lo osservavo, più mi sembrava che fosse posseduto dalla follia. Può darsi che la pazza fossi io, che continuavo a dubitare del miracolo che lo aveva gettato in quello stato.

Ho iniziato a osservare a uno a uno i membri della comitiva con la quale ho viaggiato da Ovetao, senza trovare traccia di dubbio in nessuno di loro. Freya si è sdraiata per terra, con la testa appoggiata su un tronco e sembrava dormire. Il conte, invece, vigilava attentamente sul re, proprio come Nuño. I monaci si limitavano a ripetere le loro preghiere.

E io?

In quel momento tutta la mia attenzione era incentrata sull'annotare mentalmente ciò che stava accadendo, non solo per poterlo trascrivere in questa cronaca, ma anche per evitare di pensare. Non avevo il coraggio di affrontare così tanti fantasmi assieme.

La tempesta si è avvicinata a noi, illuminando di tanto in tanto la notte col fulgore dei suoi lampi. Quello era senza dubbio un presagio. Un messaggio che non sono riuscita a interpretare fino a quando non ha acquisito un senso inequivocabile.

Dopo una lunga attesa, il rumore degli zoccoli ha annunciato l'arrivo dell'eremita.

Pelayo aveva mani grandi e inquiete. Quando è passato davanti a me zoppicando, per dirigersi al luogo appartato in cui lo attendeva il re, le intrecciava nervosamente, scrocchiandosi le articolazioni come se volesse romperle. Si è fermato qualche secondo davanti al fuoco, mentre Teodomiro annunciava a don Alfonso la sua presenza, e questo mi ha permesso di osservarlo da vicino.

Si notava che lo avevano vestito con abiti inusuali per lui e che si agitava dentro la tunica cercando di allargarne le cuciture. Gli occhi profondi, lo sguardo vacuo, una bocca dalle labbra molto spesse, costantemente semiaperte, non lo rendevano, come si dice, il ritratto dell'intelligenza. Mi è venuto da pensare che fosse stato scelto per la sua elevata missione, chissà se da Dio o dall'ambizioso vescovo di Iria Flavia, proprio per quella semplicità.

Le preghiere erano finite da un bel po'. La fatica si faceva sentire. Alcune guardie iniziavano ad appisolarsi, prontamente svegliate da Nuño a forza di imprecazioni, minacce e qualche calcio. I restanti di noi, eccezion fatta per Freya, rimanevano svegli per l'eccitazione, unita a una crescente impazienza.

Chi si sarebbe potuto addormentare prima di scoprire la verità riguardo a ciò che c'era in quella tomba?

Don Alfonso ha ordinato di condurre l'anziano fino a lui e di farlo sedere. Pelayo si è avvicinato al sovrano, con esagerate riverenze, immagino terrorizzato. Il vescovo, suo mentore, è stato allontanato per espressa volontà del re, che desiderava avere quella conversazione senza testimoni.

Fino ad allora, io non mi ero mai sentita inclusa in coloro che dovevano restare in disparte. Per cui, fingendo di salutare Nuño, mi sono avvicinata per poter ascoltare.

Il buio non mi ha permesso di vedere bene la scena, ma tutto ciò che è stato detto durante quell'incontro è giunto chiaramente alle mie orecchie.

«Siediti senza paura, buon uomo», lo ha salutato il sovrano con tutta la cordialità di cui era capace. «Non hai motivo di temermi.»

«Mmm-mmm.»

«Avvicinati», ha insistito il re. «Guardami negli occhi e raccontami la tua storia. Voglio sentirla raccontata dalle tue parole.»

«Io ho v-visto l-le luci, maestà.» La voce gli tremava tanto da farlo sembrare balbuziente.

«Cos'è che hai visto esattamente, Pelayo? Sta' tranquillo. Ti assicuro che non hai motivo di essere spaventato.»

«S-S-Stelle, maestà. M-M-Molte s-s-stelle. Ballavano nel c-c-cielo.»

«Fai un respiro profondo e parla lentamente, fratello. Fatico a capirti.» Don Alfonso usava un tono paterno che a poco a poco ha sciolto la lingua dell'interrogato.

«Le s-s-stelle sono cadute sul bosco. Io l'ho visto.»

«Che facevi nel bosco in piena notte?»

«Io v-v-vivo nel bosco, mio signore. Era la mia c-c-casa fino a quando il v-v-vescovo non ha voluto altrimenti. E sono state molte n-n-notti.»

«Quante?»

«Non so contare, maestà. Mooolte. Me lo aveva annunciato l'angelo.»

«L'angelo? Hai visto anche un angelo?»

«Mi ha parlato in s-s-sogno, signore.»

«Pelayo, inizia dal principio. Ti va?» Il re si sforzava di mostrarsi calmo, con sempre maggiore difficoltà.

«Perdonatemi, mio signore. Perdonate q-q-questo povero peccatore.»

«Non ho nulla da perdonarti. Calmati, per favore! Dio ti ha scelto tra tutti gli uomini per farti una rivelazione che cambierà il corso della Storia. Ti rendi conto di cosa significa?»

«So solo ciò che ho visto, maestà.»

«Allora raccontamelo passo per passo, ti prego.»

«L'angelo mi ha p-p-p-parlato. Ha detto che a-a-avrei

t-t-trovato qualcosa di molto importante. Io ho pensato si riferisse a un tesoro d'oro o d'argento, ma poi il r-r-reverendissimo vescovo mi ha spiegato che avevamo trovato qualcosa che era molto più p-p-prezioso.»

«Ci credo, fratello, ci credo. Ciò che, a quanto pare, ha mostrato la tua visione sono state nientemeno che le reliquie dell'apostolo san Giacomo. Non c'è tesoro che possa eguagliarle. Ora dimmi, come erano quelle stelle? Esattamente cos'è che hai visto nel cielo notturno?»

«Luci che ballavano, mio signore. Si muovevano, facevano dei giri.»

«In tutto il cielo?»

«No, solo in un pezzettino p-p-piccolo. L'ho detto al signor prete, lui è andato a parlare col reverendissimo vescovo e mi hanno ordinato di aspettare, perché non dovevano mangiare per qualche giorno.»

«Vuoi dire che dovevano stare a digiuno?»

«Quello hanno detto, sì. Abbiamo aspettato tre giorni. Poi, tutti a-a-assieme siamo arrivati in questo posto. Allora era in alto e c'erano molti alberi.»

«Il sepolcro era sotto una collinetta?»

«Era in alto, con gli alberi. Subito il reverendissimo signore vescovo li ha fatti tagliare.»

«Cos'altro puoi raccontarmi, Pelayo? Che altri segni hai visto?»

«Visto, non ho più visto niente. Ma ho sentito.»

«Allora dimmi, in nome di Dio, che cosa hai sentito. Non obbligarmi a cavarti le parole di bocca.» Il re ha praticamente urlato quest'ultima frase, facendo nuovamente ammutolire l'eremita. Poi ha insistito, più calmo: «Hai sentito la voce dell'angelo?»

«No, signore.»

«Una voce diversa?»

«Non parlava. Era m-m-musica.»

«Hai sentito una musica? Che tipo di musica?»

«Non era un flauto, né un tamburo, né un fischio.»

«Un salterio, forse?»

«Non vi capisco, signore.»

«La musica che hai sentito proveniva da uno strumento a corde?»
«Io non ho m-m-mai sentito nulla del genere. La musica veniva dal cielo.»
«Ne sei sicuro?»
«Dal cielo, signore, dal cielo. E le stelle anche. Perdonatemi, signore. Perdonate questo peccatore...» L'anziano era esausto. Si rifugiava in quella supplica, disperato, perché non aveva altro modo di sfuggire all'interrogatorio. Era evidente che continuare a fargli domande non avrebbe portato altro risultato che aumentare ancora di più la sua angoscia. Aveva detto tutto ciò che sapeva o che credeva di sapere.

Don Alfonso doveva essere giunto alla stessa conclusione perché, dopo qualche istante, ha dato per conclusa la conversazione e ha concesso a Pelayo il permesso di ritirarsi. Mentre l'eremita se ne andava, camminando all'indietro per non dare le spalle al sovrano, continuava a ripetere: «Perdonatemi, signore, perdonate questo povero peccatore, perdonatemi...»

Ho provato una profonda compassione nei suoi confronti. Quanti, al suo posto, sarebbero usciti indenni da una tale visione?

Se avesse potuto scegliere, dubito che avrebbe accettato l'onore di un simile peso.

Il sovrano è rimasto immobile ancora qualche minuto, riflettendo su ciò che gli aveva appena raccontato l'eremita. Avrebbe creduto a quella testimonianza o avrebbe dubitato della sanità mentale di Pelayo, sottoposto a una serie di prove che avrebbero portato chiunque alla pazzia?

Non avrei voluto essere al suo posto.

Infine, don Alfonso ha mandato a chiamare il vescovo e, una volta alzatosi in piedi, ha comunicato: «Voglio raccogliermi in preghiera davanti a quelle reliquie. Preparate il necessario».

«Permettetemi di accompagnarvi, maestà.»
«Preferisco essere solo.»
«Vi prego...»

«Solo, ho detto!»

Il prelato è indietreggiato, inchinandosi leggermente. A circa quattro passi dal re, gli ha detto: «Sappiate allora che l'Apostolo riposa nel sarcofago di marmo situato al centro della stanza. Lo riconoscerete perché il teschio benedetto della sua testa decapitata si trova sul suo grembo, sotto lo scheletro delle braccia, proprio come è rimasta da quando il boia di Erode gliel'ha brutalmente strappata dal corpo. Alla destra del santo, in un sepolcro più umile, in mattone, troverete il discepolo Teodoro. Alla sinistra, invece, Attanasio. I tre riposano qui da quando Dio li ha chiamati a sé, nel primo secolo della nuova era, una volta compiuta la loro opera evangelizzatrice».

La tempesta era letteralmente sopra di noi. Pioveva con forza. I lampi erano diventati fulmini che attraversavano con furia il cielo, alimentando il fervore con cui i fedeli e i monaci supplicavano l'Apostolo di manifestarsi.

Il re, apparentemente incurante di quella scena, degna dell'Apocalisse commentata nel libro di Beato, ha risposto freddamente: «La fede me li farà riconoscere, non temete. Voi assicuratevi che nessuno mi disturbi».

«Lasciate che vi accompagni. Anche solo per illuminarvi la strada. La stanza non è ancora sicura e potreste battere la testa contro il tetto basso o scivolare sul pavimento umido», ha insistito Teodomiro.

«Io stesso porterò la torcia. Vi ripeto che desidero stare da solo.» Il suo tono non lasciava spazio a repliche.

Nuño, che riesce a indovinare il pensiero del suo signore prima che lui stesso lo formuli, gli aveva già messo sulle spalle un mantello e gli tendeva la torcia a olio, disposto a seguirlo fino al tumulo, o fino all'Inferno se fosse stato necessario.

Don Alfonso ha preso la torcia e si è incamminato lentamente verso l'interno di quella bocca scura, custode di un segreto nascosto per secoli. Le preghiere dei monaci lo hanno accompagnato, più alte, mentre il rumore dell'acquazzone affogava le loro voci.

Nel preciso istante in cui il re si è chinato per attraversare la porta dietro la quale si trovava il sepolcro, è scoppiato un potentissimo tuono nell'oscurità, facendo tremare il suolo.

Era la risposta di Dio alle nostre suppliche.
Cos'altro poteva essere?
Nemmeno quello scettico di Sisberto avrebbe osato negare che era un segno inconfondibile. Io stessa mi sono arresa all'evidenza di un innegabile augurio. Se avevo ancora bisogno di una qualche prova per convincermi, quel ruggito assordante ha cancellato i miei ultimi dubbi. Chi si trovava in quella stanza non poteva essere altri che il Figlio del Tuono... o qualcuno dei suoi discepoli dotati di un grande potere. Di un potere capace di governare gli elementi.

Don Alfonso, all'apparenza imperturbabile, ha attraversato l'ingresso.

La moltitudine di gente, all'inizio paralizzata dalla paura, ha proferito un'esclamazione concorde e assordante: «Miracolo!»

Le persone hanno iniziato a spingere con violenza contro il cordone di sicurezza formato dalle guardie, in un disperato tentativo di arrivare fino alla tomba. Alcuni dei soldati, davanti al rischio di essere travolti, si sono visti obbligati a sguainare la spada. Ho temuto che quel caos potesse raggiungere proporzioni incontrollabili, ma il vescovo Teodomiro ha preso in mano la situazione rivolgendosi con voce potente alla massa infervorata. «Fratelli, pregate con me!» Ha iniziato a intonare i primi versi di un *Te Deum*, seguito immediatamente dai monaci presenti, calmando gli animi. Lo abbiamo assecondato tutti, inginocchiati sul fango, sopportando l'acquazzone senza sentirlo perché, davanti al prodigio cui avevamo appena assistito, non ci si poteva che arrendere umilmente all'evidenza dei fatti.

Ammetto di aver recitato la preghiera in modo meccanico, senza fermarmi a pensare a ciò che diceva.

La mia mente evocava le immagini emozionanti della storia che avevo sentito a Ovetao dalle labbra di Nunilo e Danila, la sera prima d'intraprendere questo pellegrinaggio. Quella che raccontava del crudele martirio di san Giacomo, le cui mani senza vita avevano sostenuto fermamente la testa separata dal tronco, nonostante tutti i tentativi di strappargliela compiuti dai seguaci di Erode. Quella che raccontava di come quei due discepoli, Attanasio e Teodoro, avessero recuperato il cadavere del loro maestro, lo avessero avvolto in panni di fine lino e lo avessero portato in barca fino in Hispania, per poterlo seppellire là dove aveva predicato.

Ciò che io non potevo immaginare era che adesso, trascorsi così tanti secoli da allora, quella prodigiosa ostinazione fosse ancora intatta. Che proprio il Figlio del Tuono, o qualcuno molto vicino a lui, proteggesse ancora la propria testa mozzata fino a tramare col cielo per poter provare a noi la sua presenza.

Diversamente da ciò che avevo sentito fino a quel momento, per la prima volta ho invidiato al mio signore il privilegio di godere della vista di quelle ossa sacre.

Il tempo è sembrato fermarsi. La tempesta si è allontanata verso sud, con maggiore velocità di quella con cui era arrivata, e l'acquazzone si è trasformato in una pioggerellina leggera.

Le torce attorno al sepolcro hanno resistito all'acqua, grazie al grasso di balena che le impregnava, e facevano sì che la notte sembrasse giorno. Sotto la loro luce erano visibili le macerie accumulate fuori dal luogo sacro: terra, mattoni e altri materiali da costruzione, spostati fin lì per poter sgomberare il luogo di riposo del santo.

Era come se, tempo prima, il mausoleo di pietra bianca rivestito di lavagna fosse stato ricoperto con un muro protettivo di mattoni, per poi essere nascosto sotto una montagna artificiale. Una volta liberato dal rivestimento, mostrava il suo frontone originale, con semplici colonne su entrambi i lati della porta.

La struttura era bellissima, soprattutto illuminata da quella luce calda. Certo, le sue dimensioni non corrispondevano a quelle che sarebbero state degne di uno dei dodici apostoli di Cristo, ma piuttosto alla stanza di un bambino.

Perché qualcuno si era impegnato tanto a nascondere quelle ossa? L'ho domandato a Rodrigo, che si trovava ancora accanto a me, in ginocchio, e che, una volta concluso il *Te Deum*, aveva iniziato a bisbigliare una preghiera a me sconosciuta.

Ha fatto fatica a uscire dalla trance in cui si trovava, ma alla fine, seppur malvolentieri, ha risposto alla mia domanda. «Per tenerle al sicuro, madre, è evidente.»

«Da chi? Dai saraceni?» ho domandato, ricordando le lapidi spezzate che giacevano sparse qua e là nell'ultimo tratto del nostro cammino.

«No. Dalle terribili persecuzioni contro i cristiani ai tempi dei romani e dei barbari. Dai saccheggiamenti e dalle profanazioni. I saraceni sono arrivati molto più tardi e hanno causato gravi stragi, ma non hanno mai sospettato l'esistenza del tesoro racchiuso nelle viscere di questo bosco. Dio, nella sua infinita bontà, ha aspettato che Libredón fosse libera dagli infedeli per inviarci i segnali che ci hanno permesso di trovarlo. E oggi il prodigio cui abbiamo assistito ha confermato ancora una volta la vera natura di ciò in cui l'eremita Pelayo ha avuto la fortuna d'imbattersi.»

«Il messaggero inviato da Teodomiro a Ovetao ci ha parlato di una danza di stelle che ha predetto il ritrovamento, in effetti. Tu l'hai vista?»

«L'Altissimo non mi ha concesso una tale grazia, ma ho partecipato ai lavori di sgombero. Abbiamo lavorato senza sosta da quando abbiamo avuto notizia di quei prodigi e dell'angelo inviato dal Signore all'umile eremita.»

«Da ciò che dici, figlio, chiunque abbia costruito questo nascondiglio lo ha fatto a dovere, se è costato tanta fatica riportarlo alla luce.»

«Se l'Apostolo ha percorso campi, città, borghi, villaggi e deserti predicando la Parola di Dio, insistendo affinché una sola legge governasse tutti i popoli che ancora non conoscevano il Signore, se ha offerto la sua testa al boia pur di non rinnegare il Nostro Salvatore e se nemmeno le minacce dei potenti o le parole degli invidiosi lo hanno allontanato dal predicare il nome di Cristo alla presenza dei duri uomini giudei... come potrei io lamentarmi di aver dovuto impugnare una pala o un piccone per poter mostrare al mondo il luogo in cui giacciono i suoi resti?»

«Spero tu abbia almeno avuto un aiuto...»

«Certo, madre. La maggior parte delle persone che vedete attorno a noi ha contribuito, in un modo o nell'altro, a sgomberare il terreno prima dell'arrivo del re, per consentirgli di accedere senza difficoltà al sepolcro. Il vescovo Teodomiro, ispirato dall'esempio del santo, ha predicato instancabilmente alle genti per rivelare loro la verità. Prima del prodigio che avete appena visto coi vostri occhi, si erano già verificati dei miracoli.»

«Non c'è da meravigliarsi allora della devozione che si percepisce tra queste persone», gli ho detto senza manifestare la mia preoccupazione per l'eccessivo zelo che avevo notato in lui poco prima.

«Desiderate ascoltare voi stessa la testimonianza di una donna, benedetta dalla guarigione della figlia?» mi ha domandato, come se potesse leggermi nella mente.

«Certamente!»

«Allora aspettatemi qui. Vado a cercarla.»

Non appena Rodrigo se ne è andato, mi sono seduta, perché le mie ginocchia si rifiutavano di sopportare ancora la durezza di quel suolo pieno di ciottoli. Il resto della comitiva resisteva stoicamente in quella posizione, incatenando una preghiera dietro l'altra, senza cedere. Io non ne avevo le forze.

Chissà cosa stava facendo il re dentro quella stanza dove la vita e la morte, la tenebra e la luce convivevano in stretta unione da tempi immemorabili?

Cosa sentiva prostrato ai piedi di quel santo ritrovato dopo secoli di oblio? Si saranno dissipati, alla fine, tutti i suoi dubbi? Avrà pianto, senza testimoni, per i dolori, le perdite e le delusioni della sua lunga vita solitaria? Avrà ringraziato dal profondo del suo cuore generoso per questa nuova speranza?

L'ho immaginato genuflesso, o forse chino fino a toccare terra col capo, mentre rivolgeva una supplica muta all'Apostolo, apparso per grazia divina nei suoi domini proprio quando ne avevamo più bisogno. Implorando umilmente per la salvezza di suo padre, re Fruela, il cui spirito tormentato lo ha recentemente visitato. Invocando la protezione del Figlio del Tuono non solo per il nostro regno, ma per la Cristianità intera, gravemente minacciata dall'avanzata dei musulmani. Pregando il più vigoroso dei dodici prescelti di Cristo di avere il coraggio e la forza necessari per continuare a difendere le Asturie fino all'ultimo dei suoi giorni.

A giudicare dal tempo che ha passato lì dentro, la lista delle suppliche doveva essere molto lunga.

L'attesa iniziava a essere insopportabile, quando mio figlio è tornato accompagnato da una donna che aveva tutto l'aspetto di una contadina: in carne, con le guance rosse tipiche di chi lavora sotto il sole e due occhi scuri circondati da solchi, più che da rughe. Indossava una tunica di lana grezza e il suo viso mostrava i segni di una grande stanchezza.

La mia posizione di cortigiana della comitiva reale doveva intimidirla profondamente, perché non aveva nemmeno il coraggio di guardarmi. Rodrigo ha dovuto insistere con fermezza affinché si convincesse a parlare, spiegandole che io ero sua madre e che non aveva nulla da temere. Finalmente, la donna si è decisa a spiegare, misurando le parole come un bambino che inizia a camminare goffamente, per poi, a poco a poco, raccontarmi del prodigio operato dall'Apostolo nella maggiore delle sue figlie.

Col suo linguaggio particolare e con un marcato accento che rendeva difficile la comprensione di ciò che diceva, mi ha spiegato che la «sua» Bricia era stata sordomuta per la maggior parte della sua vita, dopo che, a quattro anni, aveva visto il padre morire bruciato vivo dalle fiamme che hanno divorato la loro casa.

«Lo ha ucciso senza volere. Senza cattiveria. Angelo mio! Come poteva sapere ciò che stava facendo?» continuava a ripetere portandosi le mani alla testa.

Da quel che sono riuscita a dedurre dalla sua storia, la bambina aveva provocato involontariamente l'incendio facendo cadere una lampada a olio sopra la paglia che ricopriva il suolo. Il padre era morto tra le fiamme, davanti ai suoi occhi terrorizzati, proprio dopo averla messa in salvo. Da quel giorno, lei aveva smesso di parlare. Non rispondeva alle domande né sembrava capire quando le parlavano.

«Il santo me l'ha curata! Sia benedetto! Lui ha restituito alla mia Bricia la lingua. Ora potrà sposarsi e darmi dei nipoti che rallegrino la mia vecchiaia.»

«Grazie, donna. Puoi tornare a casa tua o rimanere a pregare nel bosco, come preferisci», l'ha interrotta a quel punto Rodrigo con tono severo.

«Davvero quella ragazza ha ripreso a parlare, figlio mio?» ho domandato.

«Dio ha compiuto questo miracolo grazie alla mediazione di san Giacomo, sì. È accaduto davanti a una moltitudine di testimoni. Poco dopo che il sepolcro è stato aperto, madre e figlia sono accorse a prostrarsi davanti all'Apostolo, quest'ultima piena di sincero pentimento. Si era sparsa la notizia del ritrovamento ed erano molti quelli che giungevano per supplicarlo di aiuto o perdono, spinti dalla fede nel suo grande potere. Loro se ne sono andate in pace, sentendosi perdonate, e quella stessa notte Bricia ha ripreso a parlare.»

«Quanti anni ha ora?»

«Ventiquattro.» Mio figlio non mentiva. L'ho letto nei suoi occhi. L'ho capito dal tono della sua voce. Lui aveva assistito a quel prodigio, allo stesso modo in cui io ho visto il lampo. Il suo cuore non dubitava. Per questo la sua devozione disumana. Il suo fervore illuminato. La forza invincibile, e allo stesso tempo terrificante, che irradiava da ogni poro.

Perché era proprio quella forza interiore che ne avrebbe distrutto il corpo.

«Non è stato il primo miracolo del santo e non sarà nemmeno l'ultimo», ha esclamato con entusiasmo. «Mentre veniva condotto al supplizio, egli ha visto un paralitico che da sdraiato urlava: 'San Giacomo, apostolo di Gesù Cristo, liberami dai dolori che mi tormentano!' E l'Apostolo ha risposto: 'In nome del mio Signore Gesù Cristo crocifisso, la cui fede mi sta portando al supplizio, alzati e benedici il tuo Salvatore'. Immediatamente l'uomo si è alzato e ha iniziato a correre felice, benedicendo il nome di Nostro Signore Gesù Cristo.»

«È una storia bellissima, Rodrigo. Ti confesso che non so molto su questo Figlio del Tuono. La prima volta che l'ho sentito nominare non sapevo nemmeno che si trattasse di uno dei dodici apostoli di Cristo.»

«Ci ha fatto un'enorme grazia rivelando la propria presenza, madre. Impossibile da definire, in realtà. Ma sappiate che, per merito della sua intercessione, i malati guariranno, i ciechi vedranno nuovamente la luce, gli invalidi si alzeranno, i muti parleranno, gli indemoniati saranno liberati dalla possessione del diavolo, coloro che sono tristi verranno consolati e le preghiere dei fedeli verranno ascoltate. Ai suoi piedi rimarranno i delitti e si romperanno le catene dei peccati.»

Era convinto di ciò che affermava. Io, più scettica, speravo solo che la fede in quell'apostolo ci desse la forza di lottare. Di continuare a lottare senza soccombere.

Un mormorio attorno a noi, la cui intensità è cresciuta rapidamente, ci ha avvisati che don Alfonso stava finalmente uscendo dal mausoleo. Il suo passo era vacillante. Il passaggio dal buio alla luce, o forse le lacrime, dovevano avergli reso difficile la vista, perché sembrava disorientato. A giudicare dal leggero tremito della sua schiena, aveva pianto e faceva fatica a recuperare il controllo del proprio corpo.

Quella dimostrazione di apparente fragilità, così raramente esibita, me lo ha fatto ammirare ancora di più, perché Dio sa quanto è difficile per lui comparire davanti al popolo in quelle condizioni, con l'anima esposta. Lui, guerriero invincibile sul campo di battaglia, sconfitto dall'emozione di accogliere nel suo modesto regno il sepolcro dell'apostolo san Giacomo, che neanche da morto ha ceduto la sua testa al boia.

Cosa avrà provato il mio signore là dentro, una volta visto il teschio del santo, gelosamente custodito dalle ossa delle sue mani? Mi sono ripromessa di non andarmene da questo bosco senza poterlo prima contemplare coi miei stessi occhi.

Abbiamo visto il re camminare verso di noi, lentamente, sebbene fiero e in qualche modo leggero, come se la lunga conversazione con l'Apostolo avesse compiuto in lui uno dei miracoli di cui mi aveva parlato Rodrigo. *Ai suoi piedi rimarranno i delitti e si romperanno le catene dei peccati.*

La folla lo ha accolto in silenzio, vigilata strettamente dalle guardie, ma soprattutto intimidita dalla presenza di don Alfonso. Quel sovrano toccato dalla grazia di Dio in modo così evidente ai loro occhi come il formidabile tuono che era rimbombato proprio quando egli era entrato nel sepolcro.

Il vescovo Teodomiro lo attendeva, ansioso, circondato da una legione di monaci. Al suo fianco si trovava Odoario e un po' più indietro Danila, assieme ad altri dignitari ecclesiastici di simile rango. Ogni posizione ubbidiva alla gerarchia. Nulla era lasciato al caso.

Nei loro visi si rifletteva l'impazienza di conoscere il verdetto reale, dal momento che molte domande erano ancora senza una risposta. Don Alfonso avrà sentito il potere sovrannaturale di quelle reliquie? Dichiarerà la loro autenticità? Concederà il suo favore al prelato di Iria Flavia, dando alla sua sede i corrispettivi privilegi? Ordinerà ai responsabili del suo tesoro di stanziare le cifre necessarie per costruire su quel tumulo un tempio degno della grandezza dell'Apostolo?

Nessuno ha avuto il coraggio di chiederlo. Né il re ha ritenuto che fosse già giunta l'ora di aprirci il suo cuore. Il vescovo si è visto obbligato a rompere quel muro di ghiaccio e lo ha fatto con una domanda banale, che ha distrutto tutta la solennità del momento: «Desiderate che vi accompagniamo agli alloggi preparati per voi nel villaggio di San Félix de Lovio, o preferite proseguire il cammino fino in città, dove sarete sicuramente più comodo?»

«Riposerò qualche ora qui. Domani ci sarà tempo per parlare», ha risposto il cauto re.

Subito dopo, ha ordinato di montare una tenda e ha chiesto qualcosa da mangiare, così come da bere. Ha anche chiesto a Nuño di andare a cercare Cobre. Noi abbiamo capito che eravamo invitati ad andarcene. Il viso del sovrano rifletteva i nostri e rivelava quanto avessimo tutti bisogno di riposare.

Rodrigo ha seguito Teodomiro nel suo alloggio, dopo avermi salutata permettendomi di dargli un bacio sulla fronte. La contessa Freya e io abbiamo condiviso ancora una volta il giaciglio sotto il tetto di tela che ci ha fatto da camera da quando siamo partiti da Ovetao.

Durante quella intensa giornata, io non ero riuscita a trovare neanche un secondo per poter parlare con lei delle sue disavventure amorose, né lei aveva osato domandare, se non attraverso qualche sguardo supplicante. Sebbene non dicesse nulla, la sua sofferenza era evidente.

Quando mi sono finalmente sdraiata sul letto di pelli preparato dai servi, mi si chiudevano gli occhi come se avessi su ogni palpebra un sacco di sabbia. Ero esausta, ansiosa di lasciarmi andare. Tuttavia, ho visto il viso di quella giovane donna, praticamente attaccato al mio, pregarmi in silenzio di mettere fine alla sua tortura, e non ho potuto fare a meno di consolarla. «Ho parlato a vostro nome col re. State tranquilla.»

«Ha accettato di benedire il mio matrimonio con Claudio?» ha chiesto lei entusiasta.

«Non si è ancora esposto ma non si è nemmeno rifiutato, e questo è molto più di quello che avrei osato sperare.»

«Voi che ne pensate, donna Alana?» ha domandato con un tono molto lontano dall'euforia di qualche secondo prima.

«Sono troppo stanca per pensare, figliola.»

«Vi supplico!»

«Don Alfonso ha promesso di pensarci. Non è poca cosa.»

«Convincerà mio padre? Sarà dalla nostra parte?»

«Questo dipenderà, mia cara Freya, da come voi sfrutterete le occasioni che vi si porranno davanti. Di ritorno a Ovetao passeremo di nuovo da Lucus e avrete modo di rivedere il vostro locandiere. Io m'incaricherò di facilitare il vostro incontro e cercherò ancora di portare la vostra causa davanti a don Alfonso. Di più non possiamo fare.»

«Mio padre non lo permetterà mai.»

«Ho appena conosciuto una donna la cui figlia ha ripreso a parlare dopo vent'anni di silenzio grazie all'intercessione dell'Apostolo. Vi consiglio di affidarvi a lui...» Detto questo, mi sono addormentata.

Questa mattina ho visto il re sereno, maestoso, impeccabilmente pulito e pervaso da una pace che si rifletteva nel suo aspetto esteriore, nei suoi gesti, nel suo sguardo chiaro e in un sorriso sincero, tanto difficile da vedere in lui quanto è difficile vedere il sole nelle nostre amate Asturie.

«Dov'è Teodomiro?» ha domandato al guascone e a me,

uscendo dalla sua tenda, dopo averci fatto un breve cenno di saluto.

«Oggi non l'ho visto, signore», ho risposto io, con una riverenza.

«Mando qualcuno a cercarlo?» ha chiesto Nuño.

«Sì. E chiedi anche a Adamino di anticipare il pranzo. Ho fame!»

Benedetto sia l'Apostolo che ha restituito la gioia al mio signore! Il vescovo è arrivato subito, accompagnato dalla stessa scorta di chierici con cui ci ha ricevuti ieri. Anche lui sembrava felice. Sprizzava vigore, energia. Camminava veloce verso il luogo in cui lo attendeva il re, senza traccia di indugio o soggezione. Andava incontro a un suo eguale, sicuro del suo potere, benché senza arroganza.

Il suo atteggiamento mi ha fatto provare una strana sensazione, a metà tra l'ammirazione e il biasimo. Perché bisogna essere coraggiosi per comportarsi così di fronte a don Alfonso il Casto, ma anche sfacciati.

Chi è veramente questo Teodomiro di Iria Flavia? Un personaggio fuori dal comune, senza dubbio. Ancora non so se considerarlo un prescelto di Dio o un affabulatore estremamente abile. La sua capacità di persuasione è formidabile. Le sue doti oratorie, magistrali. Dunque... dice la verità, abbellendola pomposamente, o mente con una tale sfacciataggine da riuscire a ingannare chiunque?

Non ho modo di saperlo e non m'importa neanche troppo.

Alla luce del giorno, il sepolcro dell'Apostolo perde parte della magia che gli donavano la tempesta e le torce, ma diventa sorprendente proprio per la sua semplicità.

Ciò che si vede è un modesto edificio di piccole dimensioni, ricoperto da due tettoie di lavagna scura, con la facciata di pietra annerita dalla sporcizia e con una porta di accesso più bassa di una persona. Niente lascia immaginare ciò che si nasconde al suo interno.

Attorno al mausoleo si muove un esercito di operai, soldati, contadini, monaci, sacerdoti e curiosi, in parte portati dal vescovo per riordinare il luogo e in parte accorsi in risposta al passaparola grazie a cui si è propagata la notizia del ritrovamento e dei miracoli attribuiti al santo, specialmente dopo ciò che è accaduto ieri.

Oggi anche la contessa Freya è più bella del solito, immagino per merito della chiacchierata di ieri sera. Suo padre deve essersi arreso all'evidenza, abbandonando ogni speranza di spingerla nel talamo di don Alfonso, perché non la assilla come al solito e l'ho addirittura visto rivolgerle qualche gesto affettuoso.

Odoario e Danila sono entrati nel sepolcro prima dell'alba, accompagnati da Teodomiro, come hanno raccontato estasiati mentre facevamo colazione. Non c'è neanche bisogno di dire che erano del tutto convinti che le reliquie fossero autentiche. Esultavano.

Ignoro se fosse la mancanza di sonno, lo stato di grazia o un miscuglio di entrambe le cose, ma la verità è che la loro espressione assomigliava a quella di chi ha consumato una delle tisane che preparava mia madre per alleviare i dolori più forti. Erano assenti, profondamente segnati dall'esperienza che avevano appena vissuto.

Il nostro anfitrione, invece, era fresco come un frutto appena colto. Niente nel suo viso o nel suo atteggiamento mostrava il minimo segno di fatica.

Una volta radunati tutti attorno a un tavolo di assi grezze poste sopra dei cavalletti, egli ha alzato la voce. Nemmeno il re ha cercato di negargli l'attenzione che reclamava.

«Lo avete visto coi vostri occhi, fratelli. Chi, se non il Figlio del Tuono, avrebbe potuto essere sepolto con la propria testa tra le braccia? Chi avrebbe potuto mostrare il suo potere divino attraverso un fenomeno tanto eloquente quanto quello che si è manifestato ieri sera? Il miracolo è innegabile.»

Le sue argomentazioni erano solide. Il cielo ci aveva mandato un messaggio inconfondibile e l'immagine del modo in cui era stato sepolto il santo svegliava in me un desiderio ardente di poterlo contemplare di persona.

Don Alfonso, Odoario, Rodrigo e Danila hanno annuito, confermando la descrizione. Teodomiro ha continuato a parlare: «Le stelle sono state provvidenziali per mostrarci il luogo esatto del sepolcro ma, se devo essere del tutto sincero, era da tempo che io cercavo questo mausoleo».

«Benedetto sia Dio per averci illuminato con questo santo indizio!» ha esclamato l'abate di San Vicente.

«Posso sapere in base a cosa avevate iniziato tale ricerca?» ha domandato il monaco calligrafo, sempre avido d'informazioni. La mia naturale curiosità lo ha ringraziato per la domanda.

«Essendo a capo di questa diocesi da più di dieci anni, ho saputo che, secondo la tradizione, il santo Apostolo aveva predicato in questa regione. Non lo dicevano soltanto le persone semplici, che si sono sempre affidate a lui, ma anche diversi padri dotti della nostra Santa Chiesa», ha risposto il vescovo, con la voce più profonda.

«Certamente. Sant'Isidoro e Beda il Venerabile raccontano nei loro scritti della predicazione di san Giacomo in Gallaecia», ha aggiunto Danila.

«Ed entrambi precisano che è stato sepolto in una *achaia marmarica*, ovvero in un'arca di marmo. Termini simili sono utilizzati in una lettera scritta da Leone, vescovo di Gerusalemme, a franchi, vandali, visigoti e ostrogoti: 'Nell'Occidente d'Hispania ha predicato san Giacomo, morto sotto la spada di Erode e sepolto in un'Arca Marmorea' », ha aggiunto il prelato.

«Ma quest'arca era nascosta sotto uno spesso manto di terra e sassi, non è così?» è intervenuto il sovrano.

«È così, mio signore. Tuttavia, alla fine della lettera che ho appena menzionato, il venerabile Leone esorta la Cristianità ad accorrere in Gallaecia e a pregare con devozione perché, 'lì, certamente giace occulto san Giacomo'.»

«Spiegatevi meglio, vi prego.»

«In questo vecchio camposanto abbandonato, maestà, sono conservati altri monumenti funerari in marmo, perfettamente visibili, probabilmente innalzati ai tempi dei romani. Cripte molto simili a quella che deve aver accolto il corpo dell'Apostolo quando i suoi discepoli, Attanasio e Teodoro, lo hanno portato qui dalla Giudea, dopo il suo martirio. Da lì la mia deduzione. Ero convinto che il dito dell'Altissimo avrebbe guidato la mia ricerca fino alle sacre reliquie dell'evangelizzatore di

Hispania, sempre che io avessi perseverato. Per opera della sua Grazia e della rivelazione fatta a Pelayo, ho visto realizzarsi il prodigio.»

Mi sono tornati di nuovo in mente i versi scritti da Beato, il monaco della Liébana, in quell'inno in lode del Figlio del Tuono:

*Oh, Apostolo, degnissimo e santissimo,
capo brillante e dorato d'Hispania,
nostro potente difensore e patrono!*

Si fa ogni giorno più evidente l'importanza cruciale di questo ritrovamento. Siamo davanti a qualcosa di grande, che sono ansiosa di conoscere nei dettagli. Per questo motivo, approfittando di una pausa nella conversazione, ho osato intervenire, correndo il rischio di far innervosire i monaci: «Eccellenza reverendissima, illustri signori, perché l'Apostolo ci teneva così tanto a essere sepolto in Gallaecia?»

«Non ve l'ho già spiegato a Ovetao, prima di partire?» mi ha fulminata Danila con tono sprezzante.

Ignorando quelle parole, Teodomiro si è rivolto a me senza nessun segno d'irritazione, penetrandomi col suo sguardo profondo e con la sua voce roca. «Non devi vergognarti di domandare, figlia. Il solo fatto di voler sapere ti redime dalla tua ignoranza.»

«Illuminatemi allora, per favore.»

«Dopo la morte e la Resurrezione di Nostro Signore a Gerusalemme, illuminati dalla forza dello Spirito Santo, gli apostoli si sono dispersi nei quattro punti cardinali in una fertile missione evangelizzatrice. San Giacomo il Maggiore ha iniziato a predicare a Gerusalemme, ma poi si è imbarcato fino a raggiungere uno dei porti dell'attuale Al-Ándalus, che oggi abbiamo perso per colpa dei maomettani come castigo per i nostri peccati.»

«Il culto del vero Dio permane nelle Asturie grazie al valore del nostro re», ha sottolineato Odoario.

«Da nord a sud, san Giacomo ha portato le parole del Maestro fino all'ultimo angolo d'Hispánia. Qui in Gallaecia i suoi insegnamenti sono caduti in terra fertile, ma egli non ha tardato a ripartire verso est, per poter diffondere ovunque il messaggio del Redentore. Ed è stato proprio nella parte orientale della penisola, vicino all'antica Cesarugusta, che gli è apparsa la Santissima Vergine Maria, su una colonna, per pregarlo di tornare immediatamente a Gerusalemme.»[29]

«Gli è apparsa in sonno?»

Di nuovo Danila mi ha fulminata con la sua risposta: «No, donna Alana. Gli è apparsa in carne e ossa, come dovreste sapere perfettamente dato che sostenete di essere cristiana».

Mi sarebbe piaciuto rispondere appellandomi al mio passato familiare, ma sarebbe stato imprudente. Ho quindi scelto di stare zitta, mentre lui continuava a «istruirmi».

«Quando la madre di Nostro Signore ha sentito arrivare la sua ora, ha chiesto a suo Figlio la grazia di essere circondata dagli apostoli il giorno della sua ascensione ai cieli. Gesù Cristo non solo ha realizzato il suo desiderio, ma le ha permesso di essere lei stessa ad avvisarli, a uno a uno, attraverso un'apparizione miracolosa. San Giacomo, come vi ha appena spiegato il reverendo prelato, si trovava qui, in Hispania, e ha contemplato e ascoltato la Santissima Vergine, salita su una colonna per essere vista meglio.»

A quel punto Teodomiro ha recuperato l'uso della parola, per concludere la storia e rispondere alla mia domanda. «Dopo che la Santissima Vergine è ascesa in cielo, gli apostoli si sono nuovamente dispersi per diffondere la buona novella, ma presto sono iniziati le persecuzioni e i martiri. L'uno dopo l'altro hanno dichiarato la loro fede in Cristo a costo della propria vita. Quasi tutti sono stati uccisi e sepolti nel luogo in cui predicavano: Pietro e Paolo a Roma, Andrea in Acaia, in Grecia, Giovanni a Efeso, Filippo in Turchia, il Bernabeo a Cipro, Tommaso in India, Matteo a Salerno, Bartolomeo in Armenia... Giacomo, no. Il figlio di Zebedeo, prodigiosamente riapparso tra di noi, è stato l'eccezione alla regola.»

«È morto per mano di Erode a Gerusalemme, circa dieci anni dopo il suo Maestro», lo ha interrotto don Alfonso, anche lui buon conoscitore della Storia grazie alla sua educazione a Sámanos.

«I suoi sacri resti sono stati recuperati da Attanasio e Teodoro, avvolti in panni unti di oli profumati e portati nuovamente in Gallaecia, dove riposano da allora. Sappiamo, grazie a san Girolamo, che dovevano essere ricoperti dalla stessa terra dove egli, in vita, aveva sparso il seme del Vangelo. Capisci, figliola?» ha concluso il vescovo.

«Ora sì.»

La conversazione sembrava essersi conclusa, con gran sollievo di qualche commensale che non vedeva l'ora di alzarsi da tavola. Più di uno aveva iniziato a dirigersi verso la latrina, quando don Alfonso ha ripreso la parola, per interrogare anche lui il vescovo: «Come è avvenuto esattamente il ritrovamento, reverendissimo padre? Descrivetemi con tutta la precisione possibile ciò che avete trovato nel dissotterrare il sepolcro, vi prego».

«Con sommo piacere, maestà!»

Chiunque avesse fretta di alleggerire il proprio corpo avrebbe dovuto aspettare ancora un po', perché Teodomiro sembrava avere intenzione di dilungarsi.

«Una volta tolte la terra e la copertura di mattoni che formavano una sorta d'involucro protettore sopra il sepolcro, io sono stato il primo ad accedere al suo interno, attraverso la stessa porta che avete attraversato voi ieri. Il sarcofago dell'Apostolo era chiuso, ovviamente, e sopra di lui c'era un piccolo altare quadrangolare sostenuto da quattro colonne di granito la cui altezza superava appena quella del catafalco.»

«Un altare, dite?»

«Sì, mio signore. Immagino lo avessero costruito gli stessi Attanasio e Teodoro, dopo aver sepolto il loro maestro, per poter celebrare l'eucarestia proprio lì, sopra le sue reliquie. A destra e a sinistra di quell'ara semplice quanto i santi che l'hanno costruita, ho trovato i sepolcri dei due discepoli, fatti di mattoni e malta.»

«Come avete capito di trovarvi davanti all'ultima dimora di san Giacomo, Teodoro e Attanasio, se le tombe, da quel che dite, non avevano nome?»

«Per provarlo è stato necessario spostare quell'altare e scoperchiare le tombe. L'arca in marmo conteneva un corpo decapitato con la testa fermamente tenuta dalle braccia. Chi poteva essere se non il santo evangelizzatore d'Hispania? Tutti gli elementi portavano a un'unica soluzione possibile: il luogo descritto negli antichi codici, l'annuncio dell'angelo a Pelayo l'eremita, le stelle, la musica celestiale, l'impegno con cui è stato nascosto il sepolcro, le tre tombe, l'altare, la disposizione delle ossa... Rimaneva solo da ringraziare l'Altissimo per il prodigioso ritrovamento e mandare un messaggero a Ovetao con l'ordine di comunicarvi la notizia al più presto.»

«Avete fatto bene, Teodomiro», ha sentenziato don Alfonso. «Date le circostanze, devo ammettere che avete fatto ciò che era giusto. Ora vi chiedo, tuttavia, di rimettere ogni cosa esattamente dove l'avete trovata. Né voi né io abbiamo l'autorità di alterare ciò che hanno disposto con saggezza i discepoli guidati dalla mano dell'Altissimo.»

«Così sarà fatto, maestà...» L'espressione del vescovo ha perso di colpo la sicurezza che aveva emanato fino a quel momento. Aveva persino perso il colore sulle guance. L'ordine imposto dal re gli aveva provocato una delusione impossibile da nascondere, senza contare che a don Alfonso ronzava in testa un'ultima decisione da prendere.

«Vado a sgranchirmi le gambe col mio mastino. Devo riflettere sul modo più adatto per onorare l'apostolo Giacomo senza prosciugare gli scarsi tesori del regno. Questo pomeriggio vi farò conoscere i dettagli, ma siate sicuro che sopra questo sepolcro sarà innalzata una basilica degna del nome del santo.»

Io ho cercato un luogo appartato dove scrivere. Erano molti i fatti accaduti dalla sera precedente che volevo raccontare su questa pergamena finché erano ancora freschi nella mia memoria. Quando ho finito, mi sono diretta verso Rodrigo per pregarlo di condurmi all'interno del sepolcro e poter finalmente contemplare ciò di cui tanto sentivo parlare.

Mio figlio aveva a malapena dormito. I suoi occhi sembravano perdersi sotto due palpebre gonfie per la mancanza di sonno. Le occhiaie della sera precedente erano passate da un colore violaceo a uno blu scuro, quasi nero, simili a lividi. L'ombra della morte, che lo stava trascinando con sé nel mondo delle tenebre, è apparsa di colpo davanti a me, a cavalcioni sulle sue povere spalle, con una chiarezza tale che mi ha obbligata a chiudere gli occhi.

«State male, madre?» ha domandato lui, sorpreso.

«È solo il sole, Rodrigo. Niente di cui tu ti debba preoccupare», ho mentito.

In quel momento ho saputo che non lo avrei mai più rivisto vivo. Che il nostro addio sarebbe stato definitivo.

Non riesco a esprimere a parole il dolore che questa certezza mi ha causato.

Come in tante occasioni nella mia vita, ho stretto i denti per andare avanti. Dovevo fingere, essere felice di aver avuto l'opportunità di un ultimo incontro e assicurarmi di trasmettergli tutto il mio amore. Qual era il modo migliore di farlo se non condividendo con lui il motivo della sua gioia?

Le guardie armate fino ai denti che erano state disposte davanti al sepolcro provavano l'alto valore di ciò che vi era custodito. Se non fosse stato per quei soldati, probabilmente le reliquie sarebbero già state saccheggiate.

Mio figlio mi ha preceduto nello stretto sepolcro, orgoglioso, con una torcia che presto si è rivelata tristemente inutile.

Sebbene né io né lui, data la nostra bassa statura, avessimo dovuto chinarci molto per entrare, l'eccitazione mi faceva sudare e avanzare con difficoltà. Il mio entusiasmo, tuttavia, è stato immediatamente spento, perché ciò che è apparso davanti ai miei occhi non era affatto ciò che mi aspettavo. I tre sepolcri erano chiusi. Quello centrale era coperto da un catafalco di marmo giallognolo, gli altri due da mattoni tenuti assieme dal cemento che colava ancora acqua.

Teodomiro aveva subito eseguito l'ordine del re. Ogni cosa era esattamente come l'avevano trovata, sebbene l'altare menzionato nella sua descrizione, di forma quadrata, fosse ancora appoggiato al muro della piccola stanza assieme alle quattro colonne che sicuramente, entro quella sera, sarebbero tornate a sostenerlo.

La camera odorava d'incenso mischiato ad altri odori penetranti che provenivano dai diversi vasetti che si trovavano per terra. Un'abbondanza di candele illuminava la notte di quella camera mortuaria, facendola sembrare più grande di quanto fosse in realtà.

L'accumulo di emozioni era certamente forte, ma io ho avuto la sensazione di essere stata ingannata. Non avevo potuto vedere ciò che più desideravo: quello scheletro decapitato il cui sacro teschio, irremovibile da forza umana, era intrappolato nella presa di due mani morte.

Tuttavia, all'interno di quel sepolcro, ho provato emozioni profonde che hanno smosso il mio essere e mi hanno aiutato a comprendere il turbamento di Rodrigo. Lì dentro si concentrava un'enorme quantità di energia, capace di alterare chiunque. Qualcosa di sovrannaturale abitava tra quelle pareti.

Quel luogo emanava un potere spirituale che, non appena attraversavi la porta, ti assaliva in modo spontaneo. Una forza superiore anche a quella che avevo provato in alcune cappelle costruite accanto a tassi centenari o vicino a cerchi di pietre antiche innalzati dal popolo di mia madre. Qualcosa di molto potente.

Colui che giace a Iria Flavia è stato un uomo grande tra i grandi. Un prescelto, senza dubbio.

Mio figlio mi ha proposto di pregare assieme e io ho accettato volentieri. Era tanto tempo che il desiderio di pregare quel santo mi assaliva con insistenza. Perché se ciò che dicono tutti è vero, se quel prescelto da Dio ha il potere di perdonare ogni peccato, non potevo farmi sfuggire l'opportunità di appellarmi a lui.

Ieri notte il re si è prostrato davanti a quelle ossa supplicando, tra le altre cose, misericordia per suo padre. Fruela ha raggiunto un posto in cielo anche dopo aver commesso il più grave dei peccati. Io ho invocato la sua intercessione in nome di mia madre, Huma. Ho implorato il perdono di Dio per la sua eresia e per la mia, perché mi è insopportabile l'idea di vederci entrambe penare in eterno, divorate dai vermi.

Siano del Figlio del Tuono o no, non ha importanza. Le reliquie davanti alle quali ho pregato hanno il potere di regalare pace, consolazione e speranza.

Il mio signore don Alfonso ha deciso di donare tre miglia del terreno che circonda questo mausoleo per far erigere una chiesa in pietra e argilla, il cui altare sorgerà proprio sopra il tumulo del santo. Sebbene modesta, di una sola navata e con scarse decorazioni, le sue porte saranno sempre aperte, giorno e notte. Affinché la luce di Dio splenda costantemente al suo interno, il sovrano ha destinato una generosa quantità di oro all'acquisto di cerini e lampade.

Allo stesso modo, ha ordinato di costituire una comunità di dodici monaci che, sotto la protezione di san Pelagio e la direzione dell'abate Ildefredo, dovranno vegliare sul culto apostolico con l'aiuto di altrettanti funzionari reali.

I lavori inizieranno subito, dal momento che don Alfonso ha ordinato d'inviare messaggeri in tutti i regni cristiani per annunciare al mondo il prodigioso ritrovamento.

«Se mi permettete, signore, mi piacerebbe trasferirmi nel villaggio di Lovio affinché io possa disporre di una residenza episcopale adeguata accanto alla basilica. La sede della diocesi rimarrà a Iria Flavia, almeno per il momento, ma io vorrei vivere il più vicino possibile all'Apostolo e, ovviamente, poter riposare per sempre ai suoi piedi, una volta giunta la mia ora», ha richiesto Teodomiro.

«Così sia, reverendissimo vescovo. Contate sul mio appoggio per il trasferimento. Vi affido il compito di supervisionare personalmente i lavori che inizieranno al più presto.»

«Questo campo di stelle brillerà quanto la stessa Ovetao, maestà», si è intromesso l'abate Odoario, con le lacrime agli occhi. «Le sue chiese, i suoi monasteri e soprattutto le sue sante reliquie saranno canti di lode eterna alla gloria dell'Altissimo...»

«... E attrarrà pellegrini da tutto il mondo. Arriveranno fino a qui i poveri, i ricchi, i criminali, i cavalieri, gli infanti, i governanti, i ciechi, gli zoppi, i benestanti, i nobili, gli eroi, i grandi uomini, i vescovi, gli abati. Alcuni arriveranno scalzi, altri senza ricchezze ma pieni di fede, alcuni col peso delle proprie penitenze sulle spalle, altri ancora desiderosi di condividere i propri beni con coloro che ne hanno bisogno o di donare argento e piombo per i lavori della basilica», ha aggiunto il vescovo.

«Giungeranno pieni di sapere a implorare la benedizione del santo. Parleranno molteplici lingue, vestiranno abiti diversi, vivranno in terre lontane e arricchiranno coi loro bagagli la nostra eredità. Franchi, normanni, angli, scoti, sassoni, guasconi, bavari, provenzali, lorenesi, bretoni, britanni, fiamminghi, frisoni, aquitani, greci, armeni, galati, efesini... Dall'Asia, dal Ponto, da Antiochia, da Cipro, dalla Sardinia e dalla Sicilia, da ogni angolo del mondo accorreranno per rispondere alla chiamata di san Giacomo. La voce dell'Apostolo risuonerà nei confini più remoti», ha sentenziato Danila.

«Sarà il sostegno di tutti i guerrieri che lotteranno per liberare dal giogo saraceno la terra d'Hispania, evangelizzata grazie alla sua predicazione. Cavalcherà al fianco dei cavalieri, combatterà accanto agli infanti, opererà innumerevoli miracoli. Tutti conosceranno la sua grandezza e la forza redentrice del suo amore», ha proseguito il vescovo.

«In lui avremo oggi e sempre il nostro più leale protettore», ha concluso il mio signore.

Nonostante i suoi anni e le cicatrici che ne attraversano il corpo instancabile, don Alfonso è ancora forte, come il suo fedele compagno Cobre. Lo vedo impartire ordini con l'autorità indiscutibile che emana da ogni parte del corpo, e mi tranquillizza sapere che sarà ancora con noi per tanto tempo.

Il regno di questo re rimarrà scolpito nella pietra per secoli e secoli.

Odoario, invece, ha un aspetto terribile. Non sono nemmeno sicura che riuscirà a tornare vivo a Ovetao. Le gambe riescono a malapena a sostenerlo; ogni suo movimento, anche se minimo, gli provoca un'espressione di dolore intenso; il suo sguardo è spesso perso. Ma sembra felice, così in pace che nessuno si dorrà per la sua morte prematura. Andrà dritto in cielo, si libererà delle pene che lo affliggono in questa esistenza terrena e contemplerà il viso degli angeli prima di tutti noi.

Forse nel Regno celeste incontrerà Agila, il leale capo della guardia armata, assolto da tutti i suoi peccati prima di esalare l'ultimo respiro. Chi sicuramente non sarà lì è Muhammed, che non potrò mai perdonare per aver cercato di annegare il mio signore, come un traditore. Ignoro dove sia finita l'anima di quello schiavo infedele, sempre che l'abbia avuta. Se devo essere sincera, sono comunque felice che siano finiti i suoi giorni di prigionia. Nessuno merita un destino tanto terribile.

Se mi guardo indietro vedo apparire i loro visi, così come quello di Sisberto, condannato a pagare per la sua eresia, o forse solo per il suo passato, in un monastero disperso tra le montagne della Primorias. Lo avrà già raggiunto? Sarà capace di sopportare le sue privazioni, nonostante la scarsa tendenza al sacrificio che ha sempre manifestato?

Ora che questo pellegrinaggio è giunto al termine, provo pena per quello straniero sempre lagnoso, il cui unico obiettivo era seminare il dubbio. Non vedo più in lui un nemico della fede, ma solo un uomo scettico, perso, proprio come me.

Dio abbia pietà del suo spirito!

Spero che la mia amica Freya possa vincere l'opposizione del padre e sposarsi con Claudio. Perché no? In fondo anche l'amore è un miracolo e, in questo caso, avrà la benedizione dell'Apostolo. Chi, se non proprio san Giacomo, potrebbe rendere possibile l'impossibile?

Danila sa che non concluderà mai la sua Bibbia. Il dolore per quell'opera incompiuta lo accompagnerà fino alla fine dei suoi giorni, ma si consolerà leggendo finché gli occhi glielo permetteranno, imparando tutto il possibile da ogni codice che finirà tra le sue mani e seguendo da vicino le opere che il re ha commissionato. Il monaco calligrafo percorrerà più di una volta questo cammino, ne sono sicura. Ciò che angoscia il mio cuore, anche se non voglio ammetterlo, è che la prossima volta non troverà qui mio figlio...

Mi costa uno sforzo terribile mettere per iscritto questo orribile pensiero. Vorrei ignorare ciò che vedo, ciò che la mia mente continua a ripetere, implacabile, ogni volta che noto l'estrema debolezza di Rodrigo, la sua crescente fragilità e, soprattutto, la sua lontananza da questo mondo.

Ha già attraversato la soglia dell'aldilà, sebbene il corpo non abbia ancora deciso di seguirlo. La mia unica consolazione è credere che presto si riunirà con noi, la sua famiglia d'origine. Rodrigo, suo padre, suo fratello nato morto e io stessa godremo di quel Paradiso in cui non esiste il dolore, né il pianto, né il sangue, né la paura o l'angoscia. A questa speranza io affido il mio spirito in questo momento.

Cosa ne sarà di me fino ad allora?

Mi rifugerò nella pace del monastero che le mie sorelle e i miei fratelli stanno costruendo da mesi nei pressi di Coaña. Manterrò la promessa solenne fatta al Dio della misericordia quando l'ho implorato di permettermi di abbracciare un'ultima volta Rodrigo.

Là le mie vecchie ossa, stanche di tanto vagabondare, troveranno pace. Là potrò immergermi nei codici custoditi nella biblioteca, coltivare un orto, levare le mie preghiere al Signore e forse anche scrivere, assolvendo liberamente al dovere di conservare la memoria del passato e abbandonandomi al piacere di raccontare le avventure vissute.

Alla fine di ogni percorso ci attende la malinconia. Una languida nostalgia, forse sterile, di un passato irrecuperabile. Domani, se Dio vuole, raggiungerò quella meta cui, fino a ieri, guardavo con una punta di dolore. Oggi ho transitato nella terra delle grandi emozioni. Ho presenziato a un evento di cui parleranno nei secoli a venire. Ho visto piangere il mio amato re davanti al sepolcro di un apostolo e io stessa ho pianto di felicità tra le braccia del più piccolo dei miei figli. Nessuno potrebbe chiedere di più.

Il cammino che mi ha portata fino a qui mi ha condotta non solo alla fine del mondo, ma anche a quel nascondiglio segreto in cui dimora il senso di tutto ciò che è accaduto finora. Una volta raggiunta la meta, bisogna fermarsi.

Desidero ardentemente leggere l'itinerario compilato da Danila per ordine del re. Ora la mia cronaca giunge alla sua fine, visto che ciò che volevo narrare all'inizio del manoscritto è stato ormai affidato a queste pagine, con tutta la precisione di cui sono stata capace.

Verrà letto, un giorno? Finirà nelle mani di uno spirito tanto avido di sapere come il mio?

Se così fosse, prego Dio che si sia compiuto l'augurio formulato qualche ora fa dal mio re: «Ci saranno nuove incursioni, scorrerà altro sangue, ma non saremo più soli a lottare. Lui sarà al nostro fianco nelle battaglie. Sarà il nostro santo patrono. La luce che illuminerà le Asturie, il faro della Cristianità intera.

«Tu, san Giacomo, hai voluto riposare in questa terra e vegli per noi dal cielo. Io farò innalzare una chiesa in tuo onore. Una basilica modesta, come il regno che il Salvatore ha raccomandato alla mia custodia, sulle cui fondamenta, un giorno, se ne innalzerà una più grande. E poi un'altra, e un'altra ancora. Coloro che verranno dopo di me la ingrandiranno e l'arricchiranno fino a farla diventare un degno riflesso della tua gloria, perché sei tornato a noi come capo splendente d'Hispania e suo potente difensore.

«I nostri nemici abbatteranno la pietra, ruberanno le campane,[30] accumuleranno le teste mozzate come sanguinari trofei e trascineranno lunghe file di schiavi verso l'altro lato delle montagne che Dio ci ha donato come mura. Ci assaliranno con fierezza per poterci sottomettere, ma la nostra fede non vacillerà mai né ci arrenderemo al loro giogo».

Mai.

Così sia!

L'Arca Marmorea

NOTE STORICHE

1. IL MESSAGGERO DEL SANTO

1. Danila, il monaco calligrafo, è un personaggio reale ed è entrato nella Storia grazie a una Bibbia, magnificamente manoscritta e illustrata, che viene descritta in modo dettagliato nel capitolo 3 del romanzo. La Bibbia di Danila, realizzata all'inizio del IX secolo, con ogni probabilità nella stessa Oviedo, è un monumento paleografico e artistico senza eguali della Hispania altomedievale, legato in modo indissolubile alla figura di re Alfonso II. Per cause sconosciute, a un certo punto, questo prezioso codice è stato trasferito all'abbazia della Santissima Trinità, nella città italiana di Cava de' Tirreni, dove è tuttora conservato. Nel 2010, in coincidenza con l'Anno Santo dell'apostolo Giacobbe, il governo del Principato delle Asturie ne ha commissionato una riproduzione, che è possibile (e molto consigliabile per gli amanti della Storia) consultare negli archivi e nelle biblioteche del principato.

2. La genealogia dell'apostolo Giacomo, così come la narrazione dettagliata dei suoi miracoli, redatta per incoraggiare i pellegrinaggi a Santiago di Compostela, si trovano nel *Codice Callistino*, attribuito a papa Callisto II (1060-1124), ma redatto per volere di Diego Gelmírez (1068-1149), primo arcivescovo di Santiago e massimo propulsore della costruzione della cattedrale di Santiago di Compostela.

2. UN MARE DI DUBBI

3. Le reliquie contenute nell'arca alla quale si fa riferimento in questo capitolo sono oggi conservate presso la cattedrale di Oviedo ed esposte al pubblico. L'arca è placcata in argento riccamente lavorato, aggiunto in un'epoca successiva a quella in

cui si svolge la storia. Per quanto riguarda ciò che è stato ritrovato al suo interno, secondo la tradizione cristiana, l'oggetto di maggior valore è il Santo Sudario che coprì il volto di Cristo immediatamente dopo la morte, prima del lavaggio del corpo. Il telo di lino viene citato per la prima volta in un documento dell'XI secolo ed è venerato da più di un millennio. Secondo le prove scientifiche rilevate nel 1985, le macchie che compaiono sulla stoffa corrispondono al sangue di un uomo morto crocifisso. Il gruppo sanguigno è lo stesso di quello rilevato sulla Sacra Sindone di Torino: AB positivo. Le prove al carbonio-14, tuttavia, lo fanno risalire circa al 700 d.C. Per chi desidera approfondire, gli atti del II Congresso Internazionale sul Sudario di Oviedo, avvenuto nel 2007, contengono informazioni dettagliate su questa affascinante ricerca.

4. Così come riportato nel romanzo, la leggenda sull'origine della Croce degli Angeli sostiene che fu realizzata da due angeli travestiti da pellegrini. Qual è il legame tra leggenda e realtà? Secondo l'opinione di diversi esperti, la Croce degli Angeli non corrisponde, né per la tecnica con la quale è stata costruita né per il suo aspetto, alle croci create dagli orefici visigoti, ma mostra, al contrario, alcune affinità coi modelli di croci longobarde, realizzate nel Nord Italia tra il VII e il IX secolo. La croce, quindi, sarebbe stata intagliata da artisti di origine longobarda, che avrebbero viaggiato fino al Regno delle Asturie per volontà dell'imperatore Carlo Magno. In questo modo si spiegherebbe la repentina scomparsa degli «angeli» dopo la realizzazione della croce: dovevano fare ritorno al loro Paese natale. Altri studiosi, invece, sostengono che «angeli» potrebbe derivare da «angli», il che rimanderebbe comunque all'origine straniera degli orafi cui è attribuito l'artefatto. Nel romanzo si è optato per questa seconda interpretazione.

5. La leggenda del Tributo delle cento Donzelle, probabilmente inventata nel XII secolo, ha lasciato una traccia profonda in tutto il Nord della penisola iberica. Secondo tale leggenda, la cui veridicità è oggi completamente smentita dalla storiografia, quelli chiamati «re oziosi» (favorevoli nell'accordare il pagamento di tributi all'invasore musulmano invece di affrontarlo militarmente), e in particolare Mauregato, avrebbero

accettato di consegnare, ogni anno, cento vergini cristiane agli harem dell'emiro come riconoscenza per il vassallaggio. Alana viene strappata dal suo villaggio natale, Coaña, come parte di questo tributo.

3. IN MARCIA

6. Nelle antiche strade romane, le *mansiones* erano luoghi dove i viandanti potevano fermarsi a riposare e passare la notte, l'equivalente degli attuali ostelli. Le *mutationes* offrivano, invece, servizi per carri e animali, mettendo a disposizione cavalli riposati e riparando i mezzi di trasporto danneggiati. Si trovavano ogni 12-18 miglia.

7. Secondo gli atti della fondazione, le origini di Santa Maria di Obona risalgono al 781, così come riportato nel romanzo. Alcuni studiosi contemporanei hanno messo in dubbio l'autenticità di tali documenti, mentre altri li ritengono attendibili. Quello che è certo è che, nel IX secolo, il monastero esisteva già ed era una comunità di medie dimensioni, soggetta alla regola descritta in queste pagine.

4. LE MURA DI DIO

8. Prendo in prestito da don Claudio Sánchez-Albornoz la frase «non è il popolo a possedere il proprio Paese, ma il Paese a possedere il proprio popolo», che compare nella sua magnifica opera *Orígenes de la Nación Española. El Reino de Asturias*.

5. L'EREMITA

9. L'ultimo sabba delle «streghe» documentato nelle Asturie si è tenuto nei pressi del bacino di Puerto del Palo. Non pochi antropologi pensano che molti riti praticati da quelle donne s'ispirassero all'antica tradizione matriarcale asturiana.

10. Il codice che riporta l'itinerario di Egeria è stato redatto

nell'XI secolo nel monastero benedettino di Montecassino, seguendo il testo scritto sette secoli prima dalla stessa vergine durante il suo pellegrinaggio in Terra santa. Attualmente è incompleto. Mancano molto dell'inizio e parte della fine. Nonostante ciò, sappiamo che il manoscritto originale autografo conteneva una descrizione dettagliata dei luoghi visitati e i disegni degli edifici più singolari. Quest'ultimo aspetto si deduce dal fatto che, nel testo, la stessa Egeria si riferisce a un tempio costruito in onore del santo Giobbe come «questa chiesa che vedete». Seguendo il suo esempio, anche l'itinerario che Alana tiene nel romanzo viene integrato con disegni di oggetti o luoghi che attirano particolarmente la sua attenzione.

11. Nel IX secolo, nel Regno delle Asturie, i villaggi avevano diritto (così come oggi) ad appropriarsi dei terreni delle valli per lo sfruttamento privato e dei terreni sui monti per l'utilizzo collettivo. Caccia, pesca, diboscamento o allevamento potevano essere praticati liberamente.

6. LE TENTAZIONI DI UN RE CASTO

12. Nell'originale *muchacha en cabello*, che, assieme a *donzella en cabello*, è sinonimo di donna nubile. Durante buona parte del Medioevo solo loro potevano portare i capelli sciolti. Le donne sposate o vedove, infatti, erano costrette a tenerli legati.

13. Nessuna biografia contemporanea di Alfonso II menziona Berta (o Bertolinda), sorella di Carlo Magno, in quanto sposa o promessa del re. Il primo riferimento a questa principessa risale al XIII secolo ed è contenuto nel *Chronicon Mundi* di Lucas, vescovo di Tuy. Dice così: «E aveva preso in moglie Berta, sorella di Carlo, re dei francesi. Non avendola mai vista prima e avendo sempre rifuggito la lussuria, fu chiamato Re Casto». Altri manoscritti del tempo fanno cenno a questa presunta moglie di origine franca, ma tutti sottolineano che il matrimonio non è mai stato consumato. Alfonso, infatti, si è mantenuto sempre casto.

14. Tre sono state le delegazioni inviate dal Re Casto a Carlo Magno, alleato fedele nella guerra contro i musulmani. La pri-

ma aveva come destinazione Tolosa ed è avvenuta nel 796. La seconda, alla quale allude l'episodio narrato, nel 797, a Herstal. Nel 798, dopo l'incursione durante cui Alfonso II ha raggiunto Lisbona, gli stessi ambasciatori hanno ripetuto il viaggio per dare all'imperatore dei franchi la buona notizia, portando con sé ricchi regali.

15. Anche se non è stato il primo a essere percorso, quello chiamato Cammino Francese è però il primo dei Cammini verso Santiago del quale è rimasta una traccia documentata, grazie ai diversi martirologi già menzionati nella Nota dell'Autrice. È anche il più popolare e, attualmente, il più transitato, essendo la via maestra cui affluiscono, lungo tutto il suo dispiegarsi, i pellegrini che giungono da altre strade. Solca il Nord della penisola fino a raggiungere l'Estremo Occidente e inizia da Puente la Reina, in Navarra. Un'accezione più ampia indica come suo punto di partenza Saint-Jean-Pied-de-Port, ai piedi dei Pirenei. Secondo una terza definizione, invece, comincerebbe ancora più indietro, in terra francese, appena prima del passo di Roncisvalle, a Ostabat, dove si congiungono le tre vie francesi che arrivano da Tours, da Vézelay e da Le Puy-en-Velay. Dal 1993, questa strada è riconosciuta come Patrimonio dell'Umanità dall'UNESCO.

7. LUNA NERA

16. In Europa sono esistiti maghi, indovini e stregoni fino all'epoca in cui è ambientato il romanzo, e anche oltre. Nell'816, il vescovo di Lione, sant'Agobardo, condannò alla pena capitale chi era accusato di questi delitti. Nella legislazione franca, la *Capitularia regum Francorum*, i pagani erano puniti con duecento frustate, marchiati sulla fronte da un ferro rovente e condannati alla reclusione perpetua. Nel Regno delle Asturie, re Ramiro I (842-850) ha ordinato che tutti i «maghi», ovvero, probabilmente, gli officianti di entrambi i sessi dell'antica religione pagana, venissero bruciati.

8. UNA SOSTA E UNA LOCANDA

17. Il poeta cui fa riferimento Alana è esistito davvero e si chiamava Abulmajxí. Il futuro emiro Hishām l'ha fatto accecare per aver scritto alcuni versi che esaltavano il nome del fratellastro, Suleimā'n, figlio della prima moglie di 'Abd ar-Raḥmā'n I e, in quanto tale, rivale nella lotta per la successione al trono di Al-Ándalus.

9. TRA I FANTASMI

18. La storia della profezia riguardante la famiglia di Alana è raccontata nel romanzo *Astur*.
19. Il cipresso millenario, situato di fronte all'ingresso della piccola cappella di Sámanos, è rimasto in vita fino al 2017.
20. I musulmani hanno proibito la presenza di campane in metallo nelle chiese cristiane sopravvissute alla conquista dell'Hispania, nel 711. Ne hanno ordinato il ritiro, permettendone, al massimo, la sostituzione con altre campane in legno, per far sì che il richiamo alla preghiera non si sentisse da lontano. È stato il loro modo di ammutolire coloro che consideravano «politeisti», adoratori di un unico Dio che si manifesta in tre persone diverse: Padre, Figlio e Spirito Santo.

10. IO CONFESSO...

21. Le documentazioni concernenti le prime donazioni del re delle Asturie alla comunità monastica incaricata di custodire il sepolcro di san Giacomo, specificamente destinate all'accoglienza di poveri e malati, risalgono all'886 e al 911. Tutte le vie verso Santiago sono costellate di ospedali, pagati dalla Corona e/o da diversi ordini monastici, molti dei quali si sono mantenuti operativi fino a poco tempo fa.

11. CAMMINO DI SALVEZZA

22. I pionieri che hanno riaperto il Cammino Primitivo dopo decadi o secoli di abbandono si sono scontrati con un'assenza totale di ostelli o foresterie. Sia loro sia chi aveva transitato fino ad allora per quei sentieri privi d'indicazioni, immersi nella boscaglia e ricchi di pericoli, si sono visti costretti a pernottare nei porticati di vecchi eremi, come quello descritto da Alana, o persino nelle carceri di Tineo o di Salas, paesi attraverso cui passa il Cammino. Al giorno d'oggi, fortunatamente, non manca dove riposare, farsi una doccia e godere dell'impagabile ospitalità del luogo.

23. Nel *Codice Callistino*, scritto circa trecento anni dopo la vicenda narrata, si dice testualmente: «Chi al mondo, pur non meritando che gli venga rimproverato di disprezzare ostinatamente i favori divini, non desidera trovare riparo nella dimora di san Giacomo? Per visitarla, dunque, numerosi pellegrini affluiscono incessantemente in Galizia, da tutte le parti del mondo, attraverso la sterpaglia dei monti, passando davanti ai nascondigli dei ladri, nonostante le frequenti rapine e le truffe di cui sono vittime nei rifugi».

24. La spiegazione estatica di Odoario è un frammento letterale del sermone che il *Codice Callistino* attribuisce al santo papa Callisto (1060-1124), pronunciato durante la festa della Traslazione dell'apostolo san Giacomo, celebrazione che avviene il 30 dicembre di ogni anno.

12. UN SOGNO TORMENTATO

25. La Cronaca di Alfonso III (838-910 ca.), nella sua versione Rotense, descrive l'episodio in questo modo: «[Fruela] combatté contro le milizie di Cordova a Pontubio, nella provincia della Galizia, e in quel luogo sconfisse cinquantaquattromila musulmani; e catturò vivo il generale della cavalleria, di nome Umar, e nello stesso posto lo decapitò [...] Sconfisse anche i popoli della Galizia che si ribellarono contro di lui e sottomise tutta la provincia, devastandola».

26. La stessa Cronaca Rotense dice brevemente: «Con le sue stesse mani uccise il fratello Vímara per avere ambito al trono».

27. Le *mappae orbis terrae* (dal latino *mappa*, «carta», *orbis*, «cerchio» e *terra*, «mondo») alle quali allude Danila s'ispirano ai disegni di Isidoro di Siviglia, che rappresenta una terra piana, tripartita e circolare. Come il mondo conosciuto all'epoca: diviso in tre continenti, attraversati da fiumi che formano una T (associata simbolicamente alla croce di Cristo) e circondati da un anello oceanico (O). Le mappe T-O offrono sì una visione del mondo, ma non sono strumenti di guida, giacché sono basate su nozioni bibliche, lontane dalla realtà geografica. Il loro fine principale è l'istruzione legata alla fede, e non l'individuazione precisa dei luoghi.

13. SAN GIACOMO, PATRONO D'HISPANIA

28. La prima volta in cui viene menzionato san Giacomo come «difensore d'Hispania» è nell'inno *O Dei Verbum*, attribuito a Beato di Liébana, scritto durante il regno di Mauregato e citato molte volte nel romanzo. Questo epiteto verrà, poi, utilizzato da diversi re nei secoli seguenti: «patrono e Signore di tutta l'Hispania» (Alfonso II nell'834); «patrono nostro e di tutta l'Hispania» (Ordoño I nell'858); «nostro più potente patrono dopo Dio» (Alfonso III nell'886), e «patrono nostro e del mondo intero» (Ordoño III nel 954).

29. D'accordo con la tradizione cristiana, la Vergine Maria comparve a san Giacomo apostolo a Caesaraugusta, oggi Saragozza, nel 40 circa. Maria sarebbe giunta «in carne mortale» prima dell'Assunzione e, come testimonianza della sua visita, avrebbe lasciato una colonna di diaspro. Secondo la leggenda, san Giacomo e i sette primi convertiti della città costruirono una piccola cappella in mattoni sulle rive dell'Ebro, destinata a custodire quel pilastro.

30. Nell'estate del 997, l'esercito del comandante saraceno Al-Manṣū'r, chiamato Almansor dai cristiani, devastò la città di Santiago di Compostela. Bruciò le chiese e rase al suolo ogni

cosa, rispettando solo il sepolcro di san Giacomo. Secondo la leggenda, i prigionieri cristiani sono stati costretti a trasportare le campane di Santiago fino a Cordova, dove sono state utilizzate come bracieri nei lavori di ampliamento della nuova moschea. Si racconta, inoltre, che le campane siano ritornate nello stesso modo a Santiago, due secoli e mezzo più tardi, questa volta per mano dei prigionieri musulmani catturati da re Ferdinando III il Santo.

GUIDA AL CAMMINO PRIMITIVO DI SANTIAGO

L'itinerario redatto da Alana segue un percorso molto simile a quello che, in questo momento, costituisce il Cammino Primitivo di Santiago, diviso in tredici tappe, coincidenti coi tredici capitoli della storia.

Questo cammino copre una distanza di 320 chilometri e si percorre solitamente a piedi, in tredici giornate. Per arrivare da Oviedo a Compostela, la comitiva del Re Casto, forse, avrebbe impiegato più tempo, considerati il deterioramento delle strade e le conseguenti deviazioni. E così avviene, infatti, nel romanzo, come si può verificare comparando un qualsiasi calendario moderno con un Santorale, strumento popolare per tenere conto dei giorni durante il Medioevo.

Il Cammino Primitivo è un sentiero di montagna, con valichi che superano i mille metri e pendii molto scoscesi. Da est a ovest, attraversa la Cordigliera Cantabrica e segue, per diversi tratti, le antiche strade romane. All'epoca in cui si svolge la storia, non c'era altro modo di viaggiare. Alcuni di questi lastricati sono sopravvissuti e, oggi, sono riconoscibili tra i faggi e i rovereti centenari. Una bellezza straordinaria, che merita lo sforzo di salire e scendere tanti pendii. Ma non è l'unica.

Ragionamenti di natura storico-strategica portano a supporre che Alfonso II abbia compiuto il pellegrinaggio, testimoniato nel libro A dell'archivio della cattedrale di Compostela, seguendo le strade allora percorribili e pernottando, quando possibile, presso i monasteri in grado di accoglierlo, in un regno distrutto dalle razzie saracene. Ciò significa che l'attuale Cammino Primitivo è quello che ha condotto il primo pellegrino di cui abbiamo notizie fino al sepolcro di san Giacomo.

Tra il 1986 e il 1988 l'Associazione Astur-Galiziana degli Amici del Cammino di Santiago si è proposta di rivalorizzare un tracciato completamente abbandonato. Con fatica, con instancabile dedizione e con scarso aiuto istituzionale, ha cercato, localizzato, sgomberato, segnalato e abilitato un cammino dichiarato nel 2015 Patrimonio dell'Umanità e che attrae ogni anno sempre più pellegrini. A capo di questo meraviglioso gruppo di persone c'erano Laureano García Díez, Benjamín Alba, Marta González e Manolo Otero. Il loro lavoro si è dimostrato impagabile.

I paesaggi contemplati da Alana nel romanzo sono praticamente identici a quelli che si possono ammirare oggi, anche se molto più abitati. Si osservano ancora i resti dei villaggi, delle cappelle, delle strade, delle miniere e dei cenobi descritti dalla protagonista. Questa piccola guida desidera aiutare il pellegrino a localizzarli, se dovesse accettare la sfida di seguire i passi del re dalla cattedrale del Salvatore, a Oviedo, fino a quella di Santiago di Compostela, condividendo con lui e con la sua comitiva non solo le fatiche del cammino, ma anche le angosce e le speranze proprie dell'epoca turbolenta nella quale si svolge la loro avventura.

Come dice un vecchio proverbio asturiano: «Chi va a Santiago e non al Salvatore, visita il servo e non il Signore».

I capitoli 1 e 2 del romanzo corrispondono circa alle prime due tappe del Cammino Primitivo, che vanno da Oviedo a Grado (25,9 chilometri) e da Grado a Salas (22,11 chilometri). In questi si descrive la capitale delle Asturie all'inizio del IX secolo, quando parte dell'attuale cattedrale era solo una cappella del palazzo reale recentemente costruito. Il sentiero parallelo al fiume che percorre la comitiva nel secondo capitolo non è molto diverso da quello odierno. La villa in rovina di Cornelio, nella quale passano la notte i protagonisti, ha dato origine alla località di Cornellana, a circa 7 chilometri da Grado, sulla strada per Salas. Lì il viaggiatore s'imbatterà nel monastero di San Salvador, fondato nel 1024, di cui si annuncia la costruzione nel romanzo.

Il capitolo 3 coincide in buona parte con la terza tappa del Cammino Primitivo, Salas-Tineo (20,2 chilometri), anche se termina addentrandosi nella successiva, Tineo-Ruta de los

Hospitales (13,78 chilometri). Nel IX secolo la distanza si misurava ancora in miglia romane, equivalenti a 1.481 metri. Le strade descritte sono reali, così come qualche ponte e, ovviamente, le montagne. Lo è anche il monastero di Santa María la Real de Obona, del quale scrive Alana e il cui stato di conservazione è purtroppo penoso, al punto di sembrare vicino al crollo. Si trova a 8 chilometri da Tineo e costituisce una fermata obbligatoria. Così come nel romanzo fanno i monaci di Obona, i proprietari di Palacio de Merás, a Tineo, offrono al pellegrino un'accoglienza indimenticabile. I dolci alla nocciola e al miele che tanto piacciono a don Alfonso sono tipici della cittadina di Salas e si chiamano *carajitos del profesor*. Danno l'energia necessaria ad affrontare il resto del viaggio.

Il capitolo 4, LE MURA DI DIO, ricrea esattamente la quarta tappa del Cammino Primitivo nella sua versione più autentica, più dura e, naturalmente, più bella: la Ruta de los Hospitales. Questo tratto deve il suo nome ai quattro rifugi (costruiti successivamente rispetto all'epoca in cui si svolge la vicenda) per i pellegrini che percorrevano quel sentiero tra le montagne, decisamente brulle e disabitate. Oggi, di tali rifugi non rimangono che alcune pietre. Ciò che vale la pena visitare è, però, la miniera d'oro romana, molto vicina a Montefurado. Non è ben indicata, pertanto conviene contare sull'aiuto di una guida, comunque indispensabile per affrontare una traversata che, in caso di temporali, neve o nebbia, può rivelarsi pericolosa. Né allora né oggi, lungo questa via, si trova acqua o cibo. La vista, tuttavia, è spettacolare e compensa ogni fatica.

Il capitolo 5 coincide con la quinta tappa del Cammino, Pola de Allande-La Mesa (22,8 chilometri), su un terreno sassoso e scosceso che in alcuni punti costeggia, dall'alto, il fiume Navia. L'eremita e la sua grotta sono frutto dell'immaginazione dell'autrice, anche se il paesaggio e la ripidità dei pendii riflettono fedelmente la realtà, così come il bacino idrico romano che riforniva le miniere d'oro. Nei suoi dintorni è stato celebrato l'ultimo sabba di «streghe» documentato nelle Asturie. Ecco il motivo per cui, in questo punto del romanzo, si ricordano alcuni riti iniziatici femminili attribuiti, da certi antropologi, all'antica cultura asturiana custodita gelosamente da Huma, madre di Alana. Per ammirare questo luogo, bisogna salire fino in cima al Puerto del Palo (passando da 529 a 1.147 metri in 8 chilometri) e sopportare poi la difficile discesa.

Il capitolo 6 inizia da questa discesa infernale, in grado di mettere a dura prova le ginocchia dei migliori. È la sesta tappa del Cammino, La Mesa-Grandas de Salime, 16,8 chilometri. Nel capitolo si descrive un'umile cappella costruita, secondo un'antichissima abitudine del posto, accanto a un tasso. Quest'albero ne richiama un altro di cinquecento anni, con un tronco di sei metri di diametro, che si trova a pochi chilometri dall'ingresso di Lugo. Con accanto la chiesa del paese dà vita a un'immagine unica. Un connubio simile, tasso-eremo, è quello rappresentato da Santa María de Berducedo, lungo la discesa verso La Mesa.

Le *cortines* in pietra, destinate a salvaguardare gli alveari da eventuali attacchi di orsi o altri predatori, sono visibili in alcuni tratti particolarmente scoscesi del percorso, sebbene per trovarle occorra aguzzare la vista o avvalersi dell'aiuto di una guida competente, perché si confondono facilmente con le rocce scure.

Nel romanzo, la dura giornata dei pellegrini si conclude vicino al fiume Navia. Nel XX secolo, in quel punto particolare, è stata costruita una diga. A due passi da questa c'è un paesino magico chiamato San Emiliano, la cui chiesa, decorata con affreschi medievali dal valore inestimabile, assieme a granai, case e strade lastricate, è un autentico tesoro, conservatosi grazie all'impegno di chi vi abita vicino.

Il capitolo 7, LUNA NERA, racconta il difficoltoso attraversamento del fiume Navia, quando ancora non esisteva il ponte, oggigiorno sommerso dal fango, utilizzato molto tempo dopo dai pellegrini. Il resto del racconto **corrisponde alle tappe settima, ottava e nona del Cammino Primitivo, che portano da Grandas de Salime, ultima fermata nelle Asturie, a Lugo**

(82 chilometri), in Galizia, passando per A Fonsagrada (28,1 chilometri da Grandas de Salime) e O Cádavo Baleira (23,4 chilometri da A Fonsagrada). Una volta superato il Puerto del Acebo, la strada attraversa una zona pianeggiante e si dirama in vie più praticabili (ma forse meno «autentiche»), accessibili ai veicoli.

I castri o gli antichi villaggi fortificati di cui parla Alana a Sisberto sono nelle vicinanze di Grandas e almeno uno di questi può essere visitato. Nei pressi di alcune domus romane sono in corso scavi. La fonte che si descrive alla fine del capitolo è quella che dà il nome alla località di A Fonsagrada. Secondo la leggenda (che risale a un'epoca successiva rispetto alla vicenda narrata nel romanzo), lì lo stesso san Giacomo sarebbe stato aiutato da una vedova e, per ringraziarla, avrebbe convertito l'acqua di quella fonte in latte fresco.

Nelle vicinanze di Montouto, tra A Fonsagrada e O Cádavo Baleira, è conservato un dolmen millenario molto simile a quelli descritti da Alana quando parla di «altari» o «cerchi in pietra» costruiti da «un popolo antico». Esso si trova accanto a un rifugio per pellegrini di cui, purtroppo, rimane molto poco in piedi.

Questa tappa comprende anche il campo di battaglia, tra A Fontaneira e O Cádavo Baleira, dove, nell'813, il Re Casto ha combattuto contro le truppe saracene. Toponimi come Arqueira, da «arco», o A Trincheira, da «trincea», oltre al ritrovamento di numerose armature, tombe e di resti umani negli scavi condotti all'inizio del secolo scorso, testimoniano quel terribile scontro.

Il capitolo 8 è ambientato interamente a Lugo, che merita assolutamente una «sosta». L'antica Lucus Augusti è l'unica città al mondo a conservare intatte le mura romane originali, costruite nel III secolo: 2,5 chilometri di fortificazioni alte tra gli 8 e i 15 metri, provviste di dieci porte e settantun torri, con uno spessore medio di 4,2 metri. La descrizione che ne fa Alana corrisponde a quanto l'autrice ha contemplato coi propri occhi, attonita di fronte a uno spettacolo tanto grandioso.

Autentici sono pure le terme romane vicine al fiume Miño,

il ponte che lo attraversa e la strada che si dispiega dalla città verso ponente. I piatti serviti ai membri della comitiva reale dal locandiere Claudio fanno parte della vera tradizione culinaria andalusa, anche se non è più possibile gustarli a Lugo... per il momento.

Il capitolo 9 abbandona il Cammino Primitivo e si dirige a sud, per accompagnare il re fino al monastero di Sámanos, ora chiamato Samos, il cui ruolo, nella biografia di Alfonso II, è determinante. Di quell'epoca sono sopravvissute la piccola cappella e una parte delle mura descritte nel romanzo. La deviazione merita molto, non tanto per il monastero, vittima di un restauro più che discutibile eseguito a metà del secolo scorso, dopo un devastante incendio, quanto per la bellezza del luogo, per le sopracitate tracce del passato e, soprattutto, per l'importanza del cenobio nella storia delle Asturie e della Spagna.

Ancora oggi, i monaci del monastero offrono ospitalità ai pellegrini che bussano alla loro porta, così come hanno fatto ininterrottamente dall'epoca di Alana.

Il capitolo 10 corrisponde all'incirca alle tappe decima e undicesima del Cammino Primitivo: Lugo-Ferreira (26,35 chilometri) e Ferreira-Melide (19,9 chilometri). La strada che segue la comitiva è la via romana XIX dell'Itinerario di Antonino, che univa l'attuale Braga (Bracara Augusta) a diverse località. Per oltre un millennio quella via servì da cammino reale ed è stata mantenuta in perfetto stato. In alcuni tratti sono visibili ancora oggi il suo impressionante pavimento di pietre intagliate, ma la maggior parte di queste, purtroppo, è scomparsa sotto l'asfalto degli ultimi cent'anni. Alla fine del primo tratto, c'è un bellissimo ponte romano ben conservato (come si ripromette di fare il re nel romanzo) e mantenuto in uso fino a metà del XX secolo per attraversare il fiume Ferreira.

In questo stesso tragitto, passando da San Vicente do Burgo, bisogna fare attenzione all'indicazione di deviazione verso Santa Eulalia de Bóveda. Sebbene per visitarlo sia necessario allontanarsi alcuni chilometri dal tracciato ufficiale, il monumento merita lo sforzo. Si tratta di un tempio romano del III secolo dedicato alla dea Cibele, sorprendentemente ben conservato poiché coperto da una piccola chiesa cristiana edificatavi sopra in epoca successiva. Nel romanzo si parla spesso di questo sincretismo, in particolar modo nelle conversazioni tra Alana e Alfonso II con l'amanuense Danila.

La presenza di numerose rovine romane in questa parte della Galizia viene sottolineata di nuovo nel capitolo successivo, dove alcuni ragazzi scavano alla ricerca dei piccoli tesori che i proprietari di un'antica villa, abbandonata a causa dell'arrivo dei barbari, avrebbero sotterrato. Santa Eulalia de Bóveda è senz'altro, anche per il pellegrino, un tesoro storico-artistico importante.

Alcuni chilometri dopo, ormai nella tappa Ferreira-Melide, all'altezza di O Hospital das Seixas, l'antico Ordine di San Giovanni di Gerusalemme, oggi Ordine di Malta, aveva edificato un rifugio per pellegrini, andato ormai perduto. Non molto lontano da lì, attraversando il fiume Lagares, si passa accanto a un cimitero. In occasione della morte di Agila, della sepoltura e nella conversazione tra il re e Danila si fa riferimento a entrambi.

Il capitolo 11 corrisponde alla tappa dodicesima e a parte della tredicesima del Cammino. Cioè, quella tra Melide e Lavacolla (43 chilometri). In questa e in altre tappe del Cammino sono chiaramente visibili le «grandi e sottili lastre di pietra verticali, che impediscono il passaggio a orsi, cinghiali, lupi e ad altri animali capaci di distruggere coltivazioni o divorare il bestiame». Quel modo tanto peculiare quanto ancestrale di delimitare i campi richiama molto l'attenzione del viaggiatore.

Ai castagni del bosco che la comitiva attraversa si mescola oggi qualche eucalipto, piantato nel XIX secolo per fini industriali, ma il paesaggio continua a essere spettacolare.

Nel capitolo 12, il fatto che il re e il suo corteo si siano fermati accanto a un ruscello, col proposito di lavarsi bene prima di raggiungere la destinazione, ubbidisce a ragioni storiche. Tale pratica determinò il nome del fiume e della località: Lavacolla. Nel corso dei secoli, questo corso d'acqua servì ai pellegrini come «stanza da bagno» e permise loro di lavarsi il corpo, incluse le parti intime, per rendersi presentabili prima di prostrarsi ai piedi del santo.

Il capitolo 13 percorre gli ultimi 12 chilometri del Cammino Primitivo di Santiago; quelli che, passando dal Monte do Gozo, portano da Lavacolla al sepolcro dell'Apostolo, ai nostri giorni situato all'interno dell'impressionante basilica che, così come recita la profezia reale formulata alla fine del romanzo, è stata più volte ampliata.

Il monticello scelto dal vescovo Teodomiro per incontrare il re deve il suo nome al fatto di essere il primo punto del Cammino dal quale si riesca ad avvistare Santiago, generando nel pellegrino una profonda emozione. La stessa provata da Alana nel riconoscere suo figlio.

Al tempo della vicenda, nel luogo oggi occupato dalla bellissima basilica, esisteva un fitto bosco in cui si trovavano i resti di un antico cimitero di origine romana. Secondo l'ipotesi più accreditata, le reliquie attribuite all'Apostolo sono «comparse» su uno di questi tumuli.

Per quanto riguarda il nome della città, vi sono due teorie etimologiche ugualmente valide. Una lega Compostela al *campus stellae*, «campo di stelle», visto, secondo la tradizione, dall'anacoreta Pelayo, e l'altra a *compositum*, termine latino per indicare cimiteri o camposanti. In ogni caso, la città merita assolutamente un giro, iniziando dalla piazza dell'Obradoiro e perdendosi poi per le sue vie con l'animo disposto a lasciarsi sorprendere.

Dall'827 fino ai nostri giorni, i pellegrini provenienti da ogni parte del mondo hanno percorso con speranza il meraviglioso cammino che conduce a Santiago. Tutti, senza eccezioni, hanno contribuito ad arricchire il formidabile patrimonio culturale rappresentato da questa via millenaria e tutti hanno vissuto, durante il percorso, un'esperienza indimenticabile che li avrà cambiati, così come accade ai personaggi che accompagnano il Re Casto.

Come scrive Alana di Coaña alla fine del suo racconto: «Il cammino che mi ha portata fino a qui mi ha condotta non solo alla fine del mondo, ma anche a quel nascondiglio segreto in cui dimora il senso di tutto ciò che è accaduto finora. Una volta raggiunta la meta, bisogna fermarsi».

E riposare, aggiungo io...

Isabel San Sebastián

RINGRAZIAMENTI

La pellegrina non avrebbe visto la luce senza il grande aiuto di persone generose.

Grazie di cuore a:

Laureano García Díez, presidente dell'Associazione Astur-Galiziana degli Amici del Cammino di Santiago, la cui conoscenza, passione, gentilezza e insuperabile disponibilità ad assecondare quest'avventura mi hanno permesso di scoprire i tesori che trova Alana lungo la via.

Benjamín Alba, fondatore di quest'associazione, che, bastone in mano, mi ha guidato lungo il Cammino e mi ha regalato ore di conversazione impagabili. Nel romanzo l'ho chiamato Assur e a lui appartiene il copyright della bellissima frase: «Chi non dà, non può aspettarsi nulla».

Juan Carlos González, il mio «fratellino», compagno di tanti cammini, anche di questo.

Roberto Sánchez Ramos, Rivi, vice sindaco e assessore alla Cultura del Comune di Oviedo, e alle sue collaboratrici, Pía Portilla e Loli Martínez, che hanno sostenuto questo progetto dal primo momento, che mi hanno dato il loro appoggio incondizionato e che hanno messo a mia disposizione i contatti indispensabili per portarlo a termine.

Benito Gallego, dotto decano della cattedrale di Oviedo, che mi ha aperto le porte di quell'impressionante chiesa, dov'è custodita l'Arca delle Sacre Reliquie, e mi ha fatto da guida attraverso i suoi secoli di Storia.

Juan Pozuelo, eccellente chef e migliore amico, che, dopo un'esaustiva ricerca sui segreti della cucina andalusa altomedievale, ha riprodotto il menu servito da Claudio nella sua locanda a Lucus.

Mio figlio, Iggy, che ha letto ogni capitolo di questa storia, a mano a mano che io la scrivevo, per offrirmi la sua critica sempre costruttiva, i suoi validi suggerimenti e il suo sostegno.

Alberto Marcos, il mio editor, senza i cui consigli e l'incoraggiante sorriso sarebbe stato molto più difficile (o impossibile) arrivare a scrivere la parola «fine».

E, nella piena consapevolezza di quanto posso arrivare a essere insopportabile, grazie a tutti quelli che mi hanno sopportato mentre scrivevo.

A voi vanno la mia sincera gratitudine e il mio affetto.

Fotocomposizione Editype S.r.l.
Agrate Brianza (MB)

Finito di stampare
nel mese di luglio 2020
per conto della Casa Editrice Nord s.u.r.l.
da Grafica Veneta S.p.A. di Trebaseleghe (PD)
Printed in Italy